한국전쟁 이야기 집성 2

- 전장의 사선 속에서 -

신동흔 김경섭 김귀옥 김명수 김명자
김민수 김정은 김종군 김진환 김효실
남경우 박경열 박샘이 박현숙 박혜진
심우장 오정미 유효철 이부희 이승민
이원영 정진아 조홍윤 한상효 황승업

저자 소개

신동흔: 건국대 국어국문학과 교수
김경섭: 을지대 교양학부 교수
김명수: 건국대 박사과정
김민수: 건국대 박사과정
김종군: 건국대 HK교수
김효실: 건국대 박사과정 수료
박경열: 호서대 전임연구원
박현숙: 건국대 전임연구원
심우장: 국민대 국어국문학과 교수
유효철: 건국대 박사과정 수료
이승민: 건국대 박사과정
정진아: 건국대 HK교수
한상효: 건국대 강사
김귀옥: 한성대 교양교육연구원 교수
김명자: 건국대 박사과정 수료
김정은: 건국대 강사
김진환: 통일부 통일교육원 교수
남경우: 건국대 HK연구원
박샘이: 건국대 석사과정 졸업
박혜진: 서울대 박사과정 수료
오정미: 건국대 전임연구원
이부희: 건국대 석사과정 수료
이원영: 건국대 강사
조홍윤: 건국대 전임연구원
황승업: 건국대 박사과정 수료

한국전쟁 이야기 집성 2

초판 인쇄 2017년 6월 20일
초판 발행 2017년 6월 25일

지은이 신동흔 외 ▎**펴낸이** 박찬익 ▎**편집장** 권이준 ▎**책임편집** 정봉선
펴낸곳 ㈜ **박이정** ▎**주소** 서울시 동대문구 천호대로 16가길 4
전화 02) 922-1192~3 ▎**팩스** 02) 928-4683 ▎**홈페이지** www.pjbook.com
이메일 pijbook@naver.com ▎**등록** 2014년 8월 22일 제305-2014-000028호

ISBN 979-11-5848-300-5 (94810)
ISBN 979-11-5848-298-5 (세트)

* 책값은 뒤표지에 있습니다.

이 책은 2011년도 정부(교육과학기술부)의 재원으로 한국학중앙연구원의 지원을 받아 수행된 연구임.
과제번호: AKS-2011-EBZ-3101, 과제명: 한국전쟁 체험담 조사연구

황승업 한상효 조홍윤 정진아 이원영 이승민 이부희 유효철 오정미 심우장 박혜진 박현숙 박샘이 박경열 남경우 김효실 김진환 김종군 김정은 김민수 김명자 김명수 김귀옥 김경섭 신동흔

한국전쟁 이야기 집성 2

전장의 사선 속에서

(주)박이정

일러두기

1. 이 책은 2011년도 정부(교육과학기술부)의 재원으로 한국학중앙연구원의 지원을 받아 수행되었다. 과제명은 "한국전쟁 체험담 조사연구"이다. (과제번호 AKS-2011-EBZ-3101).
2. 본 자료집은 개별 구연자를 기본 단위로 하여 구성된다. 현지조사를 통해 수집한 약 300건의 자료 가운데 가치가 높다고 판단되는 162건(공동구연 포함)의 구연 자료를 선별하여 주제유형 별로 나누어 각 권에 수록하였다.
3. 본 자료집은 한국전쟁 체험을 기본 축으로 삼는 가운데 전쟁 전후의 생활체험에 관한 내용까지를 포괄하였다. 자료는 제보자가 구술한 내용을 최대한 충실히 반영하는 방식으로 정리하였다.
4. 본 자료집에 이야기를 수록한 구연자들에게는 사전에 정보 공개 동의를 받았다. 구연자가 요청한 경우나 기타 필요하다고 판단되는 경우에는 구연자 성명을 가명으로 표기하고 사진을 생략하였다.
5. 구연자 단위로 구술내용을 반영한 제목을 정하였으며, 기본 조사 정보와 구연자 정보, 이야기 개요, 주제어를 제시하고 나서 이야기 본문을 실었다. 구술내용을 쉽게 이해할 수 있도록 하기 위해 본문 사이사이에 중간 제목을 넣었다.
6. 이야기 본문은 녹음된 내용을 그대로 받아 적었으며, 현장상황을 생생히 전하기 위해 조사자와 청중의 반응 부분을 함께 담았다. 본 구연과 상관없는 대화나 언술은 조금씩 덜어낸 곳도 있다.

머리말

– 수백 명의 구술로 만난 한국 현대사의 생생한 진실 –

처음에 저이들이 누군가 하고 경계심을 나타내던 노인들은 한국전쟁 때의 사연을 들려 달라는 말에 대부분 몸가짐을 달리하고서 조사자들 앞으로 바짝 다가왔다. 당시의 상처를 되새기기조차 싫은지 조사자들을 외면하거나 구술을 사양하는 분들도 있었지만, 자신이 겪은 역사의 진실을 후세에 알려야 한다는 책무감을 나타내는 분들이 더 많았다. 일단 이야기가 시작되면 조사자들이 할 일은 거의 없었다. 그분들이 가슴 밑바닥으로부터 끌어올려 구연하는 놀라운 이야기들에, 60년이 넘도록 가슴속에 생생하게 간직해 온 그때 그 순간의 삶의 진실에 충실히 귀를 기울이는 것으로 충분했다. 조사가 더 늦어지지 않아서 이분들이 그토록 남기고 싶어하는 역사적 체험을 갈무리하게 된 것은 정말 다행스러운 일이었다.

그간 한국전쟁 체험에 대한 조사는 역사학 쪽에서 많이 이루어졌었다. 전쟁의 주요 국면에 얽힌 역사적 사실과 관련되는 정보를 얻는 데 주안점을 둔 조사였다. 이야기 형태의 체험담은 주로 전쟁 참전용사의 수기나 학살피해자들의 진술이라는 형태로 보고가 이루어졌다. 말 그대로 사람을 죽고 죽이는 '전쟁'에 초점을 맞춘 이야기들이었으며, 다소 특수하고 주관적인 방향으로 치우친 성향이 짙은 이야기들이었다. 체험이나 시각이 양 극단으로 나누어진다는 점도 두드러진 특징이었다.

이에 대하여 우리는 처음부터 보통사람들의 다양한 경험을 두루 포용한다는 입장에서 한국전쟁이라는 역사에 접근했으며, 제보자의 진술을 구술 그대로 충실히 반영한다고 하는 학술적 방법론에 의거하여 현지조사와 정리 작업을 수행했다. 그 조사는 구술사보다 구비문학적 방법에 입각한 것이었다. 한국전쟁을 축으로 한 역사적 경험이 구체적 사건과 정경을 생생하게 담아낸 '이야기'로 포착될 수 있도록 하는 데 최대한 신경을 썼다. 그 작업을 하는 데 큰 어려움은 없었다. 수많은 제보자들은 전쟁에 얽힌 기막힌 사연들을 지니고 있었고, 그것을 곡진하게 풀어냈다. 간혹 세상에 대한 논평을 연설 형태로 풀어내는 제보자도 있었으나 경험의 연장선상에서 충분히 그리 할 수 있는 바였다. 우리는 성실한 청자가 되어 그 이야기에 함께 했다. 제보자들의 구술을 가능한 한 끊지 않았으며, 때로는 탄성과 한숨으로 동조하기도 했다. 그렇게 그들의 구술은 오롯한 삶의 담화가 될 수 있었다.

한국전쟁 체험담 자료조사는 조별 작업으로 수행되었다. 서너 명씩 조를 이루어서 지역별로 제보자를 물색하고 조사를 진행하였다. 총괄적 조사인 만큼 지역별, 유형별로 균형과 다양성을 확보할 수 있도록 신경을 썼다. '보통사람'들을 기본 축으로 삼는 가운데, 한국전쟁에 대한 특별한 체험을 한 제보자들을 다양하게 찾아내고자 했다. 전체적으로 남성과 여성 제보자를 균등하게 포괄하였으며, 제보자 구성과 구연내용이 이념적으로 좌우 한쪽에 치우치지 않도록 했다. 한국전쟁이라는 현대사의 국면이 '있는 그대로' 다양하게 포착될 수 있도록 노력했다.

전체적으로 한국전쟁 체험담을 구연한 화자는 약 300명에 이른다. 자료공개 동의를 얻은 194건의 자료로 한국전쟁 구술자료 DB를 구성하여 결과를 보고했다. 그 중 자료적 가치가 높다고 생각되는 자료들을 선별한 뒤 자료의 재점검과 교정 작업을 거쳐 최종적으로 10권의 자료집에 162건(공동구연 포함)의 자료를 수록하게 되었다. 자료는 인상적인 사연을 중심으로 하여 주제유형 별로 분류함으로써 다양한 전쟁 경험이 일목요연하게 드러날 수 있도록 했다. 각 권별 구성을 간단히 소개하면 다음과 같다.

1권 – 이것이 전쟁이다: 전쟁이란 어떤 것인지, 그 참상과 고난과 단적으로 잘 보여주는 이야기들을 실었다. 특정 지역의 전쟁 경험을 여러 제보자가 다각도로 구연한 자료를 나란히 수록하여 전쟁체험이 입체적으로 드러날 수 있도록 했다.

2권 – 전장의 사선 속에서: 다양한 참전담 자료를 한데 모았다. 육군 외에 해병대와 해군, 공군, 경찰, 치안대 등 다양한 형태로 전쟁을 체험한 사연들이 실려 있다.

3권 – 피난 또 하나의 전쟁: 피난에 얽힌 다양한 사연을 모았다. 북한에서 월남한 사연과 남한 내에서의 피난에 얽힌 사연, 피난 수용소에서 생활한 사연 등을 수록했다.

4권 – 이념과 생존 사이에서: 이념 문제로 갈등과 고난, 그리고 피해가 발생한 사연들을 모았다. 보통사람들이 좌우 이념의 틈바구니에서 어렵게 세월을 헤쳐온 사연들도 수록되어 있다.

5권 – 총칼 아래 가륵한 목숨: 전쟁의 와중에서 죄없이 억울한 죽음과 피해를 겪은 사연들을 모았다. 역사적으로 이름난 주요 사건 외에 일반적인 피해담도 포괄하였다.

6권 – 전쟁 속을 살아낸다는 일: 전쟁의 와중에서 보통사람들이 겪은 다양한 고난 체험을 펼쳐낸 이야기들을 모았다. 특히 여성들의 전쟁고난담이 주종을 이룬다.

7권 – 내가 겪은 특별한 전쟁: 남다른 위치 또는 특별한 직업을 바탕으로 한국전쟁을 특수하게 치른 사연을 전하는 이야기들을 한데 모았다.

8권 – 전쟁 속에 꽃핀 인간애: 전쟁의 와중에 인정을 저버리지 않고 서로를 돕거나 살린 사연 등 미담의 요소를 포함한 사연들을 수록했다.

9권 – 전쟁체험, 이런 사연도: 전쟁중에 겪은 놀랍고 기막힌 사연들을 담은 자료들을 모았다. 설화적 요소가 있는 이야기들도 이 권에 수록했다.

10권 – 우리에게 전쟁이 남긴 것: 한국전쟁 체험을 전하는 한편으로, 전쟁에 대한 분석과 논평을 적극 진술한 사연을 모았으며, 전쟁 후의 사연을 주요하게 구연한 자료들을 수록했다.

160명이 넘는 역사의 산 증인들이 펼쳐낸 생생한 한국전쟁 이야기들은 그간 공식적 역사를 통해 알려진 것과 다른 차원의 의미 있는 자료가 되어줄 것이다.

이 자료집을 통해 사실로서의 역사와 이야기로서의 역사 사이의 균형이 이루어질 수 있는 중요한 기반이 갖추어진 것으로 생각한다. 앞으로 역사적 경험에 대한 문학적 연구의 새로운 장이 열릴 수 있기를 기대한다. 그를 통해 역사적 삶의 총체적이고 균형있는 재구가 가능하게 될 것으로 믿는다. 아울러 이 책에 실린 수많은 사연은 소설이나 드라마, 다큐멘터리, 공연과 웹툰, 게임 등 문화예술 창작에도 좋은 소재가 되어 줄 수 있을 것이다.

이 책은 한국학중앙연구원 기초토대연구 지원 사업에 힘입어 진행되었다. 적시에 지원이 이루어져서 중요한 조사사업을 차질 없이 수행하게 된 것을 다행으로 여기며 연구지원에 대해 감사의 뜻을 밝힌다. 그 의미 깊은 사업을 실질적으로 맡아서 감당한 핵심 주역은 현지조사와 자료정리의 실무를 맡아 수고한 전임연구원과 연구보조원들이었다. 팀장을 맡아서 일련의 길고 힘든 작업을 훌륭히 감당해준 김경섭, 박경열, 박현숙, 오정미 박사와 김명수, 김명자, 김민수, 김정은, 김효실, 남경우, 박샘이, 박혜진, 유효철, 이부희, 이승민, 이원영, 조홍윤, 한상효, 황승업 연구원의 노고에 감사와 사랑의 마음을 전한다. 공동연구원으로서 현지조사와 연구작업을 적극 뒷받침해준 김귀옥, 김종군, 심우장 교수께도 깊이 감사드린다. 까다롭고 복잡한 출판 작업을 기꺼이 맡아서 좋은 책을 만들어주신 박이정 출판의 박찬익 사장님과 김려생님, 권이준님, 정봉선님을 비롯한 편집자들께도 이 자리를 빌려 감사의 뜻을 전한다.

이 책은 다른 누구보다도 이야기를 들려주신 제보자들에 의해 이루어진 것이다. 조사자들을 반갑게 맞이해 주시고 가슴속에 묻어두었던 이야기를 풀어내 주신 역사의 주인공들께 머리 숙여 감사드린다. 그분들의 분투와 고난을 잊지 않고 대한민국의 미래를 훌륭히 열어나가는 것이 우리의 몫일 것이다.

2017년 6월

저자를 대표하여 신 동 흔

차례

일제 강점기와 6.25 전쟁을 다 치른 못된 세대

유 도 재

"아주 못된 때에 태어나가지고 고생이래는 건 있는 대로 다했어."

자 료 명: 20130216유도재(춘천)
조 사 일: 2013년 2월 16일
조사시간: 21분
구 연 자: 유도재(남 · 1924년생)
조 사 자: 오정미, 이원영, 남경우, 김경섭
조사장소: 강원도 춘천시 신동면 정족2리 (화자의 집)

[조사과정 및 구연상황]

정족리 마을회관에서 만난 신경숙 화자의 추천으로 남편인 유도재 어르신을 만날 수 있었다. 그날 오후에 약속을 잡은 후, 유도재 어르신 댁에서 조사를 시작했는데, 얌전한 성격의 유도재 어르신은 차분하게 이야기를 펼치시기 시작했다. 일제강점기부터 6.25전쟁담까지 두루 이야기를 하신 후, 관련한 훈장과 사진들을 자료로 보여주시기도 했다.

[구연자 정보]

신경숙 화자의 남편인 유도재 화자는 전쟁당시의 비오는 날씨까지 구체적으로 기억할 만큼 기억력이 매우 좋으신 분이시다. 90세의 고령자임에도 불구하고, 서울과 춘천의 6.25당시의 상황에 대해서 매우 구체적으로 구술하였다.

[이야기 개요]

1924년생인 화자는 일제강점기에 일본으로 징용당해 끌려가 갖은 고생을 다 하였다. 그리고 광복이 되어 배와 기차를 타며 4개월이 걸려 고향으로 돌아올 수 있었다. 그러나 몇 년 후 다시 6.25전쟁이 터져, 전쟁에 참전해 또다시 고생길에 들어섰다. 서울은 6.25전쟁이 난지도 모른 채, 허둥대다 쉽게 북의 점령에 들어갔고, 춘천과 같은 지방도 빨갱이 대대장들이 너무 많은 상황이었다. 그러나 배우지 못한 무식한 사람들이라도 모두 군인정신이 투철하여 전쟁을 견디고 있었고, 미군과 연합군의 도움으로 상황은 역전되었다.

[주제어] 일제강점기, 서울, 춘천, 징병, 징용, 광복, 참전, 군인정신, 적색분자, 연합군, 결혼, 해로, 국가유공자, 훈장

[1] 일제시대, 징병 당하다.

[조사자1: 저희가 전국을 다니면서 사변 이야기를 들어서, 이런 동영상으로 남기고, 나중에 다 책으로 써서 자료집을 남기는 일을 하고 있어요. 이번에는 춘천, 가평, 강촌 이렇게 조사를 하다가 인연이 되어서 찾아 뵙게 되었습니다.] 네. (웃음) [조사자1: 전투나 이런 이야기들도 좋지만, 피난 이야기나, 인민군 겪으신 이야기나, 중공군 겪은 이야기, 평범한 사람들이 겪은 전쟁 이야기를 수집하는 것이 목적이에요. 그래서 기억나시는 대로 편하게 말씀 해 주시면 됩니다.] 네. (웃음)

[조사자1: 일제 시대 때부터 이야기 해 주셔도 되요. 그 다음에 사변 때 이야기

해주셔도 되구요.] 육이오 때는 우리가 일제 저거 할 적에, 이사 년생 버텀 징용에 해당됐어요. 그래 그 징병에, 일본 군대에 가는 데에. 그래서 소집되어 간 거지, 우리는. 지원해 간 거 아니고. 그전에는 지원이 있었고, 우리는 일본 사람한테 강제로 끌려갔어. 소집되어 갔어. [청중(신경숙): 일본 놈 나쁜 놈들이야. 일본 놈.] [조사자1: 그게 이사 년생부터 징병이 된 거에요?] 그렇지. [조사자1: 어르신이 딱 걸리셨네요. (웃음)] 딱 걸렸어. 우리 한국 군대에서도 이사 년이 딱 걸렸어. 그때 꺼지야. 그때 나는 육이오 전에 사십팔 년에 군대를 갔었는데, 뭐야, 맥없이(웃음) 갔었는데, 안 갔어도 우린 징병에 해당이 돼. 우리 한 살 더 먹은 사람은 징병이 해당이 안 되는데. 그 이사 년생이 아–주 못된 때에 태어난 사람이지.

[조사자2: 그때가 몇 살이셨어요?] 일본 군대 갈 때? [조사자2: 예.] 스무 살. [조사자2: 아–. 그럼 징병, 강제 소집 되던 날부터 기억나는 대로 이야기 해 주세요.] 그게 그 전에, 여기서 훈련을 많이 받았지. 군대 가기 전에도. 그래 가 가지구는 나남으로 입대를 했단 말이야, 함경북도 나남에. 거기 가 일주일

있더니 그냥 밤중에 기차를 태운단 말이야. 기차가 지끔 이런 게 아니고 저, 화차 있지요? 짐 싣는 차. [조사자1, 2: 아-.] 거기서 신구서 부산을 가 가지구, 부산서 인제, 부산은 일주일 갔어. 가 가지고, 부산서 하관이 시모노세키가 여덟 시간이믄 가는 건데, 가다가 공습을 만나가지구, 이 태평양전장 적이니까. 그렇지? 그래서 사흘을 갔어, 사흘을. 그래 시모노세키 가 사흘을 내려가지구 그 본토를 다- 올라가서 홋카이도, 북해도, 홋카이도 가서 군대 생활을 했지. [조사자2: 거기까지 가셔 가지구-.] 응.

[2] 일본에서 8월에 해방을 맞고 12월에 한국으로 돌아오다

그래다가 그게 천구백사십오 년 이지요? 오 년에, 이월 달에 가 가지구, 팔월 십오일 날 일본 천황이 항복했잖아? 그랬는데 거기서 북해도서 해방을 당해가지구 거기서 집이 오는 게 십이월 달에 집이 왔지. [조사자1, 2: 아-.] [조사자2: 팔월 달에 해방이 됐는데도 십이월 달에 집에 오신 거에요?] 집이 오기까지는 십이월 달에. [조사자1: 아-. 배를 타고 오신 거세요?] 배타고. 기차타고 배타고. 홋카이도에서 올램 배를 두 번 타야 되잖아요? 홋카이도에서 본토에 오는 거에요. 본토에서 요 시모토세키나 모지서 부산에 오는 거 있구. 두 번씩 타야 나오지. [조사자1: 그러면 팔 월, 구 월, 시 월, 세 달이 걸린 거네요. 집까지 오는데?] 그렇지. 가느라구 두 달 걸리구. 그래, 가다가 배에서도 뭐야 미국 B-29라구, 그게 와서 빙- 돌면, 정찰기가 와서 빙- 돌면 거 와서 때린단 말이야. 그러면 배에서도, 바다에서도 그렇고, 육지에서도 그렇고, 공습만 오면 가다가 곧 가만히 섰단 말이야. 움직이질 않더라구. 바다에서도 못 움직여 버리구, 육지에서도. 그러니까 가느라고 넉 달 걸리구. 오느라고는 이제 해방되가지구 문란기에 저거, 수송이 제대로 안 되니까 석 달이 걸리구. [조사자2: 아-. 그렇게 하셨구나.] 그래 해방되가지고 집에 와서 좀 놀다가, 뭘 할라구 한국 군대에 뛰어들어 가가지구. (웃음)

[조사자2: 어르신, 그러면 원래 고향은 어디세요?] 고향은 여기. [조사자2: 여기세요? 춘천이세요?] 응. [조사자2: 그러면 여기서 징병을 당해서 함경북도로 가셨구요?] 응. [조사자2: 거기로 갈 때에는 어떤 걸 타고 가셨어요?] 거기서 일주일 있었대니까. 부대에 가서. 부대에 가서 훈련 받으며 일주일 있다가 거기서 떠나가지구 부산으로 해서 일본 홋카이도까지 가는 데에 두 달 걸리고. [조사자1, 2: 아-.] 그래 거 가서 군대 생활 하다가 이제 일황이 항복하는 바람에 해방을 당허니까, 해방되니까 집으로 와야 할 거 아니야. 거기서 금방 해방될 거라고 미군이 거기서 진주를 안했거든. 진주를 안하고. 저기 포로 수용소가 있어. 미군 포로 수용소가 있단 말이야. 해방되니까 포로 수용소에다가 크-다랗게 영어로 써 붙이더라구. 그러니까 와서 빙 돌더니만 그 이튿날부텀 보급품을 떨궈주는 거야. 그러면 거기 장교도 있고, 사병도 있고 그러잖아? 소령도 있고, 대령도 있고. 그러면 그 사람이 군복, 계급장 다 내려보내면 그 사람이 통치를 했단 말이야. 일본 군대 무장 해제 시키고, 군량창고, 자기네가 가서 열쇠 갖고 배급 주고. 그래 거기서 한 두어 달 있다가 오느라고 한 달 걸려. 석 달 만에 집에 온거지.

[조사자1: 오셔서 할머니를 딱 만나니까 어떠셨어요? (웃음)] 해방되면 얼떨떨하지, 뭔지 모르지 뭘. [신경숙: 그래 내가 얘기 했잖아. 우리 할아버지 만나서, 여름휴가 해가지고 사흘을 미리 온 거야. 그래갖고 이 양반하고 결혼하고 일주일 살고 이 년 만에 만난 거야. 한-창 전투 할 적에.] 일본 군대에, 해방되니까, 훈련 나갔는데 특별 담화가 있다고 그래. 천황이, 걔들은 천황이 대통령. [조사자1: 네, 네.] 천황이 특별 담화 있다고 그래서 나가니까 울면서 뭐야 전쟁 끝났다고, 종전 선언을 하고. 그래서 나왔는데, 뭐 얼떨떨하지. 나이도 그때 스무 살인데 뭐, 왜놈들한테, 왜놈이, 일본 사람이 세계 지배할 줄만 알았지. 교육을 그렇게 받았잖아. [조사자1: 그렇지.] 그랬는데, 별안간에 사람이 뭐야 항복하고 종전됐다고 그러니까 얼떨떨 한거지.

[조사자1: 그럼 오실 때, 한국으로 돌아오면서 배 안에서 있었던 일 없으세요?]

아이, 있었지요. 그 저 모지 와가지고, 시모노세키라고 거기서 모지라고 거기 해저터널 있지 거긴? 바다 안으로. 그때도 그게 있었어. 거기서 여기로 가면 빨리 갈까, 저기로 가면 빨리 갈까 허고, 올라 내리고, 올라 내리고, 한 달을 돌아 댕겼어. 그래다가 안돼서 쪼끄만 목선, 어선을 탔단말이야. 타가지고 오는데 파도가 이렇게 탁 치믄 사람 꼭대기로 물이 확 넘어와. 그래가지고 부산을 건너왔는데. 그때는 왜놈 군대에서 뭐야, 해방 되었어도 무장만 없지 군복 고대로 입고, 소지품 고대로 주어서 나왔단 말이야. 그래 부산 와서 또 허니까, 그 부산은 미군들이 진주했으니까, 점령을 하고 있었으니까. 미군이 데려가드라구. 그래 우리는 목선을 타고 왔는데, 큰 배를 타고 온 사람들이 있었단 말이야. 그래 합쳤어. 사람 한 이백 명이 군복 고대로 입고. 그러니까 양놈들이 의심을 사고 몽창 인솔을 하는 거야. 그래 뭐 데려가는 데로, 그 놈들은 무장을 했고, 우리는 무장 없고. 그래 데려가는 대로 갔지. 갔더니 학교 마당에다가 죽― 갖다가 앉혀 놓더니, 뭐 밥도 안주고 그냥 앉어 있는 거야. 그래서 안되겠어서 통역관을 불렀지. 우린 말이 안 통하니까. 그러니까 통역관이 오더니 어떻게 된거냐고 그래. 그래 우리는,

"사실은 왜놈 군대에 갔다가 해방되가지고 귀향하는 길인데, 배에서 내리니까 무조건 데려다가 여기다가 놨는데, 어째 여길 왔는지도 모른다. 그러니까 내역을 알려 달라."그러니까 들어갔다가 오더니,

"무장이 없느냐"고 말이야.

"무장 아무 것도 없고 소지품만. 군복에다가 고것만 있지, 무장은 거기서 다 해제 당하고 무장 아무 것도 없다." 그러니 이 사람이 들어가더니 자기네가 오인했대는 거야. [조사자1: 아―.] 그래서 거기서 풀려 나와서 이제 기차 올라가서. 아까도 얘기 했지만 기차, 지끔도 지끔은 참 기차가 얼마나 좋아. 그 꼭대기 차에, 거기다간 무시로라고 그때는 짐 싸는 거적때기가 있었어. 고거 깔고 거기 들어가서 사흘만 있음 돼지우리야. 고게 부서져서. [조사자1, 2: 아―.] 그래서 부산에서 서울을 올라오는데 열흘이 걸렸나? 그 열흘이 걸리

는 게, 그 임시열차니까 내려오는 거 있구, 올라가는 거 있구. 가다가 역에 가 스믄(서면) 저쪽에서 올때까정, 그때는 뭐 단선이니까, [조사자3: 피해야 되니까.] 응, 응. 저기에서 오는 게 여기 도착해야 쪼끔 가고, 그래서 열흘에 다 이, 저, 거시기, 청량리 역. 그때는 성동역이였지. 경춘철이 성동역이 사철이랬었으니까. 성동역에, 국철에 못 들어오고, 경춘선은. 성동역이라고 역이 따로 있었어. 거기에 오니까 춘천의 연락소가 거기 와 있더구먼. 그래서, 그 사람네가 안내해 줘서 해방되고 집이 찾아온 거지. 그래 뭐, 그 고생이래는 건 뭐……. 그래 아까도 얘기했지만 24년생은 아주 못된 때에 태어나가지고 고생이래는 건 있는 대로 다했어. (웃음) [조사자2: 그랬구나.]

[3] 다시 6.25 전쟁에 참전하다

[조사자1: 그래서, 오셔서 딱 할머니를 보니까 예뻐 보이셨어요?] 할머니? 그때야 내가 아직 스물한 살인데, 서른 살에 만났는데 뭐. 그땐 군대 간 뒤로 만난 거지. [조사자1, 2: 아-! 그때는.] 전장 통에 만난 거지. [신경숙: 전장 할 때야, 그때.] [조사자1: 아-. 그 전이니까.] 전쟁 통에, 군대에 있을 적에 결혼했지. [조사자2: 총각시절.] 군대 갔다가 서른 살에 장가를 갔는데 뭐. [신경숙: 그땐 노총각이지. (좌중 웃음) 요샌 보통이지만, 그땐 이양반은 나 아니면 그냥 총각으로 늙은 거여.] (좌중 웃음) [조사자1: 어떻게 만나신 거에요? 누가 중매를?] [신경숙: 뭐 한 동네인데 뭐.] 아, 요 넘어 집이에요. [조사자1: 그래도 누가 중매를 하셨을 거 아니에요.] [신경숙: 중매를 했지. 동네 사람이.] [조사자1, 2: 아.]

[조사자3: 그럼 할아버지는 일본에서 오셔가지고 집에서 쉬시다가 다시 군대를 들어갔다고 하셨잖아요? 한국군으로 들어갔다고 하셨는데, 왜 다시 군대를 들어가신 거세요?] 글쎄 군대 생활을 좀 해보니깐, 그게 좋은 지 어쩐 지, 이 동네서 열둘이 한꺼번에 갔어. [조사자1, 2, 3: 아-!] [신경숙: 한날 갔어.] 춘천에 경비대 8연대가 있었거든. 그때는 우리 대한민국에 군대가 8개 연대 밖에 없

었어. 경기 서울에 1연대가 있고, 2연대가 충청도, 3연대가 전라도, 4연대가 전라남도, 5연대가 경상도, 6연대가 경상북도, 그리고 충청도가 7연대, 8연대가 강원도. 그런데 여기 남춘천 옛날 방제공장이라고 이 봉제공장이 있었어. 그 왜놈들이 운영하던 거, 한국군이 해방되고 나니까 그 책임자들이 기계다 팔아먹고 다 없어졌어. 지끔 거 아파트가 섰지만. 거기가 우리 원 부대자리였었는데. 그래. 참 군대생활 해도 고생 무척 했어요. 이 8연대가, 여기가 삼팔선 아니야? 그러니까 여 모진강이라고, 지끔은 뭐야 길이 좋고 저거해서 30분도 안 걸릴거야. 한 20분이면 여기 안가요? 삼팔선에. 그런데 그때는 비포장도로라고 해도 삼팔선이 40분밖에 안 걸렸거든. 강릉이 삼팔선이고, 강릉서 쪼끔 올라가믄 서림이라고, 오늘날 삼팔선이고, 요 가평이 삼팔선이고. [조사자1: 네.]

[4] 적색분자 대대장을 따라 북한으로 갈 뻔하다

그런데, 있으면서 대대장이 뭐야 적색분자랬었단말야. 춘천에 있으면서. [조사자3: 대대장이요?] 대대장이. 그래가지고 대대장이 대대를 전부,

"너들은 뒤로 돌아, 뺑뺑 돌아만 해봤지, 실전 경험은 못 저거 했으니까, 실전 경험을 저거하기 위해서 야간 훈련을 시킨다."고 말이야.

그래가지고 데려가가지고 사흘을 삼팔선 부근에 가서 뱅뱅 돌고, 낮에는 자고 밤에는 데려 끌구 가더니 사흘째 되던 날 지암리라고 여기, 걔들하고 다 연락이 되가지고 글루 끌구 넘어갔단 말이야. 그래 넘어가다 보니까 우리 대장이 요 춘천사람이니까, 지리를 아니까,

"엇! 북이다."

그땐 우리는 전기가 없었는데 지암리 이북에는 전기가 우리보담 나았어. [조사자3: 그땐 더 잘살았고.] 예. 그래가지고 지암리에 불이 환한게, 여기 북이라고 그래가지고 거기서 탈출해 나왔는데 일 개 대대가 간 게, 이 개 중대

는 몽창 들어가고, 이 개 중대는 나오고. 그래 살았단 말이야. 저, 홍천에는 원대리라고, 거기는 또, 우리는 1대대인데, 거기는 2대대가 대대장이 똑같은 놈이라서 하룻저녁에 이 개 대대가 그 지경이 되가지고 난리가 났었죠. [조사자1: 어머.] [조사자3: 계시던 부대 자체가 전부.] 그럼. 대대장이 데리고 가는데 뭐, [조사자1: 그렇지요.] 그런데 무슨 의심 나겠어요? [조사자2: 그렇겠지요.] 그래가지고 그제서보텀 이제 여기서 군인덜이 삼팔근무하고. 그래 삼팔근무 계속 허고, 인제 신남이라고, 거기 하룻저녁에 걔들이 한 이천 명이 나왔단 말이야.

[5] 서울에서 6.25를 당하다

그래가지고 그게 한 두어 달, 해가지고 도로 저거 해가지고. 계속 삼팔근무 허다가 전후방교류라고 있잖아 [조사자3: 예.] 우리가 1대대는 먼저 갔고, 서울허고 우리하고, 여기 삼팔근무만 계속 했으니까. 서울 2연대하고 이제 교대를 했는데, 1대대는 먼저 가가지고 있고, 고다음에 3대대가 갔단 말이야. 3대대가 가니까 1대대가 휴가갔어요, 서울에 가니까. 서울 용산, 지금 서울에 전장기념관. [조사자1, 2, 3: 아!] 거기가 우리 부대 자리야. 그래 거기 갔더니 3대대가 가니까 이제 1대대가 휴가갔단 말이야. 그러믄, 우리가 가믄 이제 1대대가 들어오믄 우리 휴가 갈라고, 우리는 삼팔근무를 했기 때문에 삼팔선에서 맨 나중 교대를 해주고. 이 이십오일날 전장이 났잖아요? 육이오? [조사자3: 예.] 이십삼일날 고지에서 내려왔거든? 인제 해주고. 그 이십사일날 홍천에서 자동차 타고 서울 올라가니까, 그때 전부 비포장도로 아냐? 서울가니까 저물었단 말이야. 용산 부대에 가니까. 그래서 배낭도 못끌르고, 거기 가니까 그전 왜놈 군대 병영 자리거든? 그래서 침대가 있단 말이야. 그래 침대에 배낭 비구. 자다 보니까 아침에 비상나팔을 불어. 그래 나가 보니까 그게 육이오야. [조사자3: 이십사 일 밤에 도착하셨는데 바로 다음날?] 이십사일

날 저녁에 도착했는데. 에. [조사자1, 2: 어머.] [조사자3: 휴가 못 가셨네요?] (웃음) 휴가고 뭐고. (웃음) [조사자1: 그래서, 그래서요?] 그래 났더니만, 휴가 장병들 전부 귀가하라고 뭐, [조사자3: 비상소집 했구나.] 응. 방송으로는 저거 허구, 서울 시내에 하여튼 차가 몇 대 있어? 화물차하고, 버스하고, 택씨꺼정 두 전부 징발해서 부대로 다 들어온 거야. 그래 그 이십오일날은, 너덜은 고생했으니까 여기서 탄약이나 실어주라고 그래. 그날은 용산 부대에 그냥 있었단 말이야. 그 이튿날 아침에 가평을 오더라구, 버스에다 태워서. 그래 가평을 와가지고 있는데, 가평 여기를 와서 하차를 했는데, 군청이 가평 도심에 있잖아? 군청 앞에 포탄이 떨어져 있더라구. [조사자1: 어머!] 서울에서도 뭐 육이오인지 뭔지 전장이 났는지 어쩐지 뭐, 휴가장병 어쩌구, 그렇게까지 들어오려니는 몰랐는데, 가평에 오니까 벌써 가평군청 앞에 포탄이 떨어졌어. 그러더니 이 남이섬으로 나가는 계곡리 쪽으, 거길루다가 나가더라구. 그래 나가더니만 고 가서 밤에 저거허더니, 새벽에 이 차가 돌아가지구 밤새두룩 가. 그 버스에서. 그래 가는가부다하고 있는데 씨러져 잘 수밖에. 버스에서 자다 아침에 훤히 밝아서 보니까 필고개를 넘어가는 거야. 그 버스 운전사래 서울서만 돌아댕기다가 라이트를 켜놓으니까 밤새도록 가기만 했지, 어딜 갔어야지, 그렇지요? 라이트를 켜놓고 비포장도로에 간대는 게 다문 20리도 못 갔더라구. 그래서 서울을 가더구만. 가서 용산에 도로 부대에 들어가서, 그러니까 이십칠 일이죠? 이십칠 일날 거기 들어가. 자고 이십팔 일 날, 저녁 때가 됐는데, 또 버스에다 싣더라구. 그러더니 나와요. 나오는데 보니까 청량리 쪽으로 나와. 용산서. 그래 청량리 거너 왔는데 군가하고 떠들고 그래니까 군가 중지하래는 거야. 그래서 우린 뭣도 모르고. 그래 청량리 오더니만 하차시켜. 하차시키고 나니깐 청량리에 총소리가 나는 거야. [조사자1, 2, 3: 아-.] 이게 뭐야. 그래 거기서 내려 있으니까 또 중대장이 빨갱이야. [조사자1: 어머.] 그날 저녁에 다 데리고 갈라고 그랬었는데 연대장이 알고선 붙들어가 버리고, 1소대 소대장이 와서 대리 근무를 하고 그래. 그래 거기다 갖다 놨더니 비가, 그 전에는 하여튼 무척 가물었어요. 육이오 나가지고 이십칠 일날 비가 무지하게 쏟아졌단 말이야. 한강물이 바닷물이야. 이십칠 일날 저녁에 비가 그렇게 쏟아지더니, 이십팔 일날 갰는데. 우린 청량리에 있었단 말이야. 근데 아침에 대대가 집결해가지고 우리만 도로 경비를 시켜놓고, 일 개 소대를. 그리고는 가뻐렸단 말이야. 그런데 어디로 갔는지 알 수가 있어야지. 그래 청량리서 낮에, 아침 갖다 주는 놈이 있나 뭐 점심 갖다 주는 놈이 있나. 그래 낮에가 다 됐는데 거기서 그냥 내무실 돌아 댕기지. 그래니까 한 젊은 사람이, 청년이 오더니

"당신 군대죠?"

그래 쳐다보니, 그땐 군대믄 대통령도 무섭지 않을 때야. 군대래믄 뭐. [조사자1: 전쟁 중이니까. (웃음)] 우리 있던 삼팔선에 걔들이 넘어오니까 경찰이구 뭐구 군인은 건드리는 사람이 없어. 그렇잖아 군대가 치안을 허니까. 그런데 군대보고

"당신 군대죠?"

그러니까 우린 기가맥힐 노릇 아니여. 그러니까

"무슨 소리냐?"

그러니까, 그게 이십팔 일날이란 말이야.

"당신네 부대 이십팔 일 날 저녁에 미아리로 해서 용산 부대가 점령당했다."

는 말이야. 거기 저 중앙청에 빨간 기 달고. 그런데 청량리서 왔다고 하니까, 우린 청량리서 있는데, 고 아래서 총소리가 나는데, 부상자 싣고 들어가믄, 거 뭐야 서울대학병원이 이화동에 있었잖아? 그러니까 가믄 함경도 포수야. 오는 건 없어. 가기만 했지. 그래 적의 손아구리로 뛰어 들어가는 거야. 그렇잖아? 그런 것도 우린 모르고 거기서 돌아대니니까 사람네들이 뭐라고 그러냐면

"당신네 부대 벌써 점령당했어. 그러니까 군복을 벗어 내버리고 목숨을 살

던가, 그렇지 않으면 빨리 나가오."

알으켜 주더라고. 그래 청량리서 돌아대니다 이제 큰일났잖아. 그래서 저 철도관사, 청량리역 저쪽에 올라가보니까 저 왕십리쪽으로다가 서울에서 후퇴허는 병력이 글루 나가는게 뵈키더라구.

[제보자가 전화통화를 하는 동안 잠시 휴식.]

[조사자1: 할아버지 어떻게 이렇게 자세히 기억하세요. 어쩜 이렇게 정정하신지 모르겠어.] 그래 거길 쫓아가야잖아. 거기가 뚝섬이거든. 그래 거길 쫓아가니까, 뚝섬 가니까 술을 팔아. 그 몰르구. [조사자1: 전쟁이 나서 점령된 지도 모르고?] 이십구 일인데 이제. 그래서 거기서 술덜을 먹는 사람들은 술 사먹고, 배포엘 가니까 바닷물, 강은 바닷물인데 배가 있어야 가지. 그러니까, 저 한강다리 이십팔 일날 다 끊었잖어? 노들다리 끊었지, 서울에 두 다리 끊어 놓으니 갈 데 있어? 그래 저 쪼끄만 나룻배 건너 오며는 이사람네들 이틀 사흘 굶어서 배를 저었으니까 배 내비리고 밥먹으러 간다는 거야. 그래 밥이 다 뭐냐고 총 들이대가지고, 그래가지고 억지로 그래두 배 탔단 말이야. 그래서 건너다 주고 그랬는데, 와서, 그 건너와 쪼끔 있으니까 우리 대장이 그러더라구.

"아니 이거 어떻게 살아왔느냐."

거기서 쪼끔 있으니까 수도경비사령부 헌병들이 쫓아 나왔어.

"아, 여기 계시면 어떻하냐."고 말이야.

"가야지." 그래.

"왜그러냐?"니까,

"아, 재들 벌써 도하 준비 한다."는 거야.

[조사자1: 도하? 도하. 강 건너서.] 강 건널 준비 하니까.

"우리가 포 하나 없이 나온 거 재들이 다 아는데, 강 건너서 쫓아오면 우린 뭐로 대항하냐, 빨리 가야지."

그래가지구 거기서 광주로 해서, 수원으로 왔지요. 수원방위사령부가 있었단 말이야. 그 최병덕이라고, 육군참모총장인데 대한민국에서 제일 뚱뚱한 사람이야. (일동 웃음) 거길 오니까 아군 호적기가 들이치네. 그래서 (웃음) 참모총장이 수채구녕으로 들이 뛰구, 그래가지구 거기서 영등포로 왔단 말이야. 그 뒤에 영등포로 와가지구, 영등포 오니까, 서울은 다 점령당해구, 저 마포 변전소께, 마포 아래에 무신 변전소야? 거기서 영등포대교 쪽에다 대고 그냥 줘 갈기는데, 쟤들은 씩-허면 쿵-하저 여기와. 씩- 허면 쿵-하구, 우리는 서울다가 다 내버리구 와가지구 뭐 포라고는 강에 갈 것도 없네. [조사자1: (웃음)] 그래두 거기서 일주일을 배겨냈단 말이야. 거기서 쫓겨나가지고 시흥보병학교로 오니까 아까도 얘기했지만, 호적기가 그냥 들이 때리는 거야. 그리구 그날 호적기가 거기만 때린게 아니라, 오산, 오산에 우리 탄약 저장고가 있었단 말이야. 거기서 보급을 내오는데, 그걸 들이 터가지구 남한이 뒤집히는 거야. 왜 그러느냐, 이 오키나와에서 우리나라에 첨 왔잖아, 다 미군이 철수 했다가. 오니까 강인지 호수인지 구별이 안 가니까, 이 저 한강 이북은 전부 적이다. [조사자2: 아-.] 했대니까. 평택을 오인을 했단 말이야. 평택은 비만 오면 그렇죠? [조사자1, 2, 3: 그렇죠.] 그래 평택 이북을 아군을 줘어 때린거야. 그래 가지구, 거기서 나와가지구 평택을 나가니까 그제서, 그때 벌써 미군이 들어와요. 응, 미군이 들어왔는데, 우린 그런 포 구경도 못했지. 포 아가리가 이만한 게, 그 비가 쏟아지는데, 거길 가니까 또 비가 그렇게 쏟아지더라구. 비가 쏟아지는데, 유선 가설허느라고. 참 지금 젊은이들이 요기도 계시지만, 젊은이들이 미군 물러가라 소리 하는 소리 들으면 참, 복장이 터져요. 그 사람네 아니면 대한민국이 어디 있어. 안 그래요? [조사자1: 네] 우리 젊은이들은 멋도 모르고, 남북통일만 되면 된다는 거야. 적화통일이 되믄 여러분들 이렇게 좋은 세월 못 살아요. 우린 이북 정치도 받아 봤고, 이북 놈들하고 총 겨누고 싸움도 해봤고, 이런 사람인데, 이 보훈단체 사람들은. 참 지금 젊은 사람들은 그거 모르고 미군 물러가라 그러고 하는 거 보믄 참 복장 터진다구. 지끔 사는 게 불리해, 아니 불안해. 그때 전장을 하두 겪어 봐서. 왜놈 전장 겪어 봤죠.

[6] 춘천의 특수한 전쟁 이야기

우리 한국 군대, 이 춘천은 또 딴 데와는 달라서요, 적의 습격에 세 번 들어갔던 데야. [조사자1: 세 번?] 응. 왜 그러냐, 육이오 때 나왔었죠? 그래 한 번 저기 해서 들어갔지? 우리가 낙동강꺼정 갔었죠? 지역 전투를 하면서 함경북도 초산꺼정 들어가구 뭐야 압록강 두만강꺼정 갔었단 말이야. 그동안에 잔적은, 여기서 잔적은 그냥 내비려 두고 갔단 말이야. 그 패잔병이 강릉, 춘천, 가평꺼정, 십일월 달에 점령을 했어요. [조사자1: 십이월 달에?] 십일월 달에. 그래가지구 걔덜이 아 그 고생을 하구, 저희들도 저 낙동강에서버텀 여기꺼정 올러오면서 그 고생을 얼마나 했어. 그 싸우느라구 얼마나 고생해. 그러니까 이 춘천을 점령해가지구 그 행패래는 게 말할 수가 없는 거죠 뭐. [조사자1: 아-.]

그래서, 그래가지구 또 아군이 함경도만 다 가 있는게 아니구, 그래두 여기 있잖어 우리 2사단이 서울에서 창설을 했어요. 내 부상을 당해가지구, 8연대서 저 의성을 가서 부상을 당해가지구, 2사단이 창설했는데 서울에 창설해가지구, 홍천으로 일루와 춘천은, 거 제일 먼처 탈환을 했지. 그래가지구 했지요. 또 일사후퇴에, 일사후퇴 말으 들었겠지? [조사자1: 알죠, 알죠.] [조사자2: 네.] [조사자1: 그때 한 번 또 되고.] 그래가지구 그때 또 점령당했잖아, 세 번. 춘천 지역은. 그래 그 일사후퇴두 원주꺼정 제천꺼정 갔었잖아. 그래서 세 번을 당한 데래서 춘천은 참 고생 무척 했고. 그러니까 육이오 전에 걔들한테 동조헌데가 보도연맹이거든? 그래 보도연맹, 걔들이 나오니까 보도연맹이 애국자란 말이야. 그렇죠? [조사자3: 그쪽에서는.] 응. 애국자지? 그러니까 자기네가 좀 뭐 했던 거, 저놈 때문에 나 고생했다. 했지요. 그러다 아군이 들어오니까 [조사자1: (웃음)] 응, 또 그렇지? 또, 또 들어오니까 이렇게 [조사자1: 또 이렇게 되고.] 그래 춘천이 그릏게 해서 희생도 제일 많고 고생도 제일 많은 데가 춘천이에요.

[조사자3: 그럼 부상을 당하셔서 다른 부대에 계셨어요? 병원에?] 병원에 석 달 있었지요. 석 달 있다가 [조사자3: 다시 또?] 팔월 달에, 아 칠월 달, 칠월 이십칠 일날 부상당해가지고, 십일월 달에, 이 발을 당했어요. 그런데 그 병원에 있기가 싫어서 다리를 찔룩찔룩 하면서 서울에 올라와 2사단 창설해가지구 [조사자3: 그럼 또 2사단으로 가신 거예요?] (웃음) 2사단으로 갔지요. 그때 전방 부대는 뭐야 그때 함경도에 있을 때니까. 우리는 그 서울에서 창설을 했단 말이야. 창설해서 여기 그런 거 이제 소탕하고.

그래가지구는 일사후퇴는 여기서 거 십일월 달에 소탕해가지구 있다가 십이월 달에 가평을 갔단 말이야. 가평엔 5사단이 있었는데, 5사단에서, 우린 2사단인데 5사단하고 교대를 해가지고 가평에 있다가 일사후퇴날, 가평 목동이라고 가평읍에서 삼십 리 들어가믄 꼴짜기가 요래. 이제 좁은데 거기가, 거기 들어가믄 면소재지구, 그 안에는 광악산이구, 절루 넘어가믄 사천리구. 근데 거기서 아침에 요 다리를 기습을 당했으니 [조사자3: 아-.] 응.

그래가지구, 뭐야 우리가 31연대였었는데 거기서 쬣겨나가지고 여주로 가서 사흘을 집결하니까 사흘 만에 연대장이 사복을 입구 나왔드라구. 거가 파악허니까 일 개 연대 삼천이백 명인데 이백사십 명 남았어. [조사자3: 하-.] 거 몽창 망한 거였어. 그래가지구 거기서 걸어서 영주, 우리 연대가 영주에 있으믄 사단은 안동에 있었구, 그래 서루 왔다갔다 하면서 했다가, 거기서 완전 편성을 해가지구. 그땐 군인들, 지방 양반들이 군인이 뭐 하는 줄 몰랐어. 그때꺼정두. 근데, 그 이백사십 명이 가가지구 있으니까 서울에서 학도병들, 학도병들이 와가지구 일주일 훈련을 받은 거야. 총 쏘는 거. 한, 깜깜한 검은 밤에 그때 전기가 있어요? 어디서 촛불을 얻에가지구, 하룻저녁에 한 이천 명이 보충병이 왔단 말이야. 그래서 밤에 깜깜한데 와가지구, 그때 대학생이 어디 있어, 대학생은 몇 없었어요. 고등학교 재학생들이. 그래 고등학교 재학생 이상, 그거는 연대 본부에다가 무조건 놔두구, 세 가닥으로 걷어가지구, 1대대, 2대대, 3대대 노나주구. 그래 그 이튿날 아침에 각 부서로다가, 그 연대 본부도 부서가 여러 개니까, 노나 주고는 아침에 어떤가하구 한 바꾸 돌아 봤지요. 그땐 고참이니까. [조사자1: 네, 네.] 가니까 취사장에서 불 떼서 가마에다가 밥 할 때야. 그 먼저 고참 취사병이 있으니까 밥 안쳐주구, 국 안쳐주구 불 떼래니까, 장작불을 집어놓구 그 타는 걸, 이래 내려다보고 있어. 그래 뒤에 가서,

"할만 해?"

[조사자1, 2,: (웃음)] (웃음) 그래니까 벌떡 일어나더니,

"군대도 이런 것도 합니까?"이래.

"이놈아, 군대는 밥 안먹고 사니?"

[조사자1, 2, 3: (웃음)] 그런 참 거시기도 있었는데.

[신경숙: 요새 애들은 호강이야. 깡보리밥을 받아 잡쉈어.] 지끔은 군대 갔다온 것보덤 더 잘 알지요? [조사자1: 그러게요.] 갔다 오기 전에 벌써 군대가 어떤지 다 알고 그러지요?

[조사자1: 할아버지, 여기 춘천에는 특히 학도병이 많았잖아요.]예, 그 학도병 서울에서 제2훈련단에 무조건 끌고 내려와가지고 거 가서 일주일 교육시켰대니까. [조사자1: 일주일.] 총을 쏠른줄 알어? 뭐, 그래, 예. [신경숙: 가 다 죽는 거야. 훈련한대도 재채기 한 번에 다 죽는 거야.] 그래가지구, 그 중공군 나오는 바람에 오월 달에 우리가 올라와가지구 그제서부텀 이 저 양수리로 건너서, 현리로 해서 돌어나와서, 요 화천으로 해서, 화천 또 사창리로 해서, 또 저 기마말고개로 해서, 계속 그제서부텀 금성, 화천, 철원. 그 철의 삼각지라고 그랬는데, [조사자3: 예, 예.] 거기 가면, 뭐야 오성산, 뭐야 백마고지전투, 그 후론 다 졌고, 철원에서 정전됐어요 우린. [조사자3: 아, 그러셨구나.] [신경숙: 이 양반은 국가유공자래 관광을 잘 시켜, 최전방.] [조사자1, 2: (웃음)] [신경숙: 그래구, 갔다 오시믄 내부반이 아주 호텔이래. 우리 군생활하던데 대면 호텔이래, 호텔.] (일동 웃음) 그래, 화랑 무공 훈장 두 개는 탔어요, 타기는. 그랬는데, 그래 지끔 지방에서 뭐래는 줄 알우? 이거 누가 달

구 나가믄, 이거 훈장만 두 개죠, 기장 보태보믄 그냥 뻴 거에요. [신경숙: 이 노인네는 하나두 안 달구가. 시내 보면 맨- 달구 대니는 사람인데, 안 달아.] 이게 뭐냐믄, 부상 당했으니 상이 기장 있지, 대통령 기장 있지, 뭐야 육이오 전공 기장 있지, 유엔 전공 기장 있지, 공비 토벌 기장 있지, 뭐 그러고 허믄 기장허고 훈장하고 하믄 이거 시뻘겋지요? (웃음) 그걸 달구 나가믄 애들이 뭐라고 하냐믄

"당신 인민군 많이 잡아, 동포 많이 죽였겠소."

이따구 소릴 듣는단 말야. 더러워서. 그래 지끔 애들이 그래요. (조사자3을 가리키며) 지금 이런 양반은 안 그러겠지 (일동 웃음) 참, 세상 지금 무서운 세상이야.

[신경숙: (조사자3에게) 군인 갔다가 왔어요?] [조사자3: 예.] [신경숙: 우리 손주 둘이 다 헌병을 갔다 왔어.] 여기 서양정에 가믄 수훈자 위령탑이 있어요. 거기 가믄 여기 춘천 지구에 훈장 받은 사람 이름이 다 있어. 제 이름을 지워버린 사람이 있어.

"그걸 왜 지워버립니까?"

그러니까

"아, 인민군이 나오믄 그 이름보구 나부텀 먼저 찾아올꺼니 내 이름은 지워버려야지."

[조사자3: 다시 전쟁이 날 거라는 생각때문에.] 응. [조사자1: 저희 그 위령탑에 갔었거든요. 가서 보구. 아, 그런데 자기 이름을?] [조사자2: 불안해서.] 그런 사람도 있어요. 아까도 얘기했지만, 그 전장을 하도 겪고 나니까, 지금 전장나믄 (조사자들을 가리키며) 이런 양반들, 어린 애들 불쌍하잖어? 전장은 참 참혹하거든, 사정없는 거거든. 그래서 이렇게 좋은 세월에 쟤들은 자꾸 까불지요. 언제 불장난할 때 살았어? 모르는 거지 그냥. 그러니 그걸 몰르구 우리 보고 저거 허는 거 보믄 참 한심허구, 불안허지, 불안해, 마음이. 괜히 나는 잡곡먹고 살다가 그런 전장 또 당허믄, 응? 그렇지 않아요? [조사자1: 그렇지

요. (웃음) 불운의 이십사년 생.] 그러니까 여러분들은 앞으로의 지도자고, 그렇지요? 그러니까 공산당이 뭔지, 예, 예.

[조사자3: 인민군이랑 직접 마주친 적이 있으세요?] 아 그럼. 여기로 건너오믄, 우린 이쪽에 있고. 우린 삼팔근무할 적에도 같이 근무했어요. 같이 건너다보구. 우리 병사가 하나 월북한 것도 있어. 그 왜 월북을 했느냐. 병기 하날 손실을 시켰다더만, 부속품을. 그 분대장놈이 하도 공갈을 무지하게 쳤어. 군인은 병기를 손실하믄 '네 생명'이라고 그러잖아요? 그러니까,

"넌 죽었어. 이제 생명."

이래. 하도 그러니까 지가 여기 있음 죽겠고, 그러니까 밤에 자다가 보초스다가 제 총허구 남의 총 두 개하고, 총 세 개를 짊어지고, 뭐 강 하나 건너가면 되는데. 거 건너가서 제 분대장 이름을 빽– 빽– 부르는 거야. (일동 웃음) 그러니까 자다 말고 그러니까

"이새끼야, 나 여기 왔다."

(일동 웃음) 그러고 건너갔는데, 뭐 여기 강 하나 사이로 있으니. 지끔은 2키로 씩 나왔죠? [조사자2: (웃으며) 들으라고? 일부러? 그게 들렸어요?] 그럼, 지끔도 들리는 데 있어요. [조사자2: 아침에 이렇게 불렀던 거에요?] 응. 지끔도 괘않이 들리는 데가 있어. 그땐 강 하나 사이인데,

"아무개야– 아무개야–. 나 여기 간다."

아, 뭐, 이북에선 벌써 스피커로 대환영하고 난리를 쳤지. 뭐 이북에서 우리한테 월남하는 것도 있지만 우리가 가는 것도 있었는데.

[7] 6.25전쟁 전에 이미 전쟁은 시작되고 있었다

[조사자4: 어른신 그럼 전쟁 끝나고 몇 년을 더 군에 계셨어요?] 오래 안 있었어요. 한 이 년. [조사자4: 이 년. 제가 듣기로 정전되고 난 직후에, 휴전선이 아직 완벽하게 없을 때 서로 와서 코도 베어 가고, 귀도 베어가고, 그런 일이 있었다

고 하던데.] 그건 그 전에 얘기고. [조사자4: 아, 그 전에요? 전쟁 나기 전에?] 예. 아, 전쟁 나고 휴전 전에 양쪽에서 방어를 한 일 년 이상을 했거든. 그러니까 뭐 딱 같이 만나보고. 우리 그런 거시기도 있어요. 하루 저녁에는 눈이 이렇게 많이 왔는데, 겨울인데, 새벽에 보초가 내다보니까 얼음 우에 피가 시뻘겋거든. 뭐 그래군 피가 시뻘건게 아니라 지뢰 터지는 소리가 막 났단말이야. 그래 총을 막 이곳 저곳에서 쐈을 거 아냐? 쏘구서 보니까 피가 이렇게 눈 우에 있거든. 아 그래 인민군 잡았다고 연대에다가 보고를 했네. 연대는 사단에 했지, 사단은 고 우에 했지, 했는데. 아 거 확인하라고 말이야. 아침이 훤히 밝으니까. 가보니까 멧돼지야 (일동 웃음) 그제서 다시 보고를 해. 그랬더니 대대장이, 대대장이 말이 좀 바쁜 사람이야.

"대대장 거 보고 좀 정확하게 하지."

연대장이 그러니까

"(빠른 말투로) 예, 멧돼지요, 멧돼지."

(일동 웃음) 그런 거시기도 있었는데, 그래 내 한 번은 진짜 중공군을 잡았단 말이야 [조사자1, 2: 아-.] 그래 연대장이 가서 대가리를 짤라 오라 이거야. 그래 거기 분대장이 애들을 데리고 가서 짤르는데 짤르는 게 뭐가 있어, 대검 밲에 없거든. [조사자1: 아-.] 군대 뭐가 있어, 대검밲에 없지. 그걸루 이 사람이 가서 데리고 간 놈보고 짤르라구 그러니까 누가 짤러? [조사자1, 3: 아유.] 그러니까 저는 책임이 있지? 그러니까 자기가 짤라왔단 말이야. 그래 갖다 바쳤는데, 이 사람이 그걸루 돌았어. [조사자 일동: 아-.] 응. 이런 건 보도에 안 나가겠지? [조사자1: 예, 그럼요. 괜찮아요.] 저, 돌아가지구, 그걸 어떻게 할 수 없으니까 그냥 수양 삼아 대대에 갖다 놔두구, 보초나 좀 시우구 그랬는데, 하루는 보초를 섰단 말이야. 대대장이 나가 다니니까 보초를 섰거든. 찌프차를 탁 세워놓고

"나 누구냐?"

이러니까

"자네 대대장 아닌가."

(일동 웃음) 그런 거시기도 있는데, [조사자4: 혼이 나갔구나.] 응. [조사자1: 그런 일이 많았을 거 같아요.] 예. 그래 우리는 그전에는 시체 같은 거 참, 육이오 나가지구는 어떻게 모시고 할 수 없으니까, 그렇지만은, 나중에는 시체 하나도 아주 틀림없이 찾아오구.

[8] 군인정신이 6.25 전쟁을 승리로 이끌다

육이오 때 내려갈 적에야, 내려가는데 어떡허우. 거기시하믄, 뭐야 우리는 아까도 얘기했지만 포 하나, 중무기 하나도 없지요. 재들은 땡크 선두에다 세워놓고 둘둘둘둘 해가매 뺑뺑 쏘구나오믄 우린 그걸 파괴하는 무기가 없잖아. 무기가 없으니깐, 지끔처럼 길이 잘 되있는 게 아니구, 단일로, 대략 단일로 아니야. 그러니까 다리나 끊어놓구, 요충지에 다리나 끊어놓구, 못들어오게 허구, 지연작전이나 하구. [조사자1: 아-.]그렇잖아. 그래두, 그때 군인이, 그때 군인이 나 자신버텀두, 전부 무식하구 배운 게 없는 사람들이야. 근데 군대에서 그 거시기는 고대로 배웠단 말이야. 군인 정신은 확고했단 말이야. 그렇게 그렇게 저거해서 당허면서두

"이 전쟁은 진다. 난 집으로 간다."

하는 사람 없었단 말이야. 지끔 사람들 정신에 그 지경 되믄, 거기서 전장하고 있겠소? 그러니까 지끔 이 군인들의 사기 문제지. 지끔 애들 저거 보믄, 말 듣기에는 소대장이 뭘 시키믄

"뭐, 니가 하지 날 시켜."

그랜대는데, [조사자1: (웃음)] 사실은 그런지 안그런지 몰라두. 예, 이래가지구 군대가 되겠어? 군대는 그렇잔수. 특수집단이란 말이야. 죽을 줄 알면서 죽을 데를 가는 그게, [조사자4: 그렇지요.] 그게 군대인데, 지휘관 말을 안들으믄 그게 무신 군대야. 우린 그렇게 훈련을 받고, 그런 정신을 갖구 싸웠

기 때문에 그래두 이걸 빼띵겨 나간 거지, 그렇잖아요? [조사자1: 그렇지요.] 재들은 포에다 탱크에다 벙벙대고 쏘고 나오는데, 그래는걸 우리가 대전 가서 아 천안 가서. 천안 가서는 양놈을, 유엔군을 데려다가. 저쪽, 서해안쪽은 평야니까. 거기다 밀어주구 우리는 이 동쪽 산악지대로 나왔단 말이야. 그래가지구버텀 그 다음으로 이제 자꾸 미군에서 무기를 읃어다가 훈련을 시켜서 보급을 시키려니 대구꺼정 간 거죠. 그래가지구 대구꺼정 가가지구두, 우리 무기가지고는 안될 거거든. 그래가지구 인천상륙작전 해가지구, 응. 그래 우리 중대장하던 사람 이대용 소장이라고 패망 당시에 주월대사 하던 사람 있어요. 그 사람이 춘천에서 중대장을 했는데, 이 홍천 있을 때 중대장을 했는데, 그 사람이 압록강 가서 수통에 물을 떠다 이박사한테 바친 사람이야. [조사자1: 아–.] 그래도 입때 살았는데, 목숨이 길지, 부상도 몇 번 당하구 그랬어두 입때 살은 양반이야. 그 춘천이, 춘천대첩이라고 있지요? [조사자1: 유명하지요.] 우린 춘천대첩회의 회원의 한 사람인데, 해마덤 인제, 입때 그런 것도 없었어요. 없었다가 한 삼 년 전버텀 2군단에서, 이제 국방부에서 지원을 좀 해준다더만. 그래가지구 해마덤 행사를 하는데, 그때를 재연하면서. 그래 이제 영천대첩 있지요, 예천대첩인가 있지요 또. 그런데는 영천대첩인가 거기는 지휘관이 입때 살아 있단 말이야. 백 살은 되가. 그래서 아 저 대단하죠 거긴. 근데 춘천대첩같은 데는 어디 사무실 제우 저 춘천보훈회관에다가 사무실 한 칸 얻어가지구 있어요. 누가 지원해 주는 게 없잖아. 그래 참 초라하지요. [조사자4: 어르신 몇 사단 소속이셨어요, 그때?] 그땐? 6사단. 춘천 여 강원도에 6사단이 있었어. 그래 나 서울 갔을 적에는 수도사단. [조사자4: 수도사단.] 김석훈 장군이라구, 대단한 양반이죠. 왜놈 군대 사단장 한 사람인데.

[조사자2: 일제 징병을 당하셨잖아요. 그때 함경북도 남양 가셔서 훈련 받았던 것과 한국군에 들어가서 훈련 받았던 것이 많이 다르셨어요?] 뭐 남양 가서는 일주일 동안에 훈련 받고 말고 할 것도 없지. 뒤로 돌아 빼빼 돌아 맺 번 해구 뭐 그거지. 여기 춘천에서는 사십팔 년에 우리가 입대해가지구, 대대장이 월

북할 때가 사월 달이거든, 그때꺼정 계–속 훈련만 받으니까 겨울이면 이 소양강에서 눈이 이렇게 오는데 거길 뒹구르구. 여름이믄, 소양강이 우리 대대가 소양강 건너랬었어요. 거기서 하는데 훈련이라는 거는 대단했지요. 지끔 그렇게 훈련하는지 모르겠지만, 물론 유격훈련도 있고 다 있는데, 우린 훈련이래믄 뭐 말도 못하게 받았어요. [조사자4: 그냥 보병이셨어요?] 보병이요. [조사자4: 그럼 총기가 M1이었겠네요.] M1. [조사자4: 잘 맞습니까?] 잘 맞지요. (웃음) [조사자4: 8연발 입니까 아니면.] 8연발. [조사자4: 그러면 수류탄 두 개 차고, 탄띠는 어떻게, 그것 좀 말씀해 주세요.] 그게 보병이 기본 탄약이 몇 발인지 지금은 잊어버렸는데, 잊어버렸지요 뭐. [조사자4: 꽤 무겁다고 그러던데요.] 무겁지요. 아 여북해야 저 우리 서울가서 1대대가 여기서 월북허고 나서, 병력이 손실되었잖아요? 그러니까 1대대 1중대하고 2중대는 뭐야 신병을 모집을 했거든. [조사자1: 네.] 그래가지구 영등포에 가서 방어를 하고 있는데 인민군이 와서 손들어 하니까 분대장 호령인줄 알고 다 손을 들더래는 거야. (웃음) 그래 분대장, 선임하사관이 칼빈을 까꾸로 미고 저기 수원을 나왔더라구.

"왜 혼자야?"

그러니까

"애드이 인민군이 돌격해가지구 손들으라니까 다 손들었다."

[조사자4: 훈련이 안 된 병사라서.] 훈련이 안 되니까. 그래가지구 총을 쏘래니까, 여덟발 빵빵 나가믄 아가리 딱 벌리고 없잖아.

"분대장님 총알이 없는대요."

(웃음) 더 잡아 당겨야, 장전을 해야 나가지요. [조사자4: 저게 무슨 속담인 것 같아. '분대장님 총알 다 나갔습니다.' (웃음) 자기가 해야 하는데 모르니까.] '총알이 안나갑니다'야. [조사자4: 아, '총알이 안나갑니다'] [조사자1: (웃음) 모르니까.] 모르니까, 떵떵하고 다 나갔으니까 이걸 장전을 해야 하는데 할 줄 모르니까. [조사자4: 어제 남산면에 갔는데]

[전화가 와서 잠시 중단.]

[9] 북에서 돌아오다

[조사자1: 어르신 그런데 중간에 소대장들이 월북했잖아요. 월북인지도 모르고. 그런데 어르신 팀은 다행이 북한인 것을 알고 돌아오셨잖아요. 어떻게 돌아오셨어요?] 돌아왔는데, 저 지암리가 고개에요. 이쪽에 아주 꽤 올라가는 고개고, 저기도 그렇고. 그런데 우리가 용하게 살아온 게, 1중대하고 2중대는 먼처 올라가서 능선 마루 있죠? 장백 마루 가서, 그사람네들은 먼처 넘어갔어. 우린 3중대인데 아까 얘기했지만 여기 고개 가차운데 있는 사람들이 많았단 말이야. 거기에 잔뜩 의심이 났는데 이북을 처다보니까 이북은 전기가 환하고 우리 쪽은 아무 것도 없잖아. 그런데 우리가 걔들 보초를 발견했어.

"누구야?"

그러니까 이놈이,

"북."

그랬단 말이야. 그래 가특이나 의심나는데 '북'이라니까,

"아! 이거 북이다! 틀림없이 북이다."

그래가지구 그 골짜구니로다가 이 이 개 중대가 내려오니까, 철모 내려 굴르구 근냥 웅성웅성 댔는데, 걔들이 내려대고 쐈으면 다 죽는 거죠. 골짜구니에 몰아놓구. 그 저 넘어간 걸 거기가 탁 막구서 고게 분산될까봐 그건 꼭– 막구, 우린 가게 내버려둬서 살아났어. [조사자3: 거기서 이 개 중대는 잡고 있고.] 응. 그래 살아나왔지. [조사자1: 그럼 가신 그 분들은 아예 월북을.] 아예 월북이지. 인사곈가 누군가가 그제사 알구서,

"이 새끼들"

그 대대장이 아주 계획적이라서 총만 줬지 우린 탄약이 한 발도 없어. [조사자 일동: 아–.] 탄약이라도 줬으믄 대항이라도 해볼텐데. [조사자4: 몰살당할 뻔 하셨구나.] 탄약이 없으니까. 그래 인사계가 하도 기가맥히니까,

"이 새끼들 대검이라도 들고 살 값이라도 하지."

그러니,

"아, 재들은 총알을 가진 놈이구, 우린 대검가지구."

그래 그 사람은 그냥 없어졌겠지. 그런 뭐시기도 있는데, 나중에 들은 애기죠. 근데 그 사람네들이 육이오때 여기 나온 사람도 있었대요. 거기가 군대생활을 또 해가지구. 그래 살아나왔어. [조사자1: 그런 일이 부대에 종종 있었나요?] 우린 1대대장이 허고, 2대대장이 한 날 그랬대니까. 나중에 육이오 나가지고 우리 2대대 5중대랬어, 5중대장도 그 지랄을 해서 우릴 다 데리고 갈라고 해서, 발각이 되가지고 연대장한테 체포당하고. 그래 그땐 왜 그러냐. [조사자1: 예.] 팔일오 해방되가지고 문란기에 있었잖아요. 그래 아시는지 모르지먼 박헌영이가 여기 나와 공산당을 다 맨들었잖아. [조사자4: 예, 남로당.] 공산당을, 여기 와 전부 저 맨들은게, 그때 다 못살았잖아 농촌이. 큰 지주 밑에서 일이나 하니까. 나와서 땅 노나주구 이랜다는 바람에 전부 공산당을 저거해가지구. 공산당이 어디 침투 안한대가 없잖아 남한 일대에. 그때 미8군 사령관 해치 중장인가 이 사람은 당파 싸움이라고 타치 안했거든. 그래다가 이제 이박사가 이승만 박사가 저거해가지구는 공산당을 저거했잖아요 박헌영이 도망가구. 그래니까 지방에서 그런 행동을 허다가 지방에선 살지를 못하겠구, 나와서 돌아대니다가 군대밖이 밥 주는 데가 없단 말이야. [조사자1: 아-.] 그래 군대에 그런 사람들이 많았죠. 나중에 삭출을 해긴 했지만. 응. 그러니까 그사람네들끼리는 군대 와 있으면서두 골수분자는 걔들허구 연락이 되는거 아냐. 우리는 몰르지만. [조사자2: 평소에 전혀 모르셨어요? 낌새나 이런 거?] 몰르죠. 알았으면 거길 따라갔겠어? [조사자1: 쫓아가질 않았지.] [조사자2: 거기 가셨다가 북인줄 알고 어떻게 돌아나오셨어요?] 이제 '북' 하더라구. 했대는 거야. 우리는 중간에 올라가다가 그랬는데. 그러니까 우리는 전기가 없는데, 걔들은 전기가 환하구, 걔들이 '북' 하니까

"여기는 북이다."

고기 밑에 가 잘 적에 의심은 됐지. [조사자1: 아-.] 응. 그래서 우리는 걔들이 내려대구만 쐈으믄 우리는 몽탕 저기야. 그 골짜구니에 이 개 중대가, 뭐

철모 떨어지구, 총 덜렁거리구, 뭐 대단했지요. 거기 내려대구 쏘기만 했으믄 다 죽었지. 그런데 얘들이 안 쐈단 말이야 우리를.

"갈 놈은 가라."

그래가지구 우리는 나오다가 거 모진강이 있었어. 삼팔교 있지. 다리야. 오니까 아주 강물이 무지하게 늘었드라구. 그래 거기서 좀 내려오다가 거기 지리를 잘 아는 사람들이 있으니까, 여울 있지, 제일 얕은 데루다가 전부, 이 개 중대니까 대열이 넘어왔는데, 우리 중대장은 오던 질루, 걸 몰라가지구, 오던 질루 갔단 말이야. 가다가 걔들헌테 붙들려 아주 가뻐리구. [조사자4: 그러면 일부러 살려준 거네요? 죽일 수 있었는데 살려준 거네요?] 그렇지. 그냥 가라구. [조사자4: 그게 전쟁나기 전이에요, 후에요?] 나기 전에, 사월 달에. [조사자4: 사월 달에. 유월 달에 전쟁이 나면, 사월 달에 그랬다구요.] [조사자1: 해방하고 전쟁나기 전에.] [조사자4: 그런 일도 있었구나. 언뜻 들은 것 같기도 한데.] [조사자2: 그럼 데리고 간 대대장은 북한으로 가버렸어요?] [조사자1: 상 받는 거지, 이제 북한에서. (웃음)] 북한에 가서 걔들 말 잘 듣는 사람은 도루 군대에 가서 육이오 때 여기 나왔드래니까. 그러고 또 반항하는 사람은 갔을 거고. [조사자1: 어르신 그때 만약에 이렇게 자손들도 못 보시구 전혀 다른 삶을 사셨겠네요.] [신경숙: 그렇게 간 사람이 많을 거예요.] [조사자1: 그러게요.] 에유. 아까도 얘기했지만 육이오 그 비참한 걸 겪어보고, 미군들의 덕을 보고, 이런 걸 봐서. 이거 내 자랑이 아니에요. [조사자1: 네.] 육이오 참전자 단체에도 국가유공자증 나오죠, 또 수훈자라고 있어요, 수훈장 받은 단체, 그것도 국가유공자증 별도로 또 나와요. 그래구 이거 맞어서 상이군인이지, 그것도 국가유공자증 또 나온다구. 국가유공자증이 서이가 있어. 그 별로 대우 받는 거는 아무 것도 없는데. (일동 웃음) 그렇게 해서 뭐시기 했는데, 참 전장은 비참해요. 이 젊은 양반들 배운 양반들이 우리나라 정신을 바로 돌려줘야지, 우리 늙은이들 우리 보훈단체에서는 뭐 하며는 자손들한테 이걸 뭐시 해서 고쳐줘라 어쩌라면, 늙은 놈이 떠들고 대녀봤자 통하겠어? 안 통하죠? [조사자1: 역

사인데요.]

[조사자2: 중공군이랑 흑인, 미군들이랑 겪으셨던 그런 이야기는 없으세요?] 똑같지요 뭐. 저 뭐야 일사후퇴 이후로는 중공군하고 싸웠으니까 도루. 인민군이 별로 없었으니까. 소수지요, 그러믄 전부 중공군하고 같이 싸우는 거야. 아니 이 가평 오니까.

[10] 전쟁 중에 결혼하여 해로하며 살다

[조사자1: 어르신이 군대 계실 때, 부모님이나 형제분들은 어떻게 계셨어요?] 나 군대 갔을 때? 육이오 때? [조사자1: 네.] 육이오 때 우리 가족이 홍천에 있었어. 그런데 나는 여기서 군대 가고, 식구는 홍천에 가 있었어. 홍천에 가 있다가 육이오가 나니까, 이런 말 해도 되는지 모르겠는데, 우리 외삼촌이 홍천 군수를 했었어. [조사자1: 아-.] 그래서 우리 식구들을 홍천으로 데려갔었단 말이야. 그래서 거기 가 있다가 [조사자4: 홍천 어디요? 무슨 면?] 북방면. [조사자4: 춘천 넘어가는 데구나.] 응. 거기 가 있다가 육이오가 나니까 군에서 와서 외삼촌하고 같이 데리고 경상도 가서, 밀양 가서 피난하구. 그 우리 가족은 인민군, 중공군 구경을 못했어. [조사자1: 다행이네요. 큰일 날 뻔했는데.] 피난 다 헌 뒤루다가 여기 들우왔지. [조사자1: 형제 관계는 어떻게 되세요 어르신?] 나? 내 동생 하나 있는데 벌써 죽은 지 삼십 년 됐네? (웃음) 그리구 조카들만 있어요. 조카들이 시내 살구. [조사자1: 동생 분도 군대 가시구 그때?] 그럼요.

[조사자1: 어르신 휴가 나와서 결혼하신 이야기 조금만 더 해주세요. (웃음)] 휴가나 뭐나, 군대 있으면서, 집에서 결혼하라고 그래, 나와서 그냥 결혼만 허고, 일주일 있었나 열흘 있었나 그러고는 도루 들어갔지. 그 싸움하는 동안인데. [조사자3: 그럼 결혼 전에는 서로 모르셨어요?] 몰랐지요. [조사자2: 어떻게? 편지를 받으신 거예요?] 저 집에서 뭐야 장개들러 오래니까 그냥 왔지. [조사

자3: 그냥 바로 오셨구나. (웃음)] [조사자1: 좋아서 바로 오셨네. (웃음)] [조사자4: 몇 년도에 결혼하셨어요?] 그러니까, 오십일 년도인가? [조사자4: 전쟁 막바지라 엄청 치열했을 텐데요.] 치열했지요. 그때는 치열했어도 방어 중이니까. [조사자2: 어디에 계셨을 때에요?] 철원. [조사자1: 아~.] [조사자3: 격전지에 계셨네.] [조사자1: 그러면 할머니하고 초야 치르시고, 신혼 보내시고 다시 군대로 복귀하신 거세요?] 그럼. 응. [조사자1: 할머니 생각나셔서 어떻게 복귀하셨어요. (웃음)] (웃음) 군댄데 뭐. (웃음) 지끔 애들은 탈영도 잘 하더구먼, 군댄데 군대 정신이 아니면. 그렇지 않아요? [조사자3: 할머니께 편지 쓰셨어요?] 편지 뭐 거시기 할 것도 없고. (웃음) [조사자1: 그러면 첫 아이는 언제 나으셨어요?] 제대하고 나와서. [조사자1: 아~. 그렇게 열흘 보내시고는 완전히 전쟁 끝난 다음에 제대하고.] 아니야. 가끔씩 왔다 가기는 했어. [조사자1: 중간에?] 응. (웃음) [조사자1: 그러면 할머니는 시부모님과 함께 계시구요?] 응. [조사자1: 그러면 할머니는 경상도 밀양으로 같이 피난 가셨어요?] 아니. 그건 아니구. [조사자1: 아~.][조사자2: 그럼 결혼은 여기 춘천에서 하셨어요?]

[청중(신경숙): 했는데 어떻게 했는지 알아? 구식으로 그지처럼 하고 했어.] (일동 웃음)

지금 그지두 그런 혼례는 안해.

[청중(신경숙):신경숙: 이 양반이 상사니까 봉급을 쬐끔 더 받았는데, 그 돈을 부대에서 결혼식을 한다니까 돈을 조금 줬대 부대에서. 그래가지구 그 돈

을 받아가지구서, 아유 얘기도 못해. 지끔은 쪽두리도 이쁘잖아? 무슨 버선 짝 둘둘 말아서 이렇게 한 거 같애. 그지두 그런 그지가 없어. 그렇하구 이 양반하구 우리 친정집 앞마당에다 상 차려놓구 절 하구 온 거야. 집이나 있어? 이 양반네 집두 읎구. 우리 친정에서, 요 넘에가 지끔두 우리 친정인데, 땅두 많구, 나 식량 걱정 하―나두 안해구 산 사람이야. 그랬는데 이전에는 이 양반네가 한 이백여 석 하는 부자로 살은 거야. 종 부리구 살았어. 아주 종 부리구 그렇게 산 집인데 세상에 재산이 아무것두 읎어. 이 아래 빨갱이짓 하다가 이북으루, 이제 즈 아버지는 죽이구, 붙들어다 죽였어. 빨갱이짓 했다구. 죽이구 그 가족이 이북으루 다 간 그지같은 집, 뱅기 폭격에 다 맞은 집 사랑방을 얽어매가지구 있는데, 나를 달랜 거야, 이 집에서. 세상에 염체도 좋지 (일동 웃음) 아유 우리 할아버지 쪽팔릴라.](웃음) [조사자1: 할아버지 표정이 어두워지셨어요. (웃음)]

[청중(신경숙): 그래가지구, 그 사랑을 오그리구, 아들들은 군에 가서, 이 양반은 철원서 전투하구, 동생은 화천서 전투한 거야. 그랠적에 나를 거기다 어떤 할아버지, 동네 구장보던 할아버지를 중신애비로 우리집에 디밀은 거야. 우리 어머니한테다

"딸을 글루 놔라."

그러니까 우리 아버지, 어머니가

"아유 기집애를 키우니까 별놈의 꼴두 다 많지, 세상 집두 읎는 집이 그지 같은 집이루 남의 딸을, 금방 가면 밥을 굶을텐데 얼루다가 딸을 달래느냐."

이랜 거야. 아, 그러니까 이제 딴 할머니를 또 들여보낸 거야. 또 들여보냈는데 내가

"나는 여 집으로 시집 안 간다."

이랬더니, 그 할머니가 요 넘에 사는데 얼―마나 영악한지 말도 못해. 남의 자식도 수틀리면 '이놈으 지집애'하구 막 욕을 하는 할머니야. 아 그래 우리 친정 어머니가 그랬데.

"아유, 재는 여 집으로 시집 안 간대요."

그러니까, "아, 그 우라질놈으 지집애를 네강지를 비틀어 밟아 놓지 그냥 두느냐."

고 그렇게 욕을 했데. 그래가지구는 우리 어머니 아버지가 글루 생각도 없었는데, 우리 친정 할아버지가 계시는데 우리 어머니가 얘기를 허시니까

"그 집이는 이가 참하고 얌전하다."

이름은 난 이야. [조사자1: 미남이시구.] [청중(신경숙): 그럼. 지끔은 검버섯이 돋아 그렇지, 아주 잘 생겼지.] (일동 웃음) [청중(신경숙): "성짝 반반하고, 신랑 얌전하고. 그 사람은 아무 때고 착해서 밥 먹고 살 사람이다. "이렇게 얘기를 하니가 우리 친정 어머니가 그렇게 반대를 하더니 억흐시 하게 해가지구 나를 일루 보내가지구, 아주 나 고생 이-루이루 말도 못했어. 집두 읎어.

지끔 이 터에 집이 안채가 열한 칸 반이구, 행랑채가 오 칸이야. 여기 부잣집이 잘았어. 이 집두 저 아버지는 빨갱이짓하다가, 그냥 끌어다가 선발대로 쥑이구, 가족이 이북으로 다 가니까 집이 볐잖아? 이 우에 사람이 폭격에 집이 타니까 이거를 가서 얻어 들어 있었어. 휴전이 되니까, 재산이 있는 집이니까 올라가 집을 짓구 이걸 내놓구 갔어. 저 아래 집자리 들어 있는데, 집이라구는 그지같구 우습지 뭐. 그런데 들어 있는데 그것도 또 누가 자식이 어서 하나 나타나가지구 팔았어, 그 집을. 그러니까 우리가 돈이 없으니까 쬧겨날 수밖에 없잖아. 이 집을, 빨갱이네 집을 두번째로 또 읃어가지고 온 거야. 여길로. 그렇게 사는데 이 집을, 이제 또 팔리는 거야. 딸이 어서 내달라고 그래가지고. 이 집을 또 팔리니까 이 집을 또 못사잖아 우리가. 그러니까 우리 친정 작은아버지가 이 양반하고 군대를 한날 간 이야. 그랬는데 그분이 제대를 해서 나와가지구, 이 '덕흥상회'라고 춘천에 제-일 큰 도매상이 있어요. 우리 작은아버지 외갓집이야 거기가. 제대해서 사흘만에 글루 나가 아주 돈을 참- 잘벌었어. 그 소리를 듣고 찾아오셔가지구,

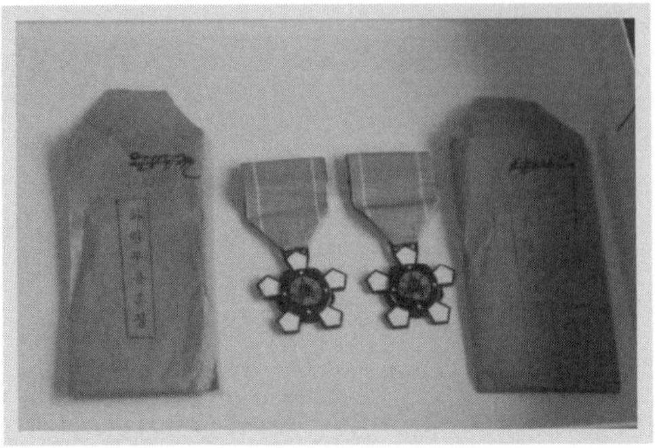

"애들허구, 노인네하구, 집을 사야지. 집이 팔린다니 어떡하냐."구.

그러니까 이 양반이

"지금 빚은 태산같구, 집을 뭘로 사느냐."

구 그랬는데 고 전에 어떻게 됐냐 하므는, 내가 너-무 힘들으니까 이 양반이 상산데 원주루다가 훈련을 가믄 한 달씩 가요. 예비군 훈련을. 거길 가믄 돈을 몇 푼 타다가 나를 주고, 우리 딸을 둘을 나았는데,

"애네 옷이나 해줘."

그러믄 내가,

"옷이 무슨 옷이야. 지금 우리가 기가맥히게 가난한데."

난 옷을 안사주구 우리 친정어머니 요기 사는데 갖다 드려. 그때 변이 이찌와리야. 만약에 남을 천 원을 주믄 가을에 열달이믄 이천 원이야. 일 할이야. 일 할. 그렇게 해서 그 돈이 송아지 하나 살 값이 되니까 우리 아버지가, 내가 우리 큰딸을 업고 넘어가 막- 울면서

"못살아. 나 가야지, 못살아. 나 없어지거든 아버지 나 간줄 알우. 나는 개라도 좋고 소라도 좋으니까. 나는 도저히 살 수가 없어."

빚은 까맣구, 시누가 스물너이 먹었지, 스물둘 먹었지. 아-주 돈은 없는데 양갈보처럼 하고, 색을 그렇게 부리구. 그때 양단, 비로도가 처음 나고, 나이롱이 첨 났는데, 빚을 내다가 그걸 해 감구, 양우산 쓰구, 화장 놀랗게 하고. 나는 미쳐 죽는 거야. 빚은 까만데.

"나 없어지거든 아버니 나 간 줄 알라. 나 미리 말씀드리는 거니까. 나 못살아. 죽어도 못살아."

그러니까 우리 아버지가

"너 그 집이 재산 보고 갔니? 사람 하나 보고 갔어. 얘 아범은 아무때고 밥 먹고 살아. 착하고. 밥 먹고 산다, 그러지 마라. 그러지 마라."

이래고는 쌀을 닷 말을 갖다 먹으래.

"아버지, 이 쌀 닷말을 갖다 먹으면, 이까짓 거로 일 년을 먹어요, 이 년을 먹어요. 이 닷말 식구 아홉인데 먹고 나면 그땐 어떡해. 나 다– 필요 없으니까 싫다."

그러니까 우리 올게를 시켜 닷 말을 덜어 두 번을 넣어 노니까, 우리 집이 다 여다 놓은 거야. 안 되겠어. 이거를 후딱 먹으면 어떡해. 우리 시어머니는 빚이 많으니까 사창리 군인가족 있는 데로 장사를 댕겼어. 포목 장사를 나가고 없어. 이노무 스물네 살 먹은게 떡 장사를 시작을 했어, 내가. 내가 배운게 뭐 있어. 떡을 송편하고, 계피떡하고 이런 거를 그 쌀 닷 말에서 먹으면서 덜어가지고 떡 장사를 해니까, 그 닷 말이 없어지기 전에 닷 말을 사.] [조사자1, 2: 아–.]

[청중(신경숙): 내가 떡 함지를 메고 시내를 가, 떡을 팔러 가며는, 누집 문턱에 가며는 큰– 대문에다가 쪽대문만 열어 놓은 집이 많아. 글루 떡 함지를 내려서 이렇게 쥐구 앞마당을 들어서면, 웬 개를 옆데가, 큰– 걸 매 놨다가 '왕!' 하면 아주 눈물이 쏟아져 막– 울어 내가. 거기서 서러와서도 울구 무서와서두 울구. 하루 종일 댕기며 그 떡을 팔구 이렇게 해. 우리 시아버지는 내가 시집오니까 마흔여덟인데 부잣집 영감님으로 시어머니가 그렇게 키워가지구 양반 버릇은 그냥 있거든. 재산은 없어두. 아주 어디 가 하루 저녁 주무시고 오면 꼭 절해야 하구, 잘못한다 해구 응댕이를 땅에다 안 붙이구 그 즉석에서 소리를 지르셔. 그렇하구 아무것두 안해. 지금 마흔여덟이면 총각이야. 아유, 그렇게 노인네 행세만 하구, 그렇게 살아, 아무것두 안해. 아주 콜–콜– 주무시구. 그렇게 해가지구 내가 떡 장사를 사 년을 했어요. (울먹이며) 난 이 얘기를 하면 난 지금두 목이 메여서 눈물이 나와. 너–무 지나

간 추억이 나를 울려. 내 진짜 (조사자들을 가리키며) 이분네들 첨 보는 자식 같은 손주딸 같은 분들인데, 내가 지나친 말인지는 몰르겠으나.] [조사자1: 아이고, 아니에요.] [청중(신경숙): 살은 게, 너무 그렇게 기가맥히게 옛날에 살았어. 고생- 고생- 해. 누가 흔히 말하기를, '옛날에 고생 안 한 사람이 어디 있어요.' 천 층, 만 층, 구만 층이야. 고생 한 것두. 나는 너-무 고생을 하고 살았어. 내 이 양반한테 '이년' 소리, 소리 한 번 '꽥' 질르는 소리 그런 거 몰라요. 내가 이 양반이랑 육십 년을 넘게 살았어. 착하지요. 착하고, 이 손주 애들 보고도, 우리 손주가 말을 쪼끔 이렇게 해길래

"에이, 이놈으 자식이 말을 혼나야 돼."

이렇게 하믄 이 양반이 깜-작 놀래.

"세상에 손주를 보고 누가 '이 새끼'라고 그러느냐."

"아, 그럼 얘가 기집애요? 새끼지?"

(일동 웃음) 어-디가 자기 자식을 키우고 손주를 키워도 '새끼' 소리 한-마디 안 해. 동네서 양반이래지. 얌전하대지. 노인정 회장이 아-무것도 아니지만 십이 년 간 이 양반을. 내놓으면 또 밀구, 내놓으면 또 밀구. 십이 년 간을 보다 내놓은 지 이 년 됐어. 거시기 도지사, 시장 상도 타오구, 경로당에. 참 잘 돌아갔지. 그러면 나는 쫓아나가서. 참 육영수 여사가, 영감 대통령하면 여자가, 영부인이 나가 뒷바라지 하듯. 나는 또 경로당에 나가 뒷바라지를 잘 해. 음식두 골고루 귀한 것두 다 해먹구. 그렇게 살았어요. 그래가지구 우리 그 전에 결혼식한 사진이 있는데 그걸 보면 기가 막혀.] (웃음) [조사자1: 그거 보여주실 수 있으세요?] [조사자2: 족두리 한 번 보고 싶어요. (웃음)]

[결혼식 사진을 찾아보고, 훈장과 옛 사진을 함께 보면서 마무리.]

항상 최전방 제일 앞에서 싸우다

이 용 배

"인천으로 상륙해서 중앙지를 탈환하는데 내가 선발로 나갔어. 내가 1분대가 되고 1조가 되기 때문에 선발로 나갔어. 태극기 내가 꽂은 놈이여"

자 료 명: 20140121이용배(제주)
조 사 일: 2014년 1월 21일
조사시간: 50분
구 연 자: 이용배(남 · 1932년생)
조 사 자: 김경섭, 김정은, 박샘이, 이승민
조사장소: 제주시 조천읍 북촌리 이용배 화자 자택

[조사과정 및 구연상황]

조사는 하루 전에 연락을 해 놓은 제주시 조천읍 북촌리 이용배 화자의 자택에서 진행되었다. 비바람이 심한 날씨였지만 집 안은 아늑해서 조사에 별 지장이 없었다. 다만 화자인 이용배 할아버지가 몸이 불편해 침상에 누워있는 상태로 구연을 할 수밖에 없는 상황이어서, 영상 촬영과 음성 녹음에 약간의 지장이 있었고, 발음도 정확하게 할 수 없는 상태라 알아듣기가 힘든 상황이 연출되기도 했다.

[구연자 정보]

이용배 할아버지는 상이 2급 용사인 분이다. 해병 3기생으로 인천상륙작전에 참전했고, 서울 수복, 평양으로의 북진 등에서 항상 제 일선에서 전투에 임한 역전의 용사이다. 51년 9월에 머리와 다리에 관통상을 입어 후송되어 치료를 받고 제대하였다. 제대 후에는 보훈청에서 11년간 근무했다.

[이야기 개요]

이곳 북촌이 빨갱이 동네라는 오명이 있어 함덕 지서 급사로 일하다가 해병대에 자원했다. 모든 전투에서 항상 제일 앞선 자리에서 전투를 하던 중 51년 9월에 고지 전투 도중 머리에 총알이 박히고 다리에 관통상을 당해 후송되어 큰 수술 끝에 살아났다. 다음해 전역하면서 화랑무공훈장을 받았다. 전역 후에는 고향 제주 보훈처에서 11년간 근무하다가 부상당했던 곳이 악화되어 퇴직했다. 현재는 2급 상이용사로 판정받았으며 정상적인 거동을 전혀 못하고 침대에 누워 생활하고 있다.

[주제어] 참전용사, 상이용사, 해병대, 인천상륙작전, 김일성 고지, 모택동 고지, 관통상, 화랑무공훈장, 보훈처

[1] 김일성 고지, 모택동 고지를 앞장 서 탈환하다

[조사자1: 어르신 여기가 주소가 정확하게 어떻게 됩니까?] 주소요? 엄마 와 주소 말씀 하라. 아이 난 이 머리 부상자가 돼서요. 그때그때 다 잊어버립니다. 아이 엄마가 다(말해 줄 겁니다.)……. [조사자1: 군에서 다치셨나요?] 군에

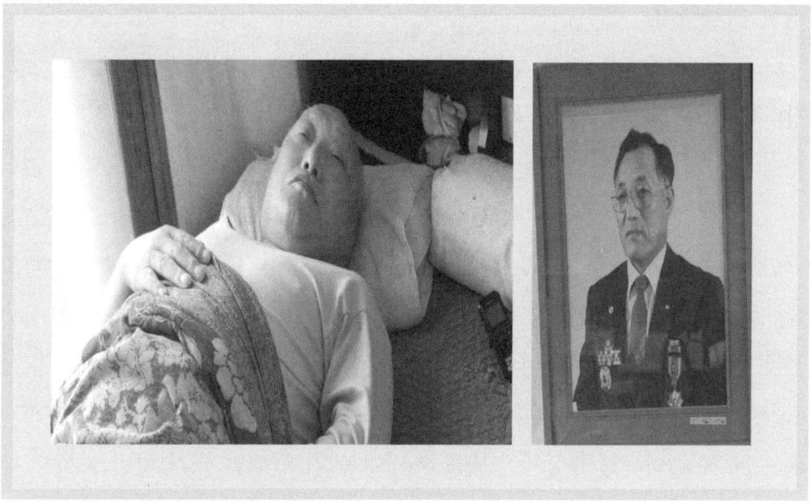

서죠. 나 한 사람이 대한민국 군인으로써 선두로 나간 사람이여. [조사자1: 아, 그때 해병대라고 하셨죠?] 해병대 3기생 [조사자1: 그때 여기 제주도에서 해병으로 많이 들어가셨나요?] 북촌에서는 나 한 사람 갔습니다. 우리가 서귀포 모실포 에서 훈련받았거든요 그대 1개 연대가 (훈련을)받았나요? 연대정도 되었지요. 내가 소속이 해병 1사단 1연대 1대대 1중대 1소대 1분대로 소속이 되었어요, 그래서 내가 거기서 훈련을 3개월 마치고 통영으로 넘어갔어요. 통영으로 상륙하고 인천으로 들어갔어요, 인천상륙으로. 인천으로 상륙해서 중앙지를 탈환하는데 내가 선발로 나갔어. 내가 1자가 되기 때문에요 1분대가 되고 1조가 되기 때문에 선발로 나갔어. 태극기 내가 꽂은 놈이여. [조사자1: 아 그 중앙청에요?] 네, 그래서 그때부터 싸운 곳이 휴전선의 김일성고지, 모택동고지를 내가 혼자서 빼앗았어. [할머니: 모택동고지 올라가다 머리부상 당했어, 머리 총 맞았잖아.] 그래서 대한민국 국방으로 하게 되면요 그래서 내가 거기(김일성고지, 모택동고지)혼자 탈환 했다는 거. 우리 해병대 나 하나 올라가 가지고 하나 부상 없이 혼자서 김일성고지, 모택동고지 탈환한 것이 바로 이용배여.

[조사자1: 북한 어디까지 올라가셨어요?] 북한 함경도까지 올라갔었어. [조사자1: 함경도 지명은 기억 안 나세요? 혹시?] 지명은 내가 머리가 이렇게 된(총 맞아 부상당한) 사람인데……. 이다음에 뭐 평양으로 우리가 안돈대가 없어요. [조사자1: 평양 지나서 더 올라가셨겠네요?] 함경도로 평양까지 올라갔죠. 고산, 묵호, 간성 그쪽으로 다 전쟁했어요. [조사자1: 동해안 쪽이요? 간성, 고성] 네, 그래서 평양까지 우리가 다 갔다 왔거든요. [조사자1: 그럼 부상을 당한 전투는 어디서(당하셨나요?)] [할머니: 김일성 고지 탈환해 놓고 모택동고지 올라가다가 머리 부상당해 왔지] 아 모택동은 올라가서 부상당했지. [조사자1: 총상 당하신겁니까?] 총상이여 바로 이거여 이거 선생님 이거 한번 조사해 주세요. 총알이 제일 장총이 바로 이거여 이거, 뒤로 와서 한번 봐 주세요 수술자리를 봐 주세요 여기 총알이 들어간대. 하납니까 두갭니까? [조사자1 :여기도 자국이 있고 이쪽도 자국이 있나요?] [할머니: 여기로 들어가서 이기로 갔단 말이야. 수술자리 있잖아.] [조사자1: 관통상을 당하셨네.] 네 그래서 뇌 수술을 받았거든요. [조사자1: 그럼 되게 큰 수술을 하셨겠다.] 그뿐이 아니고 이거여 이거 또. [조사자2: 팔도 다 맞으셨습니까?] 네 팔 맞고 다리가 이쪽다리를 맞아서 이쪽 다리 나갔어. [할머니: 김일성고지 뺏들러 올라갈 때는 혼자 올라가니까 (북한군이)잠자는 대 올라가서 혼자 하니까 총알을 안 맞고 그땐 죽지 않았는데 그걸 3대대에다 인계 해 놓고, 모택동 고지 올라갈 때는 뭐 총알이 비 오듯 하니까…….] 3대대한테 인계도 없어, 3대대도 그 상급 기관에 해병대 사령부에서 다 조사 오고 다 보고가 끝나가지고 내가 집에 왔습니다.

[조사자1: 그럼 그때 결혼하고 가셨어요?] 결혼 안 했어요. 18살에 (전쟁에)가서 20살에 (부상으로)돌아와서 21살에 결혼 했어요. [할머니: 모택동고지 올라가다가 부상당해 왔으니까 52년도에 퇴직했어.] 모택동고지 탈환해서 부상당했거든? 모택동고지 올라가다가 아니고 탈환해서 부상당했거든. 나 밖에 간 사람이 없고, 나 하나가 휴전시킨 거여. 그래서 아까 선생님의 말씀과

마찬가지로 이런 이력을 적어놔야 후대까지라도 계속 자랑을 해서 일개 국력이 되지 않습니까? [조사자1: 어르신 그 모택동 고지라는 게 그 고성, 간성 쪽에 있는 고지입니까? 아니면 더 북쪽에(있습니까?)] [조사자1: 아! 평양 위쪽에(있었습니까?)] 모택동고지는 저 평양 바로 들어가기 전이여. [할머니: 김일성 고지는 간성, 강원도 그쪽에 있고. 나는 전쟁 중 안 나가서 잘 모르겠지만 내 들은 말에 그렇죠.] [조사자2: 어르신 인천에 가셨을 때 맥아더 장군도 보셨어요?] 맥아더 장군 직접 못 봤지. 봤어도 내가 기억이 있을 수 있나? 머리 이렇게 (부상당했는데.)……. [조사자1: 사령관은 보기 힘들죠.] 사령관이 우리 싸우는데 같이 나오나? 막상 나오고 보니 중대장 정도, 대대장 정도 나왔지만 서도.

[조사자1: 어르신 인천에 상륙작전 해가지고 서울로 갈 때 제주도병력이 거의 앞장섰다는 소리가 있던데(정말인가요?)] 아니 제주도 병력이 아니고 해병대가 (앞장을 섰어.) (내가)해병대 3기생이거든 그리고 나 또 1자거든 1자. 1자가 되기 때문에. 들어갈 때는 제일 먼저 선발로 나간 것이 나여 [조사자1: 해병 1,2,3기생들 여기서 다 나갔지요? 제주도에서.] 제주도에서 3기생 다. 북촌에는 나 하나고 3기생들은 제주도 출신들이지요. 그래서 우리가 5기생까지 교육시켜서 나왔습니다. [조사자1: 그럼 입대를 몇 월 달에 하신 겁니까? 50년.] 8월 5일 날 입대 했었나? [할머니: 전사록에 있을 거야.] 그 찾아봐, 그 곽 찾아봐. [조사자2: 어떻게 해병대 가시기로 하신 거예요?] 애초에 해병대 갔다는 것은 내가 이 북촌이 빨갱이 동이라 했어. 내 그래서 경찰관이고 군인들이고 북촌에 와가지고 다 두들겨 부수고 학살시킨 것이 4백 몇 명이여. 이때 난 그래도 다행히 살았단 말이여, 그 전에 내가 지서에 조금 임시로 심부름을 했어. 함덕 지서에서 날 호출해 가더라고, 그때 식겁했어요. 나 죽여 버리려고 부르는가(생각해서). 빨갱이 동이라고 해가지고 그러고 있는데 가니까 급사로 있으라. 이거여.

[2] 함덕 지서 급사로 있다가 입대하여 귀신 잡는 해병의 명성을 얻다

[조사자1: 경찰서 급서로?] 함덕 지서, 지금 지서가 거기일거여. 함덕 지서 동선있는 데가 지서여 지금 저쪽에 가 있구만. 그래서 거기서 내가 급서로 있었거든? 급서로 있으면서 내가 영리하기는 아주 천하에 영리한 놈이여. 일제시대부터 여기 아껴 오실 때 함덕 초등학교 입학했거든, 급장, 부급장 북촌에서 두 사람이 다투면서 이렇게 했어요 날 아주 똑똑하다고 했지 나보고. 그래서 아무리 교장선생님이라도 어떤 곳에 내가 한번 강연을 하게 되면 다 박수가 나왔습니다. 내가 4살부터 구학문을 공부한 놈이니 나가 쓴 글이 좋아, 내가 이 한문에 대해서는 한문 박사라 불려졌어요, 한문박사 척척박사라고 나를 불렀거든 그런데 머리가 이렇게 되니까 다 잊어버렸어. 그렇게해서 오늘 선생님들이 오신다고 하니까 고마우신지요. [조사자1: 그래서 어르신 급사로 일 하시다가(어떻게 해병대에 입대했나요?)] 급사로 일하다가 해병대 훈련소가 생겨서 해병대에 지원한다. 이렇게 해서 북촌에서 내가 제일먼저 지원했거든? 그래서 모슬포가서 훈련을 받아서 들어가서 끝나고 나서 인천에 갔거든, 인천을 가서 중앙청을 뺏들러 바로 이용배가 1번으로 갔어, 1번으로.

[조사자1: 그래서 서울 탈환할 때 인민군의 저항 심했습니까?] 아주 심했지요. 그 인민군들 명령이 내려졌는지 모릅니다만 서도 난 지서에서 급서로 있으면서 그때 당시부터 경찰관하고 있어노니까 아주 일반사람들 시시해. 이 군에서 모이는 사람들이 시시해 안보일 수 있습니까? 난 참 애국자여, 한 사람 부상 하나 없이 나 혼자서 김일성 고지, 모택동고지 뺏들었으니 말 다하죠? 그건 해병대기관마다 해병대에서 어디갈 때 이용배는 귀신 잡는 해병대라고. 1자, 1자여 귀신잡는 해병대는 나로 인해 나온 거여. [조사자1: 진짜 살아있는 전설이시네요.] 저 훈장까지 있지 않습니까? 여보 보여드려. [조사자2: 여기 받으신 거 봤어요. 이번에 또 받으셨네요.] 나이 든 놈이 이거 정신이 어디 무엇이 있는 것도 모릅니다. 그런데 어릴 때부터 4살 때부터 구학문을 한 내가 되기

때문에 옛날 사상은 그대로 알려는 줍니다. 그래서 그저 오늘 그저 내가 군대에서 싸웠던 그 이력은 남한테 지지 않은 기억이 있다고 생각됩니다.

[3] 인천상륙작전과 서울 수복까지

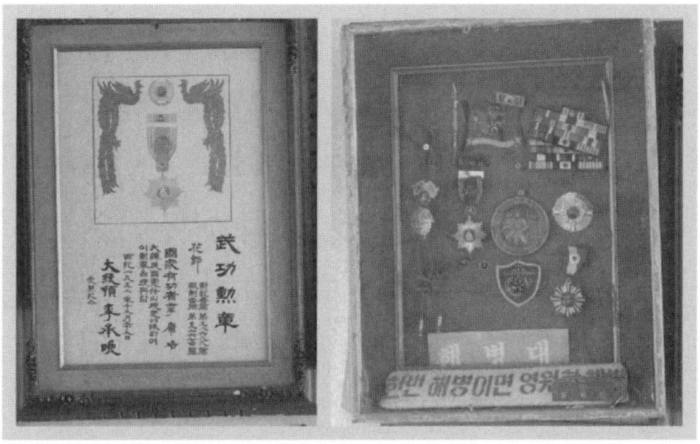

[조사자1: 어르신, 평양까지 가셨다가 중공군이 들어와서 후퇴했잖아요? 그때는 이쪽 동부전선 쪽으로 내려오신 모양이네요?] 그래요. 동부전선으로 해서 내려왔지요. 그래서 토용작전으로 해가지고 참석 안한대가 없는 이용배입니다. [조사자1: 그럼 부상을 입으신 연도는 잘 모르시겠네요?] 거기(전사부) 저 있어요. 그때 일 보면 다 있습니다. [조사자1: 연도가 어떻게 돼?] [조사자2: 51년일 것 같은데요?] [할머니: 51년 맞아.] [조사자1: 그러면 제대하고 나오셔 가지고 결혼은 언재 하셨어요?] 결혼 나가 제대해가지고요 21살에 결혼했죠.

[할머니: 이 역사라는 것이 없어질 수 없잖아? 죽어서도 그 역사가 있는 건데 왜 60년 전에 역사가 없다는 것이 말이 됩니까? 군법은 다 어디로 갔나? 내가 그랬어. 그러니까 자기들 말이 막히니 말을 못하고 자꾸 도망을 친단 말이야 그러나 지금 말이지 효과 없을 수가 없잖아? 이렇게 저렇게 다니다가 끝내 이용배 혼자 빼들었다는걸 지금까지 못 들었어 이게 애매하단 말이야 이 사람이 죽든 살든 죽은 영웅으로 남아도 살아있는 영웅은 처음에 하나도 없다. 세계적으로 내놔라 있으면. 머리부상당해가지고 그래 산사람 있으면 나와

봐라.] 선생님이 이왕 인자 정부에서 이렇게 까지 나온데 있어가지고요 제가 다 감사의 말을 썼습니다. 그러니까 여기서 여편내가 이야기하는 것 보다 저기 저 액자들 있지 않습니까? 다 그래도 이승만 박사하고 각 기관으로 해병대 소속기관 전부 있으니까 선생님들이 보시고 저한테 질문 해 주시면 제가 그에 대해서 대답을 할 수 있지 않을까? 이렇게 생각을 해서 제가 말씀드리는 겁니다. 그래서 선생님 오늘 추운데 이렇게 와 주신 것에 대해 이로 다 말할 수 없어요. 그래 이것이 정정당당히 선생님이 이렇게 함으로써 장례 우리나라의 후대들한테 유전이 되어 우리나라의 무장이 될 수 있지 않습니까?

김일성 고지하고 모택동 고지라면 우리나라에서 최고전투 아닙니까? 최고 전쟁인데 김일성 고지를 혼자서 뺏들고 모택동 고지를 혼자서 뺏들었다는 것은 저 액자에 다 기록이 되어 있습니다. 어느 전투라는 거 선생님이 잘 판단하셔서요. [조사자1: 어르신 그런 것 좀 알고 싶은데요. 통영에서 인천으로 올라가실 때 인천으로 올라간다는 것을 해병대 사병들도 다 알고 갔습니까? 아니면 그냥 갔습니까?] 다 알고 갔지요. 인천으로 올라가서 중앙청 뺏들이고 북한으로 들어가서 김일성고지를 뺏들이고.

[조사자1: 그러면 미군보다 상륙점으로 먼저 올라갔나요? 우리나라 해병대가?] 우리가 제일 먼저 올라가지요 중앙청으로 인천으로 최초로 올라갔지요 [조사자1: 따로 작전 이름이 따로 있지는 않았습니까?] 인천상륙작전이 최초 작전 토용작전 끝나서 인천상륙했거든. 그 인천이 제일 대대전투였어요. 인천작전을 대대전투로 인천 탈환하고 그 다음부터는 중앙청으로 들어갔죠 [조사자1: 인천을 찾고 서울까지 함락시키는데 며칠 정도 걸렸습니까?] 내 생각으로 한 일주일 걸렸는가요? [조사자1: 날짜로는 저희가 알기로는 9월 28일이거든요.] 내 9월 28일날 서울 탈환이여 한 일주일 걸렸어요 그래서 중앙청에 들어가가지고요 중앙청을 탈환해서 시가전으로 들어갔어요 시가전으로 들어갔는데 그때 시가전에서 그때 중공군이 그때부터 왔을 거여 [조사자1: 처음듣는 이야기입니다 그 이야기는, 이때 이미 중공군이 있었다고요?] 내 그때 중공군이 최초 들어왔

을 겁니다. 그래서 (기록상으로는)그 후에 들어왔는가 그렇겠지만 서도 제일 먼저 중공군이(그때부터) 들어왔어요

그래서 거기 딱 들어가서 중공군들하고 상대를 하는데 첫 번 우리가 중공군들하고 우리가 이겨버렸어요, 그 중공군들이 제주도 출신들이라고 하니까 깜짝 손들었어요. 그래서 우리가 해병대 3기라 하면 귀신잡는 해병대인데 더군다나 해병대 3기생인데 이용배가 1자인데 1소대 1분대 1조 조장이란 말입니다. 그 싸우는데 1자가 제일 먼저 나가지 않습니까? 첨병부터 나가는 것이 1자입니다. [조사자1: 어르신이 3기생이세요?] 3기여 3기. 그런대 해병대 3기가 해병대 독립시킨 거여. [조사자1: 아, 해병대를 따로(독립시켰다는 겁니까?)] 어 우리가 다 끝나고 우리가 독립시킨 거지요 [조사자1: 육군이나 해군이나 공군에 안속하고 이렇게 따로?] 아니 아니 해군 해병대거든 해군 해병대 독립이 되었다 이거여 그래서 해병대는 무슨 해병이여? 해병이면 우리나라 뺏들이지 못했어

[4] 전쟁 영웅을 역사 기록에 남겨 후세에 전해야 한다

[조사자1: 그럼 제대하신 후에는 그럼 평상생활을 하셨어요? 부상치료 하시고?] 안했어 아픈데 여기(다리)만 했어 [할머니: 그러고 와서 보훈처서 10년 근무했단 말이야 부대서 퇴직해서 그리고 다시금 서울에서 신체검사 할라했잖아. 상해군대 신체검사 해가 잃은 사람 어떻게 근무를 시키냐? 이래서 이때 이 사람이 근무 못하고 나왔어. 그때 2급되었습니다. [조사자1: 보훈처에서 근무하셧구나.] 네 [조사자1: 그래도 수술이 잘 된 모야이네요?] [할머니: 다시 검사해서 2급이 되었어 그러니까 이런 사람 이떻게 근무를 시키냐?] 내 그때는 3급이라 나왔습니다 3급 [조사자1: 그럼 제주도 보훈처에서 근무하셨겠네요?] 제주도 보훈처여 바로 나 여기 한 5~6년 있었어. [할머니: 이제 2급된지도 얼마 안 올라 이렇게 애매하게 포상한 사람이 이 사람이여.] 나도 이 북촌마

을에서요 올바른 사람은 이용배밖에 없다고 했죠 다 총살로 다 죽여 버렸거든, 그런데 난 그런데까지는 없었습니다. 그러나 머리관계로 그때 죽은 사람이 누구 누구라는 걸 암기하질 못하겠어, 모르겠어요 [조사자1: 여기가 조천읍 무슨 리 인가요?] [할머니: 북촌리] (잠시 침묵)

내가 마지막으로 한 마디 더 하고 싶은 것은 이미 끝난 일이라 하지만 아직까지 역사는 안 끝났잖아? 역사는 계속 이어갈 수 있잖아? 그러니까 우리가 짐 달라거나, 돈을 달라거나 이때까지 비행기 표 소모시킨 거 달라는 것도 아니야. 그러니까 이사람 이름만 기억해 달라. 국방부 내에도 역사기록에 들어서는 김일성고지 한 개의 큰 고지인데 이런 고지를 이 사람이 혼자 뺏들었다고 벌써 몇 번 말하고 다니고 계속 이 문제를 4년부터 계속 다니기 시작했는데. 그러면 우리가 돈 달라거나 직무 달라거나 그거 배상해달라는 것도 아닌데 역사 기록에 이용배 이렇게 쌈했던 기록이 온전하게 남아가지고 전 국민이 알아야 후대를 앞으로 양성하지 어떻게 양성할래? 지금 군대 나가는 거 다 싫어하는데 그래서 노골적으로 까놓고 말해서 이 사람이 그때 도망쳐서 집에 와도 나라에서 말할 수 없잖아? 그때 쟁책으로는. 부상도 안 당했을 거 아니야? 그러나 자기 몸을 희생해가지고 어떻하나 나라를 이루고 세워서 우리 대한민국을 이룩했다는 사람을 왜 아직까지 감춰두고 자기들만 진짜 실권 쥔 정치가만… 지금 TV에 나오는 것 봐도 여물터져 죽겠어.] 아녀 그러나 그건 이 전쟁이라면 누가 이용배 싸운 것을 자기네가 싸웠다고 하지 않습니다.

[조사자1: 16명을 사살하신 걸로(되어 있네요)] 아 그렇게 됐어요. 다 그 관들이 와서 조사를 했거든? 나 혼자 올라가 보니까 딱 지키고 있었어요 그러니까 경찰에서 그만큼 신고를 했기 때문에 그 이유들을 내가 딱 판단을 했어요 그래서 내가 뺏들었지 그렇지 않았으면 내가 그 사람들한테 죽어요 죽어. [조사자2: 총알을 처음 머리 맞으셨고 그다음 팔 양쪽에 맞으셨고 그 다음 다리까지 얼마나 맞으신 거에요?] 또 어깨요 이 어깨에 파편이 있어요. [조사자1: 파편은 아직도 있고요?] 예 그기다 표적이 있어 [조사자1: 포탄 파편이 아니라 총알 관

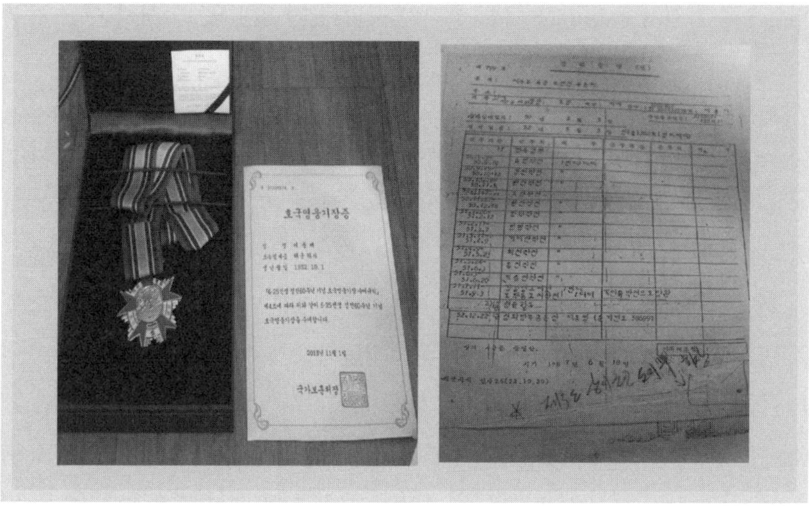

통상 인가요?] 총알이여 총알, 총알인데 관통을 안했어 뇌에 땅 총탄이지. [조사자1: 아, 박혔습니까?] 박혔어 이거 이거 다 수술한 거여 이 수술한 곳이 해군병원이여 [할머니: 죽기 전이라도 그 사람 이름만 있으면 죽을 때라도 눈을 감지 않습니까? 지금까지 자다가도 벌떡 일어나 저걸 찾아 내 전사록 어쨌는가? 그 시청에 갔을 때 우리를 접대한 사람이 그러데 국가 전사록은 봤는데 개인이 이렇게 전사록 만든 건 첨이라 이거지 이 전사록 보고 깜짝 놀라더만] 내 어 그 곽(전사록) 있잖아? [할머니: 다 겨져와서 보여 줬어] 가져왔어? 내 생명이야, 생명.

[조사자1: 저희가 이제 오늘 만나 뵈었으니까요 어르신 이야기나 이런 거를 저희는 책에 실어서 이제 나중에 사람들이 다 볼 수 있게(할 겁니다.) 해병대는 저희가 여러 번 만나 뵈었지만 해병대생 중에서도 제일 앞에 서서 제일 어려운 고지를 제일 먼저 올라가신 거 이런 분은 처음 만나 뵈어서 저희도 굉장히 영광입니다.] 감사합니다. 아 실제로 이 부락에서 나 하나가 제일 먼저 지원하고 제주도서 훈련받아가지고 통영을 탈환하고 인천으로 들어가서 중앙청으로 들어가서

원산으로 들어가서 청진지구를 어디 안 다닌 곳이 없어요. 그래서 나는 전쟁이 일어나게 되면은 안 다녀온 전쟁이 없어요

[조사자1: 51년 9월 달 정도에 부상 입으신 것 같은데? 김일성 고지에서 부상을 당하신 건가요?] 아니 모택동 고지에서 [조사자1: 아, 맞아요 그러니까 51년 9월 3일이네요 부상당하신 것이. 그리고 어르신이 화랑 무공훈장 받으신 게 그 다음해 21월22일 여기 기록이 있습니다.] 그건 나도 잘 몰라요 그걸 봐도 그것뿐이지 나 머리에 안 들어가요. [조사자1: 51년 9월 3일에 부상을 입으셨어요.] 그렇죠? [조사자1: 그리고 1년 후에 화랑무공훈장을 받으셨구나] 나 군대 생활이 1년 16개월인가? [조사자1: 1년 3~4개월 될 거 같고……. 확실히 잘 모르겠네요. 제대를 언제하신지 모르니까.] [할머니: 50년도에 나가셨다 했지?] [조사자1: 50년 8월에 가셨대요 그건 기억하시는 것 같아요 그리고 부상 치료하느라 군에 더 있으셨을 거 아니에요? 다 낫고 나오셨을 테니까. 그러니까 52년에 제대하신 것 같은데?] [할머니: 그래 맞아 제대는 한 52년에 하셨겠지. 그간에 병원에 있었겠지.] [조사자1: 그럼 어르신 중사로 제대하셨어요? 하사로 제대하셨어요?] 하사요 그때는 우리 해군계급으로는 이등병조죠 이등병조.

[조사자1: 원산도 가셨네요?] 원산도 해군 전투라면 안간 데가 없어요. 원산 우리가 상륙을 했어요, 원산 상륙하는데도 내가 그만큼 그만큼 선두역할을 한 놈이여. [조사자1: 여기 보니까 뭐 원산, 화천, 영월, 뭐 가리산 안 가신 데가 없네요.] 그 여기 서류함에 없어? 여기 붙어있는 거 있는? 내가 딱 다 갖춰 있습니다. [조사자1: 여기 해군 서식으로 증명을 받으셨네요. 여기 그런데 입대 일자를 정확히 기억하시네요 8월 5일 그리고 제대를 52년 5월 5일에 하셨어요.] 그렇게 돼 있어요? 그땐 머리에 총을 맞아가지고 여기 나와서 가정생활 하면서 한 달이 지나고 이틀이 지나고 나름 나도 잊어버리거든, 그런데 선생님들이 오니까 여기 저 내가 이렇게 하지만서도 [조사자1: 그래도 입대 날짜는 정확하게 기억하시네요. 그래서 51년 9월에 부상당하셔서 그 다음해 5월 5일에 제대를 하시고 그 다음해 12월에 화랑 무공 훈장을 받으신……. 명예 제대를 하시면서

한 6개월 후에 훈장이 나라에서 내려왔네요.] 선생님 그저 잘 판단해 주세요. [조사자1: 저희가 책으로 자료를 남겨서 꼭 후세에 잘 전달 되도록 잘 만들겠습니다.] 아이고 감사합니다.

해병대에 자원입대해 참전한 이야기

김 성 원

"9월 달에 인천상륙 끝나고 9월 28일에 서울 수복하고, 또 거기서 또 장비 타고 10월 달 되니까 이젠 이 저 제주도 앞바다, 산방산 앞 바다로"

자 료 명: 20120206김성원(제주)
조 사 일: 2012년 2월 6일
조사시간: 150분
구 연 자: 김성원(남 · 1932년생)
조 사 자: 신동흔, 김경섭, 이원영, 이부희
조사장소: 제주도 서귀포시 인덕면 덕수리 김성원 할아버지 자택

[조사과정 및 구연상황]

조사팀이 사전에 연락을 드리고 서귀포시 인덕면 덕수리 화자의 자택을 방문하였다. 늦겨울 비가 오는 둥 마는 둥 하고 있는 날씨 속에서 감귤 밭으로 둘러싸인 집에 들어가자 온화해 보이는 부부가 조사팀을 맞이해 주었다. 집안 거실

에서 차분하게 조사가 시작되었고 화자의 부인이 가끔 구연을 거들어 주었다.

[구연자 정보]

김성원 할아버지는 해병대 4기로 자원입대하여 인천상륙작전, 서울수복 전투, 평양지역 전투, 양구지역 전투, 백령도 위 초도지역 점령 등 한국 전쟁의 주요한 전투에 참전한 역전의 용사이다.

[이야기 개요]

제주도는 6.25 발발 당시 3천 명 가량의 청장년이 두 번에 나누어 해병대에 집중적으로 입대한 사실이 있다. 이곳 서귀포에서도 많은 젊은이들이 자원입대 하였는데, 김성원 할아버지는 해병대 4기로 입대했다. 인천상륙작전을 거쳐 서울을 수복하고 북진하여 평양까지 갔다가 중공군의 개입으로 후퇴하여 양구 쪽에서 주둔했다. 이후 해병대 본연의 임무로 돌아와 백령도 위 초도를 사수하는 등 한국 전쟁의 주요한 전투에 참전한 이야기를 찬찬히 구연해 주었다.

[주제어] 제주도, 해병대, 자원입대, 참전용사, 인천상륙작전, 서울수복, 백령도, 평양, 초도, 중공군, 양구

[1] 해병대에 자원입대하다

[조사자: 저희가 그 어르신들 한국전쟁요. 6.25 한국전쟁 당시에 뭐 전투에 참전하신 이야기요.]

아 그러니까 그때가 에 제주도가 4.3사건이 끝나지 않을 때거든요. 그래서에 우리가 중학교 댕겼어요. 그때 일제시대에 중학교 댕기다가 참 초등학교 댕기다가 해방되니까. 그래서 이 제주 사람들이 보통 육지도 그렇지만은 중학교가 나이가 지금의 고등학교 나이. 더 고등학교에 스무 살 난 사람도 중학

교에 댕길 적에. 그러다가 중학교 다닐 땐데. 6.25가 50년도. 6.25가 발발되니까 우리 제주에는 거의가 저 4.3 사건 때 희생자가 많았어요. 많아부니까 이제는 뽑는 것이 일반청년하고 희망자들을 1차 소집하니까. 우리 이제서야 아는거지만 그때에는 뭣도 모르고 여하튼 이 인원조가 3천 내지 5천이 필요한거라. 해병대 쫄병이 그런데 모집해보니까 1500명밖에 안돼요. 쓸만한 사람이. 그래서 우리 2차 모집으로 저 또 1500명 학생들.

[조사자: 아 해병대에 차출을 했습니까?] 에에. 그래 처음에 그러니까 자원이지, 지원. [조사자: 지원? 그럼 어르신도 해병대에 입대하셨습니까?] 에에. [조사자: 몇 년도에 입대하셨습니까?] 50년도. [조사자: 50년도?] 6.25터지고 저 겨난 3기생이 2차 모집이 이 8월 5일 날. [조사자: 아!] 8월 달 내내 모집하기 시작했는디 6.25일 한 달 사이 그 다급해 하니까 낙동강 전선에 해서 상남까지 경상남도 상남까지 들어갔거든. 그래서 저 그러기 때문에 다급하기 때문에 제주도에 사람이 없을 것을 알아도 모집한 거지. 그러니까 웃는 얘기(이야기)로 제주 사람 8천명이 한국전쟁에 이긴거라. (조사자들 웃으며)

해병대 3천명이. 여자 중학생들 123명. 113명하고 저 이 우리 해병대 남자 3천명이 그러니까 3천. 약 3천명 해병대. 우리 간 다음에 2차 모집으로 여하튼 이 40대까지. 35세까지는 징병대에서 5천명을 또 뽑아서 육군을 그렇게 뽑아가드가이. 그것이 이 10월 5일 날 입대했어요, 육군은. 우리는 8월 저 7월, 아니 8월 5일 날부터 8월 31일일까지 해병대 그거 해서 육지 가보니까 전에가 우리 9월 1일 날 엘에스티(LST: Landing Ship Tank의 약자)타고 진해 쪽에 진해, 경상남도 가보니까 2차 모집이 육군이 또 와서 모집한 거지. 5천명이라 제주 사람 젊은 사람 거의 쓸었지. 4.3사건 때 죽어부리고 하니까, 그래서 우리 알고 보니까 우스운 거지. 그 6.25전장을 8천명이 전장을 이기였다는 거라. 전장을. 그러니까 이것도 에피소드나 마찬가지지. 좀 유사한 이야기저게.

[조사자: 그러면 그 진해에서 훈련을 받으셨습니까?] 아니 진. 우리는 훈련도 없고 3기생이 여기서 이 북군의 북초등학교. 북서학교. 남군의 이 병사. 지금의 해병대 병사에서 그게 가 옛날 일본 놈들 저 허던 병산디, 그기가 제사라고 결론디 그것과 저 우리 대전 중학교 교사로 인가 받아메 저 산으로가, 저기서 공부하다가 이제 6.25 터. 그냥 4.3사건 터지니까, 이제는 해병대 들어와 주둔하게 되니까, 우리 피. 피. 피와주고. 그래 우리는 저 거시기 가건물에서 중학교 댕겼지.

[조사자: 아. 그러면 그 LST타고 진해에 가셨다가 거기] 응? [조사자: 그럼 진해에 가셨다가 거기서 인천상륙작전할 때 인천으로 올라가셨습니까?] (흥분하며) 바로 올라갔지! 그러니까 8월 30날 입대한 것이 집 떠나가선 7월 28일. [조사자: 집을 떠나서?] 집 떠날 쪽에 집 떠나서 '가입대'라고 해서 그드란 저 막사에 주전공장 있는디. 이젠 그 건물 없는디. 주전공장 그 가건물에서 뭐 바닥도 없고 저 그런데서 헌 이틀 동안 그 장교라 했자(해봤자) 그 저 북싼(비싼) 담요 북싼 신발인디 며칠 신으니까 신발이 다 나가부려. (웃음) 급하니까 전장 때니까. 그러고 그걸 끈으로 묶으고 해서 저 육지 가니까 육지 가서 한

일주일동안 사는 동안에 그렇게 힘들었어. 겨(거)기다가 미군들이 인천상륙 작전 들어오니까 그래서 장비 다 타고. [조사자: 아. 미군들 장비를.] 응. 겨난 우리어 9월 5일 날 부산 가서 진해에 있다 부산 가서 거기서 장비 수습하고 그 저 서. 서부두! 부산 서부두. 그. 그 역전에서 저 장비하고 노천에서 살을 쯕(적)에 요즘 막사도 없고 그때가 그래서 장비도 저 구리스 묻은 총들을 닦으고 그래서 이 견인차 나니고(다니고) 보게된디, 맥아더 장군 가구 그랬까찌. 견인차 나르고 가는디.

[조사자: 그때 연세가?] 열여덟 살에, [조사자: 열여덟?] 응. [조사자: 그러면 33년 생이신가.] 32년인디. [조사자: 예예.] 32년생. [조사자: 아. 32년생이시구나] 32년 6월 22일. [조사자: 원숭이띠시네요?] 응? [조사자: 잔내비띠시네요? 원숭이띠] 응! [제보자의 아내: 7개월을 살았지. 7년 살아남았지. 7년] [조사자: 연세에 비해서] (웃으며)그래서 젊어지고 또 사실상 우리 저 모든 것이 내 운명이고 모든 것이 겪어야 될 시련이라 해서 극복해주게 참 힘들었어. 오머니가 해주던 밥 먹고 군대가니까. 장가갰들 안가고(장가를 안가서) 다 어망 생각만 하고. 지금이 [조사자: 그렇겠네요.] 아이들이 어멍 생각 하듯 난 더 막둥이 난듯 더 어망생각이 난거라.

[2] 인천 상륙작전 후 북진 그리고 중공군과의 조우

[조사자: 아..그러면 거기 서부두에서 인천 상륙 할 때까지 고 얘기 좀 기억나시는 대로 자세히 좀 해주십사] 아. 부산서? [조사자: 예예] 장비타서 미조우리 호라고. 미조리 호라고 우리 들었는데 그 우리가 저 3대대니까 해병대 3대대. 원래 3자는 예비거든. 예빈데 그것이 아니고 우리 주력으로 들어갔어. 1대대는 저 (생각에 잠기며) 우리 4기생 들이고 3대대가 이 원래 3기생 부대에 우리가 10인대에 배속된 거지. 그때 우리 배속교관이 정종철씨라고 저 우리 저 대정 중학교 와서 여름에 훈련시키던 교관이라제. 그분이 딱 돼서 뭐땜

에 그분 따문인가 참 (웃으며) 나 이 운이 좋았는지 그전에는 몰라도 그래서 살아 생겼수다. 그 11기에 학이부대 거기 중대본부에 간 내 내 인천상륙을 했는디. 그분인디 걔서 원산 방역해서 저 마전에 고지 갈 때도 십이 중대 본부에 있다가 게 내려오는제는 저 팽선대에서 솟, 그 저 포부대 게난 지금 귀도 막 (웃으며) 안 들리고 전에는 이쪽 들리고 이쪽은 완전히 허구새에 사난.(험한곳에서 사니까.)

[조사자: 그 인천상륙할 때 저기 아군들 많이 상했습니까?] 아. 그러니까 그 저 우리네 그 부대에서 인천 상륙이 월미도 저낙때 월미도 상륙작전이지. 월미도가 이렇게 고물바닥 되어 있는디 시가지가 되어 있는디, 그땐 바다에 뒀어. 바닥의 자갈으. 월미도 꼭대기 안에 까만 맷뚤(맷돌) 자국이 있었거든. 그길 올라갔거든. 올라가서 있으니까. 어 뭐 보그부에는 시니중 [조사자: 씨네이션. 예예 보급품 먹는거. 예예.] 깡통 몇 개 있고 뭐 조구레떡. 슈가 같은건으. 저 소금 같은거는 먹을 줄 몰랑(크게 웃으며) 제일 담아 왔자 안에 텍 버려불고 먹을건 코피(커피) 같은건 버려 불고잉. [조사자: 아. 입에 안 맞으니까.] 응.

견데(그런데) 일년 간이고 그렇게 해서 첫날 부평으로 해서 양곡으로 해서. [조사자: 서울로?] 아니. 서울로 간 것이 아니고 김포 [조사자: 김포] 응, 김포. 김포 가서 교전 붙으메 김포 우에가 인민군 107연대본부 갔어. 인민군 107 연대 본부 저 이제는 그 경찰서 자리가 안됐지만 그 경찰서 자리에 그 본부 뒤쪽에 인민군들이. 겨난 거기서 전장 붙을 때인디. 나 거기서 완전히 (웃으며) 죽을 뻔도 하고 그들 있낸 나무가 이 저 경찰서에서 천 백미터 정도일까? 거기 은행나무가 네 개를 새어났어, 옛날. 근데 거 기 인민군들이 올라가서 응? 나무위에 올라갔거든. 그놈 들이. 차편은 완전히 저 호 안에 들어가는 거고 은폐. 그늘진 데서 우리는 봉우리에서 그기서 포를. 로펄 쏘아서 아 그런데 위에서 저 따발총이 날아온가니. 저널 우리 부사수가 이거 다리 한짝 끊어젼. 아이고 뭐 난 '화닥닥닥 딱' 일어난 보니까 여기가(다리의 상처를 보여주시면서)위에서 때려부니까. 이거는 괘연은 혀여도 뼈 안상했어. 이거는. 이상한 말 같지? 그 하늘 도와준걸스. 겨난 쪼끔만 허지니가. 그 적 안 되부렀지. [조사자: 관통했겠네요. 아. 나무위에서 했구나.] 겨난 사름이 그때부터 이 총알이 사람을 피해줘야지. (모두 웃으며) 사람이 총알을 피하러던 힘만 든다. 겨난 이 해병대에 죽은 것이 나는 이 기억 못허는디 우리 친구들도 옆에서 쓰러지고 뭐한디. 저 우리 저 거시기 있어요. 저 책 한 있는데. 그거 조금 참고행가다주. (방에서 책을 꺼내오시며) 이 책에 보므는(보면은) 약 해병대 제주 사람만 한 400명 죽었으. 이 책에 보믄은 (책을 보는 중)

[조사자: 그러면 어르신 어디까지 올라가셨습니까?] 저 거시기 양덕. [조사자: 양덕은 어딘지 저] 펴. 평안남도 양덕 [조사자: 평안남도 양덕] 양덕. [조사자 :양덕] 응. 그거시 어디냐면. 원산 상륙해서 마전리 지나서 평양리 바로 평양 그 꺾으져께 잡은그지. 그기가 양덕이라구. 양덕국. [조사자: 아 거기가 양덕이구나] 내 지도에는. [조사자: 육지로 안 올라가시고 원산으로 상륙하셨어요?] 응. [조사자: 바다로 다시?] 응. [조사자: 아 해병대는 그렇게 올라갔구나!] 원산 상륙 그 다음에 10월 달에 9월 달에 인천상륙 끝나니까 9월 28일에 서울 수복하고 또 거기서 또 장비 타고 10월 달 되니까 이젠 이 저 제주도 앞바다. 산방산 앞바다로. 그때 lst 탔어. 밤이. 이가(여기가) 어딘가헌 보여달라 때 보니까 이 산방산이 보이더라구. [조사자: 아 고향으로 다시] (모두 웃으며) 이야. 기에. 겨난 그때 왔다 갔다 할 적에 저 동해바다 가서 어뢰 ,지뢰 소에 씌어두고 또 밤엔 이리 왔다가 또 올라갔다 그렇게 해서 완전히 소에 시키는게 원산 상륙 꼴나갈 적에. [조사자: 아, 그러면 인천 상륙 가셨다가 이렇게 돌아서 원산으로 올라가셨어요?] 응응. 올라갔는데 원산 가니까 또 육군. 미 육군이야 저 인계해두고. 우리 또

'고성 다녔옵시소.'

금강산 밑에 고성군에. 고성 상륙해서 또 이 고성에 있는 장비, 장비들 이제 소탕되니까. 또 원산에 재차 올라갔지. 만날 육군, 저 미해병대 우리

3대대가 저 전초대대. [조사자: 아 미 해병대 3대 전초전을 우리 한국 해병들이 먼저 가서.] 우리가 아니면 말도 모르고, 자연도 모르니까. 그래서. (책을 보며) 겨당(그러니까) 이겔 보면 저 군번이 있어요. 요기 있어. 저 내중에 보. 저. 여기. 그러니까 이걸 참고하면 3천 한 10명 정도 남자. 그리고 여자 해병대가 또 여기 여자해병대가 있는 거 있어요.

[조사자: 그럼 지금 여자 해병 중에 여기 살아계신 분들 아직 많이?] 이제 많아요. [조사자: 아. 이 부락에도 있습니까?] 아니. 이 부락은 없고. 저날 우리 저 이사회때 그분들 만날 수 있어. [조사자: 아. 그러면 제주도에 많이 계시겠네요?] 예. [조사자: 그럼 한분 소개 좀 어떻게] (책을 가르치며) 아니 쩌기 보면. [조사자: 아 여기에 다 있습니까?] 전우회에. [제보자의 아내: 우리 강원도 갈 때 같이 가. 강원도 갈 때.] 전우회. 그분들도 이사들 있고. 뭐. [조사자: 여자 해병이야기는 처음 듣는 거 같아서] [제보자의 아내: 서귀포, 제주시] (책을 펼치며)제일 밑에 있을 거야. 제일 밑. 이 [조사자: 그러면 맨 처음에 열여덟에 여기서 징집이 돼서 김해로 가셨다가 김해에서 부산으로 가서 그 미군들한테 보급품

받고 인천으로 올라가서 상륙작전 하시고 그 다음에 다시 쭉 내려와서 동해 쪽으로 올라가서 원산으로 올라가셨다가 거기서 고성으로 내려오셨다고 왔다갔다 하신 거죠?] 아니. 그게 저 그러니까 해병대 전초대대 있는 것은 가서 상륙만 하민 할텐디. [조사자: 만들고 빠져나오고] 쟈읏 아. [조사자: 미해병대가 그 다음에 올라가고] 다음 미해병대가 육군이고 인개 일 두고 또 우리 또 딴디강 붙어야 되니까. [조사자: (웃으며) 미 해병대는 한 게 별로 없겠네요?] (조사자를 따라 웃으며)흐흐, 그래도 많이 죽었어. 겨우 자네들이 지원도 모르고 뭐 하니까. 70대학때 네. 겨난 그. 그러니까 내가 이 여기 (책을 두둘기며) 내 수기에 써있지만은 그 사람 내가 무슨거전 이 우리 한국에 와서 고생이니 워했나. 참 우리 어린 가슴에도 상당히 느낀 바가 많더라고. (분위기가 무거워지며)겨난 이 전장에 나가선 안돼.

[조사자: 그렇죠. 예. 그러면 그 저기 중공군하고도 교전하셨습니까?] 예! 그거시 저 거시기 1.4후퇸디. [조사자: 양덕까지 가셨다가?] 양덕 가서. 양덕에서 그 겨울을 거기서 살꾸루 생각했거든. 양덕 그 절터. 겨난 양덕국이 그 저 거시기 분진데 거기는 일개 중대루다가 파견하고 우리 3개 중대는 그 오름 그 절터에 주둔한디 아 그 초음에 가서 한 사흘쯤 있으니까 총소리 같은 게 나고 우리가 이 통일작전이었거든. 응? 전장에 하자운. 우리는 소탕작전이라. 겨하나. 나가믄 초음에는 부산 아닌데서 전과가 있다가 내중에는 우리 젊은이들이 춥구 많이 그러거든. 겨난 중공군들이 막 와서 우리를 포위한기라. 그때 포위한 것이 저 우리는 일개대대고 거기는 소위 사단이니까 16:1이거든. [조사자: 아 1개 대대하고] 인원수로도. 그렇게 포위 당한 상탠디.

그래서 어떻게 나왔냐믄 허루는 저 일개가 좋은 날이래. 겨난 저 그 수둥기. 비행기 이렇게 해서 동태가 가운데 있고 요 앞에 이렇게 헌 저 물건 실르고 그 수윤기지. 아 거기서 와서 보급품을 털어 치는데 전부 하늘이 와빡하게 전대대가 털지난. 뭐 그 뭐 그 자급하기에는 호래언적 그 우리 쫄병대 여니깐 자급해단 다 푸딩이(푸짐히) 묵고 빵가판. 그래서 헌디 또 치운날에도 그때는 또 포탄 같은거 인자 그 우리는 못 그 으 자음만 알지 그거는 완전히 모르거든. 아니 근데 밤 전야 때 되니까 아 저 그 대대장이 저 분대장들은 그기 저 지방에서 겨울이니까 땔나무를 갖다줘요. 그것도 저 호에 다 담고 실탄도 자기 삼백발. 그 이상은 버리고 다 야튼 이 저 호한테 담으라. 그리고 저 보급반장은, 보. 보급소대장은 휘발유를 다 헌(한)통씩 배급하라고. 그래서 그걸 핸 이후에 저냑 헌 열시 쯤되니까 이제 작업반 집합이양. 배급을 이틀 분을 주는그라. 아 전장 아니고 그래두 방화니까, 허리채 줘도 좋은건디. 아 이상해요. 그 후부터가 몸이 이상하니까 그걸 계국께(계속) 담으라고는 그걸 깡통 같은거 깨부리고 이레 다 기와에 담았지. 제주 저 제주사람들. 담구 그래서 밤 한 열한시쯤 되니까 이동준비. [조사자: 아 퇴각하느라 그러는구나.] 응. 이동준빈디. 3대대 저 12중대는 대대장이 12중대 중화기류니까 무거운거니까. 대대장이 앞장설테니까 대대장 뒤에 따르라 하게 하는. 겨난 그거 좀 머 이제 두루 몇 따라갔제. 따른디 눈이 많쿠 와서 야튼 그 저 백두대간 그 저 이북간에는 산이 더 산세가 허 [조사자: 험하고 위험했고?] 예. 겨닌 산꼭대기 타고 하다가 철모라도 털어지믄 땡굴땡굴 구르면 그거는 주슬일(주을) 생각을 말아자. 주스러 갔다가는 낙오되니까. 기래서 구새(사)일생으로 저 사흘밤 사흘 걸어서 마전리 미육군 부. 부대까지 걸어서 철주했주.

[조사자: 그러면 그때 중화기 중대면 81미리 박격포닙까?] 응? [조사자: 박격포 들고 다니셨겠네요?] 아아. 난 로뽀 사수라는디. 로퍼. 룩앤투포라고, 대전차. [조사자: 아, 그러면 90미리 이렇게 쏘는건가? 무반동 총으로?] 응. 무반동 총. [조사자: 아.] 그거시 제일 위험한거지 이제. 사실. 겨난 갸 김포에서의 일어난 일만도 못한 그 그래서 내가 그때 포사수냔. 그때엔 곡 저 공적도 많이 세웠고 견데 허무만 죽기 아니면 사니까 한디 왜냐면 그날 정종철 중대장이 그 저 포류한 그 영광꺼 저 그 연대장이하 영광껀 이어 저 포를 했는디 그 사람 다우 우릴 보고 진격만 진격만 하던 분이니까 자기 자체가 그 해서 얻어가고 이제 당황하거든. 그 다른데로 처리해야할 껀디. 새포한 걸 후송해야 될껀디

아연. 아 전화, 으 저 무전기로 전화하당부니까 이게 그 총으로. 현 중대장 주위를 쏘아부니께 죽어부렸지, 중대장이. 그럼 아님 나도 좀 특진. 큰 크흐 저 특진도 하고 그렇게 공도 새웠는디, 그래서 참 중대장 어멍 죽어부니까 좀 후회도 많고. 겨난 내가 책임은 아니지만은 우리 중대본부요원들이 그렇게 저 중대장만 살아있으면 그렇게 저 전과가 크고 하니꺼 한디 그런.

[조사자: 사고사 하셨구나?] 응? [조사자: 정중철 중대장이란 분이 사고사 하시는 겁니까?] 그분이 상당히 저 똑똑한 분이라. 우리 어린 때지만은. 그래서 그 중대장이 있을 때는 그 우리 부대가 그렇게 편안했는데, 그 분 죽어 부니까 이젠 이 보병 그 중대장보다 밑에 사람이 우리 중대장에 왔거든, 포행중장을. 겨니간 아튼 맥을 못 쓰는그라. 겨난 우리가 중화기 중대가 그 저 이하 부대에 속하는 그런 쫑까디리를 했주게, 겨러니깐 고생도 많이 해불고. 그런데 무사히 그때 저 마전리에서 마전리골에 오니까 미-군이 일주일동안 휴가, 휴가해서 온 날은 무슨 말이냐면 자기네가 보초서고 뭐 할테니까, 자기네 천막에 자고 목욕도 하라네네. 그 드러므통에(드럼통에) 물 끓여주고 허난 우리 그래서 그 퇴위 받았다구, 미군한테. 그랬다가 일주일 지나니까 이젠 미군 수륙차가 원산서 오니까 원산에 가서 또 함흥 흥낭 그 뒤 비료공장이 있는 저 들어온거, 일본서 들어온 군수품들. 그거 다 싣고 내치고 해둔 우리가 또 제일 내중에 후퇴핼 주게. 후퇴하진 나니까 굳세어 금. 금수나. 응? 여이 그 때 후퇴할 때 그 금순이 [조사자: 굳세어라, 금순아] [조사자: 저기 뭐야. 흥남부두 이렇게 나오는거.] 그걸 우리가 겪어쭈게, 겪어서. 견데 그때 이거 뭐 공개할 말도 아니구 한디. 그때 우리가 장비갖고 하니까 그러디 원산 그 저 함경도 사람들 일-천명이 왔거든! 원산부두에. 오만 명이 왔다고요. 오만 명. [조사자: 같이 저기 뭐야. 피난?] 피잔갈려고. 피. [조사자: 피난 갈려고?] 예. 이남들 이자 [조사자: 이남 내려올려고] 우리 고짝으로 올려가구네. 우리는 에레스티(LST) 두 개밖에 없었거든. [조사자: 아, 그게 그 유명한 흥남부두 사건이구나.] 우리, 우리 부대에 저 우리 대대에 배속된 건 두 대, 두 대뿐이라. 겨난

헌데 젊. 젊은 사람 와서 전장 저 거시기 군인이나 쓸 [조사자: 쓸만한 사람.] 헌데씩 태워부니까 나머지 부녀자들으이연 그 사람들이 물통이에 그 바다 부두에 빠지면서 '자유가 아니면 죽는다'라고 생각하니까. 우리가 그걸 보진못했다고 (다들 혀를 차며) 겐데 또 그으 해서 열차를 오다가 또 바다에 신, 댓거든. 그때. 1.4후퇴때. 겨난 그 비극이 좀 이만저만 아니래에이중에. [조사자: 그럼 그] 겨난 좀 우리 그때 열여덟, 열아홉살에 그렇게 그 좀 설음도 많이 보았고. 부모 생각보다도 그 사람들 응? 왜 자유가 아니면 이 전장이 아니면 그렇게 죽어가냐 이거라.

[3] 휴전과 귀향 이후의 삶

[제보자 아내: 그땐 군대 가가면 주거, 주거응그로만 알았쥬.] 아이 겨난 나가(내가) [제보자 아내: 죽은줄로만 알았죠] 그르제. 다음에 어디 갔냐하면 초두각간, 초두. [조사자: 초두요?] 예, 백령도 위 [조사자: 아 백령도 위에] 우, 위에 철도가 저 진남포, 아니 저 진남포가 아니고 저 시우리 앞이고 평양앞이가 초두라. 초두섬에 우리가 갔는디 거기서 뭐하며는 이 편지, 군사편지를 쓰라하요. 나 그때는 저 분대장 당시니까 겨이 그때는 또 계급도 빨리 오르고 좀 대우도 우리 응 저 4기생은 조금 에이비씨 안되되네 했지 군대에서 특징도 쉬어주고 했어. (웃으며) [조사자: 연락이 아예 없으니까] 아아, 겨난. [제보자의 아내: 이북가분나, 이북. 그때에 가서 22달을 살았거든, 그 섬에서.] [조사자 : 아, 22달요?] 22달동안. 그러니까 22개월 동안. [조사자: 어휴, 오래계셨구나.] [제보자 아내: 이십육개월 2개.] 22개월! [제보자 아내: 22개월] 2년. 만 2년이니. 그래서 휴전되니까 그래서 내려왔지.

휴전되니까. 섬 내주어버리고. 이북 땡(땅)에. [조사자: 아, 그럼은 지금은 이북땅으로 지금은 넘어간?] 응. 겨난 백령도까지만 우리 남땅이고 그 저 [조사자: 초두라는 데는 우리 땅입니까? 지금?] 그 위. 옹진반도 장산곶. 장산곶 최남 내지 삼팔선이니까. 그걸 경계 위에껀 섬을 우리가 해병대 주둔하던 중에. [조사자: 아, 해병대가 주둔하고 있었구나, 거기를.] 응. 겨난 이 저 평양에서 백일일절 나가지 못하게되. 우리 해병대. [조사자: 꽉 지키고 있으니까요?] 해병대 한 9백? 한 180명? 한 300명, 300의 거슨명이 있으니까 저 미군 13사람하고, 여하튼 이 통신. 고문단이라고 해서 해병대 그 사람이 지원안해주면 우린 맥을 못써주게. 뭐 장비라서. 겨난 밤에는 저 영국배. 영국배가 낮에는 이 섬의 이리가 육지고 장산곶 주민 이건 육지면은 영국배가 나중에 이리로 댕겨. 그러다 밤이 되면 이 섬 우리 이쪽에 자기네도 살아야되니까. 흐흐. [조사자: 섬 이쪽에. 섬 뒤쪽으로? 아.] 겨난 맥이 지니까 뭐 살고 또 우리 할망 제대 훈 흐 저 휴가하고 안 그 휴전되니까 장개가네 이렇게 잘 살았지 뭐. 우리 할망 고생 많이 했어요. [조사자: 몇 년도에 제대하셨어요?] 저 56년도. [조사자: 56년도요?] 게서 7년 살았어. [조사자: 그럼 만 7년 군생활 하셨구나. 해병대로] 허허. 그런데 [조사자: 총알만 하나 이렇게 스쳐가고] (제보자 웃음)

[제보자 아내: 난 이거 무릎 수술 해부나니께이어장성. 이래왔제는.] [조사자: 아, 밑에 무릎] [제보자 아내: 무릎 다 수술했지.] 너무 이 박하게 팔남매 낳아주니까 그게 맥여 살려나네, 저렇게 [제보자 아내: 무릎 다] 그렇게 막 제주도서 자갈밭에 일해부난 다 반젠 그래두 이제까지 둘이가 사라지난 그렇게 좀 복이 [조사자: 그럼 제대하고 바로 결혼하신 거에요?] 아니. [조사자: 휴가 나와서 결혼하셨어요?] 휴가 나, 휴전되니까. 예를 뭐 저 하사 직위에너지만은 옛날에는 이등병 유대면 해병대 이등병이면 셌어. 겨난 경 계급도 올르거나 아 저 거시기 부대에서 모범용사로도 되고 뭐 그래서 휴가 보내주게난. 거 장개가랜 아버지가. 허허. 또 다음 휴가 헌 대 여섯달 있난 또 휴가 보냈는디 장가 가주게. [조사자: 아, 휴가 와서. 그럼 휴가 나와서 결혼식 하셨어요?] 응? [조사자: 휴가 나와서 결혼식 하셨겠네요.] 응. 겨이서(거기서) 장가가는데도 헌 2년 군대생활 하다가 그래서 제대허눌제사 큰 떨도 나고 뭐. [조사자: 아, 그랬구나.] 겨난 군대생활 하면서 그냥 오자부두안해부니 원 뭐 흉질일 7년 하제

나니까 좀 힘들긴 했지마는.

[조사자: 그럼 제대는 어디서 하셨어요? 어디 계실 때?] 김포. [조사자: 김포.] 금촌. [조사자: 금촌] 이제 저 이사 다니는데. [조사자: 역전의 용사시네요. 진짜.] 허허. 근데 하얏골 문산 대단하저. 금촌. [조사자: 그쪽 잘 아시겠네요. 지금도 거기 통일 전망대 있는데. 저쪽에 그 뭐야, 김포 쪽에서 이렇게 올라가니까.] 예. [조사자: 아, 그러면 해병대가 지키고 있다가 저기 휴전하면서 섬을 하나 내주고 내려온거네요.] 휴전되니까. 철주! 철주는 그데 섬에 있는 양민 전부 처, 철수시키는데. 철주시컨 이제 서해 우도 연평도. [조사자: 백령도] 어, 백령도에 사는 사람하고 연평도 대청도 소청도 그쪽들에 피란시키고 저 우리는 또 에레스탄에 딱 내렸지. 그런디 딱 배에 태완보니까 헌 열 살이 그어서. [조사자: 열 사람이 없어요?] 그 즉 주민이. 전부 철수시키려고 했는데. 그를 벌써 그 사람네들 그 뭐가 있는 거라처닌. 겨난 그런디 우리가 살았주게. 그렇게 첩자 있어도 그런데라. 첫째 뭐냐면 민폐금절. 폐를 끼치지 않으니까 이 저 그지 사람들이 식구마냥으로 저 우리를 데리구 간게야. 그래서 전장에 이긴 그라. 겨난 우리가 이 연평도에 참 연평도가 아니고 초두에 올라간거니까 그지 사람들이 군인이 있었주게. 인민군. 방어. 방어하는 사람이 있혔는데. 우리가. 저 상륙할 때까지. 그 사람들이 나무도 해어다 놓으라. [조사자: 아, 민간인들한테?] 예. 민간인들. 물동이로 여자들한테 [조사자: 예예. 일을 많이 시켰구나.] 물동이로 가져오라 한디. 우린 뭐 숯핑하고 가재가서 뭐 쑤무나무 난 놈들이 뭐 물구 고저단 못 먹었거든. 비러기열, 나무를 그렇게. 그래서 하니까 이 사람들이 우리 한국 사람으로 알아. 알안. 어디 일본 교포나 뭐 한걸로 알았단. 나중에 알고 보니까 이 제주 사람이라. 저 제주 사람들이 조금 좀 무뚝뚝한건 있어도 몸은 상당히 그 저 거시기. 겨난 서울사람들도 인천 상륙하기 때문에 제주도에 나온걸 알았지. 경황일 때는 제주사람 뭐 섬사, 섬등으로만 취급해주께. [조사자: 아, 인천 상륙작전 주력부대가 제주도 사람들이었네요. 보니까. 처음 알았습니다.] 이제는 저 서울 사람들 제주사람들 상당

히 잘 알아주고. [제보자 아내: 이, 이제 유월달 나면 강원도 가고 시월 달 나면 인천가구. 일년엔.] 아, 그난. 전승지. 전승지. 저난 저런거 싸람들이 다루었던겄들.

커피한잔씩 하세. [제보자 아내: 아구 커피 할까? 커피.] 커피. 물만 데우면.

[조사자: 원래 두분이 알고 계셨어요? 같은 마을이시면?] 어당? [조사자: 할머님은 알고 계셨어요? 결혼하시기] 아, 결혼하기 전에? [조사자: 예.] 몰랐어. 동네에 있어도 그때는 처녀들 아기두 나갈 일드라비니가 우리 할망이 그때 15살, 14살이거든. [조사자: 아, 그럼 몇 살 차이 나세요?] [제보자 아내: 3살 차이. 3살.] 겨로난. [제보자 아내: 커피 하겠소? 커피.] 커피 한잔씩, 겨로난 그 어릴때는 이 그 나이가 이렇게 된다구. 겨우 우리 또래, 우리 또래 영윤에 저 그때 저 제주도는 예비군만 내면 장가보내 버렸쭈게. 이 4.3 사건도 있고 여러 가지 섬의 요건으로. 겨난 나도 중학교 안댕겼으면 장가 갈낀디. 겨난 나허고 한 영윤에 아방 내지 아버지들네가 이렇게 왔던 사람이오. 휴, 그때 휴가간 분은 벌써 축하부대 시집 가부려서. 제주도 내에선 한가지 단점이주게. [조사자: 그럼 미리 아버지께서 잡아놨다가 휴가 때 잠깐 보고 결혼을 하신거에요?] 아니, 그때도 에피소드가 많져우. 이 저 우리 고모네가 이 화순리. 화순리에 살고 허난 고모 떨 우리 사촌들이 오라버지 저 거시기 휴가 왔자하난, 소개해줄턴. 그래 놀 일도 없고 고모네 집에 가면 그 새악시들이 많이 쉬더라고. 선을 배운디. 육지는 그 저 뭔가 이 저 으 그 뭔가 매파. 옛날 말루 해서 매파로 해서 여기 소개를 하는디 이 제주도는 그런 매파가 아니야. 이 저 친척끼리. 친척의 어미들이 자기네 저 친구나 좋은 사람 있으면은 요집에 강곱서 이런 양으로 하고. 또 경아니면 실력이 없으면 매파 비러그네 예 저 하기도 하주겠지은데. 난 히이허이 허끔 얼굴이 미인은 아니어도 이게. 그러거난. [조사자: 잘 생기셨을것같은데요.] 그 딴 이 허리도 굽지 아니하고 할 땐 좋아써 그란디. 그래서 뭐잉강 골룬 일하나. 저 이집 소새끼나 팔까 해쭈쩽. 제주도 말로 돼지 팔아 챙길껄 팔거이니냥을 그렇게 해서 게서 말 붙이고 영 처년식

구들이넹 저. 물부터 얻어묵어보랭 거기서 겨으믄 가까이서 얼굴이라두 볼수 있다네 다. 그러지마라잉. 댕겼다고 그래 휴가오고난게 그래저래 하난. 아 이게 저 동네 바로 위 동일주민이게. 우리 할망이. 아 그래 우리 형수가 저 저 뒷을 저 아주방 강 봐라 어이헌. 간줄알안. 괜찮으게 멍먹이렇게있나누. 나 휴가 왔다 가난. 저 그때 전화가 없을때난. 전화 통신대 있어도 그거 힘들고. 요기가 전화 없었거든. 저 우체국이나 어디가나 전화비 내기가 그. 그건 아니고. 아, 전. 저 영윤 그때두개 누구한테 영윤 날짜 봅수게, 다음 휴가. 그때 되정. 척후라하난 경윤 휴가왔네.

[조사자: 그러면 어르신은 4.3 때는 별로 뭐 사건은 없… 상하지 않으셨습니까? 저기. 동네나 마을에.] 아! 4.3때 힘, 힘둘었주. 아바지가 이 저 이승만 박사 대통령한테 표창도 받았지만은 참 힘들었어. 아바지는 이남쪽이고. 이 동네도 알고 보니 위원장이. 육지간 우리 전장간부나 위원장이. 저 이장이 위원장이라. 그 인민 위원장. [조사자: 예예. 이장 같은거?] 으. 근데 이 동네도 위원장이 저쭉에. 우리는 몰랐고 위원장님, 위원장님 불렀어. 어릴 때니까. 그래서 그것이 선이. 동네니까 그릇 뭐하기 그. 그과 관계는 없지만은. 게서 좀 저 산에선 [조사자: 서로 달라가지구] 응. 산에선 우리 아바지 납치하려만. 계속 오거든. 이 저 일본놈의 색상. 그 저 총. 그 저 구급식, 일본칼. 그들 차고 그 일본 저 신발도 일본장비들 허구 산에서 내려온. 떠무느무 좋아. 일주일에 한번씩 뭐. 그, 그가 우리 아버지가 몬낭 집이 살수가 없었거든. 겨난 어두워만 가면 이 흰 옷은 아버진 쭉해서 조금 그렇게 나산댕기기가 흰옷을 입었는디. 저 갈옷. 감옷입어서 보호했주. 밤에. 흰거하면 얼른 찾이하거든. 그래 집에 잠을 못잤어. 그래서 이 이 숲에서 살았주게. 이 숲. 이 숲에 대나무 있었지, 있지만은 대나무 깡으로 해. 거기. [조사자: 아, 여기 뒤에 숨어계셨구나.] 응. 거기서. 우리도 밤엔 여기서 많이 잤어. 겨난 어떤 땐 우리가 이 저 허금 이 농사 좀 많이 하니까. 식구도 많고 우리가. 육짓말로 종가기 때문에 우리 아바디가 종가기 때문에. 그래서 음식도 많이 대접하제노면은 이 농

사를 많이 지어야해. 저 놔두면 일본 사람들 공초를 허다가 해방되니까 쪼금 여유가 있은거. 여유 있으니까 산에서 막 다 꺼내불지. 새벽까지 소리 없이 실컷 자 보는거라. 그래 나도 맺 번 납치될뻔 힐떼에. 두 번은 죽을꺼라 생각했는데 그래도 요행히 요행히 살아난 그래도 해병대 가니까 참 허름하면서도 헌 뜻으로 참 좋아. 안전하거든. 그래도 그런 말을 지금 뭐 4.3과 인제 뭐 과거를 이야기하면은 모든 것이 연날. 제주도말로 비리. 비리가 캐내질꺼니까, 일절 뭐 그건. 누가 질문하는 거고. 그럼 아닌 구체적으로 고런 말도 안혀.

(제보자 아내가 커피를 주며)[조사자: 아우, 고마습니다.] [제보자 아내: 깜박 깜박 잊어부려, 오믄 커피해드릴려했는데.] [조사자: 아이 괜찮습니다.] [조사자: 감사합니다.] 식기전에들. [조사자: 할머니 성함이.] [제보자 아내: 윤달화.] [조사자 :이름 이쁘시네.] [조사자3: 그런데 할아버지님이 결혼해 놓고 다시 군대 가버리셔가지고 혼자 계셨겠어요.] [조사자: 제산 잘지내고?] [제보자 아내: 예.]

[조사자: 8남매 두셨어요?] [제보자 아내: 8남매나. 아들도 4명, 딸도 4명.] 견데 상 난 것이 다 살고 또 이 저 불구자나 뭐가 아닌데 허연 하고 며느리나 사위나 그대로 또 살고, 지금. 외손주들은 난건 다 외손주까지들 다 살고 그래겨난. 제보단 더욱 저 바릴게 없어. [조사자: 네, 그럼요. 다 오시면 엄청나겠는데요.] 흐흐흐. [제보자 아내: 떠뜻한데 마십세.]

[조사자: 전쟁이 6월에. 6월에 전쟁이 나고 8월에 입대하셨잖아요?] 예예. 6월 25일이니까. 한덜러간이유. 헌달. 전장나고 한달 사이에 벌떠(벌써) 낙동강까지 와부니까 이젠 제주사람들 4.3사건 나서 저 거시기선 정부에선 빨가이, 빨갠 물인줄 알아도 지원대로 모집한거라. 그런데 성공한거지. 견데 모집해 보냥 헌 5000명 필요한디 1500밖에 못받는그라. 그래서 2차에 또 1500명, 3000명 맨들어서 인천상륙을 했으니까 좀 이거 신기하고도 좀. 생각 예 이 저 보통 머리론 생각질 못한거를. 견디 우리 가 운이 좋았어. 전우들 서백명이 죽었지만은, 3천에. 겨난 일월 일날 죽은 거나 죽고, 부상 안당한 사람 없고. 내난지기라 쪼금이라도 부상당했지만은 그래서 이긴거지. 또 치료만

하면. [제보자 아내: 우리 척 , 우리 척 배우제나난.] 또 또 나갔으니까. 아, 책. [제보자 아내: 예. 우리 척.] [조사자: 그때 전쟁 6.25 터졌을 때 제주도는 어땠나요? 소문을 들었을 텐데 전쟁 났단 소리를. 그때 여기 다른 뭐 별다른 일은 없었어요? 제주도에는요.] 겨난 섬. 이 부락마다 이 해안하고 중상가는 덕수만이 있었어. 옛날부터 덕수였던 부락이 뭐냐면. 일제시대부터 학교에 있었거든. 그래서 이 저 덕수사람들이 하금. 기백이 센디라. 이제꺼지도 헉교 살리기 운동으로. 이제 뭐 헌 참 곤란짓을, 농촌에.

[조사자: 전부 다 32년, 33년, 34년 요 또래 이시네요? 다 보니까.] 예. 겨난 해병대가 30년생이 많을 때. [조사자: 그러면 그 3대대 12중대는 전부 다 제주도분들만 같이 있었, 모여 있었습니까?] 어디? [조사자: 그 해병대.] 아, 처음에? [조사자: 예.] 인천성륙할 때? 예. [조사자: 그러다가 이제 뭐 나중에 더 지원병이 들어오는] 내중에, 내중에 해군 17기, 18기 왔는데. 해군 17기가 예. 8월 15일 입대. [조사자: 8월 15일 입대.] 겨어난에 3기생이 있는허고 또 저 9월 15일 입대에는 18기생인디 우리 4기로 해주게. [조사자: 4기로 치셨구나] 그래서 우리가 전장하면서 어 7기 생이. 5, 6기는 인천. 7기생이 백령도. 7기갠 백령도. [조사자: 어르신은 3기 생이시죠?] 우리 4기. [조사자: 아. 4기 생이신가?] 응. [조사자: 아, 9, 9월 5일자?] 아니. 8월 31일. [조사자: 8월 31일? 아.]

[조사자: 지금 해병대가 몇 기 까지 나가는지 아십니까?] 천한 이백 [조사자: 천이백이요? 야, 그럼 뭐. 그 모임에 나가시면] (다들 웃는다.) 하하. 근데 완전 하르방이지게. [조사자: 그래도 4기생이신데.] [제보자 아내: 해병대 갔다올 때마 독후해서.(독해서) 무수와. (무서워) 해병대 갔다왔어. 개병대 갔다왔어하구.아이고.] [조사자 아내: 지금도 여기 마을에서 해병대 입대하는 젊은 친구들 있을까?] 네. [조사자: 제주도. 제주도 사람들이 해병대 많이 가는 것 같아요.] [제보자 아내: 우리 큰아들 해병대 갔다왔어.] [조사자: 아, 그러셨구나.] 응. 제주는 해병대. [제보자 아내: 해병대 갔다오믄 초음은 막 독후혀. 우리 큰 아들도 잘두 독후해났어. 해병대 갔다온. 이제는 막 착한디. 해병대가 강하게 해

논.] 아닐수도 있주게. (벽에 걸린 상장을 바라보며) [조사자: 그게 이번해 2008년에 받으셨네요?] 예 ? [조사자: 그 국가 유공자 증서를?] [제보자 아내: 긱가이, 국가 위공자] [조사자: 2008년에 받으셨네요.] 그러니까 저 왜냐면 이 것이 안된거지. 그전에. [조사자: 그전에는 규정이 안됐다가.] [제보자 아내: 예] 아, 겨난 김대중이 대통령이 이 국가유공자를 맨들명 그 참전 유공자로 했주게. [조사자: 아, 그때는 참전으로?]

그것이 왜 그것 저걸 했냐면 어 이것이 우리 조금 불만이라. 군대 갔다온 사람을 참전유공자 하고 교육자. 교장, 교감. 초등학교. 그러니까 그것이 내가 이거 비판한 건 안됐지많은 사실상 우리가 억울한 얘기 때문에 비판한그. 우리 어릴 때도 사장, 소장 스승사자에 어른장자 해서서 소장하면은. 줄을 출 때 또 헌고랑에 술을 한병 가져가서 보믄 이걸로 만족하고 애들을 겨우 후안문 하나 가둔디 또 그것마저도 없이 저 때나 집에 와 그래 이 저 이 학당이 되그래 이 마을에서 공부시키제 놓으면 주인이 밥만 먹여줘도 아이들 공부시켰거든. 그러다 그 저 국가 보안법 폐지시키면서 그 또 이런 말 허지 말아야될 될껀 또 나오네. 그 저 으 서장을 저 먹고 이 교훈노조라는 노동조합이 선생이면 선생이지. 그걸 말부터가 틀려불고. 그래서 교장, 교감을 으 이제 거꾸로 6.25를 다가 이 우리 제주사람이 밀려갔다는거라. 응? 밀려가서 전장에 내우쳤다. 결론허구 훈장님 그 초등학교 교장들안텐 훈장주구 우리 꺼꾸루 역적을 만들었다나, 대중이 당시. 그래도 참전 유공자의 흔 말은 그때 나왔어. 경이단 저 이 노무현 지나고 이 대통령 나오니까 이것은 안되겠다, 허믓은(허물은) 바로잡지 못해도 이 사람네가 희생없었시민, 대한민국이 어디서 날꺼냐. 그래서 이 저 유공자로 칭해준. 겨난 우리 피. 피 흘리면서 삼년 몇 개월 동안 예 그 휴전되는 날까지 그 전방에 붙어서 그 헛구댕이. 응? 집이 아니고 땅굴 파서 우리 두더지 생활 했어요. 그런 사람을 훈장 하나 해주고. 혹시 저 훈장 탄 사람이 있는디 그 사람들은 후방에. 후방에 보직한 사람들이 다 훈장탔어요. 우리 친구들도. 우리 제일 전방에 이 구대기 파서 그즉 천막 아래서 그렇게 비 맞으면서 산 사람들은 훈장 탄 사람 없어. 이것이 돼지도 않지. 겨난 비평으로 영국도 이런 문제가 있는데 우린 몰랐어. 거거 대모하는 것도 아니고. 이왕 춘 기쁨 그걸로 만족해야지 뭐.

[조사자: 그때 6.25 당시 상당히 3..3년동안 많은 일을 겪으셨을 텐데요.] 예? [조사자: 그 전쟁 때 겪으신 일이 굉장히 많으시잖아요?] 예예 [조사자: 그 중에 저 뭔가 기억이 특별히 기억이 나는 그런 일들 있으면 이야기 좀 해주세요.] 아아. 그런거. 참. 에피소드가 있지. [조사자: 기억나는 그 전투담 이런거 혹시 없으세요?] 겨난 이젠 뭐 다 전투지 뭐. 저 인천상륙현 그때부터 해야인즉. 겨난 그 이게 뭐냐면 콘크리트가 아이고 육지에서 다 이 저 거시기 흙두둑, 전부 이 비포장도로고. 어. 겨 그 저 거시기 논두렁이에 이 버드나무나 저 은행나무 심어있거든. 그래서 이제 인천상륙허고 또 낮에 시달리고 하면은 밤에도 보초를 나가. 이런게게 있어요. 이게 시계. 시경 허루에 몇 번씩 두는지 몰라. 이거 우리. 꽃 같은 또래니까. 헌 삼십분 돌림 또 여거 돌려서 두시간 됐다 해서 깨우고 그러다보믄 시계가 어 허루에 몇 번 도는지 몰라. 그거는 흐허허. 겨난 일주갔어. 이제 회군하니까는 그 이제는 다 차로 가고 뭐하는디 기동병이라 그때는 두터보거든. 배낭을 끼고 총 두루메고 실탄 차고 수류탄 이리 차고. 그래서 가당보면. 앞에 사람이 오메단디 그 사람만 보면서 가다보면 반은 자는거라. 하당 졸아 텅 떨어지면 논뚜렁, 그리 발이 푹 빠지는 그라. 겨우 얼른 올라가서 정신처레거넌 또 헌 삼십분 걸으면 또 졸리는 거야. 겨난 그때 한번 실컷. 밥을 잘 먹었시민아니고 헌번 잠이나 실컷 자봤으면 첫째. 우리 쫄병들. 보충서다가. 보초를 하다 새는디 그것이 또 이젠 우리끼리 여간 둘이 사는 거구려. 한 사람씩 하면은 두시간 살뜨이. 보통 네시간 서야 돼. 밤에 그런디. 저 두시간이면 될 거 아니야. 여기서 서로가 짜거든. 짜다보면 이노무거시 꺼구로다. 꺼구로. 흐흐. 그런것도 있고.

[제보자 아내: 귤 더 먹어.]

[조사자: 다른, 다른 군인이 전우가 이렇게 전사하는 것도 옆에서 많이 보셨겠

어요.] 경우거거 비참한 것이 미군이 보통 운전수거든. 이 보급물 길 갖다주는 지원허는디. 그놈들이 그 저 다리. 다리를 폭파시켜두고 모르거든. 운전수는. 가라하믄 이체 일로 가면 내릿. 기루만 가면. 저 미군들 무슨껄라 이거니. 아 그 지프차 하나 새우 저 지프차? 지프차 허나 하고 그대로 전차나 하나 하믄 그대로 차를 열 개고 스무개고 저 운반하고 제일 뒤에 또 전차하나 배치험세. 오다가 그 다리위에 오면 가지도 못하고 거기서 많이 죽었다고. 이 저 차가 수륙된 빠꾸도 못하고 그 다리에서 허니까 그제서 저 고지에서 폭탄같은거 떨쳐서 미군들 희생이 그런걸루 많이 죽고. 겨난 그거는 전술적인 문제기 때문에 우리 쫄병은 눈으로 보만 하지 참. 그리고 밤이 물이 기립거든. 물을 길으면은 응? 물을 먹어보믄 해골 바가지의 물이라. 그으런 상황뭐. 달빛에 빈찍빈찍 하면 그것이 물인 줄 아낭. 먹어보면 바가지가 아니고 해굴바가지연. 썩은 물. 경 먹어도 건강해.

[제보자와 조사자들이 잠시 쉬면서 집안을 둘러보면서 이런저런 얘기를 하다가 다시 전쟁담 구연과 청취로 들어갔다. 참전 경험에 대한 보다 구체적인 이야기가 이어졌다.]

[4] 제주도 2.7 사건과 4.3

[조사자: **할머니가 군에서 보시라고 찍어준 사진이구나!**] 이거 19살 때, 19살에 저렇게 뚱뚱했어.(웃음) [조사자: **양구전투도 참전하셨습니까?**] 어. [조사자: **강원도 양구, 강원도 도솔산 전투가 모 거기도 참전하셨습니까?**] 응. [조사자: **해병대가 왜 거기까지 왜 갔습니까?**] 승승잔에 가니까 그냥 우리 할망까지도 이곳이 우리 이제는 통제해서 도솔산 그 암벡(암벽)에 인민군들 스물 단 바위 못 보지만 우리 옛날 처음에 댕길 땐 그 암벡에(암벽에) 가서 제 지냈거든, 시도 낭독하고, 우리가 [청중: **도솔산에 올라가자 보면 처음은 막 뚤뚤뚤 해진데 이제 질 하여분 하니까 편안해요. 우리 도솔산에 몇 번 갈다왔는데.**] [조

사자: 강원도 양구에 거까지 같다 오셨다 고요?] [제보자 아내: 일년에 한번씩가.] [조사자: 할아버지가 거기서 좀 크게 싸우신 것 같아요?] [제보자 아내: 예, 거기서 전쟁해요!]

(잠시 사진, 책 등을 보느라 이야기 중단)

[조사자: 아! 이런 책도 만들었구나, 아 할아버지 잘 생기셨지, 어 와~~똑같아 제주 생활사 비슷하게 나온 책인데, 집에 있는 모든 집안 가재도구 모든 것을 다 찍어서, 책이 굉장히 재미있어, 국립 민속 박물관 ,이거 기증하셔서, 이거 받으신거구나!]

[조사자: 할머니 좋은 것 많이 만드셨네요?] [제보자 아내: 예.] [조사자: 좋은 거 많이 만드셨다고요?] [제보자 아내 :(웃음) 많이 봐서] [조사자: 예- 참 좋은 책인데요.]

[조사자: 이 책을 살 수 있을까? 살 수 있을 것 같은데, 제주도에 생활이 어땠다는 걸, 대표적인 가정을 하나 골라서 만들었구나, 아! 강선형선생이 그래서 여길 잘 아시는구나! 같이 나왔었구나, 응]

[조사자: 결혼하고 할아버지 군대 가시고 혼자 시댁 생활하기 안 힘드셨어요?] [제보자 아내: 응.] [조사자: 군대 가시고 결혼하시고요, 다시 군대 들어 가셨잖아요, 그럼 혼자 시댁에 계셨을 텐데 안 외로우셨어요? 힘드셨죠?] [제보자 아내: 허-.] [조사자: 그때 전쟁 때는 어떠셨어요? 여기 제주도에서 생활하시는데 큰 어려움은 없으셨어요?] [제보자 아내: 제대할 때?] [조사자: 전쟁 때, 6.25 때?] [제보자 아내: 할으방 보나 나 나는] [조사자: 예 제주도 여기에 계신 분들] [청중: 나는 어-이 우리 숨어만 살았지, 고부하고 살았지. 그 폭도들 내려오면, 폭도들 내려오면 우린 그냥 저녁 식사만 끝나면 이 숭문에 요 요가서 살았어, 숭문에, 우리 친정은 저 뒤니까, 친정은 저 뒤니까,

"저녁 빨리 먹어라!"

하면, 저녁 식사해서 여기만 만 살았어. [조사자: 낮에는 그냥 생활하다가 저녁에는 산사람들 내려오니까] [제보자 아내: 응 낮에는 그대로 살고. 우리 큰오빠 이제 살았으면 여든다섯인데, 우리 큰오빠는 이렇게 곡속해서 누르면 그 눌꼬망에 이 많안 사람 하나 곱게(숨게) 하는 눌땡망에서 살았어, 죽이러 오느땀에. 거기서만 오빠 살고 우리는 저녁식사 빨리 먹어분에 낮에도 작-작하지 가보자구, 그럼 저녁식사 끝나면 바로 여기만, 여기만 고분에와 여기만 고분에와 여기만 고분에 오면 밝아 가면 또 집에 가고 그럼 고생이 말도 못해] [조사자: 산에 내려오는 산사람들이 많았어요? 그때요?] [제보자 아내: 예, 너무 너무 고생했어. 우리 조서도 일찍하고 나는 조서도 그때 한 열 몇 살에 조서도 일찍했어, 성땀영 두를려고, 성땀영 두르나 일조대, 이조대, 삼조대, 사조대, 오조대, 육조대, 칠조대, 십조대 그 초소들도 다 빙하게 성가에 들어가면 그럼 여자들도 초소를 지켰어. 아~ 고] [조사자: 잡아가면 어떻게 해요? 산사람들이 잡아가면, 잡아가면 어떻게 돼요?] [제보자 아내: 돌아가면?] [조사자 :산에 잡혀가면 어떻게 돼요, 일시키고 그러나면 산에 데리고 가서?] [제보자 아내: 한 앞으로 전달하면

"전달 몇 초소",

"앞으로 전-달! 몇 시간 전달!"

그렇게 하면서 한 소리 들어 지겠끔, 초소 지샜지!] 그러나 이 덕수가 초소가 16초소 빵하게 [제보자 아내: 앞으로 전달 몇 초소] 삼매다 높이 돌 쌓거든요. 우리 군대가기 전에 그러니까 덕수도 이 성을 다해야 된다고 해서 성을 다니까. 낮엔 산에서 [제보자 아내: 나 처녀 때] 내려오지 않겠지, 이렇게 높이 싸니까, 들어오지 않겠지. 해서 안도감을 해서 다 그날 집에서 다 잤다고, 그러나 그때 막 대군이 들어와서 확-소문이 4개라서요. 서북문, 동북문, 남문, 서남문 해서. 네갠데. 올콱 들어와서 불을 붙이는데, 이 동네도 반을 붙여 버리구만. [제보자 아내: 집 집 마다 불을 붙여 부려, 집 집 마다 불을 붙여

버려 폭도들이 와서] [조사자: 마을이 거의 다 타겠네요?] 이제 '야! 이성도 필요 없구나!' 하는데.

게도 성이 이성도 주둔수가 있거든 서부락에, 주둔수가 경찰관 2명하고 그 저 부락에 유지급 들은 거기 있고, 이 처녀꺼지도 그렇게 해서 16개 초소니까, 부락은 쪼그막하고 16개허면 낮에는 저- 생업하고 밤에는 보초서다 보면은 뭐 그때 꺼징지. [조사자: 초소에 주민들이 삽니까? 아니면 경찰들이 나와요?] 처녀들까지. [조사자: 처녀까지]우리 군대 가고 그건 안했어. 처녀 열여섯 된 처녀. [조사자: 초소를 16개를 만들어가지고] [제보자 아내: 경어나 그 성당 다부나네, 그날 저녁 저 잠자나, 왈칵 다 맞은 설도 다 들어가 버리지, 쇠도 다 익어 가버리지, 사람도 다 죽여 불리고 하지, 그래서 계속 보초 섰지.] 여기서도 한번 거시기 와서 교전도 했어요.

[조사자: 교전도 했었습니까?] 주민들하고, 주민 그날 열세사람 죽었어. 교전하는디 그때 대장이라고 철장 일라해서 대장간 있잖아, 대장 일위가 옛날 불무(풀무) 고장이나, 쇠 녹이는 기술이 있었거든 그래서 내가 철장 같은거, 자기대로 만들어서 호미, 낫 같은걸 해서 [조사자: 날카롭게 해서] 이렇게 삐죽하게 해서 나무 한 이매다(2m) 일매다(1m) 반해서 정도 그거해서 [조사자: 창을 만들어서] 그래서 그걸로 대항하니까, 그게 희생 될 수밖에 [제보자 아내: 여기서 저 올레 반석까지 올레 만석 지셋을 꺼정 초소가 돌아가면] [조사자: 그럼 그사람들은 총이 있었어요?] 응. [조사자: 그 사람들을 총이 있었어요?] 근데 그 사람들이 나중에 저 추적해 보니까 경찰관들이 뒷날 벌거서 이불 같은거 여기 훔쳐가면서 그 이불에 피 [제보자 아내: 옷도 다 훔쳐가 버리고] 그 사람들이 다 희생 됐겠지, 교전 붙을때, 우리 이 주민들이 열세 사람이 죽을때 부상이 아니고, 죽은 것만 열세 사람인데, 그때 좀 오합지졸이지, 그 사람네들 많이 희생되긴 됐어. 근데 시체를 내버리고 아니 가니까, 몇 사람이 희생 된지를 잘 모르고. [제보자 아내: 중창하여서 나무에 칼 꽂아서 찔러 죽일라고 막, 우리도 그렇게 잘리고 폭도들도 그렇게 잘리고. 중창 위에서 겁나서

겁나서(웃음)] [조사자: 그 사람들은 산에서 그전부터 계속 그렇게 살았던거에요?] 산에 굴, 있잖아 동굴. 동굴에 이제도 저기도 가면은 저 그 흔적들이 사발 까진 것 같은거 있어요.

[조사자: 어르신 좀 곤란하시겠지만, 이 동네사람들 중에서 산에 올라간 사람들이 있었죠?] 올라간 사람은 없고. [조사자: 이 동네는 없습니까?] [청중: 하나 심었다 죽어버렸어, 도지사람 하나 도지사람 하나 심었다, 볼래 나무에 묶어서 죽어버렸어.] 아– 납치 되어. [조사자: 납치된 사람은 있었고] 납치되고 [제보자 아내: 어디 같다 오다가] 또 경찰관들이 발발되어 가니까, 그것이 덕수 사람 죽을 것도 아닌디, 저 색에 사람이 저기 경찰관 서귀포 경찰관 색에 포구가 있으니까 그 집에 와서 저 경찰이 나와 주둔했는데, 그 아무래도 이 포부에 경찰관이 있잖아, 그 모양으로 주둔한데, 좀 횡패가 있었던 모양이라. [조사자: 아–. 경찰이.] 그 경찰관을 색에 사람들이 이 저 생매장 해버렸어, 몰 사람들한테 코만 내나서 그들을 몰살로 막 묶어버렸더래. 그날 그 여파로 그때가 어 2.7 사건인데. [조사자: 예, 아– 2.7 사건입니까?] 2.7 사건이 실마리가 4.3사건이다. 그래서 덕수는 해당 어선인데 그 옆에 동네, 그 뭔가 그 사람들의 거시기 체로 덕수 사람들이 업어 쓴거지, 업어쓴거지. [조사자: 이 동네 까지 같이 그랬구나!] 없어써서 어 –그 덕수 사람 열한사람 총살당했어. 저 학교에 학교 마당에 집합을 하라내고, 그때 가을인디, 음력으로 10월 초 나흗날. 유지자들 모이라 안하네? 그 에필소드가 있어요. 우리 안 끌려가 처지인데, 유지나무? [조사자: 네, 유자나무] 응 유자나무, 유지자들 불러오라는데, 일본서 그때가 해방되니까, 온 사람이 있거든, 유지타워라는 유지사가 바구니로 하나 따 갔는데,(웃음) 그날 그랬어요, 그날 총살 당한 날, 거난 그 줄 모르고 유지 모이는 날 유지 저 과실을 유지를 저 따갔거든.(웃음) [제보자 아내: 우리 할으방도.] 그런 그러면서 사람이 오죽 혼이 나와 그렇게 되거든. [제보자 아내: 어릴 때 무서와서 이불속에서만 꼬박 살고 폭도들 무서와서] 아– 있잖아, 아버지가 그렇게 되버리니까, 밤에 자도 어머니랑 자는

데 그때 열다섯 살인가 될땐데, 2.7사건때. 오마니가 일어난 이불만 걷었으면 [제보자 아내: 숨어 있었어.] 나 잡아가버린건데. [조사자: 숨어있었구나!] 그때 한번 산에서 나 한번 잡아갈뻔했는데. [제보자 아내: 집이 혼 밭에 아혼 열반 불을 부쳐도]

[조사자: 그럼 열한명이 총살 당한 것이 2.7사건입니까?] 응. [조사자: 열한명이 총살 당한게 2.7사건입니까?] 4.3사건 초지, 2.7사건때는 섣달 그믐날 꼭 금년 닮은 해다, 양력간 음력이 좀 편차가 있을때가 섣달 그믐날인데, 여기 제주도의 풍습으로 적을 하거든 고기, 고기해서 포하고 적해서 육주모양 적이냐 해서 허는체 넣어야 건데, 젓깔대로 하나보니까, 색에서 막 청년들 올라오거든. 그래 난 덕수강 보고 어쩐일인가 해서 젊은 사람들 전부 돌망간 저 산에 개와지 놀음이라고 있지요, 개와지 놀간, 개있는 동산이라고, 개라고 저 굴, 개와지 동산에 간들 구박한들 명절도 못 넘어간 명절날까지 구반들, 에피소드도 있어. [제보자 아내: 무섭게 살았어, 무섭게] 참 그때 지나면 지났지, 제주도 참 볼 것도 없어. [제보자 아내: 달달달] [조사자: 4.3때 산에 숨은 사람들이 6.25 전쟁때까지 거기 숨어있었던 거에요?] 응. 우리 휴가 올때까지 [조사자: 허, 휴가 올때까지 6.25전쟁때도 제주도에도 공격이 있었어요?] 그러니까 이 육지서 우리 처음에는 믿지 못한거지 그러니 해병대니까 응? 허나다 보니까 저 서울 사람들이 아후 제주도 저 똥돼지가 아이고, 저란

"저 개새끼, 개새끼!"

당했어. 육지사람들 우리 가난(가면)

"인민군! 똥돼지들아!" 해서.

그래서 우리가 선배들 욕해서 그렇게 기압받았지. 대원들이. 우리가 이를 악물었지,

'언제는 우리가 이것을 회복한다!'해서.

이- 그러니까 좀 해병대가 기압이 세지. 우리도 전장 총들면서 밤에 빠다 3대 아니 맞으면 그날 잠을 못잤어. 어느 때 비상이 걸리지 그렇게 해병대

응 일, 2기생들이 그렇게 모질더라고 우리 군대장들이, 그래 아에 맞아버려 얻어가지고 [조사자: 그럼 산사람들이 다 없어진건 한국 전쟁 다 끝나고 제대해서 오신] 아니, 제대 할때 까지는 그때 없어져 버렸어. [조사자: 그때는 없어졌고요?] [제보자 아내: 제대 할 땐 없어졌어.] 거나 난 새벽이였으니까 응 이북에서 응? 출현 협정대고 모하니까 끈이 없거든, 해봤자, 거나 제주도는 4.3 사건이 났으니까 제주도는 모든 것이 끝났다. 그래서 김일성이가 그저 전장을 일으킨거지, 그래서 저 낙동강 대구로 해서 상남 시내 바로 올라가면 삼남리 바로 진내 바로 붙습니다. 그꺼지 왔거든 인민군이. 그러니까 야틈 우리 해병대에 그때 우리 해병대 안 같으면 그것만 점령당했으면 전라도는 공산화 되버리고 그래서 영상공 우리 다음에 간 사람들 제주도 사람들 가서 전라도 지방 가서 수습할 적에 [청중: 사람 살았지.] 그 다음에,

'제주도는 4.3사건으로 다 격화된거다!'

이 김일성이가 그렇게 생각하기 때문에 제주도 모범이 아니면 어디서 제주도에서 인원이 어디서 보충될건가 호언장담했지. 그래서 서울이 부산에 저 거시기 피난가고 응 중앙청이 서울에 왔잖아, 서울에 두 번 왔어. 그러니 제주도 사람들이 그거 저 해병대 삼천 명허고, 육군 오천 명허고, 팔천 명 육군은 모 늙은 분들이지만은. 이– 우리 동네에도 나보다 열여답살(열여덟살) 위에 할으방이 호적 잘못으로 그 모 육군 간청이 됐지.(웃음) [조사자: 저희들은 6.25때 제주도는 전쟁 피해가 많이 없을 줄 알았어요. 전쟁이] 아이! 여기서 6.25때에 우리집은 아버지 따문이지만은 어릴때 다 털어가버리지, 옷가지 다 가져가버리지, 소! 황소! 밭가는 소, 소까지 뺏어 가버리까. [청중: 먹을꺼도 다 털어가버리고.] 거기 집 어 이 집이 그때도 초집이고 저 우리 안거리가 나 낳은 집인데, 지금은 집 다 허물어졌지만, 그 집에서 나가 낳고 거기서 6.25를 지날 적에 6.25도 지나고, 나 제대하는 날까지 그 집에 있다가 나 제대허난 형님하고 바꿨지. 그 난 저 집도 세 번 칼켜였어. 세 번 불을 질러도 요행이 불이 왈왈 붙은게 아니야. 거거는 이상하다. 우리 형제 해병대 가

서도 살아 나왔지, 우리 해성은 관총상에 돌아갔지만. 그분도 총은 맡았지만 살아 나왔다 나도. [제보자 아내: 성제(형제)가 해병대 같지 성제가] [조사자: 응, 형님도 가셨구나!] 그러니 '이 집이 이상한 집이다, 좀 무슨거 있는 집이다.' 나 좀 얘기하는데 아버지도 돌아가 벌고 형님도 다 돌아가고 난 다음 붙었데. 참 나도 어머니가 와보니까 무슨 뜻이냐 하면 이 저 큰 솥이 육지에 큰솥 가마솥 두거리 삶아서 밤에 정수 올리고 초 한절이 그때가 내가 명일 있을게 달라. 우리 형제가.

[5] 고달프고 힘들었던 해병대 시절

난 그래서 어머니 생각은 이제도 나가 팔십된 어머니(웃음) 저 어린아이 모양으로 가끔 생각나, 어머니 아니라면, 나도 육지 산천에 응 빼도 못한 그런 분이 우리 동네에도 있다. 저 인천 상륙해서 남양주에서 죽었어. 우리 셋 형은 연희고지, 서울 104 그것이 104 고지 해병대 말로 높이가 1m 40, 1m 아니 104미타 일공 사고지라고 하는데, 거기서 우리 새 총 맞고 김포에서 그거 혼마 죽을 뻔허도 거기서 허고. 그 다음엔 저 도솔산 관계 이야기 했는데, 나가 이 중화기 중대 호 부대니까 살아난거. 그때는 산세가 그 험해 노니까, 낮에는 절대 올라가지 못했어. 낮에 가는 사람은 총 맞았거든. 그래서 이상한 기라. 이렇게 뻘쭉해서 안베기(암벽)는 데가 꼭대기고 그래서 그 밑에가 저 나무들이 조금 있지만은 이렇게 해서 잡혀 갈 때가없어. 저 거시기 곱을 때가 없어, 사람들 숨을 때가 없다고. 그러니까 거기 올라가는 뭐 조격수(저격수) 그 우리갈땐 인민군 총 그대로 있었어, 녹슨 총. 이젠 그 총을 같다가 딱 올라오면 딱 맞게 데 있거든. 그러구 뭐 그 놈들이 으 이제 거시기를 채웠어. 쇄 고리를 체워서 돌망가지 못하게 그래서 높은 사람들은 뒤에 앉아서 덮어 놓고 오는거 무조건 쏘라고 권총쏜데, 경위도 죽으고, 인민군들이 그랬거든. 그러니까 하다하다 와서 우리 해병대에 꾀가 '밤에 올라가야 되겠다.' 그래서

야간 전투를 했지. 그러나 그때 이승만대통령이 가서

"귀신 잡는 해병대!"

라고 했거든.

몇 명을 그래서 빠지다(데려다) 저 우리 이래 기장 하나씩 좋써. 그때 참전한 사람들 그러나 해병대 밖에 기장 태국기에 나뭇잎 파리 두 개한 건 우리 해병대 삼십이대일뿐 그런 기장이 없었어. 그래 나 나 사진첩이 어디 많은데, 나도 이렇게 해서 나갈 때 멋지게 해가지고.

[조사자: 훈련도 못 받으시고 바로 전쟁에 들어가셔서 힘들지 않으셨어요?] 응? [조사자: 훈련도 제대로 못 받고 전쟁에 바로 투입되셔서 가지고] 하니 그런데 뭐, 이것이 국가에서 주는 거고 그러니까 후회도 아니고 이제 건강히 아흔까지 살아주면 편안한거고.(웃음) 이젠 여든은 넘었으니까 나 여든까지 살아질거라고 생각 하지도 안했어.

[조사자: 이북에 이북으로 밀고 올라 갔을 때 이북 사람들이 많이 환영을 했던가요?] 그러니가 고성군도 그때 삼팔선이 이북이니까 이북이데꺼든 그 원산 상륙해서 고성상 내려가서 상륙하니까 거기서 꽃다발 우리 쫄병들이 꽃다발 받으면 그게 첫 번이였어, 목걸이, 꽃 목걸이. [조사자: 고성에서요?] 거 또 이저 양구강 양구강 저 군 위에서 우리 밤에 시가행진 할적에 도보행진. 그때 꽃다발 목걸이 받은 사람이여. 어디 사진이 있는데. 이렇게 올케면 준비하는 건데. 뭐, 사진도 많아.

[조사자: 그럼 전쟁 중에 여기 갔다가 저기 갔다가 할 때 다 모두 도보로 다니시는 거에요, 차 타고 다니시는 거에요] 그러니까 그 빵꾸나시라고 해병대는 빵꾸나시라고 있거든. 이리 전쟁 터지면 가거든 저 마가동 응 또 육군부대나 미해병대나 와가든 인계해버리면, 그럼 딴데가. 저원 바쁘지 바빠. [조사자: 차타고 가시는 거에요?] 차 탈 때도 있고 도보도 있고. 그래 난 그때가[조사자: 많이 걸으셨어요?] 스물 때니까 나도 지치잖아. 좀만 자면 그러니까. 나가 혼자 하는게 아니고 도보 행군하면 '후다닥' 자면,

'아! 내가 잠이나 한번 실컷 자면!'(웃음)

그것밖에 저 바랄게 없어. 해병대도 뭐 별 또 계급 큰 사람들도 혹- 좀 줬겠지만은. 나 식량이 크지 않으니까 저 뭐 배고프지 않으니까, 뭐, 주는 양 먹으면 되고. [조사자: 배급은 잘 나와요?] 그땐 소금국에 소금국. [조사자: 소금국] 고추장도 없어. 저 이북간에 포위 당할 때쯤에 돼지는 이북 돼지가 막살려 추운데니까. 돼지 한 마리면 8백명 8백명 끓이면 기름은 뜨거든 거기에 그래서 소금 넣고 밥은 함지 육지, 저 육지 박믈관에 가면 한지 있어 나무로 만든거 그걸로 하나면 한 삽십명. 그래 난 숟가락 이제 숟가락이 어디 있어요? 그때 숟가락 그 꼭 숟가락을 꼭 갖고 다녀야지. [조사자: 잊어버리면 큰일 나겠는데요.] 하사관이지 그거 없으면 밥 못 먹으니까, 그래서 갖고 다니는 것인데 그것이 밥통이다 아 밥줄! [조사자: 숟가락 잘 갖고 있어야 되겠네요!] 겨 못너가면 숟가락도 일부러 긴방이라고 춘배 이 저 이것이 일본 해군 저 수로디 곤로로 갈라 간다 한거라. 그래 난 해병대서 1봉류와 2봉류만 매 맞지 고저 간놈 안때려. [조사자: 알아서 챙겨라! (웃음) 잊어 먹지 말고!] [제보자 아내: 잠시 모재도 확확 어디 가져가 벌고] [조사자: 소금 국이랑 밥만 드신거에요 반찬도 따로 없고] 반찬이 어다 있어! 그리고, 모 후방에 오면은 미나리, 미나리 철 아니야, 미나리 소금에 절인거 하고, 밥 딱 허거든데 허는데 우리거 저기 인천항에 올 땐 맞으겠지. 그때는 딱 집을 떠라니까, 비니리(비닐)도 없고, 아무것도 없을 때다 그때 육십 몇 년 전에는 비닐 나는 데가 불가 모한 50년 우리 군대생활 나중에 저 통신대 비니루 나왔어. 밭에 싸는거 그것이 제일 귀한 것이었지. [조사자: 비닐도 귀했구나!]

그런데 그 군대 갈 때 저- 처음엔 우리 혼마 저 거시기로 갈 뻔 할 적에 저- 어디고 대구 쪽도 갈 뻔했어. 열차만 오면 그것 탔으면 육군에 배속돼요, 그때 몰살 됐을지도 모르는디. 그놈의 열차가 고장 나는 통에 들어오지 않은거야, 경화동에 진해에. 그니까 아침에 밥 먹고 저 주먹밥 요만하게 맨든 것, 소금하고 며르치(멸치) 며르치 몇 방울 들은가 만가해서 흰밥이지 김도 없고, 그러면 노시든날 수건 하나 있거든 수건에 싸서. 으 이리 잘 수도 없고 수건이 쫄바노니까 이 작업복 안에 이렇게 해 놓는다고. 이 작업복 위에 [청중: 배떼기래] 옷 안에 허리띠 있으니까 그러면 그것이 처음엔 처음엔 뜨거와, 뜨거와도 그걸 아니면 손에 들고 댕길 수도 없고, 손에 들면은 거러지거든 저 호리뱅, 그러니까 해병대를 아무래도 정신이 창피하지 말자고. 아 그걸 해가지고 점심때 되면 그걸 하나 먹어. 으이, 물이 있어, 뭐가 있어? 물 한번 뻘 누구 주는 놈도 없고 그거해 하면은 어디 그 역장에 그 역사에 다 수돗물 물 빨아 먹고으면 뭐 고프갔어 뭐가 있어. 그날 하면 모 어떤가면 후퇴야. 경화도 비행사 해군 훈련소. 그들의 만을방에 자다가 그걸 혼 일주일 하다가 그것이 알려 지기에 다행으로 인천항에 왔어지에. 그때 열차만 왔으면 대구 가서. [조사자: 낙동강 전선 가서] 죽었을지도 모르고, 왜냐면, 장비가 없거든. 총도 우리 저 해병대 군대장 밖에 총 없었어.

[조사자: 아-, 총도 없었습니까?] 총도 저 그대로 한국 저 그 농구화, 국산 농구화하고 양달래하고 국산 작업복 광목 그거 입었지. 그거 하다가 딱 그 저 부산 서부도 그 역전에 가니까, 거기서 새 옷 입고 하니까, 새로 탄생했지, 탄생한 날, 부산 사람도 이 사람이 저- 거시기 교포, 일본 교포가 얼굴 보니까 미국 놈은 아니 닮고(웃음) 우리 꼬랑지 닮기 닮았는데,

"어디서 와스마?"

근데 제주도 말로 그때는 이말 좀 표준말이 아니고. 제주도 말로 사바사바 하니까 어디 사람인지 몰랐어. 경의 인천 가서 보고 그랬는디, 경의 우리 동기가 딴 삼천명에서도 우리 대대가 팔백명. 팔백명 그 테두리에서만 사니까. 뭐 어디 저 누설델 필요가 없거든, 이거 어디 사람인가도 모르고, 무슨 미국 사람들 헌 옷이니까, 이만치 커노니까(웃음) 첫 뭐 어떻게 빤스 정도는 몸이 세 개 들어가.(웃음) 거나 거나 열라 먼거 입는 것이 거기서 저 빤스 입은 것이 비춘다고, 그걸 끼어 댕긴다고 너무 크니까(웃음)

[조사자: 그러면 총은 언제 쏴보시고 가신거에요? 사격 훈련은 받으셨을거 아

니에요?] 그러 난 총이 왔거든 미국서 이제 막 들어 왔는디. [조사자: 진짜 반가우셨겠다.] 그것도 이 만큼도 다 아니고 오쓰리라고 1903년도에거. [조사자: 오쓰이요?] 오쓰리 [조사자: 오쓰이요?] 제로에 쓰리 [조사자: 엠원도 아니고요?] 단발총. 그거이 헌디. 그것이 저 그것이 언제냐면, 2차대전 전에 그 미국서 어디가 겨냥 할때 총이지, 그거 저장했던 것이 한국전쟁 온거라. [조사자: 단발입니까?] 단발. 여 단발. 아, 다섯 발. 그래서 꼭 닮은 구식보다 성능이 조금 낫지, 그 총대가 있으니까 그 소련에 [조사자: AK소총] AK소총 지니까 명중률이 좋고 저것도 지니까 명중률이 좋고, 위력도 세고. [조사자: 그러면 오쓰리로 인천 상륜 참전하신거에요?] 응. [조사자: 탄창이 5발 밖에 안들어갑니까?] 5발인디 단발 단발이지. 그래서 그걸해내 총을 닦아. 사령관 입해 하에 동네 사격장 있어. 동네 사격장에가서 총 10발씩. [조사자: 연습!] 딱 두아발 맞은 사람은 OK허고, 아닌 사람은 쳐내요. [제보자 아내: 덕수에서 우리 하르방 우리 할아버지 뻔 때문에 살았어. 우리 아저씨 해병대 같아온 사람들하고] 여섯이 갔는데 이제 나 하나 살았어. [조사자: 현재 살아 계신 분이?] [제보자 아내: 해병대 갔다온 사람들] 그러나 이제 명단 당했지. [제보자 아내: 그때는 다 고생했어]

[조사자: 아까 거기 원남 훈남에서 철수할 때 그때 굉장히 저 보기 안됐고 슬펐다고 하셨잖아요? 그때 철수하던 시절 얘기 좀 자세히 한번 해주시면은] 그래 난 그 저 쓸만한 사람, 쓸만한 사람은 장병 저 이십 세 이상 한 나이 있으면 모르지만 쓸만한 사람이 젊은 사람들 한국에 와서 밥 먹을 값 사람들이 LH때 천팔백 명씩 했다고. 천팔백 명. 그러면 나머지는 우리 해병대가 팔백 몇 십 명이지만 그건 기밀이기 때문에 완전히 버릴 수도 없고 한다. 약 800명 우리 대대가 거기서 부상당한 사람들, 죽은 사람들 빼고 한 5,6백 명 그거 나머지 한 5,6백 명까지 또 우리 배에 같이 실고 내려와지. 부산까지.

[조사자: 그때 타려고 온 사람들이 만 명이 넘었다고요? 그때 배 타려고 한 사람이 굉장히 많았다고요?] 어 저 그때도 신문에 났지만은 저 그 저 열차로,

열차로 오다가 열차 포격 시켜버리니까 그때 한 저 거시기 배 저 거시기 희생되고 [조사자: 그때 배 타겠다고 바다에 뛰어 든 거예요? 그 사람들이?] 응. 많이 떨어졌지. 그 추운디 1월 4일 날이니까 그건 제주도 1월 4일이 제일 추울땐데 그거 1.4에 있는거지 1월 4일날 이야기 하는거지. 중공군이 그때 우리가 인천 상륙할 때 멕아더 장군이 응? 저 여하튼 만주포격을 허면서 이 압록강까지 끊어 버리겠다 했거든. 다리를 끊어버리겠다 하니까 투만이가 야근에 과거에 커피나 한잔 먹고 말 할 적에 딱 첫 주시에 버렸어. 멱살을. 겨울나에 중공군들 들온거지, 겨나 우리도 중공군이 들어오기 전에 이 평양을 딱 허공터실 때 포위 허전 갔는데, 우리 가기 전에 중공군이 들어온거라. 내일이 겨나시 우리가 그 평양을 완전 점령해 버렸으면, 저 그 저 모꼬? 1.4 후퇴에는 없을꺼 아니야 중공군이 차단되고, 경이 중공군이 백만나이나도 백만대군이 들어왔으니까 해병대 3천명 가져선 도세되지도 않지.

[조사자: 그럼 후퇴할 때 물에 뛰어든 그럼 태워주지 않은거에요? 끝까지, 물에 뛰어 든 사람은 끝까지 못태워준거에요?] 그래 난 그건 우린 쫄병이니까 그 모르지. 그 저 타라발씩 2발 넣서, 물에 빠지지 못하게 부두에서 서서, 저 공중 사격 많이 했지. 이 바다에 내려오지 못하게 그사람들 빠지면 죽거든. 그 추위에. 결국은 그것이 저 안정한 상태면 물에 빠져도 건져서 모티주면(못태워주면) 도지만(되지만) 그 아무것도 없는 사람들 아니야 이왕 집을 떠난거. 그렇게 비참했지. 저는. 경험하지 않은 사람은 자유가 못살지 몰라.

[조사자: 그때 그 생활 하실 때 전쟁하실 때 이때가 제일 힘들었다. 생각나는게, 언제세요?] 으- [조사자: 제일 힘들었을때가 언제세요?] 정말 힘들었을 때 [조사자: 제일 힘들었을때? 전쟁이 다 힘들었지만 그래도] 중대장들이 경 총 집어던지면서 밤에 꼭 빠따로 세대씩 졸병들 때린다고 졸병들을 [조사자: 빠다가 제일 힘들었구나!] 그것이 야만이지 잘못허면은 무슨 저 죄가 서그면 맞는건 좋은디. [조사자: 죄도 없이] 꾼상 꾼상 무슨 뭐 집합시켜 놓으면 '딱딱!'. [조사자: 그니까 세대씩 맞아야지 자는 구나 생각했겠네요. 허 허 안 때리면 이상하겠

네요?] 그러니까 해병대가 좋기도 좋지만은 참 괘씸할 때가 있거든.

"이 새끼"

하면서 상관이. [조사자: 하극상에 대한 사고는 없었습니까?] 응. [조사자: 부하가 상관할테 이렇게 대걸이 하거나 하는 사고는 없었습니까?] 아— 내중에(나중에) 휴전 된 후에 [조사자: 휴전 된 후에] 응. 휴전 됐는데 이 사람들 편안함을 느끼게 되어있어. 그런데 그때가 명절 아침 날인데 우리부대가 아니고 딴 우리 옆에 있는 부대덴. 선임하사가 중대장을 쏴 죽여, 중대장이 그것이 으저 너무 착취 [조사자: 너무 심하게 했구나!] 나올꺼가 없거든 응. 애들도 뭐 추석대면 조금 뭐되면은 먹을꺼 같은거 나오거든. [조사자: 그걸 다 뺏어서] 그걸 빼네. 펴난 융비로 쓰자니까,

"너희 이 새끼 보라!"고.

"딴 부대에서 아이들이 눈이 동글 동글하고 으 얼굴색깔이 이렇게 됐는데, 우리 중대 아이들은 이게 뭐냐고 너 하나 호강하면 되냐?"

한 다음에 그 '빵빵' 해버렸지뭐. 그러나 그 분이 총 손 사람이 주부안이라고 주부안 우리 선배 [조사자: 그분도 그럼 군법에 회부됐겠네요?] 회부되긴 모그 까지거 옛날 모 총살대나 뭐. 경은 또 해병대가 이 인천 상륙해안 얼마 전에 저 강화에 으 저 5대병이가 출전을 했어. 해병대 5대대 우린 3대대덴. 그러나 난 거기가서 이 저 조금 지빠 애들 한데 장난하나 했어. 저 5대대는 2기생이거든. 우리 선임하사 개네들이 장난 해보니까여 그때에 또 김포에서 총살당한 일이 있었어. 그래난 대대장이 직접해내고 우리 대대는 김용운이고 오명국이라있는데. 오명국이가 그 대원들 총살 시켜거든. 어디 간체도 모르게 저 예편 시켜 버렸지사. 사면 시켜 버렸지. [조사자: 아 그 사람들이 예편됐구나!] 아무리 나빠도 대원은 대원이거든. [조사자: 그렇죠.] 그런 일도 있고 모 참 이것이 누설이 안 될 것 같지만 우여곡절이 많아 단체가 잘돼 노니까.

[조사자: 저 미군은 어땠어요. 미군들이 좀 친절했나요?] 아—모, 참 친절하고 말고. 친절하고 이 우리 [청중: 아이 우리 큰아들한테 보대 창호] 대대에 14명

[제보자 아내: 보대 창호 보대 창호 시어머니가] [조사자: 뭐로 만들었어요?] [제보자 아내: 명지로 생명지로]

저 싸지나 하나 있고, 장교, 또 이관 급 하나있고, 아 싸지는 저 거시기 내가 잘못 말했구나. 내가 하사관들 병들 통신대, 그 사람이 연락을 해주어야 우리 해병대 800명이든 600명이든 그 사람 근데 참 양반이다 양반이구, 콩 요만큼 몇 개해서 철문에 들여보네. 발로 이렇게 하면 콩이 까지거든, 그러면 널 콩도 이럴코 해서 채우는거라. 이거 없으면 굶어죽거든! [조사자: 날 콩을 그냥 먹을려고?] 먹어야지 어떡해!(웃음) 아우, 겨우 저 거시기 아침 정도 환절기쯤 되면 저 온기 밤이 추우니까. [조사자: 추우니까] 이 나무해서 불태울 적에 안전한데로 아에 후퇴 할때도 철모 어떡해, 철모 착 콩 넣고 하면 시커멓게 타도 먹고 그거 볶으거든 볶으면 [제보자 아내: 그거 먹으면 죽기나혀] [조사자: 달라고(웃음)] 춥지나 있는 배는 [조사자: 자기들도 배고프니까] 물이 있어 뭐가 있어 으 견뎌냐 그 날 견뎌냐 다음 내일은 있을지 몰라도 오늘은 없거든 후퇴 할 때는.

[조사자: 미군 말고 다른 연합군은 보신적 없으십니까?] 터키. [조사자: 터키군] 터키 군이 저 파주에 주둔했지. [조사자: 터키 군이 대게 용감했다고 하던데] (웃음) 용감하기 보다는 그 사람들 하는 말은 아니지만은 조금 한번 다라시나해[조사자: 다라시나해가 뭔가요?] 조금 게을러 [조사자: 게으르답니다. 참] 미군이 그런 건 낫다고 그러는디. [조사자: 터키군이 게으르다고요?] 응. 아, 그분이 우리는 영원히 그 사람네랑 합동작전 안해도 파주에 주둔했어. 문산 파주에. [조사자: 터키군이요?] 경호인 반이 우리가 넘어가다 보면 깡통에 깡통 끊어 거기 기름 나거든 기름 전기 싸거든 그거 불 부쳐 내 거시기 이 조명 [조사자: 예, 조명으로?] 경호들하더라구. [조사자 :터키군도 많이 죽었다고 하던데] 응 터키도 많이 죽고, 저 이 으 호주는 비행기로만 [조사자: 공군만 왔으니까? 아 맞다!] 영국군은 배로 많이들 오고. 그래 난 영국군하고 우리가 같이 저 같이 어떨 땐 그- 배에 가거네 점심도 얻어먹고 부대 출전해, 위문으로 서로

가 교류. [조사자: 그럼 영국군이 뭐 얻어 먹으셨습니까?] 된장국! 참 [조사자: 된장국] 짜드라.(웃음). 영국 아니 미군 으 사과라도 하나 주는데, 계란이나 하나 주는데 영국은 딱 스프에 있는 된장국에 저 밥. 가면 그런데 가자면은 개들 으 구두도 닦으고, 신도 옷도 깨끗이 하고 가거든 초청된거니까 가면 별거 식당에 가면 딱 점심 그거들. [조사자: 된장국.] [청중: 신사복으로 차렬 가도 된장국(웃음). 아이고 참!] 그러나 우리가 섬에 그 저 초도 살 때 한 달에 한번 정도 그 초청하지. 그 배에서 지낸 영엔 당신 있는 나라만 하지만은 지내는 밤에 우리 따문에(때문에) 전해진다 이거야. 서로 유대관계. [조사자: 말이 안 통해도 그렇게 다 되나봐요?] [조사자: 전쟁 같이 하다 보면 말이 안 통해도] 아, 그 그때는 [조사자: 통역관이 있었지.] 중학교 댕길때니까 조금은 알아들을 수 있고. [조사자: 아 왠 만한 말은] 응 중학교 하다가니까 이제는 뭐 그런데 안쓰니까 다 잊어버리고 뭐 하지만은. [조사자: 굉장히] 경은 나 오래 살았지에 7년 다녔던 것이 ABC 아니까 요거는 까먹으면 안된거다. [조사자: 이 정도 먹도 된다] 그 정도는 아니까 오래 신문 본거야.

[조사자: 제대를 안시키고 6년이나 6년 넘게 군대 생활을?]예? [조사자: 제대를 안시키고 제대를 안하고] [청중: 제대를 안해죠!] [조사자: 제대를 안시켜준거에요. 6년 넘도록] 그러고 또 형님 있고 해보나면. 형님이 전상을 제대하난, 경여나면 나 같은 사람은 [조사자: 더하게 하고] 그 더 힘을 도, [제보자 아내: 제대를 안해죠–.] 그러나 내가 장가 안 갔으면 혹은 말뚝 받았으면 돈도 벌고 뭐해거든, 편안하게 계급도 오르고 올건데. 장가가면 아무래도 집 생각이 나. 그러나 칠년 살안 [제보자 아내: 고향 생각이 절로나] 덮어 놓고 제대할께니. [조사자: 어르신 동기중에 군대에 남아 계신분은 더 계급이 올라간 분들도 있습니까?] 어디? [조사자: 제대 안하고 동기중에서 더 계급이 많이 올라가신 분도 계십니까?] 없어. [조사자: 대부분 다 제대 하셨습니까! 아, 하기야 지긋지긋해서.] [제보자 아내: 지긋지긋 했지.] [조사자: 여기 이 아주머니들 군대가서 어떤 일을 하신거에요?] 아! [조사자: 여자 해병대들] 처음에 가서 통제부 [조사자: 아 통제부] 해병 통제부에 있었거든. 거나 전쟁은 아니고 통제부에 가서 교환도 좀 보고 저 위무대–. [조사자: 의무대–] 해군 병원에. 겨나 뭐얼마 오래 살지 않고는 다 보내 버렸지.

[6] 양구전투와 초도 점령

[조사자: 여기 이분들 중에 가끔 만나는 분들 있으세요] 응. [조사자: 그중에 얘기 아주 잘하시는 할머니 혹시 안계세요? 한분만 좀 추천 해주세요? 한 두분만 얘기 말씀 재미있게 잘하고 계신분 혹시 계시면.] 아니, 그건 해병대 거시기 삼석이 사무실에 해보면 알아 거기서 통화를 해볼랍니까? [조사자: 아, 그래도 좀 제일 친하신 분] 친한 건 없어. 우리 이사로 하거든. 일 년에 몇 번 하고 저 여행갈 때 인천상륙이라 강원도 갈 때 연연 인사 한 위주 그렇게 깊이 말을 안해. [조사자: 그때 갈 때 그래도 판을 잡고 얘기 잘 하시는분 계실텐데] 겨여 난 [조사자: 한분만] 그 부회장 [조사자: 부회장님] 거기 있잖아, 그건 김영권

상임 부회장한테 물어보면 그건 [조사자: 저 이렇게 많이 사시는데.] 거기 있잖아 거기, 그 안경 줘 봐. [조사자: 한분 찍어 주시려나 보네!] 이 사람이 거시긴데 [조사자: 김예순] 예순이하고 순덕이하고 거시기 저 이사 [조사자: 여기 두 분이요?] 그러 내가 [제보자 아내: 우리 그저 강화도 갈 때 꼭 같이 가 여자들.]

(조사원들 끼리) [조사자: 예 예 그럼요 여기가 양구 같습니다.] [조사자 :양구 그럼 일부러 그쪽에] [조사자: 역전의 용사셨구나. 여기 참전 했다가 해병대 그 초도라는 곳을 배치 시켰구나. 평양 쪽에서 나오는 해군령을 거기서 차단하는 거로 전 사진이 있더라고요. 그랬다가 저쪽을 때주기로 한 바람에 나 온신 것 같아요.]

[조사자: 어르신! 초도에서만 22개월 계셨다고요?] 응 거-난 거기 우리 대군 봉사 많이 했지. 겨난 이 셋째 민폐 유원지로 해서 쫄병들 가거들 공줄 저 미시거(미싯가루) 얻어 먹게 말게 하니까. 우리 부대에 아이들 그 저 생일날 우리 전우 대원들 생일날은 떡 한시루씩 해다가 우리 부대까지 달려와. 그래 난 우린 또 그 고마운 뜻으로 비누 같은거 뭐 그 부락에 가지가고. 그래 난 한 식구 닮았지. 저 누구네 삼촌에 누구네 그대 반장집이나 애들 해그네. 우리 그집 식구 모양으로

"삼촌! 삼촌!"

그래 난 절대 싫어하지 않았지. 그러나 편안히 살았지.

[조사자: 그때가 가장 편안 하셨던, 가장 편안 하셨나요?] 편안하게 동네 사람 모양으로 하니까 20리까정 가면 요 사람 아들드니나 누구나 인민군 식구구나 하면 부담이 가는데. 누구네 삼촌 저 경은 그리 저렇게 댕기니까 애들 저 빨래 같은 것도 응 해가면 가져오면 비누 갖다 주고 하면 자기 비누 없으니까, 이북이니까 그래서 자기도 쓰고 해서 빨래도 서로 필요하고, 저 살면 편안하게 살았어. [조사자: 전투가 없었으니까 그래도 제일 편안 했겠지 그냥 지키고만 있으면 되니까! 저기는 맥아더 장군은 직접 보셨어요?] 아, 우리 같은 전장에 있는데(웃음) 같은 배에서 같은 배에서 살았는데 [조사자: 같은 배에서요?] 응 부산 떠나서 살만해 상륙시신 [조사자: 멋있습니까?] [조사자: 키가 크던가

요?] 멋있고 말고! 나도 그런 가다라서 뺄-쩍 했었지. [조사자: 할아버지도 멋있어요.] 아. [청중: 할르방 팔십하나라도 그렇게 늙지는 않았지? 정정해.] [조사자: 그럼요. 원래 마을에서 인기 많으셨겠어요?] [청중: 인기 많아 그래.] [조사자: 인기 많았어요?] [청중: 예, 농촌에 살아도 농사도 얼마 안 졌어. 내만 못졌지. 사회만 막 나사 댕겼지지. 그렇게 저 무도가 저렇게 뭐도가네 가지고] 이 분이 우리 형님이야! [조사자: 성자 태자] 예, 성태. 이것이 우리 육촌이고. 이것이 독수리 구사 팔이 아니야 [조사자: 구사 팔이 맞습니다.] 윗집이 구사 팔이.[조사자: 52년 9월 18일 날 제대 하셨구나!] 그래 나 총 맞았지. [조사자: 그럼 아까 여자 해병대 분들 중에서는 김해순 할어머니, 고순덕 할어머니 두분 정도 추천] 그디 추천하는데 그분이 김용한씨 저 김용한씨라고 상임 부회장 나그 찾는건데. 그분 전화번호 해서 찾으면 [조사자: 전화번호 거기 다 있습니다.] [청중: 전화 다 있제이?] [조사자: 전화번호 다 있습니다. 제가 다 찍어 놓으니까? 여기 다 있습니다.]

[조사자: 그 저 양구에 도솔산 전투 얘기 좀 그때 이런 기억이 많이 있으실 텐데?] 그래 난 그때가 [조사자: 거기가 펀치볼 바로 밑입니다.] 어 [조사자: 펀치볼 바로 밑입니까?] 위지 [조사자 :윕니까?] 펀치볼은 이 [조사자: 더 밑이고] 저 거시고 논 밭있는데가 그것이 저 [조사자: 푹 들어같다해서] 넉비공(럭비공_ 같다해서 후 롬하니까 그것이 저 그때 우리 미해병대가 만든 말있지? 펀치볼이라고. 미해병대 5사단이 며칠 하다 버텨서 겨나 우리가 스물이틀 동안에 저 목표까지 점령해서 그 의제가 이 돌산 공격할 때가 많이 해병대 희생됐지. [조사자: 많이 전사를 많이 했겠네요?] 여기 있지만, 겨난 우리는 그때 중앙이 중대니까 직접 올라가지는 않으니까 죽지는 않았고. [조사자: 지원 사격을 많이 했기 때문에.] 응, 이제 저 3대 되면 구, 십, 십일, 십이 사개 중대거든 겨난 사째, 팔대 ,십이 중앙이고 [조사자: 중앙이 중대고] 중대 3대는 보병 [조사자: 나머지 소총 소대] 이까네, 저 영고 쪽에 군대서 보병은 삼보이상 구보, 중앙이는 삼보 이상 승차하라 이거야. 그 따문에 목숨을 건졌지. [조사자: 아

무래도] 전장 내부도 우리가 보지 전장을 하기 때문에 한디, 나중에 허단 재윤이가 야간전투에 투입해서 승리했다. 결론은 그것 밖에 없어, 그럼 그들이 올라가는 걸 보면은 그 이젠 통제된 육군 저 그 몇 사단이 금인지 몰라도, [조사자: 지금은 거기가] 올라가지를 못해 그 중간 계단 찾는 것이 요 중간에 계단 창이었지. [조사자: 지금 22사가 거 맞고 있을 겁니다.] 거기가면 이상해 딱 우리가 분향하러 가거든. [조사자: 예 예] 꽃 갖고 [제보자 아내: 예 예] 전우회에서. [조사자: 많이 전사하셨죠] 꽃 갖고 안개과 폭--, 볕이 나다가도 안개가 폭 끼고 [제보자 아내: 아 아] 경하하면 가랑비 싹- 내리고

'참 귀신이 있긴 있다! 참, 비참하다 전우들이!'

거 난 우리가 그걸 봐서 2년에 한번이라도 가거든, 그 친구들을 참- [조사자: 얼마정도 전사했습니까?] 저 백, 이백 명 얼만가! [조사자: 이백 몇 명이요? 아-] 거난 응 인천서 거재까지 전쟁 끝날 때 까지가 우리 제주사람만 수백 명, 삼석일대. 수백 명 죽은 것이 큰거라. 삼천 명의 수백 명이 전사된 것이 숫자가 수백은 아무것도 아니다해도 어마한거지. [조사자: 그렇죠!] [조사자: 그럼 그때 저기 인민군이 아니라 중공군하고 전투한 겁니까?] 어디서 [조사자: 도솔사에서] [조사자: 인민군하고 전투] 인민군! [조사자: 아 ~인민군하고] [제보자: 동부전선은 제일 치열한] 그럼 그다음에 장단 전투는 우리에 저 최저 참여자 분 하는데. [조사자: 예] 장단에서가 또 많이 실리지. [조사자: 장단이 파주 위에 거기 말하는 거죠.] 어. [조사자: 장단 콩이 유명한데.] 어 거기도 장단도 작년부터사 우리 위령제 지냈지. [제보자 아내: 아] [조사자: 야! 동부전선 서부전선 다 모두 참전 하셨네!] 허나 해병대 그러니까 [조사자: 왔다 갔다 왔다 갔다] 왔다갔다 허나 잠만 잘 자줬으면. 내가 결론을 그렇게 [조사자: 잠만 잘으면(웃음)] [제보자 아내: 으하 사람들이 잠만 잘잤으면] 잠만 좀 푹 잤으면 [제보자 아내: 아] 그것 밖에 뭐 천냥이 뭐 다 피로회복 될거다.

[조사자: 제일 치열한데만 골라서 가신 것 같아요 해병대라도, 육탄전도하세요?

싸울 때 육탄전도 하세요?] 아 육방전 소총소대 [조사자: 소총소수 들이나 하고, 할아버지는 중앙위 중대라서 6.25전쟁 보면 이렇게 넣고 수기는거 그거야.] 아 그 저 거시지 해병대 그 저 태권도 부대도 있고 저 무적단 이라고 또 있거든 응? 무적단 무적도단. 단 애들이 청금술도하고 그거나 그거지 옛날은 그보고 저 뭐야 수색대 [조사자: 수색대? 예–] 수색대데 전투전 저 전투수색대가 있고 그냥 수색대가 있어. 전투수색은 교란시켜서 적을 빼들어 나가나 때리는거고. 그냥 수색은 그냥 다니고 첩보질만해서 하는거지. [조사자: 지금도 있는것 같은데요.] 그러나 해병대는 다하지 해병대 요원은 다시키데다. 과가 없어. [조사자: 그때도 일반 보병들이나 일반국군 군인들보다 우리가 한수 위다 그런 자부심이 많으셨겠네요?] 자부심 있고 말고. [조사자: 해병대니까?] 아니고 그리고 왜냐면 우리가 저 요가 하나거든. 저 처음에 계급장이 [조사자: 일등병 이등병 계급이] 육군은 이것이 하나다. 처음 들어가면 우리는 삼등병 체제 잔아 계급이 이등병 일등병 저 견습 해병 이등해병 일등해병 저 삼등병조 그러니까 저 4계급에 올라가야 하는데 육군아이들은 그걸 몰라서 으 계속 우리한테 얻어터졌다고요, 까꾸레기 하나 되면 해병대는 군대장 이상 계급이지 13명이상 거느릴 수 자격이다 까꾸레기 하나가 육군가면 까꾸레기 하나 첫 번에 뺄겉게 준다고 그러나 계급에 몰란내 해병대한데 개축이냐 3, 4년 되어야 까꾸레기 하난데 저 육군에서 불출몰난 그걸 [조사자: 계급체계가 다르니까 재들하고 맨 처음엔 모르셨구나!] 그래서 통일시켰지 나중엔 이 출현됐는데 육해공의 계급 다 통일시키고 [조사자: 게들은 들어가자 마자 이거 하나줘 가지고] 경하나 [조사자: 해병대는 몇 년 지나야 이거하나 받는데] [제보자 아내: 금은만 거저버러] [조사자: 아 그때는 그게 2등병이었고나] 경하고 나중에 인천 서울 저 광주지방에 아이들이 오죽 좋은 아이들이 나와서게 우리 후배들 경 요거하나 주면은 육군 계급인 작대기 하나거든. 요걸 또같이해서 멋지게 옷도 사 입었다고 그 돈 있는 아이들은 휴가 보낸다는 경험인 간애들 장교행세 해주잖아.

[7] 종전 그리고 귀향 이후의 생활

[조사자: 아까 사진 보내주셨잖아요.] 도솔산에 계실 때 사진 [제보자 아내: 사진] 연애편지를 주고 받고 할수 있었어요. [제보자 아내: 사진] 편지요. [제보자 아내: 아— 편지] 결혼하기고 군대가시고 하실 때 집에 게실 때 서로 편지 왕래가 있으셨어요 [제보자 아내: 편지왕래했냐고] 제대하기 전에 [제보자 아내: 편지왔어.] [조사자: 서로 편지 왔다고] 편지 왔는데 그 편지 들으면서 안 돼. [제보자 아내: 편지 많이 왔어] [조사자: 할머니가 더 많이 보내셨어요? 아니면 어의신이 많이 보내셨어요] [제보자 아내: 편지보고 살았지, 누구보고 살아?] [조사자: 많이 보고 싶으셨겠다] [제보자 아내: 나 이 아저씨한테 나 결혼해서 고생만 고생만 했어. 고생문이 활짝 열려 너무 너무 고생했어.] 거난 고생 할 적에 우리가 응 이형제 거든 남자가 매일 제주도 법은 여자는 저 재산도 안 주지만 이젠 떠나지만 그때는 그러니까 나가 제대 안할거로 와서 나 군대있으 때에 재산 분배를 했어. 아버지가 거나 낮점심 조금 뭐 거나 조금 뭐 하나 밭 하나 남겨두고 다 형네는 경작하니까 먹고 살아야 되니까 했는데 내가 막상 제대하고 보니까 응? 솔직히 그때 심정으로는 3원 능삼이면 보따리 싸서 육지 또 가저무쭈러. 오니까 꽁보리 밥에 세때 먹는거 물이 그렇게 제주도가 나빠 이젠 삼다수에 모여 있어서 수도도 한라산 물 끌어오고 하니까. [제보자 아내: 지고만 먹었어 지고만] 그러니까 이젠 지분계단 한 것이 제주도 빠진 스레끼. 그렇게 암 그런거 신경 모르고 스레트 물이 깨끗하거든 그것만 하면은 먹고사는거나 했었어 집들도 많이 계량하고 이저 거시기 공구리 집 다니고 물바디 그러니까 내가 제대 딱 하니까. 아이고 오니까 물이 그렇게 봉청수 물통에 요드 하나 뿐남고 물을 요 대건대 해났는데. 모기 따문에 그덴 그물을 먹었거든. 그 물이 한쪽은 이렇게 하면은 못이 하나면 요로 막아서 한쪽은 수맥이 한쪽은 사람 먹는거나 가운데로 막아서 그러니까 그물이 와다가다해 사이로 [조사자: (웃음)사람이 먹는 물하고 소가 먹는 물하고 같네] 1m다 정보

밖에 뚝이 같이 쌓으니까. 보면은 여름에 버러지가 바글바글 하거든 [조사자: 아후] 그래서 밤에 아낙네들은 밤에 거 가서 저 해떨어지고 하면 버러지들이 숨는다고 그 물을 떠다가 항아리에 나서 가라 앉쳐서 먹었거든 [청중: 그 물 떨어지면 저 어디 하순 새제 거기가서 저다가 먹었어.] 그 따문에 우선 물 때문이고 [조사자: 물이 너무 귀했구나] 그래서 환경도 좋지 아니하고 재산도 아버지가 준 것도 아 보따리만 싸고 싶어도 아 어떠가라게. 그래서 물을 해결해야 되겠다 해서 어 모슬포 공군 중대장을 찾아갔지. 찾아가서

"저 홀에 출에라로 물 두 개씩만 울 동네 주시오!"

하니까,

"그 정도는 좋다."고.

그래서 이젠 물 땀을 우리 동네만 서부라 땅이고 우리동네만 물 땀을 여다 때문에 낮다고 [제보자 아내: 하르방 모 그 새마을금고 할때 아니] 지도자 [제보자 아내: 지도자 할때] 지도자가 아니고 뭐 자체적으로 나왔지 [조사자: 여기가 동부락이죠] 그래서 그 물을 해서 급수를 시켰어 배급 [조사자: 탱크에 담았다가 배급] 경애다가 이젠 그것도 안되서 그것도 외국사람인고 부대된 몇 날 며칠 물을 받을 수가 없거든. 그래서 이젠 이거 안되겠다 자체적으로 물을 지붕 조금 사는 사람들 지붕 계량해서 물을 받았거든 집집마다 물 땅굴을 만들어서 [조사자: 그럼 빗물을 이렇게 받아서] 크게 만들어서. 과수원네들 모 그런식으로 많이 있는데 경여에서 여건이 계단식이다 보니까 수도가 나왔거든 [제보자 아내: 이제야 치서십이 화장실도 집빨래기 실컨대 그때 지서분이 화장실도 배키시라 이제 젊아시면 집 잘지어서 살고 싶어도 인생이 저기로 가게되는 마음은 있어도 못해요.]

근데 요행이 그때가 4.3 사건이 나서 몇 년 해서 소 같은거 산사람들이 잡아 먹은거 경찰관들도 그거 잡아 먹어 보니까 소가 축산이어서 내가 제대해서 축산을 생각했거든. 그것이 내가 성공 포인트고 [제보자 아내: 아이들 8남매를 다 제주시에 살아불고] [조사자: 소 많이 키우셨습니까?] 아니야 처음엔

송아지 2마리 사서 시작했는데 그것이 내가 군대에서 위생병이 우리 중대 본부에 있거든 그래서 가네들 하는걸 봐서 내가 조금 주사를 좀 놨거든 그래인자 소도 방역을 좀 시켜주고 그래서 소가 여름에도 소가 설사병도 없고 [조사자: 병이 없이] 되는거야 그래서 그거 그때는 소 값이 막 비쌌거든, 소 팔면 밭 하나씩 하니까 그래서 살맛 났는데 소가 또 금년 초로 혐의가 있었어요. 그래서 소가 굶어! 너무 많아 놓니까 [제보자 아내: 눈이 집까지 많다 집만 썩어가지고] 그래서 저 초가지붕 응 초가지붕에 덮은 걸 빼면서 소를 먹이거든 [제보자 아내: 먹일게 없어서] 소가 영양실조가 다 걸린거야. 그래서 이젠 소기르면서 탱자랑 고자랑에 가면 탱자 밑에 탱자가 많이 나거든 그걸 뽑아다가 저 이틀에 우리 텃밭에 그걸 다 심어서 그걸 접붙여서.

[조사자: 아 ~~ 감귤 농사] 그래서 감귤 묘목도 우리 일본거 하나 사지 않고, 나 혼자 다 접붙여서 그것도 실패다 왜냐면 요 접붙여 놓은 것이 식물이기 때문에 요렇게 요렇게 이렇게 긴건데 요 길이는. 요로 떠나고 요로 떠나고 요로 떠난다 요쪽에건 힘이 세니까 저 완전히 나쁜 성질을 가져. 이 이쪽에 너무 크제만 데고 이쪽에 너무 또 열매만 많이 열리게 되어 있어, 중간을 끌어야 개량 품종이 되는데, 나대로 일본 책 사다 놓고 해서 접붙이고 다 했거든. 그래서 혼 밭에서 놈들은 돈 들이건 말던 난 밭 하나 과수원하면 또 그거대서 밀감 돌아가면 또 딴 밭 하나해서 밀감만 해도 만평, 만평을 했거든. 그래난 밀감이 그땐 밀감 값이 또 좋을 때다! [조사자: 돈 많이 버셨겠네] 그래서 아이들 8남매 그래서도 잘 먹고 살겠끔되나. [제보자 아내: 아들 4형제 다 갈라주고 났는데 모] 그러나 나 이름에 우리 큰아들 줘보니 이 돼지, 돼지도 한 천평되지. 농촌에서도 이 제주도 돼지 천평 갖는 사람 더러 있지만은 유지몰라! [제보자 아내: 직장도 다니면 다 소도 커요 밭을 물러주나] 그러나 할망이 고생을 안 할 수가 없거든. [제보자 아내: 고생문이 활짝 열렸네 짜짠짜짠 (노래) 살다보니 또 살수가 있어 근데 살 만하니까 저 세상에 가게 되고 살다보니 기가막혀 아이고 그래도 추운데 와줘 고맙게.

[조사자: 저희가 너무 감사합니다.] 모 걸을 말도 없고 [조사자: 아니 좋은 얘기 너무 많이 들었습니다. 진짜 산 증인을 처음 가까이 만나 뵌 것 같아서 역전의 용사신데. 귀한 시간 내주셔서 감사합니다. 어르신 제일 치열한 전투는 다 하신것 같아요?] 어? [조사자: 제일 치열하고 힘든 전투는 다 하신 것 같아요?] 네 다했죠. 왜냐하면 나 대로 처음에 살이 치부라고, 그저 원래 육지 저 경상도에서 시작할 적에 건데 저 규태 안 제주도에 나가 살이했어. [조사자: 저기 받습니다. 표창장 받으신거 64년에 받으셨네요.] 거기 서울 중앙대에서 청장 농천진흥청장 표창도 받고 그거시 시발 돼서 이러모 나 육지로 가지 못한거지. [조사자: 하하] 육지에 보따리 싸라고 몇 번하다 가도 [제보자 아내: 육지 가서 국수장사라도 해서 살전 있지. 육지 가서 국수장사 살전 있으니까] [조사자: 근데 오히려 여기 계속 계신 게 더 잘 되신것 같아요. 나가신 것 보다 더 나으신 것 같아요] 고향 지켜지고, 애들이 먼 데 가지 않이아나, 서울이나 미국이나 아니 가서 다 제주도 안에 한 시간에 거리에 있으니까. 전화만하면 오늘 이 시간이라도 다 올수 있고 [제보자 아내: 육지 가서 국수 장생 날보고 살게라고 살자고 하더라고] [조사자: 국수장사 장사하자고요] [청중: 아 국수장사 안하겠다고. 날 몰라자고 국수 장사하제]

[조사자: 아 참 좋으신 것 같아요 두 분다] 그러니까 고생이 많지 [청중: 나 제주도 산다고] 무에서 유를 창조하고 또 이제 시에 애들 뭐 애들 자랑 한다는거 팔불출이라고 하는데. 저 팔불출 제주도 말로 하는데. 개도(그래도) 애들 자기 집들 주택들 자기 집 들해서 사니까 [제보자 아내: 3,4층 주택 다 지은 사람 있어.] 경이네 하나 우리 그럼들도 하나라도 경마나, 화투나 손바닥 치는 놈 있으면 안 되지만, 나 모냥 그런거 없으니까. 내가 그래서 내가 안심이야 누가 오면은 좀 잠 잘리니까 하는 것도 나쁜 전화 오지 않느냐 해서 안부가 요세 그건데 그렇게 나쁜 전화 올 사람도 없고, 또 요세 점깡 해 놓으면 좀 자식들 좀 힘들어. [제보자 아내: 시에 집 살거들랑 시왕 사더니도 아후 우리는 여기서 살지요] [조사자: 아 후 대단하십니다] 제주도도 옛날은 3무 대

문도 없고, 정랑 없고, 거지 없고 했는데 이제 제주도도 악시 물러거든 아후 세상이. [제보자 아내: 아후 절마지 했으면 좋꾸러 절마지 했으면 좋겠꼬] 제주 사회도 좀 옛날처럼 3무 으 3 다만은 없어도 좋고, 3무만 많았으면 좋은데 [조사자: 어른이 본은 어디세요] 김해 수로왕 우리 저 김해 젊을때 시제 부르러 많이 다녔어. [제보자 아내: 김해김씨]

[조사자: 한가지만 더 여줘볼께요 부산 쪽에서 이 제주도 쪽으로 6.25때 소개대 가지고 정착해서 사는 사람들 있다는 소리 못 들으셨어요?] 부산서, 부산 간 사람은 있어도 [조사자: 이쪽으로 오지는 않아요.] 그러나 그때가 모 하니까 아주 마니들 부산간 사람들 자갈치 [조사자: 자갈치 시장 쪽으로] 대교 어 대교동 그쪽에 사는 사람들, 용도에 사는 사람들 더러 있고 그러 부지에 간 사람들 부산 여렀이 갔어. [조사자: 이 부락에서 친지분 중에서 일본 쪽으로 건너 간신 분들 없습니까?] 아 일본이야 갔지. [조사자: 많이 갔죠.] 나 낳기 전에 어 대전 14년도가 소화 원년이까 그때 소화 원년 때 그러니까 1914년 [조사자: 예, 14년] 그때 1929 그때 1919 때가 이 세계가 혼동 될때거든 그 전에 조금 편한할 때 제주사람들 못사니까, 그때 가서 전차 한 사람들이 많아요. [조사자: 왜전에 이차 세계대전때 이럴 때는 제주도는 피해 없었어요] 아 2차 대전 아 그때 내가 국민학교 5학년땐데 그 사람들 그렇게 모질지 않았어. [조사자: 주둔하긴 했어요?] 정신대 관계도 있지만은 그것은 법에서 정해 논거니까, 우린 어릴 때고 그건 잘 모르고, 우리 동네도 정신대로 갔던 할망들 이제 돌아 갔지만 둘이 안 돼. 경우 저 이노무자, 노무자 이저 북회로 저 탄광, 탄광 갈다온 분들도 있다가 거희 돌아가고. [조사자: 다 돌아가셨고?] 근데 여기서는 이 저 대천행상 알뜰, 거기모 열다섯 이상덴 사람들은 거희 다 갈다 왔어 경 이제 찬반사 앞길 그것도 군인들이라고 해서, 사람 손으로 자갈길 해서 만들었거든, 포크레인도 없고, 아무것도 없어서 사람 지게로 올려서 싼건데, 이젠 관광도론데 그것이 어떠냐면. 저 어디고 비행장에서 하순항까지. 그래 난 그때가 하순항에 일본 군대항이라고 댕겼어. 군대항 여격선, 군대항이 군인배데

그거타고 일본들 갔지. [조사자: 징용도 데려가고, 끌려가고, 이부락에 물질하는 저기 분들 없겠네요?]어. [조사자: 물질 물질 해녀] [청중: 해녀 없어!] [조사자: 없죠.] 원래부터 없어 산방산이 우리 낳기 전에 덕두까지 그래서 용무로 관광지 덕두건데 그때 덕두 이장이 조끔 억센 사람이 있었어. 세금내기 실푸니면 끊어자 친다고해서 그래서 배짱부린다 세 개가 되버렀지야. 내버려두면 그거 오죽 좋은 거야 용무로로 에서 산방산까지.

[조사자: 여기 산방산 얽힌 재미있는 옛날 얘기 같은거 없습니까?] 아 옛날 돌곱새 있었고 [조사자: 예 돌곱새요?] 돌곱새라고 돌이 모시포 쪽에서 보면은 요렇게 구운 저 [청중: 돌맹인데] 돌맹인데 살은거도 곱새 [조사자: 아 돌 곱새] 지났는데 저 육이도 터전 훈련도 [조사자: 훈련소가 있다는 얘기 들었습니다] 훈련소날 군 막대기 포 쏘는 거시기 장소난 우린 그 장손낭 돌이 없어져 그루체 없어져버렸어 [조사자: 포에 맞아서 없어져다고요 돌 곱새가] 그러나 산방산이 산막지대 산막지대하면 포탄이 떨어지는 데야 사격하거든 사격장이라고 그것이 없어져 버린 것도 있고 장수돌이라는거 있어 장수돌 [조사자: 장수돌] 장수돌 [청중: 한라산 중어리에는 백곱새 놀고 산방산 중어리에는 돌곱새 놀고 노래도 있어. 그런 노래도 있어.] 폭탄 맞아 없어졌어. [조사자: 그것이 폭탄 맞아 없어졌구나. 아 –, 산방산에 절도 있잖아요. 굴산] 굴. [조사자: 굴사, 절, 암자 산방산에] 산방굴사 [조사자: 산방굴사 거기에 얽힌 전설 같은거 없나요?] 전설은 없고 저것이 우리 어릴때 저 여기서 그래 저 신앙을 했거든. 절이 일제 전에는 당오백, 절오백 제주도에 그렇게 이제 먹고, 축구 시험, 큰 것이 제주도에 작년부터 부활 시켰는데 제주도가 좀 섬이다 이니까, 좀 복잡한데 일본만 가도일본 동경가도 나무 몇 개 있는지 다 저기시 당할머니 모시자 있어 그러나 제주도가 그렇보다는 낳은데 이저 유신 5.16 유신때, 유신때 없어졌는데 [조사자: 싹 없어졌구나] 이제는 부활 조금씩 되는 모양이야 [조사자: 여기 장수돌은 왜 장수 돌이에요. 장수 돌] 장수 돌, 한라산 산방산 한골지라고 여기 고리가 두 개 있거든. 그 한 고리라는데, 한골 중앙에 그리가면 헌 높이

10m다 쯤 될건가 그 돌 뾰족하게 큰 돌이 있쪼개 장수모양 장군 장수 장군 [조사자: 생긴 게] 그보고 저기 또 꼭대기 가면은 이게 일산군주 꼭대기 가면은 이렇게 팽팽한 데가 있어. [조사자: 아, 꼭대기에요] 꼭대기에. 그런데 옛날 우리 사리치부나 뭐 나무할때 거기가서 연찬도 하고 [조사자: 거기 올라가서요] 선상올라가 아이들 관광하고 했는데 이제 그 입산금지 지역이고, 나이먹고나 그래 가지고

[조사자: 제주도에 저기 설문대 할망] [청중: 설문대 할망]허허 설문대 [조사자: 그렇죠 그런게 들었는데 그분에] [청중: 설문대 할망은 어디 있수가] [조사자: 그분에 관한 전설은 없는가요?] 신화 신화 [조사자: 신화, 예?] 근데 광진당이 산방산 서쪽에 그게 광진당인디. 그게 제주시기에 있지만 그런데 광진당이 어떤되냐면 그 저 옛날 연천법사가 어서대에 올랐는데 그중에서 어떤 중이 비가오니까 거기가 암자거든 돌로하면 지붕 모양으로 풀이 있어. 그래난 비가 똑 똑 오가니까 두 흑감생이 먼저 왔거든. 장난 삼아 그걸 해서 너 여기서 넘어가는 월빠총이나 뜨더먹고 살아, 경이 하는데 그 뒤로 넘어가는데 모를 그대로 저 고비를 내리드는데, 고비를 넘는 사람은 원철장이고 뭐를 타거를 넘어가면 머리 절었거든 절어서. [조사자: 다리를 절었다고요] 응 그래서 이제 전설이 옛날에 튀어 나왔는데 이젠 모 그런거도 그러나 원모도라고 이제 저 도로가 확장되고 난 일이지만 월모도라고 서쪽에 월모도 내리는 탕이 있어 그런데 그것도 없어져 버리고.

[조사자: 뭐 도깨비 바따 이런 얘기는 없으세요, 도깨비 도깨비] 도깨비 [조사자: 미화, 도깨비, 도채비] 그래 그거 전설이지. [조사자: 영감] [청중: 없어 없어, 옛날에 다 지워버렸어] 아 치워본 본것도. 내가 새마을 운동하면 여기에 지도사가 있어서. 농촌지도사 그거 내가 발전위원장 당신데, 서방 설이 우리 덕수서부락 해서 우리 자연부락이 4개, 4개 내가 위원장을 했거든. 그래서 4파전하면 낮에는 농사철에는 바쁘고 하니까 밤에만 다녔어 그 지도사하고 밤에는 4개조, 밤에 12시 1시 될 때가 많다고. 그려 내려다 보니까 저 모밀 ,모밀

밭이 여름에 갈아야 데여. [조사자: 메밀밭] 메밀 [조사자: 거기서 도깨비를 보셨구나] 아 그 쇠 그 돌밤에 밭가는거는 '허 허 허 허' 나중에 알았어, 밭가는 소리에 내가 속아났다고, 그러나 의심가지면 병이고 의심 안가지면 경우 해병대 7년간 사람이 탄깨가 겁나지도 않아. [조사자: 설문대 할망이 굉장이 몸집이 크다고] 그렇게 크지도 않았어 [조사자: 설문대 할망이요?] 아 설문대 할망 그때는 반할지로 알고 그래서 텔레비에 그런 모형 그림 모양 나오는데 우리 어릴때는 그런거 없었어. [조사자: 설문대 할망에 관한 전설 없으세요?] 침방 무당, 무당 마임이 무당에서 물프는 소리 그런 저런 거였지. [제보자 아내: 말만 들었지.] [조사자: 신방 말미에 설문대 할망도 나와요] 죽천비도 나오고, 설문대 할망도 나오고, 삼석 할망도 나오고 할망이 제주도에 오죽하게, 거의고 그 저 아기날이이 옛날 삼석 할망은 꼭 청했어. 도시에 쌀이 제주도는 쌀이 없으니까? 도시 째그만 곳에 저 콩밥에 쌀밥해 놓고 이 하시도루시 무남재라고 띠 있잖아 띠 꺽어서. 요렇게 꼽고해서 여기 여기해도 그래 저 아제 그 밥 주고 옛날 쌀밥이 그렇게 귀했다고. 나 이상이 많이 봤지. 우리 아버지가 이장 오래했어 이장 [제보자 아내: 11년 했어.] 구장 구장을 하는데 내가 4살 3살 2살인가 그땐데 우리 누님이 나강 여답 살, 여답 살 그런게 오면 꼭 면에서 온 사람들 그때 일제 시대나 밥을 해준다고 밥도 콩밥으로 콩밥이 쌀밥! 제주도에 날으게 쌀이 어디있어? [제보자 아내: 제주도에 쌀이 없어.] 그걸 하는데 낮접시도 혼사발 거리지도 않고, 허면 면사무실 직원하고 또 우리아버지는 조금만 드리고 하면은 낮접시는 숟가락으로 하나나 두 개정도 하면 그 사발이 나 제대할 때까지 저나르고 조금만한 사발인데 그걸 접시 내가 어린이가 먹지도 않아. 그러지만 내가 윗접시에 내가 욕심이 세나 보나 그래 .숟가락을 꼭 숟가락이 꼭 끄으면 숟가락이 드러가야 말이지.(웃음) [조사자: 접시를 덮어났으니까] 거희 우리 누님 저 멀리가면

"어벙 저리 가라!"

하면 우리 누님 핑계 콩밥 먹째는데 나땀에 못 먹어서 우리 누이한테 어벙

가네 매 맞고 [청중: 막 지어바 버리고] 옛날 참 제주도 귀했어. [청중: 옛날에 쌀밥이 그렇게 어려어 어후 쌀밥] [조사자: 여기에 또 당신이 있나요? 당신 이쪽에도 당신이 있나요. 본양 당.] 본양 응 [조사자: 여기에도 본양 당이 있어요] 당이 덕수에는 없고 3개, 3개 그 저 복지회관 바로 옆이 덕수는 신당이 없어이 저 옛날부터 이렇게 저 덕수가 모 이런 부락이지만 신당이 있어야 그런걸 모신는데 [청중: 옛날에 귀신을 다 내 쫒아 버렸어, 옛날에 귀신이 많았어, 당의녀 모여 모여] [조사자: 귀신이 많았어요?] 그래난 옛날은 당무백, 당무백 절, 사찰 오백 거나, 제주도가 살수가 없었거든. 다 신앙으로 무속 신앙 그러다 새마을운동 하니까 싹 좀 폐해졌지.

[조사자: 여기 있으시네요?] [청중: 우리 할으방, 할으방] [조사자: 한국 전쟁때 제주도 청년들이 육지도 다 나가면 제주도는 누가 지켰어요?] 4.3 사건 날 때. [조사자: 6.25때나 이럴때] 할망들 열여섯 살에 저 석담도 안돼서 망로대 망 거시기 저 성의 망있잖아. 거기 지켜서 밤에. [제보자 아내: 초소 지켜서 우리 초소 지켜서] [조사자: 여자들이] 그래난 우리 덕소에도 그 포대라고 망로대가 열여섯 군데 그거 다 허물어서 저 밑갈랑 밭 30개 되므렸는데, 그거 구축하는데 불가 1개월도 안됐는데. 그 성을 다 쌓았어. 우리 도민 동네사람들이 그러니 혼이 다 나간거지. '이것만 하면 편하니 잘 노는구나!' 그렇게 생각해서 하니까 너희가 들은 돌도 여자들이 그거 저 100m 50m을 운반했지. 그렇게 저 4.3사건이 그렇게 힘들었다고. [제보자 아내: 죽지 않아 살았지, 죽지 않아 살았어.] 그래난 우리 군대 가버리니까 이 아낙네들, 열여섯살 이상의 처녀, 아줌마, 늙은 할으망 그래서 3,4씩 그 망로대 지켰지 망로대를 부락 자치방을 [제보자 아내: 그러니까 무릎을 다 수술했어. 너무 일을 많이 해부러서, 너무 일을 많이 해서] [조사자: 너무 장시간 말씀해 주시느라고 고생 하셨습니다. 좋은 얘기 많이 들었습니다. 어르신 건강하십시오.]

전쟁 중에 군에서 맺은 특별한 인연

유 상 호

"못 견디겠으니께, 저 문이로 나가서 부엌에서 저 칼로 죽었대는겨. 그 밥 두 그릇씩 먹는 놈이 죽었어."

자 료 명: 20130404유상호(인천)
조 사 일: 2013년 4월 4일
조사시간: 82분
구 연 자: 유상호(남 · 1932년생)
조 사 자: 박경열, 유효철, 김명수, 김명자
조사장소: 인천광역시 동구 선화동

[조사과정 및 구연상황]

유상호는 추천으로 만나게 된 화자이다. 유상호의 자택에서 조사를 진행하기로 하였는데 조사팀이 집을 찾지 못하여 고생하자 조사팀이 집을 찾을 수 있도록 도와 주셨다. 화자는 인터뷰를 많이 해 본 경험이 있는 화자처럼 이야기를 자연스럽게 이끌고 나갔다. 특별한 인연에 대해 이야기를 하면서 자신은 참 복도 없는 사람이란 소리를 반복적으로 하였다. 조사장소에는 화자만 있었으므로 오롯이 조사에만 집중할 수 있는 분위기가 형성되었다.

[구연자 정보]

고향은 충남 공주다. 1932년 출생으로 가족은 2남 3녀이다. 큰 형이 있고 화자는 막내지만 형이 공무원이라 시골에서 부모님과 살지 못하자 화자가 부모를 모시고 장남 노릇을 한다. 전쟁당시 19세였고 의용군에 끌려갔으나 도중에 탈출한다. 1952년 6월에 입대한다. 결혼은 21세인 아내와 27세에 한다. 석 달 전에 아내를 보냈다. 군에서 특별하게 맺은 인연이 지금까지 아무런 도움이 되지 못하자 스스로 인덕이 없다고 한탄한다.

[이야기 개요]

전쟁 당시 19세였고 영장이 나와 21세에 군에 입대한다. 보병학교에서 교육을 받고 포병 통신병으로 일하게 된다. 포를 쏘기 전 전화선 까는 일을 하였는데 지뢰에 둘러 싸여 위기를 맞는다. 앞서 간 통신병이 군에 연락을 해주어서 지뢰를 탈출한다. 군대에서는 먹는 것이 부실하여 늘 배고픔에 시달렸다. 한 신병이 배가 고파 선임들이 먹다 남긴 음식을 주워 먹는 것이 문제가 되자 화자가 신병이 밥을 많이 먹을 수 있도록 도움을 준다. 하지만 화자가 제대한 후 얼마 되지 않아 그 신병이 자살했다는 소식을 듣는다. 휴전되기 바로 직전에 휴가를 받아 집에 다녀왔는데 군에 돌아오니 부대가 이동한다. 헌병이 옮긴 부대로 이송해 주었는데 그 날부터 3일 동안 밥을 먹지 못한 상태로 휴전이 되는 1953년 7월 27일 오후 10시까지 치열하게 싸운다.

[주제어] **충남 공주, 의용군, 탈출, 보병학교, 통신병, 입대, 지뢰, 배고픔, 건빵, 신병, 자살, 교전, 휴전, 공비 토벌, 반공포로**

[1] 83년도까지 끝나지 않은 공비토벌

[조사자: 어르신, 전쟁 시작했을 때부터 끝날 때까지 생각을 해보셔서, 생각나시는 대로.] 내, 내 얘기를 내가 대충 적어놨는데, [조사자: 아 적어놓으셨구나.] 예, 요게 왜냐하면 내가 군인 간 게 언제 갔느냐하면 1952년 6월 9일 날 갔어요, 그리고 전역을 언제 했느냐하면 1956년 4월, 4년도 12월 5일 날 전역을 했고. [조사자: 56년도에 전역하셨어요? 전역을 1956년 4월 12일 날.] 예, 12일 날 했어요. 그래 이게 내가 이제 휴전이 언제 됐느냐면 1954년, 7월 27일 밤 10시, [조사자: 1954년요? 53년이 아니라?] 53년인가, 54년인가 돼, 하여튼. 7월 27일 날 밤 10시에 됐어. 난 아는 거라고는 그것밖에 없어, 논산훈련소에서 겨우 방아쇠 잡아 댕기면 전방으로 다 쓸어 갈 때라구. 근데 다행히 포병학교 가 가지고 교육받고 전방에 올라갔어요, 내가.

[조사자: 입대는 어떻게 하셨어요?] 입대야 그때야 무슨 응? 뭐 여년(연령)되고 안 되고 간에 다 갔지. 내가 스물한 살 때 갔었거든? 이럴 때 그때는 그만치 저그가 됐지. [조사자: 전쟁이 나고 나서?] 나고 나서지, 일 년 이상 전투를 했지, 보지는 못했지만 포로다가 쏴서 적진이로 다 날라 갔으니까. 우리 동기는 다 죽었어요 보병한 애들은, 백마고지 왔다 갔다 하다가 다 죽었다구.

[조사자: 어르신 전쟁나기 전에는, 군대 가시기 전에는?] 집에서 놀았지, 누구 말 따나. [조사자: 저기 어르신은 몇 년생이세요?] 나요? 32년생이에요. [조사자: 32년생이세요, 고향이 원래 어디셨어요?] 충남 공주, [조사자: 공주 어디인가요?] 그게 시방 거기가 뭐? 저기 해가지고. [조사자: 이름이 바뀌었어요?] 이름 바뀔 적에 뭐 신도시명이 됐는데, 뭐지? [조사자: 세종시?] 세종시로 됐어요. [조사자: 예전에는 이름이 뭐였어요?] 예전 이름은 충남 공주군 반포면이지. [조사자: 반풍면?] 반포면. [조사자: 응, 반포면.] 응 원봉리.

[조사자: 아 반포면 원봉리. 그러면 어르신 원래 가족은 어떻게 되셨어요? 형님 있으셨어요?] 형님 있었지. 형님 아버지 어머니 누님 다 있었지. [조사자: 그러면 2남 1녀?] 2남 3녀여. 우리 누님이 내가 막둥인데, 우리 누님이 전부, 저 우리

형님이 위에, 우(위)에여, 누님들이, 에 다 돌아가시고 인제 없고 내가 제일 늙은이라고 그러지. [조사자: 그러면 그때 전쟁이 났을 때는 여기 원봉리에 계셨던 거예요?] 그렇지요, 원봉리에서 있었지. 외아들이 그 인민군도 한참 들어와 가지고 의용군도 갔었잖아 내가.

[2] 의용군 대열에서 탈출하다

[조사자: 그 얘기부터 해주세요.] 아 의용군 가다, 붙잡혀 가다가 오다 내려가다가 도망 왔지. [조사자: 뭐라고 하면서 잡아가던가요?] 옛날에 그거 개네들을 그걸 뭐, 저기만하면 다 붙잡아 갔으니께 인민군이, 그래서 그게 전부 그 도망가서 되로(도로) 오고 그런 사람들이 있고, 실지 인제 빨갱이들은 거기 가서 죽은 것도 몰르지. 저 여태, 실지로 좋아서 간 사람들은 몰른다구.

근디 다행히 우리 고향에는 그렇게 나쁜 사람들이 없었어, 왜냐하면 그 사람들이 이렇게 오면은 거서 편들어주고, 아군이 저기하면 아군 편들어 주고 이렇게 해서 다 살은 사람들이라구. 거기 지금 현재 있는 사람들이 그려, 내 조카 걔도, 그걸 약간 알 테지, 어렸지만.

[조사자: 그 의용군으로 끌려가다가 어떻게 도망을 나오셨어요?] 아이 죽— 가면은 밤에 인저 가면은 어디 인제 묶어가지고 가는 게 아니고, 그냥 해방군이라고 데리고 나가다가 어디 슬끄먼치 그냥 빠져뻐리면 못 찾지. [조사자: 겁 안 나셨어요?] 아 겁나요, 그거 인자 안 갈래니까 도망하는 거지. 방공호 파는데 댕기고 그러고 다녔지 뭐.

[조사자: 그러면 거기 원봉리에서는 처음에 전쟁 났다는 거를 어떻게 아셨어

요?] 전쟁이 났을 때 가만히 앉았지 그거 어떡혀, 노인네들하고 여자들은 가만히 앉았구, 젊은 사람들은 의용군 끌려가다 도망오구, 콩밭이나 이런데 가서 숨어서 살으면 응, 숨어들어 밥 슬슬 갖다 줘서 먹구 그래가지고 살았지.

[조사자: 그럼 따로 피난가거나 그러진 않으셨어요?] 못 갔지. 가도 소용이 없응께. 왜냐하면 인민군이 저, 전진하고 우리 저 일반민은 뒤에 있으니께 갈 수가 없지, 그래 인제 야중에 인제 전진하고 후퇴하고 할 적에 왔다 갔다 하다가 그냥 저기가 된 거지. 그래서 이게 시방 그 전쟁이라는 건 옛날에는 인해전술이고 그냥 총, 총만도 다 없었으니까.

그라고 그때만 해도 국방, 군이라는 건 전부다 응? 그냥 일반민이지. 군인이 다 있다가 6.25 사변 터져가지고 전부 다 죽었잖아. 내 친구도 세 사람이나 죽었는데, 그냥 그때는 국방경비대라고 그래가지고 참 옷도 바지 쓰봉에다가 쫙쫙 줄잡아서 입고, 신사지 뭐. 일류신사, 그 총 한발도 못 쏴보고 다 죽었다고 걔들. 우리 내 고향에 내 친구 애들도 몇 가서 그렇게 죽었잖아. 그래 이제 그걸 보면은 안 도망갈 수가 없지. 어디 가서 안 숨을 수가. 여름이니께 이제 여름에는 콩밭이고 이런 저 아무데고 이렇게 은큰한데 가서 산에 가서 있다 내려오고.

[조사자: 근데 잘 숨으셨다가 어떻게 또 군대 가시게 되셨어요?] 그 인제 대한민국 군대는 어쩔 수 없지. 왜냐하면 저 연령별로해서 다 이렇게 저 맥아더 장군이 여기 끊어서 올려 보내니까. 인저 그때서 인제 저기해 가지고 그 영장이 정식적으로 간 거지, 영장이. [조사자: 아 영장이. 논산훈련소에서.] 논산훈련소, 응.

[조사자: 거기서 어떤 훈련받으셨는지 뭐 그런 기억나세요?] 아유 훈련이라 그래 그게 훈련이여? 여그 우리 저 그거 가가지고, 논산 제2훈련소 가가지고, 보름을 저기 저 이 계단을 이렇게 파고 교육을 시킨 거지 그거 앉는 거여. 말하자면 의자만 놔 놓고, 이렇게 해서 앉아서 하구, 그렇게 하다가 뭐 그냥 응, 벽돌을 얼마나 찡긴지 알어? 그 흙벽돌 그 텐트 짓느라구. [조사자: 창고 같은 건가요?] 창고마냥 지어서 거기다 군인들 재우고, 막사 짓는 거여, 말하자면. [조사자: 아 옛날 막사.] 옛날 막사지. 그냥 [조사자: 텐트.] 응, 시방 텐트.

그걸 해가지고 수십 명 거기다 한 군데다 가운데다 이렇게 질(길) 내놓고, 조금 한 구탱이(귀퉁이) 옆에 양쪽에 이렇게 골 파고서 푹 자는 거여, 여기는 신발 벗어놓고 가운데는. [조사자: 그러면 이렇게 훈련 안 하고 그 공사하신 거예요?] 훈련을 왜 안 해, 훈련 받아가며 그렇게 했지. [조사자: 훈련도 하고 공사도 또 하시고.] 그럼. 그러니께 자도 이렇게 안 할 수가 없거던 그렇게.

[조사자: 포병이시면은 포병 훈련을 받으셔야 포병을 하실 거 아니에요.] 그렇지 그래 이제 거기서 그때는 전반기, 후반기가 있었어. 전반기는 전투 받으면 그냥 저저, 훈련 끝나면, 방아쇠만 잡아 댕길 줄 알면 보냈고, 후반기는 저 딴 데로 가 가지고 포를 저, 포 갖다 놓고 훈련을 받고 이렇게 했다고, 그렇게 하고서는 전방으로 보낸 거여.

그래서 동작할 줄만 알으면, 그런데 한국사람 힘으로는 그 시방 포가 옛날에는 우리나라 전쟁 때는 그것도 미국에서 저, 헌거 주서(주워) 온 거지, 말하자면 미국 놈들이 갖다가 쓰는 건데, 저 105미리 시방 이때 저 유원지 가면은 포 이렇게 벌려서 해 논거 있잖아, 그 105미리짜리가 있고 155미리짜리는, 이만치 크지 그건 더 멀리 나가고, 왜냐 155미리 응, 포병 저기야. 저 뭐냐 통신과, 통신, 지금으로 말하면 전화가설이라고.

그렇게 해서 그거 인저 저기하고, 그 아닌 사람들은 뒤에서 포 가지고 포탄 날르고, 포 쏘고. 이렇게 하는 게 그 다음에 이렇게 포병에서도 꽤 되게 위험한 거지. 왜냐하면 전화 가설하고 여그서 만약에 저 동인천 갈라고 그러면 그거 지금은 뭐 차로나 댕기고 가지만 그때는 사람이 끌고 댕겼거든, 끌고. [조사자: 등에 이렇게 선 매고.] 그럼. [조사자: 유선전화를 그렇게 해서 쓰셨구나.] 응, 그 유선전화를 해야 오표에서 그거 장교가 시키는 대로 여기서는 그거 받아가지고 쏘고 그러거든.

[3] 가갸거겨도 모르는 사람은 전방에, 배운 사람은 후방에

[조사자: 그래도 이렇게 포 쏘는 거 말고, 특수보직 하셨으니까, 윗사람들 보기에 뭐 좀 머리가 똑똑해 보이고, 기술이 있어 보이니깐 그런 거 시키지 않았을까요?] 응 그거, 모르지. 그전에는 그 얘기 하나 더 할께. 우리 군대 갈 적에는 가갸거겨도 모르는 사람이 수두룩했어. 문명자(문맹자)가. 이렇게 문명자는 전방으로 전부 다 보낸 겨, 조금 배운 사람들은 후방에 있고.

그래서 우리 동기가 이 보병 간 사람은, 성한 사람은 하나도 없어, 다 죽었지. 그러지 않으면 병신 됐거나 요기 앞이 시방 그게 노인정이거든. 거기에 우리 친구들이 많이 있어, 병신 된 사람들도 있고, 그래 걔네들은 시방 보상을 많이 주거나 60-70만원씩 주고 그러지, 하 거 저기다 뭐 전부 다 공짜니까.

그런디 나 마양(마냥) 이렇게 못생긴 사람들은 살아와서 이, 살은 사람들은 정부에서 아무 혜택이라는 걸, 그것도 저 누구여 김대중이가 다 갖다가 광주에다 퍼줘서. 나는 김대중이 노무현이 이런 사람들 아주 싫은 사람이야. 말로

만 어짜고 저짜고 하지.

[조사자: 그러면 그 포병 훈련은 어떤 걸 받으셨어요? 전화 묻는 거 이런 방법 훈련 받으셨어요?] 그럼 그걸 안 하면 안 되지, 전화가설하고 무전 받고 다 해야지. [조사자: 그냥 편하게 안 가르쳐줬을 거 같은데 어떻게?] 편하게 안 가르치다니? 가르치는 건 똑바로 가르쳤지.

그런데 배우는 사람들이 잘못 배우는 거지, 아 이게 옛날에 장교나 교관들은 전부 고등학교 이상, 그래도 다 그렇게 다 된 사람들이 장교를 했고, 그랬거든. ROTC가 원 그런 장교 있잖아? 그런 사람들이 인제 다 저기하고, 옛날에는 그 군인이 사실은 살아온 사람이 병신이여, 지금 뭐 혜택이라고는 시방도 뭐 몇 십만 명 된디야, 우리 대한민국에, 6.25사변 치른 사람이, 우리 요 중구(인천 중구)만 해도, 120명인가 시방 살았어, 120명.

[조사자: 그러면 어르신 그때, 훈련기간은 어느 정도 받으신 거예요?] 뭐요? [조사자: 훈련기간.] 훈련시간? [조사자: 훈련기간, 응 그런.] 그때 훈련기간이라는 건, 한 4개월, 4개월 정도 배웠을 거예요, [조사자: 그니까 6월 9일에 입대

를 해서 한 4개월 정도.] 그렇지 4개월 정도 있다 전방으로 갔으니까 어디여.

[조사자: 어디 가신 거예요? 강원도 쪽에 가신 거예요?] 백마고지, 그니까 강원도에 저기 있지. 처음에는 글리 간 게 아니고, 어디야 저, 그 이름도 다 잊어버려, 지명을. 그리 맨 첫 번에 신병으로 가가지고 제일 쫄자지, 뭐 제일 쫄자. 높은 양반들 저 밥 타다 대령해 줘야 되고, 청소해야 되고 그래도 그건 이 포병은 좀 나아, 보병은 그런 게 없어요.

그라고 신병이라고 좀 그러니까 인저 저 논산훈련소나 제주도훈련소에서 온 애들은 자기네들이 알아서 쫄병이지만 대우를 하더라고, 뭐 저런데 보초 서는 거 알어? 저런데 저 삼사 달 저 지키면 있는데, 그걸 제일 첫 번에 가면 안 시켜, [조사자: 아, 신병은 안 시키는 거예요?] 응, 신병은. 경험이 있어야지. 신병 그거 했다가 잘못 하면 죽으니까. 그러니께 이 전쟁 때는 하루 먼저 간 놈이 어른이여, 지금은 뭐 그거 별로 안 찾지만, 고만큼 하루 먼저 간 사람이 정신상태가 틀려지더라구, 그 경험 노름(나름)이니까.

[4] 배고픔을 참지 못한 신병 자살하다

[조사자: 그러면 그때 밥 같은 건, 식량은 어떻게 하셨어요?] 아 밥은, 그러니까 저 지금 우리나라 이 경제가 굉장히 좋으니께 뭐 군인도 밥도 잘해주고 그러잖아. 그때는 솥단지를 걸고 불을 때서 밥을 해서, 저 콩나물 몇 개 넣고 질질질 그거 끓여가지고 그거 한 단 요만큼 아니여, 그리고 밥을 항구라고 또 요런 거 있잖아, 그 군대들 가져 댕기는 거, 그 노란 따까리 속, 껍데기도 아니고, 속 노란 따까리 이런 거다 싹 깔게서 한 개씩 준다고.

그러니 집에서 밥 실컷 먹던 놈들이 그거 먹고 살어? 그래니께 인저 없으면은 취사반에 가서 찔끄거리다 얻어터지고, 뭐 생선 대가리고 뭐이고 그냥 남으면은 몰래 높은 데는 몰래 다 줏어(주워) 먹는 거여.

[조사자: 반합을 이렇게 밥을 넣어서 이렇게 싹 긁어서 거기에만 줬다구요?] 그

걸, 그 저 군대는 야전삽으로다가 뒤적뒤적 하면 막 밥이 이렇게 붙잖어, 그라믄 붙어서 그냥 그 사람 수, 그 포병 한 개, 열두 명이면 열두 명이 그걸로다가 그냥 대충해서 퍼서 넴겨(넘겨), 그러믄 거 노란 따까리로 하나씩 요렇게 해서 싹싹 긁어보면 처음에 입대해서 오는 애들은 그거 먹고 못 살아요.

그러니께 배짝(바싹) 말라가지고 형편도 없지 뭐, 내가 이런 얘기를 하면 뭐 시방, 그 사람들이 다 죽었어, 내가 그래도 조금 높고, 내가 포병 통신과 선임하사까지 내가 했거든? 그러니께 선임하사면 대단한 거지. 이 밑에 몇 년 고생한 사람들이지 다. 시방 갈매기 그 뭐 세 개짜리 그게 아니고 세 개 밑에 작대기 한 개 그리고 일등 군사지, 일등 군사, 시방 그거를 하사라 그러더라고. 내가 하사 제대했다구.

그런데 그 하사가 되면 저기 해가지고 2년을 달았는데, 그 선임 하사니께 그 부대 쫄병 중에는 제일 높지, 통신과에서는 그 부대에서 함부로 못한다고 그 당시에도. 그러니께 이제 그거 했는데, 한 놈이 자―꾸 취사반을 댕기면서 그런 걸 주워 먹고 혼난단 말이여, 그러니께 취사반장이 저, 보아 둘 수가 없는 거지. 자꾸 배고파서 그러는 걸 그걸 어뜩혀, 그러니까 나보고서 그걸 선임하사가 저기 가서

"좀 막어 주셔."

이거여.

"어 말이야 배고파서 그러는 걸 어떻게 내가 막어. 내가 더 주라. 밥 많이 주면 안 그럴 거 아니냐. 너 니들은 취사반이니까 실컷 먹지만 여기 애들 먹는 거 보면 그 노란 따까리 그걸 이제 하나씩 주는데 그거 먹고 살어? 너는

배지게 부르니께 그냥 살은 뿌옇게 찌고 임마."

아 그랬더니 그런 소리를 혀, 그런데 그랬어.

"취사반장 올라오라고 나 저 통신과 선임 하사니께 너 좀 올라와."

이랬더니 쫄병이니께 올라왔더라구,

"너 내일 아침부터 우리 아무개씨 말이지 밥 두 그릇씩 줘."

"못해."

이거여,

"어째 못해?"

"남의 눈이 있으니께, 선임 하사는 괜찮은디 눈이 있으니께 못해."

이거여,

"그래? 그러믄 우리는 들락날락해서 딴 애들, 전투대에선 몰른다, 보통병 애들은. 나만이 우리 소대 인원을 알고 있지, 왔다 갔다 하니까, 오피도 올라 가야 되고, 사역도 가야되고 몰르니께, 그렇게 해줘, 게 내 우리 부대 애들은 통신과 애들은 내가 입을 막어 놓으마."

그랬더니, 잠잠하더니

"알았어요."

그러더니 그 이튿날서부터 두 그릇씩 주더라고, 밥을. 그러니께 그 두 그릇 씩 먹구, 딴 놈, 딴 애들이 같이 소대지만 저희도 배고픈디 그 놈 하나만 독판 선임하사가 보아 주니께, 뭐라고 그럴 거 같다고, 그래 인제 반장병을 데려다놓고 얘기하고 내일 아침부터 줘라 말이야, 안 주면 혼날 줄 알어, 그래 인제 입을 싹 틀어 막어 버려놓고, 내가 제대할 때까지 줬다고 그 밥을.

그런데 나중에 나 제대하고 집에 가서 있는데 거기 저 휴가 가는 애가 저 강원도 울진 애여, 이름도 안 잊어버려 노석기라고 죽었어요, 그 애. 내 관광 댕기며 물어보니까 죽었다고 그러더라고, 걔가 우리 집으로 다 왔어요, 휴가 가면.

"야 이놈마 집이로, 휴가 가면 이놈아 니 집으로 가야지 왜 우리 집으로

와 임마."

왜냐면 그때 걔는 쟁가(장가)가가지고 아들이 있었어, 요만한 아들이 세 살 인가봐 그게, 그래서 신병 보충 받아가지고 일 번으로 내가 휴가를 보내줬거든.

"집에 가라고, 애기도 가 보고, 너희 마나님도 보고 와."

그래 보내 주고선 왔는데 이놈이 집으로 왔더라구. 그런데 물으니께는

"왜 왔느냐?"

하니께. 아 무엇이 총 맞아서 총으로다 자살해서 죽었습니다 이거여, 그래 그 밥붕으로 신병난 놈이 나 제대해 나오니께 밥도 안줘, 저 양반도 기합 줘, 못 견디겠으니께, 저 문으로 나가서 부엌에서 저 칼을 디밀어다 지 모가지에다 그냥 긁어 잡아 댕겨 가지고 죽었대는겨. 그 밥 두 그릇씩 먹는 놈이 죽었어.

그래서 인제 고거를 그렇다고 그래서 이제 부대장이 걔를 휴가 보내주매 우리 집부터 들리라고 그러드랴. 왜 아무 거시가 있을 적에는 이 부대가 깨끗했는데 제대해니께 이런 사고가 터지느냐, 그러니께 좀 가봐라, 가서 데리고

오라고 그러더랴, 나를. 에이 미친놈아 내가 제대하고 죽을 때 이놈아 전투하다가 이놈아 인제 집에 와서 편히 사는데 임마 내가 거기를 왜 가. 보냈는데 그이 죽었다는 겨, 그런게 인덕이 하나도 없어 내가.

[5] 오갈 데 없는 반공 포로 돌봐주다

시방 내가 그저 반공 포로에서 석방한 애도 고향에 있어, 고향에. 여 엊그저께 우리 마나님 천당에 보내고 가보니께는 질질 지팽이 끌고 왔더라구. 그 반공 포로를 미리, 이 대통령이 석방시켰거든. 석방시켜서 그러니께 군인이로다가 편입시켰다가 석방을 시켜버렸어. 그러니 오갈 데가 없지. 군대에서는 밥 주고 옷 주고 그러니께 그냥 먹구 지냈는데 제대해서 나가야 아는 사람 하나도 없고. 그러니께는 전화를 했더니 디미 울어.

"왜 그러냐?"

했더니

"저는 이북서 넘어왔는데 반공 포론데 갈 데가 없습니다."

이거여. 제대하면

"내가 갈 데가 없습니다."

그래서 가만히 생각하니깐 불쌍해서 내가

"그러면 집으로 가거라, 우리 집으로 가면 우리 어머니하고 내 위 누나하고, 누님 밖에 없응게 가서 농사 짓는데 거들어 주고 가 지내라."

그래 그랬더니 그런다고 내려왔어. 강원서 저기서 와가지고서는 인제 저기하다 돌아댕기며 보니께 그 일 안하던 놈이 시골에 가면 농사짓는 덴 일 해야 되니껜 좀 힘이 들었지, 그런게는 좀 어드메 나갔던 모양이야. 그러다가 보름돼서 돌아왔는데 빠짝(바싹) 말랐더라는 거여. 읃어(얻어) 먹지도 못하고 죽게 생겼으니까 인저. 우리 어머니 아버지한테 와가지고서는 있더라구. 그래 내가 휴가 가 가지고 그랬어.

"여보세요, 아무 소리 말고 꿋꿋하게 살아라. 살으면 내 제대 해 나오면 따라서 둘이 저기하면 될 거 아니냐."

그래도 제대해서 나, 제대해서 우리 집에서 삼년인가 나랑 같이 있다가 우리 집에서 내가 전-부 아가씨 불러다가 장가보내서 이렇게 해서 시방 아들 딸 낳고 잘 살지, 시방도 살어. 그러니께 그렇게 내가 저기 했어두 가면

"왔어?"

이 소리 한 마디뿐이지 자세한 것이 읎어, 그래 인덕이 없지. [조사자: 서운하셨나보다.] 아니 서운할 건 없는데 그래도 나가 있는 디는 그렇게 하면 안 되지. 나 아니었으면 저는 시방 있지도 못 한다고.

[6] 삼일을 굶어가며 치러 낸 휴전

[조사자: 그러면 그때 전쟁이 완전 끝나는 상황이 될 때는 어디에 계셨었어요?] 강원도 화천에 있었어. [조사자: 그때 혹시 휴전 된다고, 전쟁이 끝난다라는 공지를 어떻게 받으신 거예요?] 아이 그걸 통지를 받고 말고 그걸, 그날 내가 어디냐 군인 제대, 저 뭐여 휴가 왔다가 [조사자: 53년도에?] 응. 휴가를 왔다가 들어가니께는 부대가 이동을 했더라구. 저 이동을 해서 걸어서 부대를 가야 되는데 어디가 있는지도 모르는 거 전방으로 자꾸 들어가면 어떡햐. 그래서 후방으로 그렇게 인제 춘천 쪽으로 나왔지. 나왔더니 헌병한테 붙잡혔어.

"어디 가는가?"

그려.

"아, 나 무슨 부대 찾아가는 길이오."

내가 양구에 있다가 그리 저기 하라는데, 거기로 올라오니께 헌병이 타라고 그래. 그래 우리 부대 찾아간다고 그라니께는 타라고 그러더라구. 그래 인제 타고 갔는디 가보니께는 뭐 포, 이걸 요렇게 세워 놓고, 탄이 이렇게 무거운 놈이 요렇게 떨어진 게 뵈더라구. 그런게 그 사람들은 내가 군대 간

새에 전투를 그렇게 심-악하게 했는데 내가 들어갔는데 나는 잘 먹고 안 위험하게 있다 왔잖어. 그래 이젠 저기하니께는 뭐 밥을 먹을 새가 없더라구.

내가 들어가서 나도 삼일을 굶었어 전투하느라고. 이제 27일을 이 휴전 들어 문에, 한 발짝도 움직이질 못 하는겨 양쪽에서 다. 그때 그 삼팔선을 그은 거야, 그 때. 그때 삼팔선을 긋구서는 휴전됐지.

그래 이제 휴전되고 나니께 인제 조금 편하고 저기하니께 나중에는 인자 달달 볶기 시작하는데 뭐 못 살지, 시방 젊은 애들 같으면 못 산다구. 그때는 하- 저기하니께. [조사자: 누가 달달 볶아요?] 누가 볶아, 부대에서 높은 사람들이 그저 맨날 검열뿐이여. 그렇게 되면은 높은 사람들이 와가지고 부대 제일 어른이라는 사람이 대위여. 포병 일개 중대, 대위가 제일 어른이여.

그러면 그 우에 소령이 있고, 중령이 있고, 대령이 있고 그냥 던진 턱(툭)하면 군장검사 나오구 뭐이라고 검열 나오고 하면은 맨날 방도 깨끗해야 되구, 뭐 총 무기도 전부 반짝반짝 빛내야 되니까, 긴장을 늦출 수가 있어? [조사자: 전쟁 끝나고 그렇게.] 응 휴전 끝나고. [조사자: 휴식을 줄만도 한데.] 휴식을 주면 개판이 돼. 군대는. (웃음)

[조사자: 그러면 그 휴가는 며칠 동안 갔다 오신 거예요? 그때 휴전되기 바로 전 휴가.] 그때 10일 줘야 제일 많이 주는 거지. 그니까 그때는 교통이 지금같이 좋아? 저 강원도에서 나올라믄 군인차 타고 나와 가지고 춘천에서 이제 민간민 차 타고 저그 오는 게 이틀, 가는 게 이틀. 그러면은 집에 가서 있는 시간은 똑똑이 일주일도 안 되지. 갈 적에도 또 그렇게 가야되니까.

[7] 공무원 형님 대신 부모님을 모시고 가장 노릇하다

[조사자: 원봉리로 휴가를 가신 거죠?] 원봉리가 원래 고향, 시방 사람들도 다 거기 있어. [조사자: 어르신 결혼은 언제 하신 거예요?] 결혼? 결혼은 제대하고 했지. 우리 마누라가 시방 살았으면 칠십여덟이거든. 우리 마누라 스물하나 들어와서 여태 살다 죽었어. 석 달 됐어, 인저 우리 마나님 천당 간지가. [조사자: 그러면 한 스물일곱에 하셨어요? 결혼을?] 그렇지. 거기 어떻게 나왔남? (일동 웃음) [조사자: 계산해보니까.]

[조사자: 그러면 고때는 스물일곱 정도에 결혼하면 조금 늦게 하신 거죠?] 노총각이지, 그렇지. 우리 마누라가 노총각 면해 준거지. [조사자: 어르신 아까 막내라고 그러셨나?] 막내. [조사자: 그 나머지 가족들은 전쟁 중에 어떻게 피해 없이 잘 지내셨어요? 그 고향에서? 군대 가있는 동안에.] 그렇지 우리 고향에서는 우리같이 저기 한 사람들이 없어, 남매지간이고 형제지간이고 부모 모시는 거고, 일등 국민이지. 어른이 한마디 하면 그걸 거역을 못하는 거지.

[조사자: 그러면 형이 있으셨을 거 아니에요?] 그렇지 우리 형님이 나보다 여덟 살 넘어갔지. [조사자: 그러면 그 형님은 그때 그냥 그 시골에서 농사지으셨어요?] 공무원이요. 그런 게 우리 형님은 내가 거기 살을 적에 우리 어머니 아버지를 말만 장남이지 내가 다 모시고 있었다고, 어머니 아버지 돌아가시기 전.

[조사자: 왜요? 형님이 공무원인데 왜 장남이 안 모시고?] 거 할 수밖에 없지, 농사져야 되니까. [조사자: 아 농사를 지으시니까.] 그 공부하는 자기는 떡 하니 무슨 공무원, 시방 가믄 비리비리 해대고 있거든. 그래 내가 속으로 웃는다고.

[조사자: 그러면 주로 농사들은 논농사를 주로 지으신 건가요?] 논밭 다했지. 우리 저 집이 그 동네에서는 제일 잘 살았어. [조사자: 아, 부자셨구나.] [조사자: 그러면 옛날에 보니까 전쟁 때 좀 힘드셨던데.] 응? [조사자: 재산 다 빼앗기고, 인공군 내려오고 그러면.] 아이유, 그런 건 없었지. 그 말로 허면 뭘 해. 전부다 농사지니께 저, 배(벼), 배 있잖아 배, 벼꼬다리 그거 몇 개나 붙었나

그것두 셔어서(세어서) 저기하고, 수확하는 거 그걸 파악하느라고, 그런데 그 수확이 엄청나게 많이 붙더라구.

가서 저이가 해 가져간 것이 이게 쌀 한가마니, 수확량이다 하면은 우리가 하는 건 열배 스무 배를 내야 혀. 그렇게 제일 좋은 걸로 빼서 벼 낱을 세는 겨, 벼 낱을. 내 별걸 다 해봤지. 그렇게 신문 벌이야, 야중에 인제 자꾸들 왔다갔다 하니께는 그 아무 소용도 없지. 에 인제 돼, 어디여 저리 대구에서 그 학도병들이 저기하고 맥아더장군이 함포사격으로다 중간에 끊어버리고 하니께는 쬣겨(쫓겨)올라가니께 그 신캉(세어놓은 거) 말캉 소용없지. [조사자: 그러니까 이제 다 거둬들이려고 셌는데.] 그러지 그 다 거둬, 거둬다가 이북으로다 보낼 텐데 못한 거지.

[조사자: 그러면 여기에 인천은 언제 오신 거예요?] 응? [조사자: 인천은.] 인천은? [조사자: 여기는 어떻게 오시게 되신 거예요?] 아 인천은 온지가 오래 됐지. [조사자: 농사 지으시다가 갑자기?] 농사를 짓다가 다 팽개쳐버리구. [조사자: 그럼 고향을 떠나신 거잖아요?] 고향을 끊었지 인저, [조사자: 부모님 돌아가시고 올라오신 거예요?] 그럼 돌아가시고 이럭하고. 올라왔는데 여기 올라와서도 변도가 없더라구.

고생 좀 했지. 6.25 때 저기해서 고생하고, 인천 올라가서 무지하게 고생했지, 에 인저 밥 먹고 좀 지낼 만하고 인제 두 늙은이가 어디 놀러도 댕기고 그래야 되는데 엊그저께 가버렸으니까, 다 소용 없는 거지. 아이구 여러 가지 참말로 속 많이 쎅였습니다.

[8] 휴전 3일 전 전투 후 곪은 속 달래기

[조사자: 어르신 휴전 53년 7월 27일 10시라고 말씀하셨잖아요?] 그렇지. [조사자: 그러면 휴가를 나갔다 와서 보니 막 싸우고 있더라 이러셨잖아요?] 그렇지. [조사자: 그래서 3일 동안 밥을 못 먹을 정도로 되게 정신이 없었다. 그런데 10시

가 되면서 동시에 다 올스톱, 정지가 된 거예요?] 그럼 올스톱 됐지.

[조사자: 그럼 그전에 싸운 건 삼팔선을 조금이라도 자기네가 더 영역을 많이 차지하려고 마지막 전투를 한 거예요?] 그렇지 이 대한민국도 그렇고, 저 재들이 그렇고, 한 발짝 이짝으로 오면 이쪽이 손해고 저쪽으로 가면 저쪽이 손해고 그러니까, 그건 그렇게 해 놓구서는, 미국하고 소련 놈들이 삼팔선 그어놨던 그런 거여. [조사자: 그러니깐 그러면 10시까지 전투라는 명령을 들으신 거예요?] 그렇지. 아이유 아주 잘. 그 본부에서 10시까지 너희들이 살으면 완전히 산다 이거여, 그래니깐 죽지 말고. [조사자: 죽지 말고 살고 있으라고?] 살으라고 그라구서는.

사격 멈춰 임무 끝 하고서는 밥을 줘야 먹고 살을 거 아녀, 살을 거 아녀, 밥을 안 주더라고. 보급품은 잔뜩 밀렸는데 왜 못 주느냐 이거여. 그러면은 처음에 그때 내가 그, 건빵이지 건빵, 군인 건빵 요런 거 봉지 있는 거, 그걸 내가 세어봤어. 칠십 두개 들었어, 그 칠십 두개 들은 거 고거 한 봉을, 넷이서 나눠 먹으라 이거여, 간에 기별이나 가? 칠십 개 칠십 두개 들은 거, 그러니께 갑자기 먹으면 병나면 배탈 나서 죽는다 이거지. 그래 장운동, 그 거시기해서 사무실에서 그 시방으로 말하면 사무실이지 그 사람들이 앉아서 조정을 하는 거여.

그래 이제 또 한 삼십 분 있으니께 인저 셋이 한 봉, 또 한 삼십 분 있으면 둘이 한 봉, 이렇게 주더라구, 계속 주는 거여. 쉬엄쉬엄 먹으라 이거지, 한 삼십 분 걸러서 이렇게 주더라고. 그럭하고 야중에 인저 하나 앞에 한 놈 고를 먹으니께 그새 주워 먹은 게 있고.

그럼 한 봉 먹으면은, 살만큼 먹은 거거든. 그러니깐 그냥 이제 뭐 전부 펼쳐서 다 자더라고 다. 인제 그래도 그 진지를 지킬라믄 보초가 있어야 되니께 보초 세워놓고서는 다 자라는 거야 그냥. 그렇게 해놓고서는 야중에 밥을 주는디 밥도 고런 식으로 줘, 과식 안하게. 그래가지구서는 한 이틀 되니께 밥 잔뜩 태어놓고 거 너희 뭐, 저 퍼먹으라 이거여, 그래 그렇게 지내가지고 이 나라가 커지는 거야.

그러면은 저희들 대통령하고 장관하고, 뭐 국회의원 하고 하면 그 알으면은 대우해줘야지. 지금 안하면 야중에 후회해 저희도. 여기 녹음이 되서 들어가라. (일동 웃음) 누구한테 물어보던지 다 마찬가질거라고 그건. [조사자: 그러면 혹시 선임들이 보급품을 중간에 빼돌리거나 하진 않았어요?] 자기들이? 그걸 못 봤으니까 이렇게 인제 얘길 못 허지.

만약에 빼돌렸다 하더래도 그건 못 봤잖아, 내가 본 것만 나는 얘기하는 거니께. 아 그때라도 그거 없겄어? 즈이들은 그래도 전부 뭐 장교되면은 응? 저희 가족들 데려다놓고 저희 멋대로 살은 사람들인데. 실전인데 그러니께 그걸 뭐 얘기를 못 허지, 못 봤으니께. 본 거는 얘기해지 보고 들은 건.

[조사자: 그때 뭐 내무 생활 같은 거는 어떻게 하셨어요?] 아이 내무생활은 똑같으지 지금이나. 저저 그 신병 때는, 내무 생활이라는 게 저 이렇게 땅을 파. 그것도 무슨 포크레인 같은 게 있어 파는 게 아니고 삽으로다 밤새도록 파서 부를 맨든다고. 그래놓고 위에다가 이를 나무로 그 저, 통나무, 강원도는 통나무가 많잖아. 그걸 찍어다가 도로 저 이렇게 걸쳐 이런 데에 걸쳐놓고 거기다가 겨울에 되면 땅땅 얼은 놈을, 흙뎅이 같은 몇 개 넣고서는 우의 있잖아, 우의 큰 거. 그 우의로다가 이렇게 해서 덮어서 이렇게 해놓고 그랬다구.

그라면은 밑에서 난로를 피면은 짐(김)이 무럭무럭 나서 물이 위에서 떨어지고 그러잖아. 그 바닥, 바닥이 항시 물이, 물기가 있어가지고 축축하지. 그러면은 그저 105미리 그 포탄 껍데기가 있어. 그 상자에다 넣은 거 통벽 딴 거를 다 깐다고 여 바닥에다. 습기 인제 물러(올라)오지 말으라고. 그렇게 살았어.

[조사자: 그러니깐 옮기면 이제 그렇게 다시 또 그렇게 꾸며서.] 그러지, 그걸 옮기면 그거 집을 안 짓고. 인제 만약에 후퇴를 하게 되면 그거 집어내 지고 가고. 전진 하게 되면 또 다 집어내 가지고 그러고 가서 더 가와라 그래갖고는. [조사자: 텐트 같은 건 없었나 보네요? 영화 같은 거 보면 텐트치고 그 안에

서 살고.] 텐트가 어딨어, 그 때 텐트 있으면 괜찮게? 그라고 인제 우리 이동을 하면 동지섣달에도 이동을 하면 땅을 파야 혀. 파서 그렇게 맨들어야 살으니까. 밤을 새워하며 한다구. 지금 군인들이야 그거 뭐.

[조사자: 그러면 아까 그 콘센트는 논산훈련소에서만 있었던 거예요?] 그렇지 그거 콘센트는 그건 논산훈련소에서 우리가 맹길기(만들기) 시작해서 후배들이 계속 맨들어 가지고 야중에는 편하게 거기서 훈련도 받고 그랬다고. 거 뭐 훈련 받는 건 난 못 봤으니까. [조사자: 저희가 이렇게 다른 지역에 가서 들어보면 특히 군대 생활 하신 분들은 많이 굶주렸다고 그러시던데.] 굶주려.

아 그때 내가 그러지 않았어. 배가 고파서 항구 따까리로 그 좀, 그게 굶주린 게지. 내가 시방 얘기할 적에는 나는 그걸 먹고서도 견뎠다 이거여. 근데 내 후배들은 못 견디더라 이거지. 나는 그래도 군대생활을 말이지 한 1, 2년을 했으니까 그런게비다 하고 그냥 지내지만 처음 신병 오면은 그게 아니거든.

아니 감빵(건빵)을 여기 옛날에는 이렇게 큰 게 있다 요렇게 조그만 거 다섯 봉 들은 거 그걸 한 자리에 앉아서 다 먹더라구. 그러니 두고두고 먹으라고 주는 건디 한 자리에 앉아서 다 먹더라구. [조사자: 밥이랑 건빵.] 건빵. [조사자: 그리고 또 빵 이런 건 없었어요?] 빵? 그 이 편한 소리하네. [조사자: 아니 강원도 갔더니 빵 먹으셨다고 그러던데? 단팥빵 같은 거 받으셨대요.] 언제? 나는 그런 것 받은 적은 없어. 그건 가짜여. 그럼 전투 때 어서 단팥빵을 줘, 누가 어떤 놈이. 그런 게 어딨어? 그 아까도 얘기했지만 부식도 가끔 인제 소고기 같은 것도 나오고 그려, 그거를 이제 휴전되고 얘긴데 한 번은 소고기를 이렇게 소고기국을 끓였다고 그래서 인저 가서 먹어보니께 고기처(고깃점)는 하나도 없고 전부 멀국만 주더라구.

그래 인제 쫄병이지만 어떡해야. 이제 지나가 옆댕이 장교 있는데도 울근 "에그 점심에 소고기국 준다고 하는 누가, 소가 장화신구 들어갔나, 고기는 하나도 없네?"

어 뭐라구 뭐라구 그랬더니 장교가 부르더니

“너 지금 뭐라고 허느냐?”

“아니 사실 안 그러느냐! 왜 고깃국 끓여준다고 해놓고 고기는 한-점도 없고 잉? 왜 국물만 있느냐고 말이여. 그래 장화 신고 안 들어갔으면 그럴 이유가 있냐?”

그랬더니 비-익 웃더니 아무 소리도 않고 가더라고. 그 다음부터는 조금씩 넣어주더라고. 그러니께 입이 무서운 거지. 내가 군대 있을 적에도, 군대 장교하고 내가, 내가 선임 하사일 적에 장교하고 막 싸웠다고. [조사자: 전쟁 끝나고 말씀하시는 거죠?] 그렇지. [조사자: 전쟁 중에는 그렇게 못하셨으니까.] 전투 때는 못 하지, 잘못하면 총살이었는데. 휴전되고 나서는 안 그래.

내가 휴전되기 전에 이렇게 휴가 나올 적에 완전군장을 하고 나왔어요, 완전군장을 하고, 배낭에다가 칼빈 총에다 분총, 이거 하고 병영에다가 묶어 놓은 거 가지고 내려왔다고. [조사자: 그거 해도 뭐라고 안 해요?] 아 그건, 부대에서 의무적으로 시킨 겨, 혹시 공비래도 나타나면 같이 한번 해봐라 이거지.

아이 그 전투 시대는 그때는 무서워, 말 안 들으면 한 놈 쏘고 그냥 들어가면 그걸로 끝나. 그거 무슨 지금마냥, 군사재판 하는 게 아니고 내가 길이 틀려서 저에다 쏘았다고 가정하면 그냥 부대로 가면 그만이여. 휴가 가지 말고 이 부대 복대로 가면 그만 몰르지. 그런 게 전투 때는 그렇게 무섭다는 겨. 꼼짝 못 하는 겨.

[조사자: 신병들이 들어오잖아요, 밥도 막 두 배로 먹고 뭐 역할은 못할 때 선임으로서 어떻게 가르치셨어요?] 선임자가 그 그렇게 못하게 하지. 하는데 저 팔푼이 되면 어떡혀, 먹는 걸, 내 이거 가서 먹습니다 하고 먹나? 몰래가서 먹는 걸 그거를 어떻게 하느냐고, 몰르는 거야 그건.

[조사자: 그러면 어르신 52년도에 군대를 가서 53년도에 휴가 나오셨다고 그러셨잖아요?] 응. [조사자: 그럼 휴가를 딱 한 번 나오신 거예요?] 아니지. [조사자:

몇 번 정도 나왔어요?] 응, 몇 번 왔지. [조사자: 아 그러면 그때는 보통 신청하나요?] 신청하는 게 아니고 높은 사람들이 이렇게 인제 순번적으로 보내줘, 빙빙 돌아가면서. 아이 선임하사쯤 되먼은 자기가 가고 싶으면 외박 같은 거, 한 열흘을 해가지고 갈 수가 있거든. 그런데 그것도 마음대로 안 되는 거지. 자기도 책임이 있을 거 아녀. 부대에 그 선임자가 나가면은 그 밑에 있는 애들이 잘 해야 되는데 만약에 잘못하면 지가 책임 추궁을 당해야 되니까 잘 안하지.

[조사자: 그때 가혹행위 같은 건 없었나요?] 가혹행위는 더 못하지, 왜냐하면. [조사자: 전시에 더.] 그럼, 다 같이 불편한 사람들끼린데 어떻게 가혹행위를 하나? 보병은 그런지 모르겠지만 우리 포병에서는 그렇게 가혹한 행동을 안 해. [조사자: 좋은 선임이셨나봐요.] 그래니께, 그러니께 특히가 준거지.

[조사자: 밥 두 그릇 먹게 한 신참처럼, 그런 경우처럼 또 군에서 좀 특별하게 생각나는 사람은 없으세요?] 그런 그 사람이라, 특별하게 생각나는 사람이 있더래도 어디가 찾을 수가 없지. 다 죽었을 거여 거의. 내가 제일 오래 사는 거 같애, 내 맘에는. [조사자: 아니 뭐 꼭 지금 어디 있다 이게 아니셔도, 기억하고 생각하는 사람.] 기억나는 사람이야 많지. 내가 제대할 적에 선임하사로다 이렇게 저기한 애, 사람도 알고 그러지. 그 사람들을 시방 얘기해봤자 어디 가서 찾을 길이 없다는 얘기지.

[9] 통신병으로 지뢰를 밟아 죽을 뻔한 이야기

[조사자: 그러면 전투할 때 전우 중에 총을 맞거나 부상을 당한 동료는 없으셨어요?] 그러니까 이 포병은 무슨 어디 총 맞거나 이런 일이 드물어요. 왜냐하면 옛날에는 이렇게 해서 철망을 저렇게 쳐놓고서 그 무슨 그게 뭐야 가로놓는다고, 건드리면 터져버려. [조사자: 아 부비 트랩 같은 거 말씀하시나 보다.] 응. 그걸 이제 철조망에다 이렇게 듬성듬성 해놓으면 나가지도 못하고. 그거 건드리면 터지니까. 그런 건 있는데 딴 거는 뭐, 별로.

[조사자: 직접적으로 이렇게 대면할 일이 별로 없다는 건가요?] 자기 주위만 하면은 하나도 저기 할게 없어. [조사자: 어르신은 계속 포 이렇게 깔리면 선짝 까시고, 이동할 때 거둬서 다시 까시고 그런 일?] 그럼 그렇게 하는 거지. 그게 일인데 그것도 보병 애들이 해놓은걸 잘못 건드리면은 지뢰를 묶어놔 가지고 큰일 난다고, 그걸 파악을 해야 혀, 건드리면 터지면 죽으니까 병신 아니면 죽는 거지.

[조사자: 그러면 지뢰 지도 같은 걸 가지고 계시는 거예요? 아니면.] 아니지. 눈으로다 보고서 확인을 해야지, 그때 무슨 기계가 있어 암 것도 없지, 지금 이니께 뭐 돌아댕기며 기계로다 하고 하지, 뭐 하지 그럴 때가 어딨어? [조사자: 되게 위험했네요.] 엄청 위험한 거지, 포병 특기지만. 후퇴하고 전진하고 할 적에 제일로 위험하다니까, 그때요. [조사자: 아군 거에 죽을 확률이 더 높았네요.] 그럼, 아군 것도 죽고. 만약에 산악지대 같은 때는 인민군 애들이 왔다 갔다 하니까는 그런데도 저기되고 그렇지. 그 철수하다가 내가 죽일 뻔한 예가 한두 번이 아니여.

[조사자: 그런 얘기 좀 해주세요. 어떻게.] 철수할 적에 잘못 가면은 큰일 나요. 왜냐면 이렇게 주욱 깔았는데 여기다 지뢰를 묻었단 말이야? 안 묻은 데를 밟고서 보면은 전부다 지뢰같어, 지뢰. 그래 내 한번 갇혀가지고 혼났지. 여기를 딛었는데 보니까 여기도 묻혀있고 여기도 사방이 다 묻혀있어 그런데 혼자서 그래. 그래니깐 어떻게 해 연락이 안 되지. 그런데 인제 같이 간 동료가, 선임하사가 내가 따라오다가 안 따라오니깐, 없어지니까 저기를 했나 말이여. 그러니까 전화기로다가 전활 한 거여.

"너 어디 있느냐?"

"그래 내가 여기 있는데 시방 지뢰 트레야우 응납을 못합니다."

그 사람도 꼼짝 못하는 거여. 거기가 지뢰가 많은 걸 몰랐으니께 그리 갔지. 인제 그래가지고서는 전화로다가, 그전에는 그 메고 댕기는 그 전화, 또 돌려가지고 이렇게 가는 거 그거에 연결시켜가지고 부대로다가 연결을 해서 부대에서, 철거반이 나와 가지고 철거하고 빠져나왔다구. 그럴 때는 그건 참, 죽을 맞이지 살았은 게 이러지.

[조사자: 그럼 지뢰가 있는 걸 어떻게 알아요? 흙 색깔이 다른가요?] 이렇게 해놓으면 이런 줄이 있어, 줄, 이런. 그러고 시방 뭐 탱크니 뭐니 하는 건 그냥 갖다 이렇게 묻어 놓잖어? 그런 것도 있고, 그러니께 그게 잘 파악하기가 어려운거지. 그 다음부터는 내가 그 뭐 철수하러 가고, 뭐 끌으라고 그러면은 뒤꽁무니로 살살 뺐다고. 딴 놈이 딴 놈이 가야지 그 내양 나만 혼자 댕겨. [조사자: 굉장히 위험하겠네요.] 위험하지.

그래니까 암만 특과래도 그런 주특기가 좋아야지, 주특기 더러우면. 내 제대한 시방 저걸 떼어보면은 주특기가, 031이야, 031. 그게 통신과, 통신병 특기여. 아유 뭐 얘기하면 뭘 하나, 다 죽는 거지. [조사자: 저도 지뢰병이었는데요, 안 보이게 묻어야 될 텐데 그런 생각.] 그러니께 그거 파악한다는 게 참 어려운 거여. 그러고 인저 뭐 포병은 후퇴하면은 먼저 도망가고 전진하면 나중에 밀고 들어오고 그거 한 가지 좋은 거지.

보병은 탄보에서 뭐 구번인게(구르니깐) 뭐 얘기할 것도 없고 뭐 묻혀. 우리 동기생이 죽은 게 전-부 백마고지 그 탈환하다 그땐 엄청나게 죽었어. 그때 우리말로 군번 트럭으로, 트럭하고 바꾼다고 그랬어, 그래니깐 얼마나 많이 죽은 겨. 이거 군번 또 이거 이만 한 놈을 줬어요, 군대 가라 그러면서, 낮에는 아군, 밤에는 인민군.

[조사자: 마지막 전투같이 포병이나 통신병이 바쁘려면 어떤 상황이에요? 주둔지가 옮겨지는 건가요?] 한창 삼팔선을 갈를 때에는 주둔지가 옮겨질 수가 없지. [조사자: 그러면 계속 쏘시느라고 바쁘신 거예요?] 그렇지, 계속. 저 속에도 자꾸 날라 오니까 여기서도 자꾸 해서 후퇴를 하지 말아야, 야중에 갈를 적에 한발 짝이라도 이문 될 거 아녀, [조사자: 둘의 목적은 전진인데 서로 안 밀리려고.] 그렇지, 땅덩어리래도. [조사자: 더 차지.]

아, 왜 저그 김일성 고지를 탈환하려고 그렇게 양쪽에서 애쓰느냐 하면 철원, 철원이 그 땅 농지가 넓잖아. 그 뺏기면 안 되거든. 그러니까 양쪽에서 죽을힘을 쓰고 다 한 거야 그게. 그런 게 철원 이쪽으로는 인자 대한민국이고 저쪽으로는 이북 아니여. [조사자: 철원이 옛날에는 북한 땅이었는데 지금은 탈환해서 남한 땅이 됐다고 하던데.] 아이 그러니께 북한에서 자꾸 내리 밀으니께 올라왔다 내려왔다 하니까 그런 게. 그게 맥아더 장군 말만 들었으면 저기 시방 압록강이 저쪽에 가 있다구.

그런데 개 같은 놈 트루만 대통령인가 그 놈의 새끼가 저기 해가지고 삼팔선 딱 갈라 놨잖아. 게 쥑일 놈을 트루만 대통령이여. 지금 나뒀으면은, 압록강 저쪽에도 다 갔다가 내려와. 그러자면 저 중국 놈들한테 실컷 타격받고 왔는데. [조사자: 서울에서 휴전반대 시위를 했다던데, 왜냐하면 북진통일을 해야 되는 데 왜 휴전하느냐 그런 얘기는 못 들으셨나보네.] 나는 못 들었네. 아이 휴전은 미국 놈하고 소련 놈하고 둘이 해가지고서는 갈라먹기 했다니깐! 지금도 그러니깐 가만히 봐봐 미국서 어쩌구 저쩌구 하면 소련 놈들 지랄하지? 소련 놈들 저, 중국 놈들 하고 소련 놈들하고 하면 여그서 또 저기하지. 뭘 협상을 혀, 협상한 게 그거여. UN에서 협상한 건 그거 백에 없어.

[조사자: 아까 반공포로였다는 사람은 어떻게 아시게 된 거였어요?] 그러니까 인민군에 있다가 밀려가면서 저기 올라가지 못한 애들은 저, 어디여. [조사자: 거제도.] 거제도다 갖다놔서 일리(여기로) 인저 있겠다는 사람, 이북으로 가겠대는 사람 이렇게 있었던 거여. 그러니까 그 수백 명 되는 걸 전부 연병장에다 내놓구서 엎어 놓구 눈 깜구 걔 얘기가 그거야. 대한민국에 있을 사람은 손들어라 할 적에 손들어서 전부 다 하고, 이북으로 갈 사람하면 그 때 거기서 다 나눠졌다는 겨. 그래가지고 걔네들 모르게 그래니께 자유진영하고 공산주의하고 인저 거기서 갈라진 거여.

그래가지고 공산주의 놈들한테 자꾸 타격을 받는 거여. 그러니까는 이승만이가 전부 군입대를 시켜버린 겨 걔네들을. [조사자: 다 국군이 되게 한 거예요?] 응? [조사자: 거제도에서 북한 사상 있는 사람한테 괴롭힘을 당하니까?] 막 걔네들은 죽이고 그랬다는 겨. 그래서 그때 거제도에서 있으면서 그 이북 저기를, 일리를 넘어온 애들이, 자유진영으로 넘어온 애들이 갈 길이 없은 게 이승만이가 전부 군인으로다 맨들어 버린 거야, 휴전도 되고 그랬으니까.

그래서 인저 걔네들이 그럭하고 있다가 그 별 필요가 없으니까 인제 해방을 시켜놓고서는 걔네들을 인저 제대를 시킨 거야. 한꺼번에 다 제대를. 그래서 갈 데가 없어서 내가 저 우리집이로 보내서 와서 살다가, 아들 딸 낳고, 시방 장독같은 아들 딸이 있지. 그래서 즈그 아버지는 고향에서 그냥 살어 우리 고향에. 그라고 아들들은 전부다 대전이로 나가서 살고.

[조사자: 그러면 그 분을 원래 아실 때는 인민군 상태로 아신 거예요? 군에서 아시게 된 거예요?] 아니, 군이, 군에서 와서 우리, 내 부대로다가 내 통신병인데 통신과로다 와서, 저기 한 거여. 그래서 그 통신과에서도 걔하고 내하고 주특기가 똑같어, 통신병 주특기가.

그래서 걔를 전통을 자꾸 보내려 그러면은 내가 만류하고 만류하고 그래서 못 보냈거든. 걔 보낸다 그러면 내가 간다고 그러고. 그러니께 장교가 골치가 아프지. 왜냐하면 나는 고생은 면했은게. 일등중사까지 됐으면 고생을 면했잖아. 그래 내가 간다고 그러니까 장교가 안 되겄으니께는 저 산 너머에 있는 부대 파견 보내더라구.

[조사자: 그분이 제대를 한 시점은 언제였어요?] 제대를 한꺼번에 다 시킨 거여 그때. 그 반공포로로 넘어와서 우리 대한민국 군인을 하는데, 한꺼번에 다 그냥, 한꺼번에 입대시키고, 한꺼번에 다 제대를 시킨 거여. [조사자: 그 제대를 53년도에 시켜서.] 응. [조사자: 그래서 어르신 고향에 가서 있었던 거잖아요?] 그렇지.

[조사자: 어르신보다는 먼저 제대를 한 게 맞죠?] 맞지. 나보다 먼저 했지. 그러니까 내가 우리 집으로다가 내려 보낸 거여. 집에 가서 있어라. [조사자: 그런데 왜 그렇게 도와주셨어요?] 불쌍하니까. 갈 데, 갈 데가 없잖아. 갈 데가 없구, 불쌍하니께. 우리 집에 와서 세 놈인가 있다가 두 놈은 인제 저기 하니

까 다 시킬 수가 없으니께 두 놈은 가고 걔만 우리 집에 붙어있던 거여.

[조사자: 다른 두 명도 집으로 오게 하셨나요?] 아니지. 돌아댕기다 저희들이 연락해가지고, 돌아댕기다 만나가지고 저기하다가 인자 너무 저기하니께는 둘이 없어졌네. 그 뒤로는 우리 집에서 나간 뒤로는 구경을 못 했으니깐. 걔들도 다 죽었을 거여, 시방. 그 고향에 있는 애도 빌빌 하더라구. 그 전에 가보니께, 산에 올라왔는데 지팡이를 질질 끌고. [조사자: 그래도 어르신은 건강해보시는데, 정정하시네요 다른 어르신들에 비해서.] 에휴 건강하면 뭘 하나요, 이제 다 죽게 됐는데. 더 살으면 인제 살을 수록 고생이여.

피난과 입대 그리고 부상 제대

김 대 명

"누가 몸뚱이 내놔가지고 조준해서 쏘는 사람이 어데 있습니까? 없지. 고마 실탄 몇 백발 해야지 사람 하나 잡을까 그래요"

자 료 명: 20120609김대명(상주)
조 사 일: 2012년 6월 9일
조사시간: 60분
구 연 자: 김대명(남 · 1930년생)
조 사 자: 정진아, 김경섭, 김효실, 이부희
조사장소: 경상북도 상주시 공성면 노인회관

[조사과정 및 구연상황]

상주시 공성면은 6.25 당시 인민군의 주요 주둔지 중 하나로 낙동강 전투 후방의 주요 거점지였다. 공성면에 근무하시는 공무원 분의 도움으로 공성면 노인회관과 연락이 닿았다. 노인회장을 오랫동안 맡고 있었던 어르신이 전쟁 경험담을 구연해 줄 제보자들을 몸소 섭외해서 조사팀에 안내해 주었다. 노인회 회의실에서 도착 당일 오후와 다음 날 오전에 걸쳐 구연에 나선 여러 제보자들을 만나 이야기를 들었다.

[구연자 정보]

김대명 할아버지는 6.25 참전 용사이다. 피난을 못 갔다고 2등 국민이란 소리 듣는 것이 싫어서 1등 국민이 되려고 군에 입대하여 동부전선 최전방인 양구, 화천 등에서 치열한 전투를 치렀다. 육박전에서 부상당해 대구로 후송되었다가 제대했다.

[이야기 개요]

6.25 사변이 나자 선산 처가 쪽으로 피난을 갔다가 보름 만에 상주로 다시 돌아 왔다. 50년 11월에 영장을 받게 되어 전쟁에 참가하게 되었다. 공성면에서만 100여명이 동반 입대하여 대구 쪽 방직공장 터에서 일주일간 훈련을 받은 뒤 전쟁에 참가하게 되었다. 주로 양구와 화천 등지에서 전투에 참여했고, 북한군에 포위당해 일주일을 굶어 지낸 적도 있었다. 하루 소위, 하루에도 몇 번씩 주인이 바뀌는 고지전투, 인민군이 쏘는 딱콩총 등에 대한 기억을 상세하게 구연했다.

[주제어] 참전용사, 영장, 입대, 1등 국민, 양구, 화천, 고지전투, 육박전, 포위, 부상, 중공군, 최전방, 전투병, 딱콩총, 상이용사, 제대, 유공자

[1] 피난 갔다가 돌아와 국군에 입대하다

6.25 사변나던 고 당시부터 얘기하면 됩니까? [조사자: 예예.] 6.25사변 나던 날. [조사자: 여기 사시고 계셨겠네요.] 어 여서 살았어요. 살았는데, 어 우리 피난간 날짜가 며칟날인지 모르겠어. [청중: 그때가.] [조사자: 7월 초 아니에요?] [청중: 7월 쯤 될끼라. 7월. 이종을 다 하고 피난을 갔거든.] 어 모심이

하고 갔어? [청중: 어. 모 다 심고 피난을 갔다고.] 모심이하고 피난을 갔는데. 아, 달도 모르겠고 날도 잘 모르겠어요. [조사자: 7월 초, 어제 말씀하시는 거 보니까 대부분 7월초에 피난을 가신거 같애요. 6월 25일날 전쟁났으니까.] 에에에. 그렁께 약 4월 15일날, 25일날 사변나고 한달 테 안있었겠나. 한달테 넘겠다. [청중: 거의 한달은 됐을껄.] 음력으로 따지는 마 그래고. [청중: 양력으로 따져도 한달은 돼서 피난갔을끼라.] 그 하여튼 6.25사변 났다는 애길듣고. 모심기를 그때도 손으로 심었거든요. 요새는 기계로 쭉 하지마는. 손으로, 손으로 심었는데, 한 절반정도 심은께 사변났다 이켔단 말이에요. [조사자: 아, 모내기 다 못하시고.] 아, 다 못 심으고. 그랬는데 어 갔다오니까 말이지. 말이 있었어요. 모피기 끌러가 훅 던져놓고 간 사람은 나는 이렇게 했는데. 모 안심으고. 고거를 이게 급해가지고 모 풀지 않고 뭐 그냥 놔 두고 갔단 말이야. 그때 손으로 심었는데 못했단 말이에요. 갔다온게 나는 그게 안폈어. 그걸 훅 풀어놔서 예전에 팍 던진 사람은 나락이 피고. [조사자: 나락이 피고.]

그래가지고 그 당시에 내가 여 여 참 동성면 금계리 하는 동네 살았는데. [조사자: 금교요?] [청중: 금계.] 금계리에 살고 있었는데. 한창 필요한다고 여 여 미군 부대가 참 주력부대가 왔었어요. 들어왔는데. 그래 우리도 따라갔지 피난을. [조사자: 그때 미군부대가 들어왔었어요?] 어. 피난 따라 갔는데. 그래 여 가다 본께. 여 산태백이여 산태백이라 합니다. 여 우리가. [청중: 선산.] 선산 넘어가는데 요 대다가 산태백이라하는데. 여기 미군부대가 쭉— 섰었어요. 피난 가는 사람은 연달아서 고마 빈틈을 쭉— 넘어가거든요. 그래가 가지고 여 선산이라 하는데. 상소. [청중: 상송.] [조사자: 선산 상송.] 예. 상송. 그 동네가 한부댄가 가까이 있었어요. 그게 왜 있었는가 말이지.

내 처가로 6촌 처남되는 집에 그렁께 이제 거서 거 보름 있었다 그래. 있었는데 거기 있더란께. 말하기를, 옥산 난리 났다 그래요. 불난리가 났다. 그래 불난리 났더만 옥산 여 시장 내에서 다 탄줄 알았거든. 그래 하룻밤 자고난께 차우(위)에, 차우에 그때도 공출을 그땐 공출이라. 요샌 매사 그래하는데. [청중: 나락을.] 나락을 전부, 전부 팔아 못했다 이기라. 팔아 못 하가지고 창고에 큰 차로 이게 한참을 들은거 가지고. 저짝에 인민군이 들어와서 불 지른거이 아니고. 미군이 교대하면서 이걸 놔두고 가마 저 사람들 말이지. [청중: 식량을 한다고.] 식량을 한다 그렁께 이걸 없애야지 그 사람들 먹을 걸 안준다. 그래가지고 미군이 놔두지 않는데 얘기 들응께 포로 데려가지고 막 태워가고. [조사자: 그래서 불이 났구나.] 창고에 나락이 뭐 한 2만, 몇 가만가 하더만. 나는 확실히 기억도 안나는데. [조사자: 몇날 며칠을 탔다더니 그게 그 얘기군요.] 예예. 그래가지고 창고에 불이 탄게 고마 그 내를 탔어요 그게. 나락이 탄게 처음에는 불씨나 타다 내조각은 속에 말이지. 인기(연기)가 꼬록꼬록 나고 쌀이 막 싹 타는 바람에. 한증막이라. 그래 피난갔다 와가지고 보름인제 다 할라하면 얘기 전부 다 못해. [조사자: 아이고, 줄줄 많이 하셔도 됩니다.]

그때 내 군에 갈때요. [조사자: 그러면 피난갔다가 다시.] 아, 저 저 들어왔지요. [조사자: 다시 오셨습니까?] [청중: 복귀 안하고.] 아군 복귀 안하고 선산 여기 있다가 여 고향에 들어왔단 말이야. [조사자: 왜 더 안내려가셨어요?] 거기서 뭐 낙동강도 못 건너고. [조사자: 낙동강을 못 건넜으니까.] 선산 요 상송 마을이라 하는데가 쪼금 여 여 수저절이라고 있어 저. [청중: 수라사.] 수라사가? [청중: 예예.] 바로 절 밑에기 때문에. 거가 좀 피난한 거시기가 많아요. [조사자: 외지로 들어가있구나.] 예 그래. 그래서 모 미군 내려가는 거 봤지요. 인민군들도 보도 못하고.

그래 온께. 집에 온께 참 뭐 그때 음력으로 7월 한 그믐이나 거지 되지 싶은데. 그래 됐는데. 뭐 동네 들어온께 풀이고 뭐고 사람도 몇사람 없고. 내 집이라 들어간께 고마 참 서먹서먹한 게. 서먹서먹한 게 들어가본께 가보니 장롱 전부다 끝났고. 솥에다 밥을 해먹어가지고 씻도 안하고 그냥 놔두고 이래 와서 보니 말도 못해요. 누가 해 먹었는진 그건 모르고.

그러고 살다가 11월, 11월 12일 날. [청중: 그때 인제 아군이 복귀 했을때 아니라?] 아 그땐 복귀하고. 복귀 했을 때는 음력으로 따지만 열, 8월 열아흐레 날인가 열여섯 날인가 모르겠는데. [청중: 9월 수복을 했고.] [조사자: 예예. 9월달 수복을 해서.] 음력이고 제사가 8월 지고 나서 고래 아홉을 들어가지고 나서. [청중: 추석물이라. 추석.] 그래 하여튼 고 당시부터 고생이라. 우리 마실에 고때 삼, 사람이 아군이 들어가지고. 아군이 들어가지고서 과거 인민정치 때 위원장한 사람, 부역 여거 참. [조사자: 부역한 사람.] 그런 사람들이 그때는 많아, [조사자: 많이 상했겠네.] 그런 얘기도 해도 돼? [조사자: 저희야 상관없습니다.] (웃음) 그래 하여튼 고마 아군이 들어가 가지고. 아군도 거 참 이 지방에 사는거 같으마. 어느 동네가 어느 사람이 나쁘다, 어느 사람이 좋다 그걸 잘 알지마는. 막상 타, 타성에서 알던 사람이라 아군이. 근데 지방에느 그때만 해도 방위대가 있어. 그 사람들이 앞에 들어가 가지고 또 그 사람들은 지방사람 이거든. 지방사람인 게 어느 동네는 누가 위원장을 했다. 뭐 여자들은 누가 했다 알고 있단 말이야. 있었는데, 그래 실지로 와가지고 한사람은 고마 참 이래 몸을 숨겼다 말이야. 피했는데 '꿩 대신 닭'이라고. 그 집에 동상(동생)이 고마 하고, 세 사람이 한날 한시에 그랬다, 세 사람이. [청중: 아, 그도 희생이 됐구마 몇 사람이.] 세 사람 했는데.

한 사람은 일본서 참 해방이 돼 나와 가지고. 그 여기오니 먹고 살지 못해 서울서 살았는데. 아들 딸 데리고 살았는데. 서울서 살다가 그 보다가 가평에 뭐 6.25 나가지고 인민군들이 내려와 가지고. 그래 신분조사를 해본께. 사실 한국에서 살던 사람이 아이고 일본 살다가 나온 사람인데. 그래 인민군들이 인제 거서 여 우리말로 찡이라 할까 뭐 우리 여 여 요새 신분증, 주민등록증 그런거를 발행해 줬던거라 인민군들이. [조사자: 아, 그걸 갖고 있었구나.] 인민군들이 일본서 나온 사람이 인제 처음엔 말도 뜬뜬한께. 그래 한개 해준 뭐 있는데. 그걸로 가지고 6.25 사변이 오면 이 저 저 아군은 후퇴하고 인민군 내려오는데. 그놈을 받아가지고 여 앞에 있었어. 그걸 가지고. 고 있었는데. 그 당시는 인민정치 때란 말이야. 그렁게 그게 아무튼 써먹을 수 있거든. 써먹을 수 있었는데 아군이 올라온 걸 깜짝했는 기라. [조사자: 그걸 어디 버렸어야.] 그걸 내비었는 기라. [조사자: 아, 오히려 그걸 내보였다고.] 말이 여기 말도 아이고, 일본말 절반 한국말 그래헌께. 의심이 난께, 신분증 보자 그렁께 그걸 모르고 내빘는 기라.

"아하 요놈이구나."

[조사자: 인민군이 준 신분증을 보여줬으니.] 고 사람하고 그래 울 마을 사람이 세 사람이 다쳤어요. [청중: 희생이 되었구나.] 그런 일이 있었고.

[조사자: 그러면 저기 피난갔다 오셨을 때 인민군들 치하였을 거 아니에요. 그 때 어르신은,] 아무도 없었지. [조사자: 인민군도 별로 없었구요? 다행히.] 그고. 여 또 나는 거기는 산 밑에 아니고 들복판이라. [청중: 평야지대지.] 그렇기 때매 인민군들도 나와 드가도 올라갈 때도, 내려왔다가 올라갔다나 저-짝 산 밑으로 댕겼지. 우리 있는 마을은. [조사자: 군대를 주둔시킬 그럴 데가 아니었구나.]

고건 그렇고 내 입대한 애기. [조사자: 그래서 입대하게 되신 거에요?] 군에 입대 한거는 그때 11월 달에, 11월 달인데. 그 참 영장이 나왔어요. [조사자: 50년 11월에? 추석 지나고?] [청중: 그렇죠. 50년 11월.] 사변 나던 참 그 해에. 그런데 저 영장 나와도 우리 마을에 세 사람이 영장이 나왔었어. 나와 가지고 상주까지 걸어갔단 말이야. 영장을 받아가지고. 걸어가는데 내가 피난을 못 가서 여길 들어온께. 그때 제 1군민번, 2군민번 이케 했단 말이야. 피난 못간 사람은 2군 국민이고, (웃음) 피난 간 사람은 제1국민이야. 그래가지고 사실 피란못간 죄로 말이지. 군에 영장이 나왔기 때문에 군에 갔다 온다고 말이지. 군에 갔다오면 이제 [조사자: 제 1국민되시려구요?] 세 사람이 가가지고 참 걸어서 상주까지 들어갔단 말이야. 걸어들어갔는데. [조사자: 누가 데리고 가셨어요? 누가 데리고 가셨어요?] 에? [청중: 자진해서 가죠.] 자진해서 그 속으로 걸어갔는데.

그래 앞에 한 사람이 우리 동민 하나가 이제 세 사람이 갔는데. 앞에 하나가 가더니, 환자가

"어디 아프냐?"

물응께, 어디 아프단게

"이짝으로 가라!" 그래.

나를 물어봐. 어디 아픈가 물어서 아픈데 없다하니께 일어나라고. 내 뒤에 사람도 빠지고 앞에 사람도 빠졌단 말이야. 나만 걸렸어. 그때는 감순데 뭘. [조사자: 1등 국민 되려고.] 1등 국민이. (웃음) 그래가지고 갔는데. 고때 이미 백삼십 몇 명이 고건 알아요. 확실하게. [조사자: 많이 들어가셨네.] 많이 갔지요. 여 석시관씨라고 그 분이 면장할 땐데. 백삼십 몇 명이라 하는걸 고건 내가, 끝까지 다 알곤 못 해고 아는데. 고래 하여튼 고게 들어가 가지고 합격된 사람이 약 한 백 명이 넘어 되고. 한 삼십 넘어 되쓰고 이런데.

거기서 인제 합격이 되가지고 군인들이 앞에 인솔하고 이제 그때부터 걸어서 갔는기라. 상주서부터 우리 군에 입대하러 가는 길인데. 걸어서 옥산을 저 왔는기라. 상주 시내서 천명은 안돼도 한 7, 8백 명 못해가지고. 그 사람

이 다 걸어갔어. 우리만 걸어간 게 아이고. 그래 와가지고 면에 들어가서 참 면장이 거 참 드가마 당신네들 인사를 하는 말이,

"당신네들 말이지. 좋은 1등 국민이 돼서 온다."

내 참 말이 그래 이상하고. 술을 한잔 내고 인제. 그때마다 담배를 전부 피았어요. 나도 피았고, 다 피았는데. 담배를 한 갑씩 줬으면 그런 얘기를 안할낀데. 담배를 노나서 반갑씩 줬다는기라. 주는기라. 주고 났는데, 최대식이라는 사람이. [조사자: 최대식.] 최대식이가 그 사람이 나서가지고 면장한테 따지는기라.

"우리는 억울해이래가마 여 공성을 돌아올란지 안 돌아올란지는 모르는데. 담배 한 갑이 문제가 아니고 반 갑씩 노나 주는게 뭐야."

막 따지면서 해는기야. 그렁게 그 면장님이 고마 그 소리 안 들을라고 또 무슨 그땐 뭐 아무 법도 참 모름서 그 없다할 수 있거든요. 그래도 뭐 펴(피워도) 뭐. 폈는데, 우리는 거서 인제 막걸리 한잔씩 묵고 담배를 드가지고.

그래 걸어가는데. 여 또 김천까지 걸어가야 됩니다. 걸어가는데 집에 그때 내가 장개(장가)를 갔었어. 장개를 갔었는데, 집에 식구가 딱 나왔는데. 처음엔 면에 있다가 딱 와가지고는 참 뭐 딴 사람들은 이래 울고 뭐 잡고 불고 하는데, 우리 식구는 그렇지도 안해요. 안하고 저까지 자꾸 따라 오는기. 창발이라 하는 데가 있어요 고마. 재 너머 가다보며는. 거 있는데 그쯤 따라온게 안 맞잖아요. 돌아가라고. 그래 돌아세울라카니께 좀 안됐는 모양이래요. 그래가 돌아세워놓고 재를 넘어가는데. 그때사 눈물이 난단 말이야 나도. [조사자: 전쟁터 나가시는데.] 눈물이 나는거지. 미련이 말이지. 그래 있었어. [조사자: 난리나가 전에 결혼하셨어요?] 에? [조사자: 6.25 사변나기 전에 결혼하셨어요?] [청중: 그렇지.] 어. 그게 6.25 사변나고 나서 군대 입대하러갔어. [청중: 보통 20세 전후되면 결혼을.] [조사자: 아니, 결혼은 사변나기 전에 하셨냐고.] [청중: 결혼은 전에 했지, 전에.] 뭐? [청중: 6.25 전쟁나기 전에 결혼했잖아.] 아 결혼, 결혼은 전에 하고. [조사자: 애는 없었구요, 아직?] 애는. 내 조금

있다 내가 얘기할게. (웃음) [조사자: 예예.] 그래 그 인제 재를 넘어서 올라간께 참 이질로 한번 더 들어오나, 안 그러면 식구를 한번 더 만나나. 아니 이런 마음이 들어가지고 그때부터 눈물이 나는기라. [조사자: 미련이 많이 남으시는구나.]

눈물이 나는데, 김천역에 딱 가닝게. 차가 무슨 가나 말이지. 짐 싣는 곱배(화물차) 있잖아요. [청중: 전부 그때 곱배를 썼어.] 그때 전부 곱배라. 그래 뜩 가는기라요. 가는데 어디로 가는지도 몰랐지 뭐. 그래. [청중: 내려갔어, 위로갔어?] 알로갔어(아래로갔어). [청중: 알로 갔어?] 알로가 딱 내려 놓는데 고거 대구라요. [조사자: 대구로 훈련받으러 가셨구나.] 대구 방직회사라. [청중: 방직회사.] 방직회사 저 저 거기에서 훈련을 일주일을 받았단 말이여. 일주일 받고 참 그때 인제 저 저 전방으로 올라간 거시기라요. 올라갈낀데 그래 교관이 하는 말이,

"너들은."

그때 군인들 전부 '해라'입니다.

"뭐 너들은 1등 국민이 되아가지고, 뭐 밑이 없어도 좋은 사람이 된께. 그래 아라. 우리 지금 아군이 팽양까지 갔다. 아군이."

[조사자: 그때는?] [조사자: 10월.] [조사자: 그때쯤 됐겠네.]

"팽양까지 갔으니께. 그 뭐 총 한번도 안쏴고 1등 국민이 됐응께 그래 알라."고.

그런 줄 알았어. 일주일 딱 받고. 참 훈련을 이제 그 뭐 나도 그렇지만 대개 보믄 총하나도 발사하나도 제대로 못했어요. 뭐 어떻게 하마 총이 제대로 나가나 뭐 이것도 모르고 말이지. [조사자: 총은 받으셨어요, 그래도?] 아, 총은 해보긴 해봤어요. (웃음) [조사자: 사격 훈련은 해보지도 못하고.] 아, 해보긴 해봤어요. [조사자: 사격 훈련 해보셨어요?] 해보긴 해봤는데 그것 참 갔는기라요.

가가지고 한 달은 못허더니, 저 팽양까지 인자 아군이 올라갔는데. 우리도 올라가야된다. 그래 또 곱배에다 그 놈 곱배에다 싣고. [조사자: 곱배가 차 이

름입니까?] [청중: 화물차.] 화물차. 짐 싣는거. [조사자: 그걸 곱배라 그러는구나.] [청중: 우리는 거기서 포항까지 갈 때 전부 그걸로 갔어.] 그걸로 갔지. 그래 그 서울 딱 딱 딱 여기 대더니, 팽양 간다고 한 사람들이 서울서 내리라케요. 내리라 하는데 서울 그기 여자 고등학괸데. 무슨 여자 고등학괸지는 확실히 모르겠어. 근데 그기 2층에다가 딱 올려놓고 이제 확인을 하는데. 뭐 내일가니 모레 가니 팽양 간다고요. 자꾸 그런 얘기만 하고. 거기서 한 달을. [조사자: 가지는 않고.] 있었는데. 거 2층에서 내려다본께. 바로 옆에 도로 있는데 피난 보따리가 또 내려오는기라. 2차. [조사자: 1.4 후퇴.] 1.4 후퇴 때. 팽양까지 갔다가 이제 내려오는데. 그 날짜도 뭐 확실히 모르겠고. 내려오는데 그 내 주위에 피난 가는 거를 보고 가만– 생각해, 올라가나 내려가나 본께. 내 피난 나오는데 팽양으로 가는지. 잘 모르겠단 말이에요. 서울 지역도 모르지, 학교 딱 갖다놔서. 그래 물었다. 물어. 사회 나와 가지고 한번 알아봤는기라. 알아본께.

"이리가면 남쪽으로 가는기가 북쪽으로 가는기가."

가는 사람이 그 뭐 가는 사람은 지대로 얘기를 해주고 뭐 딴 사람은 안 하겄지요. 우리가 군복을 입었었거든. 그 작업복을 입고 말이지. 그때 그래가지고 있었는데. 그래 거 간 사람이 알려주는 게. 2차 후퇴래. 그때 인자 2차 후퇸지 알았단 말야. 알았는데.

[2] 양구 7사단에 배속되어 전투에 임하다

근 보름 가 있다가 참 하나를 들고 인제 또 가요. 가더니. 그때서 사단에 배치를 시키는 거야. 내 얘기 다 못해요. 대강할게. [조사자: 기억나시는 대로 자세히 하셔도 됩니다.] 사단에 배치를 시켰는데. 7사단 내 8연대에 있었어. [조사자: 7사단 8연대.] 7사단 8연대, 3대대 11중대 2소대. (생각이 안나서 잠시 중단됨.) [청중: 몇분대라? 2소대 몇 분대라?] 2소대 2분대라. [조사자: 기억력 좋으시네요.] 예. 2소대 2분대로. [조사자: 저는 기억 못하는데.] 응. 됐는데. 하여튼 어 저 우리보다 선배들 보니께. 머리를 안감아서 고마 이가 훅훅 잽히고. 고마 시거리가 허-여고 이가 거하고. 반봉이라 허는거 아시는가 모르겠는데. 반봉이라, 속에다가 속에다 속에 넣고 우에 껍데기 입혀가지고 누벤기라요. [조사자: 이렇게 누빈거죠. 이렇게.] 춥다고 그랬거든요. 그렇기 때문에 추워서 누볐는데, 춥다가 본께 불을 쬐다 본께 막 막 태았는기라(태웠는거라). 태았는데 그래 옷이 없어가지고 그거를 이제 그거를 입어야 하니까 찢이라 하거든. 실탄 이래 보면 탄피 요 요 꼽는데 헝겊이 나오는데, [조사자: 예예.] 그것도 헝겊도 뭐 어디 구해가지고 것도 없고. 헝겊으로 가지고 이걸 '두두둑' 찢어가지고 입고 있는데. 고마 거지 중에 상거지라. 그런데 여기 차 살겠다고 옷 그래 입고가면 밥도 안줘요. 아주 그래요. 그래 그래가지고 행편이(형편이) 그래요. 그때사 인제

'아이고 내가 뭐할라고 여 저 군에 자청해왔나. 빠져, 빠질낀데.'

그 생각이 들어요. [조사자: 그때 7사단에 어디에 있었습니까?] 7사단이, 얘기 들어봐요. 그래가지고 그래 그 생각이 들어요. 드는데, 7사단에 그때 체 어디서, 양구에 있었어요. [조사자: 그때도 양구에 있었구나.] 양구에 있다가, 양구서 처음에 전방에 배치 시키는기 아직 일선에 배치를 안 시키데. 왜그러냐믄 일주일 훈련받고 간 사람인데, [조사자: 신병인데.] 전투 경험이 있어야죠. 그때 어 하사를 사마 여 지금으로 보믄 이 이 참 상사, 상사라 하나 하사라 하나. [조사자: 짝대기 둘 아이가?] 어 짝대기 둘. 하사 그 사람이 처음에 들어가서 소대장질해요. 그래 역할을 물응께. 전부 장교들 막 다들 하고, 저 학도병도 말이지. 그때서부터. [조사자: 전사를 많이 해서 그렇구나.] 그때부터

뽑는데. 학도병들 그거 소위, 하루 소위라 했거든. [조사자: 하루 소위. (웃음)] 하루소위. 전투 한 번하고 하루소위. 그래 그 사람들 이제 및(몇) 사람 그래 하고 그래 집이 조금 있으니. 어디를 갈껀지. 소위가 하나 아파서 그냥 오고 선임하사가 요새 말하믄 일등. 일들상사, 이등상사, 뭐 그때 이 했단 말이야. 일등상사, 이등상사, 특무상사, 하사, 중사 뭐 이래 이래 나왔데여. 요새는 병장이 뭐 계급도 그래움마. 그래가지고 내 2소대 2분대 거 참 근무를 하는데. 처음에는 저 저 전방에 저 갔다고 요 한 대사 지름을, 기름을 줘요.

그런데 여 저 저마 싸우다 본 게 뭐. 조명탄 이라고 있는데, 그 놈을 밝혀 놓고 총알이 날아가는데. 보니 연방 참말로 내 죽나 싶어요. (웃음) 한 대어 사람 있으니 막 전방에 굳히는기라. 고래가지고 우리가 양군서 배치를 받아 가지고 또 후퇴를 했는기라요. 후퇴를 했는데, 양, 양구 그기 거기가 무슨 지역인지 확실히 물러리, 물러리도 있었는데. 물러라고 하기도 하고. 그 인제 그래 했는데. 거기에도 사단이 전부 포위가 됐단 말이야. 포위됐는데 그때 7사단, 8사단, 3사단. 3개 사단가. 사단이 포위가 고마 됐으데. 됐었는데 주로 많이 된 데가 누기야. 7사단 우리가 제일 많이 됐단 말이야. 되가지고 거기에서 포위 되가지고 보급을 받기를 요새는 고 뭐 안하지만.

전에 보믄 왜 뒤에 여 여 그저 뭐 뭐라하나 그거. 뒤여 여 여 이래가지고. 뒤에 병기, 보급병기라고 있었어. 보급선이라고. 요새는 헬리토(헬리콥터) 뭐라. [청중: 헬리곱터로 수송을 했지.] 어? [청중: 헬리곱터로 수송을.] 요새는 헬리곱타 하는데. 그때는 헬리곱타 아이고, 보급선이라고 그러는 병이 있었어. 그걸로 보급을 대는데. 뭐 그거 됩니까? 못되는데. 그래가지고 내 간빵(건빵) 뭐 한 봉만 있으면 하루도 먹고 이틀도 먹으라 하고. 한 일주일을 밥을 안 먹었단 말이야. [조사자: 보급이 끊겨가지고 아예 먹지를 못했구나.] 어어. 밥을 안 먹어가지고. 산에 가마 고때 3월 달인가, 1월 달인가 그래. 확실히도 사실 잘 모르겠는데. 그 간게 여 여 두릅나물이 두릅, 산에. 먹는 거. 두릅 그놈을 끊어가지고 먹겠는데. 송구하고. 딴 풀을 먹어 본께 안넘어가. 넘어가질 안 해요. [조사자: 송구 알아요, 송구?] 송구 압니까? [청중: 소나무 껍질을 깊게 막 얄팍한 껍질이 있어요. 그걸 송구라.] [조사자: 그걸 송구라 그랬구나.] 근데 딴 거는 풀 같은거 씹으면 안 넘어 가는데. 그거 두 가지 씹응게 넘어가데요. 일주일을 그거 먹고 살았어요 일주일을. [조사자: 두릅하고 송구 두가지 드시고?] 어어. 일주일을. 그래가지고 참. [조사자: 이게 소나무 속 껍질이구나.] 한번은 후퇴하고 또 지뢰 터져가지고 보급이 들어와서 밥을 먹었는데.

고 당시에 저 참 공성도 많이 하고. 사람도 누기 누기 이름은 지금 대강은 알지만 다는 몰라도. [조사자: 거기 같이 고향 분인데, 같이 배치받은 사람들이.] 하모. 여 옥천, 옥천 사람이. 예, 마이 죽었는데. 고래 후퇴를 하다본게 내려가 본께 안동까지 내려갔었거든요. 안동까지. [조사자: 양구에서 안동까지.] 안동 여기요. 안동까지 후퇴를 해가 왔었어요.

우리 동부전선에서 있었는데. [조사자: 예. 동부전선.] 안동까지 내려갔다가 이제 안동서 거서 미칠(며칠)있다가 인제 참 유엔군이 그때 한창 나와 가지고 제 2차, 1차는 낙동강까지 갔었고. 2차에 또 유엔군이 올라왔었거든요. [청중: 그때 그 인천 상륙작전 해가지고.] 인천상륙작전 해가지고. 그런데 그 날짜는 모르겠다. 날짜는 몇월 며칠인지 모르겠는데. 그래 거서 인제 복귀를 해가지고 올라 갔는기라요. 올라왔는데, 그때만해도 우리는 요새로가마 여여 호가 있지마는. 그때 당시에도 호가 없어요. 호 호 우리는 언젠지 가만 응달로 가던지 응달로 우리가 배치되고. 저 사람들은 언젠지 양달로 되는 기라요. 그 날도 춥고 이러는데 호도 없는데 응달로 배치 시켜노니 그게 뭐 어찌 참 싸우겠습니까? 그래 산에 쭉— 배치 시켜노마.

[3] 육박전에서 큰 부상을 입다

참 우스운 얘기를 내가 하나 하겠는데. 그 할 때는 그때 저 저 중공군이 나왔는데. 나왔는데. 그 사람들은 작전, 작전이 희안해요. 사람 서이가 마이도(많이도) 안 해. 서이가 매고 하나 들고 큰북하나 들고, 징들고 두드리고 우리 조선사람 악기라요. 악기 우리 거. [조사자: 총도 없이 그냥 그것만 들고.] 어 악긴데. 그거를 이제 저짝에 여 저 여 천다 말이여. 쳐마, 우리가 요 앞에 고찌 이래 배치가 돼 있으마 여기 주력 부대가 있는 줄 알았거든. 그래가지고 밤새도록 말이지. 이래되고 집중되고 말이지 사격도 하고. 여기로 단디 봤는데 어 진짜는 여서 올라와요. [조사자: 아, 이쪽에서 꽹과리 쳐서 유인했구나.] 여 여 여기서 이제 어 주력부대가 있는 줄 알고 아군들은 여기에 집중해 보고 있는데. 어정쩡한데 여서 올라와. 작전상이 그래요. 그래 여기에만 하다보면 툭 터져 올라오는데. 그 사람들 육박전으로 막 들어오거든요. 그럼 못 당해요. 못 당해서 또 나가고. 하룻밤도 지새운 적 없어요. 하룻저녁도 전방에 배치됐다 그라믄 나가고 들어가고, 나가고 들어가고.

그때만 해도 참 행군을 하는데, 잠이 얼매나 옵니까. 잠이 오는데, 앞에 따라 따라 가거든요 이제. 앞이 그기 총하고 실탄하고 전부 자기 이제 배당해 갖고 그만 80 몇키로 근 나가요. 60키로 이케 해도 백근이 넘어요. 그런거 차고 인제 가요. 가마 그 한치 고단하게 앞에 사람만 보고 가다, 눈 감고 따라가다가 앞에 사람이 딱 서면 탁 받아갖고 끄떡하고 탁 받아갖고 끄떡하고. 이래가지고. [청중: 지금하면 잠이 제일인기라.] 그래가지고 그게 참 갔는데. 가다가 본께 어디로 또 어디로 갔는가 모르겠는데. 처음에는 싸우기를 오대산에서 싸웠지. 오대산. 양구가 싸왔지(싸웠지). 또 하천 내려가서 싸우고.

그래 인제 부상을 당해기를 그 인제 오른짝에는 유엔 고치고, 이짝에는 백마고치고 이렇게 했어요. 싸운데다가. 그랬는데 그기 우리가 중간에 7사단에 있었거든. 있었는데. 그랬지 여기에 한 10시쯤 됐을까 뭐이래. 그래 돼가지고 참 육박전이 붙었는기라요. 10시 되가지고 붙었는데. 그 싸우다가 부상당해가지고. [조사자: 밤 10시에요? 아니면 낮, 아침.] 밤10시. 우리는 해가 날만 새만(새면) 우리가 힘을 쓰고, [조사자: 아, 밤에는 걔들이 힘을 쓰고.] 해만 저물만 우린 꼼짝도 못해요.

그래 그래 싸워 그래 했는데. 그때 부상당할 때가 아- 8월, 8월 며칟날 당했는가. 그것도 확실히 잘 모르겠네요. [조사자: 육박전 하다가.] 어. 육박전, 육박전 하다가. 그러다가 내려왔는데. [조사자: 어떻게 다치셨어요?] 어? [조사자: 어디를 다치셨어요?] 거 팔하고 손. 손도 여 다쳐가 여 여 이것도 요래 됐는데. 요 손다치고 팔 요래 있었는데. 그때 다쳐가지고 헤리고다(헬리곱터)로 싣고 내려가가지고. 야전병원이 있어, 야전병원. 야전병원에 거도 들려가지고. 거서 중환자들만 내보내고, 어 좀 저 저 덜 다친 사람은 뒤에 보내고 이래 그러는데. 대구 삼육군병원에, 대구 삼육군병원이 요새로 보면 동산병원이, [조사자: 아, 동산병원.] 예. 거기서 아 달반(한달반)인가 있다가 또 부산 오육군으로 갔어요. 부산 오육군 병원이. 그때만 해도 부산 오육군병원이 있었는데. 부산 오육군병원 거서 한 달, 한 달 며칠인가. 한달 열흘인가 고래 있다가 제대가 나왔어요.

제대가 나왔는데. [조사자: 아, 그러셨구나.] [청중: 그러고 제대했다고?] 어? [청중: 거기서 제대를.] [조사자: 후송 나와서 제대하셨구나.] 예. [청중: 멩예(명예) 제대했네. 그래도.] 그 제대했는데 멩예 제대로. 멩예 제대로 나왔는데. [조사자: 완전 끝나기 전에.] 그렇게 십일월 이십 이일 날 입대해가지고 그 이듬해, 그 이듬해 1년 딱하고. 그 이듬해 십이월 어 십이일인가 고래했지. 고래 1년 조곰 더 살았지. 살았는데, 고새만 해도 뭐 사실 저 저 뭐라 내가 2소대 어 2분대 두 분대 상활을 하다가. 그때만 해도 고거 싸워, 전투할 때 뭐 고병이 들어 싸워가지고 두분대 생활하다가 그 참 여러번 전투해가지고 사람 죽는 것도 내가 봤고 저 저 부상당한 것도 내 손으로 들고 내려가 가지고 후송시키고. 이래 해가지고 분대장질을 7월 달인가 언제 맡았어요. 2분대에서 인제 맡아 분대장질을, 맡아가지고 달 반인가 싸우다가 뭐 부상해가지고. 내려왔는데 거 계급은 2등 중사로. 요새는 2등 중사 같으면 그거 그거 병장이라카데. 1년 만에, 1년 만에 2등 중사로 고래. 내려왔는데, 그래 안해도 그 얘기 다 할라하면 미칠(며칠)이라도 못해요.

[4] 최전방 전투병의 생활상

[조사자: 제-일 친했던 전우가 막 죽고 그랬습니까?] 어? [조사자: 같이.] [청중: 친했던 전우가.] [조사자: 같이 옆에 갔던 전우가 막 죽고 이런 경험 많으시겠네요?] 아 많지. 많고 같이 여 여 전에 그 사람이 죽었습니다마는 같이 있던 한 소대에서 한 사람이 여 여 곡산 전주집이라고 한 한 부대에 있다 나와서 죽었고요. 또 여 박동태라고 그도 인제 전에 우체국을 댕기다가, 그 공무원질 하다왔다가 제대해 나가가지고 그 사람도 그 당하고. 전승준이라고 여 여 계량종합이라고 요새는 농조라 하는데. 계량종합에 근무하다 그 사람도 죽었어요. 죽었는데, 그 사람이 이제 우리 군대에 연락병이었단 말이야. 우리 소대에, 2소대. 같이 한 소대에 있던 사람이 공무원도 많아요. 그래가지고 현재 살아있는 사람은 참 이 말하기 미안 하지마는 같이 와가지고 한 7사단에 살아있던 사람이, 여여- 문화 마을, 거 살아있어. 그 사람이 나하고 같이 인제 한날, 한시에 입대해가지고 한 사단에 있었고 고거는 사단에 있었고, 나는 이제 소대에 있었으이 그 사람하고. 강골이고 용식이라고 있어, 김용식이. 그 사람이 같이 입대했는데 어 그 사람이 여 살아. 현재 공성서 세 사람이 있어요. 한때 일병이 가가지고 또 한사람이. [청중: 전쟁에서 죽응게 아이고 명대로 살다가 죽은거이.] 명대로 살다가 죽고, 전쟁을 한 사람이 한 절, 절반을 했단 말이야. [조사자: 전사는 절반 정도 하고.] 어, 절반을 했는데. 살아가지고 나왔다가 사회에 나가가지고도 죽은 사람이 이제 그래 돼. 그 현재 살아있는 사람은, 여기 있는 사람은 세 사람 뿐이라. 세 사람. [청중: 그때 저 저 맥아더 장군 전술대로 했었으마 벌서 통일이 됐을 텐데. 그때 만주를 폭격을 할라 했거든, 맥아더가. 미국서 그때도 그 무슨 대통령이야?] [조사자: 아이젠하워 대통령.] [청중: 대통령이 누굴 겁을 냈냐하믄 소련을 겁을 냈단 말이야, 소련을. 나중에 알고 보니 소련은 그만한 힘이 없는기래요. 그때 뭐 만주 폭격했으면 중공군이 못나왔잖아요. 못나왔으면 고마 통일이 됐는기

라.] 아, 만주. 만주를 폭격했으면 끝났지 뭐. 통일이 되았어. 통일이 됐는데. [청중: 그리고 뭐 맥아더 군대도 있잖아요. 그러고 만주 폭격을 했으면. 그때 했으면 그게 참 그분도 지금도 여 동상이 있잖아요 인천가마. 인천상륙작전. 그 사람이 해가지고 상륙작전 한긴데. 그 전술대로 했었으면 이 벌써 통일이 됐을낀데. 그때 그 소련을 겁을 내가지고 만주 폭격을 못했네.]

여 여 교수님도 이카면 뭐 안하지만, 우리가 신발을 요 석 달을 안벗었어요. 석달을. [청중: 신발을 신은 채로 자고, 신은 채로. (웃음)] 발 이거요. 석 달을 안 벗고 신고 자고, 신고 뭐 낮으로 댕기고. 그렇께 석달이라 하는거는 방 안에서 잠 한숨 못잤다 이말이여. 자도 호에, 호 속에 이저 호로 산속에 임시로 지은 호가 있는데, 거기서 자도 신 벗고 못잡니다. 전방에서 신 벗고 잡니까? 신 신고, 석 달을 계–속 말이지. 신 한 번도 못 벗어봤어요. 그렇께 이 발이 겨울 되도 얼었다가 녹았다가 해가지고 막 퉁퉁 해가지고. 그 안에 보믄 방안포라고 이 저 저 저 요새는 인제 가죽으로 했지마는 그때만 해도 속에 넣고 니가지고 신발 맹글라 그거 신었단 말이야. 그래가지고 이 놈이, 발이 불어가지고 막 흐스흐스 불어가지고 있다가 호다가 한번 가가지고 바까 신고 가가지고. 그 거서 인제 상관으로 가지. 우에 사람들은 매일매일 빨래해가지고 발도 씻고. 발 씻고 하지마는 그 뭐 쫄병들은 따라 댕기다가 자기 몸도 고달프고 이러는데 그 그런 데가 있습니까? 이 살고 날고 그대로 신고 댕기다가 약간 여 시간 있으마 그 벗어가지고 주물주물 해가지고 그냥 또 신고 이랬는데.

[조사자: 식사는 세끼 다 하셨어요?] 식사 하이고. 전방 있을 때 진짜 못했어요. [청중: 거의 저 주먹밥.] 주먹밥을 먹고 하는거. [청중: 그런디 전부 보급대라 하는게 있었거든. 보급대들이 가가지고. 그 주먹밥을 져오는기라 주먹밥을. 그 사람들이.] 주먹밥을 요런 거 인자 말하자면 거 참 그 노무, 노무자들이 그걸 져고(지고) 올라와요. [청중: 보급대라 그래, 보급대.] 져고 올라오는데. [조사자: 그러면 산 아래나 뭐 대대같은데 가서 받아가지고.] [청중: 그렇지.]

져거 올라오는데 산말래길에. 그 사람들도 포가 떨어지마 안와요, 못와요. 포 떨어져. (웃음) 보통은 그 저 포가 지내가야지, 저거 올라온다 말이야. 말하자면 점심을 열두시에 먹는하마 오후 세시나 네시나 뭐 어떨땐. [청중: 시간 대중이 없지 뭐.] 그래 먹는데. 그것도 겨울은 날이 요거보다 춥단 말이야. 추운데, [조사자: 다 얼어가지고.] 얼어가지고 꼬들꼬들한 게, 배가 고파가지고 그것도 너무 잘 멋어요. 그래 그 노, 그때만 해도 노무자들이 많이 죽었어요. 그거 인저 죽으면. [조사자: 지고 올라가다가.] 그놈 갖다 나르라고. 그랬는데 내주에 가서는 식사 같은 건 이제 보급을 이제 비행기로 갔다 이래 하고 그랬는데. 처음에 저는 노무자들이 그 사람들이 다 져 올렸단 말이야.

[조사자: 식수는 어떻게 합니까? 마시는 물.] 물은, [조사자: 산에서 알아서 하는 거에요?] 물은 그 저 저 저 물 담는 거시기 저 있어요. [조사자: 수통?] 응. 수통 여 여 군대에서 물 떠가고 그 있잖아요. 있는데, 그거는 한, 이 넣어봤든, 참 오래 못가거든요. 오래 못 가는데. 물 먹고 싶을 땐 할 수 없어요. 디-게 목마를 땐 포탄이 떨어가지고 물이 팬데 있잖아요. [조사자: 그 물이라도.] 고 비가 오마 황토물이 거 있단 말이야. 도랑물 같은 거 절-대 못 먹게 합니다. 도랑에서 흘러나온 물. 못 먹게 하는데. 그게 또 물 먹고 싶으마 할 수 없이 먹는기라요. 먹고 올라가다 보만 사람이 죽어가지고. 다 그래 됐고. [조사자: 그 약을 풀어서.] [청중: 아니, 사람이, 시체가.] [조사자: 시체 썩은 물.] 그런데 그래서 저 저 우리 사람들은 모다 못 먹게 하지. 절-대 못먹고. 고 인제. [조사자: 그 식수가 보급이 안되니까 자기가 알아서 해결하는.] 아 암만. 그런데 목이 타니까 먹어 댑니다. 먹다가 돌아부제. 강원도는 물이 좀 흔한 편이지. [조사자: 산에 물이 좀 많으니까.] 못 먹고 그래도 그걸 먹고 한참 행군하다 가다보만 그래 시체가 있단 말이야. [조사자: 아이고.] 묵어도 그땐 병도 안 걸리오. 요새 요새 산에서 뭐 참 병에 걸려 그러지. 그때 그 당시에는 병도 안 걸렸어요.

[조사자: 그 자기 병기를, 총을요. 자기 총을 잊어버리고 많지 않았습니까?] 아

이고, 많이 잊어 부렸지. [조사자: 그럴 때는 어떻게 합니까? 다시 지급을 해줍니까, 아니면 총 잊어버렸다고 뭐 이렇게.] 잊어 부는 것도요. 나도 총 하나 내삐렸는데. 그기 보통 싸우다가 이래 그렇게 되가지고는 내뿌리마 생명이라 했다고. [조사자: 예예예. 총을 맞잖아요.] 자기 생명인데. [조사자: 육박전을.] 육박전을 했고, 디-게 그서 전투도, 밑에 사람들도 알거든. 어떻게 싸우고, 어떻게 싸웠다. 또 언제 싸우고 어떻게 싸웠다. 디-게 싸움이 급 할띠는 총가 버려도 괜찮은데. 만약 흐지부지 그 싸움 전투해서 총 안 가져가믄 총살시킨다 그래요. [조사자: 그렇죠.] 그 바로 직이는 것도 봤어. 봤는데, 고거는 자기 생명 똑같은 게 총을 못 버리게 하는데. 디기 급할띠는 할 수 없어요. 자기 몸 하나도 못하는데 총부터 들고 댕기고 뭐. 밑에 사람들도 알기 때매 그 뭐 총살시키고 그 그렇진 않았어요. 않는데.

하여튼 내가 고 부상당한 고지가 보통 인제 그 강원도 간께. 산이 인제 이짝에는 유엔고지, 백마고지 있는데 그 중간인데. 낙타고지라고 해요. 낙타. 낙타고지라고 산이 낙타같이 생겼단 말이야. [조사자: 네. 저도 가본 적 있어요.] 예. 낙타같이 생겼다고 낙타고지 그기서 주로 싸왔어(싸웠어.) 제일 많이 싸왔어 우리가. 싸와가지고 거기에서 부상을 당했는데. 고거 앞 사람이 구공일, 그때는 그래 들었어. 구공일, 구공일고지라고, 구공일고지라고 그래 들었는데. 그게는 고만 풀이고 뭐고 나무 한 개도 없었어요. 서로 때려가지고 우리가 뺏았다가 뺏깄다가 뺏았다가 뺏깄다가. 장차 그래 했단 말이에요. 고 낙타고지 앞에, 그 고지를 뺏으만 낙타고지를 우리가 점령하기 쉬운데. 고걸 못 뺏으만 바로 올라갈라하믄 못 올라가요. 그렇게 고거를 인민군도 그거를 뺏기면 저들이 산을 이제 뺏기기 쉬운께. 안 뺏길라 하지. 우리도 고거를 어째 빼사서 빼사야지 낙타고지라 하는데 거기를 점령한다. [청중: 낮에는 아군이 점령하고 밤에는 저놈들이 와서 점령하고.] (웃음) 그래 됐는데. 부상당한 뒤 어떤 날은 하여튼 그 대대장이, 대대장이 하는 말이,

"너들은 절-대 후퇴하면 안된다. 그렇게 후퇴하지 마라. 후퇴하마 전방에

와서 올라가다보믄 아군 에 저 모라 적의 실탄에 맞아 죽고, 후퇴하마 아군 손에 죽는다. 그렁게 절대 후퇴하마 살줄 알아도 못산다."

요런 에- 어감을 줘요. 그런데 어찌 급한 게 할 수 없고. 근데 그 내서 와서 들응께. 하는 말이. 그 어느 어느 소대 누가, 누가 말이지. 대대장 손에 맞아 죽었다. 그 그런 얘기도 들었고, 들었는데. [청중: 자기 생명은 참 아까운데. 그 후퇴할 사람이 많지.] 많아요. 많은데, 저 그렁게. [청중: 엄한 거시기 있기 때문에 어짤 수 없어.] 좌우지간 말이지 뭐 안내려온다 이기야. 그렁게 올라가도 죽고 내려가도 죽는다. 그렁게 올라가서 어찌하다보믄 사는기 그러믄 성공하고 딱. 이런 거시기라.

[5] 전투병이 전사할 때 "빽"하고 죽는다

[청중: 근데 한가지가 빠졌네. 전투하다가 생남했단 소식 들었단 얘기가 없네.] 아, 고거는 [조사자: 무슨 얘깁니까, 그게?] (웃음) 그거는 전방에 이 떠난 게. 그때 우리집에 아가(아이가) 유월 음력으로. 유월 열 하룻날이라 생일이. 생일인데 고 이제 참 전방에 있을 때. 고 그 애길 들었다. [조사자: 편지가 왔어요?] 응? [조사자: 전보가 왔어요? 편지가 왔어요?] 편지로. 편지가 왔는데 그 생남을 했다 이거야. 생남을 했는데. 아 내가 내 목숨이 오가는데 생남 하나 안하나 그걸 어째 가 있나 하는 거에요. [조사자: 집에, 집에 안계셨는데 어떻게 애가.] [청중: 아니 그때.] (웃음) 나 군에 갈 때. 갔다 와서 얘기 들응께. 석달, 석달. [조사자: 아, 모르고 가셨는데.] 그 인자 나는 모르고 갔죠. 모르고 갔는데 입덧이 다 났다고 이 카는데. [조사자: 그때 기분 좋으셨겠네요.] 그래가지고 가가 올해. [청중: 진갑이라 진갑.] 육십 둘. 육십 두 살. 내가 장개. [청중: 지금 다복한 가정인데.] 장개를 내가 열아홉 살에 갔거든. 열아홉 살에 가가지고. 그 참.

[조사자: 그러면 포로도 있었을 거 아니에요. 적군 포로.] 포로? [조사자: 그런

사람들은 바로 그냥 후방으로 보내버립니까?] 그때 포로 잡는 거는 나도 내가 포로 잡았었는데 이게 포로 말이 나응게. 포로를 그때 여 여 중공군을 하나 잡았어. [조사자: 아, 중공군이요?] 잡았는데. 잡아가지고 참 나도 부상을 당했지. 고때 고 당시에. 내가 데리고 오지 못하고 소대장한테 인계를 시켰는기라. 소대장한테다가. 인계를 시켰는데 소대장이 하루 소위라. 하루소윈데. 학, 학도병이 나와 가지고 그때 하루 소윈데. 그래 인계 시키놓고 부상당해서 내려왔는기라요. 내려왔는데 그 저 내중에(나중에) 알고본께 소대장이 전사했지. 중대장 전사했지. 다 했는기라. [조사자: 다 전사했구나.] 다 해고 그걸 누구한테 들었나 말이지. 전승준이라고 그 아까도 얘기한 사람 있는데. 우리 소대 연락병 했는데. 그 사람이 살아나왔는 기라. 나와 가지고 내가 그리 얘기한께. 야이 그래 너 그래 되가지고 있는거를 소대장은 어떻게 전사했지, 중대장 전사했지. 이래가지고 그 뭐 다 허다되고 말았다고. 이래가지고. [청중: 포로 하나 잡으면 그게 승갑 올라가나?] 아 있지. 있는데, 아 그래 그거 써놓긴 써놨어. 포로 하나 잡아가지고 소대장하고, 인계했다고 써놨긴 써놨는데. [조사자: 소대장이 전사해가지고.] 그런데 그게 인제 승갑이 됐는지 안됐는지. 그걸 그 사람 죽은 것도 전승윤이한테 들었단 말이야. 전승윤이가 사회 나와가지고 한 10년 안 살았어? [청중: 오래 살았어.] 10년 더 살았지? 그 사람이 농조라 하는데. 그것만 하다가 집에 와서 인제 자기. [청중: 기반 공사라 하죠.] 그래.

[조사자: 어르신 그 하루소위라고 그러는게 소위 달고 하루밖에 못살아서 그러는 거에요, 아니면 소위 일 잘 못한다고 그러는 거에요?]

[청중: 소위 직책을 맡으마 일선에서 지휘를 해야돼.] [조사자: 해야 되는 거 그거를 잘 못한다는.] [청중: 부대원 보다가는 앞장을 서야된다 말이야.] [조사자: 그런데 잘 못한다는.] [청중: 이게 고마 앞장서다보면 희생되고.] [조사자: 금방, 금방 죽는다는 소리구나.] 하루소위가 왜 하루소위야? 학생들이 공부를 했지. 또 소위 그 훈련할 때 학도병들한테 그 교과(교과서) 시기는(시키는)

대로, 교과 시기는 대로 배았단 말이에요. 배았는데 그 사람은 아무, 나도 그래요. 전방에 가서 교관들 시키는 대로 하면 다 죽어요. 안돼, 뭐 살 사람도 없어. 그렇게 우에하던지 그 저걸 참 잡으마 좋지마는 자기 생명도 좀 살아가면서 잡아야 된다 말이야. 그러게 소위라 하는거 그거마 하루소위라 하는 사람은 학도병들 주로 마이 그리 마이 죽었는데요. 하루 학도병들이 저저 교복 벗고 나오마 소위계급을 줘요. 소위계급을 달아가지고 소대장질을 한다 말이야. 그래 배울 때는 소대장이 앞에서 해요. 뒤에 따라가는 게 아니에요. 그 분대장도 그 분대에서 앞서가 하고. 그래 가는데, 그거 배운대로 하믄 안돼요. [조사자: 배운대로 하면 하루 만에 다 죽는다는 소리구나.] 그러니 하루 소위라 했어요. 우리 있을 때. [조사자: 총알이 쏘이쏘이하고 날아가고 그런 얘기도 있던데.] 우리 우리 나오고 나서는 또 얘기 됐는가 몰라도 우리 전장하고 이칼 때는 전부 하루소위라 했거든. [조사자: 무슨 얘긴지 알겠습니다.]

[조사자: 아버님, 육박전 하시고 그럴 땐 굉장히 무서우셨겠어요.] [청중: 육박전도 해봤어?] 해봤어. 하모. 그 그때 육박전 하는 것도 그기 사지를 낮뿐 하마(하면) 뭐 어떡하겠죠, 밤에 하는데. [조사자: 밤에 진짜.] 우리도 우리는 보통 나뿐 아니라 딴 사람도 다 그래요. 다 그런데. 나 나도 잘합니다. 잘한께. 여 나가서 하마 그래 하는거는 저래 하지만.

배치 되가지고 딱 배치되믄 딱 배치되마. 그 호를, 호를 임시적으로 하나씩 팠어요, 자기 몸 감쌀라고. 파는데, 거기에 바짝 내놓고 허리 내놓고 저 조준해갖고 저 올라오면 조준해 쏜다 그런 사람이 있거든. [조사자: 다 거짓말이죠.] 전부 거짓말이야. 거짓말이고. 호에 들어 앉아믄 호는 말이지 고만 머리는 비슷허니 박고, 총을 이래가지고 손으로 쏴지. 누가 몸둥이 내놔가지고 조준해서 쏴는 사람이 어데 있습니까? 없지. 고마 실탄 몇 백발 해야지 사람 하나 잡을까 그래요. 그런데 저짝 저 저 인민군들은 안 그래요. 인민군들은 딱콩총이라고 있어. 딱콩총. 딱콩총이 있는데 요거는 단발씩 나가는 기라. 고 단발씩 나가는 긴데. 고거는 고 아래 요 요 요 요런 거울 있어요. 망 망

[조사자: 망원경 위에.] 망원경 같은. 요래 거울이 있는데. 요래 딱 저 사람 저래가지고 거울 안에 얼굴만 들만 쏴버려. 땡겨요. 땡기마 '딱콩'하고 하나씩 넘어가요. [청중: 고건 이제 정조준을 해가야 쏘는거.] (청중이 한 분 더 들어오심.) [조사자: 그건 아키바라, 아키바라고 그러는 총인가요, 그게?] 에? [조사자: 에이케이 소총이라고. 아키바라고 그랬나요. 북한군들 갖고 다니는 소총을? 그런 말 안 들어보셨어요? 그냥 딱콩 소총이라고?] 딱콩 총이 있고 그도 그 저 뭐라. 따부르 총. 따. [조사자: 따발총.] 따발총이 있고. 그것도 여러 가지라요.

[조사자: 저기, 어르신 아군은 지급받은 총은 뭐였어요? M1이었나?] M1. M1. 보통 사병들은 M1이 많고. [청중: 칼빈도 잘 없었지 왜.] 칼빈은 그거는 이제 지휘관. 소대장이나 안 그러마 선임하사나 뭐 그래 핸 그런 사람주고 칼빈했고. 보통 사병은 이제 그 엠와하고 그기 저기가 있어 또. 그 뭐라. 이름은 잘 모르겠다. 기관단총도 있었고. 뭐라 하는데. [조사자: 수류탄도 지급받으셨어요?] 에? [조사자: 수류탄.] 수류탄이야 뭐 온몸 꼽아댕기지. (웃음) [청중: 기관단총도 있었고.] 기관단총 있었고. 그 뭐라, 삐아리. 삐아리라 하는기 그기 삐알 사수가 이제 일개 군대에 고개 한 둘씩 따라요. [조사자: 그게 기관단총입니까? 삐아루라 하는게.] 아, 그기 자동으로 나가지. [조사자: 자동으로.] 실탄만 갖다 노면 얼매든지 땡겨 나가는데. 자동으로 나가요.

[조사자: 그러면 총알 맞아서 죽은 사람은 별로 없겠네요. 대부분 포탄에 그냥 퍼져가지고.] 총알도 많이 맞아요. 총알도 맞는데, 총알 맞아가지곤 잘 안 죽어요. 가슴, 가슴 같은데 이래 맞아야 죽지. 다리 같은 데 뭐 팔 같은데 뭐 안 죽어요. 가슴 같은 데나 머리 같은 데나 이제 잘 못 맞으면 바로 죽지마는. 잘 안 죽어요. 우리 뭐 야 여 여 그 부회장은 알지마는 이 해갈에 총 맞은 사람이. 나상득씨라고 있어. 나상득이. [조사자: 나상득씨. 예.] 에. 그 있었는데. 그분이 그 참 총을 맞아가지고 살았어. 살았는데. 이리 들어가 가지고 총알이, 이리 들어가 가지고 이리 나왔거든. [조사자: 근데 어떻게 사셨어요?] 이리 들어가 이리 나왔는데. 살다가 죽은지가 한 3년 됐지만, 그래서 총을

맞아가지곤 잘 안죽어요. 주로 인제 포탄 같은거 이런거 같다가. 총알도 머리나 안 그러면 가슴이나 이런데 맞으면 그 하지. 다리, 팔 이런건 맞아가 안 죽어요. [청중: 머리 요 맞으면 직통이지.] (웃음)

[조사자: 그리고 저기, 철모는 다 지급받으셨어요?] 철모야 다 쓰지. 고 안에 인제 예비용으로 하나 있고. 바깥에 철모 쓰고. [조사자: 철모 굉장히 무거웠었다던데.] 그거이 이제 파편 방지지. [조사자: 하기야 그걸 써야 안전하시겠구나.] 그래 총알도 멀리 날아오는 거는 그 맞으만 [조사자: 튕겨 나간다고.] 옆으로 나가요. 그러고 이 그 얘기를 참말로 얘기하다보믄 두서도 없지 이것도 하다 그러는데.

우리 여 여 겨울에 한참 눈이 시키(실컷) 올 때는 산에 갖다 배치를 시기요(시켜요). 시기노마(배치시켜 놓으면) 그 당시는, 전투하는 그 당시는 호도 없고 이래가지고. 우리는 언제든지 응달에 갖다 배치됩니다. 저 사람들은 양달로 배치되고. [조사자: 그거 왜 왜 국군은 응달이고, 쟤들은 양달이에요.] 우리는 북을 보고 가기 때문에. [조사자: 아, 북을 보고 있으니까.] 하기 때문에 산이 이케 생겼으니 북쪽으로 가야되고. 저 사람은 남쪽으로 보기 때문에 양달이고. 그렁께 햇빛 시키노마 호도 없이 팔라 해도 땅도 얼었지. 모포 하나 누워자요. 거기서 한참 잠이 오믄 자 배치해놓고 누워잔단 말이여. 아직 인나만 한임되요(추워져요.) 고마. 그래 한임되가 모인나겠단(못일어나겠단) 말이야. 그래 들썩이면 눈이 고마 맞아가지고. 산에 눈이 시게 오잖아요. 초저녁에 누워 자가지고 저 모포 덮어쓰고 앉았다보믄 넘어가는기라요. 넘어가마 밤새도록 참 잘자요. 자고나마 인날라카면 한님되요(자고서 일어나려고 하면 추워져요). 어데가마 참말 대고 눈을 못하지(정말로 눈을 못뜨지). 그 어찌어찌 해 인나보면 눈이 마차하고(어찌어찌 해서 일어나보면 눈이 많이 와 있고). 그 눈 속에서 많이 자봤어요. 그래가지고.

[조사자: 동상걸리거나 동사하시는 분도 많겠는데요.] 에? [조사자: 동상, 동상.] 송사? [조사자: 얼어죽는 사람.] 송장? [조사자: 동상, 동상.] [조사자: 동상, 동상.

발이 어는 거.] 아, 그기야 뭐 얼어가지고 요새도 그러는데. 요새도 자고 일어나는데. [조사자: 아, 요즘도요?] 허물이 벗고, 발가락이 찌리하고. [조사자: 동상 후유증이구나.] 그기 약도 해 봤자야 그도 잘 안나요.

[조사자: 그러면 뭐 저기 나라에서 훈장이나 뭐 보상 같은 거?] [청중: 그런 소리는 없고, 참전 유공자 해가지고 한 달에 돈 12만원 나오는 거 고거 밖에는 없어요.] 그런데 그 참 여기가 이 어른은 지금 옳은 어른이고. 이리 둘이는 참 가. [청중: (웃음) 가짜라 그래요 가짜.] (웃음) 가짜라 그러는데. 실지로 이 어른보다 내가 고생을 더 했는데 (웃음) 여기는 생활 유지가 돼요. 되는데, 나로 봐서는 뭐 그거 없어도 먹고 살아요. [청중: 국가 유공자. 부상을 당해가지고 국가 유공자로 됐고. 우리는 참전 유공자 밖에는 안 되는기.] 그러는디. [조사자: 부상은 당하셨잖아요.] 아 당하고 그랬지. [청중: 심하고 이런 거면 되는데. 그 심사를 해가지고 그 합격이 돼야 되지. 합격이 안되면.] 그런데 요새 나오는기. 저 저 저 보훈청에서 12만원 나오고, 도에서 2만원하고 시에서 4만원하고 고거 이제 한달에 6만원하고, 18만원 나와요. 바로 얘기해야지. 18만원 나오는데. 그것도 안줘도 뭐. 고 거가지고는 안된다 이말이야. [조사자: 너무.] 너무 작아요. 그런데 선상님이나 참 여 여 조사나 이런 것도 좀 해 올려요. [청중: 왜 그기 그러냐하면 그때 말이 있어요. 전사를 죽을 때에 하는 소리가

'빽-하고 죽는다.'

이랬거든.

'빽-하고 죽는다.'

그 뜻이 뭐냐 하며는 그때로 가서는 빽 있고 돈 있는 사람은 안갔어. 지금도 돈 없고 빽 없는 사람들만 갔지. 돈 있고 그런 사람은 안갔단께. 그렁께 죽을 때는 빽하고 죽는다는.] [조사자: 한이 되가지고.] [청중: 죽을 때는. 빽이 있었으면 안죽을낀데 빽이 없어서 죽는다 이기라. 빽하고 죽는다 했어요. 그때는 전부 그런 사람만 갔고.] 요새도 그런데요. 그때는 그 당시는. [청중: 요

새 지금 고관들 그 자제분들 군에 갔다 온 사람이 몇 사람이나 돼요. 없잖아요. 그 사람들이 불구자 뭐 고생해서 가나? 안가는거 아니잖아요. 그때나 지금이나 똑같애요. 그 사람 자제분들은 뭐 그 사람이 우리 아들 빼 돌라해서 하는 게 아닙니다. 밑에 있는 사람들이 다 해줘요. 가만 앉았어도 다 해준단께.] 그런데 참 억울하기는요, 우리 같은 사람이 억울해요. 억울하지. 우리같은 사람도 그때는 그 당시는 참 내가 가고 싶어 갔지마는. 공성면에 봐도 죽은 사람 많아요. 전사자. 전사자가 여 많아요. 많은데, 그 사람들 다 헐보한 사람들이라. 헐보하고 그때만 해도 병상에마 앓아도 잘 안 갔어요. 병상기록만 각 면에다 병상기록만 보내라 해면 가고 이래 했단 말이야. 그런데 면에만 댕기고 좀 사는 사람 있으면 그 집 자식들은 하나도 안 죽었어. 전부 그 억울한 사람 죽고. 요새도 그래요. 요새 장관들 아들, 뭐 저 저 저 국회의원 아들 그런 사람들 군에 안 갔습니다 전부. 하나도 안 갔어.

죽을 사람은 죽고 살 사람은 사는 인생

손 종 기

"나를 죽일라고 허면 적을 하나라도 죽이고서 죽어야지. 고기값을 해야 된다."

자 료 명: 20140519손종기(당진)
조 사 일: 2014년 5월 19일
조사시간: 48분
구 연 자: 손종기(남 · 1933년생)
조 사 자: 박경열, 유효철, 이원영.
조사장소: 충청남도 당진시 채운동 5통 경로당

[조사과정 및 구연상황]

조사팀은 앞선 화자와의 조사가 길어져서 약속시간 보다 늦게 채운동 경로당에 도착하였다. 경로당에는 수 많은 어르신과 할머니들이 모여 계셨다. 조사팀과 만나기로 한 어르신은 조사팀을 만나기 위해 미리 와 계셨다. 큰 방은 많은 사람들이 모여 있어서 조사가 불가능하였다. 화자의 제안으로 주방으로 쓰는 장소로 이동하였다. 문을 닫으면 방과 주방이 분리되어 소음이 차단되었다. 조사가 진행되는 동안 방문 너머 소음이 간간히 들렸으나 조사에 큰 지장은 없었다.

[구연자 정보]

고향은 충청남도 당진이다. 1933년생으로 전쟁 당시 18세였다. 가족은 7남매인데 그 중 구연자는 넷째이다. 1952년에 입대하여 군에서 죽을 고비를 3번 겪는다. 인간으로 태어나면 고기 값을 해야 하는 것이 인간의 도리라고 생각한다. 죽을 고비를 3번이나 겪으면서 가사상태를 경험한다. 죽을 고비를 통해 깨달은 것은 죽을 사람은 죽고 살 사람은 산다는 것이다. 자식은 2남 2녀로 4남매를 두었다.

[이야기 개요]

1952년 군에 입대하여 전방에서 근무하였다. 강원도 인제 서화리 전투에서 고기 값이라도 해야겠다는 굳은 각오로 전쟁에 임했다고 한다. 전쟁에서 죽을 고비를 3번이나 넘긴다. 잠자고 일어나 수색 정찰을 맡았는데 정찰 나갔다가 철모가 벗겨졌고 돌에 발이 걸려서 넘어지니 아군들이 아군인지 모르고 총을 쏴서 죽을 뻔하였다. 진지를 구축하기 위해 후방 막사 치는 일을 하였는데 군대에서 배가 너무 고팠다고 한다. 군에서 구멍 10개를 파면 도장을 찍어주고 그 도장이 있으면 밥을 먹을 수 있다는 말에 죽을힘을 다해 땅을 판다. 군대 생활이 힘이 들자 집 생각이 간절하였는데 순간 여기를 벗어나고 싶다는 생각을 한다. 그때 포탄이 떨어졌고 순간 눈을 뜬 채로 몸은 움직이지 않았으며 다리조차 의지대로 움직이지 않는 기이한 경험을 한다. 3번의 죽을 고비를 경험하면서 죽을 사람은 어떻게 해서든 죽고 살 사람은 어떻게 해서든 산다는 깨달음을 얻었다고 한다.

[주제어] 참전용사, 입대, 전방, 서화리 전투, 수색 정찰, 배고픔, 포탄, 죽을 고비, 고기 값

[1] 사람으로 태어나서 고기 값을 한다는 것

난 길지는 않고 52년도 9월 달에 입대해갖고 오래 군대생활을 했어요. 지금 말씀드릴 것은 6.25 때 얘기하고 휴전되고서 내가 고생한 얘기를 들려드릴까 해요. [조사자: 어르신 성함 좀 얘기해 주세요.] 손종기. 손에 종기 난 사람이에요. (웃음) [조사자: 연세는 몇 년생이세요?] 호적상은 33년생이고 우리나라 나이는 여든 셋(둘).

[조사자: 원래 고향이?] 고향은 당진. [조사자: 형제 관계는 어떻게 되세요?] 7남매. 7남매서 넷째. 남자로 넷째. [조사자: 자제분은 몇 두셨어요?] 2녀 2남. [조사자: 여기 주소가요.] 당진시 채운동 5통. 여기 주소는 그렇고.

[조사자: 그때 얘기를 해주세요.] 군대얘기. 52년도 9월 달에 입대해가지고 전방에 12사단 37년대 투입됐어요. 그때는 일선방어기 때문에, 거기서 전방에서 근무할 때 적하고 거리가 약 그짓말이라고 할지 모르지만 200m 되는 그러한 데도 있어요. 거기서는 고개만 내밀면은 저쪽이든 이쪽이든 죽일 수 있는 여지가 많은 거지.

그런 데도 있었어 가까운 데. 돌바우 고지라고 허는 덴데, 동부전선에 있어요. 거기는 바위가 많아가지고 교통호 알아요? 교통호 알어요? [조사자: 예.] 교통호를 파질 못했다고. 그랬기 때문에 독(돌)을 주워와 갖고서 카바되게끔 적으로부터 노출을 조금이라도 들 되게 독(돌)으로 앞을 쌓아 가지고서 기어 댕기다시피헌 데여. 그런 데서는 고개만 내밀었다 하면 위험 소지가 많은데, 그래가지고 거기서 있다가 인제 소화리 알아요? 원통에 있는데 고개 있는데 거기께 거기가 소화리여.

거기 있을 때 전투가 붙었는데 나는 전방에 가서 그런 전투는 처음이다 이거유. 돌바위 고지 있었을 때는 서로 전투는 안 해도 서로 보기만 허면 사격해가지고서 사장을 당할 수 있지만은 여기는 전투 붙는데니까. 이게 마음을 어떻게 먹은고 허니. '나를 죽일라고 허면 적을 하나라도 죽이고서 죽어야지. 고기 값을 해야 된다.' 그러한 아주 굳은 각오를 허고서 있는디도 떨려요. 보통 떨리는 게 아녀요.

나중에는 수류탄 한 궤짝이 얼마 들었는지 알어요? 미제 수류탄. 그때 스물다섯 발 들은 거 한 궤짝에. 그게 안전핀을 피야 안전핀을 빼고서 집어 던질 수 있어요. 그냥 있으면 이거 언제 펴가지고서 집어던져? 근데 그놈을 스물다섯 발 다 펴놓고. 또 M1 소총을 지급 받었는디 M1 소총을 장전이 아홉 발, 그냥 악을 물어도 떨려요. '이렇게 떨렸다가는 죽는데. 고기 값도 못 허고 죽는데. 내가 고기 값을 하고 죽어야 하는데. 나를 죽이러 오는 적을 내가 하나라도 죽여야 되는데.' 그런 각오를 가지고서 전쟁에 임했는데 요행히 참 목숨 붙어서 살었어요.

그래갖고서 7월 27일 날 22시에 휴전됐는데 그 휴전되고서 오히려 전투보다도 육체적 고통을 말할 수 없이 받았어요. 7연대 가고서 교통호 있는데 일선 방어라고 얘기했잖어. 지금 이런 얘기해도 되겠지만. 지금은 거점방어라고 해서, 전방에 있어봤어요? [조사자: 예. 화천.] 거점방어라고 해서 이 봉우리마다 교통호를 파요 똥그렇게. 이 거점방어는 뭐가 좋으냐면은 사주경계,

사주경계라고 허지만 팔방을 다 경계할 수 있는 이점이 있어요 장점이.

휴전하고서 거점방어라고 해서 교통호를 팠는데 7, 8월에 휴전이 되갖고서 7월 27일인가 됐다고 했죠? 7, 8월에 장마가 그렇게 오는디도 교통호를 팠어요. 어떻게 팠느냐. 빤스 바람에 옷 다 벗고 젖으니깐. 그래갖고 큰 고캥이나 있어요? 없지. 야전 고캥이 알어요? 야전삽이란 거, 봤어요? 군인들 바낭에다가. 고캥이 아니면 야전 삽. 그거로다가 팠는데, 그게 7,8월에 비를 다 맞고서 파고 잠자리 보면, 판초라고 있어요. 지금은 아마 그게 없어졌겠지만 판초위로다가 천막을 치는데 천막 치나 마나에요. 왜냐하면 틈이 있어가지고 비 막 오면은 샌다고.

그리고 그 놈을 입어도 비가 묘해요 뚫고 들어가. 물이라는 게 묘해. 잠복근무 나가면 비가 홈빡 맞아요. 사실상 입으나 마나여. 잠복근무도 내 많이 나가 봤는데 잠복근무 나가서 비 오고 그러면 목욕 안 허고 하니까 비 맞으면은 몸이 금슬금슬 가렵고 말여 어떻게 할 바를 몰러.

그거는 그렇고 그러고서 나중에 후방에 와서 집 증축을 하는데 우리 막사 잘 데를. 그 겨울철이 닥쳤는데 겨울철에 말여, 어떻게 헌고 허니, 야전 고캥이 이걸로다가 이런 참나무, 잡목 꼿꼿헌 놈을 열 개를 벼 오야 점수를 주고 저녁을 줘. 열 개를 벼 가면 선임하사 여기다 도장을 탁 찍는다고. 이것이 열 개 되야만이 취사장에서 그거 보고서 밥을 줘요.

만약에 아프다고 하면은 선임하사가 이런 높은데 서가지고

"배 아퍼?"

허고서 군화발로 탁 찬다고. 그때 워카가 없었어요. 워카는 나중에 미군애덜 어디서 구입해 가지고 신고 그랬지. 그때 한국군은 워카라는 게 없었어요. 그 구두 발로 탁 차면은 말도 못하고 그냥 나가는 거요. 그래갖고 저녁도 열 개 벼야만이 저녁을 먹고. 그러고 물도, 산꼭대기에 무슨 물이 그렇게 있겠어요? 없지. 개울치 내려가서 스피야깡 알어요? 큰 대짜리 물통 있다고. 양놈들 보면은 찝차에다가 싣고 다니잖아. [조사자: 오가동.] 12분 오가동. 물

스피야깡이 있고 기름 스피야깡이 있다고. 거기다가 물, 그짓말이 아니라 한 물 질러가는데 근 250 이렇게 돼요. 거기 이렇게 된 데 지고 올라면은 보통이 아니유. 보통 힘드는 게 아니라고. 그렇게 참 고생고생 많이 했어요.

[2] 죽을 고비를 3번 넘기면서 깨달은 교훈

그리고 내가 죽을 고비를 세 번 넘겼는데 휴전 전에. 한번은 부대 이렇게, 첫날은 잠자라고 허드라고. 잠을 자고 있는데 일어나니까 수색정찰이 있다고 허대요. 수색정찰. 적진에 가서 수색해 가지고 정보를 획득 허는 거여. 정보가 아니라 첩보지. 첩보를 수집해 가지고서 거기서 분석 분석헌게 정보여. 정보허고 첩보는 다르다고. 첩보를 들은 얘기가 들려서

"야, 오늘 얼마나 사람들 상헐라나, 죽지는 않을라나."

훈련소에서 우리가 배우기는 여기다가, 지금도 군인들 보면은 여기다가 시크먼 거 그려, 야광이 비친대요 달빛에 그 광채가. 여기다가 소리 안 나게 끈을 다 묶고. 그리고서 정숙보행이라고 이러고서 이렇게 걸어간다고. 이렇게 훈련을 받었으니 그대로 헐 줄 알었지. '야, 오늘 많이 상허겠구나. 난 어제 왔으니까 난 안 보내겠지?' 안심하면서 있었다고.

아 근데, 저녁때 되가지고서 나가라는 겨. 근데 나 있던 데가 고개가 이렇게 외져가지고서 로프로다가 이렇게 내려가지고 올라 다니고 이러는 덴데. 역시 교통호가 높았어. 독이 많으니까. 거기 내려가다가 철모를 내려 보냈다 이거여. 난 어디 가서 뭐에 걸려서 스톱 될 줄 알았지. 아녀. 거기 내려가다가 나도 총 매고 이렇게 허구서는 고꾸러지고 이렇게 해가지고서 철모는 영영 건지지도 못 허고 이렇게 허고서 내려가는데 막 총을 쏘는 거여. 누군지 모르니까 전방에서. 소리는 독이 막 구르니까 몇 사람이 오는지 알 수 없죠. 아 나 지금 2소대에서 수행 차 나가는 누구누구라고. 이름 대면서

"총 쏘지 마 총 쏘지 마."

하니까 선임하사가 있다가 총 쏘지 말라고. 왜 일로 내려 오냐고 물어서 내려오다가 철모를 흘렸는데 철모 주울려고 그러다가 이렇게 됐다고.

"그래? 철모 요렇게 숨겨놨다고? 총 맞아서 죽었으면 개죽음 됐다."

아마 댓 사람이 쏜 거 같아요. 요행이 이 사람들이 나를 못 맞췄지. 개죽음 당하는 거여 인제. 철모 주워보니까 철모가. 바짝 찌그러져서 여기에 걸치는 거여. 그렇게 한번 죽을 고비 당하고.

한번은 소대장, 본대장 이렇게 다섯 사람인가 몇 사람이 개울에 목욕허러 갔었어요. 마치고서 옷 입고서 올라오려고 허는데 포탄이 떨어지는 거예요. 훈련소에서 대개는 어떻게 배운고허니, 귀 이렇게 막고, 포탄이 폭발하면은 폭발력으로다가 귀가 고막이 상혈 수 있다 이거고 그래서 귀 막고 배를 지면에다가 바싹 대고서 엎드리라는 거여. 왜냐면 진동 때문에 배 상혈 수 있기 때문에 지면에 바싹 밀착시키면 괜찮다 이거여. 훈련소에서 배운 그대로 이렇게 허고 있는데, 포탄이 다섯 발이 떨어지는 거여.

그런데 이 포탄은, 총도 총 쪼금 뭐허겠지만 포탄은 절대 떨어진 자리에 떨어지지 않아요. 왜냐, 반동이 심해가지고 나무토막에 꼼짝 못하게 했는데도 반동이 있어요. 그러면 움직이기 때문에 떨어진 자리에 절대 안 떨어진다고. 포는 물론 포 구경에 따라서 폭탄 크기가 다르잖어. 난 155미리, 105미리 포 있어봤지만, 휴전돼갖고. 50야드 안에 떨어지면 유효 사거리가 돼요. 그러니깐 적이 여기에 있다. 50야드 안에만 떨어지면 유효, 파편 때문에 파편이 튀기 때문에 유효가 되는데. 그렇게 두 번 당허고.

한번은 휴전전이니까는, 7-8월에 더운디 런닝구만 입구서, 집 생각이 나드라구요. 지금 어머니는, 연만허신 어머니는 저녁을 짓겠지. 고향생각이, 참 굴뚝에서 연기 나는 이런 생각도 나고 말여, 고향생각에 잠겨가지고서 한 40분간 있었을까, 시계는 없어. 시계는, 하여튼 오랜 시간을 그 자리에 멈췄는데 갑자기 뛰고 싶다고. 그 자리를 떠나고 싶다 그거여.

그래서 전에 학교 다닐 때 지붕에서 뛰다가 두 다리를 접지른 적이 있어. 꼼짝 못하고 무릎으로다 겨 댕기면서 대소변 보고 이랬었는데 그 생각이 나서 뛰질 못하고 이렇게 도로 오는데 거기 포가 떨어지는 거여 나 있던 자리에. 있었으면은 뼈 추리기도 어려웠을 이런 정도여.

거기에서 내가 느낀 게, 사람은 죽을 사람은 어디 가서도 죽고 살 사람은 이렇게 내가, 마음으로다 '너 이렇게 해라' 어떻게든 살 사람은 어디 가서든 살고 죽을 사람은 어디 가서든 죽는다는 걸 알았어요.

더 이상 할 얘기 없고 이것도 군대에서 느낀 건데 무아지경에 있어봤어요? 무아지경이 있으니까 가사상태가 오는 것 같드라고. 그리고 바깥 포병에 있었다고 했잖유. 포병은 나무로다가 포진지를 구축한다고. 참나무 빈 거를 가질러가믄, 가지고 실어 놓고 운전수 옆에 탔는데 올러갈 때 괜찮았는데 내려갈 때 짐을 실어서 그런지, 조금 앞에서 요렇게 보니께는 비가 와서 팽겼어요. 앞바퀴 우측께 거기 지났는디 차가 이렇게 기울어. 필시 넘어질 거 같어.

그래서 묘허더먼. 그렇게 천천히 갔는데 짐 먼저 쏟어요. 차하고 짐하고 절대 같이 떨어지는 게 아녀. 그렇게 천천히 갔는데 짐 먼저 풀고 난 운전대 옆에서 있어서 나도 떨어지고. 떨어져서 이렇게 보니께는 누가 보면 거짓말 같다고 헐 거여. 이만헌 아주, 위가 아주 판판해. 이런 독이 책상만한 독이 거기 있드라고. 차가 위에서 떨어지고 있드라고요.

그래서 '야, 어디로 도망가야 하나?' 만약에 앞으로 갔다가 차가 어느 쪽으로 떨어질지 모르고 뒤로 가도 어느 쪽으로 떨어, 근디 뒤로 가면 죽었어. 차가 내 뒤에 떨어져있었거든. 그래서

"애라 죽을라면 죽어라. 병신 되느니 보다 낫지."

허구서 머리를 여기다 댔어요. 그 독 위에. 한참 있었는디, 모르지, 확실히 무아 상태였어. 그러니까 하나의 가사 상태라고도 볼 수 있었던 거 같애 그때가. 뭔지 몰랐어. 가만히 들어보니까 이 신음소리가 점점 가까이 들리는 거예요 그게. '아, 나는 살았구나.' 여기 꼬집어 봤어요. 통증이 와.

근디 일어설라고 허니까는 떨어졌을 때 이렇게 허고 떨어졌더고만요. 이 무릎에 상처가 열한 군데가 났어요. 연도는 정확히 모르는데 크리스마스이브 날이었는데 상처가 열한 가운데 났어요 양쪽에. 워카는 예리한 칼로다가 긁은 거마냥 쭉 째지고. 그때 한번 무아지경에 있어 봤는데 그렇게 있으니까 하나의 가사상태가 아니었는가. 아야아야 신음소리에 내가 말하자믄 깼다고 볼 수 있는 거요.

[조사자: 사람들이 많이 탔었나요?] 많이 타긴 탔는데 한 사람, 그 아야아야 소리 지른 사람. 그 사람은 소나무에 있잖여 그걸로다가 여기 째졌더만. 그리고 차도 아주 차바퀴 여섯 바퀴가 땅에 딱 딱, 뒤로 갔었으면 죽었어. 아야아야 소리에 깬 거여. 같이 참 건설하게 일으켜서 길 까지 나왔었지.

하여튼 휴전 되갖고서 지끔 이건 말로만이지 그 눈 속에 이런 나무, 하루에 스무 개씩, 톱이 있어요? 도끼가 있어요? 그 야전 고캥이 그걸로다가 이런 거 열 개씩 벼서 짐 싣고, 그때 생각해보면 못 있어. 지금 아마 그렇게 군대생활 시키면 탈영 다 한다고. [조사자: 전장에서 그 노역이 너무 심하셨다고.] 그렇죠. 그렇게 안 허면 또 안돼요. 그러고 내가 생각에는 누가 들어도 난 나의 소신을 주장하는 사람인데.

[조사자: 어르신은 52년도 정확히 몇 월 달에 입대하셨어요?] 9월 달에. 9월 7일 날. [조사자: 어떻게 해서 입대하셨어요?] 그때 호적상은 안 되네. 자원했

어요. [조사자: 자원하기 전에 당진에 있으셨잖아요. 당진 상황은 어땠어요?] 당진, 조용했죠. 일방적으로다가. 옆에 서산 이쪽 보다는 조용했었죠. 여기서도 물론, 보도연맹이라고 알어요? 보도연맹 사람들이 죽고 이랬지먼은 또 부역 헌 사람들 죽고, 여기 경찰들이 들어와가지고. 그쪽에서 내려와서 악질분자라 해서 인민재판 알어요? 그런 거 해가지고서 죽이기도 했지먼 보편적 그래도 다른 시, 군, 옆에 서산보다는 쪼끔 조용했던 거 같어요.

[조사자: 고향은 당진 어디예요?] 당진. 여기여. 채운동. 원래는 옆에 고대고, 나 출생지는 고댄디. 나 어려서 일루 이사를 헌거요. [조사자: 아까 말씀 중에 소화리 전투할 때에 굳은 각오를 하고 고기 값이라도 하기 위해서 목숨을 바치겠다 말씀하셨는데, 고기 값을 어떤 의미로 사용하시는 거예요?] 고기 값은 뭐. 내가 그냥 죽으면 허공헌거 아녀. 실제 내 육체는 조그마하지만은 그래도 나를 죽이러 오는 적인데 하나라도 죽여야 되잖어. 그냥 죽으면 고기 값도 못 허는 거죠. 육체 값도 못 헌다는 거죠. 다른 뭐 큰 뜻은 없어요.

[조사자: 참전하실 때 나이가 어느 정도 됐을 때예요?] 스물셋. 전장에 투입됐을 때에는 내가 제주도 일월면서 나왔는데 전방에 투입 됐을 때는 따지면 스물셋 아마 됐을 거여. 우리나라 나이로. [조사자: 제대는 언제, 몇 년도에 하신 거예요?] 72년도. [조사자: 군에 오래 있으셨어요? 직업군인 하신 거예요?] 그렇지.

[3] 지금도 기억나는 선임하사

[조사자: 뭐로 예편하셨어요?] 삼사연대. 내가 직업군인 예편헌 게 휴전돼갖고서 육군본부 있었어요. 행정을 봐서 그때 편안해서 있었지. 대구 육군본부 있을 때 내려와 가지고 서울로 이동해 가지고 지냈죠. 내가 직접 모시지는 안했지만은 모신 참모총장들이 둬 분 되요. 그런디 거기서 혁명 나고서 아마 행정 했을거여. 이헌근 대장이라고. 그 분 생각이 젤 나요. 그 분이 참모총장 돼갖고서 일주일인가.

육군본부는 지금은 모르지만 그때는 일주일에, 화요일 날 금요일에 꼭 하계식을 했어요. 그 자리에서 무슨 얘기를 하냐면 내가 군단장으로 있을 때에는 누구하나 찾어 오는 사람 없었다 이거요. 참모총장이라고 오니까는 사과를 궤짝으로 가져온다. 계란을 궤짝으로 가져오는 고급장교들이 있더라. 이름은 안 밝히고. 이런 거는 군에서 있을 수 없는 일이다. 앞으로 배격 한다 이런 말씀을 허드라고요.

그래가지고 나중에 얼마 있다가 무슨 얘기를 허냐면은 대령급 중령짜리 이런 사람들 얘기를 헌거요. 고급장교덜 장성들이 정치인들 찾아다니면서 자기 보직을 청탁허는 거예요. 얼마 안 있다가 국방부 대기발령 나드라고. 정치가 그렇게 무서운 거예요. 아무리 내가 올바로 가졌어도 그분이 군에서 제대도 제대로 시킨거예요, 사병들 제대 허는 거요. 그분이 어떻게 헌고 허니 제대를 일찍 헐라고 진급을 안했어요.

말허자믄 열 명이 차도 안했어. 연도가 차도. 그때는 계급별로 제대 시켰다니깐요. 이건 모순이다. 무조건 진급은 시키고 입대 순으로다가 제대를 시켜라. 그러고서 제대자는 한 달 전에 게시판에다가 써 놔라. 사병들 제대를 시킨 거요. 그분은 참 50년대였지만은 지금까지도 그분이 생생히 기억나요. 그런 분만 같으믄 쓸만헌데.

[조사자: 군에서 기억나시는 분, 이헌근 그분 말고 또?] 많죠. 하사관 생활했

지만은 지휘관들이 날 어떻게 봤는지 힘을 많이 받았어요. 거기 있을 때 내가 군속과 선임하사로 있었는데 우리 과장한테 선임하사 잘 뒀다는 얘기도 들어 보고. 그 얘기는 어떻게 나온고 허니. 워카가 나왔는데 대대장한테.

"야, 워커 좀 몇 문짜리로 가져와라."

이래서 난 어디까지나 책임은 없는 사람이여. 갖다드리면 되겠지만,

"대대장님 죄송합니다. 저 위에 책임 장교가 있습니다. 내일 출근허면 말씀드리고 갖다드리겠습니다."

일단 이렇게. 아마 그분도 어떤 사람 같으면

"애 이 자식아, 가져오라면 가져오지 무슨 말이 많니?"

했을지 모르지. 근디 그 이튿날 항상 회의를 해요. 회의석상에서 "아무개 과장, 선임하사 잘 뒀어."

그런 얘기 허드래요. 그 분, 대구분이었는데 이름은 모르고.

한분은 예비사단 군수 참모부 선임하사로 있었는데 김정덕 군이라고, 이북에서 피난 온 분이에요. 그분이 참 사단장이 담배꽁초 줍는 거 첨 봤어요.

상당히 유머도 있어.

"충정도 사람 양반이라고 허드니 욕만 잘 하더라." (웃음)

유머가 있었고. 진천에 저 뭐여 육군부대 있잖유? 거기서 잔디 깎는 기계 있어요. 밀고 댕기는 거. 그거 갖다가 깎고. 첨 봤어요. 담배꽁초도 줍고. 그 분이 큰 덕잔데 난 부정부패 안 헌다 이거죠, 난 퇴직만 가져도 먹고 산다. 난 아들 하나다. 더 이상 바랄 거 없다. 그런 분이유. 참 나중에 예편 됐는데 어떻게 보면 아까워요. 그런 훌륭한 분들도 보고 그랬으니까.

[4] 휴전 하던 날의 현명한 선택

[조사자: 첨에 군대 갔을 때가 52년도잖아요?] 예. 훈련. 맞어. [조사자: 먹는 게 참 시원찮은 시대였잖아요?] 먹는 게, 훈련받고 오니까 그거 있잖아 앞에 총 허고 이거 허니까 배고프지. 교정에서 댕길라면요. 그짓말로 10리 되는데도 있을거요. 10분 간격이거든, 다음 학과가. 10분 만에 거기 가야돼. 물론 늦을 때도 있지만 근 10리 되는데도 있었던 거 같아요.

그리고 내가 지금 서울 태능 자리에서 하사관 교육을 받았는데 겨울철에 1월 달에 와가지고 거기서는 배고파서 혼났어요. 훈련소에서 모다. 반합 쏙 딱가리 봤어요? 글로 밥 먹었다고. [조사자: 반합? 뚜껑, 노란 거.] 뚜껑. 속따까리. 노란 거, 안에 있는 거, 거기다가 밥 먹었다고. [조사자: 밥을 그거 밖에 안 드세요?] 그럼, 훈련은 고되고. 그때는 많이 배가 고파서 혼났습니다. 명이 길어서 이렇게 삽니다.

[조사자: 하사관을 왜 지원하셨어요?] 지원한 게 아니라, 이렇게 딱 모여 놓더니 훈련 다 받고, 거기가 16주였어 2주 단축되어서 14주 받었는데 전방에 이내 투입될 줄 알었지. 2주 단축되고 했기 때문에. [조사자: 종전 전에 그러신 거예요? 전쟁 끝나기 전에?] 그렇죠. 그러니까 내가 전방에서 휴전 애기 들었지. 시험을 본다고 그려. 어디 좋은 데로 보낸다고.

나중에 보니까 하사관 학교대, 논산에도 하사관이 있었거든 저 전주 가는 쪽으로. 거기 안보내고 태능으로 보내드라고. 그래 태능 내가 2기. 1기는 벌써 와서 훈련 받고 있드라고. 그때 참 고생 많이 했어요. 물도 없어. 논에 자작자작허게 물 있든 거 얼어가지고 그놈 얼음이로다가. [조사자: 전장에서 기억나시는 것 중에 일상적이라든지.] 일상적인 거? [조사자: 전우들이랑 같이 나눴던 추억 같은 거 있으신지?] 전방에서는 별로 없고.

그러고 휴전됐던 날 내가 판단을 잘 했던 거 같어요. 잠복근무를 휴전되고 그 이튿날 철수헌다는 얘기 들었어요. 5킬로씩 철수했다고 휴전돼 갖고. 지금 있는 주주왕산에서 양쪽 다. 근디 저녁때가 됐는데 아무런 연락이 없어. 난 아무래도 가야지 안 되겄다. 이팔 전화기 그놈 출소해가지고서 보니까는 이 사람 저녁 다 먹고 완전 군장 끌르고서 인원 점검 허고 있는데도, 나한테, 참, 분대장이나 소대장, 뭐 허는 건지 몰러.

번연히 자기 군대서 소대서 잠복근무 나갔으면 연락을 해줘야 될 거 아녀. 지덜 끼리 밥도 안 냄겨놨더라고. 다 먹고 밥도 굶고서 5키로, 완전군장, 수류탄 25발에 M1실탄 900발이면 보통 무거운 게 아녀. 그 당시 완전군장이란 게 뭐냐면 자기 옷 허고, 방한복이라고 해서 솜이루다가 가운데 넣어가지고 누빈 게 있어. 그걸 이렇게 지고 담요 두 장 지면 무겁다고. 수류탄 25발, M1 90발, 그거 이렇게 매고서 이렇게 허고서 가는데, 그때 참 혼났어요. 내가 철수 안 했으면 다 낙오됐었을 거여. 어디로 갔는지 모르니까. 이렇게 가만히 생각해도 판단을 잘 했다 생각해.

악랄한 상사 때문에 적군의 귀를 자른 사연

원 청 의

“모가지 잘리지 않으려면 귀를 비어가주고 가야돼. 철사에다 끈을 꿰어 가는 놈이 있는가 하면은 나는 대가리를 잘라 가져갔어.”

자 료 명: 20120223원청의(원주)
조 사 일: 2012년 2월 23일
조사시간: 1시간 31분
구 연 자: 원청의(남 · 1932년생)
조 사 자: 박경열, 유효철
조사장소: 강원도 원주시 소초면 홍양2리 노인정

[조사과정 및 구연상황]

원청의 화자는 추천으로 만나게 된 화자이다. 조사팀은 화자를 찾아 노인정으로 갔는데 노인정에는 이미 많은 어르신들이 계셨다. 큰 방에서 할머니들은 삼삼오오 짝을 이뤄 화투를 즐기고 계셨다. 원청의 화자는 할머니들의 놀이를 구경하고 계셨다. 조사장소가 놀이방과 분리되지 않아 공간마련에 고

심하였다. 다른 공간이 없자 놀이방 구석진 자리에 장비를 설치했다. 한 공간에 여러 명이 있는 만큼 소음이 녹음되지 않도록 마이크를 화자 앞에 두고 조사를 진행했다. 화자가 목이 마르지 않도록 음료를 계속 제공하였다.

[구연자 정보]

고향은 원주이고, 1932년생이다. 가족은 5남매 중 둘째이다. 1950년 5월에 군에 입대한다. 결혼은 1950년인 19세에 하고 첫 아이는 51년도에 출생하였다. 첫아들이 올해 환갑이라 했다. 전쟁 중이라 아내를 집에 맡겨 두고 군에 입대한다. 1950년도에 입대하여 27세인 1958년도에 제대했다고 한다. 자식은 아들 형제를 두었고 지금도 함께 살고 있다.

[이야기 개요]

1950년 5월에 입대하였고 5년 가까이 군대 생활을 하여 1등 중사로 제대한다. 중대장이 악질이어서 적군의 귀를 잘라 철사에 뚫어 메고 오라고 명령한다. 대원들이 적군의 귀 뿐만 아니라 머리를 철사에 꿰어서 메고 오기도 한다. 전쟁 중에는 가족의 생사를 알지 못하여 고생하였다. 휴전되고 1년이 지나자 휴가를 나오게 된다. 가족을 만나기 위해 100리 정도 되는 길을 걸어간다.

[주제어] 참전용사, 입대, 일등 중사, 중대장, 악질, 전투, 적군, 귀 자르기, 가족, 휴전, 제대

[1] 훈련을 받자마자 전투에 배치되다

[조사자: 그러면 전쟁 났을 때 그때 상황을 좀 얘기해 주세요. 아니면 전쟁나기 전부터 상황도 말씀하셔도 괜찮고.] 전쟁 나기 전에는, 나기 전에는 훈련을 다 받았잖아. 제주도 가서. 훈련을 받고 전시에 어딜 갔는고 하면은, 속초항에

가서 데려와서 속초항에서 내려가지고 오성산, 홍천. 오성산 참석을 했어. 참배했어요, 참배했는데. 그 인제 옛날 과정을 얘기해야지. 그때는 화물선 배도, 늘 여객선이 아니야. 짐 싣고 댕기는 배 갈 적에도 저 열차, 곳배야 곳배. [조사자: 곳배요?] 어, 여객선이 아니고, 여객열차가 아니고. 짐 싣고 댕기는 곳배 안에다가 집어 쳐 넣고서는. 집어 넣어가주서는 문 꽉 닫으면 꼼짝을 못해.

[조사자: 그걸 곳배라 그래요?] 응 그렇지, 곳배. 화물열차지 그러니까 화물열차. 그걸 타고 훈련소 5연대 89중대를 가서 내가 인저 훈련을 받고 그러고 인제 제주 저 산방산 앞에. [조사자: 산방산.] 어, 산방산 앞에 바다에서 화물선을 타고, 배도 짐 싣고 댕기는 배여 지금 말하믄. 그게 점점 물속으로 들어가잖어 화물선은. 여객선 같으면 꼭대긴데. 그 인제 그걸 타고 속초항에 와 내려가주고, 오성산. 그래서 인제 밤에 도착을 했는데, 밤에 도착을 했는데. 지금으로 이르면 그때 당시에 사단장이 중령이에요 중령.

그때 당시에는 별자리가 아니야. 근데 그 연대장하고 대대장이 이렇게 나와 있는 밤인데. 밤인데 완전무장 했잖아 우리. 완전무장을 해가주고선 거기 진입을 했는데,

“내일 아침에 용감히 나갈 놈 손 들으라.”

하니까는 이등병인데 누구냐 하면, 여기 살던 전금진이라고 있어 전금진 그래 죽었어. 올라가자마자 죽은 거여.

그런데 계급장을 대번 일등중사, 지금으로 말하면 하사. 이등병을 대번 군대생활 시키는 거야. 그땐 그랬어. 자꾸 올라가면 죽고, 죽고 하니까는. 별거 없잖어. 그런데 어, 나는 인제 거기서도 후방에, 전투마당에서도 인제 후방이지 후방. 아주 최전방이 아니야. 최전방에 간 놈은 글쎄 아침에 죽어서 내려와. [조사자: 최전방에 간 사람들은?] 응, 그땐 그랬어. 오사단 보충 받으나 마나 올라가믄 죽고, 죽고 하는데. 그 뭐 그러구 뒤에서 헌병들은 치 몰어. 안 올라 가믄, 안 올라 가면은 쏘는데 안 갈 수도 없잖아. 죽어도 올라가야 돼. 죽어도 올라가야 돼. 전투지를.

[2] 살기 위해 악질 중대장의 명령에 따라 적군의 귀와 머리를 잘라 바치다

막걸리 먹으면서 얘기를 해야겠다. 옛날 생각이 또 나. 부대장이 중대장이 얼마나 엄격했었는지 내 중대장이, 귀를 베어가주고 가던지 목을 잘라 가주고 가던지 가져가야돼. 전투 행사를 했다는 보람이지 그게. [조사자: 적군의 귀나 이런 거.] 그렇지. 했다는 보람이지 그게. 그런데 그 중대장이, 지금 이름을 잃어먹었어, 이름을 잃어먹었는데. 하도 오래 됐으니 육십년이 됐는데 뭐.

근데 인제 이 나하고 같이 간 친구가 아 배에서 내려 가주고선 전투, 전시장에 갔잖아, 전투장에를. 갔는데 그때 이, 삼백 명이 간 거예요, 삼백 명이. 갔는데 가나마나야. 가면 죽어 내려오는 거야, 죽고 그냥. 그냥 내비려 둬, 안내려오면 벌써 죽어서 송장이 된 거야. 그래도 사는 사람은 살았어, 사는 사람은 살았는데. 우리 중대장이 얼마나 악질인지, 지 이름 낼라구. 지금으로 말하면 악질로 불러야 돼, 악질로.

모가지 잘리지 않으면은 귀를 비어가주고 가야돼. 철사에다 끈을 꿰어 가주고선 가는 놈이 있는가 하면은. 대가리를, 나는 대가리를 있는 건 대가리를 잘라가주 갔어. 거짓말 아니여. 그 사진이 여 몇 해 전까지 있었는데 흑백사진 찍은 게 있어. 중대장이 그걸 줬어. 그렇게 악랄 했었어, 전투할 적에. 뭐 북한 놈이라면 얘기할 수도 없었어.

아 우리 아군이 올라가면 죽어서 내려오구, 화장(火葬)이 있어? 가마니때기 저 저기에다가, 가마니때기에다 작대기 꿰어 가주고서는. 가주고 내려와도 그거 갖다가 다 내버려. 뭐, 뭐 화장이 어디 있구 유골이 어디 있어? 다 내버렸어. 그래서 북한으로 납치 돼 간 건지, 죽었는지 모르는 게 절반이야 지금. 그때 당시는 그랬어. 산 놈은 살라구 움직이구.

[3] 휴전 이후에도 휴가와 제대가 늦어지다

그러고는 저 휴전이 어디와 됐는가 하면은, 오대산으로 걸쳐서. 저 어디루 왔는가 하면은, 평창군 대화면 운교리인가? 운교리 계천 위에가 아주 운교리에요. 지금도 운교가 있어, 그 자리여. 운교리 경계에 와서 휴전이 됐어, 휴전이.

그 전엔 어딜 집이 암만 가까워도 못 오잖아. 못 오고 그 인제 그 당시에 그렇게 해가주고 패전이 됐잖아? 패전이 돼가주고 일본 가서 창설을 했어. 패잔병 하나둘씩 뜨는 건 전부 우리 국민이 저저저 일본국에 실어가서 다시 창설을 했어. 그게 바로 882부대에요. 창설된 게 원주에서. 882부대라고 있어.

[조사자: 882?] 882부대. 응, 882 부대여. 그러고 나선 요 운교 밑에 계천 중간인데 거가 운교리여. 내가 알기에는 그 강변에서 휴전이 됐어, 강변에서. 그때는 천막이구, 휴전 됐을 적에는 천막이구. 그리고 그거 뭐야 개인우비라고 있어, 널따란 거. 군인 개인 우비. 네 명 내지, 네 명은 자. 텐트식으로 지금 야외 텐트 안 같어. 그렇게 했는데 일개중대가 삼백 명 아니야. 일개중대가 삼백 명인데 일소대, 이소대, 삼소대, 화기소대 그러고 인제 본부중대 이렇게 해서 오개소대인데. 오개소대인데 본부중대는 인제 뭐냐 하면은 행정, 중대장 맡은 이런 행정. 행정도 뭐냐 하면은 식량, 취사반, 또 병기, 총기, 총기관리 박격포니 여러 가지지. 수류탄 뭐 별거 다 있지.

그런 걸 인제 했는데. 휴전이 됐는데도, 휴전되고 한 일 년 이상 있다가 휴가를 왔어, 고참순으로. 고참순으로. 한꺼번에 다 보내면 큰일 나잖아. 지금도 안 그래? 지금도 한 가지지. 그런데 휴가를 맡아 가주고 올래니, 아 일 년 이상이 있어야 되는. 집이 가까운데도. 가까운데도 그 인제 중대장한테 얘기해가주고 거 운교에서 저녁을 먹고 여기 오면은 열두시 반, 한시가 돼. 걸어서, 걸어서 그 오는데 총기를 메고 실탄 다 차고 이러고 이제 집에 오는 거야.

집에 오면은, 참 옛날 얘기네. 집에 오면은 그땐 인제 또 에므투 칼빈(M2 Calvin) 이란 게 있었어, 에므투 칼빈. 요렇게 자리를, 자국을 접으면 이 옷 안에 들은 거는 몰라. 총을 가졌는지 안 가졌는지도 모른다고. 그때는 뭐 맨 총이야. 그럴 수밖에 없잖아, 죽어서 내 버린 거 거둘래니. 미처 어디가 어디 있는지 (눈에) 띄면 걷고 그런 거지. 그래, 그땐 그랬어.

그런 세월인데. 집에 인제 저 오면 열두시 반 내지 한시야. 그냥 그때 오면은 와서 뭐 식구들하고 얘기하고 이러다 와글거리다 보면 날이 새. 그럼 또 가야 돼. 조반 전에 가야 돼. 점호가 있으니깐 점호. 일조 점호, 일석 점호. 아침저녁으로 점호가 있단 말이야. 왜냐, 도망가는 놈이 많았어. 휴전되고는 탈영병이 많았었어. 아, 매일 점호를 취하는 거여, 주번이. 근데 기합이 굉장히 셌어, 기합이. 외출 인제 휴가, 인제 대강 외출이 많았어. 외출 이래야 토요일 날 오후에 외출신고를 하고 나면은 일요일 날 저녁 전에 들어가야 돼.

시간이 그러니 뭐 먼데 놈은 가지도 못하고, 요 가까운데 사람이나 가지 못 가. 천상이 휴가를 바라는 거지, 휴가. 그럼 일개중대 삼백 명을 휴가를 보낼라면 다 못 보내잖아. 이 그때 당시 보름인지 열흘 휴간지 그래. 열흘이지 아마, 열흘 휴가여. 그렇게 군대생활 하다가 거기서 인제 휴전이 돼 가주고, 그래도 난 집이 원주라 제일 가까웠어. 그러니까 인제 총을 메고 밤에 오다보면 그때는 집이 여기 몇 집 없었지. 아주 무인지대요. 신작로가에 가.

그런데 걸어오잖어, 인제 안흥, 문재, 전재를 넘어서. 문재, 전재라는 재를 넘어서 안흥으로 해서 학곡리라는 데가 있어. 소초 학곡리 이리 해서 여길

오는데, 거기서 다섯 시 저녁을 먹고 출발하면은 여기에 오면은 걸어서 오는데, 걸어서 오는데 일곱 시간, 일곱 시간 여덟 시간이 걸려, 집엘 오는데. 그 거리가 많지. 백 리가 넘어. 백 리가 넘어. 안흥이 팔십 린가? 안흥이 칠십 리래나, 팔십 리래나? 그걸 걸어서 와.

그러군 와서 잠도 못자. 잠도 못자. 밥 한 숟갈 먹고선 날 새기 전에 벌써 또 떠나가는 거여. 순서대로 하면은 몇 년 걸려야 휴가가 와. 휴갈 나오는데 뭐. 아 그렇게 군대생활을 했어요. 했는데 내가 몇 달을 했는고 하면은 오십팔 개월. 그 왜 그러냐. 순서대로 제대를 해는 기간이 그렇게 길었어. 그렇게 길었어요.

[4] 휴전 이후에도 전국을 옮겨 다니며 다양한 군대 임무를 맡다

그래가주고 내가 882부대가. 882부대가 어떻게 됐냐하면은, 885부대가 있었고 882부대가 있었는데. 근데 12경비대대로다가 명칭이 바뀌었어. 인제 말하자면 1군 사령부가 홍천서 사령부가 창설이 됐구. 그때는 여기가, 원주가 북부지구사령부여. 동부지구사령부는 대구구. 대구. 그 북부지구사령부는 원주에 있었는데 그 북부지구사령부가 에, 제1군 야전 사령부가 된 거여. 홍천서 창립이 됐어 홍천서. 옛날 얘기지 지금 젊은 사람이 아나 몰라. 그래가지고는 인제 1관구가 있고 2관구, 서울이 6관구지 아마? 그때 당시에 서울이 6관구구 2관구가 부산이구 1관구가 대군지.

지금 기억이 잘 안 나네. 동부지구사령부, 북부지구사령부가 해지가 되면서 자꾸 늚었어, 군인을 더. 휴전이 되면서 자꾸 넓힌 거야. 우리나라 군인은 그때 당시 국방장관이 손원일. 휴전당시에 국방장관이 손원일이야, 원일. 그 인제 12경비대대가 인제 어떻게 됐는고 하면은. 영월, 강원도 영월 옥방광산이 있었어, 옥방광산(현재 공식적인 옥방광산 소재지는 경북 봉화군 소천면 분천리임, 영월과 경계지역에 위치이기에 영월 소재로 지칭한 것으로 보임).

거 중석이 나오는 데기 때문에 그거 수출해서 우리나라에서 먹고 살았잖아. 그 때만해도.

그런데 인제 삼척에 인제 시멘트 회사가 있고. 우리나라에서는 영월 옥방광산을 경비로 나갔다가 12경비대대가 나갔다가, 인제 어디로 갔는고 하면은. 에, 안동 풍산이라는 데를 갔어. 우리 경비대대가. 군인들이 풍산을 왜 갔는고 하면은, 자꾸 내려가는 거야. 옥방광산을 인제 경비하다가 내려가는 거야.

내려가다가 어디로 갔는가 하면은 거제도, 지금 거제도여. 거제도에 이 저 뭐여, 포로수용소. 포로수용소가 우리나라에는 거제도에 있었어. 그때 당시에 휴전되고 거제도 가서 인제 포로 경비를 했어 내가. 포로경비를 하다가 인제 포로들을 인제 교환을 했잖아, 북한으로 돌려보내고. 우리 한국 사람도 의용군에 끌려갔다가 포로가 돼 가주고서는, 거제도 가서 수용소에 빨갱이 놈이지. 도루 북한 애들이 끌고 갔으니까, 우리 남한 애들을. 그렇잖어, 이길라구 나와 있는데. 이렇게 됐는데. 아 휴전되고 인제 그렇게 됐어.

그렇게 돼서 인제 그 포로 귀환이 된 다음에는 어떻게 됐는가 하면은. 그때만해도 무학자여. 제 이름 자도 못 쓰는 놈이 절반이여, 군대에. 그래도 난 그때 당시에 일정 때 소학교를 나왔어. 인제 군대생활을 하는데 가정통신 같은 거 쓰는데도 잠을 못자. 잠을 못자 나와 가주고. 가정통신, 편지 낫 놓고 기역자도 모르는 놈이니까 쓸 수 없잖어.

내가 그렇게라도 써서 가정통신을 붙여줘, 군사우편으로. 근데 그것도 쬐금이라도 애로사항이나 저게 있으면 안돼. 심사를 거쳐야 돼. 심사를 해야 돼, 편지내용을. 조금이라도 애로가 있으면은, 나라를 비판한다거나 군을 비판한다거나 이러면 안돼. 에이 대번 휴전되고도 그게 이거야 이거. 그래 인제 편지 가정통신도 인제 써주다가 대구에 정보학교가 있었어. 정보학교. 경상북도 대구에 정보학교 내가 67기요. 67기로 나왔어 내가. 그때만 해도 글발 꽤나 날렸지. 배운 게 있으니까.

그래 인제 67기를 나와 가주고 어떻게 되었느냐. 육군형무소가 어딨었는가 하면은, 대구 동천. 저 뭐야 영천서 대구 가는 그 중간 동천이라고 있어, 대구 동천. 그때에 육군형무소가 거기 있었는데 죄인들이 그때에 칠천 명이 넘었었어. 육해공군 그렇게 많았었어. 그래서 그게 인제 그 육군형무소가 어디로 갔는가 하면은 부산. 부전동 미 MP, MP들이 본국으로 철수하고. 육이오 때 들어온 미군들이 철수해서 들어가고. 그 자리로 인제 콘셉두여, 콘셉두(콘셉트, 함석지붕에 비닐하우스 모양을 하는 아치형 막사를 지칭). 함석으로 에, 집 진거지. 그거를 인제 육군 형무소가 맡아 가주고선 부산 부전동으로 갔어. 육군형무소가 거가 가주곤 죄수들, 저 죄수를 다루는데 일과, 이과, 삼과, 오과 다 있잖아. 지금도 똑같어.

지금도 그거는 그렇게 다 있었는데 그때 당시에 육군형무소 소장이 별 하나. 그때만 해. 인제 그 한참 있다가 얘기해. 그 그래 가주고 육군형무소 경비계에서 내가 꽤 오래있었지. 지금 기억이 잘 안나. 강릉 휴전된 뒤에 그렇게 많이 댕겼어. 경찰서에도 파견 나갔다가, 강릉서 삼척경찰서에 파견 나갔다가. 그땐 육군과 경찰들하고 똑똑한 놈들은 합동, 합동으로 수사를 해가주고 보고를 하게 되어있어. 그때 나는 그때 나이 당시 휴전되고부터는 강릉경찰서에 파견 나가있다 고 다음에 삼척경찰서에 나가 있다가. 그랬다가 인제 안동으로 해서 육군형무소 대구 동천, 육군형무소로 해서. 그 전에는 어디냐 저 또 뭐에 포로수용소 거제도. 거가서 내가 몇 달 있었어. 한두 달인가 서너 달은 있었어.

[5] 군인 시절 보고 겪은 잔혹하고 비참한 기억들을 떠올리다

그 형무소 안에서 투석전이 얼마나 벌어졌는지 알아? 막 죽어나가는 거예요. 같이 가자고 북한 애들은,

"너 같이 가자. 같은 동료다."

"난 못가겠다. 난 남한에 떨어진다, 남한사람이니깐."

그럼 돌을 던져요. [조사자: 돌을 던지는 거예요? 투석전?] 투석전이란 게 뭐냐, 서로 돌을 갈겨 죽이는 거여. 그런 광경이 있었어. 말도 못해. 그때 이승만 박사 그 야단을 쳤어. 그때 정치라는 건 말도 못하지 뭐 말도 못해. 말하자면 군국주의에요. 경찰도 맥 못썼었어. 휴전되고 나서 치안을 해고 어쩌고 했지. 그전에는 말도 못했어, 말도 못했어.

나도 지금 얘기가 말도 못 다했는데. 중대장이 얼마나 자기 이름을 낼려고 말이여 그래야 계급이 올라가잖아. 말이 귀지. 귀 잘라다 철사에다 꿰서 가지고 가야 인정을 했고, 모가지 잘라 갖구 가서 인정을 했는데. 모가지 잘라 갖고 가서 테이블에나 놓고. 테이블이 뭐야 가정집 상이지, 가정집 상을. 상 꼭대기에다 놓고 사진까지 찍은 거야. 그런데 그게 한 이십년은 그게 있었어 내한테. 그 흑백 사진이. [조사자: 지금 어디 갔어요? 사진이.] 없어졌어 어디로 갔는지 없어졌어. 하도 세월이 흐르고 이사를 댕기고 이러다 보니까 다 없어졌어.

그리고 내가 성격이 아주 굉장히 날카로웠어. 그때나 지금이나 아주 성격이 날카로워 내가. 이 센스도, 눈 센스도 아주 나뻐. 하도 인민군 대가리, 중공군 대가리 이런 한두 놈이 아니여 막 밟고 댕겼는데 죽은 시체를. 그래 눈이 나빠졌어 눈이. 보통사람보다 내 눈이 달라. 인제 좀 수그러 들었는데. 제대해가주고 사회에 나가서도 뭐 조금이라도 시원찮아— 가만히 있어? 그런 성격을 갖고.

이제 많이 썩었지 나이 팔십이 넘었으니깐 인제 썩은 거야 인제 그런데도

애들 가족에서 조금이라도 시원찮으면 난리가 나. 내가 이해 못할 거는 난리가 나는 거여. 그래야 속이 시원한 걸 어떻게 해. 애들이 뭐 딴사람은 몰라도 나라는 부모를 존중을 못하면 안하면 큰일 나. 존중을 해야돼. 반드시 부모를 이길라 하지. 큰일 나.

그 때만해도 참 제일 애로가 많았던 게 뭐냐. 죽어서 내려오는 건 동료가 살았기 때문에 그 끌고도 내려오고 야단쳤는데 그렇지 않고 많이 죽을 적에는 그건 뭐 북한으로 뭐야 저 송치가 됐는지 북방 인민군으로 왔는지. 요즘 자꾸 나오잖아. 요즘에 북한에 포로로 갔다가 육십 년을 다 살아서 팔십이 넘었어, 그런 게 몇 명인지도 몰라. 한국에서는 그런 걸 전사자로 쳐서 연금을 내주고 그런 게 있다고. 난 있다고 봐, 분명히 그걸 무시할 수는 없지.

[조사자: 근데 할아버님 제대했을 때가 몇 년도예요?] 아. [조사자: 아니면 그때 나이.] 나이가 스물일곱이지. [조사자: 제대할 때요?] 네, 스물일곱, 스물일곱. 제주도까지 가서 핸 거 따지면은 60개월이 넘어. 근데 군대 생활 한 거만 내가 58개월이야. 그래 이 저 비망록, 휴전되고 나서 비망록 이런 게 많았었어, 내 동기들이. 그래 내가 보충 받아서는 데리고 있었던 애들도 있고. 그렇지 않어? 일등병 이등병 훈련소에서 나와 가주고 그런 것들도 많아. 그런 것들이 있었는데 다 없어졌어. 다 없어졌어. 종군기장도 있었고 있었는데 하나도 없어, 없어. 지금 말로만 지금 표현을 하는 거야, 없어.

에 여기, 여기 부상까지 적 수류탄에 부상까지 입었어. 여기 수류탄 맞은 자리가 있는데. 여기 어딘데. 여기어디에 있었어. 그런데 육이, 뭐여 어 육본에도 갔었고 육군본부. 강원도 병무청에는 제대한 날자 모든 게 다 있어 군번이고 뭐고 있는데 이거 다친 거는 기록카드에 없어. 다친 놈 들은 6급, 7급의 연금을 타먹는데 난 못 타먹고 있어. 이게 늙으니까 다리가 아퍼. 그래서 지팡이를 짚고 댕겨. 지팽이를 짚고. 그런 경향도 있는데 아 참 옛날애기야.

[6] 군인 호송 중에 권총을 잃어버리다

[조사자: 할아버님 군대를 스물두 살에 가셨어요?] 스무 살에. [조사자: 스무 살에. 그러면 칠년 넘게 있으셨네. 군대에.] 78개월인지 68개월인지. 68개월일 거야 아마. 58개월인지 68개월인지 하여튼. [조사자: 결혼은 언제 하셨어요?] 결혼 ? [조사자: 몇 살에 하셨어요.] 결혼 애기하면은 또. 지금 맏이가 올해 환갑이야. 맏이. 딸인데 이제 며칠 안 남았어, 환갑이. 내가 열아홉에 갔는지. [조사자: 이미 결혼을 하시고 군대를 가셨네요?] 그렇지, 아니 결혼은 안 했는데. 안 했는데 약혼은 했지. 그런데 인제 휴전되고 나서 휴전되고 나서 집이로 와서 강제로 갔다 맽겨 놨어. [조사자: 약혼하고 나서.] 그런 게 벌써 육십이요. 육십 하나 맏딸이. 참 오래전 애기지 뭐. 뭐 기억이 안나 잘. 하도 오래돼서.

[조사자: 군대를 처음에 징용을 가신 거예요? 자원을 해서 가신 거예요?] 소집 1기. 1기생이야. 소집이라는 게 내가 징병의 1기생이야. 1기. [조사자: 그렇구나. 군대 가 계실 동안에 댁은 어떻게 계셨던 거 같아요? 피난을 멀리 가셨었나요?] 우리? 어 왜. 육이오 때는 못가고 우리 식구들이 일사후퇴 때. 일사후퇴 때는 37선까지 내려왔었어. 37선이 충주하고 여기 경계여. 그건 나도 완전히 알지. 그 휴전 저 뭐 이러고서는 일사후퇴 때 모두 피란을 나갔다가 들어 오구 나는 군인으로 있고.

[조사자: 소식을 모르셨겠네.] 모르지 그럼, 모르나 마나. 이런 제기 집에 오니까, 일사후퇴 때 휴전되고서 집에 오니까. 안 들어온 사람도 많았어. 그런 건 강제로 중신자가 애길 해 가지고서는 지금 와이프 친정에서 말야, 우리집

에 강제로 갖다 맽긴 거여. 이건 너희집 사람이다 인제는. 이런 에기 결혼이 어딨어. 그 군대 있으면서 이 저 찬물 한 그릇 떠놓고 서로 절하고 그리고 걸어서 우리 집으로 오고. 난 또 가야지 군대.

[조사자: 중간, 중간 연락을 취하신 거예요?] 아이 그렇지 그리고 내가 가깝게 있을 적엔. 그러고는 인제 뭐여 강릉경찰서. 또 삼척경찰서, 삼척경찰서는 죽서루라는 게 있어. 그때는 죽서루 옆에 있었어, 저 봉황천에 안 있구. 지금은 저 봉황천으로 내려가 있지. 다 알지 뭐, 전국을 거진 다 안다고 해도 과언이 아니야. 서울로 댕기면서 열차. 그때 당시 공국진 중장이 있었어. 그게 죄를 져가지고 호송돼서 육군형무소에 와서 있었잖아.

그 때 당시 육군형무소에 수감된 사람은 장군들 별자리, 영관, 소령이상 이런 사람들은 아주 독방이야. 형무소에서. 내가 육관구로 있으면서 부산에 있으면서, 육관구에 있으면서 전방 군인을 호송을 했어. 호송을 했는데, 그때나 지금이나 술을 좋아해 가주고 열차 안에서 말이야. 승무원들이랑 술을 먹잖아. 아이구 권총을 빼 갔대나, 권총을. [조사자: 권총을 빼 가?] 어 잃어먹었지. 큰일 났잖어? 근데 그 승무원이 열차승무원이 있잖아. 승무원이 어떻게 그 찾아줬어. 승무원은 잘 알거든. 자주 오고 가니까.

[7] 형무소의 군인들이 탈영하는 것을 감시하다

부산서 서울을 갈려문, 그때는 칙칙폭폭, 칙칙폭폭 석탄으로 댕길 적이여. 그 [조사자: 그때는 몇 시간이나 걸려요?] 몇 시간이 뭐야 이틀 걸리지. 이틀. [조사자: 기차로? 기타로 이틀?] 그렇지. 그래 또 여기 원주를 올려믄 안동 와서 자야 돼 원주를 올려믄 아주 코가 새카맣지, 손수건 뭐. 군대 손수건 자색 있잖아. 그걸로 닦으면 아주 새카매. 그땐 그랬어.

휴전되고도 이 부대에서, 부대에서 뭐 악질로 되거나 그러면 죽여 쏴 죽여. [조사자: 군대 내에서요?] 그렇지. 군대 내에서도. 실탄, 총기 다가지고 있으니까. 그래 참 말도 못했어. [조사자: 아까 악질 중대장은 어떻게 되셨어요?] 하이게 전라도치인데. 야 인사계도 전라도치고, 이건 내 편견 있는 게 아니야. 고대로 얘기하는 거야. 제일 악랄했었어. 그때 당시 육군형무소 가서나 882부대 근무해서나 12경비대 근무해서나.

[조사자: 어떻게 해야지 악랄한 거예요?] 왜 악랄했냐면 자기권한대로야. 그니깐 뭐라 그럴까 독재성이지 독재성. 그런 생활을 했어. 그래도 그 틈에서 배겨나고 살은 거 보면 다행이지. 다행이야. 그때는 같은 일등병이래도 하루라도 먼저 간 놈은 물 떠다가 발 씻겨주고 그랬어. 세숫물도 떠다주고 휴전되고서도 그랬어.

육군 형무소 휴전되고선 최고 많이 수용했을 적엔 한 팔천 명, 내가 알기에. 육해공만 팔천 명을 수용을 했어. 일동, 이동, 삼동, 사동, 오동, 육동. 육동까지 있었는데 관방대가 이렇게 높지 이중 철조망, 이중철조망도 한 팔메타 높이여. 그때 경비해는 애들은 철조망 속에서 경비를 하는 거야. 또 관방대, 관방대 꼭대기에서 기관총 설치해 놓고 관방대 속에서 움직이고 그런 생활을 했어. 참. 지금은 뭐 형무소가 아주 신사적이지 뭐 그거 뭐.

그 때는 그 때는 인제 저 죄수들 이 강원도 경기도 일원에서 남편이 형무소 감방에 있으니까 면회를 오잖아. 그걸 왜 오느냐 여자들이 왜 오느냐면, 임신. 주로 그런 여자들이 많이 오는데, 어머니 아버지가 오는 게 아니라 주로 그런 사람들이 많이 와. 오는데 면회를 시키잖아? 시키면 그 면회장소에 함께 가서 헌병들이 두 셋이서 가서 경비해야 돼.

[조사자: 지키고 있어야 돼요?] 그렇지. [조사자: 도망갈 까봐.] 그럼, 그럼. 그렇게 엄했었어. [조사자: 그럼 할아버님. 거제도 포로수용소는 인민군이나 이런 포로들을 잡아놓는 곳이잖아요?] 그럼. 거기는 순전히 인민군이지. [조사자: 인민군만 있어요?] 아니 중공군. 많지. [조사자: 여기 아까 대전에 육군 형무소는 그냥 국군들만 있는 거예요?] 육군들만. 육군형무소. 아니여. 그 형무소가 대구 동천에서 있었는데. 대구동천에 있었는데 그게 인제 저 미군들이 본국으

로 갔단 말이야. 그 자리가 지금 육군형무소여.

지금도 자리가 부전동이여 부산 부전동. 전철이 기차, 기차. 부산하고 서울에만 있었잖아. 우리나라에 전철이 두 군데 밖에 없었어. 그럼 그 육군형무소가 어디냐면은 그 자리가 전철 정류장이야. 정류장이야 바로 그 옆이. 그게 그 동대신동 그 북아현동 운동장까지 댕겼지. 부산도 내가 환해. 그런데 요즘에 가보니까 옛날하곤 딴판이지 뭐.

[8] 제대로 입고, 먹고, 씻지 못해 고생했던 전시 군대 생활

[조사자: 그리고 할아버님 육이오가 나기 전에 군대를 가신 거예요?] 아니 육이오 때 . 육이오 나던 해 오월. [조사자: 오월에 가신 거예요? 그럼 전쟁나기 바로 전에 한 달 전에 가셨네.] 그렇지 한 달 전에, 징집 1기래니깐. [조사자: 그때도 조짐이 보였어요? 전쟁이 나는 조짐이 보였었어요?] 조짐이 뭐여? [조사자: 아 이제 전쟁이 일어날 것 같다. 낌새. 그런 거.] 아 그런 거는 그런 건 기억도 못해. 서울에서나 알지 기억도 못해 우리네는. 그리고 8연대 경비대, 8연대가 표소령, 강소령이 1개 대대를 데리고 북송을 했잖아. 육이오 때. 그러고서는 육이오가 발발 된 거여.

[조사자: 그래서 육이오가 인제 시작이 된 거예요?] 강소령, 그럼 그때가 어디냐면 표소령, 강소령이 8연대가 어디냐 면은 춘천 거기 있다가서네, 청량리 거기 어디 주둔했었어. [조사자: 왜 올라갔어요?] 아 그러면 그때는 국방장관 이건 뭐건 표소령, 강소령이 다 끌고 올라 간거여. 그런데 죽었는지 살았는진 모르지 그렇다는 것만 내가 알고 있어. [조사자: 그 얘기를 저기 들으니까, 원주에도 그때 전쟁 나고 이런 다음에 수용소 이런 게 있었다는데요.] 원주에 없었어. [조사자: 천막치고 그때.] 원주엔 없었고 뭐가 있었냐면은. [조사자: 피난민들 수용하는 수용소.] 아 수용소는 판근면 소곡이라는 데가 있었어. 흥업면 나가는 쪽으로. 거기 있었어요. 육이오 때.

[조사자: 원주는 실제로 포격을 받거나 하지는 않았어요?] 아이 왜 안 받어, 엄청 받았지. 아주 이게 웅덩이가 됐는데. 요 철다리 끊을라고 이놈들이. 미군이 그랬지 미군이. 유엔군들이 그랬지, 우리나라는 그때 폭탄이 어디 있어. 아 서울 한강도 역시 안 그래? 다 끊은 게, 그렇게 끊었어. 케이블에 다 많이 빠져 죽었잖아. 서울시민들 많이 죽었어. 육이오 때 많이 죽었어. 뭐 그런데 아– 훈련소에서 그 LST를 타고, 배를 타고. 배를 타고서는 속초항에 가서 내리는데, 거 동해바다에서 속초주민들이 뭐라 그랬는 줄 알아? 명태빠리가 나온다 그랬어.

[조사자: 명태 빨갱이?] 명태빠리가 뭐냐면. 말랐지, 먹질 못하고 훈련 받느라고. 그런 것들을 엠원(M1)총 그 무거운 거하고 실탄 250발을 채우고 가다가 쓰러지는 놈 많았어. 올라가다가 쓰러지는 놈, 개죽음이지 뭐 개죽음. 5사단 지원 받으나 마나여. 한 삼백 명 갔다가 데려다 놔야 그 까짓 건 이삼일이면 다 뒈져서 몇 명 안 살고. 패잔병은 미군 애들이 실어다가 다시 창설을 하고, 이 야단을 쳤는데 뭐.

[조사자: 그때 군대에서 먹는 거는 어떻게 하셨어요?] 여름에 군복을 한 번 입으면은 이가 꼬여. 경상도 강원도 이쪽 사람들이 노무자라 그래 노무자. 둥그리(둥구미, 먹을 것을 담을 수 있게 짚풀로 엮어 만든 원통형의 그릇)에다가 주먹밥을 해가주고 와 후방에서 전방으로. 그럼 뭐 이틀해도 두 덩어리 한 덩어리 뭐, 다 지 굶는 거야.

그러다가 이제 미군들이 이제 씨레이션(C–Ration, 완전히 조리되어 즉석에서 먹을 수 있는 전투식량), 에이레이션(A–Ration, 조리하여 먹어야 하는 식품원재료의 전투물자). 뭐냐 하면은 일본 놈들이 맨들어서, 우리나라 해는 대로다 자꾸 비행기로 갖다 낙하산으로 떨궈서. 그때만 같으면 참 좋았지. 그게 휴전 직전에도 드물었고 휴전 되고 그게 나왔어. 그전에는 주먹밥이야.

주먹밥 소금물에 묻혀서, 이런 거 그냥 둥구미에 지고 올라와. 지고 올라오면은, 지게에다 지고오던지 이러면은 말이지. 그거를 이제 배식을 하는 거야. 그게 어떨 적에는 세 개, 네 개 이렇게 겨울에 호주머니에 넣으면은, 소금물을 묻혀놔 얼질 않아, 찝질하지. 둥구미라는, 둥구미에다 걸머지고 지게에다 짊어지고서 호송을 하고 그랬어. 우리 아군들이 참. 지금도 그래서 뭐 남북 간에 싸우고 천안함 사건 같은 거 들을 적에는 그걸 왜 가만 놔둬, 들이밀어라 이거여 군인이 죽던 말던. 괜히 저만 악랄하게 됐느냐 말이야. 난 지금 생각이 그래.

그런 그런데 지금은 이건 참 민주주의라 그런지 몰라도 교육관계나 여러 가지가 다 다르잖아. 나 옛날 군대생활 하던 생각을 하면 자꾸 눈물이 나와. 한심스러운 일이 한두 가지가 아니야. 한두 가지가 아니야. 휴전되고도 중대 내에서 조금이라도 눈 거실리고 악질이면은 쏴 죽였어, 휴전되고도. 지금은 이 탈영을 하거나 뭐 조금만 시원찮아도 난리치잖아. 군대래는 게 너무 민주사회야 참. 내가 생각에 혼자 그렇게 산다고.

뭐 저저 학생들도 그 뭐야 요새 그거 뉴스 듣고. 난 꼭 라디오 래디오를 꼭 들어. 아침 여섯시부터 일곱 시까지 손석희 시선집중 나오잖아. 난 꼭 그거 들어 아주. 그건 아주 정확해 아주. 우리 국내에 바른말을 해서 다 보내고. 방송해고 그건 내가 아주 정확하다고 인정을 해 아주. 그런데 답변하는 사람들이 서로 물고 뜯어. 그거 다 거물급들 아니야. 다 대학교수도 일류교수들이고, 그거 한 가지 그 학교 교수진들이나. 이런 걸 내가 꼭, 손석희 뭐야 아침 뭐 나오잖어. 매일 나와요. 매일. 그거는 내가 꼭 들어, 텔레비전은 안 봐. 다 마찬가진데 뭐.

[9] 자식들은 모르는 피 비린내 나는 군 생활 일등중사로 제대하다

[조사자: 할아버님이 몇 째세요, 가족 중에 몇 째세요?] 나, 우리 집에? 지금 현재? [조사자: 아니 예전에.] 예전에 예전에도 식구 많았었지. 오남매 복판이야. 다 죽었어, 아래 우로. 나만 살았어. 삼형제 누님 둘. 아들 삼형제. [조사

자: 아들 중에는 맏이시겠네요.] 막내는 죽었어, 내 밑인데도 죽었어. 지금 나 하나 살았어. 오남매. [조사자: 그러면 누님이 위에 두 분이세요? 그 다음에 할아버님?] 큰형님 또 있고. [조사자: 할아버님 막내 이렇게. 자식은 몇 두셨어요?] 나? 아이 많어. 아들 너이 딸 너이. 팔남매 다 지금 두고 있지. 집에도 지금 아홉 식구 살다 손주는 살림을 내놓고 지금 여덟 식구 살아. [조사자: 어떻게 여덟 식구가 돼요?] 큰아들 큰며느리, 둘째아들 둘째 며느리, 손녀딸 둘, 또 우리 두 늙은이. 그래 여덟 식구야. 아마 치악산 밑에선 내가 대가족이야. 아 하여튼 원주시에서도 대가족이 몇 번째일 거야. [조사자: 아드님들이 근처에서 일을 하세요?] 토목공, 건축 지금 해고 있고. 뭐 사무실도 있고 다 있어요.

전쟁 핸 거, 휴전 된 거, 휴전된 자리. 정확하게 내가 지금두 생생해. 요즘에 강릉을 며칠 안 돼, 갔다 온 지가. 강릉을 갔는데 내가 휴전된 자리가 뵈여 버스 안에서. 그런데 옛날과는 확 달라졌더라고 거기도. 아이구 말도 마.

[조사자: 군대처음 가셨다가 전쟁난 지 어떻게 아셨어요?] 아니 왜 몰라? 이런 얘기. 아니 훈련소에서 다 알지 뭘 몰라? 그때 당시에 국방장관이 손원일이여, 손원일. 아유 생생하지. 갈 적에는 기차 고대로 가고 올적에는 배, 곳배로 해서 속초항으로 가 떨어지고. 그러고 대번 전쟁마당으로 떨어진 거야.

[조사자: 그때 그러면 훈련은 어떻게 하셨어요?] 훈련? 아니 그럼 하고 말고지. 훈련도 아주 엄격했어. 아주 말도 못해. 취사장에 가서 밥을 훔쳐다 먹는, 배가 고프니. 그래 이 취사장에서 솥이 이렇게 빽 돌려 있잖아. 5연대면 5연대 취사장이 한 군데여. 일개 연대 한 개씩 있거든, 취사장이 엄청 크지 건물이. 그럼 그 쇠솥이 이렇게 둥그래, 아마 쌀 닷 말씩은 밥을 해는지. 그럼 삽으로, 삽으로 이렇게 지어서 도라무(드럼) 통에다가 퍼부어줘. 식사를.

그러고 인제 야외훈련 서귀포까지 가고 이럴 적에는 항고, 항고에다가 줘두 놈을. 항고라고 있어 군인 항고. [조사자: 그릇인가요?] 그릇이지, 항고. 속에 다가는 밥 넣는 데고, 겉에 짝을 딱 닫어. 2인분을 거기다 주는데. 2인분

주는데 두 숟갈 먹으면 그만이여, 먼저 쳐 먹는 놈은. [조사자: 반합.] 지금도 항고라고. 얼마든지 군인들 지금은 널찍한 거 취사장에서 참 좋지, 스텐으로. 옛날에는 그게 아니야. 군인들은 항고 차고 수통 차고. 이런.

그거 그나마도 그게 휴전되고 나서 항고가 나왔지, 그전에는 주먹밥이여 주먹밥. 여름이건 겨울이건 노무자들이 주먹밥을 해가 지고 와서 담어서 짊어지고 올라오면 그걸 배식을 했어. 어떤 때는 이틀에 한 번도 오고 사흘에 한 번도 와. 그렇게 고생을 했어. 그나마도 배고픈데 안 먹어? 세수란 건 못 해보고. 겨울에 방한복이 뭐, 휴전이 되고 나서 방한복에 이가 군덕군덕 하지 이가. 지금 그런 얘기 해봐야 전부 이상한 얘길 거야. 지금 군 생활은 너무 참 과학적이지, 지금은 말할게 있어?

그래 내가 그래 애들 자식들 군대 갔다 와서도

"에이 임마, 니까짓 게 뭐이 군대라고. 애비한텐 얘기하지도 말아라."

이런 얘기야. 사실이야. 그걸 그렇게 꼭 꼬집어 얘기해서야 아니고 사실대로 난 얘길 하니까 할 말이 없지 애들도 할 말이 없는 거야.

오늘도 이렇게 이발을 하는데 이발을 하는데 애들이 늙으니까

"아버지 이발은 뭐 그렇게 해요? 좀 뎅공하게 자르지. 뎅공이."

얼굴에 살이 없구 뼈다구만 있는 놈은 뎅공하면 더 뵈기 싫어. [조사자: 뎅공이, 짧게.] 오늘도 이발했어, 이발한 거 같지도 않지. [조사자: 멋지세요.] 이발한 거 같지도 않어. 일부러 그렇게 해 달라는 거야. 한 달에 두 번을 해도.

[조사자: 할아버님 그때 전쟁 중에 원래 정신이 없긴 하지만. 제가 느끼기엔 무섭고 그랬을 것 같은데.] 상관이 나는 일등병이 아니야? 일등병인데 중사 이등중사. 일등중사 야마가다 세 개에 작대기 하나가 일등중사고. 고담엔 두 개면 이등상사. 세 개, 세 개면 특무상사. 인제 이런데 그때는 부대장이 잘하는 놈은 무조건 붙여줘. 죽는 게 전방이니까 어쩔 수 없잖어. 그냥 중대장 마음대로. 너 이로와, 대번 붙여줘 철모에다가. 이등병을 말이야. 이등병을 야마가다 세 개에 작대기 하나 그게 분대장이여. 그짓말 아니여. 난 고대로 지내

온 걸 얘기하는 거야.

[조사자: 제대할 때 계급이.] 나 지금으로 말하면 하사고, 일등중사. 그것도 일등중사도 오래 달았어. 일개중대에 일등중사가 수두룩해. 이등상사도 수두룩한데 올라갈 수가 없잖아. 그렇지 않아? [조사자: 그러네.] 그렇지 올라 갈수가 없어. 아 얘기 했잖아 휴전되고도 몇 년 걸쳐서 휴가를 왔어. 외출 외박은 하루, 하룻밤이란 말이여. 먼 데 놈은 가질 못하지. 군대에 군기가, 그때는 그렇게 아이.

근데 음, 이 영월 중석광(앞에 언급한 중석을 캐던 옥방광산) 꼴두바우라는 중석광 상병이여 상병. 중석광을 가서 경비를 하는데 한 달이나 있었을까 내가? 거기가 주둔하고 있었던 게. 중석을 훔쳐가지고 가는 거면은, 맨몸으로 가는 것 같아도 못 걸어가. 무거워서. 중석이 무거워서. 그래 도둑놈 잡기는 쉽지 군인들이. 참. 그게 내가 그때 당시 그렇게 아휴 하도 많이 댕겨서.

[조사자: 한곳에 오래 못 있고 계속 이동했네요.] 아 휴전되고는 계속 대한민국 다 댕겼어. 강릉경찰서 정보과, 삼척경찰서 정보과. 그러고는 옥방광산 거기 와서 경비. 내가 경비중대에 쫄병들 데리고선, 나도 쫄병이지만 좀 고참이라고 해서 댕기고 감시하고. 그러다가 대구 동천 육군형무소 거기 갔다가 인제 정보학교를 차출을 해 부대에서. 내가 67기인가 그래 대구 정보학교. 그랬다가 돌아와서 육군형무소 정보과로 근무하다가. 그게 G2라고 그러지.

있다가 부산으로 내려간 거야. 아니 부산으로 간 게 아니라 거제도로 갔어. 거제도 포로수용소로 갔다가 육군형무소로 온 거지. [조사자: 거기서 인제 부산으로 가셨구나.] 부산 부전동. [조사자: 그럼 제대를 부산에서 하신 거예요?] 그렇지 부산에서. 부산에서 했어. 저 최전방에서 부턴 아 그뿐이야 열차타고 죄인 호송을 다하고 제기. 일군사령부 이군사령부가 창설되고 나서 후의 얘기야 그게 다. 후의 얘기야.

[10] 젊은이들도 모르고 세상도 모르는 전쟁 이야기

지금 뭐 저 뉴스 듣고 이러는 거 보면은. 그 뭐 저 참전용사라고 해도 뭐 전투를 핸 놈인지, 아닌 놈인지. 젊은 놈도 뭐 아주 이렇게 달고, 내가볼 때 그래. 근데 그 사람들은 자유당 때나 뭐 빽이 많아서 그래 달았는지는 몰라도, 지금 우리나라에 국가유공자라 하더래도, 올바른 유공자가 몇 안 돼. 내가 보기엔.

그러나 대통령이 이렇게 맨들어 논 걸 뭐 어떻게 해. 여기 당장에 나하고 지금 같이 군대에서 갔다가서래 전방에도 못가고 의병제대 한 놈인데 모두 매맞아가지고. 군대에서 [조사자: 맞아서?] 나쁜 행동을 하다가 그 선배들한테. 그것도 상이용사라고 연금을 막 주는데 뭐. 다 죽었어, 국가재산을 좀먹은 놈이여. 그놈이 다. 난 알고 있어 그런 걸 다 알어. 그러나 얘기를 다 안 해. 세월이 벌써 그런 놈의 걸 어떻게 해.

5 · 18 광주사태는 안 그래? 전두환이 그렇게 맨들어 놓은 거야 뭐 어느 놈이 그랬어? 그래도 거기 유족들 국가에서 연금 주잖아. 자이 지금 참. 다~ 알지 뭐, 알지 화내지 뭐. 신문을 봐서가 아니라 그 모든 정책을. 그런데 학교를, 이런 학부모들이 괄세를 해, 학생이 폭력을 안 해나 선생한테. 이런 놈의 세상 난 좋지 안다고 봐, 솔직한 얘기여.

[조사자: 전쟁 때. 전투도 직접 하셨나요?] 아 그럼 했고 말구지. [조사자: 그 중에 기억나시는 전투가 있으신가 해서.] 아이 글쎄 내 얘기가 그 얘기여. 5사단 보충 받으나마나 올라가면 다 죽는 걸 어떻게 해. [조사자: 그래 안 올라가셨어요? 올라가셨었어요?] 연락병으로 있었어. 연락병. [조사자: 연락병으로 계셨어요?] 그렇지. 그 바람에 내가 사는 거야.

[조사자: 연락병은 그 뭐하는 거예요? 여기랑 저기 연락하는 거예요?] 아 그렇지 대대에서 소대, 또 아니 대대에서 중대, 중대에서 소대까지 다 가야 돼. 어 연락병들이 다 있어. 대대는 대대본부대로 있고. 그 중대까지 연락을

해줘야 돼. 항상 무전 전화기로다 서로 연락이 다 있으니까. 그렇지 않으면 죽었어.

아니 그러니까 내가 본 게 그거여. 연락을 갔다가 올라와서 보면 골자구에 이만큼 쌓였어. 죽은 게 뭐. 인민군인건 아군이건 말할 것도 없고. [조사자: 길거리에 이렇게.] 아 골짜기에 골짜기. 이렇게 밟고 당겼다니까, 뭘 얘기 다 했지. 그짓말 아니여. 여 일사후퇴 때 여 원주 대한리라는 데가 있어. 거기가 삼칠선이여 삼칠선. 지금 삼칠선, 삼팔선이구 얘기하면 몰라. 젊은 사람들 삼육선이 어디쯤 되고 한다. 그러면 몰라. 중공군, 아휴- 말도 못하게 죽었어. 여기 원주에서도 요 대한리라는 데 수백 명이 죽었어. 뭐 수십 명이 아니야.

뭐 지금 중국서도 얘기가 북한 놈들하고 만날 손잡고 지랄을 하잖아. 지금 어젠가 오늘도 미국 뭐여 누가 북한의 김정은이하고 대화하러 갔지 아마? 지금 그런 판국인데. 그니까 미국 사람들 소용없어. 그 어떤 놈인데 중국을 괄세 못해. 강국이 되잖아 인제. 북한 놈들도 이런.

이게 거짓말인지 참말인지는 몰라도, 북한주민이 말이여 탈북을 해가주고 중국에 와 있는데 우리나라 오고 싶어도 도로 북송을 시켜. 근데 그게 진짠지, 가짠지도 몰라. 난 인정을 안 해 난. 그렇지 않어? 인정을 어떻게 해. 뭐 봤어? 우리나라 기자들이 봤어? 참 지금 이게 국제적으로 지금 움직이는데. 산 동안에 산 거지, 뭐. 참 힘든 얘기야. 힘든 얘기야.

지금 뭐 지금 군인들이 뭐 탈영을 한다 뭐 핸다. 너무 사적이 많은 거 같애, 군대도 너무 많어. 고위급에 있는 놈들은 도둑질 하느라고 난리고. 그게 아이 참. 다는 안 그렇겠지만은, 다 그러면 어떡해. 나라가 망하지. [조사자: 할아버님 예전에 전쟁얘기 하신 적 있으세요?] 아는 사람은 거의 다 다 알지. 얘기 했고 한 게 지금 젊은이들은 몰르고. 얘기해도 전부 거짓말로 듣는 걸 어떻게 알어. 소용없는 일이지.

전쟁보다 무서웠던 배고픈 설움

유 지 춘

"누구는 더 주고 덜 주고는 없은게 굶으면 다 굶고 먹으면 다 먹고 그랬지. 전쟁도 그렇지만 배고픈 게 제일 서러워."

자 료 명: 20120621유지춘(공주)
조 사 일: 2012년 6월 21일
조사시간: 40분
구 연 자: 유지춘(남·1929년생)
조 사 자: 박경열, 유효철, 김명수.
조사장소: 충청남도 공주시 하대3구 마을회관

[조사과정 및 구연상황]

처음 조사팀이 하대리 마을회관을 방문했을 때는 아무도 없었다. 모두 일을 하는 시간이라 제보자를 찾기가 쉽지 않았다. 주변을 서성이다 할머니 한 분을 만났다. 유지춘 화자는 할머니의 소개로 만난 분이다. 화자는 특별히 할 얘기가 없다고 했으나 이야기를 시작하자 거침없이 쏟아내었다. 유지춘 화자가 이야기를 하는 동안 소개해 준 할머니는 조사팀과 함께 화자의 이야기를 들었다. 할머니는 화자의 이야기에 맞장구를 치고 공감을 하였다. 매우 더운 날씨여서 마을회관 문을 열어 놓고 조사를 하였다.

[구연자 정보]

고향은 공주이고 1929년생이다. 가족은 1남 5녀로 6남매이다. 군에 입대하면 죽는다는 말에 군 입대를 6번이나 연기하지만 결혼한 다음날 바로 입대한다. 20세에 입대하였고 만 3년을 복무하였다. 아버지가 계셨지만 몸이 좋지 않았고 거동이 불편하자 집안 살림이 어려워졌다. 화자가 가장이 되어 집안을 돌본다.

[이야기 개요]

당시에는 군대에 가면 죽는다는 소문이 돌아 군대를 가지 않기 위해 일부러 옻을 옮기도 하고 마늘에 발을 비벼 독이 옮도록 하는 등 갖은 수단과 방법을 써서 6번을 연기한다. 갖은 애를 썼으나 결국에는 결혼한 다음 날 입대하게 된다. 8주를 받아야 하는 교육을 2주만 받고 포병으로 근무한다. 군대에서 보급이 되지 않아 배고픈 설움이 심했다. 배고픈 고통이 견디기 힘들어 밤에 보초를 서는 동안 산에 있는 칡뿌리를 캐서 먹는다. 그것을 먹으니 독이 올라 온몸이 퉁퉁 부었지만 허기를 채울 수 있어서 좋았다.

[주제어] 군대, 연기, 입대, 결혼, 포병, 옻, 마늘, 배고픔, 칡뿌리

[1] 군대를 피하려 갖은 수단을 썼으나 결국엔 군대에 끌려가다

전장 얘기 우리 같은 사람은 전장 얘기 경험이 없어. 왜냐면은 그때 막 전장 막 하는 바람에 총탄을 걔들 반짓밲에 못한 거여. 왜냐면은 그때그때 인제 말하자면은 단기로다가 팔오년 들어갔거던, 응 단기로 85년도에 내가 입대

를 했는데 그때는 맨만한 사람만 보냈어, 그때는. [조사자: 맨만한 사람이요?] 말하자면 저, [청중: 뵈기 싫은 사람.] 뵈기 싫은 사람, 응 어른 말 안 듣고 뵈기 싫은 사람. 근디 내가, 그때 내가 영장을 나갈 여섯 번인가 받구 내가 갔거든, 그럴 때가 우리 아버지가 욕을 많이 봤지. 그때는 기양 전장 하면 다 죽는 건줄 알았거든, 군인만 가면 다 죽는 줄 알았거든. [청중: 아이고, 참말이에요.]

그래서 인자 부락에서 인자, 부락에서도 예를 들어서 내가 영장이 나와, 영장이 나왔다고 하면은 내일 군인 갈라 하면은 오늘 회식을 해줘. 그 잔치를 햐, 부락에서 잔치를 해줘. 그때는 막 전장에 인자 막, 가면 죽으러 가는 거여. 그렇게 돈 있는 사람은 안 가고, 돈 없는 놈만 가는 거여. 잉. [조사자: 아, 만만한 사람.] 잉, 만만한 사람만 가는 거여. 그래서 인제 나는 뭐 촌놈이 뭐 돈도 없고 뭐뭐뭐, 어뜩해 말일 날 뭐 저 옻이나 먹구 옻나무나 얼굴 위에 바르구. (웃음) [청중: 옻 올른 것처럼.]

그럼 막 이렇게 이렇게 붓구, 마늘, 마늘 저 뭐이냐 발바닥에 찧어 붙이면 뭐를 마늘을 기양 탁-탁 부르켜 가지고서 기양 다리가 이려, [청중: 그래 그거 누가 마늘을 찧어 붙여? 아저씨가?] 잉, 그래놓고 인자 그랬는디 인자 그때만 해도 인자 차가 없었어, 걸어 공주장이, 공주장이나 가면 걸어댕기구 그랬지.

근디 시방은 그때는 입대하면은 공주 병상사령부까장만 갖다 주면은 여기 병사계가 끝나, 공주만 갖다 주면 끝나. 그래 거 가서는 인제 차가 있어, 걸어갈래 걸어가든 뭐를, 그 우리 아버지가 하무 리아카루다가 끌구 당겼어 늘 그 리아카로. [청중: 그러니 그 부으니께 아프니께 인제 뭐 안가고 안가고 했겠지.] 잉, 그래서 여섯 번을 빠졌어. [청중: 그래서 끄트머리에 간겨.] 그래가 끄트머리에 갔는디, 그때 인제 또 결혼식을 이제 어떻게 또, 받았었어 그런디. [청중: 발 부르트고 참.] (웃음) 일주일만이면 꼭꼭 나와, 일주일만이면 꼭 나와 뭐.

[조사자: 영장이요?] 예, 영장이 일주일만이면 꼭꼭 나와. 근디 결혼, 결혼하는 날 또 나왔어. 그래 공주 가서 또 인자 그렇단 얘기한 때는 일주일 보류시켜 주더만 그래. 일주일 보류 시키고. [청중: 귀신 같어, 저놈들 아주. 아이 일주일 만에 또 보내고 또 보내고 이 지랄을 해.] 아 맨만한 놈만 보내는 거여, 돈 있는 놈은 빠지고. [청중: 아이 저 옻올라 가지고 막 이만하지, 발이 막 이만큼씩 부르텄지 막.] 그러니깐 한 번에 한 가지씩 밖에 안 했지.

[청중: 근디 약긴 약으네. (웃음) 인저 군대를 그럭하군서 안갈라구 인저.] 안갈라구, 그 때는 그냥 가면 죽는 건가 해가지고 다 해요. [청중: 아이구, 겁이 나가지구.] 부락에서도 잔치해주었잖아, 저 부엌에다 노랑띠, [청중: 다 해주고 난리 났어, 동네서 울구불구.] 그럼 막 풍물치고, 저 면사무소까정 가구 그랬거든. [청중: 울구불구 난리났었댕게.] 죽는다구. [조사자: 예, 그게 전쟁이 나기 전이죠?] 전쟁할 때지. [조사자: 아 전쟁할 때요?] 그럼. [청중: 전쟁을 할라고 시작할 때지.] 전쟁할 때여.

[2] 군에서 굶기를 밥 먹듯이 하다

그래가지구선 이제 제훈련소가서 사주, 팔주 받었지. 근디 나는 요양이 또 포병으로 갔었어, 포병, 이백오십마리, 이백 오십. 포병이로 갔어. 개 인자 여기서 팔주 받고 광주 포병에 가서 팔주를 받아야 되는디 광주 가서는 2주 뱃에 못 받았네? 아 막 급하니께 막 불러 올라가는 거여, 인저 막. 아이 뭐뭐 전장을 막 하고 인제 군인은 죽고 한데 뭐 갖다 토판, 가도 섞기래도 해야지, 그러면은 팔주 받는 걸 이주 받고 갔응게 어떻게 되는 거여 그게.

[조사자: 단기속성으로 가셨구나.] 잉, 그래 그 훈련을 그래 못 받구서 광주 포병에 껴서 갔어. 그래 저 강원도 금아로 강원도 금아, 그래 막 밤에 싣고 가는디 워디가 워딘지 알수도 없고, 밤에 싣고 가는지라. 그라고 무슨 병원도 없구. 자꾸 산골짜기로만 가구 그냥 질걸음도 뭐 엉망진창이지 뭐, 막 전장에서 기양 밀고 잡아댕기고 이렇게 길거리도 막 엉망진창이여. 푹 들어갔다 푹 나왔다 푹 들어갔다 푹 나오고 막 이려.

가보니 예, 뭐 거 뭐, 굶기를 밥 먹듯햐, 이틀까장 굶었어 보급, 보급이 안 돼가지고. 그래도 우리는, 그라고 포병을 써서 무슨 그런 병원도 없었고, 또 시방 내가 제대한지가 헌 육십 년 되는데, 정신이 없어서 다 잊어 번졌지, 그걸 외우덜 못해. 육십 년 됐어, 제대한지가. 내가 제대하고 와서 낳은 아들이 시방 쉰 여섯인가, 다섯인가 돼야. 제대하고 와서 낳은 아들이. 스물 넷에 나갔는디. [청중: 나랑 동갑내신디.] 그래 시방 팔십 넷이여.

[조사자: 젊어 보이시는데요.] 응, 팔십 넷이여. [조사자: 그럼 실제 그때 가서 이렇게 총으로 싸우고 그러신 거예요?] 우리는 그 포를, 포로 했지, 이 총은 안 해봤어. 포로 이렇게. 이기 측량하는 거마냥 이렇게 그 보시기루다가 포로만 쐈지. [조사자: 좌표 맞춰가지고 쏘고 그런 거 하셨구나.] 잉. 그래 인자 그 전쟁 하는 사람들이 인자 워디게 쏘라고 이제 이케 전화가 싹 한번 오거든. 그럼 방향이 어디고 어디라구 인제 글케 포 쏘라고 쏘라고 인제 가면 그 포 거리만 포 쏘는 것뿐이네.

근디 거리는 한 팔십 리 정도 떨어져 있지. 전장터랑 한 팔십 리 떨어졌지. [조사자: 막 위험하지 않으셨어요?] 그 사람네들하고 막 아무거도 부딪히지 않았으니까 그렇게 위험하다기 보단, 한 팔십 리 떨어졌응게. 잉 전장을 하는 디하고 우리 있는 디하고 한 팔십 리 떨어졌으이. [조사자: 소총수들처럼 이렇게.] 아이 그렇게 안 했지. [조사자: 총 쏘고 그러시진 않으셨으니까?] 응응.

[조사자: 뭐 그때 기억나시는 거 별로 없으세요? 그때 있으셨던 일들 중에.] 그런디, 지역을 못 외야, 다 이제 잊어 뻔져서, 한 육십 년 됐는 걸 어떻게 시방 나이 먹고 뭐 정신이 있간디, 이건 내도 안 했어. [조사자: 그때 그러면 주로 이렇게 주먹밥 이런 거 드셨어요?] 그렇지. 저 우리 저 훈련 받을 적부텀두 전부 주먹밥이기다 소금으로다 인자 물 묻혀가지고, 죽 먹고 안 먹었지.

광주 포병에 가서는 군기가 어떻게 심한지 훈련소가 인자 말하자면 죽, 인자 식사하는 데가 여기라보면 우리는 교육을 저 아래 방앗간 있는디 저 아래 거그 가서 교육을 받고 인자 점심이나 이렇게 식사를 하구 일분 내로 식사하라고 그랬어, 그러니 거기서 언제 와서 밥을 먹어? 얻어 오도 못햐, 그냥 그냥 또 집합하면 또 그냥 가야 되고. 그라고 있다 또 밥을 또 항구 속, 항구 아나몰라 항구 속도깽이.

[조사자: 솥뚜껑?] 그 항구, 항구라도 있어 밥해먹는 밥 퍼먹는 항구. 그 속도깽이루다가 국 말아서 이렇게 하나 주면 이렇게 입대고 한 입 둘러 넣으면 다 먹어. 한 입이면 다 먹어, 한 그릇. 그것도 또 못 먹고 갈 때도 뭐. 집합 아니면은 뭔가 문가지망, 아 저기가 전쟁하지 막 이게 위에서는 막 얼릉 보내라고 막 하지 뭐 그러니께 인양, 말도 못하제.

[청중: 아이 그전에 우리 오빠 얘기하는디 뭐, 밥도 제 시간에 안 먹으면 난리고, 벤또도 어떤 놈이 훔쳐가고 모자도 후떡 훔치고 이런다.] 아 그럼. [조사자: 그때 고참들이랑 뭐 어떤 식이로 군기를 잡으셨어요?] 우리는 그 고참들하고 상대를 안 해봤어. [조사자: 아 그럼 그냥 동기들끼리 같이?] 전화로, 전화상이루, 포 쏘라면 쏘고 중재하라면 중재하고 이거지, 그 높은 사람들하고 그렇게 상대 안해 봤어.

[3] 집안이 어려워 삼년 만에 가사제대하다

[조사자: 뭐 이동은 안 하셨어요?] 왜? 이동이야 많았지. 이동하는 호흡이

너무 돌아간디 그 미, 미군애들 부대. 미군애들 있다가 후퇴하면 그리 가고, 전진하면 또 군부대로 가고 그렇게 미군애들 있던 자리로만 그냥 들어갔지. 미군애들. 우리가 이렇게 뭐 포에 이렇게 터 닦고 이럭하든 안 했어. 그네들이 인저 있던 자리로 들어가고 들어가고 이랬지.

[조사자: 그럼 뭐 미군들이랑 같이 뭘 하신 적도 있으세요?] 미군하고는 또 떨어졌지. 미군이 말하자면 저 아래께 있으면 우린 여기쯤에 있었지. 미군 둔대가 있어, 미군 둔대. [조사자: 계셨던 데가 어디쯤인가요?] 강원도 금화, [조사자: 강원도 금화?] 금화. [조사자: 금화?] 응, 그 철원 그 전에 보면 철원이 시라 그랬거든, 인제 시였을 때. [조사자: 그럼 제대, 전쟁 끝났다고는 언제 얘기를 해주든가요, 그때?] 그때는 저 전장을 저 끝나고서 가사제대를 했어, 가사제대. 말하자면 집에 인자 농사도 질 사람 없고. 이래도 가사.

[조사자: 끝나기 전에요?] 응, 끝나고. 전장 끝나고. [조사자: 몇 년 계셨어요? 군인 몇 년 하신 거예요?] 만 삼년. 그때만 해도 우리 아버지가 편찮으셔 가지고 농사를 못 졌거든. 그라고 또 나 하나고. 그래서 가사제대, 그때 첫번 가사제대로 나와 가지고 내가 첫번째 나온 거여. [조사자: 그러면 가사제대 안 하신 분들은 계속 군대에 있었다는 얘기네요?] 계속 있은 사람도 있고, 인자 또 한 사년, 오년 하다가 또 제대한 사람도 있고.

[조사자: 그러면 가사제대는 이렇게 신청을 하는 거예요?] 아니 저네들이 다 알지. 저네들이 다 알아. 응 말 안 해도 벌써 그 사람은 가서 이젠 말하지만 그 집이 가장 어렵다는 걸 알 것이야. [조사자: 할아버님 외아들이셨어요?] 어. [조사자: 형제가 어떻게 되세요?] 아버지 있고 내 동생하나 있는디. [조사자: 여동생하나?] 남자하나 있었어. 우리 아버지는 인제 몸이 아퍼 가지고 농사를 못 짓고. 이렇게 저 부락에서 어떤 데 모 심어줄때도 있고 내가 군인 가서.

[조사자: 누이는 안계셨고?] 왜 누이도 있지. 나야 여동생은 많지. 남동생이 없지. [조사자: 딸이 다섯. 오녀가 있응게 다섯이지.] [조사자: 그럼 가사 제대할 때, 올 때는 어떻게 오셨어요? 여기까지 오실려면.] 제대특명 나면 저희가 오지.

지가. [조사자: 차를 타고 오신 거예요?] [청중: 그 때는 돈 조금씩 나왔겠지 군인이니까.] 그렇지 차비는 줬지. [조사자: 그때 얼마나 받으셨는지 기억나세요? 차비?] 무엇이냐 봉급타도 우리 손으로는 못 쥐어. 저희 네들이 이렇게 쓰고 저렇게 쓰고 다 쓰지.

[조사자: 군 비리 기억나시는 거 있으세요?] 그건 몰라 높은 놈들이 알지 우리 같은 쫄따구들은 뭘 알어. 군대생활도 몇 십 년 했어야 그런 경험 저런 경험하는디 일병 달고 전쟁 막 하는디 뭐 그런 거 몰라. [조사자: 일병으로 제대하신 거예요?] 진급이 안돼야. 막 전쟁 막 하는 거야. 진급 될 수가 없어. 내순아버지 종원이 라고 있어. 그 사람은 나랑 군대서 한번 만났는디 보병했어. 저 그 사람은 보병했었는디 나 한번 만났는디 눈이 그냥 새푸란혀.

"너 어딨냐?"

"강원도 금화에 있다."

"너 어떻게 해서 눈이 그렇냐?"

이러니까

"말도 마 그냥 뭐 사람 나자빠진 게 갱전이 자글러 자빠져서 덮고 드러눠 있었다."

그러더라고. [조사자: 뭐 그 분에게 들은 얘기는 더 없으세요?] 전쟁하러 가면은 막 저기서 죽는다는 거야. 글쎄 그 사람도 그려. 글쎄 눈이 그냥 나를 만났는데. 나는 포병으로 있고 갸는 보병으로 있었는디

"너 요새 어뚷게 지내냐?"

하니까 말도 마 전쟁하러 가면은 막 저기서 날아오니까 죽는다는 거야. 죽으면 거기서 인민군들이 막 있고 [청중: 아군쪽에서] 여기서 무츰무츰하면 밑에서 그냥 막 쏜다는 거야. 우리 아군이 막 쏴 안 들어가면. 안 올라가지 가기만 하면 죽거든. 그래 인제 난 무츰무츰하면 막 등에서 막 쏘는 거야 우리 아군이.

그래서 인제 약이 올르니까는 이러나 저러나 나는 죽으니까 한 놈 죽이고

죽는다고 올라가는 거여. 그래서 전쟁하는 거여. 나 같으면 시방 저기 산들변에서 이리 막 총 쏘는디 올라가라면 올라가겠어? 안 올라가지. 그래서 밑에서 막 쏘는 거야. 그란게 이러나 저러나 나도 죽은게 나도 하나 죽이고 죽는다고 악쓰고 막 가는 거여. [청중: 전쟁 때도 죽은 듯이 있어야 한다. 총들 막 쏴면 그 자리에 엎드려 고대로 있어서 끝나면 인제] (웃음).

[조사자: 가족들은 어떻게 계셨었어요? 전쟁하는 동안.] 아버지는 그냥 그때도 뭐 나나 아버지나 똑같이 고생했지. 몸은 아프지 먹을 것은 없지. [청중: 딸들이 큼직큼직하니 딸들이 해 줬겠지.] 시방이야 그렇지 그때는 돈벌이도 없었어. [청중: 솔방울장사.] 맨땅 나무 일이나 댕겨서 갖다먹고 팔월 보름 오면은 쌀 한말 얻어다가 추석 지내고 우물쭈물하다가 보리 나오면 보리 먹고. 시방은 일 년에 한번 져도 쌀을 퍼뜩 밀리는데 일 년에 농사 두 번을 졌어. 보리농사를 졌지.

[청중: 우리는 굶기를 밥먹듯 했는디 보리밥도 안 먹고 쌀밥만 먹어도 지금 오년은 먹을껴.] 일년 농사 두 번 짓고도 두 번은 배고파. 그때는 왜정시대야 왜정시대. 그 공출. 보리농사 조금 져가주고서 방아 찌어 가주고 논두렁 콩밑에다가 감추면 용하게 들춰 나오네. 용하게 들춰 나와. 아 그러고 지붕 밑에다가 보리쌀 댓 됫박 갖다 놓으면 나오고 솥단지부터 열어보고, 논 한마지기베 많이 먹으면 쌀 두 가마 먹는디 공출은 세 가마 나오네. 그 어떻게 견디겄어. 아 못 내면 뚜드려 패고 그러니 어떻게 햐.

그래서 참 시방은 찬 살기 좋은 때여. 우리는 때를 잘못타서 고생을 직싸게 했어. 그때는 고무신 한 켤레가 쌀 한 말이야. 꺼먼 고무신 한 켤레가 쌀 한 말이여. 저 등잔불 키는디 기름 이홉자리병 그거 하나에 쌀 닷되. [조사자: 어르신 그러면 군대 다들 가기 싫으니까 안갈려고 어르신처럼 그렇게 하신 사람들이 많았어요?] 많지. [조사자: 밥도 네나흘씩 굶고.]

[조사자: 어르신 하신 방법 말고 다른 방법은?] 별짓 다했지. 제 손가락을 지가 작두로다 써는 사람도 있어. 이손가락(검지를 가리킴) 없으면은 총을 못

쏘잖아. 별사람 다 있지 뭐. 그때만 해도 순전 맨만한 놈만 갔응게. 돈 없는 놈만 가고.

[4] 뭐니뭐니해도 배 고픈게 제일 큰 설움

[조사자: 할아버님 그때 나이가 몇 살이셨어요?] 스물이지. [조사자: 제대가 스물넷에 하셨죠? 스물하나에 가셨어요 군대를?] 스물 둘인가? 우리하고 여기 저 나랫골 재인이 애비, 종렬이, 금대 재생이라고 있어 셋이 한이불 덮고 잤는디. 그때 휴가를 내가 일 년만 휴가를 와보니까는 일 년 만에 왔어. 나는 인제 군인 갈 적에 결혼식을 하구선 오늘 결혼식하고 내일 군인 갔거든. 휴가 와갔고 우리안식구가 말도 않고 부엌으로 들어가 번져. 오냐 소리도 않고 부엌으로 들어가 버려.

[청중: 지금 같으면 아이구 자기 오네 그러지. 그때는 남부끄러워서.] 하루 저녁 자구서 군인 갔는데 그럼. [청중: 신랑 얼굴을 어떻게 알겠어. 겁나게 보고 싶었겄네. 각시.] 보고 싶은 것도 몰라 하도 고통이 심하니께. 배고파서 당최 뭐. 그래서 인제 그 배고픈 얘기를 또 하니 말이지 이렇게 한내무반에서 열둘. 포를 하나 쏠라면 열둘이 있어. 그 새 중간에 아픈 놈이 있어. 아픈 놈이 있는디 그 아이 저녁을 주먹밥을 요렇게 뭉텅이로 갖다 놓는데 그 아이 몫이니까 옆자리에다 놔줘야 된다고. 자고 일어나니께는 어떤 놈이 먹었어. (일동웃음)

인제 누가 먹었냐니까 서로 모른다는겨. 서로 몰러. 그라고 또 그 아픈 놈하고 알롱, 알롱(알랑댄다는 의미인 듯)해 거 아픈 놈이 안 먹으면 지가 먹을려고. 뭐니뭐니해도 배고픈게 제일 서럽지. 그라고 저녁이 우리같은 데는 포가지고 보초를 슨다고. 십사명이면 십사명끼리 돌려가며 한 시간씩 보초를 선다고. 그라믄 그 배가 고픈게 그냥 혼자 다가번져. 왜 혼자되느냐면 산에 가서 그 칡뿌리, 칡뿌리 캐서먹느라고 날 새는 놈도 모르게.

[조사자: 보초를 서는데 교대를 안하구요? 다음날 어떻게 해요?] 다음날 또 스지. [조사자: 잠을 아예 안 자구요?] 아 인제 잠은 자는 사람은 자고 보초 스는데 칡뿌리 먹느라고 안 잤지. 칡뿌리를 많이 먹으면 몸이 이렇게 막 부어. 독이 있나 어쩌나 막 몸댕이가 붓더라고. 그라고 또랑가시 땅버들이라고 있어. 버드나무 땅버들. 열매에 요만큼 해가주고 여는 거 있어. 씨가 열려있어. 그거 무진장 따 먹었어 우리도.

그리고 풀 같은 것도 그냥 뜯어먹고 소독약 있어 물소독약. 물 소독하고서는 병을 따로 내버리고 거기다 소금을 넣어. 취사반 가서 소금을 넣어가 주고 또랑가시에다 여기다 갖다 놓으면 저기에다 보초를 선다고. 시간여유가 있으면은 땅버들 열매, 풀을 그걸 뜯어 먹고서는 병에다 손가락 넣어 가주고 빨아먹고 빨아먹고. 이틀까정 굶었으면 밥이나 잔뜩 먹고 이틀을 굶으면 괜찮은데 자꾸 배고프다가 이틀 굶어봐. 못 먹을거 없어.

[조사자: 장교들도 밥을 안 먹었어요?] 장교는 밥이 있는가 그럼? [조사자: 그 사람들도 칡뿌리 찾으러 댕겼어요?] 아 그 사람들도 똑같지. 그 사람도 마찬가지여. 누구는 더 주고 덜 주고는 없응게 굶으면 다 굶고 먹으면 다 먹고 그랬지. 전쟁도 그렇지만 배고픈 게 제일 서러워.

[조사자: 동기 중에 특이했던 사람 없었어요?] 그런 사람 없었어. 전쟁도 전쟁이지만 배고픈게 아주 제일 죽겠더라고. 밥이나 실컨 먹고 죽으면 좋겠다고 그게 노래여. 밥이나 실컨 먹고 죽겠다고. 시방 군대 가면 밥도 잘 먹고 밥도 잘 주고 그런다드만. 전쟁얘기 들을라면 저기 위에 변영식이한테 가봐. 그 사람은 총까지 맞았응께. 총가지 맞고 그 사람은 군 생활도 오래했어.

[5] 무서운 전쟁 속 미숙한 포병

[조사자: 제대하고 할머니 보셨을 때 기분이 어떠셨어요?] 뭐 그때는 시방마냥 내외지간이래서 말을 시방마냥 안하고 소 닭보듯 했지. 애기 낳았다고 애기 한 번 안아주질 못하고 나도 지금 아는 건 우리집 애가 제대하고 스물여섯이나 됐는데 아버지라고 해서 하지 말라했는데. 부끄러워 가지고. 안아주질 못했어. 지금 애기 낳으면 신랑이 업어주고 안아주고 그러는디 그때는 이름만 부르고 안아주질 못했어. 어른들이 있어서.

[조사자: 다행이네요. 포병으로 가셔서.] 요행으로 재훈련소에서 포병으로 떨어졌어. [조사자: 같이 군에 있었던 사람들 중에 죽거나 했던 사람 있으셨어요?] 다 죽었지. 나하고 신씨가 둘이나 죽었는데. 한 이불속에서 잤는데. [조사자: 전쟁 중에 죽었다구요?] 응. [조사자: 포를 맞고서 죽은 거예요?] 응. 하나는 포로로 잡히고. [조사자: 그러면 이렇게 인민군이랑 맞닥뜨린 경험이 있다는 얘기네요.] 인제 그 아이는 그리 가다가 붙들렸어. [조사자: 그렇게 포로로 잡혔다가 나중에 풀려났어요?] 그렇게 하고서 소식은 몰라.

참 전쟁! 전쟁 무서워. 포를 이렇게 쏘면은 저 상부에서 포 쏘라고 이렇게 전화가 오거든. 여기서 일미리가 오차가 났어. 일미리가 오차면 저기서는 백미리 안쪽으로 떨어져. 여기서 일미리면 포알이 백미리 안으로 떨어진다고. 인민군 있는 데에다가 쏴야 하는데 인민군 있는데 귀퉁이로다 백미리 가는 게 상부에서는 이놈의 새끼들 아군 다 죽었다고 막 그 동지섣달에 빨리 모여 가주고 그 달래강이라고 있어 달래강에다 집어넣는 거여 동지섣달에.

[조사자: 훈련을 많이 못 받으셔서 미숙하셨을텐데.] 아니여. 왜냐면 미숙하다고도 보지만 전쟁한다고 해서 계속 포만 쏘는 게 아니여. 우리가 시방 저기서 전쟁 한다고 이렇게 해. 그러면 전화올 적에 어디서 무슨 자리에서 전쟁을 한다. 그러니까 몇 미리로 다가 포를 쏴라 전화가 온다구. 그러면 우리는 그냥 자는 거여. 자. 여기서 불침번 있으면 사격준비 나오라고 혀. 그러면 눈

막 비비적 거리고 와서 포 앞에 올라앉으면 오차생길수도 있지. 잠자리니께 잠자리니께.

아 그러면 인자 백미리 안으로 떨어졌으니 아군 다 죽었응께 전쟁이고 지랄이고 포고 지랄이고 나오라는 겨. 빤스 바람으로 나오라는 겨. 그러면 그냥 동지섣달에 얼음 있는 데로다가 집어넣는 기여. 그럼 죽지 죽어. 물속에 들어가면 꼬집어도 안 아펴. 그래가주고 다 뒈져 가면은 고런 사람은 골라서 나오라고 하지 죽을 것 같아서.

그라고서 인제 한 삼십분이고 몇 분 하고서는 인제 동지섣달에 물속에 가서 삼십분 있으니 얼마나 추울꺼여. 그냥두면 다 죽거든. 하도 인제 구보를 시키는 거여. 몸뚱이에서 땀이 나게. 구보를 하면 몸뚱이가 땀이 나면 열이 인자 가시거든. 그렇게 했어. [조사자: 아무 때나 갑자기 지시가 내려와요?] 그럼. 갑자기 내려오지. [조사자: 칡뿌리 캐다가 지시가 내려오면 어떻게 해요?] 해야지. [조사자: 칡뿌리 캐러 갔던 사람도 다시 불러요?] 같이 나눠 먹을 것도 없어. 지 혼자 먹지.

[조사자: 근데 그 사람이 사람들한테 전화가 왔다고 알려야 되잖아요?] 전화가 있지. 전화가 울리지. [조사자: 쭉 보병 이야기만 듣다가 포병얘기는 처음 듣는 것 같아요. 포병들은 그런 애환이 있었구나.] 포병이 시간여유가 많거든. [조사자: 그렇구나. 신기하네요. 더 하실 말씀 없으세요?] 응. 됐어. 이제 그만 해.

한국전쟁 전투체험과 북진의 경험

최 태 종 · 정 맹 규

"매일같이 걸어서, 차도 없고 걸어서 올라가니까 발은 부어가지고… 그래도 맨발로 가는기라. 그래가지고 어디를 갔냐면은 평양 밑에까지 진출했어요"

자 료 명: 20120110최태종 · 정맹규(하동)
조 사 일: 2012년 1월 10일
조사시간: 약 110분
구 연 자: 최태종(남 · 1933년생), 정맹규(남 · 1929년생)
조 사 자: 김종군, 김경섭, 김정은, 김효실, 이부희
조사장소: 경상남도 하동군 화개면 의신 노인회관

[조사과정 및 구연상황]

조사팀이 방문한 하동군 화개면(일명 화개골) 일대는 여수, 순천 사건 발발 후 군경에게 쫓겨 백운산을 넘어 온 인원들이 1차 빨치산 활동을 전개한 곳이다. 밤이면 빨치산, 낮이면 군경에게 시달리며 온갖 역경을 경험했던 분들

을 도처에서 만날 수 있었다. 그 중 조사팀이 방문한 의신 노인회관에는 한국전쟁에 참전한 할아버지들을 만날 수 있었다. 회관 한 쪽에 있는 방에서 화자들의 이야기를 들었다.

[구연자 정보]

의신 노인회관의 남성 화자들은 빨치산 치하 시, 대부분 밖에 나가 살아서 빨치산 경험은 없었다고 한다. 그 대신 모든 분들이 한국전쟁에 참전한 경험을 가지고 있었다. 특히 정맹규 할아버지는 다부동 전투, 서울 수복 전투, 평양 점령 전투에 참여했었고 중공군과의 교전 경험도 있는 역전의 용사였다.

[이야기 개요]

여순사건과 백마고지 참전 경험, 낙동강 방어전투와 다부동 전투 경험담이 차례로 구연되었고, 인천 상륙작전 이후 북진했던 경험까지 구연되었다. 6.25 참전용사들이 화자에 포함되어 주로 전투담 위주의 이야기가 구연되었다.

[주제어] 여순사건, 반란군, 참전, 낙동강 전투, 다부동 전투, 인천상륙작전, 서울수복, 북진, 평양, 중공군, 백마고지

[1] 반란군에 따라갔다가 입대한 이야기

[조사자들이 전쟁체험담 조사 의미 등을 노인정에 계시는 어르신들께 설명하자, 최태종 할아버지가 먼저 이야기를 풀어냈다.]

그러면 여서 다들 남들도 서방도 계시고 그른디. 나의 그 이야기를 해볼까요? 그러면 내가 최초에 안택 이게 원 범왕이라. [조사자: 원 범왕?] 으응. 일단 내가 군대 제대하고 와서 여기 왔어. 의신으로. 그기 있을 때 최초에 참 그때는 이 방위군이 많이 있었어. 그래 인자 형제간들 다 방위 가고 나 혼자 농사짓고 살았단 말이야. 사는 도중에 여수에서 반란 났다. 그 당시에는 인자

참 그 당시에는 반란 요즘에는 그라까고 참 대우 좋지. 그만 세월이 가다 그만 군인들이 측에 그만 자연히 묶어두니께노마, 저희 홀만 떨을 뚫어 내려와. 한 1년간 대우가 참 좋았그만 그러마. 그런데 뭐 자연히 사람이 배고픔을 못 참는거 아니여. 그러면 산에 있다가 끌로 내려가지고. 그러면 저녁이 어둑하면 집에 와서. 그때는 산에 댕길 때여. [조사자: 소개 다닐 때?] 하모. 인자 부엌에 인자 들어오면 집에 오믄 인자 쌀을 뚤러(둘러)봐봐. 나중은 들어갈 것도 없어. 그만 떨어가.

나중에는 저만득에. [청중(조성오): 소도 잡아 묵어. 소도 묵었자 봐.] 나중에는 갤국(결국) 군인들이 그만 자꾸 그만 잡아. 산에 그만 배가 고프거든. 그때는. 그때 소개 점. 그리 오다가 우린 또 인자 어째 됐나. 농사 좀 짓다 살다가 인자 군대 나부라네. 군대 가기 전에. 군대 가기 전에 있던 인자. [청중(조성오): 군바리 오지 산 이야기 하랑게 뭐.] [조사자: 괜찮아요, 네.] 아, 가만있어 봐. 그래 군대 가기 전에. 그러면 저저 주로 어디 생활한 저저 대비. 절이 그 사람들이. 반란군 이용했었네. 그럼 인제 참 우리 지방 잘 알았어.

그럼 인제 저 삼서 인자 그 한 채 있었고. 처음에 인자 불온물 많이 갖고 다녔어. 가자, 하루 저녁에 와서 따라 가자고 그래. 모태(못해) 따라 가니까 우쩔꼬요.

그런데 우리는 따라 댕기면서 인자 하루 저녁 처음에는 재운다. 재우고 인자 한 사흘 잔께로 저저 그때 이때 갈현동 중에 원 범왕서 권기선이, 박춘봉씨, 나, 서이(셋)가 잡아갔어. 권기선씨는 단층 전망대에 도맹(도망)을 오고 박춘곤씨는, 아니 박춘배씨는 우리한테도 죽었구만. 박춘봉씨! 나이 많아. 그 사람 같이 갔는데 그 사람 죽고. 인자 나간 나는 그래 젊으니께 살았단. 가서 인자 그 잽혀가 살적에 한 사나흘 인자 그 인자 춘발산에 재우더마는. 그 갔다 와 한한 살았제. 살구 인자, 며칠 있은께 저저 비선 나무를 해자더구마. 그 인자 남은 토벌들하고. 저저 박춘봉씨는 낫을 들고, 권기선씨는, 나는 그래 인자 딱 몰래 가꼬.

"어이, 박씨. 여, 긔래요. 도망갑시다."

내가 그랬제. 그래 인자 연장 다 들었어. 만약 여여 반항하면 군대식이제. 벼슬인자 저 치한군 젊은 당 도모해왔어. 그래 만약에 행기면 우쩌 쭉거이냐. 연장을 들어야 고문, 대우어 짲아 죽이제. 잡아 어쩔거이냐 일단 낫다들고. 토망아가꼬(도망 와가꼬) 인자 젤 먼 데로 온 께로 없어.

허. 그래가꼬 인자 요리 해서 요리 탁 젤 먼당으로 해서 이래베 저쪽 만낭께 그 범왕 살다 도망가니까. 저쪽 어떻게 기울어진데 올라온 멀득, 올라온 멀득. 할 수 없이 저저 산장물 냇가 있어. 그 올라가, 호롯이 올라가. 범왕 내 산께. 그때 범왕 산 데 찾아 갈려고. 할 수 없이 내가 저 넘어강게. 저 그날 밤을 잤어. [조사자: 아. 주무셨다고.] 금자 우리 집인 그걸 뭐 얻어 묵었제. (반란군들이) 잡으러 간 게 그때 우리 범왕 우리 집이라. 그래가꼬 인자 서산에 가서 인자 일주일간 더 살았제! 잡히면 어떡해, 표말에 가 살았어.

그러인자 살구인자. 그러나 저러지도 만은. 영장이 나와. 하믄 이때 그때 나이 [조사자: 근데 그때 전쟁 났을 때에요?] 아야, 전쟁 언제든지 한번 하면 전쟁헐 때 우리 군대 갈 나이된께, 그때 내냐 또 내가, 내가 군대 갈려면 큰 형님, 작은 형님 저 방책에 있었어. 아, 방위군에 저. [조사자: 방위군에?] 방위군에 있었어. 그니 내가 나올 수 있다고 간 나오제. 그리 뭐 참 내 그때 곤란하게 살았제.

그럼 인제 군대 오래서 내가 언제 갔냐. 참. 말도 못해. 그래. 군대 오라는 조건으로 할 수 없이 갔지. [조사자: 그라면.] 군대 갈 때는 내가 어디서 갔냐 하면은 내가 나이를 같지만은 이웃 이 여 임생, 이 임종맹이하고 저저저저 뭐고 말굽쟁이 항. 뭐이야 송. 송샘. 그 저저. 군대를. 그래 인자 여영 그래 나는 젊어논께 그만 저 해병대의 길을 걸어. 다 탁 그 사람들만 요리 그만 자꾸 막 떨어져 부러 와 부렀어. 나는 그만 입대해갔고 훈련받았지 뭐. 저 요 진해 가서.

[조사자: 그때는 몇 년이나 되요?] 팔육 년도. 단기로 팔십육 년도. [조사자: 단기로 팔십육 년이면?] [조사자: 스물한살!] [조사자: 올해 연세가 몇이십니까?] 팔십. 인자아에 칠십아홉. [조사자: 일흔 아홉이시고.] [조사자: 일흔 아홉 살.] 팔, 칠십 아홉. [조사자: 그럼 우리 아버지와 갑오, 갑오년이네.] 그랴. 갑오년 아니더만 내가 그런게비. 그래 인자 그 가갔고 이제 훈련을 받고 제대 이제 제대 했고. 우리가 또 딱 칠월 이십일에 제대 했네이. 참네 또. 요 구공년도. 담배로 구공 인자 제대해갔고 와갔고 인자 농사짓고 그리 살다가 이제 요이. 요이 [조사자: 이사 오셨어요?] 제대해 가꼬 살았어. 그이 요이 가면서 그리 고상(고생)을 우린 마이(많이) 하고 살았네.

[조사자: 그럼 인제 전쟁 끝나고 군대를 가셨겠네. 군대 가신거는?] 전시에 군대를 갔어! [조사자: 아아.] 단기로 팔십육년도에. [조사자: 반란군은 여그 다 있었고요?] 하모. 그라구 인자 또 우리가 한 달 만에 제대했어. 전, 전 저 가갔고 한 달 있다 있지 돼 있어. [청중: 아, 군대를 어디가, 한 달 만에 제대를 군대 갔다노?] [조사자: (웃는다)] 군대 간 뒤에 휴전된 뒤에 [조사자: 갔다가?] 끝난 후에 [조사자: 아, 제대했어요.] 예에. [조사자: 휴전되고. 휴전되고. 그러니

깐 어어.] [조성오?: 군대 접어 서기로 52년도?] 그러니까 요리, 요기로 왔지. [조성오: 53년도에 휴전됐어.] [조사자: 그랬어요. 예.] [조사자: 어르신, 존함이 어떻게 되세요?] 응? [조사자: 이름?] 최태종. [조사자: 저 최 태자 종자. 삼십삼년 생이시고?] 삼삼년. 삼삼공 팔월 십오일생이라.

여 주민들은 우찌 알아. [조사자: 닭띠시고?] 닭띠제. 계유생. [조사자: 아, 계유년!]

[조성오 할아버지로 잠시 화자 바뀜]

[조사자: 어르신(조성오)은 원래 범왕 사셨습니까?] 아, 여기는 아직 안택. [조사자: 아, 그러면 이야기 한번 해보세요.] 그 당시 전부 동네 싹 비워뻬리 가지고. [조사자: 소개에서?] 소개에서 다 나가논께. 그래 거거. 아는 사람이 없어. 우리 농민한테 읎어(없어). 그 사람들이나 알까. 긍께 여기서 [조사자: 마을이 다 비어있는 상태에서?] 응, 긍게 여기어 어떻게 된 이야기가 어떻게 되갖고 전쟁 어쨌니? 어쨌니? 그 모르는거야. 또. 그 사람들이 인력을 접근 할 때 있는 그 사람들은 알까. 여기는 통 아무도 없어. 그래서. [조사자: 그러믄.] 그래가꼬 인자 거기서 그래 인자 여기가 농사를 위로 올라 댕겨. 올라 댕긴 이는 낮에는 농사짓고 저녁에 또 내려가고 서로 히이(해)논께. 그 또 나중에 또 그렇게 자구 일어나 또 농사 짓구. 혹시나 또 여기서 첩자가 있어. 자고 나믄 또 그 사람들이 산에 내려와 가지고 말이지. 옷도 빼뜨려가고야(뺏어가고), 소도 빼뜨려 가지고. 안 줄 수 없다마다. 비니께(칼로 죽인다는 의미). 안 줄 수 없는거 이다. [조사자: 네. 그럼요.] 그래갖고 털어가지고, 우리 묵는거 전부 다 털어가지고 가서. 싹 짊어지고 가. 그 사람들도 살기가 주락, 배가 고프니 안 가져갈 수 없거든. [조사자: 맞아요. 예.] 또 우리는 또 그 사람들 뺏긴 좀 빼뜨릴 수도 없는 거야. 뺏기는 기야.

우리가 이거 사는 사람들이 뭣도 못해. 그 사는 거 사는 것도 아니고 죽을 지경이라마. 죽을 지경인디. 그땐 뭔 나도 뭐 참 우리 집에서 아니고 내가 결혼할 때 말이지. 그때는 결혼도 없이 뭐냐면 명주 가주거든. 명주도 그 다 뺏기고 그랬어. 그 사람들이 누가 입을, 입을려고. 처음엔 내가 에에. 이십년도. 이십년도 십이월 이십 며칠 날 내가 결혼했어. 그 해 내가 결혼 했는디. 그 뭐 결혼할 때 뭔 밍기바지 딱 해 논거 입도 못 허고 딱 농 안에 이겨놨는디 싹 다 훔쳐가. 양서이놈들 싹 와 간 게 집집마다 막 털러 댕겨. 그래논께 저 사람들이 선 털어 가지고 .

여 아는 사람 달성 다 있지만은. 아는 경험에 의하면 여 안에서 말이지. 전투를 규전을 해가지고 말이지. 뭐 잴뭇(잘못) 되가지고 잽혀가서 막 반란군에 잡혀가 죽은 사람도 있고 군인들에게 잽혀 가 죽은 사람도 막 그리도 했어 그마. 서로 긴히 각규를 대가지고 마. 여쪽 저쪽 사람도 없이 그 막. 요그는 부락 사람이 둘이나 가 잽혀가서 군인에게 잽혀 가서 죽이고. 또 반란군이 또 잽혀가 잡어 가서 또 죽이고. 요기도 그리도 했어. [조사자: 동네가?] 하모. 우리 부락에는 군에 하나 죽고 반란군에 둘 죽고 서인가 밖에 안 죽었어. 하여간 우리 민에서는. 우리 부락에서는 딱 둘이 죽었어. 둘이 죽고 하나는 뭐 저 뭐 잘못 되가지고 연락처라 이래가지고 그 마. 군, 군인들이 알까. 도무지 몰라.

[조사자: 그러면 저기 반란군들이 왔을 때 저기 아재 한 것처럼 잡아가잖아요. 그러면 어디 피난을 가셨어요?] 용강 갔어, 우짜노. [조사자: 그때 그 용강도 들이닥치면 어쩔라구?] 아이, 용강 다 있었어. [조사자: 용강에 토벌대가 와 있었어요?] 하무. 주둔하고 있었어. 주민 거기에 본지가 고 근처에가 있었어. 전부 군인 순경이 거기에 있었어. 그러니까 그 모암 밑으로는 서걸 안하고 여기선 전부 모암 마을로 내려갔거든. 이 동네 사람이. 긍게 모암 마을 내려가서 인자 저쯤 부, 불이 인자 안에 요레 들어가서 동네 들어가서 살고. 그래야 접으러. 밥 묵꼬 지게 날 새 밥 묵꼬 또 농사지러 얼른. [조사자: 올라오고요?] 예. [조사자: 그때 군인들이 이렇게 따라붙고?] 하무. 군인들이 여그 따라 올라와. 같이 따라 올러 와. 그리고 인자 쯤 농사 다 거두면 그때와 싹 뭐이고. 쌀이고 뭐이고 막 옷이고 뭐이고 싹 싼 걸 싹 또 그걸 다 짊어지고 또 저 밑의

동네 내려가지. 농사 질 때는. 밤은 인자 내려가고. 나중엔 또 경찰이 딱 같이 있다가 동네 지키고 그렇게 한 십년간 우리가 살았어. 한 삼년은 게서 거기 살다가 반란군에 시달리고잉. 그리 십년을 시달렸어. 여수 반란 후로부터. 여수반란 십. 예, 오십. [조사자: 사십팔 년.] 사십팔 년이지? 사십사 년에 나가지고 육, 그 육십. 칠 십 년대 그 가까이 그마 난리가 났어. 오십, 육키무렵 가까지 나나. 긍께 한 십년간이요. 고상을 많이 한 사람들이야. 그래논께. 여기 싸우면 뭐 어디서 어찌난 그건 잘 몰라. 아무리 그래.

[조사자: 그러믄 토문할 때 막 집 불 나버리고 불 태워요?] 아무것도 없지요. 동네 아무것도 없어. [조사자: 다 불태워버리고?] 한 개 도 없었어. [조사자: 한 개도 없어.] 그땐 한 백 호 살았어. 여그가. [조사자: 백 호.] 하무. 이거. [조사자: 백 호면 많이 살았다.] 큰 동네. 집 한 개도 없었어. 싹 불 다 질러삐리고.

[최태종: 아이, 그때 저 집을 써야(태운다는 뜻). 머여 반란군들이 마 산게 그망] 그 군인, 저 군인들 거. 소 여 육. 뭐여, 홍주근 딸 기러고(그러고) 딱 세 명 즉사했네. 칠불사 지르고 불러 갔구. 더 치레야 그때하고는. 그래가꼬 인제 그 담제 산에 와가지고 경찰, 군인 뭐. 반란군들이 같이 쏴가지고 죽으믄 부락 사람들 쫌 잡아가 델꾸 가서 또 초상 치르고 난리가 났지. [조사자: 누가?] 우리 부락사람들이. [조사자: 누가 죽으면?] 아이, 반란군이나. 죽으면 내려 가야지. [조사자: 아, 인제 죽으면 동네 사람들을 델꾸가.] 군인들. 군인들도 경찰 죽으면 군에 가서 또 초상치르고마. [조사자: 초상 치러주신다고 그냥.] [조사자: 아, 화장을 해서.] 다 화장해서. 여 섬진 앞의 긍. 들에 들고 가서 태우고. 저 쌩기사(쌍계사). 거 돌아 핵교 돌아가는 데 여그. 거기 가서도 태우고 많이 태웠어. 칠불사 전 대학교 절터는 데서 거거 죽은 사람이. 여 생매장한 사람이 차갔어. 요 섬진강 태우고. 그냥 다 동네 사람들이 집어 내려가고 마. 강가에 매어가고 물가에 앉고 고생이 말도 못해.

긍께 뭐 싸웠어, 어땠냐는 그런건 잘 몰라. 우리들도.

[조사자: 아, 개인적으로 반란군들 만났던 이야기라든지 뭐 토벌대 당한 이야기

이런, 이런 거 뭐 하셔도 됩니다. 그냥. 본인들이 이제 겪었던 이야기들, 나는 개인적인 경험으로 이런게 있어. 방금 어르신처럼 말씀하실 적 나 잡혔다가 연장들고 이렇게 도망나왔다 이런 이야기들.]

[2] 낙동강 다부동에서 서울로 다시 북진하여 평양까지

[정맹규 할아버지로 화자가 바뀜. 정맹규 할아버지는 뇌출혈로 귀가 잘 들리지 않으셨지만, 연도와 날짜를 정확하게 기억하시면서 재밌게 이야기를 풀어내심]

[조사자: 어르신 연세가 어떻게 되세요?] 그래 팔십 서이. [조사자: 여든 서이?] 대화를 잘 못 허니까 팔십 서이나. [조성오: 저 위에 올라가서 싸운거, 싸운거 얘기 한번] [최태종: 귀가 먹어서 말 잘 못해.] 군대 생활 한거? [조사자: 예. 군대 생활 한 거 한번 이야기해주세요.] 내가 군대 입대하기를 오십년 칠월 이일 날 입대했는데. 칠.. 칠월 이일 날. 그래가지고. [조성오: 아이제, 그 그 앞에 갔지.] 부산에 와서 저녁 먹고 부산지구서 열차로. 대구로 올라갔어요. 대구 저 남산 공원. 밑으로 죽 올라갔는데. 그 남,남, 남산 공원에 가서 하루 종일 있다, 하루종일 딱 자고. 그때가 언제냐면 팔월 십오일 날이야. 팔월 십오일 날, 여-군대 어디 사격단에 가서 사격 다 하고 마치고 그래 돌아서서 와가지고 누워 자는데 바, 밤에. 취침을 하는데 그 다음날 빨리 막 불러요. 그래 불러서 나가는, 나가니까 뭐 그때 그거 하래는 소대도 있고 중대도 뭐고 이 중대도 있고 다 있었지만은. 뭐 나오면은 마 한 짝 신고 한 짝 신고 나오는 족족 신고. 쳐다보게 저저 낙동강으로 갔습니다.

그래가지고 낙동강 어디서 차음에 했냐 하면은 낙동강 저 뭐고 다부동. 삼백, 삼-고지 우리는 저 거기서 인자 적을 만나가지고 거기서 접전을 했어요. 그래도 거기서 이제 삼백고지 되어서 폭탄 한 방 맞아가지고 그러재. 그래가지고 어데로 갔냐 하면은 그 다음에 돌아서 팔공산.

[조사자: 팔공산?] 팔공산에 인자 그날 팔공산에 들어가는데 적이 어데로 들어 왔냐면은 대구 영천, 영천에 지금 그때 들어왔어요. 그래서 전부 인자 팔공산에 있던 본부대가 철수를 혀고 우리만 들어가고 거기는 철수해 나오는기라. 그래, 그리 뭔 줄 알고 어디로 갔냐 하면은 저 대구 이름이 뭐꼬, 가산. 가산으로 돌아서 들어갔습니다. 그래 그 뭐이고 가산 전투에도 한치 앞으로 쳐 들어 오믄은 한창 나가고 한치 앞 들어오면 한창 나가고 뭐 말도 못해요. 그래가지고 거기서 인자 대구 뚫고 인자 팔공산으로 '도로록' 올라갔지. 거기서부터 돌아서 팔공산으로 해가지고 팔공산에 팔송산 점령했고 거기서 며칠 있다가 올라갔지. 어디냐면은 [최태종: 분지로 올라가는 타임입니다, 지금 말하자면은.]

옷도 무맹옷. 모자도 무맹옷. 배낭도 무맹. 신발도 그 군화도 없고 그 당시는 뭐냐면 농부화. 농부화 신고 요로케 해서 올라갔제 뭐. 도롤 도롤 산. 일부는 산을 타고 일부는 저 모르고 도로를 이렇게 해서 올라갔습니다. 올라가가지고 어디까진들 올라갔냐면은 중간에 올라가믄서 뭐 올라갈 께에는 전투도 하나도 없어요. 저 거 중간에 하여튼 뭐 저 낙후병. 그거 총으로 쏴 먹으고 내버리고 그냥 올라가고 그냥 올라가. 그래 그 날리는 그곳이 전부 지금 지리산으로 요리 들어와 가지고. 요리. 요리 들어와.

[조사자: 낙오한 사람들이?] 그래 인자 서울이 그때 언제 입경 했냐면은 9월. [조사자: 9월 28일.] 구월 이십구일 날. [조사자: 예. 그쯤 됩니다.] 그 입때 뭐고 인천서 상륙 작전 해가지고 인천에서 돌아오고 요거는 밀고 올라가고 그래 포위작전 한기라이. 그래가지고 서울서 인자 한 삼일 있었져. 한 일주일 있었습니다. 일주일서. 이제 어디 있었냐믄은 지금 청와대 뒷산, 인왕산. [조사자: 인왕산.] 인왕산에서 한 일주일 있었어요. 그래가지고 다시 이제 공격이라 올라간 건 그 당시로 봐서는 지금 요새 보면은 막 천지가 도로지만은 통일문. 통일문 해서 저 서,서부로 올라 가면은, 올라 가면은 도로 하나, 딱 밖에 하나밖에 없어요. 그걸 또 넘나 하면은 넘지도 아니허고 쪼그만 데 인제 제우

차 하나씩 댕기고 그래갖고 봉일천는 해서. 지금 문산 있죠? 문산. 지금 문산. 문산까지 진출했지. 그래가지고 문산서 인자 단체로 자고.

그 이튿날 늦게 고랑포, 고랑포. 고랑포 저저 고랑포 뒷산에, 그전엔 삼팔선이여. [조사자: 네네. 아. 거기가 삼팔선이구나.] 맞지요 삼팔선. 고랑포를 이제 어째하면은 요 앞서서 다리덜(다리를) 다 포가 때리고 거 다리도 없고. 지네들 임시 고무보트 허지 다리를 놓난드. 앞에 나가서 고 놓구 [조사자: 고무보트 엮어서가지고요?] 그래 들어가지고 고놈 그 뒷산에 인제 가서 멈췄어요.

그래 그 아침에 3.8선을 인자 넘고 넘어 갔는데 뚫고 넘어왔는데 올라. 요행 뭐 사람도 없고, 신 저 우리가 올라가도 사람도 안 보여요. 하루 뭐 몇 백리 몇 십리를 가도 사람이 안 보인다니께. [조사자: 그럼 북한 사람들은 다 어디가고?] 전부 다 그냥 포랄 쏘고, 싹싹 먹꼬 올라가보논께 없는게라. 전부 다 그 저쪽으로 가이. 그라갸꼬 이쟈 한군데 죽 올라가니께 몇 명 인자 사람이 있어요, 있는데. 그거 갖구 올라가는 거 본께 무시가 이런놈 막 배추도 이렇고. 그때 절 뭐 가을이 되논께. 그래인자 다 가서 인자. 요 때에는 보급이 잘 안 돼, 근데 보급이.

하연 매일같이 걸어서, 걸어서, 걸어서. 차도 없고. 걸어서 올라가니까 발은 부어가지고 막 도저히 그 뭐 하는거야. 놔두면 안되니께. 겨냥 맨발로 걸었지, 맨발로. 발이 부헤놓께(부어서) 그래가지고 발이 부해가지고 물을 건디, 농부화 신고 물을 건너면 뭐 질장이 없는기라. 그래 맨발로 가는기라. 그래가지고 산 밑 좀 올라가믄서 어디를 갔냐면은 평양 밑에 저 예 사거리 그그 뭐뭐 뭐 있지. 평양 밑에 그까지 진출했어요.

그래가지고 그 올라가서는 인자 다 15연대에 있었는데, 15연대 3대대. 원래 그 당시 저 뭐고 15연대서 15연대가, 참 강군이였어오. 그래가지고 전부 디다 저 15연대. 11연대, 12연대 일개 사단 있는디 거 일개 사단이 인자 함흥 위원대가 아니고 팔군 사령부로서 좋게 생각이 들어있어요. 팔군 사령부로서 좋게 해가지고. 그래가지고 인제 거기서부터 인제 서로 인자 점령. 평양 점령할려고. 서로 인자 뭐 각 먼저 부대가고 [조사자: 공을 세울려고?] 서로 인자 그세 점령할려고, 예비교육이 예비지. 예비연대가 따라가다가. 그당시에 저 뭐고. 사령관이 누구냐며는. 이쪽의 그 사령관이 그 사령관. 그 이름도 인자 어 내가 기억력이 허이. 뭐 오래되니까 기억력 안쓰. 잘 안나요. 그래가지고. 예비도 없고. 뚝 떠드만 앞으로 뭐이 뚝. 삼, 삼개 연대는 막 포위를 해가지고 들어가는기라.

그래 우리 연대는 인자 어디, 어디로 갔냐하면은 동평양. 동평양 저기 저 상류로 그래하고. 11연대, 12연대는 전면으로 대동강. 대동강에 딱 접근한디, 그 당시 적은, 적이란 것은. 정보가 없어지고 도무지 정보가 못해. 그러기 때문에 대동강에 갖다 붙어도 제대로 몰랐다 이기래. 그래가지고 우리는 저쪽 인제 동평양으로 뭐이고, 평양으로. 상류로 지금 들어가서 거기서 인자 하루저녁 자고 그 이튿날 그기 점령할려고 일부는 도, 산을 타고. 일부는 도로를 하고 그라 그란디.

한군데 떠억 올라가니께 강 한 밑에 부락이 큰거마녕. 막 부락이 영 커. 한디 보니까 인민군 둘이가 밥 읃으머냥 식량을 운반하는 기라. 그래가지고 내려다보고

'총을 인자 싸 그래!'

했습니다. 포, 포로 할려고. 그래가지고. 그냥 내삐리고 가버렸습니다.

그래 인자 그 밑에 내, 내려가가지고 일부는 산에 있고 일부는 밑에 부락에 인자 내려가 가지고 수색을 하고 그래가지고 한군데 또 비니까 아무도 그 사람도 뭐 호는 전부 호. 방, 방어호는 다 있는디. 집집마다 다 방공호 다 있어요. 한 사, 이백호는 뭐 더 왔그만. 그런데 한군데 떡 가니까. 굵은 처녀, 처녀들이 머리를 유그라지께 따고, 따가지고 한 오 명째 있으면서 그래서

"아가씨, 저 집에 들어가시라!"고.

그런데 희뜩도 안하고 보더만은 분간을 못하니까. 왜 분간을 못하냐. [조사자: 인민군인줄.] 총도 우리총. 걔들이 그당시 내려와가지고 없는 것이, 총도

우리 총. 모자도 구분이 안돼, 인민군이 전부 우리것 다 뺏아가지고 이러논께 똑같애. 똑같애, 먼데서 바라보믄. [조사자: 재밌네. 국군인지 인민군인지 모르는구나.] 그래가지고 거기서 인자 내려가뜩 왜 내려앉아 수사를 해뿌리고하난 아몬디 떡 가니까. 남한인들 항구 짐 뭐고 거스그 한 사람들이, 남한인들. 그때 한가을이여논께, 나가 그랬제. 수사를 다 마치고 인자 그거를 내전해주게. 그 할마니들이 뭐라 하는가 하면은. 우리를 자꾸 불러싸서 갔다요. 가니까 그 당시 거기내 그 부락이 전부 예수가 되가지고. 걔들이 예숫일하면 그거는 [조사자: 교회인들만.] 반란, 반란자구만. 지옥살이요. [조사자: 네, 그렇죠.] 예수 믿고 글거냔 바로 총살이라. 그래가지고 걔들 지위라는것이 어찌 아냐면. 지금도 그러는가 몰라도 삼민자라하디요. 한 집에 살던 놈을 서이서 딱딱 묶어가지고 그래 감시가 하나썩 있어. 경찰이. 비밀경찰로. 집집마다 비밀경찰이 다 있고. 인자 문턱 아주마로는 출입도 못하냐고 그, 그쪽에 말도 좀 못해. 다 묶어놓게. 그, 그렇게 세, 세상 살았는 그가. 그, 그래서 내려와써 내려와 불러싸 가니까 상을 차려놓고 어디 뭐, 뭐이고 하는데 뭐 없는 게 없어요.
그래가 들어가 앉아서
"인제 오샸샤?"
하면은 앉았냐, 앉아쿠 인자 얘기를 하는디. 전부 자진연세 할머니들이 전부 인자 자기네들이 뜯어가지고 뭐 좀 다 묵어요.(먹어요)
"그건 왜 그러느냐?"
그이 뭐고,
"위, 위장에 해가 없다."고
확인하기 위해서. [조사자 :아, 독이 안들었다고.] 응. 그래, 그래갖고 반대루 먹겠습니까. 그리고. 묘했지.
그래가지고 저기 도, 도로 오니까. 어지런 젊은이 한 하나에 머리가 남잔데 머리가 이렇길래 멍탱이한 사람이 막 미친사람마이녕
"만세!"
막 인제 부르고 막 뛰어 나오는기라. 그래갖고 인자 뭐라는고 했난. 자기는 해방쪽 그 근처에다 묘를 써가지고 묘 속에서 [조사자: 살았구나.] 마, 마을에 인자 비밀로 여주고 들어갖고 있거든.
"그래 어찌 알고 그랬냐?"
이런께.
"여기 늠직 넘어와 오늘 아침에 총소리를, 긍께 총알을 몇 방 쐈거든. 그래 논께 총소리가 났는디, 뭔일이곤 하고 가만히 든 그런 내, 내다 본데가 있는 모냥(모양)으로 내다보니까. 어디 또 인민군이랑 같으요, 옷은 똑같은디. 아무리 내다봐도 총이 다르다 이기래.
"총이 이상하다."
걔들은 이제 소련제. 걔들 소련제는 그 당시 '딱' 쏴면 '딱콩! 딱콩' 이러거든. 고로겠지. 그래가지고 거기서 인자 자고, 자고.
이제 그 사람이 그래서 그걸 보고 나와서 '만세!'를 하는기라. 그날 인자

아침에 새벽에 각 한디(한데) 전부 상류로 돌아 가면은 그냥 도보로 더 더갔어. 근 대동물을 건내. 물을 건낸 도보로 건내 가지고 [조사자: 네. 물이 얕아가지고.] 드, 들어간께. 평양 도착하니까 이제 그때사 이제 비, 부, 부슬비가 부슬부슬 내리는디 [조사자: 아, 비가 왔구나. 평안도에.] '김일성대학'이 어디 있냐면은 동평양에 있습니다. 그래 인자 저 거기서 인자 시내 작전을 막 작전을 갔다 해가지고 들어가는데. '김일성대학'에 들어가 보고.

그래가지고 어디로 들어갔냐 하면은 모란봉. 모란봉을 인제 뭣 점령을 하는데, 뭔가 무력으로 점령하는디. 거 아니 저 며칠 어찌어찌. 배치하구서. 그래 나오는 대로, 뒤 포위 되가지고. 거기 전부 거기선 전부 다 사살하고. 그 포로라는 것은 한정 없어요. 날마둥 몇 천 명 몇 백 명썩 포, 포로를 집어넣어줘. 그런데 모란봉에서 한– 있어. 한 사날(사나흘) 있어. 있었어요. 거기서. 내려간 인자 뒤에 그래가지고 난 그 당시에 뭐냐면 거서 저 뭐고 중대장 앞배후로 있었습니다. 중대 대, 대간에 연락병으로. 그래가지고 모란봉 와서 인자 딴 부대는 전부 뭔 시내로 내려가고 우리들 중대는 모란봉에서 있었거든. 그래서 인자 나 중대선 먼저 연락되고 소대 연락배후 인자 이렇게 만나가지고 저녁에 인자 밤이라.

내려가니까 불도 없고 오직 천부, 전부 뭐고 저 있는 게 초롱불이요. 한군데 불도 없고 초롱불. 그런데 한군데 들어가니까 들어가니까, 촛불 다 켜놓고

"들어오시라!"고

말을 해. 들어가서 앉아서 노는디. 그 사람 인자 그 사람도 거기서 그 전에 일본에 있다가 일본, 일본서 일본 갔다가 나온 교포라. 그래서 둘이 거거 저 허딘 놀, 놀 사람이 놀디가 없냐 이러니께. 여쪽제 들어가면 우리 자기 뭐 외갓집이 있네요, 있다고. 그리 한번 가자고. 가니까, 청년들. 청년들이 아주 많아요. 많이 있는디 한창 멀고 한창 때라. 총을 딱 세워놓고. 인자 총을 드리워야 할꺼인디 총을 세워놓고 가서 앉아 놓네라. 그러니께 재들 뭐라는고 하면은 뭐 좀 이야기를 해요. 총을 거따 세워놓으면 안되니께, 우리 또 인민,

인민군 사람 했습니다. 전부 학도병이라 그것도. 그래가지고 이쪽에서 되게 폭격을 해쌓고 하니께 막 분산이 되가지고, 훈련소에서. 그래가지고 도, 도로 도피해가지고 나와서 인자 즈그들이(자기들끼리) 지하생활한기라. 그래서

"이제 나왔다."고,

"걱정마시라!"고.

그래가지고 거기서 그래갖고 안심을 했지. 안심하고 돌아와 가지고 평양서 한 삼일 있었습니다. 그래 말 듣기로는 평양 점령부대가 평양조사를 헌다구 헌 삼일 있다 도로 들어간 도로 올라 가는디 어데로 오라면 평양 위에 저 지방은 신안. 신안 있고 우정안 있고 그랬어요. 신안 있겠제. 그가면 저 큰 유명한 염, 거시기 있어요. 저 뭐고. 강이 하나 있어, 늪강. 강이 있어가지고. 이쪽은 이쪽은 안주고 요쪽으로 진안주고 그으. 거길 인자 내려가진 인자 쭉 올라가가지고 그렇기한디 다리도 없고 다리 채운 판디기 한 장 밀고. 예 뭐고 열차. 열차부터 싹 폭격 되가지고 이리저리 여러 막 엎디고 앉고 있는데 그거 타고 인자 올라가. 올라가가지고 올라갔습니다. 쭈욱 올라가인.

"그즈께 말 타고 피리불고 북을 치면서 한정 없이 지냈습니다."

그때 인제 중공군이 (다들 탄식하며) [조사자: 나갔구나.] 나가가지고 그리 못 들어가고 다른데 돌아서 박천으로 다 그냥. [조사자: 아, 박천으로.] 유격포로. 그래가지고 막 대원들 격려해가지고 어디로 들어갔냐 하면은 '운산' 있어요. 인자 그전은 거기는 구름 운자 운. 높이 높고 할 때 구름산입니다. 운산으로 들어갔습니다. 운산으로 들어가가지고 운산서 인제 중공군하고 인제 격전을 [조사자: 아, 만났구나.] 거기서부터 인제 중공군하고 인자. 그래가지고 중공군 뭐이고 한 5일 동안 치열하게 싸웠으, 싸우고 있는데 도저히 이건 뭐.

그래가지고 그 당시 인자 미군들이 패해가지고는 후퇴명령을 내린. 후퇴명령을 내린께, 전부 후퇴를 하니께 그 막 긍께 부대도 없고 막 각자 작전이 되뿌린거지. [조사자: (혀를 찬다.)] 어려웠지. 그 미군애들은 주로 차가 있고 하니까 그래도 나오. 그 우리는 걸어가지고 포위를 당해가지고, 나오다가,

걔들한테. 한 삼일동안 포위를 당해가지고. 거짓듯 빠져나오겐. 거기 가보니까 나중에는 저 뭐 넘고. 어떤데미 동쪽인고 어쩐 쪽이 북쪽인고. 우리도 뭐 분간을 못항게. 워 그리는 뭐리부러 요리 저저 또 이렇게. 그래가지고 인자 밤이 돼서가지고

'몬 죽겠다.'

저 들 남쪽에 가서 포소리, 포소리가

'쿵!'

요 놔.

"인자 저가 남쪽이다."

그래가지고 빠져 나왔쥬. 빠져나와가지고 인제 내내 거기서부터 도보는 도보로. 여, 거 올라갈 제라도 도보로 차 한 개도 못타고. 그 도보로, 도보로 또 처, 철수된 내려오는. 그래보니께 피난민은 피난민 나온 민간인하고 군대하고 막 뒤섞여가지고 혼데 뒤섞여서 가지고는 나오는기라. 피난민은 피난민들끼리 나왔야끼니 전부 한데 뒤섞여가지고 빠져나오구. [조사자: 아, 고생이 심하셨네요.]

괜히 지 전부 피난민 전부 다 나오불제, 언능 막. 학살도 많구. [조사자: 난리가 났구나.] 그래 인제 도로 평양으로 내려왔지. 도로 평양으로 내려오니께 거기도 지금 평양도 미군들 전부 철수해 비리고. 그릉게 어떻나면은 이자 평양 오니까 벌써 거기서 선도반이라고 뭐 인민군 아들이 찬송을 하고 [조사자: 선동하고 있구나.] 만세를 부르고 난리를 치고 여러댕게.

그래가지고 평양 빠져나와. 평양으로 인자 대동강을 건너서 또 내려가지고. 영평, 그게 그 뭐고. 그 밑에. 잊어부렸다. 그 산아지, 요리 사거리 있는데. 요리께게게 이렇게 딱 노리께 딱 되요. 참 들이 넓어요. 그 와가지고 한 5일, 6일인가 있었죠. 한 6일간 있었는데 피난민이 자주 주변에서 다 나오면 하나하나 나오는 게 아니고. 단체로. 한 부락 한 부락 단체로 전부 나와. 피란민이. 그래가지고 이쪽은 병, 병력이 부족, 부족해노니까. 거기서 인자 병

력을 모, 모으고 소집하는기라. [조사자 :피난민중에.] 그렁께, 한 사람이었지. 들어온, 워 군중 뭐고 군대로 온다 하면은 전부 뭐, 하, 다 한대로 와 부려. 그래 딱 35세까지 지정을 했는디. 어디데든 그 한 트럭도 밑에 막 넣으마. 빼낼 수도 없고 도로 받아들인게라. 그래가지고 거기서 한 일주일동안 훈련을 수행했습니다. 그 사람들. 긍께 훈련을 시킨디 훈련시킬 필요도 없어. 우리보다도 더 선생이야. (서로 웃으며)

그래가지고 그 저 군대로 다 받아놨지. 그래가지고 무장이 인자 있어야지, 무장이 없거든. 무장 한 사람하고 안 한 사람은 안 허고. 그래갔고 인자 각 중대를 소집해야지. 중대를 인제 지켜. 그 원래 이게 3대대라면은 9중대, 10중대, 11중대. 12중대 4개 중대가 일개 대대거든. 그런데 십, 십오 중대, 십육 중대, 십칠 중대, 십팔 중대. 일개 대대를 갖다가 거기서 인자 모집을 했어. 그래놓고 장교가 없어 전부 사병이 요러고 저러고 했지. 그래 그 내가 십육, 칠 중대 임시 중대장으로 나가있었습니다. [조사자: 장교 가셨네.]

그래가지고 인제 [조사자 :선생님 장난 아니시다.] 거기서 보병을 찍내가지고 그대로 이 저 내려오는기라. 요이. 용케 언능 내려와서 [조사자: 야아, 진짜 처음 듣는 이야기다.] 나래들왔심. 그래 삼팔선까지 언제, 언제까지 후퇴했냐면은. 삼팔선 내줘버리고 임진강을 건내서 제 2 방어선으로. 제 2 방어선이 어딨냐면은, 서울 우에. 녹번에. 제2방어선이 있는. [조사자: 녹번동!] 글로 들어가서, 글로 들어가지고. 거 어디냐 거 있냐면은.

그 당시 인민군 뭐고. 중공군이. 이십개 소단 있는. 이십개 소단. 이십개 소단이 뭘, 뭡니까. 일개 사단이 막 사다리를 요그 만들어. 헛총을 써. 오십리, 오백, 오십만명이 그냥 나온께. 그래가지고 거기서 인제 쭉 인제 뭐고 방어를 하는디 저 뭐이고 걔들이 접, 접근을 못하니까. 안심을 허지, 안심을 해놓고. 그 당시 인제 누가 저 그 뭐고. 선화대를 했냐면 강문봉. 강문봉 전대가 사단장을 했습니다. 그래가지고 하루종일 인자 들어오는디 여아 실탄이라는 것은 말할 수 없어. 한 1년치 장착하고, 다북다북 찼습니다. 막 실탄이.

거기서 인자 강문봉이 뭐라 했는고 하냐면.

"한강을 건너는 숭놈, 저 건너지 말고 한강을 만약에 뜨게 되면은 한강에 전부 빠져죽을끼고. 다 빠져죽자."

그런 아픔이 있었습니다.[조사자: (혀를 차며)어으.] [청중: 그래 결실로 각오를 한께.] 그래논께 [조사자: 그렇게 각오하고.] 철수를 해봐야 그렇고. 그래가지고 거기서 인자 하룻 저녁에 뭐 한지역에 저 저기인냥 저 서쪽으로부터 접근을 해온기라. 그래 한군데서 저 이쪽에서 총을 쏴노니께 밤새도록. 뭐 그 절대 보도 못하고 막 마무리를 해분께. (큰소리를 내며) 저기 저 막 들이 쏴어 막 밤새도록 막 쓰, 쏴싸도인기라. 그래노니께 나중에는 인제 청, 총알이. 청통대가 불탄거마냥으로 바글이 되뿌이.

포도 마찬가지여. 그래갔꼬 인제 날이 샜지요. 날이 새가지고. 걔아들이 접근을 해가지고는 드, 못 넘어오구 말았죠. 말아가지고 거기서 인자 방어선 해가지고 어디로 갔냐 하면은 포위작전을 한기라. 으제 여저저저 얌전히 지었고 포위작전을 인자 할 적에 저 그 문산. 문산으로 인제 되 뭐고 포위작전 내려갈라고. 그날 운산에다 공, 공군이는 낙하산 떨으고. 전부 저이.

그래가지고는 강 건너 온 놈들은 한 개도 못 건너고 싹 다 죽었지. 에, 거저 뭐고 이눔 의 시, 시체 때문에 다니지도 못했던 그런 사람이야. 싹 다 태워뿌린. [조사자: 다 태워버린?] 한강. 한강 어딘데 뭐고 있는데. 지금도 그렇지만은 다리라는 것은, 한강의 다리라는 것은. 딱 하나 뿐입니다. 없고. 지금 국회, 국회 있는 그것이. 그전에 섬, 섬이요. [조사자: 여의도가, 그죠.] 맞죠? 그래 그 안에 자꾸 마늘냄새 나고 게들이 있었수다. 비가 많으면 물이 되고 물이 빠져 삐리면은 모래밭이 되고. 이리이리 되었쑤. [조사자: 여의도가 그랬어.] 그래갖고 인제 거기서 다, 다리가 딱 하나뿐인론께로 이제. 이쪽 인자 온 피난민들. 서울서 나온 사람, 휩쓸러 나온 사람. 전부 인제. 한강으로 인제 도강한기라.

신분, 신분조사해가지고 그래갖고 인자 내보내고 내보내고. [조사자: 민간에서.] 그때까지는 걔들이 못 따라와. 못 따라 왔는데 근자 그러고 인자 이따까야 우리는 척 후병을 내보고 보내고 보내고 하는디, 그때 근데 그때는 추워, 추워 논께. 강변에다 불을 태워가지고는 불을 찍어두게. 아주 그냥 뭐이녀. 전부 뭐 이놈 모습해갖고 얼굴이 새깐, 내나 할 것 없이. 얼굴이 새카매져요, 막. 그 거시기 흙 날아와 가지고. [조사자 :타이어 태워서.] [조사자: 음, 타이어.] [조사자: 타이어.] 그래가지고 서울서 인자 입댕, 뭐 허다가 저쪽으로 인자 우리는 언제하면은, 언제냐면. 지금 국회 있는데. 거리, 거리로 인자 나왔어요. 그 가서 인자 넣어지고 먹고 거시기 한데 강은 꽝꽝 얼어지고 전부 피난민들이 걸음으로 막 나오고. 그래서 거기서 인자 거처호를 파고. 그 저 호라는 것은. 딱 하나! 하나 들어앉고. 그라면 둘이 들어 앉는다가이. 그래가지고는 거이도 지금 뭐, 뭐이고. 한 십, 오십 리 있다 삼십 리 있다 떨어가지고 있지. 행렬이 적어놓은께. 그래가지고 거기서 인자 어디, 어데로 진출했냐면은 그 국회 그 자리. 저녁으로 그 나와 가지고. 낮으로는 요즉 강변으로 들어와 가지고 호에 들어앉고 있다가 있는거고. [조사자: 호를 파서.] 그래가지고 헌제 개아들이 한중메고 서울로 막 들어다온기라. 여의도 있는 쪽으로. 피난민, 피난민 막 그냥 오르제. 거 그런, 근데 어째 그래 거기서도 또 인자 조사를 해가지고 내보내고. 나중에는 조사할디도 없었지만. 하겠지만주 하겠마네. 그래 한주 째에는 인자 어찌냐면은 걔들이 한강 저쪽으로 다 왔죠. 피난민하고 같이 어울리서 인자 넘어온 기라.

그래가지고 할 수 없이 어째해서 철수 안했습니까. 모두 철수를 해서. 인제 내가 그 당시 그 당시로는 인자 뭐나면은 군대장급을 했수. (기침을 하며) 군대장급을 하면서 그 하나 인자 뭐냐면 제일 가까운 놈. 저 전라도 어디는 그 있습니다. 걔하고 같이 인자 아 둘이서 인자 하고 있던디. 니 하루 종일 고달프고 머리가 아프고 허 이제 죽겠어요. 어디든. 그래가지고 어디 잠박(깜박) 들은거이, 잠박 들은거이. 잠이 쫙 들어버린기라. 그러자 저 이층에서 빈방우에다가 서울서 막 포를 대대로 안 떨어뜨리니까 그리. 그런즉도 몰랐다니까 나는. (웃으며) [조사자: 포가 떨어진 것도요?] 그런데 그 뭐이고 그 놈이 영등포로 올라갔다가 아무리 봐도 없. 내가 없드래나. (다들 웃으며) 그래 돌아, 되돌아 와가지고 깨와, 깨와요. 그래가지고 같이 저 안올라갔습니까. 그래 어떻게 그래 막 때리고 불루, 불렀지. 그래 그 당시에 어데까지 철수했냐 하면은 안성있지? 안성. 변재(평택) 안성. 안성까지 후퇴를 했습니다. [청중: 그 1.4후퇴거든.] [조사자: 네, 그 얘기를 너무 재미있게 해주시네요. 얘기로만 듣던.]

거기서 인자 다시 인자 공격을 인자 올라가. 다시 공격을 한다. 지금 그 쭉 올라 가면은 인제 공격을 해. 올라가면서 서울 앞에 관악산 있죠? 관악산 그가아 언제냐 하면은 음력 설 아츰(아침) 전날 저녁에 하여튼. 전면했습니다. [조사자: 다시 올라갔구나.] 관악산. 그래가지고는 이때는 아침이 되니까 설 쉬었다고. 요매 만한 저 떡 하나씩 주고. [조사자: 설이어 가지고.] 시, 시체를 주욱 모으는디 중, 중공군 시체를 전부 모아주, 쓸어 모아가지고 우리 가까이 저기 모 하튼게. 그래가지고 다시 인자 복구를 안했습니까. 그때 인제 차. 차가 아니고에. 물을 글레는 차. 그거를 인자 태워서 뭐 수, 복구를 인제 서울로 돌아서 죽 가이. 그래가지고 다시 인자 곧 서울을 수복하고 그라곤. 수도 다시 수복하는.

그래갖고 막 뭐 임진강. 임진강 인민군 다시 그때 인민군 다시 진출. 거기서 인자 종결임. [조사자: 와, 역전의 용사시네요.] (박수소리가 크게 울러 퍼지며) [조사자: 박수를 쳐드려야겠어.] (박수소리) [조사자: 말씀하시느라 저] [조사자: 야, 근데 지명을 다.]

[조사자: 정말 대단하시다.] 예전에 저. 이북가지 갔다 내려온께. 가만히 저 나오나 본께. 전부 지금도 그렇게 감시, 감시가 심하더만그. 북쪽이. 꼭 그 당시인디. 거 여기 나 야기를 하자면은. [조사자: 귀가 왜 안 좋은지?] [청중: 뇌출혈.] [조사자 :아. 뇌출혈.] [청중: 자빠즌. 그래가지고 뇌출혈 나가지고 늦뒤아 그 뒤로 영. 그러니까 지금도 약을 일주일 타잡솨. 하루 한번씩 다 먹

어.] [조사자: 훈장 받았겠지 .] (옆의 할아버지가) 이 양반 훈장은 안 받아. [조사자: 그, 그렇게 했는데도 못 받았을까?] [조사자 :다치셨는데 다리도?] 상이용사. [조사자: 아, 상해용사!]

[조사자 :선생님 성함 어떻게 됬는지] [조사자: 이름이 어떻게] [조사자: 할아버지?] 정맹규. [조사자: 정!] 맹규. [조사자: 명, 명규를?] 맹규. 맹. 정맹규. [조사자: 할아버지, 연세가 어떻게 되세요? 연세!] 팔십 서이. [조사자: 정맹규.] [조사자: 연세.] 설쇠면은 인자 팔십너이. [조사자 :팔십너이요.] 맹규요. 규규. [조사자: 아, 예예. 규규.] [조사자: 규.] 헤 거참. 한글로 쓰면 되이. (이름 쓰고 확인함) [조사자: 30년, 29년 생이신가?] 이십구년생. [조사자 :29년생. 그러면 여기 노인정에서도 연세가 제일] 제일 많죠.

[조사자: 여기 백마고지 전투하신 분들도 있는데 뭐.] [조사자: 그러니까. 다들 대단하셔. 여기는.] [조사자: 저희는 빨치산 들으러 왔다가 정말 참전하신 이야기 들어서 좋았습니다.] 고맙소. 여기 와주신 것도. [조사자: 아이, 저희가 감사하죠.]

해군으로 한국전쟁에 참전하다

방 성 배

"40일을 겨울바다 동해, 그 흥남 앞에서 거친다는 건 거의 지옥이에요. 거기 40일 갔다 오면 20일 동안은 육지에 와도 흔들리는 거 같애"

자 료 명: 20140421방성배(인천)
조 사 일: 2014년 4월 21일
조사시간: 60분
구 연 자: 방성배(남 · 1934년생)
조 사 자: 김경섭, 김정은
조사장소: 인천광역시 연수구 청릉대로 109 6.25참전 유공자회 인천연수구지회

[조사과정 및 구연상황]

조사는 전해 연말에 다녀갔던 인천광역시 연수구 6.25참전유공자회 인천연수구지회에서 진행되었다. 한 번 다녀간 곳이어서 지회 분들과 안면이 있어 조사 진행이 수월했다. 더구나 이번 조사에서는 별도의 회의실을 마련해 좀 더 나은 환경에서 조사에 임할 수 있었다. 큰 회의실에서 방성배, 김기주

두 분을 모시고 이야기를 경청했다.

[구연자 정보]

방성배 할아버지는 원래 인천이 고향이다. 전쟁이 발발하자 김포로 피난을 갔지만 인민군이 벌써 들어와 있어 더 이상 남쪽으로 가지 못하고 집에 돌아왔다. 해군으로 6.25에 참전한 분으로'두만강 호'라는 함선에 배속되어 주로 동해상에서 해상임무를 수행했다. 군 전역 후에는 상선 선장으로 오랫동안 일했다.

[이야기 개요]

참전하는 것이 학생으로서 도리라고 생각해 51년 5월에 해군에 입대했다. 해군에 입대한 이유는 육지보다 바다에서 싸우는 게 낫다고 생각했기 때문이다. 6.1함(두만강 호)라는 가장 큰 함선에 배속되어 원산, 흥남까지 올라갔었다. 한번 출항하면 20-40일을 바다에서 보냈고 부식이 떨어지면 미군 배에서 얻어 먹었다. 휴전 즈음에는 서해에서 LST를 타고 황해도 인근 북한 주민들을 남하시키는 임무를 수행했다. 배 안에서 분만한 여성도 있었다고 한다. 제대 후 공무원 생활을 하다가 생활이 너무 힘들어 독학으로 딴 배 항해면허를 활용해 상선을 오랫동안 몰았다.

[주제어] 해군 입대, 6.1함, 두만강 호, 원산, 흥남, LST, 북한주민 철수, 선상 분만, 상선 선장

[1] 김포로 피난 갔다가 인민군을 만나 돌아오다

[조사자: 참전을 직접 하셨으니까.] 참전은 51년도 유월 달에 입대해가지고, 61년도에 제대했으니까 참전해가지고 입대해갖고 휴전되는 날까지는 또 전장에서 있었다고 봐도 되죠. [조사자: 이제 아까 말씀하시듯 편안하게 말씀하시

면 됩니다.] 어,어흠 내가 많이 수줍음을 타는 사람인데 또 나를 택했어. [조사자: 그러면 고향은, 고향은 어디십니까?] 고향이 인천이예요.

[조사자: 그러면 전쟁 당시에 학생이셨어요, 아니면?] 학생이었습니다. [조사자: 전쟁 당시 때부터 좀 상세히] 전쟁당시에는 뭐, 군인이었으니까 전쟁이 일어날 때, [조사자: 예, 일어날 때] 전쟁이 일어날 때는 학생이었는데 뭐 6.25 전쟁 나고 나니까 공부도 못 허고 거 오,오십 년도에 나고 51년도 까지는 근 일 년 동안 학생이라는 신분뿐이지 뭐 어디 가서 헐 수도 없고 거 돌아다니다가 보니까 일 년 허송하다가 인제 도저히 뭐 학교도 맨날 다녀봤자 그거고 그러니까 인제 군대 가 [조사자: 근데 고등학생 학생이셨어요? 그 났을 때가 고등학생이셨어요. 아니면?] 그때 내 기억으로는 중학교 4학년 때. 6.25 전쟁이 났고 결국 5학년 때 입대한 건데 고때 학제가 변경됐어요. 저 중학교 4학년은 1학년이 되고 그렇게 변경됐어요. 학제가 그래가지고 그 당시에 저, 우리는 지금도 이력서를 쓰라 그럴 거 같으면 중학교 중퇴자에요. [조사자: 아 그렇게 되는] 네. [조사자: 사실 그때는 중학교니까] 중학교 5학년이나 뭐 고등학교 2학년은 고등학생이고. [조사자: 지금으로 따지면 고등학교 1학년은 중학교 4학년인겁니까?] 그러, 그렇죠, 아마. 고등학교 2학년 때 입대한 셈이죠.

[조사자: 그러면 50년 전쟁 났을 때 피난 안하셨어요?] 50년 때, 50년 때 그 피난이 되는 건 그때 그, 우리가 뭐 그렇게 쉽게 수도를 이렇게 뺏기고 인천에서 피난을 가는 운명이 되는 건 몰랐고 인민군이 들어오고 난 뒤에야 도망을 갈려 그러는데 그때 사실 도망갈 기회가 없었어요. [조사자: 아 네네, 아무

도 몰랐으니까.] 그런데 외가가 여기 김포에 있었는데 외가에 가니까, 밤에 그렇게 급해서 김포로 도망가니까 이게 시골가면 좀 나을까 하고 도망가니까 거기 가니까 오히려 빨갱이 세상이드라구. 가서 하룻저녁 자고 그냥 새벽같이 도망왔어요. 도로 [조사자: 편하게 계속 말씀해 주시면] 어? [조사자: 편하게 계속] 그렇지 편하게 뭐. [조사자: 그게 도망가가지구] 도망 나와가지구, 도망 나와가지구 그다음에 뭐 끝나고 나니까 우리가 헐 일이 또 뭐 있어. 저 전쟁 끝나고 나니까 인제, 6.25끝나고 조금 저 수복됐다하더니 조금 있으니까 1·4후퇴하니까 그때부터 또 엉겁결에 도망 간다는 게 끌려서 걸어서 도망가다가 도망가다가 보니까 평택에 맥히더라고 길에. 그 강이, 강이 맥혀가지고, 바다가 맥혀가지고 갈 수가 없어요. 평택에서. [조사자: 평택에서요?] 응, 그래서 그 발안 장턴가 거기서 일단 거기까지 갔다가 그냥 도로 왔어요. 그때 그 뭐 정말 그 피난길이라는 게 요새 그 영화에서 보는 거 같이 길에서 사람이 죽어도 그냥 애가 죽는걸 봐도 그냥 지나갈 수밖에 없는 그런 참혹한 거예요. 그거 거 전쟁 설명하기 힘들어요.

[조사자: 원래 인천이 고향이신지?] 네, 원래 인천이예요. [조사자: 그럼 피난은 제대로 못 간, 갔다가 다시 오신–] 갔다가 쫓겨 오고 피난갈 수 있을 만큼만 여유로웠어도 행복했을, 행복할 추억이 있을 거 같애. 전쟁이 일어나고 나서 다시, 다시 입대할 때까지 웃을 수 있는 그 행복이란 기억이, 생각이, 기억이 전혀 없어요. 그런 추억이. 그, 뭐 그, 그렇게 하다가 인천에 와서 있으니까.

[조사자: 근데 9월 달에 그러면 인천 상륙작전 할 때 바로 계셨네요.] 네, 1·4후퇴하고 와서 있다가 보니까 학생이라고 공부할 수도 없는 거고 또 전쟁은 나서 여기저기서 사람은 죽어 넘어가고 있는데 우리가 뭐 이렇게 있어서 어떻게 하냐, 남들 가서 죽는데 나도 가서 죽어줘야 될 거 아니냐. 죽어주는 게 충성이라면 그때 사람들의 그, 학생들이 정신이 거의 그랬어요. [조사자: 예.] 그때 전쟁을 갔다가 이렇게 참여하게 된 게 조세 그 강압으로다가 집어넣은 걸 얘기하는데 그 당시 학생들은 거의다가 지원이라고 봐도 괜찮아요.

마음자체가 그랬으니까. 저 극히, 극히 일부들 세상의 약은 사람들만 도망갈 궁리 했지 학생들은 그냥 나하나 죽어서 나라의 보탬이 된다면 하는 건 뭐 아마 그, 그 내가 그랬으니까 내 주변에 학생들도 다 그랬을 거예요. [조사자: 다 그렇게] 지금 우리 동창들 얼굴보기 힘들어요. [조사자: 다 지원하셨어요?] 네, 적지 않은 학교에 다녔었는데 그렇게 그 많이들 죽고 그 당시 이리저리들 희생도 되고 이래가지고 보기들 힘들어요.

[조사자: 어르신 당시 다니셨던 중학교 이름이 뭡니까?] 영화중학교. [조사자: 영화중학교. 지금은 그럼 그 학교가 이름이 남아있습니까?] 아, 지금은 저 그게 저 천주교 학교로 저 재단이 넘어 가가지구 [조사자: 아, 이름이 바뀌었겠네요.] 이름이 바뀌었어요.

[2] 해군에 입대해 진해에서 훈련받고 두만강 호에 배속되다

[조사자: 그 어디로 입대하셨어요?] 어? [조사자: 입대를 어디로 하셨어요?]

아, 인천에서 입대했습니다. 인천에서 5월 한, 5월 십 며칠날 인천에서 인제 입대 왔다고 소집을 확 돼가지구, 인제 탔는데 그 다음에 그레이스라는 배에 타고 인제 진해로 가가지구, 진해에서 있는 동안에 집에서 한동안 저 입대를 하지 못하고 저 가입대로 인제, 가입대로 옷도 갈아입지 않고 그냥 그대로 가입대로 한 25일 정도 있었어요. 그러고 나서 그러고 나서 6월 4일날 정식, 정식으로 입대한 거죠.

[조사자: 그럼 훈련은, 훈련소는 어디서]훈련은 진해 경화동에서 받았어요. [조사자: 아 진해에서 받으셨구나. 그 당시에 제주도로 많이 가서 받았다고?] 아, 그건 육군이고 육군훈련소. [조사자: 아, 그럼 해군이셨어요?] 예, 난 해군. [조사자: 아, 그러셨구나. 해군 얘길 들어야겠다. 저희가 육군은 뭐 대부분 육군이고 해군 얘기는 못 들었으니까, 오늘 아주 좀 좋은 얘기 많이 듣겠네요.] 해군은 별로 많지 않죠. [조사자: 그래서 들은 적이 별로 없어서. 그러면 원래 해군을 자원하신거예요, 아니면 들어가서 해군에 배치되신 거예요?] 아니, 해군으로 지원한거야. [조사자: 지원하셨구나. 왜 해군으로 지원하셨어요?] 우선 우리, 우리나라는 삼면이 바다 아닙니까. 그리고 육지는 거의 걔들한테 장악당하고 있는데 뭐 바다로 쫓아 올라가서 해야 되지 않겠느냐 하는 생각도 있었고. 그 뭐, 꼭 해군이라고 하기 보다는 어떡해든지 군에는 가야 되겠는데 그땐 나이가 어려서 받아주지 않았어요, 군에서. 그냥 겨우 저 나이가 받아줄만 하니까 고때 그냥 겨우, 겨우 들어간 거예요.

[조사자: 그래서 진해에서 훈련받으셨구나. 그러면 그 당시 우리나라에는 해군 함선이나 이런게 그렇게 많이 않았을 거 아니예요.] 해군이 그 함정이 되는 거 그리 많지 않았었는데, 나는 저 해군에 들어가서 그 당시로서는 제일 큰 배예요. [조사자: 그게 뭐예요?] 지금 61함이라고. [조사자: 육일?] 육일, 육십일. 항명은 두만강 호예요. [조사자: 아, 두만강 호] 제일 큰 배로 배속 돼가지구 또 제일 큰 배다 보니까 기합도 많이 받고 어어, 그때 인제 그 동해로 주로 많이 출동했는데 그 원산 흥남까지 이렇게 기형적으로 여기 그렇게 해가지

구 거기까지 많이 다녔어.

[조사자: 그럼 배에서는 한 어느 정도가 있어요? 배에서는 해군이 한 몇 명 정도 같이 생활해요?] 배에서요? [조사자: 네. 이 큰 배에서는요?] 무슨 말인지 잘 모르겠는데? [조사자: 네, 저 지금 두만강 호를 타셨다면서요. 그 배에 승선인원이 얼마나 됩니까?]아, 승선인원이? 난 그때 천하 쫄병이니까 정확하게는 모르는데 아, 승선인원이 그때 그 사관학교 실습생도까지 타고 있었어요. 거 전투 승무원이 뭐 아마 310명 정도 되고 있는 걸로 아는데, 거 전투 승무원 수를 갖다가 완전히 채운 걸로 알고 있습니다. 그렇다고 그렇게 큰 배가 아니고 지, 지난번에 거 저기된 천안함 있지 않습니까? 고정, 고거 보다는 조금 크다고 볼 수 있는 밴데, 에 뭐 서양사람이 쓰던 거 아주 낡은 배지만 그때 우리는 제일 좋은 배라고 또 그 배, 그 배 탔다고 또 아주 어깨들 많이 피고 다녔지 제 같은 군인들끼리도. [조사자: 또 실제 그 해상에서 전투 같은 거에 일어나기도 했나요?] 해상에 전투래는 거는 언제 일어날지도 모르고 언제 헌지도 몰라요. 뭐 가다가 보면은 기뢰가 나오고 응, 그 그럼 뭐 이 잠수함같은 게 있는거 같으면은 폭뢰로 써 떨어뜨리고 게 뭐 우리 저기로서는

"아 여기 기뢰가 있습니다."

그러면은 기뢰 있다고 보고해 주는 거지, 우리가 전투 지휘하는 건 아니니까. 그 뭐 원산 앞에도 가고 이러면은 저 전투태세로 항상 있는 거지만, 전쟁은 뭐 육군 애들도 한가지지만 예고하고 나는 게 아니거든요. 전투라는 건 예고가 없어야 하는 거니까. 갑자기 상황이 벌어지면 전투 배치 돼서 전투하고, 전투 배치 되서 대포 쏘라고 하면 쏘는 거고 그런 건데 인제. 그 동해는 비교적 그 원산이나 흥남근처에 가면은 그 오래가 많은, 오래된 에 저, 기뢰가 많아가지구. 그 기뢰를 피하는데 뭐 전 신경을 쓰다시피 했죠. 그 기뢰가 있으면은 저 소개를 했겠지만은 그거 남은 게 있어가지구 아주 위험했어요. [조사자: 그게 일제식으로 말하면 지뢰 비슷한 겁니까? 기뢰라는게 뭔가요?] 기뢰는 저 나중에 저 쪼끔 천하 쫄병을 면해가지구 한 일이지만은 기뢰는 이렇

게 떠다니는 기뢰도 있고 그다음에 이렇게 매달려있는 기뢰도 있어요. 그리구 인제 소리를 듣고 따라다니는 기뢰도 있고 인제, 그런 게 있는데 우리가 그때 눈으로 볼 수 있는 건 드러그 부유 기뢰라는 거예요, 떠돌아 다니는 거. 그게 있는데 그거 하, 한때 하나가 걸리, 제대로 걸리면 큰 배 하나가 그냥 날라가요. [조사자: 아, 위험하네요.]

우리 군에 있을 때 우리 동기생이 탄 배지마는 704라는 배가 있어요. 그 배는 동해에서 경비 중에 없어 졌는데 거 산사람이 하나도 없어요. 그 나가가 지구 그런데 산사람이 하나도 없는데 지금까지 저 추정하기로는 기뢰에 터진 거 아니냐 이렇게 추정하고 있어요, 지금두. 그 전사에 그게 왜 깨졌다는 거만 있지, 왜 깨졌대는 건 없어요. 기록에. 거 뭐 전쟁이래는 게 뭐 언제 예고하고 뭐 이렇게 이래 편안하게 나는 건 아니니까 언제나 지금 세월호 저 넘어가는 게 언제 넘어간다고 그랬는데, 넘어간다고 생각했으면 학생들 하나도 안 갔지. 그게 전투 얘기도 맨날 그런 거예요. 그냥 아무것도 모르고 있다가 갑자기 그 상황이 나오면 전쟁을 하게 되는 거고.

[3] 함대의 임무와 함대 생활, 해군의 계급체계

[조사자: 그 한 번 나가면 얼마나 바다에 나가 있었습니까?] 바다에 나가면은 정식으로 한 번 출동에 20일인데 경우에 따라에 4, 한 번을 교대 못하면 40일이 되거든요? [조사자: 한 달이 넘네요.]그 40일을 겨울바다 동해 그 흥남 앞에서 그 거, 거친대는 건 거의 지옥이예요. 거기 40일 갔다 오면은 20일 동안은 육지에 와도 배가 흔들리는 거 같애. 전쟁이 꼭, 거기 있을 때만 전쟁이 아니라 후방에 와서 있어두, 외출을 나가도 배가, 땅이 자꾸 흔들리는 거 같은 때문이니까 쪼오끔 그게 가라앉을만하면 또 출동이니까 [조사자: 그게 어렵구나, 그게 어렵네요. 어지러워서. 그게 육지멀미라고 한다 그러더라구요.] 그 배멀미라고 하는데 나는 다행히 그 배멀미를 안했어요. 그 우리 동기생들이

거기 가서 탔는데 토하면은 ,그 못 견뎌요. 토하는 사람들 거 얼마나 불쌍해. 토하는걸 선배들한테 걸리면 또 기합이예요. [조사자: 아픈데도, 아픈데도 기합 받는구나.] 그, 그래서 그냥 그거 치어두고 그것도 나도 그저 좋지 않은데다가 그거 치어두어야 대니까 오죽해. 나도 넘어 올거 같지. 그거 치어두고 나서 서로 붙잡고 또 울기도 하고 이게 쪼,쫄병의 서러움이지. 뭐 그런게.

[조사자: 그러면 출항할 때 부식이나 이런 거 많이들 갖고 나갔습니까? 풍족하게?] 부식은, 그 당시에 인제 그, 해군에서는 나갈 때, 처음에는 잘 먹어요. 잘 먹다가, 이 끝날 때 쯤 되면은 갖고 나간게 다 먹는단, 다 먹은단 말이예요. 그 인제 다 떨어지구, 떨어져서 그냥 먹지도 못해서 배도 고파서 쩔쩔맬 때도 있었어요. 경우에 따라선. 그 인제 그러고는 저 어떻게 거 함장들이 연락을 잘 해가지구 미국 사람들허구 교섭해서 미국사람들 우리 배로 와라 그러면 그 사람들한테 좀 얻어서두 먹고 [청중: 그럼 양식했네. 그때는?] 아냐 아냐, 그거 그때 우덜도 그랬고 우리식으로 먹지 뭐 양식 하나 한 번 못먹어봤어요. [청중: 근데 그때는 라면이 없을때아냐?]어휴 라면이 있으면 얼마나 좋아. [청중: 그래 없을 거야 맞아.그 세월엔 없는 거야. 그 라면이. 기 일본서 건너와 갔구 뭐 얼마 됐나.]

[조사자: 그 51년, 그럼 처음 배 타신게 몇 월 달이세요? 처음 배타신 거. 훈련 받고] 내가 51년도에, [조사자: 겨울쯤에, 겨울에 처음 배 타신] 51년 전 6월 달에 해갔고 만 삼 개월 훈련받고 나서 즉시 탔으니까 구월, 구월 말 이경에 부산가서 배 탄 거지. [조사자: 그러면 이쪽에 육지에서는 동부전선에서 한창 이제 전투중일 때, 이쪽 흥남 원산 끝까지 올라가셨다구요.] 그렇죠. 근데 저 우리가 지끔, 거 nll이라는거 있잖아요? 그것들을 쪼금 좀 우리 민간인들이나 뭐 이런 사람들이 거의 모르는데, 우리가 전쟁을, 6.25전쟁을 할 때는, 한국지도가 있는 저 압록강 앞에서부터 시작해서 두, 두만강까지 대한 한반도 주변의 섬은 전부 우리가 차지하고 있었어요. 한국 해군이 다 차지하고 있었어요. 근데 휴전 되면서, 휴전 협정 고거 하나 때문에 고거 반을 내주고 온 거거든.

그 말하자면은 전쟁 고만하자 하고 내준 섬에서 지들이 우리, 우리를 괴롭히고 있는 거라구요. 근데 뭐 가끔가다 넋빠진 사람들이 뭐 그거 뭐 어떻게 하면 읎애자 하는 소리도 우리나라 사람들이 있는데 안보 대해서 조금 좀 그런 건 좀 더 좀 심각하게 알려줬으면 좋겠어요.

[조사자: 해군들은 소총을 뭘 지급했습니까 그 당시에?] 총이요? [조사자: 네. 육군하고 똑같은걸 지급했습니까?] 아, 우리가 훈련 처음에 받을 때에는 990이라고 일본사람들이 쓰던 총 썼어요. 훈련병일 때는 990소총을 썼고 [청중: 380. 380이라고 있었다고.] 우리는 990일고 왜놈들이 쓰던 거야. 왜놈이 쓰던 거구. 그런데 인제 중간에 우리가 저 육상전투에 임할지도 몰른다 해가지고 육상전투를 훈련을 할 때, 엠1 가지고 훈련을 했어요 그때. 엠1 뭐 소총, 경, 저 [청중: 가비총] 경부관총, 중기관총 가지고 훈련을 잠깐 했는데, 거 잠깐 동안하고 그 사항이 해소 돼가지구 도로 또 990가지고 수료했어요. 훈련 받을 때, 거이 거 우리, 우리가 한 군대 생활을 지금으로 얘기하면 정말 뭐 호랭이 담배 필 때라고 봐도 과언이 아니죠.

[조사자: 그럼 배 위에서는 휴대하고 있는 총이 없습니까?] 배 위에서는 저, 저 그 병기고에 소총을 눟구있고, 권총같은 게 있지 만은 배에서는 저 이 총을 휴대하고 있게 되있질 않아요. 그래서 그 가지고 있지 않고 바다에서는 저 전투래는 게 붙으면은 대포니까 뭐. 그래서 저 자다말고도 뭐 거 전투경보가 인제 미리 몇 시에 오늘 전쟁한다 그러면 그, 그냥 자다가 말구도 전투경보가 나니까 대대들 이제 겨울에는 내복들도 못 벗고 기냥 그대로 옷 입은 채로 자다가도 뛰어가는데, 거 나는 또 세상 없어도 옷을 벗지 않고 못자는 사람이라 또 그냥 그래서 옷을 입고 자다가 보면은 전투경보가 난단 말이예요. 그 이걸 뛰어올라 갈라 그럴 거 같으면 거 4층, 5층까지 뛰어 올라가야 되는데 남들보다 늦게 가면은 혼나니까 그냥 그냥 신발도 들고 옷도 들고 거기까지 뛰어갔다나믄 옷을 입을라 그러면 마음대로 몸이 움직여지질 않아. [조사자: 추워서요?]어, 추워서. 또 떠느라고. 그때 그렇게 놓고, 저 뭐 그때

또 그런 사람들도 많았어요. 역시 군인들은 전부 젊은이들이니까. 아마 지금 그렇다 그럴 거 같으면 전쟁허기 전에 죽었을 거예요.

[조사자: 그 해군은 계급을 어떻게 부릅니까? 육군하고 달리. 육군은 뭐 보통 이병, 일병, 상병, 병장 이렇게 가잖아요.] 그 당시에는 육군허고, 해군허고는 계급장도 달르고 부르는 호칭들도 달랐어요. 저 처음에 가면은 견습수경이라구 그러고 고 다음에 이등수경 고 다음에 일등수경. 그 이제 여기까지가 경이예요. 그러고 인제 삼등병조, 이등병조, 일등병조. 그러고 병조장. 현재 이렇게 해서 삼등병조부터가 하사관인데 [조사자: 병조장까지가 하사관입니까?] 삼등병조부터 저, 이 병조장까지가 하사관이고 요즘 말하는 부사관이죠. 그 인제 수령은 저 병인데 육군하고 병이 같이 두면서 삼등병조도, 삼등병조가 병장이 되버렸어요. 육군에 계단수를 합치느라고 그래서 하사가 저 하루아침에 병으로 돼 버렸지.

나는, 나는 그 당시에 좀 그보다는 올라가 있었기 때문에 괜찮은데 그때까지 있었을거 같으면 니가 하사관이냐 저기냐 헐때도 헷갈렸을 거예요. [조사자: 그럼 제대는 삼등병조로 하셨어요? 일등수병으로 하셨어요?]아 저 일등병조 때 [조사자: 되게 높게 올라가셨네요.] 높게 높게 꽤 높죠. [조사자: 거의 이걸로 따지면 상사나 중사, 상사 정도 되겠네요. 그죠? 하기야 십년 넘게 군 생활을 하셨으니까.]

[4] 북한주민 수송 작전

그래서 저이 우리나라가 이제 휴전될 때 인제 동해에서는 그 저기 아무래도 그 여기 서해에 휴전될 때에는 저 서해에서 그 LST라는 배를 타고 있었어요. LST라는 말은 들었을 거예요. [조사자: 예, 수송선] LST라고 상륙, 상륙수송선인데 그저, 뭐 저 탱크도 실고 그렇게 돼 있는 덴데 그 인제, 주로 인제 서해 부대 백령도에 연평도 이런데 보급품, 병력 거기다 실고 다니고 했는데 [조사자: 53년쯤에] 그렇죠 휴전 때, 고 당시에.

그런데 우리는 저 그 가면은 거 그레레스트가 어디까지 다니냐 하면은 우리 해병대들이 주둔하고 있던 데가 석도라고 등남패 앞에 있어요. 석도. 그리고 처도가 있고, 석도 처도가 있고 그다음에 백령도, 연평도 이렇게 있고 고 옆에 뭐 인제 수리도니 뭐니 쪼끄만 섬들 있는데, 뭐 그것들은 아니고 거기까지 우리가 짐을 실어주는데, 그 휴전될 때, 석도는 해병대만 있었고 민간인이 없었어요. 그 초도는, 초도에 있던 민간인들은 다 우리 배에 실고 철수했거든요. 근데 전쟁이 끝났는데 흥남처소는 얘기해도 초도처소는 얘기가 없더라구요. 응? 초도, 백령도, 연평도 민간인들이 그냥 다 철수했었어요. 그런데 그때 인제 우리, 우리는 해군에서 증말로 쫄병이지만 거기꾼도 지뢰 놓고는 아유~ 우린 안 간다. 이거 우리 소대의 선배나 동기들이 피흘려 얻은 이 땅에서 왜 이 무슨 어떤 놈의 쌍마저 종이쪼가리 하나 싸들고 엎드려 우리가 왜 가냐, 안 간다. 내 가든지 맘대로 해라구. 그 이거 피난 나가는 사람들이 붙들고 해군아저씨, 우리가 이쯤이다. 그런 것들은 좀 그래서 NLL에 대해서 처음에도 내 얘기했지만은 그런 걸 생각하게 될 거 같으면 지금 문제를 그 갖다가 삼는 거 자체가 넌센스지.

거기 있는 사람들은 조상 대대로 살던 땅 버리고 이러고 오는데 에, 그 누구든 이냥 거 뭐 거, 한 마리 꺼정 들고들 타요. 그 이냥 그 항아리, 사람도 탈 데 없는데 항아리 타고 그것도 그 배 안에서 또 이냥 배 안에다, 그 쪼끄만 배에 천명이 넘는 인원이 들어오니까. 그 이냥, 배 안에서 그 어떻게 할 줄을 몰라요.

그 와중에서도 그 애는 낳더라고. 피할 수 없는 거니까. [조사자: 아, 어떡해요.] 내가 순찰 중에 그 애 낳는 거 보고, 아 왜 요롷게 보니까 여자들 뺑 둘러 쌌드라고. 그 이게 뭔가 보니까 애를 낳고 있는 거야 이게. 그때 내가 어름한 대두 이건 보통일이 아니로구나. 그 함장한테 얘기하니까 창고를 하나 비워 주드라구. 그래서 거기서 애 낳아가지구, 그때 그분들이 군산까지 철수했는데 그런 일도 있고 참 참혹했어요. 그 얘기 다하자면 뭐 [조사자: 그럼 그때 얘기 조금만 해주세요.]몇 년을 해도, 그때 겪은 거는 몇 달을 지나면, 그 몇 달 겪은 얘기를 아마 몇 년을 두고 해도 남을 거예요. [조사자: 그럼 대표적인 거 몇 개만, 그렇게 애 낳는 거도 있었고 대표적인 것만 몇 개 그렇게 얘기해주세요.] 서해안에서, 처, 철수할 때 얘길? 그 철수할 때 얘기는 거 뭐, 대표적인 거 댈 것도 없고 거기 그분들이 그 조상대대로 거 내려오던 그 땅을 버리고 나오는 분들 땅, 저기 하는데 그분들을 볼 때 우리 가슴이 아, 해군 수병들까지도 그렇게 가슴들이 아파서 철수할 때 울었다구요. 지금도 눈물 납니다.

[청중: 식수가 모자라가지구서 바닷물, 뭐 그 얘기 좀 나 들은 거 같은데?] 그거는 애, 애교고 나중에 저 껌 씹는 얘기같이 해야지. [조사자: 진짜 식수가 모자란 것도 큰 문제일 텐데요.] 물도 사실은 바다에서 물도 큰 문젠데 그 요로 시체래는 배는 물이 모자라지 않아요. 승무원은 한 팔십 명빽에 안됐으니까. 배는 크고 승무원은 작기 때문에 그, 그 배는 주로 샤워 맘대로 하고 해군에서는 아주 고급배라고 했어요. 다른 배에는 저 가면은 하루 놀려고 한 됫다만 가지면 하루 쓰거든 한사람이. 근데 거기서는 샤워도 하고 뭐 그랬는데, 아 우리는 뭣도 모르고 샤워하고 그러고 갔는데 그 연기되니까 샤워도 못하고. 그 인제 결국 또 애끼고 애끼고 그러는데 그 많은 사람이 탔으니 물 뭐 당할 수 있어요? 그래서 인제 영 목욕을 못하니까 그, 군산에서 피난민들 내려주고, 고동안에 빨래를 못했으니까, 한달동안 빨래를 못했으니까. 그럼 저 빨래할 사람들은 어떻게 좀 빨래라도 해라 허고 인제 그 장암으로들 나갔드랬어요. 고 동안에들 그냥 뭐 그 바닷물이라도 묻힐라고 물속에 들어간 사람들이 수영하다가 세 사람이나 죽었어요. 수영하다가.[조사자: 수영하다가요?] 그 참, 거 다 그 고생이 만든 그 철수, 전투가 만든 그 죽임이라구요. 저, 젊고 그 이상하게 그 죽는 사람들을 보면은 그때 내가 생각해도, 지금 생각해도 참 아까운 사람들이드라구. 뭘 하든 모범적으로 하던 사람들이 또 그렇게 또 죽는데 또 뭐가 있나 인제 이렇게 죽드라구. 아까운 사람들이예요.

저, 사실 뭐 군, 군, 군대에서 전쟁한 얘기래는 건 사실 아마 고론걸 조금 조사하러 다니시니까 얘기지만, 만나는 사람마다 얘기가 다를 게예요. 왜그러냐 하면은 같은 해군이두 나하고 같이 있던 사람이 아닐 거 같으면 내가 겪은걸 같다가 몰라요. 그 내가 얘기해도 내가 저 동생이다 보니까 내가 얘기해도,

"그런 일이 진짜 있었냐?"

이런 정도니까 같이 해군에 있었으면서두 그, 그런 뭐, 휴전될 때 동해안에 있던 사람들이 서해에서 어떤 일이 일어났는지 모른다구. 그, 그러니까 말하는 사람마다 달르긴 다를 거예요. 그 취합해가지구 사실 거 역사로 만들어 낼려고 그럴 거 같으면 참 힘들 겁니다.

[5] 해군의 해상 장악력, 해병대의 도솔산 전투 그리고 해상 수송 작전

[조사자: 그 당시 북한해군 말고 중국 해군 일 · 러 사람들도 참전해 있었습니까?] 우리는 바다에 있는 동안에 주로 바다에서는 중국이고 북한이고 해군들이 얼씬도 하지 못했죠. 바다에서 만은 우리가 완전히 장악하고 있어, 100프로 장악하고 있었어요. [청중: 그럼 이북엔 함정이 없었나?] 아니, 그러니까 내 기껏 해봤자 나오면 죽으니까. 이제 기뢰도 써대고 하는 거지. 어쨌든 그래서 기뢰가 오늘 생기고 그런 거지. 거 들어 갈라면 그 피해야 되니까. 항구, 배가 항구에 가까이 가지를 못해요. 기뢰가 자꾸 떠내려 오니까.

그때만 해도 해상에서 그렇게 애들이 장악하고 있었을 거 같으면 인천상륙작전이 없었지. [조사자 :그렇네요. 그러면 상륙작전 당시에는] 인천상륙작전 당시에는 저는 해군이 아니었어요. 들어가기 전이었죠. [조사자: 고때 혹시 기억나는 거 있으세요?] 인천상륙작전 할 때, 그땐, 그땐 인천에 있었죠. [조사자: 고때 일이 기억나시는 거 있으세요?] 아, 그땐 우리 인제 음, 정말 배우지 않고 학교도 없는 학생신분이니까, 그게 뭐 어떻게 보면 건달도 아니고 떠돌이도

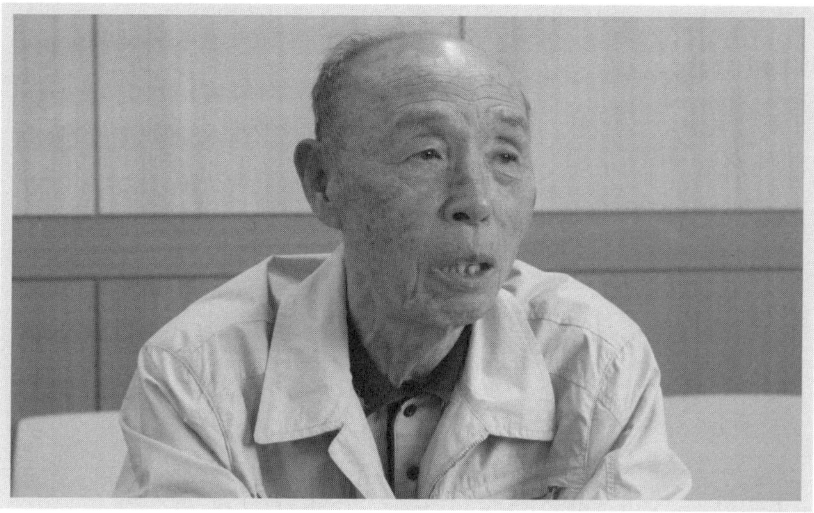

아니고 이건 정말 청년도 아니고 소년도 아니고 [조사자: 애매하죠, 애매하죠] 그니깐 우리는 그냥 맨날 집에 있으면은, 잘못하면은 저 인민군들이 잡아가면은 그땐 의용군되는 거예요. 그니까 그거 피하려구 그래 맨날 저 산으로만 돌아다니는 거야 그래. 산에 가서 이렇게 구경하면 그저 폭격기 와서 폭격하구 그냥. 그게 뭐 인천상륙하기 전에 한 삼사일 동안에 월미도가 아주 쑥대밭이 되도록 폭격을 했어요. 그 월미도가 먼 데서 봐도 빨갰어, 나무가 하나도 없으니까. 그러니까 그러고나서 조금 조용헌거 같더니 그날 상륙하드라구요. 그 상륙하니까, 뭐 인천상륙작전 하고 나니까 이냥, 인민군들이 쭉 저 경인철도 있잖아요? 철로 타고 도망가는 거예요. 인제. 도망가는데, 민간인들이 서 있다가 저, 저 자식들 도망간다. 그게 그래도 돌아볼 새도 없이 도망가는 거예요.

그래 인제, 거 한 번은 우리 동네 어떤 친구가 그사람들이 이렇게 살짝 옆으로 빠진 사람을 보고,

"너 왜 이 자식아! 빨리 저 도망갈라면 이 새끼야, 빨리 도망가."

이랬거든요. 덤비드라구. 덤비니까 옆에 사람이 있다가 또 너, 빨리 너 여기서 덤비, 까불지 말구 빨리 가라고 그러니까 야코가 죽은 거 같다고, 도망갈 때는 헐 수 없어요. [조사자: 크게 인민군이 저항을 못한 모양이네요. 여기서는.] 뭐 인천에서 상륙작전한 그거는 막 상대가 크니까, 상대가 크니까 도망가구. 그래두 이 도망가는 사람들이하고 빨리 도망가라구하지 일부러 또 들어오는 곳도 있드라구. 그 저저, 이건 말끔 몰라요. 그 당시 군인도 아니었고 그러니까. 그렇게 그 인민군들 키도 쪼그만 녀석들이 그냥 따발총 질질 끌고 도망가는 거는 봤죠.

[조사자: 그러면요, 여기 이 수선하고 백령도에 사람들 다 태우셨잖아요. 백령도, 석도, 초도에서 사람들다 태우셨잖아요. 근데 안가겠단 사람들은 없었어요? 못 떠나겠다는 사람들.] 안가겠다 그러는 사람들을 실고 올 리가 없죠. 우리가 실은 저기가 얼만데. 근데 서로가 앞장서서 오는 거지. 그사람들은 벌써 그 석, 석도에는 민간인들은 없었으니까, 근데 초도에 있던 사람들은 여기 이쪽 군인들을 보고 이쪽 사람들을 아는 정도예요. 이쪽 군인들이 서있는걸 보니까 자기들이 보는 인민군들하고는 완전히 수준이 차이가 있었을 거 아니야. 그니까 뭐 그 사람들은 아예 전쟁 끝나니까 그냥 오고, 백령도에서는 인제 그 백령도에는 보초있는 데가 아니니까, 철수하는 데가 아니니까. 거기서 뭐 그 철수하라고 그러지 않았지만 자발적으로 해서 난 여기 못살겠소, 하는 사람들도 있는 거야.

[조사자: 그, 그것도 좀 궁금한데 해군, 해군의 하루 일과요. 아침에 몇 시에 일어나고?] 해군의 하루 일과, 해군의 하루 일과는 해군은 밤에도 자질 못하죠. 에, 그 특별한 일, 전투 역할을 하는 사람들은 전부 삼교대들이 당직을 해요. 그 삼교대로 당직을 하는데 4시간씩 해. 그 낮에 4시간, 밤에 4시간. 그래서 세, 세, 세 개조를 다 짜가지구 삼교대를 해요. 그러고 인제 삼교대 안하는 사람들, 삼교대 안하는 사람들은 이제 침대에서 자구, 그러다 전투배치 되면, 그땐 뭐 다들 일어나는 거구. 거 쪼끔 높은 사람들은 다들 삼교대 했어요.

나는 그때 천한 쫄병이 돼서 삼교대에는 끼지도 못했고.

[조사자: 함장은 계급이 어떻게 됩니까?] 어, 함장이 대령이었었고, 저, LST를 탈 때에는 그 함장이 소령이었어요. [조사자: 아, 그니까 유기람 함장이 계급이 위네요. 아무래도 전투함이다 보니까.] 그렇죠. 어. 그 당시 저 유기람 함장이 나중에 저, 해군참모총장 거친 저 이휘정씨가 함장이 아니고 부장했었어요. [조사자: 그러면 장교들도 꽤 많았겠네요, 배에. 승선한 장교들도 꽤 많았겠네요.] 장교들도 많았죠. [조사자: 그럼 이때 그 해군 그 영감호급 대령이나 중령이나 뭐 이런 분들은 해군 훈련을 따로 받은 분들인?] 그때 중령, 소령 어느 정도 저, 해군에서 나온 사람들이 아니라, 중간에 특수훈련 받고 들어 온 사람들 계급들 준거지. 저 제독도 사관학교 안 나오지 않았습니까? 에, 저 일본의 삼선학교 출신들도 있구, 저 일본해군이었던 사람들도 있구 뭐, 중국해군이었던 사람들도 있구. 뭐 별에 별 사람들은 다 있는 거 같애요. [조사자: 중국해군, 아 출신도 있었구나.] 몰라여. 중국해군이 내 직접 저기하지 않았지만은 그, 그랬을거 아니예요. 곽옥교씨도 저 원래 마도로스 출신인데 해군총장까지 하지 않았습니까. [조사자: 상선같은 거 타던 분들이 인제 저기 장교로 편입해서, 그마나 배에 대해서 아는 사람들이 해야 하니까.] 그렇죠. 우선 기초를 만들어야 되는데, 기, 기초를 만들어야 되는데 해군은 바단데, 바다에 물은, 물으래도 하다 못해 노 젓는 거라도 아는 사람이래야 되느니까, 그거 아는 사람 없으니까 [조사자: 항해사도 마찬가지구요.]그 인제 전부 항해사, 기관사들 그 저 상선에서 타던 사람들 이렇게 왔다 그러면 훈련시켜서 그냥 계급장 붙여주고 뭐 그런 거죠.

[조사자: 제일 기억에 남는 건. 뭐, 뭐라고 생각나세요?] 저,전쟁에서 제일 기억에 많이 남는 거는 뭐 저 쫄병 때 매 맞은 거 백게 없구우, 그건 인제 그 여기다 기록에 남겨놓을 수도 없는 거지만은. 아, 제일 저기 한 거는 6.25전쟁 이래는 게 질서가 없이, 무슨 그냥 의욕, 의욕이 하나로 이루어 진거지 어떤 기립 계획적이나 뭐 이런 게 없었던 전쟁이예요. 전쟁 자체가 내가 볼

때에. 우리가 저때 해군에 있을 때 어, 해군 21기생으로 가겠다고 입대했는데 막상 집에 가서 보니까 해병대가 급하니까 우리 중에 반을 잘라서 해병대로 보냈어요. 걔들이 해병대 8기생인데, 그 8기생들이 그 도솔산에 가서 다 죽지 않았습니까?

[조사자: 그 얘기는 저희 잘 모르는데, 그 얘기 좀 해주세요. 도솔산에서 왜 그랬는지.] 도솔산에서 전쟁한 해병대 8기생들, 그 사람들이 해군 21기생으로 입대한 사람들이거든. 그런데 진해 가니까 자기네들이 해병대가서 전쟁할거는 생각안했지. 해군이라고 저 가입대로 갈망정 여기다 저, 여기에다 안과를 갔다 이렇게 붓으로 저 그리고 이러면서 해군에 가겠다고 그랬던 사람들인데 그냥 해병대로 끌려 가가지구. [조사자: 그럼 그 해군 21기가 어르신 다 동기분들이세요?] 그 해군 지금은 21긴데, 해군인데 8기하고 동기죠. [조사자: 그중에 반이 해병으로 가셨어요?] 그렇죠. 해, 진해 가가지구 덩치가 조금 큰 반은 해, 해군 너는 이쪽, 너는 이쪽. 그래가지구 힘 꽤나 쓸 만한 사람들은 이쪽슨 사람들은 해병대로 가고, 이쪽에서 힘도 못 쓸 저기는 해군에 남고 그랬던 거죠. [조사자: 근데 그분들이 그 도솔 산전투…]응, 해병대 간 사람들이 그 사람이여가지구. [조사자: 도솔산 전투가 뭔, 뭔지 저희 잘 몰라서 잠깐 좀 정리..] 아 근데 그거는, 저 그거는 내가 설명할 수 없는게 그 전쟁에 대해서 나도 몰르고, 그 친구들이 도솔산에서 죽었다는 것만 알고 지금도 저 양구에 가면은 그 사람들 그 전투, 전적지가 있어요. 그 전적지가 있으니까 인제 거기다가 가서 우리 또 희생때문에 여기, 여기서 전쟁하다 죽었던 데다, 하고 그러지만은 뭐 그거에 대해서 내가 얘기할 끝은 없는거지. 도솔산 전투는 워낙 유명하니까 전사해도 확실하게 나와있습니다. [조사자: 네, 들어는 본 거 같습니다. 저도]

내가 얘기한 것들은 비교적 거기 저 감춰진 것들이기 때문에 거의 알려지지 않은 얘기고, 아마 저 서해 그 철수 할 때 얘기, 흥남 철수는 누구나 다 알지만은 서해 철수에 대해선 아는 사람이 거의 없을 거예요. [조사자: 그러면 그 저쪽 초도? 초도하고, 백령도나 뭐 연평도는 지금 이남 땅이 된 거고. 그러면 초도나 석도 거기는 지금 이북 땅인?] 그거는 진남포에요, 진남포 앞에. [조사자: 그러니까 이북, 이북 땅이구나. 그러면 그 저쪽에 황해도 연백이라 그러나? 그 저쪽 육지쪽에 있는 사람들도 수송하셨습니까?] 그렇죠. 지금 여기 인제 이 친구(청중 김기주를 가리키며)가 용매도 아니예요. 용매도 이거, 하여간 그 쪽 매달려있는 섬은 전부, 그 섬들은 전부 북한 섬이 하나도 없었어요. [조사자: 아, 다 미군이 장학하고 있다가 인제 정전협정하면서 글로 넘어가게 되니까 거기 사는 주민들을 전부 다 백령도나 연평도로 아니면 강화도로 이렇게] 그렇죠.

그저, 그 나도 거 선배들한테 들은 얘기지만 저 인천 매포구나 저 영흥도 이런 섬들 있잖아요? 이것들한테는 해병대 지원도 못받고 그냥 해군들끼리 올라가서 배에서 가가지구 그냥 뱃사람들이 죽고 그냥 그 서, 해군들이. 그때 처음에 내가 얘기했지만은 그 당시 우리, 우리들은 나라를 구하겠다 하는 일념들은 다 있는 거예요. 합격, 거 거기가 학병이라고 바로 가는 저기들도 있지만은 그 못가고 간 사람들두 학병이라고 봐두 괜찮아요. 왜그러냐하면 학생신분이었다가 이냥 갑자기 지원해가지구 갔으니까. 또 학교에서 충성을 어떻게 허구 애국이 어떤 거래 이래 배우지 않았으면 몰랐을 거란 말이예요. 그게 그런데 그건 뭐 지끔 설명하기가 참 보통 쉽지 않죠. 쉽지 않으니까들, 하여간 전쟁은 안 나야 되는 거고.

[6] 제대 후 상선 선장으로 활동하다

[조사자: 그 원래 형제는 어떻게 되셨어요? 형제분은? 몇 남 몇 녀셨어요? 몇째셨어요?]나는 5남 1녀 중에서 둘짼데 우리 형님은 저 해병대에서 인천상륙작전하면서 돌아가시고. [조사자: 형님도 해병대셨구나. 인천상륙 때 돌아가신 거예요?] 인천상륙작전해가지구 그 다음에 저저, 개풍군 전투에서 저기 했어

요. 뭐 그런 거예요. 개인적인 얘기니까. [조사자: 개풍군이면 지금 이북땅이라는 얘기인가요?] 그렇죠. 저 풍은 좀 옆이지만. [조사자: 어떻게 죽을 뻔한 사람들 구해주신 이야기는 있으세요? 살리신 이야기는 혹시?] 전쟁 중에는 뭐 내 옆에 저 죽어야 될 사람은 없었으니까, 뭐 그런 일이 없어요. 간단하게 얘기하고 끝내지 뭐 할 얘기가 도 있어? [조사자: 한 오 분 정도만 더 할게요.] 뭐 할 얘기 많지 않으니까 뭐, 저 음, 언제든지 내가 헐 얘기의 중요한 거는 다한 거고 지금부터 하는 거는 여담이니까, 그 뭐.

[조사자: 아 그 얘기 좀 해주십쇼. 그 저기 저희가 참전한 해군분도 만나기 힘들지만, 또 저기 전쟁 직후에 우리 한국 해군이 어떻게 좀 이렇게] 무슨 말이예요? [조사자: 그 전쟁 후에 계속 근무 하셨잖아요. 해군으로, 한국전쟁 후에?] 전쟁 후에 이제 [조사자: 휴전협정 후에 계속 해군에 계속 계셨으니까, 그 전쟁 후에 해군이 어떻게 돌아가고, 그 얘기 조금만 정리해서. 다 아시니까. 산 증인이시잖아요.] 전쟁 후에 [조사자: 전쟁 후에도 계속 서해 쪽에서 근무하셨어요?] 네. 철수하고 나서, 인제 나는 뭐 그때 있다가, 그 배에서 있다가 인제 딴 데 이리저리 옮겨 다니고, 그 뭐 신병훈련소에 가서 교관도 쪼끔하고. [조사자: 아아, 교관도 하셨구나.] 그 뭐 저. 그 다음에는 뭐 주로 인제 그 해군항해학교 나와서, 나오고 교관학교도 나오고 뭐 인제 그냥 그 학생으로 갔다가 배우지 못해가지구 간 사람들, 학교라고만 있으면 그냥 이름만 붙었으면 가서 그냥, [조사자: 아 학교 가셨구나.] 그거, 그거 하는 거예요. 그렇게 해가지구, 그렇게 하구 저 배우지 못한 한은 지금도 남아 있으니까, 그래, 그래서 인제, 그렇게 해서 배웠고, 그 저, 이렇게 해서 그, 그 뭐야 해대 나와 가지구 거 선장이라고 또 뭐 저기하고 그러는 사람들 보면은 우리 있을 때만 해도 해군에 있지 않고 해대에서 나왔는데, 그 상선 타다가 이 특수교육 받아가지구 나와서 거 대령까지 받아갔고 오는 사람들 있고 그랬거든. 저렇게 돈한테 내가 그렇게 작살나게 고생하고도 이렇게 소위도 안 되고. [조사자: 아, 그러셨겠네요.]

그래 뭐, 그러니까 헐 수 없이 저 일본가면 그 일본사람들 거 책들 사가지고 항해서 따로 공부하고 [조사자: 네, 그러셨구나.]그 해, 해양대학 애들 공부허는 거 그것도 주서다가 공부하고 그 가서 시험치니까 면허도 줍디다. 그래서 그 면허가지구 나도 선장 한번 했어요. [조사자: 제대하고 하셨어요?] [청중: 선장을 오래 했어요. 오래. 20만 톤까지 몰았을 거야] [조사자: 그러면은 저기 제대하고 바로 저기 민간선박] 제대하고 바로? [조사자: 예.] 제대하구 나서는 뭐 이건 저 따로지만은, 제대하고 바로 공무원을 했는데 도저히 배고파서 못하겠어요. 그때 공무원 참 불쌍했어요. 월급을 타다가 집에 갖다 주니까, 또 내가 그러고 나서 내가 갖다 쓰는 돈이, 집에 갖다 준 돈보다 많아. 그래 그냥 도저히 안 되겠구나 이거.

그래갖구 그냥 그 면허는 받아 놓은 거 있겠다 배타가지구 그냥. 그 배타니까 거 공무원 그거보다는 좀 월급도 많이 주드라구요. 그래갖구 있다가 왔어요. 그래서 그냥 지금, 지금도 전쟁하고 배타고 그래서 세상물정을 몰라요. [조사자: 고급인력이시네요.] 뭐? 하하하하. [조사자: 그럼 꽤, 꽤 오래 배를 모셨겠네요? 말씀은 이렇게 하시지만.] 네, 지금 저, 세월호 선장 보고 저런 미친놈도 갖다가 배를 잡아 마시구. [청중(김기주): 잘못된 거야. 완전히 이거 지끔, 이게이 지끔, 아이구 야, 대한민국 진짜야, 이거] 그냥, 그 나라망신, 뱃사람 망신. [조사자: 또, 또 감회가 남다르시겠어요.] [청중: 그래서 지끔 마음이 다 아파하는 거예요. 지금 그냥]

[7] 학생 시절의 꿈, 일본어 실력, 그리고 전쟁에 대한 소회

[조사자: 결혼은 언제 하셨어요?] 결혼은 60년도에 했습니다. [조사자: 그럼 제대 직전에 하셨네요?] 네. [조사자: 그래두 막 스물 여섯? 스물 여섯 살?] 스물 일곱 살. 아이 그때, 그때 스물 일곱 살 같은 경우면은 늙은, 늙은 신랑이야. 그 내가 결혼식장에 입장할 때, 거, 저쪽 거 여자쪽 식구들이 저 아주 헌 신랑 같다, 그래 그랬죠. [조사자: 저 그 저기 수병옷 입고 입장하셨을 거 아니예

요. 수병옷 입고?] 아니, 그 [조사자: 그땐 그냥 양복입고? 뭐 저기, 뭐지 그거? 연애결혼 아니셨겠네요? 중매로 하셨겠네요.] 연애결혼 못하고, 중매해 주길래 그냥 헐 수 없이 했어요. [조사자: 집에서 더 늦기 전에 가라. 자제분은?] 1남 1녀.

[조사자: 어르신 전쟁 나기 전에, 공부하고 계셨잖아요. 중학생이셨잖아요. 그때는 전쟁 안 났으면 커서 이러고, 뭐하고 싶다. 이런 거 있으셨어요? 군인은, 군인은 아니셨을 거 아니예요. 그때는?] 난 그, 그때두 그, 우리 초등학교 때 선생이 일본 해군출신이었었는데, 그 사람들 덕이라고 해서 군인이 되겠다기 보다는 좀 '해양학자가 되야 되겠다.'하는 이런 생각이 있었어요.[조사자: 그렇구나, 어유 그런 마음이 있으셨구나.] 그, 그런 꿈인데 뭐 저, 전쟁은 내 그런 꿈도 뭐 다 싹 쓸어가 버렸죠. [조사자: 일본어도 잘하시겠네요?] 에? [조사자: 일본어도 잘 하시겠다구.] 일본어요. 일본은 웬만큼 해요. 일본가서 사는데 그리 많이 불편하지 않아요. [조사자: 일본에 얼마나 사셨어요?] 음. 내가 전쟁할 때 61함이 그 연합함대 소속이었었거든요? 그래서 저, 전쟁은 저기 한국에서 하고 고거 끝나고 나면 일본사설로 가서 대기하고 그랬어요. [조사자: 아, 그 동해에서요? 어, 대기를 우리나라가 아니라 일본 쪽에 가서 했구나.] 그, 그때 그 저, 연합함대가 거기 있었으니까. 그 인제 그, 그 당시 인제 우리는 저, 한국 해군이니까 그 여기 뭐 옷도 달라요. 여기 여기 여기다 대한민국 해군이라고 한문으로 쓰고 이런 뭐 쓰구 했는데. 뭐 그때 외출하면은 우리, 우리 보면 다들 도망갔어요. [조사자: 도망갔어요? 멋있다 이게 아니구요?] 미, 미국 사람들이, 아 지들이 우리 구해주러 왔는데 그 우리, 우리 구역에서 놀다가 그러니까 이 새끼들 까불어 줘 패버리는 거죠. 사나웠어요, 우리 한국해군이. [조사자: 아이 그러네요.] 아니 그렇게 안하고는, 지끔이야 그렇지 않아도 그냥 배운 거 이 그 당시에는 학생들 쓸레이리라 말이예요. 그 쓸레이리 걸어 빼리고 세라복 입고 왔는데, 이것들이 괄시하니까 이냥, 우스워 보이니까 이냥, 개인적으로 줘 패버리거죠 뭐. [조사자: 그 통역도 많이 해주셨겠네요. 통역.]

통역? [조사자: 일본어를 할 줄 아시니까, 그쪽에 일본에 대기할 때] 아아, 통역은 뭐 그 저 우리, 우리는 통역이 필요없잖아요. 영어도 하고 일어도 하고 하니까 뭐. 그래도 저, 그래 그 왜그러냐 하면은 난 그 저기했지만은 그 어학에는 쪼금 소질이 있는지, 그 저 잘 되더라구요.

[조사자: 일본어 책도 거의 혼자 공부하셨다고 아까 말씀하셨어요. 항해책] 항해, 그거야 그 잠시 나갈 때, 책 주는 사람 없으니까 뭐. [조사자: 일본어 책으로 공부하신 거잖아요.] 일, 일, 일본에 가서 책같은 거 눈에 찍어 논거 사가지구, [조사자: 아, 대단하시다. 지금 말씀 안 하신 게 너무 많으신 거 같아요. 저희는 그냥 세세한 얘기 이런 게 사실 더 듣고, 아까 61함대가 연합군 소속이라는 것도 미리 말씀해 주셨으면 더 좋았을 텐데. 대기를 한국 쪽이 아니라 일본 쪽에서 가서 대기하다가] 으음, 근데 원, 그 배의 원 소속은, 원 소속은 제1함댄데, 제1함대에서 인제 글로 저, 임시 배 몇 척을 갖다 띄어 논게 준거고, 그 61함허고 62호가 있었는데 62함이 또 그, 또 깨졌어요, 전쟁 중에. 깨지구 그, 그래서 큰 배들은 미국사람하고 합동작전 헐라고 이렇게 저기해 줬고. 원소속은 1함대 소속인데, 연합함대에 인제, 저 들어간거고, 그 다음에 고 1함대가 한국함대라고 또 이름을 바꿨다가, 그게 또 다시 또 여기서 1함대, 2함대 또 바꿨잖아요. 함대 인제 그건 바뀐 거예요. 그런 거예요. 뭐 전부 전사에 나와 있는 거니까 뭐 얘기할 필요도 없는 거고, 지금 내가 얘기하는 거는 거 조금, 대단한 건 아니라도 숨겨져 있고 거이 모르는거.

내가 제일 얘기하고 싶은 거는, 그 서해 그 철수 할 때 꺼. 그땐 내가 쫌 계급도 먹고, 나이도 들었으면은 기록이라도 해놨을 텐데, 그때 그게 좀 아쉬워요. 아무런 사진 하나 안 찍어 놓고 그냥 그거를 너무 몰라 우리나라 사람들. 아, 그저 아는 사람이 몇 명은 있고, 서해 철수 할 때 이런 게 있었다 허는 것도 좀 있어야 하는데, 그게 내 생각에 너무 아쉬워 가지구. [조사자: 저희가 이제 책에 기록해 놓겠습니다] 고로, 그런 건 이제 쪼끔이라도 한 쪽 구석에라도 알아서 다. 아마 그, 그분들이 지금 그때 그, 배에서 난 사람들 지금 오면은 벌써 그 사람들 늙은이란 말이예요. [조사자: 네, 그렇겠네요. 51년생, 2년생이니까. 전쟁둥이네 정말.] 자기네, 자기네들 그때 그 애기엄마들은 벌써 인제 이 세상 사람들이 아닐 확률이 많고, 그. 저 우리 엄마가 얘길 하는데 LST에서 날 낳대드라. 내가 참 뭐, 저, 전쟁이라는 건, 일어 나서두 안 되고, 그렇다고 전쟁이 나서 피하면은 또 안 되고, 전쟁이 나면은 거 정말 죽음을 각오하고 떠들어야지. 다 피하게 될 거 같으면 망하는 거지. [조사자: 모임같은 건 있으세요? 해군 참전한 분들끼리 모임같은 거 있으세요?] 모임이요? 요새두, 우리 해군 동기들 해요. 같이 입대했던 친구들 이번 저 23일 날 동기 모임을 가져요.

제2국민병으로 끌려가 죽어가던 형님을 찾아 살린 사연

이 순 흥

"자네 형 오늘 죽을지 내일 죽을지 모르지만, 아직은 살았을 거야, 살았을 거야."

자 료 명: 20130217이순흥(가평)
조 사 일: 2013년 2월 17일
조사시간: 72분
구 연 자: 이순흥(남 · 1927년생)
조 사 자: 박경열, 유효철, 김명수, 김명자
조사장소: 경기도 가평군 화악1리 경로당

[조사과정 및 구연상황]

가평에 있는 화악리 경로당에는 많은 어르신들이 모여 계셨다. 조사팀은 어르신들을 대상으로 방문 취지를 말씀드렸으나 많은 분들이 하던 일에 집중하느라 조사팀의 말을 듣지 않으셨다. 그래서 조사팀은 개별적으로 어르신들을 접촉하였고 그 결과 이순흥 화자가 조사에 응했다. 경로당의 방은 꽤 큰 편이었고 많은 사람들이 있었기에 조사장소로는 마땅치 않았다. 옆에 작은 방이 있다 하여 그 방으로 이동하여 조사를 진행했다. 화자가 구연하는 동안 할머니 한 분이 이야기에 관심을 보이셨고 자신도 이야기 하겠다며 기다리셨다.

[구연자 정보]

고향은 사능이고 27년생으로 전쟁 때 24세였다. 가족은 4남매인데 그중 둘째이다. 형은 제2국민병으로 끌려간다. 전쟁 중인 52년도에 결혼하고 첫아이를 53년도에 낳는다. 가족은 화자가 이동할 때마다 함께 지역을 이동하였기에 부모님은 고향인 사능에 계셨다. 아내는 오래전에 병으로 죽었고 자식은 2남 1녀를 두었다. 20년 전에 가평으로 이주하여 지금까지 거주하고 있다.

[이야기 개요]

일정 때 소년병 경험이 있고 전쟁이 나기 전. 49년 2월 15일에 육군 항공 이등병이 된다. 한국전쟁이 발발하자 전쟁 경험이 없어서 국군이 항복한 것으로 생각하여 해산해 버린다. 뒤늦게 항복하지 않은 것을 알게 되고 대구에 집결하라는 소리에 대구에 집결한다. 그곳에서 미국 군인의 보조 역할을 한다. 인천상륙작전 후에는 함흥으로 이동하였고 함흥에서 군대를 지키는 임무를 맡는다. 전쟁 중에 중공군에게 잡히면 중공군이 될 것을 우려하여 형이 피난을 갔으나 먹을 것이 마땅하지 않아 고생했다고 한다. 화자가 형의 소재를 물어 찾아갔는데 형이 너무 말라 한눈에 알아보지 못한다.

[주제어] 소년병, 이등병, 대구, 미군, 인천상륙작전, 함흥, 중공군, 피난, 형, 제2국민병, 정비사, 굶주림, 고난

[1] 1949년, 육군항공대에 입대하다

[조사자: 할아버님 성함이 이, 순 자, 흥 자 맞으시죠?] 그려, [조사자: 27년생이

세요?] 여, 실지는 27년생이고, 호적상에는 29년생이요. [조사자: 아 아무거나 괜찮아요.] 그래, 실지 몸뚱아리는 27년생이에요. [조사자: 할아버님 여기 주소가 경기도 가평군 화악1리 경로당 이렇게 쓰면 되는 거죠?] 아, 103번지. [조사자: 할아버님댁이 103번지세요?] 그럼, 여기는 경로당이고. 아이구 여긴 경로당이구. 아이 뭐 외국에서 왔어? 어서 달나라에서 왔어? [조사자: 아이, 그게 아니라 여기 조사장소는 지금 경로당에서 하는 거니까.] 조사장소는 맞아요, 화악1리로. 화악1리 노인정이구요.

[조사자: 그러면 할아버님 전쟁 나셨을 때 당시 나이가 어떻게 됐는지 기억나세요?] 스물, 스물 몇 살인가, 스물. 고 따져 봐야죠 뭐, 50년도에 6.25 난거 아니유, 그러니까능 고거 따져 봐요. 스물, 스물두 서너 살 됐을 거예요 아마. [조사자: 고때, 고때부터 얘기 좀 해주세요, 할아버님.] 응 그 당시에서, 여러 사람 다 달르겠지만 나는 해방이 딱 되가지고, 해방이 되가지고 이제 그 일정 때 경험이 있어요, 군에 경험이 일정 때. [조사자: 아 그러세요?] 일정 때 군경, 소년병. 소년병 군 경험이 있어가지고, 이 군에 관해서는 아주 일찍이

눈을 떴어, 군에 관해서는.

그래 그 해방돼가지고, 핵교(학교)도 다니다가. 또 이제 서울 가서 이, 해군사관학교 1기도 시험을 보러 갔다가 거기 떨어졌어.

또 그리고 이제 또 공부헌답시고, 공부를 허고 있다가 49년도 12월 달에 서울 가재니까는, 49년도에요, 아 48년도요. 서울 가니까능 '상공은 불른다(부른다) 젊은이를.' 이런 포스터가 여기저기 붙었더라구.

게 시험을 봤어요. 그래 중학교 졸업자격을 가지고야만 헌다 이렇게 돼가지구. 게 중학교는 정식으로 중학교는 정식으로는 졸업자격이 없지만은 일정 때 경험도 있고. 또 관동중학교라는데 가서 좀 있다가 해서 한문도 많이 배우고 그래서. 거의 시험에 모든 시험에 잘 봤을 자신이 있었지. 그러니 해군사관학교 1기를 시험을 보러 간 거예요. 또 그래 보기 좋게 또 떨어졌지, 실력이 딸리니까는.

그래가지고 48학년도 글쎄 그, 내 순서껏 얘길 해야 하는데 순서껏 얘기 못 하는데, 48년도 12월인가 그 무렵에 '창공은 불른다(부른다) 젊은이를' 그 포스터가 붙어서 예 그래서 지원을 했어요. 게 시험을 어디 가서 봤는냐 하니까는 문리대 자리. 지금 대학촌이라는데 있잖아, 대학촌. 여기 문리대, 문리대. 문리대 자리. 서울대, 서울대 문리. 그래 문리대, 저기가 무슨 촌이라더라, [조사자: 대학로.] 응, 대학, 대학로라는데. 거기서 시험을 봤어요. 그래 지원자가 많았어, 한 오백 명 이상 있었지.

그러는데 어떻게 나도 그게 합격이 됐어. 그렇게 돼가지고 삼백 명이 모집되어 간 거야, 삼백 명이. 그 당시에는 공군, 내가 인제 그 후, 그 후는 육군항공대고, 육군항공대. 육군항공대에서 그렇게 됐는데, 그 후 인제 공군이 독립이 된 거여, 공군이. 사, 오십, [조사자: 아 원래는 육군하고 공군이 같이 있었다가 고 때쯤에 분리가 된 건가요?] 공군이 없었고, 육군항공대.

그래서 에 육군항공대 인제 그래가지고, 거기서 대학촌, 대학 그 저 문리대 자리에서 시험을 봐가지고. 고 이듬해 2월 15일 날 그래 49년도 2월 15일

날 인제 입대한 거예요. 그래 고는 들어가니깐 육군 항공 이등병, 육군 항공 이등병을 이제 지원을 받아 가 있다가. 그담에 뭐 얘기할 게 많지, 많은데 뭐, 거 생략해야지 뭐.

[2] 육군항공대에서 공군이 분리되어 공군이 되다

[조사자: 예 기억나시는 대로, 다 해주세요.] 그래 이제, 여 상악에도 갔다가 떨어지고, 공군사관학교 1기래는데, 공군사관학교 1기래는 데가 있었어요, 그것도 떨어지고. 또 조종사 1기, 공군에서, 육군항공대지. 조종사 1기에도 떨어지구. 또 육군사관핵교 10기생이라는 게, 생도 1기래는 게 있었어요, 육군사관학교에 생도 1기, 그 후 육사 10기로 들어간 거예요 그 사람들이. 근데 거기도 시험을 보러 간 거예요. 또, 6.25전 얘기야 지금.

그래 거기 가서 학과 시험을 다 내고 그랬는데 구술시험을 허는데 그 인제 그 시험관이 소령인가 그런데,

"지금 비가 옵니다. 얘기해보세요."

그러는 거야 영어로. 내 고런 거 다 할 줄 알았었지, 다 할 줄 알았었지, 그러니깐 나도 그래도 영수학관을 다녔었으니까, 영수학과를, 영과, [조사자: 영수학관이 뭐에요?] 영수학관, 영어허구 수학만 해야만이 성공을 한다는 얘기를 듣고, 인제 영수학과를 다녔어요, 그 남대문에 있었어요, 영수학관을. [조사자: 아, 학원 같은 건가요 그게?] 학원이지, 영수학원. 영수학관, 영수학원. 그럼 이제 다 헐 줄 알았지, 영어도 좀 곧잘 했지. 그래도 다 그렇게 공부를 했으니까능.

그래는데 갑자기 생각이 안 나가지고, 떨어졌어. (일동 웃음) 육군사관학교 인제 그 생도 1기래는 데가. 그래 인제 공군, 공군이 아니라 인제 육군항공대이니까는 우리 친구들이, 한 삼십 명이 가가지고, 거의 다 붙고, 그냥 한 열 명이 떨어졌지. 그래가지고 그 사람들이 인제, 6.25 딱 터져가지고 뭔

가 많이들 전사했지 또.

이래 뭐 우리 친구들 간 사람 중에서 그 손장래라는 사람이 하나 있는데. 그 손장래가 거서 우리 이제 육군항공대 때, 삼지생. 소위 그 삼지생이라고 그러는데, 삼지생으로서 있다가. 그 사람 인제, 생도 1기로 가 가지고, 육군사관학교 10기로 들어간 사람이 있어. 그 손장래라는 사람이 인제 그 있고 그래요.

그런데 그리고 이제 거의 떨어지고 다시 인제 공군에 가서, 아니지 공군이 아니라 육군항공대지. 항공대에서, 항공대를 가 가지고 있다가 인제 공군이 독립됐어요. 공군이 독립돼가지고, 공군이 이제 공군이 된 거지, 정식으로.

[3] 후퇴하자 항복한 줄 알고 수원에서 해산했다가 대구에서 다시 집결하다.

그래가지고 거기서 또 양송서(양성소)라는 데가 있었는데, 양송서들을 이제 시험을 봐서, 거기도 가서 거기서 육 개월 교육을 받다가. 육 개월 교육받다가 그 저명한 사람이, 그 양성소 출신자의 저명한 사람들이, 저명한 사람이 그 공군참모총장도 헌 사람도 있고 그래요. 김상태라는 사람이, 김상태 대장이라는 사람이 그것도 다 양성소 출신자에요.

그래 나도 이 양성소에 있다가 인제 6.25 딱 터지니깐 인제 후퇴를 헌 거예요, 수원이루. 그래 수원 가서 있다가 뭐 사실 얘길 다 고대로 다 해, 이게 챙피한 얘기지만은 요기 기록에 남겠지. 그게 인제, 다 그 아는 사람은 다 알아요. 무슨 얘기냐 하면, 그러니까는. 인민군이 딱 와가지고 이 육로로. 소위도 간 거예요, 그때 양성소 생도였었는데 양성소 생도. 그랬는데 수원을 이제, 육로로 수원을 가 가지고 수원서 해산을 당하면서. 이 교관이라는 사람이 대원데, 아 교관이 아니라 저기 생도 대장, 생도 대장이 대위고 훈련과에 있는 사람이 소위고 그런데. 그 사람이 그 생도 대장이 하는 소리가

"나는 기관들을, 정신적 교육을 안 했다. 난 학술적으로만 교육을 시켰지."

이런 얘기를 하면서 해산한 거야, 해산. [조사자: 아, 그 후퇴하면서 이제 다 흩어진 거네요?] 아 그제 다했지, 완전히 손든 줄, 손든 줄 알았지 거. 이 대한민국이 손들 줄 알았지 뭐. 그러더니 서울로 다시 오는 거예요, 서울로. 수원서 그랬는데, 서울로 이제 오니까는. 아유– 요 모자 쓴 것만 보면 인민군들이 다 죽인단 말야, 어디를 가느냐 말야.

이렇게 돼가지고 그래갖고는 손, 손을 든 게 아닌데 말이야. 손 안 들었대는 얘기야. 대한민국이 그래서 거기서 다시 이제 수원으로 해서 가니까는. 거기가 이제 그 당시에 장교가 있는데. 그 사람을 만나가지고 대구로 집결허기로 되어있으니까 대구를 가자, 대구로 가자 그래가지고 인제 대구를 간 거야.

대구가 동천 대구야. 대구 동천뱅장(동천비행장)에 이제 가서 무슨 일을 해느냐 하니까는. 이 F51이라는 비행기가 동천비행장에 많은데 순전히 한국에는 하나도 없지, 그래 미국 비행기지, 고게 인제 폭탄 달아주고. 그 이제 폭탄 달아주는 것도 한국 군인은 무슨 뭐 한 귀탱이를 맡은 것이 아니라, 그이 미국 사람 보조역할 하는 거야. 미국 사람이 허래면 하구.

그래서 뭐 부산, 뭔가. 어딘가 저기 전라도 그냥 뭐 다 들어오구, 뭐 팔, 이래가지고 그러더니. 그렇게 그냥 밤에 그냥 잠도 제대로 자지도 못하고 인제 있다가 인천 상륙이 된 거여. 인천 상륙이 돼가지고 배 타고 부산가 서인천으로 와가지고. 그니까 그거는 상주작전 허구 나서 한 한 달쯤 후지. 그래서 이제 서울 저기 천주교, 천주교에서 편재가 되가지고, 함흥이로 가라 그렇게 된 거야, 함흥이로, 함흥 이 9.28 때 9.28 되어 가지고 얘기에요.

그래 함흥 가서, 한 비행장이 세 군데가 있는데, 연포 비행장, 철원 비행

장, 선덕 비행장. 그 세 군대가 있어요, 그랬는데. 세 군델 다 이제 공군에서 그거를 지킬려니까는 뭐 그저 몇 사람 없지요 뭐, 몽땅 간 사람이 한 오십 명 갔으니까은 이제 우리 이제 함흥 쪽으로 간 것이, 이름을 저 오 광구라 해가지고, 오 광구라고 헙디다 오 광구.

오 광구로 인제 편성이 돼 가지구. 함흥, 나는 이제 연포 비행장에 있었어요, 그래가지고. 고게 있다가 거기서 있다가 이제 1.4후퇴 되가지고 연포 비행장에 있던 그 완나인틴 비행기가, 수도 없이 많았었어요, 미국 사람이 갖다, 갖다 놓은 게 그냥. 갖다 논거지,

"그냥 그거 타고 전부, 고 주위에 있는 사람들은 비행장으로 가라, 그럼 비행장에서 그냥 이남으로 갈 사람들은 무조건 다 태워준다."

인제 이래 이렇게 돼 가지고, 인제 그 타고들 온 사람도 있어요.

그런데 나는 예, 이제 먼점(먼저) 먼점 나는 이제 그거, 비행기를 타고 후퇴를 한 거예요, 1.4후퇴 때. [조사자: 그 원나인틴 비행기가 큰 건가요?] 완나인틴이라고 배때기가 큰 게 있어요. 그게 그냥 수백 대 있었지, 수백 대. [조사자: 많이 타요? 사람들이?] 그럼, 아니 비행기가 그렇게 많았었지, 연포 비행장이라는데.

[조사자: 그러니까 한 대에 사람도 많이 타는지.] 많이, 한 백 명 타지요. 근데 그거 타고 온 사람은 나는 모르지, 그건 뭐 저기 그거 타고들 인제 후퇴, 고 주위에 있는 우리 친구들은 고거 타고 인제 후퇴해구. 또 인제 그 흥남에서 그 뭔가 배 타고 인제 남쪽으로 갈 사람은 무조건 다 내빼는 거, 역사에 다 나오듯이. 그 이제 그래가지고 이제 그건 이제 나는 들은 얘기뿐이고, 우리는 이제 비행기 타고 후퇴를 한 거예요.

그래가지고는 내가 인자 계급이 이북서 후퇴해가지구, 후퇴해가지구. 이등 상사, 이등 사사, 소위 지금은, 지금은 중사지. 이북 갈 적에 아 갈 적에 하사였었으니까는. 그동안에 인제 그 49년도에 들어와 가지고. 이 6.25가 50년도에 났으니까는. 일 년 한 반 동안에 인제 그 계급이 올라간, 그 양성소를 나왔기

때문에. 아까 얘기하는 양성소를 나왔기 때문에 계급이 빨리 올라간 거예요.

[4] 비행기 정비 양성소에서 교육 중 전쟁이 나다

[조사자: 육군항공대 거기 합격했으니까?] 육군항공대 말고, 그렇구나! 얘기를 안 했구나. 기술원 양성소라는 데가 있었어. 기술원 양성소. 기술원 양성소를 가는데 그것도 아주 힘이 들었어요, 다 그냥 가고 싶어 하는데 다들 떨어졌어. 그래 그 기술원 양성소에서 6개월 교육을 받으면은 이제 하사는 준다 그래가지고 이제 그리 간 거예요. 졸업을 못 허고 후퇴한 거예요. 6.25가 인제 발발돼가지고.

[조사자: 그럼 입대를 한 다음에 그 양성소에 가신 거예요?] 그렇지, 그럼 입대 해가지고. 물론 입대해가지고지요, 아까 누구게가 갔대는 거 또 입대 해가지고 오고, 거 떨어진 거고. 또 인제 양성소는 어떻게 돼가지고 양성소장 가서 교육을 받고 있는 중에 6.25가 터져가지고, 그러고 이제 후퇴를 한 거예요. [조사자: 그 후퇴를 어디로 하셨어요?] 글쎄, 대구. [조사자: 대구로?] 아 이제 대구 아니라, 수원. [조사자: 수원으로?] 어, 일단 수원이 제일 가까운데 아니요.

[조사자: 그때 몇 명이나 같이 타고 오셨어요?] 양성소 생도가 한 50명 되는데 50명 몽땅 다 내려갔었지, 다 단체로 내려갔지, 다 몽땅 단체로 왔지. [조사자: 그때 이제 파일럿 하셨어요?] 파일럿트는 안 됐지, 파일럿트 아니지. 그 기술, 말하자면 정비, 정비 양성소야 정비 양성소. [조사자: 그니까 비행기 정비에요?] 예, 비행기 정비.

그래 계획은 그렇게 자세한 거지, 당국에 있는 사람 저기 그래가지고 저 지휘관들이 양성소를 만들어 가지고, 비행기 정비사를 빨리 만들어야겠다, 이렇게 해가지고 인제 그게 생긴 거 같지, 우린 몰르지 뭐. [조사자: 그 수원에서 이제 후퇴하시고 그다음에는 어떻게?] 수원이로 후퇴해가지고서 글쎄 대구로 갔었대니깐.

[조사자: 아닌 거 같은데, 지금 꼬인 거 같은데, 지금 연포비행장에서 1.4 후퇴 때 비행기를 타고 오셨잖아요? 그때는 어디로 오셨어요?] 수영, 수영, 수영 비행장. 부산 우에(위에) 수영. [조사자: 아 수원이 아니라 수영 비행장. 그럼 거기서는?] 거기서 인제 예 양성소 출신자들은 거의 다 이제 정비사가 다 된 거야.

그래가지고 6.25가 딱 터지니까는 이근석, 이근석 장군이라고 그 저기 전쟁기념관 가면은 맨 앞에 사진이 하나 딱 붙은 게 있어요. 맨 앞에 붙은 게, 이게 이근석 장군이야. 이근석 이제 대령이었었는데 이제 소장, 소장 이제 뭔가 준장, 장군이라고 그렇게 앤 앞에 딱 붙어 거기 있어. 전쟁기념관 앞에 여게 인제 입구에 들어가는 맨 앞에 있어.

그 사람이 이제 전사허구. F51이래는 비행기 F51, F51이라는 비행기가 와가지고 F51를 가지고. 이제 그 사람, 그 양반이 전사한 거예요. 그걸 한 열댄가, 열 댄가 조종사들이 가가지고 일방(일본)서 교육을 받아가지고. 와가지고 이내 그 전시 하에야, 전시 하에야 그때가 벌써 그렇지 않으면 6.25 후니까.

그래가지고 그 사람들이 이제 전사하고, 그 이제 이근석 장군이 전사하고 그렇게 된 거예요, 그래 가지고, [조사자: 선생님 근데요, 그 이근석 장군이 어떻게 전사를 하게 된 거예요?] 에 폭탄을 떨어뜨리고, 폭탄을 떨어뜨리고, 급상승을 허다가 이게 추락된 거예요, 비행 기술 미약한, 미약 때문인지 그건 모르지 뭐, 아는 사람 없죠 뭐.

[조사자: 그럼 전투에 직접 파일럿 참전하신 분이에요?] 그렇지 파일럿트로 해서 참전한 사람, 대령이었었는데 이 준장이 된 거예요. 그래서 이그, 그

아까 얘기하던 그 전쟁기념관에 맨 앞에 있는 거예요, 전쟁영웅이라고, 그 이근석 장군이라고 나와요. 그때 인제 비행기가 오기 시작헌거여, 저 전투 비행기가. [조사자: 아 그때에?] 그럼 비로소, 전부 저 에르호, 에루호, 에르포 에루, [조사자: 엘포(L4).] 응, 에르호, 사(4). [조사자: 응 엘(L) 사(4).] 예, 이런 비행기밖에 없었어요. 그저

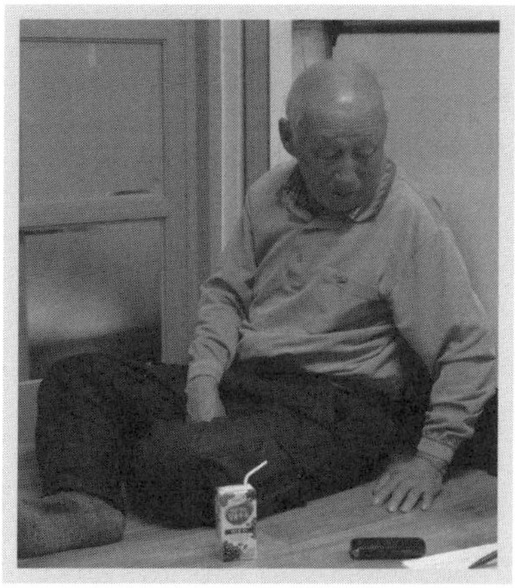

이 에르포(L4) 에르파이프(L5) 그런거 밖에 없었어요, 비행기가. 그래가지고 6.25가 터져가지고, 그건 에르포 그런 거 있는 것은 6.25 전 이야기에요, 그런 비행기밖에 없었어.

쯔쓰끼 연습기, 짠돌이 비행기, [조사자: 연습기?] 아니 저 뭔가, 이 말하자면은 저기 천이로(천으로) 만든 비행기에요, 천이로 만든 비행기. [조사자: 프로펠러 달리고.] 응, 프로펠러 달리고. [조사자: 폭탄을 실을 수가 있어요? 거기에?] 폭탄을 그저 소형 그런 거나 실지 뭐, [조사자: 그 손으로 떨어뜨리고 막 그랬다고.] 그럼, 손으로 떨어뜨리고, 서울이다 손으로 떨어뜨리는 거지 뭐. 그런 거밖에 없었으니까, [조사자: 그러면 할아버님, 거기 연포비행장에 있는 비행기는 기종이 뭐에요?] 거다 미국 비행기지, [조사자: 그것도 전투 비행기는 아니에요?] 아니지, 그 수송기. 그 수송기에요.

[조사자: 근데 이근석 대령이, 이때가 이제 처음으로 전투 비행기가 나타난 거예요?] 그렇지, 처음 이제 F51이라는 비행기가 이제, 가져와가지고 그거 가지고 전투 허다가 처음 전사하신 거야, 그 양반이. 그래서 저명하니까는 전쟁기념관 앞에 딱 앤 앞에 딱 붙어있어요. 내가 가봐서 알죠, [조사자: 우리 선생님께서는 비행기 타고 전투를 몇 번?] 나? [조사자: 네.] 나 정비했대니까, [조사

자: 그러면 이제 후방에서 비행기 정비하시는 일을 하고 전투기를 타고 직접 전투를 하는 그런 사람들은 따로?] 그럼 조종사들은, 그럼 따로지, 그건 조종사들이지 파일럿트 소위. 빨간 마후라에 뭐 나오는 그거, 그 사람들이에요.

[조사자: 그러면 정비 기술 수준은 어느 정도였었어요?] 미국사람한테 받고 있었지 뭐. 비행기 한 대가 있으면은 미국사람 기장이 있고, 한국사람 있고 이제 그랬었지, [조사자: 아 그래서 미국사람들 보조해주는 역할을 하셨군요?] 그럼, 예 그러다간 이제 한국 이제 기술자가 생겨가지고 인제 기술이 되니까는. 인제 기장, 기장을 그루찌푸(그룹 치프)라고 그랬어요, 그루찌푸, 그루-찌푸. 그루찌푸가 인제 한국 상사들이 인제 그루찌푼거야, 인제 그 사람들은 물러나고, 첨엔 한국 그루찌푸는 하나도 없었지, 전부 미국사람 밑에서 일했었지, 6.25 때는.

[조사자: 그럼 대우를 잘 받으셨겠네요?] 아이고 대우라고는 뭐. 조종사는 대우받았지, 정비사들은 똑같은 그냥 뭐, 전 군인의 수준에 그 월급을 받은 거지. 인자 이 전 군인의 수준 있는, 고 수준에서 지냈지 뭐. [조사자: 그때 그러면 월급이 얼마 정도 됐었어요?] 그걸 글쎄 기억을 못 해요. 이등 상사, 내가 이등 상사잖아. 소위 인제 중사지, 중사 돼가지고. 에 근데 그거 이야기할게. 에, 가족배급을 줬어요, 가족배급. [조사자: 그건 어떻게 나오는 거예요?] 가족배급을 가량, 어머니가 살아계시다, 뭐 아버지가 살아계시다 인제 그러면 인제 고 숫자대로 쌀 배급을 준거에요, 쌀 배급을. [조사자: 사람수대로?] 응.

[5] 제2국민병으로 끌려가 굶어죽어 가던 형을 구해내다

[조사자: 그러면 할아버님 그때 가족은, 몇 형제, 몇 남 몇 녀셨어요?] 부모도 살아있으니깐 부모허구 해서 이렇게 한 서너, 두, 두 사람, 세 사람 정도는 타 먹었지, 세 사람. [조사자: 그러면 그때 결혼은 하셨었어요?] 안 했지, [조사자: 그러면, 부모님은 계셨고, 형제나 자매는 있으셨어요?] 형제, [조사자: 몇 형

제셨어요?] 에, 4형제, 4남매, 4남매. [조사자: 그중에 할아버님은 몇 째세요?] 둘째에요, 둘째. [조사자: 위에 누가 계셨어요? 형이 계셨어요?] 그럼, 다 돌아가고. 그 얘기는 이건 참, 귀찮은 얘기가 있는데. [조사자: 그거 하세요.] 그러게요, 그게 거 세상이 다 아는 거 아니유, 그게 저 이 제2국민병 사건, 제2국민병 사건.

[조사자: 제2국민병이요? 그게 뭐에요? 저희는 잘 모르는데.] 제2국민이라는 게. 이북에 가가지고 후퇴할 적에 소위 1.4 후퇴 때, 1.4 후퇴 때에 후퇴를 하니까는 남쪽으로 후퇴하니까는. 인민군, 저 중공군이 오구, 그래 전부 후퇴하니까는 청년을 냄겨 놓으면은 적 쪽으로 다 갈 사람들이니까, 갈 거 아니냐. [조사자: 포로들이요?] 아니 포로 아니지, 그래 이제 남한 오면은, '이제 중공군이 오면은 거기 남아있으면 그쪽 군인이 될 거 아니야.' 이런 생각을 허구, 청년, 전부 그냥 끌고 내려간 거야, 청년이면 청년 전부 끌고 내려간 거예요, [조사자: 남쪽으로요?] 남쪽으로. [조사자: 아군이 후퇴하면서?] 그럼, 그이 제2군병이라는 거예요, 제2국민병.

[조사자: 일종에 그 남자들을 피난시킨 거군요? 우리나라 남자들을?] 그 피난, 그래도 일종의 그 군대 간 거지. 냄겨 놓으면 적이 되니까는 그냥 끌고 내려간 거예요. 끌고 내려가 가지고 이걸, 제대로 멕이질 못해서 참 귀찮아졌지. 제2국민병 사건이에요. 그래서 내가 수영에서 와가지고 이제 김해 비행장 와 있자니까는 고향에서 인제 거 내, 형뻘 혹은 동생뻘 되는 사람이 제2국민병 해서 끌려왔다가 이제 군인을 가는 거야. 모여 있는 상황에서, 이제 제주도로 훈련받으러 간다구 그래, 그러니까는 그냥 얼싸안고 인제 그렇게 된 거지.

그 사람들은 6.25때 겪으구 이제 제2국민병으로 끌려와가지고 거기서, 또 인제 군인이로 인제 간 거야, 그런데 그 사람들이 하는 소리가,

"자네 형 오늘 죽을지 내일 죽을지 모르지만, 아직은 살았을 거야, 살았을 거야."

이렇게 된 거야, 게서

"그럼 빨리 가서 데리고 오라."

그럼 우리 형뻘 되는 사람이,

"아이고 자네는 현역이니까는 뭐 가면 데리고 오라 그러믄 그 아무나 그냥 끌구만 오면 되는 거야."

이렇게 말한다 말이야, 그래서 군인 복장을 해가지고 가지고,

"빤스 속옷 이거 가지고 가라, 그래가지고 빨리 가보라."

그래서 이제 준비해가지고 가보니까는 이가 이가 얼마나 많은지 말도 못해요. 사람들이 오면 하나씩 그냥 계속 거 죽어 자빠지는 거야, 다 애 죽어 자빠지는 거야, [조사자: 아 사람들이요?] 사람들이, 이가 얼마나 많은가 하니까 이가, 빗자루로 털어야 해요, 옷 벗어가지고. 그러믄 이제 훌러덩 털어내지, 이 옷을 이렇게 벗어가지고 이가 하도 많으니깐 일일이 잡지도 못하고. 이 옷을 벗어가지고 그냥 털어야 아주 다시 입고 그런 거야, 얼마나 이가 많은지. 이 그래서 이거 보니깐 형님이 모습은 모습인데, 날 몰라.

그래서, 게 내가

"형님 일어나시오. 어서 일어나시오."

이래가지고 데리고 고 주변에 가가지고 어느 여관에다가 내가 인제 나는 돈이 인제 가져간 거 이제 돈이 있으니까는 옷도 이제 갖다 주고 오구, 우리 정식 군인이니까는. 그래서 그 돈을, 저 돈도 좀 주고, 옷도 맽기고 해가지고 그리고 나는 인제 군인 몸이니깐 다시 온 거예요, 현재 김해로, 그 인제 김해 비행장이로 와가지고. 그리고 나는 제일도로 또 가는 거야 제일도로.

[6] 남자들을 보호하려 했던 제2국민병이 굶어 죽는 곳으로 변해버린 이유

그랬는데 그 뒤에 제2국민병이라 말해서 얘기를 하자면은 그래서 김윤근, 김윤근, 김윤근이라는 장군이, 김윤근이라고 해요, 김윤근이 틀림이 없어요. 김윤근이가, 김윤근 대령이 사형당한 거야, 사형. 그 돈 조금 있는, 조금 있

으면 그래도 그나마래도 굶어 죽을 사람이 없는데. [조사자: 횡령했구나. 혼자 먹었어요?] 떼먹었지, 그래서 사형당한 거예요, 김윤근, 그 당시 대령이었어, 그 사람이. [조사자: 그 돈을 제2국민병들한테 줘야 되는데?] 일부러 떼먹었는지, 그런 세세한 건 모르지, 그런 건 들은풍월이지 뭐, 그러나 하얀(하여간) 김윤군 장군이, 이런 사람들, 김윤군 대령이 에, 사형당한 거야. 그건 확실해요.

그렇게 많이 죽였어, 말하자면 굶어 죽는 거 아녀. 그런 거지, 굶어 죽은 거지. 우리 형도 가니깐 못 먹어, 못 먹어. 그냥 헤쳐만 놔 주면은 어데 가서 이제 헐 텐데 단체로 끌고 가가지고 그렇게 된 거에요, 그 겨울에 그냥, 1.4 후퇴면 좀 추워? 그 강당에 가서 그냥 핵교(학교) 저기, 강당에 가 있으니 뭐 그냥 뭐, 그냥 얼어서 죽어. 얼어서 겨우겨우 그냥 연명하고 있었던 거야, 그게 제일 비참한 거예요, 6.25 때 그게 제일 비참한 거예요.

[조사자: 그 형이 친형이에요?] 응, 내 친형이지. [조사자: 친형을.] 응, 그래가지고 인제 호전돼 가지고, 집에 와서 있다가 보니까는 집에 왔어.

"기억하니만 어떻게 왔소."

이러니깐,

"아 글쎄 너 오는 바람에 그래가지고, 그냥 얻어 먹으면서 그래도 이러구 왔다."

그러드만 형이. [조사자: 그니깐 친형님, 국민병 그쪽에.] 그 그저 끌려가는 거지, [조사자: 거기로 이제 끌려오셨는데 고향이.] 고향이 글쎄 그저, 내가 고향을 여기 안 적어? 사능(사릉), 금곡. [조사자: 어디 금곡이에요?] 남양주, 남양주 시청 있는 데가 금곡이에요. 거기가 배, 내가 그거, 고기. [조사자: 거기 옆에가 산흠?] 사능이라고 있어요, 사능이 내 고향이지.

[조사자: 그러면 국민병을 이제 북쪽에서부터 쫙 이렇게 끌고 올 때, 형님이 어떻게 해서 국민병에 합류됐나요?] 아니 그건, 무조건. 나는 군인 몸이니깐 모르지, 나는 군인 몸이니깐 어떻게 끌려갔는지도 모르지, [조사자: 나중에 들으

신 말씀은?] 이 들은 대로 글쎄 제2국민병은 무조건 인민군이 오니까, 전부 그냥 끌고 내려간 거예요, 젊은 사람은. 젊은 사람은 그냥 무조건 끌고 내려간 거야, 거기 남으면은 이, 인민군에 흡수된다고.

[조사자: 그러니까 친형님을 국민병 안에서 이제 뵌 거잖아요, 만난 거잖아요?] 그렇지, 그 중에서 이제 몸 성해 가지고, 몸 성해 가지고, 군인을 간 사람이 나한테 이제 얘기를 해줘서 [조사자: 얘기를 해줘서.]

"응. 어디 어디 가라, 그럼 거기가 있다, 오늘 아직은 안 죽었다."

그래 거기서 알아,

"아직 안 죽었다, 분명해, 아직 안 죽었으니깐 빨리 가보라."

이렇게 된 거여. [조사자: 그럼 몸이 성하지 않은 사람들은 군인으로 못 가고.] 그렇지, 그 중에서 몸 성한 사람은 또 군인 간 거고. [조사자: 그럼 나머지 사람들은 나중에 풀어줬나 봐요?] 그 어떻게 됐는지 그건 모르지 뭐, 이제 그게 제2국민병 사건이래 그게. [조사자: 그럼 제1국민병 사건도 있었나요?] 제1국민병은 모르지만 제2국민병이라고 칭한 거여 그 사람들을, 제2국민병. [조사자: 그 예비병 개념으로 제2라는 말을 붙인 거 같은데.] 그렇게 된 거에요.

[7] 51년에서 휴전될 때 까지 강릉전투비행대에서 근무하다

[조사자: 어르신 근데 그 수영 비행장 갔다가 그 형님이랑 그렇게.] 아니 그건 저기 저 수영이 아니라, 저기 동래쯤 돼. 동래 어디, 동래. [조사자: 부산 동래?] 응, 부산 동래. [조사자: 비행장이 동래에 있다구요?] 아니, 우리 형님은. [조사자: 형님은 동래에 계셨고, 그 후에 다시 돌아오셨잖아요.] 그게 김해 비행장. [조사자: 김해 비행장으로 다시 돌아오셨고.] 그럴 적에 김해 비행장에 내가 근무를 하고 있었으니까는. [조사자: 아 그 다음에는 어떻게?] 그래가지고 제주도를 간 거야 이제, 제주도. [조사자: 제주도에는 정비하러 가신 건가요?] 정비라면은, 그때 그 시에 벌써 비행기가 없었어요. 아니 있긴 있었는데 열 대 가지

고 있는 거니까는 뭐 우리 차례도 돌아오지도 않고 그냥, [조사자: 아 너무 적어서요?] 응.

[조사자: 그럼 왜 제주도 가신 거예요?] 제주도 가서, 에 제주도를 왜 갔는지 그때, [조사자: 옛날에 군인 가기 전에 그 보통 제주도 가서 많이 훈련들 받던데.] 제주도를? [조사자: 예.] 그건 모르지 뭐, [조사자: 훈련소가 있었다고 그러던데.] 그건 몰라요. [조사자: 제주도를 비행기 수리하러 가신 건 맞죠?] 비행기를 제주도로 해서 이제, 여의도 비행장으로 온 거야. [조사자: 여의도?] 응,

[조사자: 제주도에 잠깐 계시다가.] 여의도로 온 거야, 여의도, 여의도에서 올 적에 중공군하고 이제 싸우고 있는데 서울은 완전히 인민군 속에 있었어, 저 중공군 속에 있었구. 우리는 이제 영등포에, 여의도, 여의도. 여의도에서, 여의도 비행장 그 여의도 비행장 그 지금, 국회의사당 그 일대 거기가 그냥 벌판이었어 그냥, 거기서 거기서 주둔해가지고, 이제 밤이믄 인제 한강 가에다가 이제 조명탄을 떨어트려가지고, 조명탄을 떨어트려가지고 그냥, 아주 밤낮 그냥 환하게 쏘였지 그냥, 그냥 얼마나 많이 떨어뜨리는지 그냥 아주 낮같았어, 아주 환한 대낮 같았댔었어.

그때 한참 전투할 때니까 그냥, 그러다가 비행, 이 조종사가. 그때 인제 내가 정비사 상사였던가 그때 그랬어, 아니 저 중사, 그때도 중사구먼. 그랬는데 거기서 사천으로 또 간 거야, 사천, 사천 비행장. [조사자: 여의도에서 계시다가 사천으로요?] 응, 사천, 사천 가서 조금 있다가 고는 잠시 잠시지, 그러다가 이제 강릉 전투비행장이 인제 생긴 거지 전투비행장. 전투비행전대였었지, 그 당시에는. 강릉전투비행전대.

거기 가서 내내 삼 년 동안 휴전될 때까지 있던 거야 이제 거기서, 그냥 조금 여의도 갔다가 뭐 뭐 제주도 갔다 허는 것은 원 잠시지 그냥. 그냥 한 달 두 달로 그냥 고새 이렇게 이렇게 다니는 거 뿐이고. 정식으로 인제 강릉 가서는 완전히 인제 한국에, 아까 그 이근석 장군이 타던 비행기가 인제 정식으로 인제 인구 받아가지고, 한국에서 이제 작전헌 거야.

[조사자: 그러면 강릉에 계신 거예요?] 응, 강릉. [조사자: 그때가 몇 년도에요?] 오십 일 년도쯤 될 거야, 뭐 51년. 그래가지고 내내 거기 있었으니깐, 휴전될 때까지, [조사자: 한 2년 정도 계셨었어요?] 2년, 2년 그렇지. 이 왔다 갔다고 한 것은 이제 6.25 터져가지고 왔다갔다가 허구, 거기 가서는 한 2년 그냥, 가 있던 거야, 강릉서로.

[조사자: 전투기와 연습 비행기와 좀 많이 다른던가요?] 에이포 오십, 에이포 오십일이라는 비행기, 에프 오십일(F51), 파이타, 파이타에 피프드 아니래는 거가 아니요 그게, 그 비행기는 지금 사회에서 그냥 그 호주 비행기, 호주 비행기 그러는 거예요, 호주 비행기. 사회 사람들은 전부 호주 비행기, 호주 비행기 그러는 거예요. 그래 속된 얘기에 뭐 '이승만 처갓집이 뭐 호주에서 보내준 거다' 그러는데, (일동 웃음) 이 사회 사람들은 다 그렇게 알아요들.

근데 사실은 그게 이제 미국에서 온 비행긴데 그게 이 위력이 세지 뭐, 대단허죠. 뭐 대단한 거죠. 그래서 사회에서 6.25 겪은 사람들 이제 우리는 이제, 출발한 것만 봤지, 온 거만 보고 출발허는 것만 봤지 떨어뜨리는 거는 못 봤으니까는. 근데 이렇게 떨어뜨리는 사람, 본 사람들이 얘기가 하, 이 위력이 대단하대는 건 이제 알지. 그랬는데 그 비행기가 뭐냐니까는 오백 파운드, 오백 파운드짜리 폭탄을 두 개 싣고, 또 이 뭐라 그러나 그 이렇게 양쪽으로 기관총이 또 여섯 문이 있구, 그게 대단한 위력인 거죠, 그게 그냥 뭐 그냥 계속, 계속 나가지. 차 한 날개에 요만헌 탄약이 천 발 들어가니까, 천 발. 무서운 기계지.

[조사자: 그럼 그 전투기를 타고 전투를 하러 나간] 전사들, [조사자: 그런 전사들이 다시 돌아오기도 하고, 때로는 돌아오지 못하기도 하고?] 그래 몇 사람 죽었지, 많이 죽었지, 한 서너 사람 죽었지. 그래 내가 아까 얘기하잖아, 내가 양성소라는 데 있을 때 고 사람들이 하나, 하나 죽고. 그러구 인제, 그 그 사람들이 제대해가지고 전부 칼(KAL)에 간 거야, [조사자: 칼(KAL)기, 대한항공.] 칼을 전부 그 사람들이 창설했어, 건국을 우리 친구들이 다. 정비사는,

정비사들을 이제 제대해가지고 정비소로 가고, 조종사들을 조종사대로 가고, 그랬던 거예요. 그래 칼이 포대가 전부 공군 출신이었어요, 공군 출신, 거의 다. 처음 했을 시, 창설 당시에.

[8] 정비사로써 시험을 통과하자 4번째로 지상활주권을 받다

[조사자: 처음 딱 정비를 하실 때 어떠셨어요?] 뭘 어때, 뭐. [조사자: 미국 사람들이랑 처음 만나고 그럴 때.] 아니 그냥 그 사람들 시키는 대로 허구 인제 그런 거지 뭐. [조사자: 미국 사람들 처음 봤는데 신기하지 않으셨어요?] 에이 뭐, 그 사람들두 순헌 사람도 있고, 그렇지 뭐, 그냥 뭐 같이 있었으니까. [조사자: 기억나는 사람 없으세요?] 이름은 잘 잊어버렸지 뭐. [조사자: 그러고 이제 영어로 말씀하시고?] 그 이제 좀, 이제 영어로 대략 인제 해먼서 인제 그래도 손짓 발짓 해가지고 인제 알고, 또 한국에 영어 통역허는 사람이 인제 빨리 배와 가지고 그 걔, 걔네들이 좀 가리키고 그러고 헌 거지. 이런 데 이제 허는 거 같이 보고 그랬었지요. 비행기 정비는.

[조사자: 그 복잡할 텐데.] F51이라는 비행기가 참 이 위력이 대단한 거요, 그거를 내내 그거 만졌으니까. 그래가지고 그 비행기를 인제 조종사는 추격을 하지, 정비사들은 추격을 못 해요, 못 타니까는 물론. 조종사들은 이제 딴 데 있고, 정비사들은 이제 와서 인제 있을 적에. '폭격을 당했다' 그럼 비행기를 좀 이전을 해놔, 이동을 해봐. 부득이 이동을 헐 경우를 대비해서 정비사한테도 지상활주권을 줬다구, 지상활주권.

[조사자: 아 땅에서 움직일 수 있게.] 응, 땅에서만은 맘대로 옮기는 거, 그건 허가를 맡아가지고 지상활주를. 이 움직이지 못하게 하니까 조종사 저 이외에는. '그러나 유사시에는, 그러나 정비사한테도 이걸 권한을 줘야 한다.' 이렇게 돼 가지고 시험을 봐가지고 지상활주만 허락을 헌 거예요, 그냥 지상에서 이렇게 끌고 다니는 거, 비행기가 이 이만침 이렇게, 이만 쓱 비행기가

이러고, 이러고.

[조사자: 실제로 그런 걸 해보신 적 있으세요?] 그럼 나는 그래 이제, 내가 사(4) 호, 네 번째 받은 거야. 네 번째, 지상활주권 네 번째 내가 받은 거라. [조사자: 그러면 그것도 이제 시험을 통과를 해야 받을 수 있는 거예요?] 시험 봤지, 시험을. [조사자: 운전면허시험 같은 거.] 응, 운전면허. [조사자: 그래도 비행기 타보셨네요, 운전도 다 해보시고.] 비행기는 글쎄 조종사들이야 타지, 뭐 정비사는 안 타지만은, 그래도 많이 타 봤지 뭐.

비행기가 고게, 혼자 타는 비행긴데 둘이 타는 비행기가 있어요. 둘이 타는 비행기가 있는데, 전투기. 그게 있는데 그게 그 비행기는. 아유 내가 그거 타봤는데 그게 이제 상승헐 때는 그 뒤에 탄 사람은 못 견뎌요, 그냥 한없이 눌리는 그런 그 느낌이라, 이 상승하니까.

[조사자: 그때 F51 전투기가 우리나라에 몇 대 있었어요?] 많았었지, 한 자꾸 고장 나면은 인제 또 보내고, 다시 새로 나오고 그래서, 한 삼십 대 있었을 거야, [조사자: 굉장히 많네요. 그거 굉장히 비쌌을텐데.] 그럼 비싸지, 그게 최첨단 기계인데, [조사자: 그 전투를 나가는 파일럿트는 이 전투에 나가서 죽을 수도 있는 거잖아요?] 그야, 물론이지요, 그럼.

[조사자: 그래서 전투에 출격을 할 때 특별한 의식이라던가, 인사라던가 이런 거 안 하셨나요?] 그건 조종사들이나 알지, 난 모르지. 정비사들이니 모르지, 조종사들이나 알지. [조사자: 할아버님 아까 양성소 거기는 정비하는 기술도 있고.] 정비기술자, 기술 양성소에요.

[조사자: 예를 들어서 파일럿.] 파일럿 하고는 전혀 관계가 없는 거예요. [조사자: 아 그냥 정비만 하는 양성소.] 예, 정비 양성소. [조사자: 그때 배우실 때 어려운 점은 없으셨나요? 생소하셨을 텐데.] 에유 어려운 것도 없어요, 뭐 학교 공부하는 식이죠 뭐, 그렇게 공부를 했었죠. [조사자: 공부에 취미가 있으셔가지고.] 아이 취미, 어두워도 그렇게 쉬운 이제. 이 뭔가 모집을 허니깐 간 거지. 가서 알아준다니까 가기 전에는, 가기 전에는 일등병이었었지, 일등병,

일등병이었었는데 거기 가면은 하사 준 대니깐, 하사 준다니 간 거지.

[조사자: 근데 왜 갑자기 입대를 하실 생각을 하신 거예요?] 아 입대는, 입대는 그래 서울 거리를 가니깐은 '창공은 부른다, 젊은이를.' 그 바람에 비행기 타고 싶어서 가거지 뭐, [조사자: 아, 파일럿을 하고 싶으셔가지고 가셨구나.] 그럼, 그랬는데, 가고 보니까는 비행기 생각이 없어 비행기 조종사를 안 한 거지, [조사자: 자원입대를 하셨구나.] 예, 그럼 자원입대이죠, 전부 자원입대, 공군은 지금도 자원입대 아니에요. [조사자: 맞아요, 시험 봐야 되고?] 그럼, 시험.

[조사자: 그러면 이제 강릉에서 휴전될 때까지 계속 그 일만 하시다가.] 그러다가 이제, 본대가 이 인저 공군 창설 당시에는 이 상사들이 주로 그 잉어한 거예요, 예를 들어서 얘기를 하자면은 주영복이 같은 양반, 주영복이, [조사자: 주영복이라는 사람이?] 주영복이라는 사람이 내무장관 한 양반이 있어요, 내무장관도 하고 국방부장관도 허던 사람, 전두환이 대통령 때, 그 사람이 상사더래니까 우리들한테. [조사자: 그분이 상사였다가 이제 소위 같은거.] 그럼 소위 돼 가지고 조종사 돼 가지고 인제 이렇게 됐지, [조사자: 상사로 입대.] 그럼, 처음에는, [조사자: 하사관으로 입대해서.] 전부 하사관이지, 그 거의 다 현지인가 허는 사람들이예요, 다.

[조사자: 그럼 어르신은 강릉에서 휴전되고 나서는, 바로 제대는 못 하셨을 거 아녜요?] 휴전돼 가지고, 제대 안 하고 그 후 인제 그 대전, 대전 기술교육단에 가서 있다가, 그러고 일공육(106)에서도 있었다가, 그래서 제대를 한 거예요, 대위 때. [조사자: 대위까지 받으셨어요? 우와.] 전부 친구들은 지금 대령들이에요, 그냥 정비하던 사람들이 다, 우리 또래들이지, 다 또래들이지. 그 사람들 다 현지, 현지인 건 다 헌 거예요, 현지인 건. 전통이, 전통이 공군에서는 상사들을, 본병 우리가 이등병으로 들어갈 적에도 장교 후보생으로 해서 모집을 해서 간 거예요. 그래 가니까 이등병이지.

[9] 쉽게 간이 비행장을 만드는 미군의 기술에 놀라다

[조사자: 미국 사람들 중에 성격 되게 이상한 사람들이 있다면 어떤 식으로.] 그거 별다른 거 없어요, 그 사람들 저 뭐. [조사자: 대위에서 제대를 하셨어요? 더 계시지?] 그래서 딴 사람들은, 다른 사람들은 그냥 어쩌다가 있구, 나는 그냥 제대를 하고 싶어서, 제대를 하고 이리 나와 있는 거죠. 제대를 해가지고 '내 사업을 이 저 해보겠다.' 하고 이리 나와 있는 거죠. 응, 나와 보니까는, 군사혁명이 딱 났지 뭐야, [조사자: 아 군사혁명, 5.16혁명?] 5.16 전, 전에 나왔지, 5.16 후에 나온 사람들은 하도 육군에서는 인제 그 무능 장교들, 무능, 무능 장교들이 많다고 그래가지고. 그래가지고 다 이냥 내 보낸 거야, 그냥 뭐, 무능 장교라고 무능, 능이 없다고 무능 장교라 해가지고 전부 내쫓은 거야들.

근데 공군에서는 무능장교래는게 에 뭐, 없었지 정식으로 시험 보러 간 애, 사람들이니까. [조사자: 5.16 바로 전에 제대를 하셨어요?] 61년도 5월 16일인데, 나는 3월 31일부로 나왔어요. [조사자: 진짜 몇 달 전에 나오셨네요, 간발의 차로.] 이 잘, 잘못 딴 애들은 군사혁명 나니까는 이제 대위들이 소령 되고, 소령이 중령 되고, 또 좀 또 좀 잘된 애들은 대령되고 여기, 전부 다 거의 다 대령, 중령 다 이렇게 나온 애들이, 다 거의 다. 우리 이제 비전교들 사람들이.

[조사자: 어르신 그 전쟁 때요, 같이 계셨던 분들 중에 기억나는 분들이나 뭐 소소한 그런 얘기.] 많지 뭐, [조사자: 바쁜 와중, 힘든 와중에서도 좀 그 사람 때문에 웃었다던지, 아니면 그 사람이 너무 불쌍했다는지, 그런 식으로 그때 만난 사람들 같은 얘기.] 아유에 강릉서 비행기 정비헐 적에 강릉도 겨울이면 추워요, 그냥 모래가 그냥 날라오구 그러면은 아유 고생 많이 했었지, 고생 직싸게 했어요.

그 강릉, 강릉 비행장이 그냥 바닷가에 있는데 그냥 벌판이지 뭐 그냥, 거기서 그냥 비행장이 뭐 아스팔트 이런 비행장이 아니라 그냥 피에스피(PSP),

소위 사회에서 아나방이라고 그러는거 있잖아, 아나방, 그걸 피에스피라고 그래, [조사자: 아나방이요?] 일명 아나방(군용장비로 개울이나 모래 등 군용 차량이 통과할 때 빠지지 않게 바닥에 깔아 사용했던 강철판), 이 구멍 뚫린 거 이래가지고 인제 그걸 아나방, 아나방 그래요.

그런데 그냥 온 이름이 PSP, 쇠로 이렇게 연결해가지고 이렇게 연결해가지고 비행장 만든 거여, [조사자: 아 쇠 바닥으로 이렇게.] 그럼 덮혀 있어 그래 돼 있다 그래요 강릉서. 지금은 다 아스팔트로 다 돼 있지만. [조사자: 간이로 만든 거구나.] 그럼, 그거를 일본사람들은 비행장 하나 만들려면 그 몇 년도 걸리고, 몇 달, 몇 달 아주 도저히 못 허지.

그런데 이, 아이 미국 사람은 뭐 하루아침에 그냥 비행기가 하나 생기니 당헐 도리가 있나 뭐, 그 비행기허고 그 비행기허고 가지고도 전쟁을 못 허지, 일본사람은 뭐 기정사실이 지게 돼 있는 거지. 무력에 지게 마련이라는 식으로 전쟁을 헐려먼은 장비가 우수해야만이, 전쟁을 이기는 거예요, 장비가 우수해야만이 이기는 거예요. 장비가 미비하면 암만 정신이, 정신무장이 되어있다고 해도 안 돼.

[조사자: 어르신 전쟁 중에 죽을 뻔 하신 적 없으세요?] 그 인제 뭐, 비행장을 폭격헌다는 그런 얘기가 있어가지고, 아우 그냥 뭐 밤, 어떨 때는 그냥 뭐 항상 준비를 허고 있었지 뭐, [조사자: 아, 옮기려고? 다른 곳으로?] 폭격헌다는 그런 인제, 사실인지 우리는 모르지뭐, [조사자: 어디 있을 때 그러셨어요?] 강릉서 있을 적에, [조사자: 거기 폭격이 온다고 그래서.] 그래 항상 이 저 긴장을 하는 거지. [조사자: 마저 비행기도 옮겨야 되고 막 그래요?] 그럼.

[조사자: 그럼 할아버님 어느 비행장에 있었을 때 가장 전투가 치열했었어요?] 강릉, 그럼 강릉서 글쎄 내내 휴전될 때까지 있었으니까, [조사자: 중공군이 좀 들어오면서 좀 심해졌나 봐요?] 중공군은 강릉까지는 안 왔었죠, 총을 쏘면서, 쏠 근방에서만 왔다 갔다 했었지. 쏠 근방에서, 한강 이남도 안 건너왔어요, 중공군은.

[조사자: 군대 있을 때 결혼도 하셨겠네요?] 아니지, 휴전 돼가지고, 아니 저, 응, 전시에, 전시에 결혼했지. [조사자: 전시에 어떻게 결혼하셨어요?] 전시에 결혼허는, 결혼허라구 그래서 아 이저 다들 가족도 데리고 있었어요. [조사자: 아 그때 돌아다니면서 비행장 옮길 때마다 가족들이랑 다 같이 가신 거예요?] 예, 예. [조사자: 그러면 할아버님 결혼을 몇 살에 하신 건데요? 한 스물다섯?] 스물일곱. [조사자: 스물일곱? 되게 늦으셨네요?] 그럼 늦었지.

[조사자: 거 어떻게 만나셨어요, 할머니랑 이런 전쟁 통에.] 누가 소개를 해서 그냥 만났지 뭐, 전쟁사에 남을 그런 얘기는 특이한 거 없어, 특이한 거 없어. 그저 그렇단 얘기에요. 근데 이제 나이가 먹어서 자꾸 이제 잊어버려요, 내도 전번에 공군, 공군전사회에도 우리가 증언헌 게, 증언집이 나왔어요, 공군 증언집. 공군 증언집에 내 이름이 나왔지 거기도.

[조사자: 그때 그 사람들은 어떤 거 물어보던가요?] 물어보진 않았고, 내 저이, 아까 거 정비사한테도 지상활주권을 줬대는 거, 지상활주권을 줬다는 거 그걸 갖다 뵈여줬지, 잉 근데 그게 내가, 요만-한 종이였었지 요만-한 종이에 공군전투비행단 단장 뭐 해가지고, 지상활주허가증 해가지고 요만-한 종이에다 그래서 요만한 종이를 만져보니, 허허(웃으면서) 지상활주권한을 준 거니깐. 허가증 해준 거지.

[조사자: 지금도 갖고 있으세요?] 그걸 글쎄 제시를 했지, [조사자: 아 공군에 제출을.] 그럼 공군 조사할 적에 작년에, 재작년에 그걸 해달라고 그래서 그 어떻게 여럿이 그냥, 인제 그 우리 모임이 있어요 정비사 모임이, 그래 거기서 다들 같이 가가지고, 그냥 공군 전사회에 저기 기증한다고 그 가져오라고 그래서 가져갔어, 다 거기다 제출하고 왔지.

[10] 훈장을 받은 국가유공자이나 충분히 보상 받지 못하다

[조사자: 지금, 스물일곱에 결혼하셨으면 53년도, 강릉에 계실 적에 결혼하셨어

요?] 그렇지, [조사자: 그 부모님들이랑 다 같이 다니신 건 아니구요?] 아니지, 부모랑 어떻게 다녀요. [조사자: 부모님은 어디에 계셨어요?] 그 글쎄, 사능. [조사자: 사능, 고향에 계셨고. 강릉에 계실 때 결혼을 누구 소개로 하셨잖아요?] 응, 그래가지고 전시가, 전황이 좋아지면은

"가족들 보내라."

또 그래요, 그래서 또 가족들 보내기도 하고, 몇 번 보내봤지. 그러다가 또 호전되면은 또 인제 데려가기도 허고 그랬지. [조사자: 그니까 살림집은 강릉에서 살고, 사능에는 고향 집이고, 안정되면 강릉에서 살다가 악화되면은 고향에다 보내고, 그러셨어요?] 응, 그렇지.

[조사자: 그러면 자녀분은 언제 첫애가 태어났어요?] 53년도, 53년생이에요, 근게 뭐냐 52년도에 결혼했지요, 그 한창 전투할 적에요, 한참 전투할 적. [조사자: 그럼 할머님이 강릉분이신가 봐요?] 아니요, 서울 장위동. 내가 서울서 살았어요. [조사자: 거기서 피난을 강릉으로 오셨던가 봐요?] 아니지, 이 고향에서 연결이 된 거지.

[조사자: 할아버지 자제분은 총 몇 남매 두셨어요?] 2남 1녀에요, 2남 1녀. 2남 1녀인데 다 빛을 못 봐. 근데 그 이게 그래서, 내가 훈장도 받았는데, 훈장을 자식을 그 그냥 공부시킬 적에 그냥 그 애를 썼는데, 그걸 몰랐다구, 훈장 받는 사람은 국가유공자를 무료래는 거를, 그런 길을 모르고 다녔던 거야, [조사자: 아니 그러면 학자금을 다 내시면서 가르치셨어요?] 그래서 속된 얘기에 이런 얘기가 있어요. '일 잘하는 사람허고 건달로 다니는 사람허고 보면은 건달로 다니는 사람이 더 잘 산다.' 그런 얘기가 있지. 일만 들입다 헐 줄 아는 것만 가지고는 못 산대는 거예요. 그래서 내가 그 이제 직장생활 할 적에 그 그냥 일단 일만 들입다 하고. 그래 성공 헐라고 일만 들입다 했지, 그런 그런 길을 몰랐다구. 그런 길을 정부에서. [조사자: 안 알려줬구나.] 알려줘야지, 그럼 뭘, 안 알려줘요. 몰랐어 그래서.

그래서 내가 지금, 18만 원 받아요, 18만 원. 18만 원 받고 그러는데, 예를

들어서 얘길 허자면 미망인들 전시에 이제 돌아간 양반들, 전시에 전사한 미망인들은 지금 현재 백만 원 받아요, 백만 원. 그러면 그 미망인이냐, 본지 그 사람은 전사했고, 그럼 전사헌 사람들이 전사헐 적에, 나는 공군에 있었으니까 잘 인제 그렇다고 하고. 육군에서들 얘기들이 그 참, 전투하는데 손 하나 다쳤어. 손 하나 이렇게 자해해서 다친 사람도 뭐 없잖아 있는지.

그런 모르겠고, 뭐 얘기가 들어오는 거구. 다치면은 피가 들입다 흐르잖아. 적탄에 맞아서 피가 흘르니깐 이거 업어서 후퇴하구, 응? 그럼 그 사람은 후퇴했어. 그 사람은, 후퇴해가지고, 편안히 상이군인 되가지고 그냥 이때까지 살구, 손 하나 없는 사람도 있죠. 있기는 뭐, 귀 하나 없는 사람도 있고 있지만은, 멀쩡하지 뭐.

그러믄 훈장을 받은 사람은, 그 사람들 업어서 후퇴시키고, 그러고 또 전투하고 또 전투 해 가지고 훈장을 받았는데, 훈장 받는 사람은 현재 돈 18만원 받는다 이거에요. 그러면은 보훈법을, 보훈법, 보훈법을 6.25 때 만든 법이에요, 6.25 때. 그래 6.25 때만 해도, 6.25 때 미망인들은 얼마 줘야 된다, 그럼 그 당시에 훈장 받은 사람들은 그냥 살아있어. 다 그냥 멀쩡히 다. 이 사람들 다 혜택 없었어.

요즘에 훈장 값이다 해가지고, 한 오 년, 오 년 전에 18만 원 받은 거야, 그때는 12만원 해가지고 차차차차 올라가가지고 지금 18만 원을 받는데, 그러면 이제는 훈장 받은 사람도 이젠 다 죽어가는 사람들이야, 그럼 아무 혜택도 못 보고 그런 상태에요 지금.

그래서 어느 국회의원이 요걸 이 보훈법을 고쳐야 된다. 그걸 거 분명히 뭐 내가 나중에도 듣고 그냥 그랬는데, 그거 못 고쳐요. 왜 못 고치느냐, 그래 예산도 물론 있구 뭐, 반대를 하는 사람도 있을지 모르지 뭐. 그래서 이 상이군인들은 지금 다리, 손 하나 없던 사람들, 뭐 발 하나 없는 사람들은 그 당연한 얘긴데. 멀쩡하지 뭐, 멀쩡하지 뭐, 그 사람들은 그냥 혜택을 보는 거에요, 혜택. 오십 만원 뭐, 심지어는 뭐 백만 원 받는다는. 백만 원 받는 사람은 완전히 그저 중환자에요, 근데 그러면은 이제 얘기가 나왔기로 훈장 값을 18만 원이 뭐냐 이거지요.

그래서 내가 혼자 생각에, 혼자 생각에 이런 생각도 해 봤어요. 1인 시위를 해가지고, 1위 시위를 해가지고. 이제는 다 송장이 된 사람들이, 훈장, 훈장을 받은 사람이나 이거 똑같이 우리도 이젠 다 늙어서 늙은 사람인데. 그럼 여생을 그래도 같이 살아야 될 거 아니냐 말이야. 좀 뭐 먹고 살게끔, 그래 이걸 좀 시정해달라고 뭐 헐려고 그러는데. 뭐 여의치도 못하고 그냥 그대로 그냥 있는 거지 뭐.

그건 정부에서 그건 해 줘야 하는데, 정부에서, 예를 들어서 얘길 하자면은 국회의원을 헌다든지, 뭐 대통령을 헌다든지 허는 사람들이 아 표가, 표가 우선 중요한 거지, 표가. 표를 줘야만이 뽑을 거니까는. 근데 훈장 받은 사람들 그까짓 거 훈장 값 준다고 해봤자, 거 몇 명 안돼. 그럼 또 반대허는 사람도 있고, 이건 아예 그냥 손도 안대는 거예요, 모순은 모순이지, 모순 있는 거는 그 사람들도 다 알아요, 당국자들도 알아요, 모순이래는 거, [조사자: 어르신 그 훈장은 어떤 이유로 받으신 거예요?] 훈장 글쎄 이 전투에서 비행기 정비해서, [조사자: 비행기 정비를 잘해서?] 그럼, 잘 허구 글쎄 그걸, 그래서 받은 거지 다.

[조사자: 그럼 할아버님 여기 가평은 언제쯤에 와서 사시게 되신 거예요?] 응 가평은 약 이십 년 전에 내가 혼자 사니까는 세상천지 다, 그냥 산이나 다니면서 살려고 온 거예요. 그런 것이 어떻게 이십 년이 흘른 거야, [조사자: 할머니는 돌아가셨어요?] 돌아갔지 벌써, 에 80년도에 세상 떴으니까.

[조사자: 그럼 자녀분들은 따로?] 자녀들도 글쎄 빛을 못 봐요, [조사자: 같이 안 사시고?] 그럼 같이 안 살지. 그 인제 이거는 서울 다 모였어요, 그걸 내가 어떻게 아느냐 하니깐은 그 후, 연금도 못 타는 사람 약 25년 전에, 연금도 못 타는 사람들을 박정희 대통령 때 돈 50억을 부훈, 훈장도 받고 6.25 풀(full)로 종사한 사람들, 못 사는 사람들 줘라, 어떻게 이자를 내서 줘라, 이

런 이렇게 해서 50억을 기탁을 했는데 50억을, 사십 얼마를, 그 돈을 맽길 데가 없으니깐, 그 당시에만 해도, 그래서 재향군인회라는 것은 이름만 있었지, 유명무실했었지.

근데 재향군인회라는 조직이 있으니깐, 재향군인에다가 맽긴 거예요, 그래 가지고 재향군에서 그 돈을 관리를 허구, 인제 있어가지고 그걸로 인제, 중앙고속이라는게 그 돈에 의해서 다 그 움직이는 거예요, 중앙고속. 그래서 그 돈을 인제 해서 받는데, 내 장위동 살 적에 그것도 누가 가르쳐 주질 않아서 몰랐는데 날 보고

"당신 그거 해당이 되는데 왜 그거 몰라."

"난 몰라 무슨 얘긴지, 무슨 혜택을 보는지 모르니까는"

"그래, 그 내가 가르켜줄게, 그래 제출해 봐."

그 인제 제출해봤지요, 이제 기재내가지고, 뭐 인적사항 언제 전투한 거 뭐 그래 해가지고 허니까는, 그 달부텀 받았는데, 그게 약 한 25년 전 이래 돼요. 그럼 그 25년 전 돈 받을 적에 그거 받는 것만 해도 누가 가르쳐줘서 그것도 했지, 이 몰랐지요. 건달같이 이렇게 저기 정보나 빨리 알려고 하는 사람한테는 잘살고, 그 일만 들입다 허는 사람은 그것도 해당이 안 돼,

그 인제 누가 가르쳐줘서 나도 그걸 받은 거예요. 그게 혜택을 많이 본거지. 그걸 그 당시에는 안보비라고 했던가, 안보비. 근데 요새는 생활보조비라고 해서 나오는데 그게 15만 원 나오는 게 있어요, 그래 그 덕을 많이 힘을 받았지, 요새는 뭐 한 20년 전에는 5만 원 받았는데 5만 원도 아주 그때는 요긴했었다구. 그럼 거기 받는 사람들은 육군사관학교 2기생, 또 5기생, 해병대 2기생들, 그 이제 그런 사람들 받은 거죠, 그 연금 못 타는 사람들, 그 다 61년도 전에 제대한 사람들이죠. 게 그 덕을 많이 받았어, 그래 이제 15만 원을 받는데, 그것도 누가 가르쳐줘서 했지, 그렇지 않으면 뭐, 그 얼마나 고마운지 몰라.

인제 서울 사람은 한 30명이 있어, 있구 한 구에. 시골에 오니깐 나 하나

야, 서울에 받아먹었던 걸 내가 가평으로 오니깐, 그래 시골은 아주 컴컴하지요 뭐. 서울은 그냥 30명이, 한 구에 30명에 있으니깐, 다 서울에 다 모였다는 얘기지 뭐, 서울에 다 모여 있어요, 우리 저 친구들도 다 서울에 다 모여 있잖아. [조사자: 그럼 더 하시고 싶은 말씀은 없으세요?] 없지 뭐, 물어보면 또 하지, 갑자기 생각날 게 뭐 있어.

거제도 포로수용소 헌병 시절의 기억

고 기 원

"중공군이 한 2만 명, 근데 중공군들은 저 중공으로 간 거이 없어. 다 저 대만 장개석 파로 갔죠. 소련 군인이 여군이 한 사람 있었고. 그 외엔. 거의 우리 저 이북 출신이라"

자 료 명: 20120207고기원(제주)
조 사 일: 2012년 2월 7일
조사시간: 약 125분
구 연 자: 고기원(남 · 1930년생)
조 사 자: 김경섭, 김명수, 이원영
조사장소: 제주도 제주시 조천읍 함덕리 고기원 할아버지 자택

[조사과정 및 구연상황]

제주 출신으로 거제도 포로 수용소에서 근무한 경험이 있다는 화자를 만나기 위해 제주시 조천읍 함덕리 화자의 자택을 방문하였다. 바람이 몹시 심하게 부는 날씨였지만 전형적인 제주 민가 형태를 갖춘 화자의 자택 내부는 따

뜻했다. 안방에서 화자의 포로수용소 경비병 시절 이야기를 들었다.

[구연자 정보]

고기원 할아버지는 현재 담당하고 있는 직책이 많은 지역 유명인사이다. 그는 1950년 10월 1일에 입대하였고, 훈련을 거쳐 곧 바로 헌병대에 배속되었는데 그의 부대가 담당한 일은 그 유명한 거제도 포로수용소 관리였다. 그의 증언에는 거제도 포로수용소의 실상이 낱낱이 들어 있다. 고령임에도 발음이 정확하고 목소리가 굵어 듣기에 편했다.

[이야기 개요]

6.25가 발생한 뒤 훈련소에서 한 달간 훈련을 받은 후 거제도 포로수용소에서 근무하게 되었다. 초반에는 사람이 얼마 없었지만 이후 만 명이 넘는 포로가 모였다. 많은 포로를 감시하느라 고생스러웠지만 미군 보급품을 받고 휴가나 외출에 사용하는 등 좋은 점이 많았다. 보급품을 가져다 파는 경우도 있었다. 이후 강원도에 학교를 재건하기 위한 기초를 돕는 파견을 나갔었고, '송충이 사단'이라고 불리던 26사단에서 근무했다. 햇수로 7년간 군대 생활을 한 뒤 육군본부 특명으로 제대할 수 있었다.

[주제어] 참전용사, 입대, 훈련, 거제도 포로수용소, 포로 감시, 포로 석방, 보급품, 비리, 26사단, 제대, 4.3사건, 5.10선거

[1] 훈련을 거쳐 포로수용소에 배치되다

그 우리 제주도가 4.3 사건 있었잖아? 그 50년도에 6.25가 터져가지고 그 나갔는디. 그때 징집이 아니라. 그 당시에는 그 대한청년단이라고 조직이 되나서 각 부락에. 그 대한청년단 명부 보면서 그냥 나갔거든. 그때 만 20세 이상 35세 꺼지는 뭐 면에서 그 영장 보내고 이게 없어. 그래서 그 명단에

준해서 각 리별로 동원됐거든 그게 그 당시. 35세까지는. 그래서 그때 그 대한 그 명단에 없인 사람은 빠졌고. 그 명단에 있는 사람 그래 전원이 나갔거든 그래.

그래 나가가지고 훈련소도 그때 각 제주도에는 학교마다 훈련소가 됐어. 그때 국사 학교이런 학교마다. 그에 그 살아있는 사람도 영삼공이 살아있느냐면. 그 감응사라 전방에 안 간거라 이거야. 제주도 사람은. 4.3 사건에 연류되보니까 전방으로 보내면 그 북한으로나. **[조사자: 그럴까봐.]** 제주도 그 출신만은 그 일단 그 후방 근무를 시켰어. 그 후방근무면 전라도 그때 그 저 여 여수 이런 저 반란 사건 있잖아. **[조사자: 여수 반란 예.]** 거기 토벌대를 보낸거야. 지리산겉(같)은데. **[조사자: 토벌대로? 예예.]** 경험이 얻은 후에 이제 이상이 없으니까 그제야 11사단 창설하면서 그 전방에 들어간거라. 그러니까 이제 그 제주도 사람이 산 원인은, 결국 내가 그런 얘길 해. 회장직 맡아 다니면서도 4.3 사건 덕 본거는 제주도 군인이라 했거든 그게. 그때 그 저 추자. 추자는 이 산 사람 몇 안디여. 그 제주도랑 훈련 받아 갔는디. 추자는 제주도고, [조사자: 추자도요?] 응. 갈라지니까 4.3에는 연류 안됐거든. 그러니까 추자도 사람은 전원이 전방에 갔어. [조사자: 바로 전방에 보냈구나.] 응, 바로 갔는디. 그 명단에도 보면 추자 사람은 살아있는 게 몇 명 안돼요. 근디 제주도는 거의 지금 살아 있는게 영산군이라 다. 그 다음에 영육짜리도 갔고 팔팔짜리도 갔고 또 구일짜리도 갔는디. 영육짜리 팔팔짜리는 거의 다 죽어 버렸거든. 가면 식어가서 전방에 그 영육짜리들은 인제 게 우리가 50년도 들어갔으니까. 51년도에 넣었어. 이 해당자 가이 그때 35세까지 뽑아 가부니까 그 해당자가 없었거든. 그래서 그 51년, 52년도에 나가기 시작 했어 제주도 사람. 그래서 그때 나간 사람이 영육군번, 팔팔이라. 그 사람들은 가면 이제 막 한창 전투가 심한 때 아니여 거기. 그니 비행기가 실어당 전방에 가매 경험으스니까(경험 없으니까) 거의 전사 자랐어 다. 근디 살아있는 건 지금도 다 영삼공 밖엔 없지. 이 제주도에 살아있는 사람. [조사자: 그 뭐 4.3있다고 해가지고 약간 얘기가 있고 해서 그나마 많이 안 돌아가셨네.] 내가 지금도 그 얘기를 허지. 제주도 사람은 영삼공은 하여튼 4.3 덕을 본거 아니냐 그래서 애길하지. 그 원인이 있었어 그기.

[조사자: 여기가 조천읍, 주소가 어떻게 됩니까?] 함덕리. 255의 1. [조사자: 어르신 연세가 올해 어떻게 되십니까?] 연세? 30년생. [조사자: 정정하시네.] 아 뭐시. [조사자: 우리 나이로.] 팔십이. 팔십삼 되지. [조사자: 예, 우리나이로. 만으론 둘 되시는구나.] [조사자: 몇 년도에 입대하셨습니까?] 50년도. [조사자: 50년도 몇월달에 입대하셨어요?] 우리 나는 10월 6일. [조사자: 아, 그러면 6.25 발발하고 한 네 달정도.] 제주도가 전부가 9월 1일이라이. [조사자: 그때 해병대에 입대하신 분들이 많더라구요, 보니까.] 해병-대는 3, 4기가 저기 8월 달이라이. [조사자: 예, 8월 31일. 어제 한분 만나 뵙고 왔습니다.] 어, 8월이고, 또 우리 육군은 1차가 9월 1일. 9월 1일이고, 2차는 거기서 좀 떨어진 사람들이 그 10월 1일 날. [조사자: 10월 1일 날.] 입대를 헌거지 그게. [조사자: 50년 10월 1일날 입대하셨구나.] 전부 이 제주도에는 50년도. 다 50년도 해병대도 육

군이고. 51년도에는 없었고. 그래서 52년도 2월 달부터, 3월 달부턴가 있었어이. 그 우리 제주도는. 그 52년도 이전에는 입대자가 없었어. 왜 없었는가 하면 그 50년대 35세 꺼지. [조사자: 한꺼번에 다.] 한꺼번에 싹 나가 부니까 51년도에는 그 연령 해당자가 없었거든. 그때 18세, 18세 난 사람들도 지원해 막 갔거든. [조사자: 18세부터 35세까지. 그러면 엄청났겠네요. 병력이.] 18세 난 사람은 몇 사람 안 되고. 그 지원해 간 사람들이니까.

그 또 제주도에는 그 학도병들이 많이 갔어, 학생들, 고등학생들. 그 다 나갔는데. 제주도는 학도병이 없어. 명칭은. 왜냐하면 그 군번이 받아 나가 부니까 전부. [조사자: 군번있으니까 학도병은 아니구나.] 제주도는 그래서 그 각 학교별로 이제 그거 기념사업 그 그 저 표석들을 해놔가지고 게 중앙회에서 내려와나서요 나때 내려온 학교마다 다니니까. 그 오고갔던 뉴스가 많이 나갔어이. 제주도에서. 가보니까 그 없어. 그래서 교육청에도 가니까 그때 자료가 전혀 없어분거라. 결국 그 알아보니까 군번 전부 나가부니까 군번받아간 군인은 학도병으로. [조사자: 학도병으로 치지 않는구나.] 응. 인증을 아예 헐 수가 없대네. 제주도에는 학도병은 헌 사람도 없는걸로. 전부 그냥 군인으로.

[조사자: 그럼 입대하셔서 훈련은 어디서 받으셨습니까?] 훈련, 그 당시에 우리는 모실포. [조사자: 아, 모실포에 훈련장이 있었구나. 육지 병력도 거기 와서 받았다고 그러던데.] 아니아니, 그때 그 6.25 당시에는 훈련소라는 게 없었거든. 교육대라서. [조사자: 교육대.] 걍 여기 처음 9월 1일에 나간 사람들은. 학교-가 훈련소. 초등학교. [조사자: 초등학교에서.] 초등학교에서 훈련을 받은 그때도 그 훈련 기간이 많이 없었어. 일주일 받아서 나가는 사람, 헌덜(한달) 받아 나가는 사람, 이렇게 했거든. 일주일 받아서 나가는 사람은 빨리 나간 사람이고. 그 일주일 후에 떨어졌다 나가는 사람을 지금 말하면 낙오된 훈련이라서. 그 낙오된 훈련은 이제 어떤 어떤 허당. 그 개월 수를 늦추고. [조사자: 그러면 모슬포에서 훈련 받으시고 그 저기 여순 그쪽으로 먼저 투입 되신 거

에요?] 아니, 나는 전방엔 안가고. [조사자: 저기 여수 순천 그쪽으로 아까 왜 제주도병이.] 그거는 영삼공. 먼저 간 사람. 그 사람이 한달 전에 갔거든. [조사자: 한달 전에. 9월 초에 간 사람들.] 9월 1일간 사람은 그 그쪽으로 이제 공비토벌. [조사자: 공비토벌을 먼저 갔구나.] 공비토벌, 공비토벌. 그때 그 그쪽에 반란이 여기 제주도에는 냉중에 나가지고 그 가니까 전부 공비토벌. [조사자: 거기 갔다가 나중에 전방으로.] 공비토벌 하다가 이제 11사단으로 편입되면서 전방에 다 나간거야. 전방으로. [조사자: 그래서 아까 그나마 덜 죽었다고 말씀하신거구나.] 그래서 덜 죽은거. 전부 그러니까 경험은 된거 아냐.

그 당시에 막바로 훈련 끝난 간 사람들이 어떻게 되노면. 군대장님을 촛았거든(찾았거든) 그게. 총이 그때도 8발이라이. 훈련소에는 그 무슨 우리 훈련받을 땐 무기가 없었어 지금처럼. 개인이 하나씩 준 게 아니고. 엠왕총, 갈비이제 그 기관총이 그런거 가져다가 헌 그 교육 시간이 헌시간이면 1개 소대 삼십 육명이 1개 소대라이. 영 모였죠. 우리 이렇게 모여앉아 총 하나 따라 그걸 교육을 시겨부려. [조사자: 총 하나가지고.] 하나가지고. 그 모르거든. 그럼 이제 훈련, 이제 사격 훈련 가야 거기서 이제 그 헌, 헌대씩 놓아가지고 걍 쏘기만 하면 그냥 나오죠. 총 가지고 다니지도 않았어. 그 딱 10발이라서. 그 연습허는기 10발 딱 쏜 다음에 그 쉬거든. 그 전방에 가면 그 실탄장전된 8발 짜리 헌번 나가 불면 그게 '팅' 나와 불면 실탄 장전을 헐 줄을 몰랐거든 그게 사병들이. 결국 그때 이제 군대장을 불렀거든 그게. 그 총, 실탄을 장전을 못해 노니까.

그랬는디 우리 제주도 군인은 이제 그 후방에서 근무해 놔 보니까 전부 경험을 얻은 상태에서 전방에 들어가 버렸거든. 그러니까 산거는 이제 영삼공이 최고 살아있고, 지금 명단에도 영삼공 외에는 없어. 영육짜리가 불과 천육백 몇 명에 이 영육짜리가 한 세 사람 백엔 없어. 그 사람들은 영육으로 나가서 저 그 후방 헌병대 근무한사람. 전방에 못 간 사람들. 그런 사람 외에는 거의 다 영삼공, 지금 제주도에는. [조사자: 그러면 어르신은 군번이 시작이 어떻게 됩니까?] 영삼공. [조사자: 똑같은 영삼공.] 하여튼 50년대에 다 영삼공.

그란디 그때는 이 군번이 지방별로 줬어. 딱 군번 보면 어디 출신이라는거. [조사자: 알 수 있겠네요.] 그러면 서울은 그 영일구라서이, 서울. 이 경상도 출신은 영이, [조사자: 영이?] 응. 영이, 제주돈 영사. 그 당시는 어느 부대가도 딱 영삼공은 보면,

"아, 제주도 출신이다."

영이 봐도

"아, 이건 경상도 출신이다."

그게 그 당시에 그 지방으로 그것도 그 군번 매긴 게 무슨 이유가 있어. 지방별로 준거라 그게. 그 알게크롬. 그렇게 되지.

[조사자: 그럼 어디서 근무하셨습니까, 어르신은.] 부산 쪽에서 근무했죠. 헌병대에. [조사자: 아, 헌병대에 오래 계셨구나.] 그 헌병사령부 소속으로 해가지고이 그 거제도, 거제도 포로수용소에도 근무했고. [조사자: 아, 그 얘기 좀 해주십시오. 거제도 포로수용소얘기.] 근디 거제도 포로수용소는 낸중에라이. 50년도 처음에는 부산 거제리, 거제리가 그 일공칠 헌병대라서이. 일공칠 헌병대 그기가 원 본부. 포로 수용소 시초는 거제리. [조사자: 거제리 일공칠 헌병대에 맨 처음 배속되셨구나.] 거기가 우리 갈 때에는 초동이니까 포로가 몇 명 없인 때. 그 홋자니까 우리가 거기 간 원인을 제주도에서도 낙오대매 훈련 헌달(한달) 받았어에. 다른 사람들이 일주일 받은 1중대, 2중대 나가버렸는데. 우리 받을 때는 낙오되매 헌달을 받은기라. 제주도에 그 6.25때도. [조사자: 한달 동안 받으셨구나.] 그 이제 부산 간에 초량중학교에 가가지고 그기서도 1중대, 2중대는 일주일 교육받으니까 또 전방으로 나가분기라이. 거기도 가니까 또 낙오된기라. 3중대 거기 1개 대대가 4개 중대라이. 4개중대, 2개 중대가 3중대, 4개중대가 떠나버리는기라 부산에서. 게서 부산에서도 헌달을 교육받은거지 거기서. 그 6.25때도. 그 게 받아가지고 처음엔 이제 산에서 내려오래 내려오니까. 전부 그 옷 주는게 그 경비대식의 정부옷 준거라,

부대옷들이.

"아게라, 이것도 우리 어디 훈련받으러 안갈 수 이거."

우린 그때 막 전방으로만. [조사자: 갈 생각하고 있었는데.] 아 옷주고, 구두 주고, 구두도 그 주고 하니까 이건 또 이젠 전방으로 가는 건 아니라이. 그래서

"아, 이것도 훈련소 가는 거 아니냐."

고 걱정하는데. 거기서 아니 포로 수용소에 가는 거니 완전히 경비대 식의 옷 입어 나가서 보니까. 그 훈련소에서. 나가고 보니까. 'P'라고 썼으니 포론지 뭔지 알아? 그게 영어로만 앞뒤 쓰고 뭐 쓴거니 우리 군인 옷보다 나서이. 그때 그 겨울이니까 전부 사제옷 다니라해. 포로 입은게. [조사자: 좋은 옷이.] 좋은 옷이죠. 사제옷에 게 우아래 입은 이름만 'P'라고하니 포로 말인지 뭔지 알게 뭐라. 군인보단 더 철저히 해노니까.

게 들어가 그때는 그 저 제네바 협정 결의되기 전에 한국군이 취급했지 그 포로를. 가니까 그때 초동 들어가니까 몇 명 안됐어이. [조사자: 인민군 포로가요?] 응. 몇 명 안됐는디. 저기 이제 낸 중에 들어오는기 그 2차 후퇴하면서 막 포로 들어온 거지 그게. 군인도 무조건 미군한테 걸린 건 다 포로라. 그래서 그때 군인들도 많이 했고 주로 피난민이 미국놈한테 걸린거 거-의 포로로 다 실어 데리고 온가니 여자도. 여자가. 근디 여자들은 거기서 얼마 안있네 그 다 석방시키는디. [조사자: 군인이 아니니까.]

[2] 거제 포로수용소의 전반적인 운용 상황

그때 그 포로 들어오는 양 취급한 건 수돗물이어서 났지 부산에도. 전부 그 저 통물 먹을 시절 아니에요? 50년대. 산골짜기 막아가지고 그때 수도 시작한건 그 포로들이 간 산 골짜기 막는 일을 했어. 그 수돗물을 다 저 그 했는디. 그 거제리에서 있다가 그땐 이 한국군이 지금 할 때니까 포로들 '짹'

소리 못했어. 말을 어디 해져. 한국군이 많이 포로를 죽여 버렸어. 나쁜질을 하는 건 매일. [조사자: 매일 사형시켰구나.] 쏘아버렸지. 제네바 협정 딱 되니까 손을 못대요. 에 거기서 많하니까(많으니까) 하다가 거제리로 이동하게 됐어이.

그때 그 1개 수용소에 만명. 1개 수용소에 만명이고 그 군인들이 감시하는 그 작업 나가는 게 백 명에 한 사람이라서이. [조사자: 아, 한명이 백명을 담당하고.] 응. 백 명이 담당해 노니까. 그 산에 강 작업시킬 때도 군인은 군인대로 모여있었으대. 무서우니까. 그 낮에 점심시간에 총 한발을 쏴. 그럼 이제 다 우 인제 점심 먹으로 거기도 그 포로들도 소대장, 중대장. [조사자: 지들끼리 다 있죠?] 분대장 다 있어 잉. 그런 놈 한테만 얘기허지. 얘기허면 식사만 시켰는디.

거제도에 간 또 만명씩을 그 포로수용소를 만들었는디. 그때야 데모하기 시작한기라. 제네바 협정 결의되노니까. [조사자: 그때는 유엔군이 와가지고 관리를.] 아이, 관리는 한국군이 허는디. [조사자: 대장만.] 응. 그 뭐만 이제 그 제네바 협정 결의되니까 항상 관리나 뭐 하는건 저 코치했는디. 그때는 미군 사령부에서가 주목이 되븐거죠. 이 한국군보단 그 권한이. 게노니(그래놓으니) 한국군이 말을 못해. 그자 포로 때려도 이제 때릴 적어고 일절 얘길 못해. 게서(그래서) 거제도에서 폭동이 시작해 노니까 벨(별) 수가 없어.

그래 이제 그때서 만 명씩 모아보니까. 걍 이쪽 수용소, 이쪽 수용소 길 하나 사이지 이게. [조사자: 그럼 총 몇 명이나 있었습니까, 포로가?] 총 인원은 모르고. 우리가 그 교환한 당시 10대 1이라 그게. [조사자: 10대 1이요?] 응, 그때 11만 명이 나가고 이 우리 군인 헌 만 명쯤 온거라. 그때 그 10대 1로 교환한거라.

그때 우리가 그 자기네끼리 막 폭동 일으킨 죽이고 살리고 그럴 적에는. [조사자: 예예. 책으로 봤습니다.] 그 정문에 가거내 그 말할테지 이제 심사를 했어이. [조사자: 예예. 포로 심사.] 그 심사해가지고 남한에 남을 사람은 남한에 남고, 북한으로 갈 사람은 북한으로 가는 심사. 그 안에선 얘기 못하니까 딱 오늘 한다면 그 입구에다가 정문에 가믄 이 저 투럭(트럭)들을 댔어. 대가지고 이남으로 남을 사람은 차에 오르고 저 북한으로 갈 사람은 이 철조망 사이로 들어가라 했거든. 그러면 이남에 남을 놈은 무조건 차에 올라불고, 저쪽으로 갈 사람은 이제 그 쇠철조망 사이로 들어가지고. 거기서도 막 싸워놔서 자기네끼리 돌맹이 질을 허면서. 그 이남대 나오는 놈들을 맞쳐버리는 거죠 이북으로 갈 놈들이. 그렇게 허면서 그 하는데, 해가지고 그때부터는 5백명이 1개 수용소에 하나씩 맡죠. 만명씩 못하고 이제 갈라가지고. 그 데모 해놘 후에 그렇게 진압한 후에는 1개 수용소 안에가 5백 명. 인원이. 그렇게 해내 이제 그 관리를 해놨거든 게.

[조사자: 그 작업 같은거 나가면 한국군끼리 같이 있을, 같이 있어야 될 정도로 걔들끼리 거기 잘못 들어가면 막 또 한국군이라도 맞고 그랬습니까 그러면? 걔들한테 붙잡히면?] 아니 맞고 글며는 일단 그 한국군이 진압시키고 이래갈 때 총 안가지고 들어 가며는 그때 그 한국군은 그 저 철모가 쏘게 거의 헬맷되나면 그게 항-상 빈집거리게(반짝거리게) 만들어놨어. 이 저 포로 수용소에는. 그 페인트칠도 허면 어디서 뭔 짓을 하믄 딱 밤에 보면 빈치거리게고. [조사자: 아, 빤짝거리게.] 응. 빤짝거리게. 그 다음에 그 포로 수용소 안에 진압하러 가며는 그 이렇게 사각이라서이 여기 감시대 있고, 여기, 여기 네 군데 그 감시대 있었지. 감시대 있고 여기 아래는 군인이 항상 토라이. 주로 허는. [조사자: 통로가 있고, 그 도는게?] 응응. 위치하지. 그하면 이 총은 이 감시대만 그. [조사자: 거기서 위에서만 이렇게 총을 갖고 있고.] 저 기관총이 있고. 아니, 여기는 그 저 엠완(M1)총들이 있었고. 그런데 대개 포로수용소에 엠완총이 아니고 이 감시대는 기관통이고, 여기는 갈빙이라는. [조사자: 아, 칼빙.] 갈빙이라는데. 처음에는 총이 없으니까 그 저기 미국에서 1차대전 때 써른게(썼던 게) 왔어. 그거 일단 난중에 교체가 됐는데. 그 감시대에는 전부 기관총이랬거든. 그하면 폭동이 일으키면 감시대에서 그 알아서 와서

쏴 버리는거. 그하면 헤리맷또(헬맷) 빈칫거리는 디만. [조사자: 안 쏘고.] 안 쏘아. 처음엔 이 안에서도 그 배깥에(바깥에) 저 동초행에 그 안에 군인들을 동초도 그냥 실탄 장전해 그냥 쏴버렸거든. 하도 쏘아가니까. 이제 그 동초들을 중지시켜버렸어 못 쏘게. 실탄 항상 총에 장전해 있어도. 군인들도 총 저 수입하다 그러는게. 서로가 헌 줄 몰라 그렁게 쏘아놨지 뭐 안했어도. 실탄 장전 핸. [조사자: 내부반에서 총 손질하다가 오발사고가 많이 났구나.] 응, 오발 오발. 그게 그 배깥에서 근무 끝나며는 크게 빼 오래해도 빼지 않고 왔다가. [조사자: 총알이 남아있다가.] 응.

그때 그 근무가 나가면 여섯 시간 근무라 이게. 여섯 시간 근무 딱 핸 들어 주게 그 동초도. 그 항상 돌게 되는 거죠. 어디 아장(앉아) 졸도 못 허고. [조사자: 그러면 많이 부족했네요. 그러니까 보초하는 군인들이. 포로 수에 비해서.] 그래 딱 고정 돼있어. 그 근무하는 으 군인들은 전방대로 안보내고. 그 왜 전방에 안보내는가 하며는 유술(유출)될까보래. 우리 한국군에서 관리하는 게. 포로 관리하는 게 만약 잡혀 가며는 그 포로를 어떻게 어떻게 취급. [조사자: 알게되니까.] 알게되니까. 안된다 해가지고. [조사자: 아, 딴 데 절대 안보냈구나.] 절대 일절 안보내야. 그때는 그 포로 수용소 근무하는 인원이 한국군 보급이 아니라. 유엔보급 받았어. [조사자: 유엔보급 받았구나.] 응. 유엔 보급 받아가지고 전부 한국군 보급은 몰라. [조사자: 그면 보급은 좀 좋게 잘 받으셨겠네.] 잘 받았지. 전부 게는 한국군이면서도 이등병 땐 장교한테 다 경례받아놨지 그 부산에서. 우알로(위아래로) 사제 짝 빼이. [조사자: 짝 빼입으니까.] 모자 쓰고 계급은 안 쓰고 명찰을 없어, 명찰을 못 붙이게 했거든. 그 저 이름들 발표된다고 명찰을 못 붙이게 했어. [조사자: 다 비밀로 했구나.] 안보로이(안보이게) 2부대, 만약 2대대면 2쓰고 1중대면 1해가지고 번호 순으로 해놨지 그게. 명찰을 안붙이고. 전방 군인들이 싸우면 바짝 차렷이나 장교로 알지, 쫄병으로 알아? 그렇게 그 부산 시내 돌아다녔어 그 당시에.

[3] 수용소 소장 납치 사건과 포로 석방

[조사자: 그 저기 포로수용소장이 한번 잡혀간 적이 있었죠?] 토트준장. [조사자: 이름이.] 토트. [조사자: 토트였나?] 응. 토트준장. 포로들한테 한번 잡힌. 응응. [조사자: 그때 얘기 좀 한번.] 그게 어떻게 된 그 토트 준장 납치할 때는 이 그 저 포로들이 그 부두작업을 가이 부두작업도 가고 그저 이남 전체에 그 보급 창고가 있어 거제도에. 일본이든 어디서 일단 그 연대 보급 창고에 와나서 거기서. [조사자: 거기서 다시 나가는구나.] 육지래 그 유엔군에 다 나간다는거. 나가는데. 거기 그 구리스마스(크리스마스) 되가니까 미국에서 군인들한티 그저 위문품이. [조사자: 엄청 많이 왔겠네.] 그 보내면서 그 시계들을 다 담아 들어온 게 있어이. 군인들을 계-속 일을 댕겨가며 어디 무슨 물건이 있는가 다 알아. 그래서 그때 10명인가, 15명인가 그 시계를 끼어 나온거라. [조사자: 포로들이요?] 응. 포로들이. [조사자: 손목시계를?] 정문에 나올 때 검사하고 들어갈 때 검사하거든. 검사핸 그 시계 꼈으니까 그 시계를 다 압수한거라. 다 압수하니까 이놈들이 이젠 들어 가가지고 그 철조망 여 두 개라이. 두 줄로 쳐놨지. 안에는 이 안에 포로고. 요 가운디가 그저 콘테나(콘테이너) 집, 그 집을 지어이. 거기는 이제 미군허고 이제 그 서로이가 근무혀. 그럼 배깥에 정문있어라. 요 안에 들어가가지고 역시 안들어가는거지.

"왜 안들어 가냐?"니께,

"여기 시계 다 빼부니까 사령관을 맨대해도라.(면대하게 해 달라.)"

는 거지 요놈들이. 사령관을 우리가 면회를. [조사자: 아, 면담을 해달라고?] 면담. 전화하니까 이제 전화하니까 사령관이 온 거지. 오니까 그거는 잡아들어가 븐거 사령관허고 저 저 사령관이 잡아들어가버리니까 그신 배깥에가 넣던겄도 아니고 딱 면담하러 들어오니까 잡아 들어가버리거든. 그러니까 거기서 또 연락병허고 이제 그 무전기를 주면서 겉이(같이) 들어간기라. 들어가가지고 일주일인가. 바로 우리 나 근무하는 앞에 그 수용소서 잡아, 잡혀 들어가 븐기라.

그러니까 이제 그루고제도 또 그 사령관이 또 들어왔어이. 들어와 가지고 그 사령관은 포로들 요구하는 거는 다 해줘버렸어. '식량이 없다', 또 '담요가 모자라고 피복이 나쁘다'하니까 막 가서 담아노니까. 이제 미국에서는 이제 잘못했다 해서 그 사람 일주일 만에 교체시켜 딴 놈이 들어왔어. 그는 한 15일 걸리는디. 일절 그 사령관에 또 그 음식을 들여주고 뭐 하면서 면담만 허다가 하다 못치니까 이젠 석방을 안시켜 주니께 막 와서 밀어불끄러(밀어버리려) 했거든. 사령관이 죽었든 뭐했든 이제 다음 사령관을 들어와가지고 이젠 안되겠다 무조건 사령관이 죽더라도 진압을 시키겠다고 해가지고. 그 주위에 민간인도 전–부 피난시켰어. 완전히 와서 잡아 밀어부껄로. 그래서 그때가 밤 1시까진가 할 땐 안나오며는 이제 쏴 죽이겠다 하니까 그때 1시 넘어 내 포, 그 포로들이 석방을 시킨거지. [조사자: 한 일주일만에 나왔습니까 그러며는.] 아니라 2주? [조사자: 아, 꽤 오래.] 한 2주 살았어. 거기서.

그 장갱이 미군들이 많이 상허고, 그 포로수용소가 왜 그러거든 그 저 기구들이 항상 그 배깥에 나와서 그 뭐 일허잖아. 땅도파고. 그 기구는 수용소 안에 있어. [조사자: 안에 자기들이 가지고 있었구나.] 그러니까 수용소 안에 자기네가 왜 이런 내무반에 전부 토굴 파분거. 게 배깥에서 총 쏴면 하나도 안 죽어. 이놈으 대번 이렇게 했다하면 그 전차가 10대 라이. 그 수용소 도는게. 장갑차가 있고. 그 열 전차는, 계속 돌거든. 진압못해가 장갑차가 들어가. 장갑차 들어가도 우선 우 뚜껑 안덮이면 안돼. 뚜껑 덮기 전에 포로가 올라와. [조사자: 올라와 버리니까.] 응. 그래 사격허면 안죽어. 게 진압시킬 때 일절 전차가 들어가면 잡아 밀어야. 그렇게 했거든. [조사자: 잡아놓고도 마음대로 못하는 상황이겠네요.] 응. 못해야.

[조사자: 그럼 제일 높은 사람이 그때 잡힌 인민군 뭐였습니까?] 응, 토드준장? [조사자: 아니아니, 인민군 계급이.] 응? [조사자: 인민군 계급이.] 인민군 계급들은 안나와. 장교다 해는 그 장교 출신은 따루 수용을 해놨죠. 거제도 안

가놨어. [조사자: 장교는 따로 수용하는구나.] 응, 따로. 장교 출신상은 별도. [조사자: 그럼 자기들끼리 서열은 어떻게 정했죠. 그놈들은?] 서열은 자기네끼리 그양 거기서 되게 대대장, 중대장, 소대장이 자기들끼리 선출하는 거 그 안에서, 수용소 안에서.

그럼 이제 그 저 중국놈들은 이. [조사자: 중공군도 있었어요?] 응. 중공군이 한 2만 명? 거제도에 그 근무 허는디. 근데 중공군들은 저 중공군으로 간 거이 없어. 거의 다 저 대만 장개석 파로 갔죠. [조사자: 대만쪽으로 갔습니까?] 누게가 여하면 장개석이 건이지 주게. 그래 그때 그 포로는 거의 그쪽으로 가고. [조사자: 거의 다 대만으로.] 대만으로 거의 다 가고. [조사자: 중국 본토로 넘어간 사람은 별로 없었던가보네.] 중국으로 넘어간 아이들은 없고, 중공군은. 소련 군인이 여군이 한 사람 있었고. [조사자: 아, 여군이 한명 있었습니까?] 그 외엔 따른 소령은 소련군이나 이런건 전혀 없어. 거의 다 그 우리 저 이북 출신이라.

[조사자: 그 남한 출신 저기 인민군들도 있었겠네요 좀.] 인민군도 있었고 그 남한 출신은 이 그때 그저 북한이 들어오면서 인천 쪽으로 서울 쪽엔 다 석방시켜 버리자 그랬어 북한에서가. 수용소에 있었던 사람이 있었는데. 그 일 여재(여자)도 있었죠. 여자 포로. [조사자: 아. 좌익했던 사람들 그러니까.] 그게서 그때 그 제주도 출신이 함덕 출신도 있었어이. 우리 아는 이도. 게 그 냉중에 가보니까 있은 어떤 때 우리가 신문도 갖다 주곤 했는데 그기 했는데 그이 했는데. 남한 출신이 더 독해요. 데모할 때는.

그 북한, 남한 출신이 이렇게 따로 돼있죠. 게 수용소가. 남한 출신. 남한 출신만. 게 이제 이쪽 요게 남한 출신이고 이쪽에는 이북 출신인디. 처음에는 그 구별할 때는 대개 이렇게 됐어요. 난중엔 남한 거의 부산으로 다 왔는디. 게 가지고 이게 하면. 여기서 데모해가면 여기서는 요걸 해야.

"저 새끼들 북한에가 안살아보니까. 저따우 짓한다."고.

"몰라서 한다."고.

그렇게 그래.

핸데 그 그 냉중에 그 우리가 휴전될 무렵에 남한 그 저기서 그 북한 포로도 전부 남한에 남으겠다고 핸 심산이는 다 부산으로 나왔어. 저 거제도에는 이북으로 갈 포로만 냄기고. 이제 그 거제도에도 그 주로 그 포로 수용소가 그 이쪽 거제도에도 두 군데가 있어 두 개. 2대대, 3대대엔 두군데가 있었는디이. 그 거기는 다 북한으로 갈 사람. 또 부산에는 수영, 동네 네 군덴가 다섯군데 부산지구는 그건 남한에 가겠다고 해가지고.

그때 그 대통령, 이승만 대통령이 휴전을 안시키는기라. 지금도 우리가 모를꺼지마는 그전 꺼지도 휴전을 해도 그 우리 남한에서 꼭 그 북한엔 참석허면서 남한에 안 참석할 때가 있어놔서 회의. 우리 남한에서 반대했거든. [조사자: 계속 해야되니까.] 그 우리는 휴전을 안한다 해가지고 반대하니까. 할 목적엔 해가니까 이승만 박사가 뭔 명령을 내리시음, 이남에 있는 포로수용소 있는 사람은 전부 밤내로 몇 월 며칟날은 석방을 시켜 불라 명령을 내리는 기라. 각 일개 수용소에 대대장 한 사람도 군인이 있으니까. 있는디 부산 지구나 어디 경남 지구에 간 사람들랑 다 보내줘라 나가거든. 게 나가면 가족이 없응까 전부 보호해줘라 핸 명령을 내렸어 그때.

내려 이제 오늘 저녁에 다 석방을 시켜븐거라. 미국 놈들이 또 그 수용소마다 2, 3명씩 책임이 있어이. 그 외에는 이제 그 근무하던 사람 한국군이니까 허는디. 미국놈은, 미국놈은 무조건 잡아다 그 안에 영창에서, 영창에 집어넣고 전선을 다 끊어버려놨어요 우리 한국군이. 연락을 못하게 다른 대로. 그래야 포로들을 다 석방 시킬거 아니에요. 게 다 밤에 끊어낸게 그 군에 석방을 시켜놔주게. 허룻저녁에.

[조사자: 그 보통 반공포로라 그러죠. 남한 선택한 사람들. 거기 한 90프로 정도는 어느, 비율이 어느정도 됐습니까?] 비율이. [조사자: 북한 선택한 사람이 별로 없죠?] 아니 그냥 북한 사람들이라 다. 남한에 남으기로 한 사람이 북한 사람들? [조사자: 아니, 북한을 선택한 사람들이 별로 없죠? 북한 올라가겠다고 선택

한 사람이.] 아니 그게 11만명 이상이라. [조사자: 북한으로 올라간 사람이요?] 응. 10대 1로 바꿨거든. 우리 한 사람이 10명을 저리 준거죠 우리가. 그 포로로 바꽌 넘어간 사람이 11만 몇 명이라. 11만 이상이. [조사자: 북한으로 넘어간 사람이요?] 북한으로 간거죠. 게 무슨 그 북한에서 깨끗이 보내주지 않으니까 지금도 거기 있는거죠. [조사자: 예, 조금 남았죠.] 우리는 깨끗이 보내줬는디. 그렇게 된거.

[조사자: 그 남한하고 북한하고 양쪽 다 말고 제3국 선택한 사람도 있었죠? 인도나 뭐.] 그럴땐 그 인도 사람들은 그 지방 사람이나 아니면 없었어. [조사자: 한국 사람 중에서 남한, 북한 다 싫다 딴데 간다 이런 사람 있었던거 같은데.] 없었어. 우리 알기로는 그 당시엔 없었어. 교환 당시에는.

[4] 수용소 내 생활과 물자 비리

[조사자: 기상은 똑같이 합니까? 포로나 군인이나 아침에 일어나는 시간은 똑같을거 아니에요.] 비슷해요. [조사자: 밥도 비슷하게 먹고.] 아니아니. 처음에, 처음에이 우리 훈련받을 땐 그땐 그 알랑미 쌀인데 삼홉이라 났어. [조사자: 알, 알량미? 아, 안남미. 베트남 쌀. 그렇구나.] 지금 대만미가 아니고, 그 알량미는 막 깨논게 있었어. 그 대만미 다음에 네 번차가 빻으면 그 알랑미 쌀이가 나오는기. 깨끄께그한게이. 그게 삼홉이 왔어이. [조사자: 일인당.] 일인당 들어가니까 삼홉인디. 삼홉을 다줘도 배고플껀디. 이홉 정도도 안됐을거라.

우리 사람들 즉시 배당보내면 결국 그때 우리는 김치도 없고, 아무것도 이찬이란건 없었죠. 훈련소에. 딱 국에 넌거허고(넣은거 하고) 그 밥이라이. 게나 국에 넣어야지 된장쿡(된장국)이지 그게. 된장쿡이면서도 그 너물(나물)이나 몇 개 있잖여. 그 인제 훈련받을 때니까 그 낮에는 식당도 아닌 여기 쫙까자이 1개 소대면 1개소대. 쫙 까자이. 그 일로 보더(이쪽으로 부터) 밥을 절단하라(전달하라) 한다. 쫙 저 안에가. 하다 딱 하나가 모자라이. 그래 그 인제 둘을 먹재이 그 모재랜 톡, 득거본(더 가져간) 사람꺼다. 결국 다 일어사. 일어산 밥이 수정대로(수량대로) 딱 그래노니까 하나 곱절이면 하나가 굶게 되니까 반가는 사람 있잖아애. 다 일어사. 일어사면 곱저슨(곱절로 가져간) 그놈을 반을 죽지 그. [조사자: 많이 가져간 사람이.] 아이 한사람씩이 더 가져가니까 한사람은 모자라거든 수를 딱 세면. 게 나 밥 안먹거리 손을 들라 주게. 게 인제 다 일러선 그걸 찾아줘야지. 그 하면 그 낮이는 훈련받아 딱 오며는 그냥 이런 그 연병장에서 밥을 먹제. 쭉 가자. 게 그 국에 넌 것도 똥그렇 떠서이 그때는 그양 밥에다 바시 먹은다게. 밥에다 그 국을 놔불면 해서할 거 아니가. 가지맨 지금겉으면 우리 먹는 사발이 그 지금 여 납죽-한 사발 반정도 밖에는 안디야. 그 먹는기. 그 하나주게.

찬도 없고 반찬 아무것도 그거 딱 먹다 포로수용소 딱 들어가니까 그덴가네 막 반찬이 좋은 거 줘. 그때는 초두머니 소나 되아지(돼지) 그양 들어와야. 잡다안햐. 그럼 이제 포로들 데려다 그걸 잡아이. 포로 수용소 주는걸 다리, 머리, 배설 이런것만 줘불고, 소는 다 군인이 먹어분거지. 포로 수용소 들어가는거. 그땐 그 포로들 그런기 그저 헌두번이 들어오는 거지 그게. 그 인제 포로 수용소 들은 거이 군인이 그걸 먹어이. 군인이 먹어야 뒷날 쯔믄에 변소간이 줄을 서. [조사자: 갑자기 고기를 먹어서.] 갑자기 그. 굶다간 이녁을 거를 먹으라 하니까 그게 고기고 밥이고 그리 먹었거든 그게. 그렇게 다 설사나 뒷날에. [조사자: 그 화장실은 어떻게 했어요?] 그때 화장실 저 머개. 지금 이런 화장실 아니고 저 도라무깡형에 있어이.

지금 거제도 가 보니까 그런거 있다고 말한. 나 작년에 한번 구경 또 가봤어이. 그래 이거 순 다 엉터리로 해놔서. 그레서 거기서 설명을 했어이. 토드준장 납치해가는 것도 그냥 그 수용소 안에서 이렇게 데리고 들어갔는데이. 산비틀에서 뭐 공비에 잡는 식으로 만들어 놨어. 그 만들어 놨길래 이거 도저히 이것도 그러고 장수조차 그게 아닌, 그 물어봤어.

"야 여기 거제대 나온디가 어디냐?"

고 하니. 저 밑에 어디래요. 아 왜 거기가 본래 수용소라는데 거긴 그 그 그 시절에도 미국놈들이 전부 3명이나 저 도로에. 거기가 도심지가 되버렸어. 이번에 가보니, 도시가 되버렸어 완전히. 저 저 도시가 그 자리가. 게 이상한데 오라를 만들어놨지. 어떻게 나 아는수가, 나 여기 근무를 해 난 사람이지 여게. 5, 6개월 나 여기 오라 대대본부에서 근무하던 또 그 뒤이를 부산으로 간 사람인데 그걸 모르면야 죽어라.

미국 놈들은 커피가 나왔어이. 커피 무신 봐났겠나. [조사자: 처음 보셨겠네.] 처음이나. 게 난 그 이쪽엔 물 넣고 이쪽엔 이제 커피 카멍 넣고 놓고 설탕 노놔. 어떤 사람은 커피 쓰마 설탕에 그 커피에 범벅을 해 먹고. (웃음) 아 먹어보난 적이야지. 경험 처음이났죠. [조사자: 그래도 굉장히 빨리 커피 맛을 보셨네요.] 밥 먹을 때. 응. 그렇게 가는기야. 미국 놈하고 똑같으나 우리 먹는거는. 그래 먹는거. 그저 쇠로 된거이 그 가끔 있어이. 그 컵허고. 밥이고 반찬이고 놓고 컵에는 거기 인제 국을 이저 푹 끓여놨는데이. [조사자: 코펠같은거, 이런거.] 응. 그땐 그 포로 수용소에서 근무하는 놈은 꼭 미국 국민하고 똑같이 그 저 행동을 해부니까. [조사자: 그러면 뭐 빵같은 나왔겠네요.] 씨레이션게. [조사자: 아, 씨레이션이 나왔구나.] 곽으로 나와. [조사자: 곽으로. 깡통같은 거 따서 먹고 이런거.] 곽으로. 꼭 그거 나와. [조사자: 식량 보급품을 시레이션이라고.] 그게 전방 같으면 그 간식으로 나오는건디. 수용소에는 그 그거 외로 나가는거지. 나간 잘 안먹거든 그런거. 그 저 군인들이 노았다가 그러고 물물교환을 해여이. 그때 그. [조사자: 팔았다는 소리도 있던데.]

포로들한테 뭐 바꾸는 거미 이제 그 사제 옷들이. [조사자: 아, 사제옷?] 응. [조사자: 포로들한테 있습니까 그런게?] 포로한테는 좋은 게 들어가니까 계속. 그거 나오면 그 이게 히따구래는 것만 새옷 때매 그거는 그건 밀항도 허고 그냥 그걸 상인들이 그 산 골짜기 온다. [조사자: 그 얘기는 많이 들었습니다. 거기서 돈 옷이 나왔다는.] 아이 그 당시 어디서 늘어진 거 담요고 뭐시고 그쪽에서 나온거.

거 그 여기 창고가 되며는 밤에이 영업쪽으로 허는 놈들은 한국군들도이 가매 가그네 쏠도 이제 영 동산올라가는 데 가면 가매 던져불면. 미국놈들은 이 안내서(안에서) 안해는거는 배깥에 꺼를 일절 말을 안했어. 넘기는 것도. 그러면 사제옷이 그때 저 40만원이라서, 저게 40불 들어놨죠. 우이(위에) 것도 마흔개 들어가고, 아랫것도 마흔개 들어가고. 화폐교환하기 전에 40만원이라서이. 허고 뭐 담요는 저게 10장에 10만원 뱅에 안가서. 한 뭉치가 10만원이라. 10자. 저건 해봐야 돈이 아무것도 아닌게 무겁기만 하죠. 그 여기 수용소만 요만치에 가야 그 사는 놈들이 주게. 사가지고 그기서 산 부산으로 다 나와. 어떤게 그.

제일 돈 많이 가는 건 양말이라서. [조사자: 아, 양말.] 양말이 90만원가. 이까지 올라오는 그 두꺼운 양말이니까. 그게 여기 나와 풀어가지고 뭐 옷을 짜나 뭐하는 것으로 들어간게주게. 사람 신는 걸로 들어가는게 아이고. [조사자: 양말로 하는 게 아니고, 다시 풀어서 실로?] 그 옷을 만들던가 뭐하는 걸로 그게 귀하고 비싼거죠. 그건 한뭉치 나오면 90만원. 그렇게 가난했어.

[조사자: 그럼 포로들은 옷을 주고 뭘 사는거에요? 포로들은?] 대개 먹는거나니, 껌 같은거이. 껌. [조사자: 주전부리할거 이런거.] 껌 같은거. 이제 그 옷도 주고, 자기네 돈이 없으니까게. 이제 모포도 주면 이제 그 군인들이 가져가 팔든가 이제 휴가올 때 나와 팔든가 하는거죠. 어떤데는 이런데 끼어 나오지 뭐. 허리에. 담요는 여기 끼어. [조사자: 그런 얘기가 정말 재밌고 좋습니다.]

이 포로 수용소에 근무한 사람 처음에들은 돈 처음에나 나중에나 돈 번 사람들은 많이 벌었죠. [조사자: 많이 벌었겠네요.] 그 살림 살던 사람들, 여기서 장개가거나 그 가족끼리 살림 살던 사람은 돈을 아니까 허고. 우리정돈 가야 그 아신을 가나 나 경우도 그때 그 근무가도 그 조장님이 책임지고 한 20명 데려가매. 그 미국놈하고 같이 놀다오주게. 그럼 그 주위에서 그런 것들을 해주맨 자기네끼리 돈을 갈라. 이쪽에서 만약 몇 둥치 나가면 그 10명이면 10명이 끝나면 갈르지. 그케하믄 그 내무반에 와. 지갑이 어딨어? 그 관물함이 있어. 나무로 하꼬만하니. 그 속에 돈 다 내버렸어 군인들. 게 누가 파가지도 아니고. 파가지 가지. 다 그 있어노니까. 편하게. [조사자: 다들 많으니까.]

돈이 다 자기 쓸만씩 있응께 그 밤근무 만약 12시부터 아침 6시까지 딱 해노면 그날 뒷날은 허루 저녁 외출 보내부려. 그 전시에도. 그면 거제도에는 그때 저 지금 그 어디고. 그 포구있는디 거기가 한군데고 부산에 있을때는 그냥 부산 천지 다 돌아다니난 그 외출나와도 돈 있는 놈은 주위에 친구들 몇 사람 가자하는거지. 같이 근무한 놈들. 게면 저녁 다섯시꺼지 허루 점호를 헐 꺼 아닌가. 꼭 12시간은 비번이니깐 그땐 꼭 외출을 보냈거든.

양식이나 부식비 나오는 건 거기 이제 대대장이나 소대장들 타 먹는거지. [조사자: 아.] 그 식이라서. [조사자: 무슨 말인지 알겠다.] 알지? [조사자: 식세 인원을 빼버리고.] 그 남는거 아니야 다. [조사자: 물품을 자기들이.] 응. [조사자: 엄청 남는 장사를 많이 했겠네.] 응응.

나도 여 나도 군인관 많이 본것이 헌병사령대 있으면서. 난 그 보급대도 맡아보고 병기계도 맡아보고. 하관말직 선임하사로 제대했는디. 나도 공급대 맡을 때이. 근디 그때 그 공급대 맡으면 1종, 2종, 3종, 4종, 5종까지 다 맡아. 게 하면 나가 만약 공급대 맡은 밑이 그 부하 한사람만 대령해서이 결국 이제 그 둘이만 허는디. 그때 못빼먹을 게 있어? 다. 그 검열 놓을때는 예비로 해놨다가 어떤데 원주까지도 차가 매진. 저거 팔아먹을라. 모재르게 되면, 모재르면 이제 원, 원주갈 때 헌거 사가니까게. 찢어진 것도 숫자만 채와 놓는거. 그 식을 많이 해놨으게.

또 대대장이 지시도 내려이.

"쌀 한관에 헌개매(한가마), 헌개씩만 빼라."

그러거든. 이제 그냥 딱 내려. [조사자: 자기가 먹을라고.] 응. 자기 먹재이. 게 이제,

"부식대를 얼마 빼라."

이러지. 부식을 또 부식으로 많이 날라간다고 숙소에. 그럼 이제 썰(쌀)을 헌대씩 빼라면 이제 헌가마니 한 대씩 딱 빼이. 걍 빼면서 빼는 사람은 뭐 공짜로 빼 이게? 두 개를 빼불지. (웃음) 두 대를 빼며는 어떤데 가며는 이저 우리는 소대가 있어이 소대가. 딱 저울에,

"아 이거 키로(kg)가 모재르요."

대대장한테 얘기하래이. 대대엔 한 대씩 빼놓는 거니까. 한 대를 뺏는지 두 대를 뺏는지 모르거든. 대대장한테 보고하래하믄 대장한테 얘기를 해야해지.

"대대장이 얼마씩 빼래고 뺀거지. 대대장한테 얘기하지 우리한테는 얘기하지 말라."고.

자기는 그걸로 끝이라.

[조사자: 주고 거래하는 포로들이랑 쫌 친한 군인들도 있었어요?] 친한 군인은 없고. 그냥 그날 가면 자꾸 교대날 그 포로들도 알거든 이제. 여기 오라게 얘기해보면. 뭐 교환할거나 가져왔느냐하면 가져오거래 하믄 그 대개 껌을

많이 요구햐 그놈들은. 대개 껌. 다른 것 보다. [조사자: 왜 껌을 많이.] 심심하니까 그 씹는 맛인지. 이 하여튼 껌을 많이 찾아났어.

미군들은 이 저기 그 일본에서 근무하당 거제도에 오랑. 콧노래나 두드리며 근무햄가가 그런 놈이 창고 안에 근무하당 한국군이라도 강 저 사저 몇 초만 매다하면 군인이 그냥 매다 줘버려 미국놈들이.

[조사자: 그럼 포로들은 하루 일과가 어떻게 돼요.] 그냥 놓고 먹는거. [조사자: 작업같은거 시키지 않았습니까 그래도?] 작업 헐거인 있을 땐 해도 작업 헐게 낸중엔 없어. 그 처음에, 처음에 포로 수용소 만들때는 계속 작업을 시켰는디. 그러고 이제 작업 할 게 없으게 전혀. 그다 먹고자고 뒷날까지 매일 그저 똥물, 푸니까 도라무깡 두레꺼는 거기다가 우이 나무 넓적이 허니 딱 짜그래 그 우이 앉아그래 그 대변이나 소변보게 해났어요. 뒷날엔 그걸 이젠 둘이가 하나씩 내주게. 거제도 저 지금 조선소 만드는데. 그 물에 강 비왔거든 그게. [조사자: 거기다 비웠구나.] 응. 그래니 그거 비우러 갈 때 또 군인이 나가이. 양쪽으로 이제 그 감시, 감독. 그것들이 그 아이보는(안보는) 새 그 논밭에 비워버려 그양. 그땐 시원히 두드려는 타야죠. 비워버린 거. 그 그까지 가기 싫은 놈이 중간에서 가다가 비워버리는 놈이 있어. 그 똥통을. 그럼 이제 그런 놈 있이며는 거기서 막 조져버리는 거지.

[조사자: 그럼 그 포로들 남자 포로랑 여자 포로끼리 막 정분나고 이런건 없어요?] 없어. 별도로 막 거리가 멀어. [조사자: 아, 멀어요?] 수용소, 그 남자있는 포로수용소 주위가 아니고 별도로 이쪽에. [조사자: 그럼 여자 포로수용소는 여자 군인들이 저기 관리했습니까?] 아니, 관리는 남자들이. 또 여자 포로수용소 데모하니까 그렇게 독해 남자보다. [조사자: 어떻게 독합니까?] 도저히 들지(듣지) 안혀. [조사자: 뭘 안한다고요?] 남자 포로처럼 그렇게 말을 안들어. [조사자: 아, 말을 안듣는다고요?] 데모하면서 가니까 응. 난중에 이제 그때도 이 옛날도 그 물총이 있었어이. [조사자: 예예, 물총.] 막 가서 뿌려 진압시켜. [조사자: 물대포.] 여자가 더 독해나서 폭동 일으키면. 거기서.

[조사자: 그 폭동도 자주 일어나나요?] 응. 낸중에 5백 명씩 딱 걸러내믄 별로 안나와. [조사자: 다 분산을 시켜버렸구나.] 응. 분산시켜 노니까. 아 만명씩 1개 수용소에 만명 다 올라게 군인이 뭐 껌딱해질꺼라. 그래 내 낸중에 5백 명씩 딱 짤라보나 규칙적으로 해보나. 폭동에서 근디 또 보내진않아 또. 아이고 그 보통 입던 옷에서 보낼 때 새옷 줘서 다 이. [조사자: 아, 나중에 보낼 때요?] 응, 보낼 적이. 거기서 독한 놈들은 버선뱃겨부려. [조사자: 그것까지 다 벗고.] 보통, 보통 우이

"살 때는 안주고 우리 가게 되아 이거 주느냐."

벗어 벳겨불며는 이제 군인들은 어거지로 입죠이. 사진만 찍어부면 되는거니까. 사진만 찍은다 그런게 우리 이렇게 해왔다 헐꺼니까 사진 찍어부는데 버선 벗어 댔겼건, 신 벗어 댔겼건 말을 안했거든 그게. 지금까지. [조사자: 군대가 원래 그렇구나.]

그 살다 딱 나오니까 그 놈들 다 아는거지 그게. 알아 뱃겨 부고 다 옷을 주고 새옷 캐켜불고. 거 이제 군인들이 들어 막 어거지로 입죠. 사진만 딱 찍어 부면 그 다음엔 니네 마음대로 하라여.

[조사자: 포로들은 삼시세끼 먹었나요?] 응. 삼시 구짝. [조사자: 그 미군들이랑은 많이 친하셨어요? 자주 보시니까.] 포로들? [조사자: 아니아니요, 선생님이.] 우리는 미군들하고 같이 행동하니까 똑같지. [조사자: 말이 안통하는데 어떻게.] 말이 안통해도 어떤 통해가. (웃음)

난 미국말도 배았을끼고,(배웠을 거고) 중국말도 배앗을 낀데 어떻게. 그런데 미국말도이 그 나 그 여기서 그 군인가기 전에, 딱 해방되니까 그 영어를 그 본문을 다 나가 써놔 그 날적에. 걔는 내가 지금도 싹 쓰며는 하루가 어떤 연결 씀시롱 허지 그때 하다가 4.3 사건 딱 일어나버리니까 나도 그걸 공부를 하는기라. 우리가 야학수업 모냥 열을 여기서 배우단 안갔어. 그카는 가믄 이제 미국놈한테 여 들으면 이제 매 쓸고 어디고 하는걸 안하지 즈게. 통해놔서 거기가도.

[5] 거제도에서 강원도 전방으로 전출 그리고 제대

[조사자: 그럼 타지에 오래 계셨는데 그 제주에 있는 뭐 좋아하는 여자나 부모님이나 안그리우셨어요? 편지쓰거나 그러지 않으셨어요?] 저는 편지나 무스거 쓰, 써 보내기도 계속 했지마는 그 후방에 근무해노니까 그 저는 여기서 멫메다(몇 미터)를 왔으믄 그 낸중에 제주도에도 그 우리 군인 간 후에도 흉작이 들어났어 내가 낸중에 휴가완 보니까. 아 그런 때라도 가족이 왔으믄 충분히 살 수 있는거 내가 히꺼인디. 냉겨온 돈을, 아 이럴때와도 연락했으면 그때 돈을 저기서는 난 가만 막 댕길때라서이. 다른 사람보다. 그런 내가 여기 오랑 우리 아씨가 이사갈 즉이 동생이 6.25때 안가기 위해서 그때 읍, 그때 병사계가 보낼 수 있고, 안보낼수가 있어놔서 그 당시에. 게서 우리 부모네가 내가 늙, 연세가 많은 후에 갔어 이 군인을. 가보니까 부모네 고생할까보내 동생을 아니 보내자녀 사제옷도 그양 보내고 뭐 그 군인 있으면서 이제 멘회가면 돈도 보내고 막 냉중(나중)엔 했는디. 냉중엔 그 그를 그 미국에서 온 시계도. 아무라도 못돼 난 떼 댕겼으이.

아 게나 중대장이 이젠 아 빌려만도래 시계. 그래 이제 빌려 줬어. 저 연구를 해야 할꺼이 한번 휴가를 오면서 이 시계 줘야 나 휴가가기 전에 띠어 놀까봐 찾아났어. 아 또 병사계가 그 시곌 탐나서가 시계주먼 바꿔가 한 며칠 갈 때란, 아 그걸

"아이, 나 시계 필요 없다니."

줘도 놔. 저 우리집으 어머님이 아이 그 시계하나 내 또 가면 살꺼면 내 없애. 그때 그 시계 팔았으면 여기 밭도 한 2, 3천평 살꺼라 그게. 나 시계 팔아도 밭 사둔 생각도 지났죠. 많이 먹었죠 우리 병사계. 사제옷은 사제 옷대로 보내종, 우리 동생 군인 못 가게. [조사자: 못 가게 하려고.] 게 나 하여튼 제대하기 전에라 보내지 말라고. 대신 6. 25때 가게 되났죠. [조사자: 동생도.] 응.

[조사자: 그 전쟁 중에 옛날인데, 그때는 휴가 나올 때 제주까지 어떻게 오셨어요?] 그때도 이 전방에는 안보내고 후방에는 휴가가 있었이요. 그 당시는 휴가가 제주도에는 15일, 만약 거제도에서 15일 줘요. 15일 주며는 만약 부산까지 나왕 파도가 쎄요. 그럼 제한에 못도잖애(도착 못할거잖아). 3, 4일 걸려 불꺼 아니가. 어떡하진 그 못와. 또 거제도 가. 또 새로 강 파. [조사자: 무효.] 응. 새로 받으면 그게. 기왕이면 안해줘요. 부대서도 이제 지금 같은 간식비. 그 당시 부식비, 쌀, 비공식 휴가가 많앴지. 그 당시에. 보내며는 그걸 다 남으니까. 대대장 이런 사람, 중대장 그 수입이 되니까 그 보내줘. 보내면 만약 제주도지? 제주도랑 또 바람이 세거나 뭐 하면 가지 못하지 배 안 떠. 그때 비행기 없을 때 아니가. 부두에 가면 헌병대가 확인만 받아 불면 돼요. 다른 게 필요 없어. 확인만 받아, 아 이거 가길래 제출해, 파도 안쎄도 확인서만 끊으면 돼요. 이거 파도 쎄도 못도 안해. 15일 받은거 어떤 놈은 한달 살아오는 놈도 있어. 파도 쎈것도. 그 당시는 그쪽이라. 비행기 없인 시절이라.

[조사자: 그럼 부산까지 배를 타고.] 응 부산가서 또 거제도 또 배 타고 가야죠. [조사자: 그럼 만약 휴가를 가면 오고가고 할 때 시간 다 잡아먹겠어요.] 응. [조사자: 제주까지 오면.] 비공식은 휴가비가 없어서이. 또 정식은 그 휴가비에 차비정도 줘놨죠. 그 용돈 쓰게는 안주고 차비정도.

[조사자: 군대에 계실 때 결혼하신 게 아니라 제대하고 결혼하신 거에요?] 아이 난 결혼해놨고. [조사자: 하고 가신거에요?] 어릴 때 막 부모네가 늙어나 결혼 해내 그냥 나간거고. [조사자: 그럼 되게 사모님 보고싶으셨겠어요? 결혼하고 가셔가지고.] 그땐 그양 보고싶으만 안했지요 왜. 그 시절에들. [조사자: 그땐 자식은 없으셨구요?] 응. 그럼 지금처럼 무신 서로 알아가 결혼할 때가, 그땐 옛날에는 중매 결혼해내 그냥 가는거죠. [조사자: 아, 중매로 하였어요?] [조사자: 서먹서먹하셨겠어요.] 그럼 면회도 안오는거죠 후방에 있어도. 부산에, 부산에 존어맹이 살아서이 그 존어맹네 살고 해도 부산에는 안온거죠 면회.

“게 이제 아 6.25라 그래 부산에 근무하고 있는디. 아 면회라도 있어줌서 허적허적하난.”

면회 간거죠. 게 그때부터 면회 다니기 시작을 헌거지. 그래 이제 거제도 가난 거제도 두어번 왔다 갔을기라. 거제도 한 5, 6개월 근무해놨응게. 부산으로 거제도로 와 보러 다 보내곤 한 3개월 놀았어.

그래 내가 이, 이남에도 많이 댕겼죠. 거제도도 댕겼고 봉암도에 거도. 경상도. [조사자: 봉화? 어디요?] 아이. 봉암도라는 데가 있어. [조사자: 봉암도.] 봉암도. 그 이름이라 해. 물어보니까 거기가 그 일반민은 한 2, 3명 사는 섬이라나게. 거기가 포로가 마지막 우리가 송환시켰죠 우리가. 보니까 거기가 장교 출신. 딱 그기만. 거기 장교 출신 있는줄도 모르고. 그 선별할 때 장교 출신을 그 섬으로 와 가차운거(가둬둔 것). 다른도에 그 움먹을 못하는디로(움직이지 못하는 곳으로).

게 그디가 마지막 석방켜두고 이젠 본대로 학전에 3개월동안 놀, 놀다가 그때 이제 전방으로 간거지. 강원도로. 강원도로간 26사단 창설을 하는데 내가 간. [조사자: 전방엔 또 가셨어요?] 응 간. 전방에 간. 그래도 돌아다니긴 전방에 가가지고 거기서도 1개 대대가 그 어떤 시기에 나왔으면 26사단에 편입되가지고 1개 대대는 이 강원도 지부에 그저 6.25 당시에 그 초등학교, 중학교 불타고니까. 거기에 지원 사업들을 나와서이. 중학교엔 1개소대. 초등학교에는 그 한 2개 분대씩 각 초등학교에 배치해놨지요게. [조사자: 건물 다시 지어주라고?] 응. 지어주는디 이제 그 가거래 이제 뒤에서 기초 허는데 심부름 하게끔 파견을 나온거라. 나오는데 내가 나왔는디. 그기는 그 원주, 원주서부터 해서 원주, 신림, 평택. 한 여섯군데 같아요. 1개대대 그 주위가. 그기는 일주일에 보, 보급이 헌번 씩이라. 그 원주랑 실컷 각 학교 이제 보급을 해놨지. 하다가 3개월 동안. 그 학교 간 음식을. 아무거 아니헌 상태에 와보만 헐일을 없이게. 기초만 파는 척해도 3개월 동안 노는거라. 3개월 동안 놀다가 또 이제 강원도 원주로 간거죠.

내가 간 강원도에도 가도 제일 처음엔 그 그 원주 안에 가보니까이 군이 그 6.25때 해논거 1개 분대 막사라. 우리가 간 낸중에 1개 소대 막사로 만든거라. 크게. 처음에 가면 분대막사라 왔는디 조그만조그만하게. 일개 소대 막사를 난중에 간 만들었는데.

거기서 26사단에 헌디 그 당시에 우리 사단장이 우리 26사단가는데 송충이 사단이 있어. 왜냐면 그 사단장이 그때 서울이고 어디 전부 나무땔 때 아니가. 이 다른건 전혀 없인께. 그저 숯, 장작 땔때라. 게 그 사단장이 후방근무하면서 그 산이 있는 소나물 그 군인들을 저 파견 보내서 전부 짜르면 그냥 서울로 장사를 해본거지. 그때 26사단은 어딜가도 '송충이 사단'이지. 송충이 사단. 나무 다 비어부니까. 민첩하게. [조사자: 오면 나무가 없어지니까.] 응. 나무가 다 없어부니까. 숲 먹는 부대, 그 나무하는 부대. 여 보며는 그 강원도에서 서울에 싣고 오는거라 그게. 나무 숯이요. 서울에 오랑 여 어디 도매 허는 데 다 펴도 나가보는거죠 사단으로. 그때 그 사단장은 그 벌이를 헌거죠. 군인들은 또 그런데 가는게 편안해요이. 아무것도 없거든요. [조사자: 그런데를 주로 많이 다니시는. (웃음)] 파견 근무를 나가보니까. 그런데 막 지원해여. 자기를 멋대로 하는게. [조사자: 그건 전쟁 끝나고 난 다음에요?] 휴전 후에. [조사자: 그러면 몇 년도에 제대하셨습니까? 정확하게.] 56년도에. [조사자: 야, 그러면 한 7년 하셨네요. 군 생활을.] 햇수로 7년. [조사자: 7년 했네요.] 만 5년 6개월인가?

그런데 왜 우리가 늦었는고 하니. 낸중에는 그 사특으로 제대했죠. 사단장 명의로다가. 초, 초등은 육군본부 명령으로 제일 처음에는 제대를 시키다가 낸중에는 사단에서 사단장이 알아서 제대를 시키게끔 되나서이. 우리 26사단은 이 하사관급들을 제대를 안시켜분거라. 그 창설이 늦어냈고 그 선임하사고 뭐고 전부 그 하사관 출신이니깐 하사관들을 제대를 안시켜분거라. 우리 나올 때는 육군본부에서 특명을 내려분거죠. 무조건 제대하게끔. 우리 나올 때는 사특으로 나오는데, 우린 육특으로 나온거지. 육군본부 특명으로.

사단장이 벨 수 없어지게. 우리 나올 때가 삼백 구십명인가 헌꺼번에. 지금 계급으로는 중사죠. 그 당시에 이등상사이. 이등상사로부터 일등상사까지. 헌꺼번에 나와버렸지마. 그때 막 사단장이 울었죠. 선임하사고 뭐고 싹 제대 시켜 버링게. 육군본부에서.

우리 나올 땐 제대복 줘도 제대복 안 입어 나왔죠. 그냥 군복들 입고 그냥 모자에도 계급장 붙어 나와났죠. 부대에서 어디서 말을 못했어 나한테.

[조사자: 제대하실 때는 나이가.] [조사자: 스무 여덟?] 응? [조사자: 스무 일곱, 여덟에 제대하셨겠네?] 응? [조사자: 스무 일곱, 여덟에 제대하셨겠네요, 나이 상으로?]

[조사자: 그 쫌 나무를 좀 더 하라고 안 내보낸 거에요?] 아니아니. 그 하사관들이 있어야 게 대대장도 믿음 허잖아. 그 부하 다루는 것들이. [조사자: 편하고.] 응. 편하고. 새 사람 들어간것보다 묵은 사람들 그래도 계급 높은 사람들이니까게. 그 하사관 출신 싹 제대 시켜부니 그땐 병급들이니까게. [조사자: 같이 해먹을 사람이 없으니까.]

[조사자: 외출 나가셔서 어떤 거 하고 노셨어요? 재밌는 일 없었어요? 외출 나가시면.] 외출은 나가면 그냥 돌아도 다니고 그냥 뭐하는 거지 게. 그냥 그저. 결국 거제도에는 낸중에 가보니까이 그 피난민들이 그 미군들이 거제도에 많이 있으니까. 부산에는 그 여재들이 되게 수영, 거제 그 근방에 여재들이 많았었어. 이북 여재들이. 미국놈들 상대하는 여재들이 거제도 가매 주로 그런 여자들이 많았지게. 그 수용소 부근에. 게 여기가 딱 수용소면 그 이 부근에 그 민간인들을 철거시키거나 뭐 할 적에. 바로 그 수용소 철조망 붙어도 민간인들은 그냥 이케 고마했어. 그 의레 철거시키질 안해. 그럼 이제 그런데 다 이북 여자들이 걍 그 밤에나 낮에나 미국놈들이 대개 그런데 나가지매. 여재들. 그 막 옆에 있어보매 어떤지는 아이. 아니 들을 소리 막 나고. 여자들 못잤는 게. 아-이 우는 소리들. 그 하기는 살자니까 헐 수 없이 어떨때는 여재들만. 그 지금 같으면 노래방 닮은데 조게. 그땐 노래방은 아니조게. 땐스

홀이 뭐이 허멍 우리들은 돌아대닐때나. 1, 20대 여자들은 많이 싹 모여기 노는 데가 있어. 저기 조금 늦은 시기가. 미국놈들은 그런데 가고 데려가고. 또 밤에 딴 짓하고. 그래 미군들도 그 저 근무 시간이 고게 빈 시간이 있이면 그 빈 시간대를 나가 그렇게 허는거지.

주로 허는건 또 농촌 사람들은 이 엿, 엿 만들어. 또 우리한테 나가는 건 엿도 잘 싸가이. 게 밤에 담그면 그 엿 만드는 데 많이 구경했죠 우리도. 그 집에서들 헐 건 없으면 그런것도 만들어야지. 주위에 사람들은 엿을 돌리고. [조사자: 엿을 만들어서 부대에 파는거에요?] 응. 포로. [조사자: 포로들한테 많이 팔았다고.] 그때는 작업할 땐 포로들이 막 산에 올라가잖애. 그 장사하는 여재들이 그 가 있다? 포로한테 파는 거야 그게. 포로들은 그왕 대니는 것도 다 요령하라. 그 바꿀 물건들을 숨켜자나가. [조사자: 갖고 다니는구나.] 옷이나 이런 양말들 같은거이. [조사자: 팔라고.] 응. 팔라고 이제. 만약 꼬시. 헌해 벗겨져서 옷을 포(포개서) 입거든 그게. 그거 그양 뭉쳐 가는 것이 아니고 포 입언 강 벗어 파는거지. 그기가. 그런 식이라죠. 싸전(싸가지고) 가는 식은 없고. 아래고, 위고, 담요 이런데 감아정 가고(감아서 가고) 고서 포 입어 가는거죠. 들아정(들어서) 가는 것이 아니고.

[조사자: 혹시 제대하고 사회 나오셔 가지고 예전에 포로수용소에서 포로로 있던 사람 만난 적 있으세요?] 에이. [조사자: 그런 건 없겠네.] 여기 제주도에서는 간 사람도 귀해. 또 육지에서 그 여즉 포로 수용소 한 사람은 그때 이북으로 다 가보니까 어떻게 된가 모르고. 또 그때 내가 기억만도 북한에서 넘어온 아이가, 그 아이가 반공출신으로 제대를 했어이. 게 그 어떤 해 그 여재라도 젊은 여자 사우 왔으면 좋을건디. 아니 늙, 좀 여재 많은 여재를 사우완. 전방 들어갈 때 아 그걸 데려가기할래 데려가지 말라니 저. 아 가족을 꼭 하나 데려걸랭. 데려가면 내가 책임지고 맥여먹까지 해줘야 할꺼야 내가 선임하사 때라. 데려갈랭. 아 갔는데 안해도 이상해. 짐짝 신고 곱적으로써 곱적. 딱 검문소 가니까 헌병이 탁 올라와.

"무사와난?"

"아 여기 신고가 들어왔잖아 거저. 군인차에 여자싣고 전방대로 들어가는 차가 감서니께 감시하러 올라왔수다."

그러길래.

"찾아보래."

"아이 나가 있고 헌디 여자 싣글리가 있느냐."고.

계집 데려가고 나는 내려가고. 전방에 갈때도 데려가게 했지 내가. 데려가게 하면 거기서 이제 저 그 추사장(취사장)에 거 식당을리. [조사자: 취사장.] 추사장에서 밥을 해요. 여 소대에 날라다 먹으니까 거기서 밥을. 추사장에 가서 쌀도 주고 저 양식도 주대. 그 부탁을 했나보지. 거기서 인제 멕여 놨는데. 나가 제대해놔도 그런 놈들은 다시 전화로도 한번. 찾으면 다 찾을 수가 있어이. 분명히 험직 할만한 놈을. 아이 일평생, 거의 매년 먹여줬이마는.

근데 제대는 양구에 제대했지. [조사자: 아, 양구에서 제대하셨구나.] 전방에 있다 이제 양구에 있다 양구에서 제대했어. 그런 아이들 반공출신이 가면이. 행정기관에 저 전방엔 안보내. 놀려도 이런 그 본부에. 이리 와서도 본부쪽에 배치시키주고. 이 전방엔 안보내. [조사자: 고향이 북쪽 출신이니까.] 응 . 북쪽에서 그. 그때 그 반공 출신이라고 그게 딱 찍혀져 나와. [조사자: 반공포로들.] 응. 포로 했었는데 석방해 노란 군인 나온 아이들 많이 있었죠. 나 제대하기 전에도.

[조사자: 그럼 어르신은 전방 가셨을 때도 직접 총들고 전쟁에 참여하신 적은 없으시고.] 나 56년 군대생활해도이. 여기서 저 훈련소에서 10발 쏴간다이. [조사자: 훈련소만 두달.] 훈련소서 열 발 쏴난 게 총 쏴난거.

그런데서만 행정 기관에 많이 다녀 여기 오라믄 농협에도 이사역으로 근무하면. 처음에 올 땐 단위농협에도 가면 난리 부려놨죠. 강 보면 행정허는게 이상망 상황에 허고나서,

"너네 이치로 밥 먹어음서 되나망."

막 서류 덮어버려놨죠. 그래 낸중에 들어보면 우리 처남들보고,

"너네 매형 어떤 경험하신 분."

"우리 매형 군대가서 행정반 하신."

그땐 군인 행정이 앞서나신. [조사자: 앞섰으니까.] 앞섰으니까. [조사자: 행정 전문으로 6년동안 하셨구나.]

[6] 4.3에 대한 기억

[조사자: 군대 가셨을 때는 4.3 모르셨어요?] 4.3? 군에 가기 전에 4.3 일어났지. [조사자: 48년도니까.] 응. [조사자: 군대가기 전에.] 4.3도 나 잘 알아. [조사자: 그때는 몇 살 이셨어요?] 4.3 때가. [조사자: 열여덜정도.] 열여덟. 열여덟. [조사자: 여기 옆에 김녕쪽에서 많이 저기 상했다고 얘기 들었는데.] 아니 아니. 사람 많이 죽은 건 김녕이 아이고. 동복과 북촌사이. [조사자: 북촌이 북촌리말하는.] 응, 북촌.

그게 그때 그게 되는건 그게 그 4.3에 만약 지금 같으면 뭐 인민, 인민군이 허까이. 헌 게 마지막이라서 그게 이. 그때 그 군인들이 여기 함덕 초등학교이 2대대? 거의 끝날 무렵이라게. 끝날 무렵인데 저 서귀포 쪽에 이제 간에 그 진압시켰던 이 함덕들이 본대 오는 군인을 그 사이에서 1개 저게 그 트럭이니까 1개 소대쯤 탄거라이. 타 노믄 그 사이에서 양쪽에서 포위한 거기서 전부 죽여버렸거든. 그게 뭐 헌 사람도 산 사람 없이 죽이다가 딱 한 사람이 산거라 거기서. 그날 이제 죽은채로 하니께 다 옷은 뱃겨 가 불고. 빤쓰만 냄겼어이. 빤쓰만 냄겨두고 총이고 뭐고 싹 압수해 가분거죠 산에서. 그 한사람이 살은 그 사람이 이제 이 바닷가로 완 여기 와 신고를 헌거죠. 다 몰살됐다 하니까 이젠 여기서 나가매 전부 그냥 나오래허면서 사람은 학교 운동장으로 모여놓고. 그 집을 다 불붙여들 거기서 이젠 그 또 심사를 한거라이. 긍께 경찰 가족들 둘이 서 있으니까 그런 사람허고 4.3에 연류 안된 사람만

이제 이 함덕으로 데려오고. 나머진 거기서 총살시키면서 불이고 뭐이고 어이 불태워 버렸죠. 동북하고 북촌. 그 몰살당한다는.

[조사자: 요 마을엔 많이 피해가 없었구요?] 이런 부락이고 그때 그 4.3에 연류된 사람 몇 명씩은 안죽은 데가 없지유. [조사자: 다 그렇죠.] 다. 이 동네에서도 그때 한 십여명이 죽었죠 그때. 그럴 때는 그 무조건 안죽여요. 딱 집합을 시킨다게. 딱 여기도 요 서쪽에서 딱 집합 시켜가지고. 그때 그 집합시키고 이런데 죽일때는 그 연류된 사람은 집담소라고 해가지고. 회관이면 회관에 그 저 합숙시켜 버렸어. 모이아 다. 그 집담소라고 해가지고. 만약 자식이 산에 올라갔거나 또 산에 아니 올라간 사람 가족들은 집단을 시킨거라. 거기서 이제 집담시킨 가족들은 밥을 날라다 주면서 그 친족들이 먹여주게. 거기서 총살 시킬 땐 이제 그런데서 몇 사람은 받아오는거라. 와다가 각 시공을 시키는거죠. 그럴땐 그 사람만 죽이지 안혀. 이 부락이믄 부락 사람 전부 나오라닝가 그 높은디는 이런 부락 사람을 앉히고 죽이는 사람 저런 밑에 함진데 세워가지고 총살시켰거든 그게. 그래서 그 깨게끔. 그러니까 지금 같으면 선전하는 식으로 이렇게 쏘니까 당신네들 정신차려라 하는 식으로 그런 식으로 그 당시엔 그게 죽였죠 사람들이 무조건 다 쏘진안햐. 그땐 연류된 사람도 많이 살았지유.

이 저 산이 저거 선우봉인데. 초동은 매일 저녁 '인민군 만세' 붙여놔 저게 밤에. '김일성 만세' 저기 그 홰를 만들어 밤에 불을 붙여 저기 오면. 딱 보면 여기 보면 '김일성 만세' 글이 나와. 저 저 산에도. 그 당시에는 여기 순경이고 뭐고 나다니지 못해났죠. 헌 그 오다보니 저 일로 왔으믄 하나로마트 큰데 있었지? 바로 그 동쪽 이쪽에가이. 완전히 그때 집단 살아났었거든 산에 사람들이. 그 근방이 완전히 집 지어. [조사자: 얼마나 무리가.] 거기는 오래 있지 안혀요. 말해도 서부청년 오니까 다 우로 올라가불고 떼어졌는데. 거기도 한 한 두어달 더 있었어 거기들. 민간인 다.

그 당시엔 거기가 많이 고발서왔어. 나도 가입을 다녀났는디. 왜 그런 일이 생겼느냐면 우리 제주도에 4.3 사건 더 많이 생기기는 서북청년이 만든거라. 나도 그때 그 모이는 데 나가니까 그때 여름이니까. 그 여기는 그때 저런 수건들이 있었으게. 그 '광복'이라는 글시가 있는 땀수건이 있는데. 보건계에서 그걸 가져갔이난 신호하는 게 아니냐고 심하게 때리니까. 자 여기 있으면 그 놈들 한티 맞고 없으면 조지고. 경하는 바람에 그 고하는게 많았어. 난 우이 많이 올라가도 이 근방에서 숨어놨지. 그 저기 그 산간에서 먼 절에 불을 붙이기 시작해서이 붙이고 냉중에 일주도로에 전주들 세우면, 나무 전주니까 매일 짤라버려놨지. 그 500매터 주워를 제거하게끔 됐어. 아 이때 나가야 됐게. 이 부락민들이. 아 이때 나가야되게. 그 전에 나와보믄 얼굴들이 희어부니까. 항상 굴에서 그 숨어부니까. 우리 친구들은 아 난 죽어도 나가 죽어야지. 숨지 않아서 바다에서 숨어놔서. 바다에 굴이 있었는데. 게 굴 숨다가 나와버렸는디. 나도 4.3 사건에도 연류되놨어. 그래 4.3 사건 처음 될 때는 이 도장을, 반장들이 도장을 찍으라는디 4.3 사건인지 몰라.

그때 그 20세, 15세 이상 20세 까지는 민회청이라서이. 민회청이고 20세 이상은 남로당이라 저게. 그때 연류되 산에가 내가 민회청이다, 남로당이라 얘기허면. 민회청도 있었느냐고 그래. 게 집집마다 도장을 받아갔어. 민회청이라 남로당이다 얘길 안하고. 쓸 일 있으니 도장 받아간다고 뭔 도장을 받아가버린 거지 게. 그게 낸중에 보니까 가입서라 다. 헌 장에 헌 사람이 아니고 쫙 명단쓰니 받아간게. 이래도 못붙고, 저래도 못붙어 죽는 사람이 많았죠 그때.

[조사자: 인민위원회라고 이런 이름은 없었습니까?] 응? [조사자: 인민위원회라고 이름은 없었습니까?] 그런건 없었고. [조사자: 그리고 여기 부산쪽에서 대거 이렇게 내려가서 산 사람들 없었습니까, 제주도에?] 부산. [조사자: 소문이 있던데. 6.25때. 피난민들 대거 이쪽으로 왔다는 소리가.] 그때는 우리가 군인 가느라 몰라. 군인 가느라 몰라. 전에 여기 제주도에 피난이 온 거는 우리 가본 후에 와보니까 전혀 몰라. [조사자: 그렇겠네요.] 그 군인가기 전에 일은 아는디.

[조사자: 굴에서는 얼마나 숨어 사신거에요?] 응? [조사자: 굴에서, 굴 여기 숨어사실 때 굴에서 얼마나 계신거에요? 오랫동안.] 오랫동안 있었죠. 안해도 한 3, 4개월 있었을껄. [조사자: 밥은 어머니가 갖다가.] 아니야. 거기서 해먹고. 썰(쌀)만 가져다. 썰, 숯. 숯으로 해먹어야 하니까, 밥은. 장작으로 못해먹으니까. [조사자: 연기 나니까.] [조사자: 친구들이 좀 있었어요?] 여러이. 물은 저 산에 꼭대기 가면 물이 있어. 물이 있으면 물은 밤에 홀랑 길어가는 거죠. [조사자: 원래 고향이 여기십니까?] 응. [조사자: 집터도 원래.] 응.

4.3 사건 얘기하면 난 모르는 줄 알아요. 원래 저 4.3 사건이 저번에 뉴스에 한번 나오니까 저 사람은 아는 사람이려니. 2.7 사건부터 다루거지 왜. 4.3, 4.3허죠. 2.7에 하면 다 몰라. [조사자: 그 말씀을 해주십시오.] 2.7 사건부터 난 2.7이 원칙이지 4.3이 원칙이아니다. 게면 몰라 책임자라는 사람도 2.7사건을 모른다니까. 2.7에는 피라운동부터 시작한거지. 피라. [조사자: 삐라.] 삐라 응. 이런 어디 지서나 이런데 아이고. 이런 어디 지서나 이런데 아니고 2.7에는 3뭐 .1절 뭐 해가지고 관득청, 제주도 관득청에 제일 큰덴디 그런데 모이는 사건이 아니냐 하는디 난 아니라고 그것하고 틀리데. 2.7 사건부터 4.3은 개입되가지고 삐라 사건이 그때부터 생긴거다. 아 저 사람은 뉴스에 그 얘기하는 사람이 있다고.

[조사자: 2.7 사건이라는 게 도대체 뭡니까?] 삐라사건. 그 사람이다 뭐다 공산당이다 뭐다 이북이다 뭐다 그게 없이. 주모자들이 삐라만 부락에다 가끔 뿌려놨거든. [조사자: 좌익활동 했던 사람들이.] 응. 좌익활동 하는 사람들이 원래. 부락에 누구누구도 없고. 그 책임진 사람들이 려논거는. 그때 뿌리는 사람은 어떤 계통에서 와 뿌리는 것도 모르고. [조사자: 육지에서 왔는지, 어디에서 왔는지.] 그게 인자 그 2.7 사건부터 많은 사람들은 그게 맞다곤 해요. 그 당시에 뭐 한사람은. [조사자: 삐라를 보고 누가 신고를 해서 그렇게 된건가요?] 아니 가을에 누가 뿌려노니까. [조사자: 아, 2월 7일날 뿌려서.]응. [조사자: 그걸 보고 경찰이나 그 서북청년단 사람들이.] 그 2.7 사건때는 서북청년단이

없인때라. [조사자: 그땐 없었을 땝니까?] 응. 그땐 자유자재. 그 뿌리는 사람들이. 뭐 경찰에서도 뭐 나와 그래 잡거나 능력이 없었거든요. 아 우리 5.10 선거 봐라. 제주도에 5.10 선거 있어? 한 사람도 없어든. 그 이승만 대통령 5.10 선거라 했거든. 그때 제주도 사람은 선거에 참여한 사람 한 사람도 없어. 전부 그냥 우에서 지시대로. 피난시켜 버렸거든.

[조사자: 그러면 제일 윗 자제분은 제대하고 난 다음에 보셨겠네요. 아까 이름이 종군어멈 그러시던데.] 응? [조사자: 아들, 아들 보셨어요 첫째로?] 딸. [조사자: 그럼 자제분은 어떻게 두셨어요?] 서울에 네 사람이가? [조사자: 서울에, 서울에 네 사람이?] [조사자: 서울에만 네 명이요?] 일본에 둘. 여긴 하나. [조사자: 그럼 총 칠남매 두셨네요.] 예.

경찰로 참전한 한국전쟁

이 영 근

"사리원 들어가 가지고… 철로 경비로 인제 각 역 하고, 교량, 수도, 굴 이제 이런 거 전부 경비했었어요"

자 료 명: 20130324이영근(김천)
조 사 일: 2013년 3월 24일
조사시간: 100분
구 연 자: 이영근(남 · 1929년생)
조 사 자: 김경섭, 김정은, 이부희, 박샘이
조사장소: 경상북도 김천시 대항면 향천1리 이영근 할아버지 댁

[조사과정 및 구연상황]

봄기운이 완연한 봄날 김천시 대항면 직지사 근처 화자의 자택을 방문하였다. 이번에 만난 화자는 지난 겨울 춘천에서 조사한 이승근 화자의 친형으로 사전에 동생 분으로부터 자세하게 조사 의도를 들으셨는지 조사팀을 반갑게 맞이해 주셨고, 조사팀의 사전 설명 없이도 자연스럽게 구연을 시작하였다.

[구연자 정보]

이영근 할아버지는 평북 박천이 고향으로 부친이 큰 인쇄소를 경영하는 이유로 공산치하에 살기 어렵다고 판단, 공업학교를 다니다가 월남했다. 9·28수복 이후 경찰에 지원해 이북 땅인 사리원에서 철도와 교량 경비업무를 담당했다. 이후 왜관, 황간 등지에서 종전 시까지 경찰 경비업무를 했고 종전 이후에는 서울에서 목수 일을 했다. 춘천에서 만났던 이승근 화자의 형님이다.

[이야기 개요]

고향인 평북 박천에서 월남하여 서울에 정착한 그 해 여름 전쟁이 났다. 친구의 주선으로 월남했으며 그 과정을 생생하게 구연했는데 당시 돈을 받고 월남을 돕는 브로커가 있었다. 반역자로 몰려 인민군들에게 죽임을 당할 뻔하였으나 운 좋게 살아났다. 이후 경찰에 지원하여 사리원까지 북진을 했으며 남한에 남아 전투를 했던 동료 경찰들과 달리 살아남을 수 있었다. 가족들과 6년 동안이나 헤어져 있어 소식을 알지 못했고, 해병대에 지원했다가 전사한 동생의 소식을 듣고 휴가를 얻어 가족들과 재회하였다.

[주제어] 평북 박천, 월남, 브로커, 인민군, 반역자, 경찰, 참전, 사리원, 북진, 동생, 전사, 연합군, 참혹

[1] 고향으로부터 월남 직후, 전쟁이 나다

[조사자1: 이승근 할아버지께서 너무 재밌게 말씀 잘해주셨는데, 형님은 말씀 더 잘하신다고 막. 말씀하셔가지고 저희가…] 주변이 없어 말도 잘 못하는데 뭘. [조사자1: 아니에요. 그렇게 얘기하셨는데. 어, 철도 경찰 하셨다 그러셨나?] 철도 [조사자1: 아닌가? 잘못 받아 적었나? 할아버님 젊어서 뭐 하셨었어요? 철도 경찰하셨다고 막 그러는 줄 알았는데 아니었나 봐요.] 예 젊어서 이 저기 뭐

아이, 좀 저거 할라고 좀 말이 길어지는데. [조사자1: 그러니까. 길어지시고. 그러면 우리 전쟁 때부터 얘기해 볼까? 그러면…]

본래는, 본래 서울 살았어요. [조사자1: 네 신당동, 서울 신당동 쪽에 사셨다구.] 예, 신당동 충연동에 살았어, 충연동 그 저기 그거… [조사자1: 신당동 충연동이요?] 예, 충연동 그 거 있죠, 그거 지금 충연동 장춘당 공원 바로 옆인데… 성동구 거기. 인제 해방돼 가지고 거거 와 가지고 거기서 살다가 6.25가 나 가지고 거기서 또 6.25가 났습니다. 6.25가 났는데, 그래 내가 뭐 그 때는… [조사자1: 몇 살 때셨을까?]

뭐 저기 그러니까 직업도 없고 그냥 하루하루 벌어가지고 그냥, 아 그리고 뭐 일도 그 때는 뭐 저기 그냥 하루하루 벌 일도 없었습니다. 상당히 참 곤란할 땐데 뭘 저 더군다나 뭔가 이북에서 피난 와 가지고 그냥 뭐 집도 없고 그렇게 집도 없고 [조사자2: 그러면 어르신 원래 이북이 고향이셨어요?] 예. [조사자1: 아 이북이 고향이셨구나.] [조사자2: 이북 어디쯤.] 평북 박천 되는데, 인제.

[조사자2: 그러면 아버님이 이 가족들을 다 이끄시고, 서울 쪽으로 이제 올라가

신 거겠네요?] 네, 이제 해방돼 가지고 이 저 그 때 한 몫에 다 얻진 못하고 식구대로 뭐 식구대로 그냥 저기 왔어요. [조사자2: 아 한꺼번에 다 못 오시고 차례차례 내려오셨구나.] 해방되고 그 이듬 이듬핸가 이듬핸가, 뭐 그랬으니까 그 때 내가. [조사자2: 그 해방될 때면 어르신이 한 열두 살?] 열여섯 살. [조사자2: 어르신이 몇 년 생이세요?] 열여섯 그러니까 이십구 년인가. [조사자1: 이십구 년생.] [조사자2: 이십구 년생이세요?] 예. [조사자1: 이십구 년생이시면 저기 띠가. 잘 못 세겠어. 그 띠를 계산이 안 되네 내가.]

[조사자2: 그러면 그 형제분이 총 몇 남 몇 녀 되시는 건가. 삼남…] 마 내게 딸린 식구? [조사자2: 아니요 아니요.] 아. 우리가 저기요 식구가 아홉식굽니다. 그러니까 저기 형제가 칠남맨데. [조사자2: 칠남매 중에 제일 맏이셨어요 그러면?] 네, 제일 맏이고. 이 저기.

[조사자2: 그러면 해방 되고 월남한 이유가 있을까요? 혹시 아세요? 왜 어르신 저기 아버님이 식솔 다 이끌고… 예.] 6.25… 인제 이 그게 그렇습니다. 저 본래 이북에서 저기 월남한 사람들이 이 그 이유가 여러 가지 있습니다. 예. 왜냐하면 이게 대지주. 이런 사람들 땅 많은 사람들 공무원… 공무원 이렇게 사는 사람들, 거 장사 또 크게 하는 사람들 장사도 못하게 되고 하니까는 그 뭐 전부 월남했죠. [조사자2: 그러면 아버님이 장사를 크게 하셨던…] 아뇨 뭐 난 그 때 학교… [조사자2: 아뇨, 아버님이. 어르신 아버님이 장사를 크게 하신…] 예예, 장사 크게 한 게 아니고 뭐 좀… 있었죠. 저쪽 저 대광당이라고 인쇄소 했었어요.

[조사자2: 아 인쇄소 하셨구나. 아 그래서 저쪽에 인공정부가 들어서니까 아무래도 좀 못 살게 했겠네요?] 예. 그래서, 뭐 재산이 전부 압수되는 셈이지. 뭐 할 일도 없고 인제 뭐 우선 인제 나가 인제 맨 첨 월남했고, 그 담에 우리 아버지 월남했고. 아버지, 내, 동생. [조사자1: 아 그렇게 차례대로.] 네, 동생이 또 여럿이니까 또 셋째 동생이 여기 넘어 왔어요. 그래 여기 서울 와 가지구선 만났죠. 만나…

[조사자2: 그러면 어르신 제일 첫째시고, 저희가 강촌에서 만나 뵌 그 저기 이승근 어르신은 저기 몇 째입니까? 일곱째 중에서?] 많이 어렸을 때야. [조사자2: 제일 막냅니까? 그 이승근 할아버지가…] 제일 막내니까 그 때 뭐 몇 살인지 모르겠어 인제. [조사자2: 굉장히 어렸을 것 같네요. 예예.] [조사자1: 어려서 재밌게 놀았… 전쟁인데 재밌으셨다구 그래.] 학교도 인제 들어가기, 국민학교도 들어가기 전이니까.

[조사자2: 그러면 그… 저기 이북에서 학교를 다니셨어요? 어르신은?] 이북에서 그… 거 뭐 그 때는 저기… [조사자2: 중학교나 뭐 다니셨어요?] 국민학교… 예. 그 땐 저저 공업학교… [조사자1: 공업학교 다니셨구나.] 공업학교 좀 댕겼는데, 좀 대니다가 해방됐죠. 이학년 때 해방됐는데, 그래가지고 그 때 학생 사건이 났어요. 예. 그래 인제 십일월… 인데 십일월 달인데 8.15 해방돼 가지고 십일월 달 학생 사건이 났습니다.

[조사자2: 아, 그러면 1945년 십일월에?] 예. 그게 저 8.15해방 되던 날, 그 때가 전부 방학이 팔월 달이 방학이었습니다. 그게 저 근데, 대동아 전쟁 한참 말기였었는데 어 말기에 그 때 한참 여기에 근로 봉사를 심하게 했어요. 그래 근로 봉사를 저기 뭔가 이… 할 때면 하여간 이 보내질 않더라구요. 다 어릴 때에도. 이제 학교는 이제 신의준데,

[조사자2: 아 신의주 그거 학생 사건, 그거 말씀하시는 거 아니에요?] 예, 그게 11월 23일날 나가지고 많이 죽기도 많이 죽었어요. [조사자1: 그 때 얘기도 조금 해주셔도 저희 좋은데.] 부상도 많이 당했고, 예. [조사자2: 그럼 그게 해방되기 한 해 전 얘기죠. 해방되기 한 해 전.] 오 년… 오 년 전이죠. [조사자2: 오 년 전? 아 1940년] 그게 11월 23일 날 나와 가지고 전부 뭐 숨어 가지고 그랬죠. 전부 잡아 가니까. 소련군들이 나와 가지고 전부 다 이 저 뭐, 학생들 전부 잡아들이기 때문에요. [조사자1: 소련군이요?]

예, 전부 다 보면 다 숨었어요. 다 뭐 거기서 맞아 죽기도 하고, 부상당하고, 그래서 여기 그러다가 인제 방송을 하데요 이쪽에. 뭐 학생들 다 나오라

고. 나오라고 그래서 인제 나갔는데 그 카고 뭘 나가 가지구두 그냥 학교 갈 수도 없고 그냥 그래 인제 집으로 왔어요. 집으로 오고 일부 주모자들은, 일부 주모자들은 좀 잽혀 갔어요, 저 전부 다 잽혀 갔는데.

그게 잡아만 가둬 놨다가 거 학교… 뭐이를 가둬 놨다가 또 며칠이다 또 저기 뭐하니깐 석방시키데요 또 전부 다. 석방 시켜가지구 그 다음에 석방 시켜가지구 또 새로 싹 잡아 들이드라구. 근데 뭐 그 사람들은 온 데 간 데두 없구 뭐 한 번 그건 들어가면은 이 가족 면회두 없구 그냥 가면 그만인 거야. 그냥 가면 어디 가는지 모릅니다.

[조사자1: 어디로 끌려가는지도 모르고…] 예, 모르고. 뭐 그런데 이제 그래서 어 뭐 나뿐이 아니고, 나 읍내, 그 박천 읍내에 살았었는데 그 인제 거기, 지금 거 형고기 맨드는 그 연변이래는 데가 바로 거 이웃입니다. [조사자2: 아 바로 옆이죠 연변이.]

예. 연변 거 바로 이웃, 거 연변하고 경계죠. 군, 연변군이고, 박천군이 우린데 그래 인제 그래 가지고 뭐 전부 학교들은 전부 다 이 그 때만 해도 돈 있는 사람들이 학교 댕겼지, 중학교 가질 못했습니다. 돈 없는 사람은 저기 뭐 그러니까 머리 좋고 돈 없는 사람은 사범학교, 사범학교 졸업 인제 많이 하고. 예. 근데 이제 내가 학교도 대니지도 못하고 그냥 먹을 것도 없고 건들건들 놀기도 그렇고 뭐, 갈 때는 그러고 자꾸 의심을 하고 저 이거로 말하면 인제 순경이죠. 그래서 어머니 자꾸 따라 댕기고 뭐 이래가지고 [조사자1: 거기선 따라 다녔어요?]

예. 인제 그래가지고, 그 좀 감시를 많이 했지요. 그래 여기 대번 다 그 때 젊은 사람들이 내가 열아홉 살 때 열여섯 살 때 해방돼 가지고 삼 년 동안 있다가 여기 열아홉 살 때 서울 왔는데, 그래 서울 와 가지고 그래 이제 가… 뭐 서울 와 가지고 저 뭐 취직도 못하고 있다 인제 용호 광업소에 가서 한 일 년 근무했어요. 용호 광업소 가서 한 일 년 근무하다가 그 뭐 월급도 또 적고 뭐 혼자 먹기도, 다 월급 타 봐야 혼자 이렇게 먹지도 못하고 뭐 혼자도 옳게 못 먹었습니다. 혼자 월급 타 가야.

그래 다시 또 서울 올라와 가지고 봄에 올라왔는데 유월 달에 6.25가 났어요. 그래 인제 그 전 해에 식구들이 전부 다 서울로 와 가지고, 예 신당동 뭐 인제 일반 사람들이 세탁소 하고 있는데 창고 그 아주 뭐 창고 비슷한 데 인제 방을 구해가지고 그래 살았었는데 그래서 6.25가 거기서 6.25가 났어요. 6.25가 인제 그 나가지고 음… 처음엔 내가 인제 그 때 용두동 무슨… 서울에 용두동 무슨 거기 뭐 일하는 데 거기 뭐 인제 마저 일을 땄어요. 일을 하는데 일요일 날인데, 그 날. 저기 막 갑재기 대낮에 비행기가 돌면서 방송을 하드라구요. 외출한 군인들 전부 다 복귀하라고. 예. 그래 비행기 이래 댕기면서 방송을 하더라구.

그래서 뭐 무슨 일인지 우리는 그 때는 깜깜해지 뭐, 설마 뭐 김일성이가 나올 줄 몰랐죠 우리는. 그래 그 날 저녁에 들어가니까는 저기 6.25 저 뭐, 김일성이가 인제 나온다고 소문이 뭐 이제 연천 왔다가 동두천 왔다가 뭐 미아리 고개 넘는다 막 이렇게 소문이 자꾸 나더라고. 그래서 사흘만엔가 그래 저 가지도 못하고 집에 가, 뭐 저 앉아 있는데 이틀 되니깐 고만 서울 시내가 전부 불바다라.

저 밤에 그 총알이 뭐 얼마나 날아오는지 미아리 고개 쪽에서 그냥 밤중에 그냥 고만 포 소리 뭐 그기 뭐 총소리 뭐 할 거 없이 막 들리더니 아침에 조용해요. 새벽녘에 조용해. 그래서 장춘당 공원에 그 나가 보니까요, 인민군들이 막 벌써 막 잠복하고 있더라고요.

아마 그게 저 남산 공원, 남산에 인제 남산 그 무슨 인제 국군이 인제 숨어 있을까 싶어서 그래 그 있는데 근무를 하고, 그래고 그 또 뭐 또 호기심에 그 젊어서 호기심에 구경도 좀 하고 인제 나가가 있는데 그러고 나서 매칠 있으니까 부락에서 임원들이 청년회 뭐 조직한다고 뭐 인제 이 빨갱이들이 뭐 나와 가지고 인제 저 뭐인가에 나오라 그러데.

그래 또 그 안 나갈 수가 없어요. 나는 그 이제 북에서 경험한 게 있어 가지고, 안 나오면 또 반동분자로 또 몰려가지고 이러니 인제 할 수 없이 딱 이제 나갔더니 딴 게 아니라 인제 뭐 고 때만 해도 이… 한강 조금 인민군, 한강 조금 건너 와가지고 뭐 얼마 들어가지 못했을 적이니까. 그래 뭐 좀 편안했어요. 그 동안엔 편안하더니 좀 있으니까는 이제 의용군… 또 이제 모집을 하는데, [조사자2: 딱 나이가 인제 끌려갈 나이시네.] [조사자1: 의용군 나이시잖아요.]

그러니까 이제 스물한 살 때. 이제 스물한 살인데, 나이 그거는 나이 상관없습니다. 그거는 뭐 열여섯 살이고 열다섯 살이고 뭐 있는 대로 잡아갔으니까. 예. 그래서 인제 그 때는 저 길거리에서 잡아간 게 아니고 처음엔 저 학교에 저 뭐인가, 무슨 청년회 한다고 모이라 그래가지곤 거기서 막 끌고 가곤 했거등요.

그래서 내가 인제 거 북에서 경험한 일이 있어 가지고 그래 이제 그건 뒤로 빠졌어요. 안 나갔어요. 안 나가고 숨어 가지고 뭐 서울 시내에서 그 뭐 사방 댕기며 숨어 댕겼죠. 계속 숨어 댕기다가 뭐… 참 먹을 거야 그 뭐 굶는 거 뭐 하루 한 때도 먹고 이틀에 한 때도 먹고 뭐 먹는 거는 뭐 노상 굶고 댕겼죠 뭐. 그러다가 인제 얼마나… 한 달쯤… 지났는데 도저히 서울선 배겨나질 못 하겠어.

그래가지고 인제 동생이 셋째 동생이 그 때 이제 6.25 전에 기름장사를 했거든요. 이 석유, 맘대로 가지고 대니지 못할 적에 야매 장사지 그 뭐 말하면. 근데, 그래가지고 시골에다가 그 방앗간에다가 이제 기름 대주던 데가 광천리 고궐이래는 데 인제 거기가 인제 피난 가는 데, 내가 피난 가는 데가 거기 대줬었는데 이 뭐죠, 늘 참 위험하고 늘 들고 대니기가 참 위험하고 그래니까 그만 기름을 좀 갖다 줘. 근데 식구들이 거기루다 피난을 갔어요. 거기가 방앗간이 있는 데.

[조사자2: 지금으로 따지면 하남 정도 되는 거라고 그 때 이승근 할아버지가.] 한 지금 하남신가 그거 아마 거기, [조사자2: 예 그 정도 되는 거 같네요.] 예

모르겠어요, 그 남한산성 밑인데. [조사자2: 그러니까. 강 건너서죠, 한강 건너서.] 예. 그래 인제 거 광주군 서면이라 그러는데 거기가. [조사자2: 예전에 고궐이라 그랬던 데, 예.] [조사자1: 예, 맞아요.]

아무튼. 그래 인제 글루 피난을 갔는데 뭐 처음에 가 거기에 또 피난을 갔는데 또 뭐 조용하더라구요. 그래 동네 그 저기 빨갱이들이 연방 염탐을 해요. 염탐을 하는데 뭐, 겁이 난 거지. 그래 하루는 나오라 그러데. 그래 할 수 없이 지금 뭐, 안다고 누구 명령이라도 나가야지. 뭐 내뺄 데도 없고. 시골서 뭐 방앗간 하나 얻어 가지고 있는데.

[2] 지서에 끌려갔으나 죽을 고비를 넘기다

그래서 갔더니 의용군 나오라고 하지. 의용군 나오라고 그래가지고 그래 뭐 이 핑계 저 핑계 대고 안 갈라고 좀 용을 썼지 그 때 또. 용을 썼는데 도저히 안 돼요. 그래 그러다 뭐 간대는 말도 안 간대는 말도 안 하고 저 저녁때가 돼서 왔어요. 왔는데 댓 놈, 저녁 때 어둑어둑할 적에 한 댓 놈 딱 들이닥쳐 버려 나오라고 하는데, 끌려가 그래가지고 갔더니 청년 그 무슨 그 저 동네에 그 회관 있잖아요? 회관 들어가, 그래 그리 들어가 갖고 뭐 이건 무조건 이제 두드려 패기 시작하는 거야. 때리기 시작하는 거야.

하여튼 밤새도록, 잠 한 잠 못 자고 막 맞았어요. 뭐, 뭐 조건도 없어 이거는 조건도 없이 맞은 거야. 그러니까 인제 이북에서 왔다는 조건이고 뭐 여러 가지 저 또 저 인제 의용군 피했다는 조건이고 뭐 그런 조건이겠지요. 그리고 인제 내가 또 그 저기 용호 광업소에 있던, 들어가던 때 이력서 쓴 게 있었는데 이력서가 우리 그 또 친척이 또 하나 경찰관 가족이었었는데, 그 날 그 때 알았으믄 다 죽었을 거예요. 경찰관 가족이래는 게 몰랐그등요. 몰라… 몰라가지구 살았지 그거.

그래가지구 인제 그 내 이력서가 그 자기 아버지가 인제 그 용호 광업소 인사과장을 했거든요 그래 내가 그래서 인제 광업소 인제 가 있었는데 그 이력서가 어떻게 된 게 그 짐 속에서 하여튼 간에 짐 속에서 나왔어. 에 그래가지구, 그래가지구 더군다나 또 이 사람 와서 그랬지. 맞는 것도 뭐 사정없어 이건 완전 죽으라고 때리는 거지 무슨 고문… 고문 정도가 아닙니다 이거는. 말이 그렇지 이거는 참 상상할 수도 없이 참 맞았는데, 그냥 아침에 날 새니까 이 뭐 분소라고 하던가요 지금, 그러니까 지서. 지서 이거 지금 말하면 지서지.

[조사자2: 걔들은 분소라 그랬다 그러더라구요.] 예. 분소. 분소라고, 분소라고 하는데 총을 메고 나왔대. 나오더니 이 새끼도 갖다 또 없애라고 이렇게 하드래. 그래가지구 그냥 뭐 무조건 뭐, 뭐 인제 수갑도 안 채우고 밧줄로 그냥 묶어 가지고 그 고궐서 그 지서 있는 데까지, 그 지서가 상당히 멀데요. 지금도 기억이 잘 안 나요. 어 근데 그런데 지서 인제 끌려갔더니 거기서도 또 마찬가지예요. 뭐 조건도 없습니다. [조사자2: 또 때려요?]

예. 조건도 없어. 그러니 뭐 이렇게 걷지도 못하고 일어나서 앉지도 못하고 뭐 드러누워서 아니 그냥 하여튼 밤새도록 열 시경에서 열한 시경꺼정 맞았어요. 아주 그냥 그 뒤 창고에다 집어넣데요. 그 창고에다 집어넣더니 그 들여다보니까 나만 아니고 할아버지가 한 분… [조사자1: 거기 또 계셔?] 있드라구요. 그래서,

"그 젊은 놈이 여기 왜 들어왔어요?"

물어보드라고. 그래,

"뭐 글쎄 잘 모르겠습니다 뭐… 뭐 땜에 나도 저거 했는지 그냥 뭐 잽혀가지고 왔다."

하니까 아 이거 저기… 저 아들도 왔는데 밤에 한 시만 되믄 갖다 죽인대요. 젊은 사람. 근데 그 날 저녁에 따라 그 할아버지가

"여기 들어오믄 다 죽습니다."

그래더라구요.

[조사자2: 그러니까 사형, 사형시킬 사람만 저기다 모아 놨다.] [조사자1: 여기 들어오면 다 그냥… 들어오는 사람은 응.] 예. 그러니까 막 인제 사내들 갖다 놓고 조건 없이 그냥 다 죽이는 거예요 그냥. 그래 그 날 저녁에는 어떻게 돼 총소리가 안 나데요. 그래 영감이 그 나보고

"어 오늘 저녁에는 근데 총소리가 안 나네."

그러드라고. 그래서 잠이나 잘 수 있습니까. 잠도 못 자고 이 저기 뭐 그러니까 눕지도 못하고 뭐 그냥 지대가지고 아파가지고 근데 이제 밥을, 보리밥을 그래도 그래도 밥은 주데요. 보리밥에다 저기 다꽝. 다꽝 세 쪽이 있어 이젠, 그래 이젠 갖다 주더라고. 그래 주면서 묵으라 그러는데 이젠 그 영감님이

"죽어도 먹여야 됩니다. 먹어요."

그래 이젠 배가 고프니까 아파 뭐, 뭐 저기 아파도 배가 고프니까 늘 굶던 형편이니까 그래서 그걸 먹고 새벽 한 아홉 시 아침 아홉 시가 되니까 나오라 그러데요. 그래 기어 나갔어요. 기어 나가 막 걷기도 옳게 못하고 간신히 갔는데 그 이북에서 온 아마 그 지서장쯤 되는 분이 뻘건 줄 이래 이렇게 해가지고.

[조사자1: 높은 사람이?] 예. 군인이 딱 와서 저기 수금 하나 딱 하면서 인사를 깍듯이 하구 나가라구 하더라구. 근데 꿈인가 싶어요. 이 이거 무슨 꿈인가 싶어요. 그래 인제 그 소문을 들어 보니까 그 날 저녁에 내가 들어가던 날… 그 저기서 인제 남반부라 그러잖아요 남반부. 남반부에 모든 저 그 저 반역자들 전부 다 석방시키라고 김일성이가 방송을 했다고 해요. 그래 그 인제 그 방송에 내가 산 사람입니다.

[조사자1: 예. 그게 다행이었네요.] 그 전 날만이었어도 아니었는데. 그 인제 그 운이 좋을라고 그래서 방송이 나와 가지고 그 때에 그 때만 해도, 그 때만 해도 이미 대구하고 부산만 남았습니다. 이제 우리 저 전부 다 다 저기 저 인민군이 전부 다 점령하구… 그래 이제 저기 여하간 하구 부산만 남았으니

까 이제 뭐 이제 다 먹었으니까는 이런 것도 가둬 놔야 뭐 별 볼일도 없고 뭐 그 까짓 뭐 이제 뭐 그거는 둬서 별 수 없다는 그런 식이겠지 아마. 그러니까 그 때는 전부 다 석방시켰다고는 그래 나왔어요.

그러고 나왔는데, 나오고는 이제 의용군 가란 말을 못하지 인제. 또 맞아서 인제 저 새끼가 죽지 않고 나오긴, 갈 적에도 저기 뭐 끌고 가지 말고 귀찮으니까 죽이래는 거라 자꾸. 그래 저기 뭐하니까 그냥 죽였음 그 때만 해도 뭐 젊었을 적에 그랬지 뭐 죽는 게 멀지 뭐 다 이해가 안 가더라고. 죽갔으믄 죽고 근데 이제 가서 나오니까 의용군 가라는 소리가 안 해서 하여튼 편하긴 편해요.

예, 그래 이제 누워 있으니까 동네 사람들도 이제 저거 골병 다 들어서 죽게 생겼으니까 뭐 끌고 가지도 못한다 이거지 이제 의용군을. 그래 누워 있는데 그저 뭐 오래… 한 달 쯤 누워 있었을까. 이제 뭐 한 달 동안 누워 있는데 하루아침에 막 포 소리가 들리고 예 이제 막 뭐 그러니깐 이 불에 탄 이제 막 그 종이조각지가 막 날아오는 기야.

날아오는데, 이거 이상스럽다… 싶어서 또 저 포 소리도 나고, 그냥 아침에 자고 나니까 인민군이 막 그냥 이 저기 뭐인가, 서울 쪽으로 그냥 도망을 가는데 겁이 나요. 걸리믄 죽어요. 거 젊은 사람, 걸리믄 죽습니다. 그래 그 이제 그거 뭐 옥수수대 이렇게 저기 해 가지고 뭐 저기 그 저 방앗간 옆에다 이거 놓은 거. 속에 들어가 숨었어. 그 얼마 가니까 그 인민군이 다 지나갔는데 조용하드라구.

그래 인제 나와 가지고 인제 소문 들으니까 이건 낭중에 인제 소문 들은 건데, 가면서 막 젊은 사람이란 젊은 사람은 전부 다 죽였다고 그래요. 그 놈들이 가면서. 그래가지고 그놈들도 또 가다가 결국은 인제 9.18 인천 상륙을 해 가지고 서울로 왔더니 가다 그놈들도 다 잽혀서, 포로 됐든가 뭐 그래서 그래. 매칠 있으니까 뭐 저기 요 국군이 광천… 왔다 그러구 과천인가 여까지 왔다고 소문이 그리 돌아요. 그 과천이 그 때 가차운 모양인데.

[3] 운 좋게 은행 사택에 들어가 살다

그래 인제 얼마 있다가 아이 그러니까 인제 우리 아버지가 있다가,

"야 이젠 뭐 이… 저 국군 다 들어갔는데 이제 집이 들어가 봐야지 뭐 어째 집이 저 그래야 되지 뭐 저… 탄 거 겉은 집이래도 집인데 가야지…"

그래 얼마 있다가 이제 전부 인제 보따리 싸 짊어지고 집으로, 집으로 인제 서울로 들어간다고 인제 그러는데 그 때는 인제 광나루다리루 못 허고 그 파라꺵이가 글리로 그 인제 원체 그 때는 어덴지 잘 모르겠어요. 걸어서 이 저기 이라드니 또 건너 왔어요. [조사자1: 어디로 건너왔을까?]

요만침 밖에 얕데 한강이. 그리 인제 건너와 가지고 집에 들어가서 저 그 뚝섬으로 해서 이제 인제 갔는데 그게 집에 들어오니까 집이 불에 싹 타서 그게 싹 날아갔어요. 집이 싹 날라가고, 네 집이 없어졌어요. 그래 갈 데가 없으니까 뭐 갈 데가 이제 갈 데가 정말 뭐 한 데밖에 그래 인제 그 때만 해도 날이 좀 따뜻했으니까는 우선 이제 한 데서 지내다 그리고 거 가가지고 거 충연동에 여쪽에 그 고개동이라 그랬나 고개동인가, 고개 중학교… 고개 그 여 저기 그 장춘당에 여 바로 그 고개, 거기에 뭐 중학교 하나 그리루 전부 이쪽으로 그쪽에 옛날에 거 일본 사람덜 지금은 그러니까 조선은행. 한국은행, 전부 사택이었어요.

근데 그 사택이 그 미군 대사관 직원들이 거 전부 사택에 가 살았어요. 예. 그리고 거 사택이, 그 전부 다 사택이 다 비었대요. 그리로 가서 그러니까 인제 그 저 다행히 그 사택에 들어가서 거기서 있었습니다. 그 사택에… [조사자1: 그래서 좋았다 그러셨구나.]

예. 그러니까 인제 내가 인제 그 때 우리나라에 인제 수세식 변소라는 게 없었는데 그 때 그 처음, 수세식 변소에다 거 야. 그리고 참 집도 깨끗해가지고 그냥 그 뭐 미군들이 살아서 그런지 그냥 대사관 직원들이 살아선가 그 인제 거기 인제 있다가 한 이삼 일 지난 후에 인제 뭐 갈 데도 없지, 전장은

한참 나지 저기 뭐인가 이 시내 나간다 그러니까 나가 보니까요, 경찰관 모집 하데요.

[4] 경찰관에 지원하여 북진하다

그래서 그냥 저기 뭐인가 대번 뭐 그 이튿날 가서 경찰관 저 저 지원했어요. 어차피 군인은 갈 거고 뭐, 갔더니 그 때 이제 경찰학교가 어디에 있었냐면은 그 회현동, 거기 남산 거거, 그 거기 있었는데 거기 있지 않고 그렇게 장소가 좁으니까 배재 중학교… 배재 고등학교 거기서 모집을 하데요. 그래 가더니 이제 뭐 시험이라고 본다는 게 이제 신문 거 읽어주고 쓰라 그러데요. 신문지 읽고 그거 이제 전부 쓰라고. 그 땐 한문이 많으니깐은 그 땐 그러니깐 인제 거기서 쓰라 그러데.

그래 거기서 써서 내고 그러니까 뭐 그냥 백 프로 합격이에요 그 때는 전부다. 그러니까 인제 이십대, 원래는 십대에서부텀 이십대, 삼십대, 사십대꺼징 왔더라구요. 경찰에. 근데 엄청나게 많이 왔어요. 그래서 몇 개 대대 되지아마. 그래서 인제 거기서 일주일 간 훈련 받았어요.

응 훈련 받구는 인저 우리가 저기 대대 편성을 하데요. 대대 편성을 하는데 201대대… 201대대라고 편성 이제 저 편입이 됐어요. 근데 이게 저 201대대 2소대… 저기 뭐인가 2중대. 201대대의 2중대에 이제 뭐 저기 뭐인가로 이제 편입이 돼 가지구 근데 마침 저기 우리는 그 운이 좋을라구 201대대를 저기 뭐인가에 북진 경찰로 나가서 하데요. 그게 북진 경찰로다가 가서 해가지고 그 이튿날 인제 나오라, 오라고 그래서 저기 가니깐 201대대는 저 용산군 무슨 철도 그 무슨 관사가 그 무슨 있었는데, 거기 가서 저기 뭐인가에 그 뭐이라 거기서 그랬지 201대대가 전부 다 거기서 거의 모였습니다.

모이니까 그 때 저기 그래 201대대 인제 저 그 하튼 집합을 시켰다 해요 용산에 저기. 그래서 아침에 간 게 하루 죙일 거 앉혀 놓고 그러더니 밤에 아니, 저녁 때 갔는데, 밤에 인제 총을 노나 주데요 저그 하나씩. 총인데 저 총이, 인민군 총이에요. [조사자2: 아키바?] 예. 아시아 버처라 카면서 그게 저 인민군 총이에요. [조사자2: 그 이렇게, 이렇게 뒤에 개머리판이 나무로 돼 있는 거 말…] 그 저 그 총을 하나씩 전부 노나주고 내려놓으라는데 전부, 아주 새 거라. 아주 그리스가 아주… [조사자1: 그냥 다 놓구 갔나 보구나.] [조사자2: 좋은 총 지급 받으셨네.]

네. 그래가지구 인제 그거 받아 가지고 그 이튿날 아침에 서울역으로 전부 데리구 가데요. 서울역으로 가더니 그 때 객차는 보통 안 댕겼는데 전부 객차에다 싣더라구요. 그래서 그 저 객찬데 그게 어떻게 된 게 객차가 그래도 이 의자가 있어요. 그 때는. 의자가 없어 해방돼 가지구는, 해방돼 가지구는 저 이, 이 저 기차에 의자가 다 뜯어 가지군 객차에 의자가 없었습니다. 예 그건 뭐 근데 그건 뭐 우리나라 사람들 이거 뜯어 내 버리겠지 누가 뜯어 내 버려, 객차에 의자가 없었어요. 객차가 의자 없이 그냥 바닥에 그냥 앉아서 댕겼어요. 해방돼 가지고.

[조사자2: 근데 의자가 있는 열차에. 아.] 그래 의자가 있는 열차가 저기, 거기다가 일개 대대를 태우더라. 태우더니 그 날 새벽에 밤새도록 간 사리원…까지는 갔어요. [조사자2: 아 그러니까 올라가신 거구나. 이북으로? 아.] [조사자1: 사리원까지.] 사리원 들어갔어요. 사리원 들어가 가지고 대대본부가 인제 사리원 대대본부, 그래 인제 그게 이 우린 그냥 끌려가면서 아무 것도 몰랐는데.

[조사자2: 그러니까 인제 국군이… 국군은 빨리 치고 올라가고 치안 담당시킬려고 인제 경찰, 아…] 치안 담당이 아니고 인제 치안 담당인 줄 알았더니, 그게 아니고… [조사자2: 아 그것도 아니고?] 이 저기 뭐인가 철로 경비. [조사자1: 그러니까. 그 철도 경찰 하셨다는 말씀이 그래서 나왔던 거야.]

그 철로 경비루다 가서 인제 그 애쉬튼이라고 그 저기 미군 대령이 인제 그 사령관 돼 가지고 그 이제 철로 경비 사령부… 로 해서 인제 철도 경비로

다 인제, 그러니까 인제 각 역 하고, 역 하고 교량, 수도, 굴 이제 이런 거 전부 그 때 그 저기 그 경비… 했었어요. 게 뭐 우습지 뭐. 그 전부 다 뭐 제 제멋대로 옷이지요. 뭐 정복이고 뭐고. [조사자2: 아. 아 의복도 제대로…] [조사자1: 경찰옷이 없었지.] 응. 정복도 없이. [조사자1: 그래도 총은 있었잖아요, 총.] 예. 그냥 뭐 무슨 패잔병인지 뭐 인민군 패잔병인지, [조사자1: 아 정말 인민군 패잔병 같겠다 총 하나. (웃음)]

뭐 분간도 못 하죠. 예. 그래 그 모자는 흔하니까는 미군들 모자는 흔하니까 이제 모자는 하나 인제 하나씩 인제 제각기 인제 거 구해가지고 쓰고 그랬는데. 그래 그러다가 얼마 안 가서 갑자기 후퇴하라 그러데요. 십일 월… 십이 월, 십일 월 달이라 그 때가 다, 십일 월 십이 월달인데 후퇴하라고 그랬는데 근데 뭐 차가 있나, 그 후퇴할 무렵에 그러고 다 있는데 소대장이 배짱이 좀 센 사람이라. 이 저 그 재령, 그 우리는 그 재령 가 있었어요.

그 재령, 황해도 재령이라는 데 인제, 예. 구월산 밑에. 그 구월산 밑에 재령 가 있는데 거 들이 참 넓데요 거기. 그 때 가니까 나락 저기 추수도 안 했어요. 그 때 가니까. 사람이 없어 가지고. 그냥 논에 벼가 그냥 있더라고요. 저 뭐인가, 막 한 밑으로는 저 구월산 패잔병이 내려간다고 그래기도 하고 뭐 이제 근데… 소대장이 어디 가서 차를 두 대를 구해 갖고 왔어요. 참 그 때 그런데 차가 휘발유 차가 아니라 목탄 차. 여러분 저 목탄차라고 얘기만 들었지 구경 못했을 거예요. [조사자1: 예예. 텔레비전에서 한 번.]

포대 그 저 뒤에, 화물차 뒤에다가 포대에다가 이제 탕 해가지고 가스 내가지고 하는 건데 그 차 두 대로 갔… 일개 소대가 두 대에 가 노나 탔어요. 노나 타고 들어가고 인제 사리원 나오니까, 사리원 나오니까 그냥 피란민이 벌써 오데서 나오는 피란민인지, 피란민 참 내 그리고 후퇴하는 게 전부 그 여러 나라 유엔군 이제 그 장갑차들 그 뭐 이게 그러니 막 길을 내도록 후퇴하드라구요.

그르니 치어 죽을까봐 그거 겁이 나요 그 목탄 차 그 뭐 라이트도 없지 그냥 밤중에 나오는데, 그냥 한 쪽 가생이로 간신히 그 저 그래도 운전을 잘하드라구 그 사람이. 에 그래 인제 가생이 한 쪽 그 피해가지고 가생이로 해서 간신히 나오다가 인제 그 마동에서 나와 가지고 인제 하룻밤 잤어. 뭐 걸어 나오는 거나 마찬가지예요. 그 차래도. [조사자2: 속도가.]

예. 속도가. 그 때 한참 막 추울 때 십일 월 달 추울 땐데, 눈 오고 막 추울 때예요 그 때. 그래 그 창고 우리 그 저 주둔하고 있던 데가 창고… 비슷한 덴데 그 창고 물건, 그러니까 이불이 그거 이불이 많더라구요 그게 그래 그 뭐 부잣집 이불들 그거 또 압수해다 놨다 양단 이불들. 그 때 양단 이불은 감히 꿈도 못 꾸는 땐데 양단 이불이 그 뭐 꽉 찼대. 몇 개씩 가져가 덮고서 추우니까 뭐 그 때 입은 것도 없죠. 그 때 들어 왔으니까. 저, 뭐이가 초가을에 들어갔는데 그것도 구월 달에 들어갔으니까 저기 뭐이가 그 때 얇은 그게 여름옷 입고 그냥 그 때까징 그대로 그래가지고 나온대는데, 사리원 나오니까 밤 새 막 전부 다 이 미군들 보호물자들 불태우고 뭐 인제 야단났어요.

그래가지고 그 날 인제 밤새도록 온 게 또 마동이라는 데가 하룻밤 잤어요. 나온 다음 마동이라는 데서 잤는데 그냥, 그래서 그냥 새벽에 또 떠났는데 그래가지고 그 이튿날, 그 날 저녁때 해오름에서 개성, 개성도. [조사자2: 아 개성에 도착하셨구나.] 네. 개성. 그 때는 개성이 그 때 그 개성 뒷산이 본래 그 38선이었습니다. 개성 뒷 산이요. 송악산 그 남면이 그 38선이었었거든요. 개성이 여기 남 땅이었었는데, 그 이제 거기 오니까 벌써 전 세계 각국 저기 유엔군들이 전부 다가 다 모였어요. 개성에.

거기 다 모였는데, 그래가지고 거기서 하룻밤… 또 잤어요. 잤는데, 이 대대에 저기 명령 없이 무단으로다가 후퇴했다고 저 38선 너머에 또 가라 그러데요. 그래서 그 금촌이래는 데로, 금촌이래는 데로 아 금촌이 아니라 아, 뭐, 뭐인가 하이튼 뭐인가 마동인가 뭐인가 마동인가? 거기 또 38선 뭐뭐, 거기 또 갔어요 38선.

그러더니 이북에서 운전수 저기 뭐인가 정발해 가지고 갔으니까 그 운전수는 죽으나 사나 또 따라 대녀야지 뭐 또. 그래가지고 인제 거기 가니깐, 거기 가서 일주일을 있는데 일주일 동안 계속 이북 피난민들이 얼마나 나오는지. 꼬릴 물었어요. 그냥 평양 저기 하니까 서울서 평양까지 꼬릴 물었죠. 그렇게 하고 가는데, 그리고 군인들도 전부 이 저 뭐인가, 이 저 후퇴하는 군인들도, 전부 후퇴해도 이 유엔군들은 자기네 그 저 그 차, 뭐인가 부대 차 들어오게 되면은 차들 태워서 가는데 우리 국군은 안 태워줘요.

그 때 내가 느꼈습니다. 여기 역전은 확실히 저저 본교가 나쁜 놈들이라고. 그래서 하믄요, 그 때 소 한 마리에 오천 원씩 했습니다. 큰 황소. 미국에서 나오면서 소 한 마리에 뭐 오천 원만 주면 좋으네 했어요. 돈이 없으니까요. 거 군인들이 그거 쏴 죽여가지고 그거 고기 잡아서 씻구서 아주 서울 와 가지고 팔구 장사했어요 전부 다.

그러니까 이 그, 그러면서도 군인은 그 패잔병 안 씌워줬어요. 그 패잔병이지 말하자면 저 저, 이 부대 잃구서 저기 낙오병이지. 맞어 낙오병들. 그래가지구 그 저 함경도서부텀 걸어 나오는 사람들 생각해 봐요 이거. 예, 그거 태워 주지도 않구, 그 계속 나오믄 또 헌병들한테 저기 저 가서 밤새도록 또 맞아 봤습니다. 실컷 두드려 맞아요 또 이탈했다고 또. 뭔가 후퇴하면서 저 낙오되는 게 보통이지 그래, 또 두드려 맞아요.

[조사자2: 왜 자기부대 잊어버렸나 이런 걸로?] 왜 한 달 동안이나 끌려 나온 사람들 또 두드려 맞고. 하여튼, 질이 안 좋아요 우리나라 사람들. 그건 저 뭐 내가 경험한 거니까. 에 그르구 그 6.25 때 이 서울서 제 2 국민병. 서울서 제 2 국민병이라고 또 저거 저기 끌어다가 저 모집해 가지고 인저 그… 전부 다 굶어 죽였어요. [조사자1: 감당이 안 되는데 그거 모으기만 했구나.]

예. 오래 그 저 끌구 댕기면서 맥이질 않아가지구 전부 다 굶어 죽였다구요. 그래가지구 저 후퇴해 가지고 있다가… [조사자2: 그럼 개성에 내려 오셨다가, 그냥 내려왔다가 다시 올라 가셨다고.] 그, 거기서 일주일 동안 있었어요 또. [조사자1: 근데 다… 다 내려오고.] 근데 우리만 있응께 아 그 미군도 또 더러 있데요 거기 전부. 거기 인제 그 뭐 우리 총공전이니까. 그 미군들두 거기 아직도, 씻지도 못하고 시커매가지고 전부들 뭐 그만 그렇게 있더라고요. 전부 다.(웃음)

[5] 부산으로 내려가 철도 경비를 맡다

그래도 한편으로선 교통정리하면서 또 을마나 거 또 저기 뭐인가 이 성진 누구라 하는데 또 그 일선에 댕기면 비슷하게 치더라구요. 참, 전장이 참 괴상한 거예요. 그래 인제 개성 와서 그 다음에 인제 개성으로 후퇴하라고 명령이 나서요 개성 왔어요. 개성 와 가지고 새로 인제 또 저기 뭐인가 이 서울로 오라그러데요. 그래가 서울 중동 중학교 또 어쨌든 저기다 해드니, 각자 집으루 갔다가 저기 내일 나오라 그러드라고.

인제 잘 데가 없으니까 잘 데가, 그래 그 이튿날 인제 나왔는데 나오니까 서울역에다가 저기 뭐인가 앉혀놓고 하루를. 추운데. 그래 뭐 할 수 없이 그냥 그래도 명령에 따라야지 어떡해요.

그래가지고 여기 있다가 그 이튿날 무게차. 파차 이제 저 후퇴하는 차… 태우는데 이 저 지붕이 없어요. 지붕 없는 무개차예요. 무개차에다가 인제 일개 대대가 탄 거다 거기 일개 대대가. 대대가 다 타가지고 밤새도록 헌 게 아, 저기 뭐야 영등포 갔어요. 서울역에서 떠나가지고, 밤새도록 저거 올라갔다가 내려갔다가 차가 인제 이틀만엔가 사흘만엔가 이틀만이지? 이틀만엔가 사흘만엔가 이제 외간… [조사자2: 아 저기 부산 위에 외간이요?] 예 외간. [조사자2: 거까지 내려 가셨구나.] [조사자1: 거까지 내려가신 거야.]

예, 외간. 외간에서. 인제 외간서 그 내려가지구 인제 그 무게치를 또 인제 저 그 철교 그 뭐… 철교… [조사자1: 철도니까.] 경비 거 저기, 경비 그 저… 그거 맡았어요. [조사자2: 아 그럼 1.4 후퇴 때 부산까지 내려가셨어요?] 아니 부산도 인제… [조사자2: 외간, 외간까지?] 응, 응 그니깐 이제 우리는 이제 저

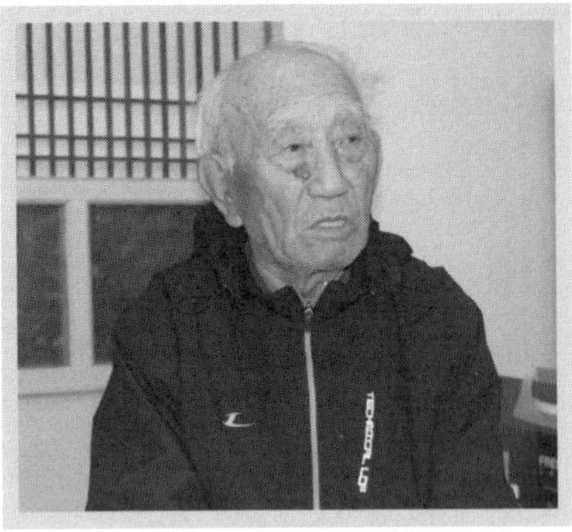

뭐인가 저… [조사자1: 역에 있어야 되니까.] 저 철도, 그 저 대대본부는 대구로 내리갔고 저 참 대대, 대대본부는 대구로 내리갔고 인제 우리는 외간… 찾아가지고 2중대는 인제 외간 찾아가지고… [조사자2: 외간이 대구부근… 어디죠?] 예. 외간. 여여 여기 이 근방. [조사자2: 여기서 가깝죠, 그죠?] 네 가차워요. [조사자1: 좀만 내려가면 돼요.]

응. 내가 인제 거기 가서 외간 그 철교…로 근무를 시키데요 거기서. 그러니깐 인제 거기서 근무 인제 일 년인가 근무… 일 년, 일 년인가? 한 일 년도 그 해 겨울, 그 해 겨울 났어요. 겨울 나가지고 봄에, 저기 뭐인가 이문동이라고 구미로 와 가지고, 구미로 또 인제 거 인제 우리 2중대만, 2중대가 아니고 이제 우리 소대만 왔어요.

소대만 이제 저기 와가지고 거 구미 와서 인제 있다가 뭐 여러 군데 댕겼습니다. 근데 아무튼 또 대전도 가서 있다, 그 이제 뭐 대전도 올라가서 또 좀 근무하다가, 예. 인제 그 저 강원도에서 나오는 그 저기 저 피란민들 호송도 했고, 예. 그래저래 뭐… 됐는데 전장이 끝났어요. 전장이 끝나고 여기 뭐인가 이… 외간. 저저, 황간. 이제 저 황간으로 저기 뭐인가 왔어요. [조사자1: 그 계속 거기 계셨던 거였네?] 예? [조사자1: 전쟁 내내 그쪽에 계셨던 거예요? 철도 지키면서.] 네. 계속 예.

[6] 해병대 지원한 동생의 전사, 그리고 가족들

[조사자2: 그 가족 분들은 기차 타고 부산까지 피난 가셨다 그러던데?] 예, 그 인제는 가족은… [조사자1: 귀띔해 주셨죠. 귀띔해 주셨을 것 같애.] 가족, 인제

뭐 서울서 헤어져가지곤 가족하곤 한 육 년 동안 가족하고는 만나질 못했죠. 가족 인제 가족은 저 부산으로 피난 갔는지… [조사자2: 아 전혀 소식을 모르셨구나.] 소식을 모르고. 그러고 이제 동생 하나는.

[조사자1 : 예 동생 얘기 좀 해 주세요.] [조사자2: 그 얘기 좀 해병대 갔다가.] 동생 하나는 서울 갔을 적에 본래 거기 저 그래도 인제 공업학교… 인저 들어갔다가 일학년 때 해방됐어요. 그래가지고 인저 그 배를 곯고 이제 그 있었을 때 이 뭐 배를 얼마나 곯았는지 이제 학교 고만… 저기 뭐 이거 안 댕긴다고 해가지고, 해방돼 가지고 나와서 공장에 댕겼어요. 해방돼 가지고. [조사자1: 해방 돼서 공장에 다녀요?] 응. [조사자1: 아 해방 돼서 공장에 다니시구.]

예. 집이 나와가지구. 그래가지구 공장에 이제 댕기믄 이제 직조 기술을 배웠어요. 그래 인제 직조 배워가지고 서울 오니까는 그 인제 직조 계통에 있는 사람들이 부산 가서 직조 공장을 저 뭐인가 한 사람들이 인제 그 시설 한다고 데리구 내려갔어요. 내려가 가지고 한 달 있으니까는 편지가 왔대요. 응 편지 오고는, 그리고 6.25가 나서 그 때 그러고 끝났습니다.

그러곤 못 만났는데 낭중에 알고 보니까 저 해병대 지원해서 이북에서 온 사람들 전부 다 죽인다 그래 죽여가지고 한 사람도 냄기지 않고 다 죽였다고 인제 서울 온 사람들, 그 소문이 부산까지 인제 그런 소문이 나가지고 인제 혼자 살면 뭐하겠냐고 아마 그래서 해병대 지원한 모냥입니다. [조사자1: 그 당시에는.]

그래 그 때 그 열아홉 살 때 있다가.. 뭐 저 저기다 열아홉 살 때 그 뭐 지원해 가지고 들어가서 인제 그니까 저기 저 휴전되기 한 달 전에 장단지구에서 전사했다고 저기 통지 받았죠. 예. [조사자1: 어디, 장단지요?] 장단지구. 장단. [조사자2: 파주 위에죠.] 지금 저 판문점 있는 데 거기. [조사자2: 예. 파주 위에. 그 장단콩 유명한.] 예, 장단 그 장단이라고 동네 이름이 장단이에요. [조사자2: 예. 그러니까 저기 휴전 때 마지막까지 치열한 전투 거기서 돌아가셨구나.] 예. 장단. 예. [조사자2: 그리면 나이, 바로 밑에 동생이…] 예. 바로 동생이. [조사자1: 응. 둘째.] [조사자2: 그럼 나, 다른… 다른 형제분들은 6.25 때 별 특별히 더 상하신 분이나, 없구요?] 예. [조사자2: 나머지 분들은 괜찮으시고.]

또 저기 뭐인가 전쟁 때에는 딴 식구들은 뭐 전부 다 해당이 안되니까요. 군인 해당이 안 되고… [조사자2: 그럼 남자 형제는 삼 형제… 였어요?] 남자가 육 형제. [조사자2: 아 남자 육 형제에 딸 하나?] 예. 딸, 이제 마지막 딸이. 저 저기 지금 저 강원도 사는 사람이 저 남동생으론 마지막이고. [조사자2: 마지막이고? 아 강촌 사는 그 분이.] [조사자1: 그분이.] [조사자2: 아 여섯째구나. 그 할아버지가. 그르면 외간에 근무하시다가 황간까지 올라가셨다가.] 응. 그 인제 황간에서, 황간서 이제 그만뒀으니까.

[조사자2: 예 그만두고 그냥 이 동네에 정착하신 거예요?] 아닙, 아닙니다. 그래가지고 서울 가서 일 저기 뭐인가 이 목수 일 했습니다. 예. 목수 일 하다가, 그러니까 저 5.16 나가지고 일도 시원치두 않고 그래서 저 여 봉화 금슬… 미 8군단 저 왜관… 저기 저 대구. 대구 8군단 저기 그 미군들 그 공사하는 데 그 이제 8군단에서 하는데 거기 왔다가 고만 저기, 이 처가가 여깁니다 내가. [조사자2: 아 여기서 만나셨구나, 할머니를.]

그래서 인제 여기 그만 저기 자리 잡고 여기서 일하구 그냥 그랬습니다. 그러니까 제천도 가서 좀 있다가 뭐 여 사방 댕기면서. 그래 인제 요 그거 뭐 지금꺼징 저기 5.16 나가지구 여기 와가지구서 뭐 계속 여기서. [조사자1: 계속 여기 계셨구나? 결혼을 그럼 몇 살 때 하셨어요?] 예? [조사자1: 결혼을… 장가를 몇, 언제 가셨나.] 결혼은… 스물여섯 살 때 이제 경찰 저기, 저기도 그만 두고. [조사자2: 스물여섯 살 때 결혼하셨으면 저… 그럼 전쟁, 전쟁 마치고 바로, 결혼하신 거네요 거의?] 예? [조사자1: 아 이제 전쟁 끝나고도 좀 한참 있으셨네.]

[조사자2: 끝나고 오십몇 년에 결혼하셨는지 기억 안 나세요?] 아니 저, 저기 저 이 그 뭐 날, 날짜는 모르겠어요. 하튼 저기 내가 저기 스물여섯 살인가? 스물입곱 살인가 뭐 하여튼 저기. [조사자2: 그러니까 이십구 년생이시니까.

한… 한 오십오륙 년 이 때 결혼하셨겠네.] 육 년인가 내가 경찰에 육 년인가 저기 있었으니까. [조사자2: 그러니까. 오십육칠 년 뭐 이 정도 되겠구나. 그럼 이게 여기가 처가 동네이시겠네요? 이 김천이?] 예. [조사자2: 처가 동네.] 예.

[조사자2: 할머니는 그러면…] 근데 어머니도, 저기 아버지도 일찍 돌아가셨고, [조사자1: 무슨 일을 하셨어요?] [조사자2: 아니, 아니 저기 뭐야. 할머니. 결혼하신.] 우리 집 식구. 아 우리 집 식구는 저기 뭐 한 십 년… 넘었습니다. [조사자2: 아 돌아가신지가요?] 예.

[조사자1: 어르신 아버님은 그래두 미군하구 일하구 뭐 이러셨다는데 그러셨었어요? 아버님께서.] 네. [조사자1: 미군에서 미군들…] [조사자2: 과 관련된 일을 좀 하셨어요?] [조사자1: 뭐 이렇게 관련된 뭔 일을 하셨다고 그러셨댔는데.] 아 건축교 거 신축공사 하는데. [조사자1: 신축공사 하는데. 그런 일 하셨었어요?] 8군단, 근데 그 저기 저 동아건설에…

[조사자2: 아니, 저기 저 어르신 아버님이.] 아. 우리 아버지는 인쇄소 뭐 하튼 그런 사람들 뭐 무슨 아주 뭐 저 시대에 뭐 저 돈두 좀 있구 하니까 뭐 가서 일이래든가 일 자리 배우지도 못하고 뭐, 뭐 홧김에 그 뭐야 술 많이 잤다가 간이 저기 돼 가지고 간경화 돼 그러구서 일찍 일찍 사십구 세… 오십도 전에 돌아가셨어요. [조사자2: 그러면 전쟁은 다 겪으시고 난 다음에 돌아가신 건가.] 예. 전쟁은 여그 와서 겪었지요. 그러면서 같이 댕기믄 피난, 피난 같이.]

[조사자2: 피난, 피난 갔다가 올라오셔서 서울에서 돌아가시고? 예.] 서울 올라와서 저기 뭐인가 그 서울에 와서는 집도 없고 해가지고 저 뭐인가 이 삼선교. 삼선 국민 학교 어떻게 거기 그 산이었었습니다. 그 산에다 그 저 목하러 그만 집 대니면서 짓고 그래 살다가 거기서 돌아가셨습니다.

[조사자1: 이승근 할아버지는 서울에 있는 집에서 할아버지께서 숨어 있었던 기억이 있다 그러시더라구요. 안 잡힐라고 숨어 계셨다구. 그러니까 띄엄띄엄 기억하셔갖고 잘 모르시는데.] 예? [조사자1: 서울집 그 신당동 집에서 숨어 계셨었대요. 안 끌려갈려구.] 예. 숨어… 하모 숨어 댕겼죠. 숨어 가지고. [조사자1: 그

러다가 한 번 걸렸었던 얘기를 해주셨어 가지구. 그러다 끌려갔었다구.]

[조사자2: 뭐 그러니까 동생 분은 저희한테 할아버지가 끌려가시다가,] [조사자1: 총을 맞았대 다리에.] [조사자2: 아 뭐 다리 아프다고 이렇게 해서 도망쳐 나오셨다고.] 아 우리 아버지가요? [조사자2: 아니아니, 어르신이.] 예. [조사자2: 어르신이 숨어 계시다가, 미군한테 끌려가다가 저기 뭐 다리 아프다고 어떻게 잘 꾀를 부려가지고 살아났다고 이렇게 말씀하시더라구요 또. 그렇게 기억하시는 것 같애 동생 분은.] 예. 그래 저기 뭐인가 뭐, 그 어덴지 지금 자세히 기억이 안 나요. 그래두 나갔다 그렇게 거기서 저 걸려가지고.

[조사자2: 아 그런 적이 있으세요?] 네. [조사자2: 아 붙잡혀 가다가?] 예. [조사자2: 그래도 어떻게 잘 숨어다니셨구나.] 사뭇, 사뭇 저기 뭐인가에 친구들… 친구들 저기 뭐인가에 창고 숨어가지고 있기도 하고, 그렇지 않으믄 뭐 저기 주로 뭐 주로 그저 저기 제일 많이 피난한 데가 거 옛날에 을지로… 6간가 3간가 그 저기 퇴계로, 저 뭐야 그 저기 그 간장공장인가 그 저기 일정시대 거기 정종공장이 하나 있었어요. 그 저기 그 거기 저 거기가 술 다라가 많은데 그 속에 들어가 숨어 살았어요. [조사자1: 그러셨구나.]

[조사자2: 그 저기 뭐야 사리원인가 그쪽에 경찰로 올라가셨다 그랬잖아요 아까?] 예? [조사자2: 북한에 사리원. 글로 경찰 돼서 올라가셨다 그랬잖아요.] 예. [조사자2: 거기서 북한 사람들 만나거나 뭐 거기서 겪었던 일 같은 거 있으면 좀 얘기해 주세요. 북한 사람들 만났을 거 아니에요 거기서. 올라가시면서.] [조사자1: 지키시다가.] [조사자2: 지키시다가.]

[조사자2: 거기서 기억나는 일 같은 거 없으세요 혹시?] 예. 아무 것도 만난 사람도 없고 저기 뭐인가 그 마 우린 우리대로 경비만 하믄 무조건 뭐 끝나고 경비도, 그 때 뭐 경비도 저 경비 같지도 않아요 그냥 저기 노는 거죠. 그 왜냐하믄 뭐 저기 저 패잔병들이 저기 뭐인가 한 번 그 저 나오질 못했으니까.

그리고 진짜배기는 전부 다 모두 다 내빼고 이 지방에는 전부 다 위에 공산주의 패가 얼마 없어요. 전부 다 이제, 몰라 지금은 좀 그… 지시하는 패들이 많을는지 몰라도 옛날엔 해방돼가지구는 몇 년 동안은 열 사람 한 사람이 안 됐습니다. 예. 그렇게 전부 다 이… 싫어했는데 그게 어떻게 된 게 그만 일이 이렇게 됐어요.

[7] 험난했던 월남 길

[조사자1: 그러셨구나. 월남은 어떻게 하셨는… 월남할 때요, 어떤 방법으로 월남하는지 저희는 그런 얘기도 궁금해서, 예.] 월남은 본래 저 일본… 일본대학교 영문과 댕기던 친구가 하나 있었어요. 그래 인제 그 일본서 나올 적에 인제 해방돼가지고 나오니깐 그 길을 알잖아요. 그래서 인제 이 저기 뭐인가 내가 인제 그렇게 하면 인제 돈이 없고 난 돈이 좀 있었구 해니까 내가 여비를 내가 대줄테니깐 같이 가자. 그럼 서울 가야 되면은 내가 책임 져서 일본으로 가자.

그래가지고 내가 일본 살았으니까 자기 일본에 저 뭐 살던 저 여, 여, 연구원이 뭐가 있고 여러 가지로 있으니까 인제 서울까지만 데려다 주면은 가서 인제 공부를 하자. 그래서 인제 결국은 둘이 떠난 게 그래 됐습니다. 그래 이제 저 둘이서 평양까지 나오는 저거 아는 사람 차 있어가지고 평양서 나와서 하룻밤 자고, 네.

그래 인제 거기 평양서 자고, 거기서 사리원… 저기 해주 나올려면은 사리원 나와 가지고 기차를 또 새로 갈아타야 됩니다. 예. 해주 나가는 기차를 타야 되는데, 그 이제 기차를 못 타고 사리원까지 와 가지고 버스를 탔어요. 저 버스 아니고 저 화물차. 그 차 인제 화물차 인제 타가지고 그것도 인제 잡힐까봐 조마조마 하고 막, 간이 콩알 만해지고 막 그래가지고 간신히 이제 이 해주꺼진 간신히 왔는데, 왔는데 이제 거 금옥 그 저, 해주 동정에 댕기는 또 친구가 하나 있어가지고 그 저기 뭐인가 이모가 인제 이 금옥치과라고 치과 하는 의사가 하나 있어. 치과 의사가.

그 이제 거기에 이제 있어서 그 친구 찾아서 인제 가가지고 그 옆에 보니까 사모여관이라고 여관이 하나 있데요. 근데 거기서 자구서 비행장 그 저기 걸어 나오는데 이제 갓 일본서 나온 애가 인제 거 저기 뭐인가에 길을 잘 아니까 이렇게 하면 된다 그래요. 거를 인제 거 거기서 한 이십리 걸어 나와야 돼요. 그런데 이십리 동안에 그게 문제죠. 왜냐하면은 연방 그 38선 넘어가다 잽혀가지고, 이 저기 뭐인가 이 끌려오는 사람들이 수두룩히 많아요. 낮에 나가는데.

예. 근데 그것들이 우리는 보저는 말을 안 해요 어떻게 된 게, 무슨 운이 좋을라고 그런지 그 날, 그냥 힐끗 보고는 그냥 지나가고 하더라구요. 그래 한 번도 검문도 당해보지도 않구, 그냥 그 저기 뭐인가 그, 그 저 그 집들 있는 데가 이제 뭐 그… 그 비행장이니까는 집이 하나도 없잖아요 비행장있고 그러니까.

근데 집이 하나도 없는데 한 저짝 진짜 저 내다보니까 집이 몇 집 보이더라구요. 근데 거기 보초를 섰어요. 저게 인제 골치 아픈 걸 알지 보초. 저거는 인제 피할 도리가 없는데, 그 이제 무조건 인제 걸어갔어요. 걸어가드니 친구 요놈아는 뭐 아무 소리도 안 해요. 뭐 아무 소리도 안 하고 그냥 저기 뭐인가 걱정도 안 하드라구.

그래 가드니 제일 첫 집. 그러니까 저기 이제 거 초소막이 저 짝 한참 앞에 있으면은 이쪽에 이쪽에 그 저 집이 한 채 있드라구요. 그 집에 가서,

"주인님 우리 저 우리 좀 들어가도 괜찮습니까."

이렇게 대번 이렇게 물어보드라구요.

"주인님 우리 들어가도 괜찮습니까."

하니깐 그 안에서 그,

"신발 가지고 들어오세요."

이렇게 하드라구요. 그래가지구 들어가고, 그러니깐 발써 신발 벗고 그냥

이 뭐인가 저 신발 가지고 방으로 들어갔어요. 그러고 나니까 거기 인제 숨는 집이라는 거야 인제 그. [조사자1: 아우 재밌다!] 응. 그러니까 바로 이제 그러지 그래서 인제 내가 저 일부러 저 같이 갔죠 일본도 갈 겸 인제, 그래가지고, [조사자1: 그 친구는 아는구나.] [조사자2: 일종의 무슨 브로커인 모양이네요? 월남하는 사람들 중간에 연결해 주는?] 예예. 아니 이제 그, 그 집 주인이 이제 저기 뭐인가 이, 이 저기 38선 돈 받고 넘겨주는… [조사자1: 왔다갔다하는 사람, 왔다갔다.] [조사자2: 업으로 하는 사람인 모양이네요. 그런 사람들 있었다 그러더라구요.]

그래 인제 그 사람이 인제 돈 받고 한 사람 앞에 얼마씩 받고 그러고 인제 넘겨주는데, 그냥 밤에 일어나라 그러더라구요. 한 시쯤 되니까 일어나라 그러는데 그냥 한참, 한 십 분 걸었을까 그러는데 개가 있어요. 물이 이제 조수가 들어오면은 도랑이고 조수가 안 들어오면은 바다이고 그런 데가 있어요. 근데 그걸 이제 오는데 한참 뛰라고 그러더라요. 그래서 뭐 한참 뛰니까는, 아 인제 다 왔습니다. 하고 됐습니다. 허니까 저기 뭐인가 저 이 집들이 있는데, 보니까 이남 땅이라 그러더라고.

[조사자1: 응. 어유, 38선 넘은 거야.] 응. 갈 데는 38선 가는 사람 오는 사람 꽉 찼데요, 거 보니까. [조사자1: 아… 거기에.] 응. 그러니까 인제 거 그 사람들은 인제 밥 팔구. [조사자1: 응, 거기서. 그걸로 인제 또 장사를 하시게 됐구나.] 그렇게 하구 인제 고기서 그 저 저기 뭐인가 이, 했는데 해필 또 저기 뭐인가 이 저, 이 해주서부텀 개성꺼징 기차가 있습니다. 네. 인제 본선이 아니구, 경기 본선이 아니구 해주하구, 해주하구 인제 저기 개성하구 인제 댕기는 기차가 있었는데, 그게 저기 올라오는데 저기 뭐인가 중간에, 저기 뭐인가 다리를 끊어가지고 빨갱이들이. 그래가 기차가 못 댕겨가지고 그 청단에서부텀 어떻게 개성까징 걸어왔습니다. 이틀동안 걸었어요. 에. 걸어가지고 인제 그래가지고 이제 서울 도착했는데. 이 저, 걸어가지구 왔어가지구.

[조사자1: 개성에서는 또 어떻게 오셨었어요 서울까지. 개성에서 서울까진 어떻

게 오셨어요. 기차 있나?] 개성에서 글쎄 서울까징 저기 뭐인가 이 기차 탔어요. [조사자1: 기차가 있고.] 응. 기차. 개성, 그러니까 인제 밤에 저녁 때 도착하니까 기차가 있데요. 그래서 인제 기차 타고… [조사자2: 아 그러면 육로로, 개성으로 넘어오셨네요. 육로로 걸어서.] 예. [조사자2: 아 예전에는 배로 강화도로 넘어오는 분들도 많았다 그러더라구요 그 때. 그 당시에.]

예, 배로 오는 사람들도 많았는데, 우리 아버지도 이제 저 혼자서 배로 저기 넘어 왔어요. 우리 집 배가 있었어요. 그래 마포, 본래 그 마포가 그 때 선창입니다 그 때. 그래서 마포꺼징 그 배를 가지고 왔다고 그 인제 뭐 그랬는데 이제 우리 아버진 먼저… 그 와 가지구 이제 뭐인가 이 집을 하나 장만해가지구 있었는데 되팔아 가지구. 우리 가족이 넘어 오다가 식구가 많다 보니까 해주 나와서 걸려 가지구 해주 그 형무소에서 한 달 동안 살았대요. 식구들이.

에, 그래서 거 나가지 못하고 도로 들어갔다고 편지가 오니까, 그 땐 편지 연락이 됐었거든요? 예, 그랬는데 그래서 인제 집 팔아 가지구 뭐 또 우양부양 다 없앴는지 아버지가, 그냥 없어지구 집 다 없어진 다음에 고만 2차로 해서 넘어 왔는데 그 때 인제 죽은 저그 해병대가 죽은 동생하고 인제 어린 애들하고 어머니하고 같이 와서.

[조사자1: 그 때. 그러니까 거기도 고생하셨겠네. 아버님이 먼저 와 갖고 배를 다 같이 다고 왔으면 좋았을 텐데. 배 타고 먼저 오셔갖고 배 파셨네?(웃음)] 형편이 이제 못 돼서 그런 거니까 뭐. 또 저기 뭐인가 그래가지고 인제 뭐 먹을 거라도 이제 또, 저 고기라도 잡아야 되는데 고기 잡을 형편도 못 되고. 예.

[조사자2: 그러면 지금 셋째는 어디 사세요? 셋째 동생은…] 셋째 동생은 지금 그 대구 살다가 셋째 동생도 죽고 다 죽었습니다. [조사자2: 아, 넷째 다섯째 다?] 예. 다 죽고 나하고 인제 쫑바리하고 남았어요. 둘이 남았습니다. 그리고. [조사자2: 제일 뒤에 여동생은요?] 여동생은 살고. 넷 죽고 셋 살았어요. [조사자1: 그러셨구나.]

[조사자2: 그 저기 강촌에 계신 동생 분도 아주 건강하게 잘 사시는 것 같던데.] 모르겠어요, 뭐 건강한지. [조사자2: 잘 못 보시죠.] 예? [조사자2: 잘 못 보시죠, 서로.] [조사자1: 자주 못 보시죠.] [조사자2: 만난지 꽤 되셨죠.]

이제 가끔 내가 몇 년 전만 해도 늘 서울에 자주 댕기곤 하니까 이제 서울서, 그 서울 거 세운상가 거기 저기 거 무슨 소리산가 거 뭐 하는데, 이제 거기 있으니까 내가 인제 거기 애들… 본래 거기는 내가 이 저 돈암동 오래 살았으니까, 돈암동 오래 살았어. 오래 살았으니까 그 서울을 저 장안, 옛날엔 장안이라 그랬지. 장안이라 그래, 장안에는 지금도 뭐, 뭐 저 변함이 없대요. [조사자1: 그쪽이 진짜 변함없는 곳이죠.] 골목두 저 집만 달라지고 골목은 거기 골목 그대로 다 있고. [조사자2: 그러니까 건강하시고 정정하시니까.]

[8] 지역 빨갱이와 고향 생각

[조사자1: 그리구요, 할아버지 막 이렇게 잡으러 다니구 그랬던 사람들은 지역, 지역 빨갱이들이라 그러나?] 예?

[조사자1: 빨갱이들, 인민군. 정식 인민군들이 막 데리고 다니면서 때리거나 그런 게 아니라. 지역에서.] 예, 지역. 근데도 인제 그 지역 [조사자1: 고궐에서.] 고궐에서 그 저기 그 저, 그 때 얘기 들으니까 지방 빨갱이들인데 고놈아가 저 뭐 서울대학교 댕겼다 그래요. [조사자1: 아 그래요?]

응, 서울대학교… 서울대학교 재학 중이라 그러더라구요. 근데 고놈이 거 나서가지구서 충동을 해가지구 전부 그러드라구. 근데 낭중에 저기 뭐인가 이 테레비 언젠가 한 번 보니까 간첩으로 나왔는데 아마 그놈아 같더라구요. [조사자1: 아 느낌에 그러셨구나.]

간첩으로 나왔는데, 이 형무소 지금 간첩으로 와 형무소 사는데 그 이름을 보니까 거 고놈아 같더라구요. 예. 형무소… 그래 요기 방송을 하더라고. 방송하는데, 거기 저 그놈아 같더라고. 고궐 그 나하고 저기 저 잡아가지고 지랄한 놈 고놈이 그 간첩으로 나와가지구 그 형무소사는 것 같더라구요. [조사자1: 아직도 살아 있는 건가?] 이 어째 이제 죽었을 거예요. 그 때 그래도 한… 나보다 나이 많던, 많았었던 것 같은데. 예. [조사자1: 그런 일이 있었구나.]

[조사자2: 그 굉장히 북쪽에 사셨네. 박천이면 평양에서도 한참 올라가야 되죠.] 예? [조사자2: 고향이. 할아버지 고향이 평양에서도…] 평양에서 두 시간 걸려요. [조사자1: 신의주까지도 들어가…] 여기서 대구. [조사자2: 여기서 대구 정도?] 대구, 대구하구 같애요. 대구가 그래서 옛날엔 그 저기 그 뭐인가 그 장사하는 사람들이 자전차 타고 평양 장을 보고 그랬어.

[조사자2: 그럼 저기 고향 막 기억나시겠다. 지금도.] 예. 고향이야 뭐 지금도 그냥 생각나죠. [조사자2: 가고 싶으시죠.] 예. [조사자2: 지금도 가면 뭐 길 다 기억나시겠다. 그죠.] 길도 그렇고 뭐 저 골목도 그렇고 집도 그렇고 뭐 지금도 보면 빤하죠. [조사자2: 꿈에도 가끔 나오시겠네요? 꿈에도 나오시겠다고, 고향이.] 꿈에 나오는 게 이게 좋질 않아요. 왜냐면은 그게 들어갔다가는 나오질 못해가지고 빨갱이한테 걸려가지고, [조사자2: 그런 기억 때문에?] 식은땀 나고. [조사자2: 식은땀 나는 그런 기억 때문에.]

거기다가 그 저 학생사건… [조사자2: 아 신의주 학생사건 있고.] 그이 저 그 저 뭐인가 이 그, 그 생각 자꾸 하고 인제 막 잡혀가지고 저기하다가, 그런데 다 한참 막 자고 나면 땀이 막 이렇게. [조사자1: 신의주 학생사건 때 도망다니시고 그랬던 게 되게 막 많이 남아 계셔가지구 그러는구나.] 예. 근데 이저 그렇게 허구 나서두 종정이 저기 뭐인가 잽혀갔어요. 내가… 해방돼 가지구 일 년 핵교를 더 댕겼으니까. 응. 그렇게 그, 그 동안에도 여러 사람 붙들려 갔어요. 붙들려 가고…

[조사자2: 그냥 다른 일이 없어 가지고 고향에 그냥 사셨으면, 그죠? 아버님 재산도 있고 그러니까 잘 사셨을 텐데. 이게 이렇게 일이 되는 바람에… 남한에 내려와서.] 안 그랬어도 모르죠. 하이튼… 그 날 이제 해방되면은 뭐 이제 누가 이제 뭐 이 38선이 이렇게 될 줄 알았나. 그게 참, 참 꿈에도 생각지 못했던

겁니다. 이게 사실은.

[조사자2: 그러면 막 소련군도 막 보셨겠네.] 네. 소련군대… 저기 저 와 있었죠. 많이 와 있었죠. 많이 와 있었죠. [조사자2: 연변이 가깝습니까? 박천하고?] 여, 연변하고 박천군하고 뭐 저기 뭐인가 경계선이라니깐. 경계래니까. 여기 아 그 저기 뭐인가에, 거기가 십한 몇 리밖에 안 돼요. [조사자2: 그럼 뭐 한 십 킬로가 안 되겠네요?] 아, 아니 그 저 군위, 군위. [조사자2: 아 군위하고 여기 거리?] 거기 군위, 연변 군 읍. 그 저기 연변군 소재지가 박천 군청 소재지하고 사십리 거리입니다. [조사자2: 아… 한 십육 킬로?] 예.

[9] 북진을 하는 것이 오히려 안전했다

뭐 말재주 없어 [조사자1: 아니에요.] [조사자2: 근데 기억을 굉장히 잘하… 잘하시는데요?] [조사자1: 잘하시구 그거 자세히 다 해주셔가지고.] [조사자2: 그 무슨 가게 이름부터 시작해서 다 기억하시네?] 우리 저 지금은 인제는 저기 관절이 있어가지구 내가 걷질 못하니까 어떡해. [조사자1: 아, 불편하시구나. 응.]

그래서 병원에 서울… 저거 저 강남에 있는 김성연 내과라고 인제 그 관절 잘보는 데 거기 이제 약을 늘 타다 먹고 이제 아주 삼십일날 또 올라가… [조사자2: 예예 월말에 올라가신다고 저번에…] 예. 올라가서 이제 약을 또 타다 먹어야 되는데 뭐 먹어도 낫지도 않아요. [조사자2: 그러면 자제분은 어떻게 두셨어요? 어르신 자제분은?] 예. 딸이 많습니다 나는. 딸이 지금 넷이 있어요. 서울에. 서울에 넷이 응.

[조사자1: 할아버지 그러면은요. 저쪽 북쪽에서 사리원 막 이런 데에서 보초 섰을 때요, 죽거나 그런 사람은 없었나 봐요.] 예 뭐. 군에 있을 때요? 경찰에 있을 때? [조사자1: 예. 경찰에 있을 때.] 경찰 있을 때 우리는 이제 운이 좋아가지고 이제. [조사자1: 운이 좋으시구나.] 이 그, 이 군대도 갔는데 이제 운이 좋으믄 좋은 데 배치 받고 인제 좀… 좋은 데 배치를 받아가지고. [조사자2:

전투도 한 번 안하셨대며.]

그리고 저기 우리 그 저, 그 그 많은 대대가 이 강원도로 들어가는 대대, 201대대 202부대 203부대 그러잖아요. 202대대는 어디로 갔냐 하면은 이 강원도로 들어갔는데. [조사자1: 강원도, 고지전투 많이 했죠?] 그래서 그 태백산 철원 쪽으로 가서 전멸 당했어요. [조사자1: 아…] 이게 대대가 전멸 당했어요. [조사자1: 그 때 같이 모집됐던 그 사람들 그랬구나.] 그 저 그 저 그, 패잔병들한테. 가다가. 기차타고 가다 고만… [조사자1: 거기 딱 있었구나. 기다리고.]

그런 소문이 있어요. 그리고 203부대는 지리산 토벌했습니다. [조사자1: 예, 거기도 만만치 않네요.] 203부대는 지리산 토방, 토벌하면서 많이 죽었어요. 지리산, 들어가서. [조사자1: 오히려 북쪽으로 올라가셨던 201부대가 더 낫네요?] 예. 그렇죠. 그래 인제 우리는… 우리는 인제 거 다행히 저기 뭐인가에 저 이북으로 들어가서도 죽은 사람도 없고… [조사자1: 오히려 더 위험했을 것 같았는데.] 예. 근데, 위험하기는 노에 저기 여 인근 산에, 패잔병들이 거길로 밤에 불을 놓고, [조사자1: 구월산에?] 예. 밤에 불 놓고 들 있는 거 저 보이고. 그래도 그거 근데 우리는 그 저 우리 화력 가지곤 저 대지도 못하니깐 저거 한 번에 거기한테 가서 붙지도 못했고. (웃음)

[조사자1: 그래도 그 사람들이 막 내려올까봐 겁나고 그러지는 않으셨나?] 내가, 내가 그 내려올까봐 겁이 나서 그냥 항상 뭐 잠은 못 잤죠. (웃음) [조사자1: 그래도 구월산에서 안 내려왔다.] 그게 구월산에서 이제 낭중에 그 쪽 사람들은 인제 미, 미리 저기 뭐 후퇴했지 거 뭐 후퇴 안 했으믄 걸렸지. 걸렸지요. [조사자1: 또 내려 왔겠지. 응. 그렇구나. 어우 202부대는 너무 진짜 가슴 아팠겠다.]

그 저기… 여기 저 201 또 202대대, 3대대는 한 반… 저저, 하튼 저 강원도로 간 패들이 많이 죽은 거니. [조사자1: 응… 거기 숨어 있었던 저기가 문제였구나.] 응. 그 사람들은 전투도 못 해보고 첫 날 다 죽었지. [조사자1: 그러니까 첫 날, 의자 있는 철도에 앉았다가. 응… 기차에. 처음 알았을 때 얼마나 좋아했어. 그런 사연이 있었구나.] [조사자2: 그런… 그런 게 있었네요 또.] [조사자1: 그럼 할아버지 여… 잠깐, 잘만 여쭈면 많이 나올 것 같은데 지금 막 그러네.]

[10] 사리원에서의 에피소드

[조사자2: 아 학교 다닐 때 공부 잘하셨을 것 같애. 경력이 워낙 좋으신…] 예, 저기 그 사리원 들어갔을 적에 그 때 이제 우리는 돈 천 원짜리 썼거등요. 천 원짜리. 그 때 천 원짜리 이 저 뭐인가, 요기다 천 원짜리 이제 썼는데 그게 기찻간에서 돈을… 저기 뭐야 이제 용돈… 쓰라고 인제 노나, 노나 주데요. 그래 아침에 와서 배는 고프고 뭘 사먹을려고 인제 전부 다 불에 다 탔어요. [조사자2: 폭격에 뭐 다 탔겠지.]

[조사자1: 돈이 있어두 그냥.] 그래서 다 탔는데, 정거장 앞에 그냥 아주머니들이 사과 광주리들을 놓고, [조사자2: 거기 사과가 유명하니까. 그 동네가 또.] 그래서 천 원짜리 내니깐 바꿀 놈 없다고 안 팔데요. 거스름돈이 없다고. [조사자1: 돈은 있는데.] 거스름 돈… [조사자2: 너무 큰돈이다. 사과 사기에는. 그 용도가 안 되니까. 또. 할머니들은.] [조사자1: 그러셨구나.]

이렇게 보니 뭐 사리원도 그 때 보니까 한 반은 불 탄 것 같애요 집이. 집도 없구, 그렇게 없어요. 그렇게 없구 그러니까 재령은 재령도 거 재령이 거 저거 시내가 커요. 그러니까 재령이래는 데가 아 그러니까 크더라구요 거기 고등학교도 있고, 저기 뭐인가 고등학교도 있고 여학교도 있고 거기 그런데, 그거는 거기는 하나도 폭격도 안 맞고 그냥 딱 있더라구.

[조사자2: 재령은요?] 예. [조사자1: 재령은 괜찮았고.]

[11] 다양한 국적의 군인들

[조사자2: 이 박천도 되게 유명한… 유명한 동네던데?] 응. 참 이 저기… [조사자2: 뭐 훌… 저기 유명한 분들도 많이 나오고. 거기도.] 모르겠어요 옛날에 우리,

우리 저기 뭐인가 이 살 적에는 별로 뭐 누구 뭐 유명… 아 박천에 저기 그러니까 류들이 뭐 류동렬이라고 동에 류동근이가 그거는 그 저기 뭐인가 경비를 해시는데 통일부, 통일부… 저 그니깐은 참모총장인가 거기에 있었죠.

[조사자1: 그럼 유엔군은 다양하게 보셨겠네? 다양한 나라 사람들?] 예, 유엔군, 유엔군 유엔군. [조사자2: 어느 어느 나라?] 예, 저기 뭐인가 개성 오니까 절루 다 모여 있는데 [조사자1: 나랏말도 다 다르고.] 예, 저기 하이튼 저기 뭐인가 여러 나라 사람 봤습니다. 여러 나라.

[조사자1: 어디 어디가 그렇게 많이 참전했어요?] 뭐 저, 그 저 나라 이름은 모르고 그렇게 저기 벨기에 그 저 영국, 본래 영국, 영국 저기 뭐인가 식민지였었죠. 벨기에가. [조사자1: 벨기에 쪽 사람들이 그렇게 왔었구나.] 그 벨기에 그러니까 저, 저기 벨기에 군대하구 같이 근무했어요.

[조사자2: 아… 터키 군도 보셨어요 혹시? 터키 군을 봤다는 분들이 좀 있더라구요 보니까.] 글쎄요 저기 개성오니까 하여튼 저기 많은데 어느 나라 군댄지도 잘… [조사자2: 하기야, 누가 어느 나라 군댄지.] 네. [조사자2: 그럼 군복은 전부 다 달랐겠네요.] 예? 예. [조사자2: 군복. 군복은 조금씩 다 달랐겠다고.] 군복, 군복은 전부 다 조금씩 다 다르데요. 다 달랐어요.

[조사자1: 그럼 벨기에군하고 같이 근무하셨을 때 재밌었던 일은 없으셨어요?] 서로 뭐 말이 통해야지. [조사자2: 말이 통해야지.] 저기 뭐 저는 저고, 나는 나고. 그러고 인제 저기, 에… 미군들은 인제 그 저 낙동강 그 때 철교 공사를 했어요. [조사자1: 미군들이.] 응, 미군들이. 근데 이제 거 기찻길이었다가 자동차 댕기도록 판대기를 깔았는데 그 공사하는 저기 뭐인가가 미군들하고 인제 그 둘이 많이 와 있었고, 그냥 그 공사할 적에.

[12] 같은 전쟁, 다른 기억

[조사자1: 동생 분은 그냥 초콜릿 받고 그래갖고 그 분들 되게 좋아했다고 막

따라다니면서. 막 받았다고. 그러니까 동생 분. 저 강촌에 사시는, 강원도에 사시는 동생 분은. 예. 할아버진 많이 그러셨대. 어리셨으니까.] [조사자2: 저희가 한 달 전에 거기 강촌에 갔다가 동생 분을 만나 뵈었어요 한 번. 그래가지고 인제 우리, 형님 말씀도 하시더라구요 거기서. 근데 나이 차이가 꽤 많이 나실 것 같애요 그죠? 열 살 이상 차이 나실 것 같은데?] 예. 열 살, 예.

[조사자1: 기억하시는 게 아주 다르다 전쟁에 대해서.] [조사자2: 그 때 주로 기차 타고, 기차 타고 피난 가신 얘기를 주로 하시더라구요. 동생 분은.] [조사자1: 영등포에서 부산까지.] [조사자2: 예, 영등포에서 부산까지.] 아니, 저기 뭐인가 [조사자2: 포로수용… 저기저기 피난민 수용소에 저기… 있었다고.] [조사자1: 거제도.] 예 나는… 서울서 헤어져가지고 [조사자2: 예. 서울에서 헤어져서.] 예, 서울에서 헤어져 가지고 나는 멈춘, 멈춘 저기 뭐인가 저 부대 따라서 내려왔고,

[조사자2: 아예 그렇게 다니셨구나.] 그 다음에 이제, 그 저기 뭐인가 이 1.4 후퇴 때 인제 1.4… [조사자1: 그 때 갈 때 또 보고.] 응. 그 때, 그 때 인제 거기가 서울서 헤어져가지고는 못 봤지. 근데 아무튼 저, 저기 낭중에 얘기 들으니까 전부 다 저 부산으로 가는데 애들도 많고 또 내빼지를 못해가지고 그냥 이렇게 거제도로 끌려갔다 그러더라구요.

[조사자1: 기름장사 하셨대요 그 때도. 셋째 동생이 석유장사 하셨다 그러셨죠. 응. 그래서 거기서도 기름장사 했다고.] 예. 기름장사 하고 그 그랬는데 그래저래 그만… 참 지금 생각하니까 어떻게 살아왔는지… 그 참. 막연합니다 참. 이제이제 저 이제, 이제 그렇게 살라면은 못… 못살 것 같애요. 에 뭐. 참… 말로다는 표현하기도 힘들 정도로 저기 살았습니다. 전쟁 나면 안 되겠죠. 네.

[조사자2: 전쟁이 나면 안 되겠죠.] 참 전쟁이 뭐 이리, 그냥… 참 기가 맥히데요. 먹을 것도 하나도 없고, 예. 그래도 나는 저 철이 들어서 좀 나은데 어린 애들, 어린 애들 동생들 참 어릴 적에 먹을 건 없고 예. 아 그래 서울

그 며칠 있으면서 그 광나루… 저 짝 그 뭐인가 이 뚝섬. 뚝섬 나가서 그 저기 뭐인가 이 대체 이파리. 가닥에. 그 저 이파리 거 좇어다 삶아먹던 생각도 나고. [조사자1: 거기서는. 응.] 지금 다저 못 먹는다 그래도 그건 못 먹는 게 아닙니다.

[조사자2: 그럼 다시 어떻게 만나셨어요? 다 끝나고 여기, 저기… 어디야 황간에서 전쟁이 끝나가지고 가족들은 어떻게 다시 만났어요? 서울에 올라가셔가지고?] 그 도… 동생들이 전사했다고 통지서 받고 내가, 휴가 갔었어요. 부산에. [조사자1: 아 휴가 가셨구나.] [조사자2: 아… 부산에 휴가를 가셨구나. 그 때 부산에 가족들이 다 내려가 있는지 아셨겠네 그럼? 그것도 모르다가. 아 전사통지서 받으셨구나.]

그 때 인제 저기 뭐인가 휴가… 부산. 근데 거제에서도 나와 가지고 그이저… 뭐인가 이 수정동이래는데 거기 저 부산진. 거기 저 산에다가 전부 거서울서 내려간 사람들 전부 저 판자집 짓고 그리 살데, 전부 저 짝 서면에 일로 막 전부 판자집 하이튼 엄청나게 많았지, 많았어요 그 때. [조사자2: 그 때 참… 기분이 안, 그러셨겠다. 동생 분이 그렇다는 소식을 들으면 참…]

[13] 전쟁의 참혹함이란…

[조사자1: 너무 안타까운 게, 휴전 한 달 전에. 그져. 가장 치열한 데 있으셔 가지고.] [조사자2: 아니 기차 타고 가다가 몰살당한 부대도 지금 말씀 안 하셨는데 뭐.] [조사자1: 그러니까 같이, 훈련 받은. 거기 어디 무슨 학교라 그러셨어, 훈련 받은. 말씀하셨는데 아까. 같이 훈련받은 사람들이었던 거죠. 어디서 훈련 받으셨어. 남산 훈련, 배재고등학교에서 같이 훈련 받았던 사람들이죠.]

배재, 배재고등학교 가서 그 때, 그 때 배재고등학교 뭐 훈련 받을 적에도, 저기 뭐인가 이 1.4후퇴 때 저기 뭐인가 이 집이 들어와 가지고 9.18때 집에 돌아가니까 장춘당 공원 거기에 그 저기 뭐인가 인민군 죽은 거하고 이 저 민간인 죽은 게 산처럼 쌓였더구만. 하여튼 그 사직공원 그 저 배재중학교

나갈 적에 그 사직공원, 사직공원에도 저기 우리 훈련 받을 때만 해도 그 시체가 꽉 찼었습니다.

예. 그런 것도 많았어요. 전부 다 서울 시내에 그냥 공원마다 시체가 없는 데가 없었어요. 그 마 뭐… 그르고 저기 뭐인가 이 장이동. 장이동 거기 본래 공동묘지였었거든요 거기가. 그르드니 저기 우리 아버지를 공동묘지 거기다가 모셔 드렸는데 그 저, 그 저 산소 들어가 보니까 전부 시체, 도대체 뼈다구뿐이라 사람 뼈가 그냥 아주 그냥 또 얼마나 많이 갖다 죽였는지. 그 전부 다 민간인 죽은 겁니다. 서울서 끌어다가 죽인 거.

[조사자1: 누가 그렇게 죽인 거야.] 인민군들이. [조사자1: 인민군들이?] 인민군들, 인민군들이 죽이고 지방 빨갱이들이 죽이고. 그래서 인제 저기… [조사자1: 사상이 불순하다고?] 예 그렇죠. 사상 불순하고 또 뭐 개인감정으로도 죽이고 그 저 전장 때 되믄 그렇습니다. 이게 사상 문제가 아니에요. 개인감정으로도 죽이고 인제 그 저 그래요.

그리고 이 저기 서울서 본래 서울 저 해방돼 가지고 서울에 건국청년단이라고 있었습니다. 건국청년단이 뭐이냐면 그 순 빨갱이… 그 저 그래 저 했는데. 근데 그게 거의 다 이 절루다는 건국청년단이 저기 뭐인가 이 였었어요. 이… 이 저 하이튼 이 저 이 경상도 전라도가 전부 건국청년단이 그래 전부 다 빨갱이거든요. 서울도 그게 있었는데, [조사자2: 건청이라 그랬죠, 그래서?]

응. 근데 그거를 이… 저기 뭐인가 이 보도연맹으로다가, 보도연맹으로다가서 편입을 시켜가지고 이… 전부 다 이 저 우익 쪽으로 근데 포섭을 했어요. 이승만 대통령 있을 적에 그랬는데 이제 그거 핼 적에 뭐 이 6.25 딱 나니까, 이것들이 새로 본… 본으로 돌아와 가지고 이것들이 댕기면서 그냥 뭐… 군인 가족, 경찰 가족 전부 다 괴롭히고, 죽이고, 응… 또 뭐 해 먹고 그래가지고 인제 이북에서 나온 사람들도 무슨 뭐 저… 정식 저 이북에서 일정시대 하던 사람들 그 우리 집 옆에… 사람 하나는 금전 여관이라고 여관에 사는데, 일정시대 그 경방 담당이었습니다. 계보단 쪽이라고. 경방단장. 일본마다 인제 경방단장이라고. [조사자2: 그게 뭐하는 거예요?]

그게 뭐하는 거냐하면 인제 요즘에 소방서 대장 비슷한 거예요. 응. 경방. 근데 그거 했었는데 이북에서 인제 저기 뭐인가 이 저… 6.25 때 그 사람이 뭐 했냐면, 소공동. 예 소공동 지금 거 한국은행 고 여 옆에 골목이 소공동이죠. 그거 저 소공동 동면장이었어요. 그런데 그걸 어떻게 알고 내려와 가지고 저기 뭐인가 그게 지방… 그 저 빨갱이들이 내려와 가지고 사직공원에 갔다가 소나무에다가 가가지고 창으로 찔러 죽였어요. 그 저 식구가 보면 그 어떻게 뭐 그러니까 얘기하더라구요. 그래 너… 너무 끔찍해서 간신히 끌고 내려와 저기 저… 갖다 묻었다고.

[조사자1: 시신이 너무 끔찍했구나.] 그래 전부 6.25 때 전부 그래 저기 나와서 해… 저 뭐인가 다 죽고, 이래 죽구 저래 죽구 원수… 막 저기야 진 사람끼리 죽고, 아마 세계적으로 한국전쟁이 전장 치고는 제일 많이 죽었을 거예요. 2차 대전보단 더 많이 죽었을 겁니다. [조사자1: 그리고 참혹하잖아요.] 예. 2차 대전보단 더 많이 죽었을 겁니다. 예. 2차, 2차 대전 때 뭐 저 독일… 독일… 저기 히틀러가 저기 뭐인가 이 유태인들 잡아다 죽인 뭐 그 숫자는 그 숫자도 아닌 거 같애요.

[조사자1: 그렇게 민간인들 많이 죽이고.] 예. 우리, 우리 또 한국 사람들 서로 죽인 게. 그리고 낙동강 편에도 뭐 죽은… 얼마나 많이 시체가 많았는지. [조사자2: 예. 여기도. 큰 전투를 했으니까. 마지막 방어선이고 그랬으니깐. 여기도 참 피해가 많았겠네. 이 부근도.] 예. 그러게요. 여 저 뭐 저, 저 이 이리로 그만 폭격을 얼마나 많이 했는지 그냥 이, 전부 이 포 떨어진 구멍 두 뎅이가 그만 이제 뭐 줄로 저기 섰어요.

그 속에도 살아 가지고 난 사람이 지금 이 전부… 그리고 인민군들이 보니까 저 우리 외간… 그 때 가 있을 적에 보니까 인민군들이 낙동강 건너가서 많이 죽었어요. 거기 건너가서. 그 낙동강 건너 이제 호는 우리 아군들이 파놓은 호만 있는데, 산에 이제 낙동강 건너가면 산이 이제 쭉 있어요. 그래서 이제 전부 다 중턱에 인제 호가 이렇게 개인호가 하나씩 이렇게 쭉 있는데 그냥, 시체가 그냥 전부 다 한 몇 개씩 다 들어 있었어요. 그래 건너가서 다 죽고.

[조사자2: 아… 인민군들이요?] 그리고 외간 그 뒤쪽에, 외간 그 뒤쪽에는 저 짝 안동 쪽으로 들어와 가지고 다부동이라고, 전투가 거기가 상당히 심했던 모양입니다. 예. [조사자2: 예. 거긴 아주 뭐 유명한 전투 같더라구요.]

치안대원으로 여러 번 죽을 고비를 넘다

양 인 철

"시체를 하도 많이 봐싸니깐 뭐 무서운 것도 없고"

자 료 명: 20130819양인철(장수)
조 사 일: 2013년 8월 19일
조사시간: 48분
구 연 자: 양인철(남 · 1934년생)
조 사 자: 심우장, 박현숙, 황승업, 김현희
조사장소: 전라북도 장수군 계남면 가곡리 (정자)

[조사과정 및 구연상황]

희평마을의 김중식 제보자의 소개로 즉석에서 양인철 제보자와 연락을 취했다. 제보자에게 조사취지를 설명하였더니 흔쾌히 인터뷰에 응해주겠다고 하였다. 조사자들은 김중식 제보자의 안내를 받아 양인철 제보자의 동네 마을 정자에서 제보자와 만났다. 제보자가 구연하는 중간에 세찬 비가 내려 빗소리와 제보자의 음성이 함께 녹음되었다.

[구연자 정보]

양인철 제보자는 1934년 장수에서 태어나서 17세에 한국전쟁을 경험하였다. 제보자는 한국전쟁 기간 동안 공비를 토벌하는 치안대원으로 활동하였다. 제보자는 사람 죽이는 일이라고 하면서도, 사람을 살린 내용을 이야기하기도 하였다. 희평마을의 전설적 인물 강백규와 함께 치안대 일을 했다. 그래서 강백규에 얽힌 일화를 많이 들려주었다.

[이야기 개요]

제보자는 군입대를 피해 다니다가 걸려서 토벌대가 되었다. 3년 동안 빨치산 토벌을 하면서 많은 전투를 경험하였다. 이현상 부대 삼천 명과 싸워 간신히 살아나기도 하고, 빨치산 대원들을 생포하기도 하였다. 토벌대 활동 중 추위와 배고픔이 가장 큰 고생이었다. 주먹밥을 받으면 바람재의 바람이 세어 곧바로 주먹밥이 얼 정도로 추웠다. 그리고 방한복은 불에 타고 많이 낡았다. 휴전이 된 이후에도 토벌은 계속 진행되었다.

[주제어] 이현상, 빨치산, 반란군, 공비, 토벌대, 치안대, 여성 빨치산, 루트, 구덩이, 연락병, 강백규

[1] 방위대에 있으며 빨치산 토벌에 참가하다

[조사자: 어떻게 하다가 토벌하시는 데 참여하시게 되셨어요?] 이거 이 지방을 지키기 위해서 인제, 뭐야 저 의경으로 있다가 방위대, 인제 방위대. [조사자: 방위대요?] 응. 방위를 있으면서 지리산 공비토벌을 했다고. 거그 가서 참 죽을 고비도 많이 넘겼어요. [조사자: 어떻게 죽을 고비를 넘기셨어요?] 거기 부락에 잠복근무를 나갔는데, [조사자: 어느 동낸데요?] 전라남도 화순. [조사자: 화순이요?] 응. [조사자: 거기 뭐 백아산 그쪽입니까?] 예. 이 일개 부락에

여섯 번을 계속 들어왔대요. 공비가 들어왔는디. 이제 들어와서 뭐 식량이니 이런 거 뭐 이렇게 인제 가져가고 그랬다고 하면서, 이제 우리가 뭐 인제 여기 잠복근무를 나왔다고 하니깐, 그러냐고 하면서 혼자서는 심심하니까 뭐 말동무나 하라고 고 부락 청년들을 한 사람씩 짝 맺었어요. 그런데 그때 내가 소대장 연락병으로 있었어. [조사자: 연락병이요?] 그랬는디, 바로 들어오는 이면도로 거그 정면으로 내가 보초를 서게 됐어. 그러니 그 사람이 얘기를 해. 그렇게 이제

"반란군이 계속 들어왔는데, 오늘 저녁엔 아마 안 올 거라."고.

그러더라고. 그런데 뭘, 겨울인데 저그 맨치에서 앞에 논인데 얼음깨지는 소리가 들려. 보니까 싹- 몰려오는 거여. 아우 그래, 그걸 보니까 안 온다는 것이 그러고서 와.

그때 방위군이, 총이 38식 총이라. 그래 이 그 총에다가 장탄을 하고는 이라고 들고 있으니까 일로 바짝 오드라고. 그래서 앞에 놈 보고서 인제 쏘고, 다시 실탄을 밀어 넣을라니까 탄창이 눌어붙어가지고 이놈이 올라가야지. (웃음) 그래가지고 내 탄창을 해서 막 옷에다가 이러고 막 문질러서 해고는 다시 재서 따당따당- 앞에 다 캄캄해. 아이 이거 보니까 이게 소나무 가지로 울타리를 해놨는데, 그 너머로 손이 들어오드라고. 놈덜은 항투를 할라고 이리 들어와. 그래가지고 그냥 착검한 놈으라다가 배아지를 찔러버렸지. 이제 그러다보니까 인제 사방에사 딱, 거그가 대밭이 많더라고. 부락을 전부 뺑- 둘러쌀라니까 사람이 20명 안쪽이 갔다고, 그러니까 이 막 여기저기서 인제 중기, 경기, 뭐 그냥 총소리가 그냥 난리가 나고 그랬는데, 다 도망갔어, 이 놈들이.

새벽, 아니 열두 시쯤 되니까 또 들어와. 그전에도 이 부락 사람들한테 얘기 들으니까, 경찰들이 와서 잠복근무를 하는데 한 번 도망가면 그만 다 철수해서 가버린대. 그래 인제 그럴 줄 알고 이놈들이 또 들어 온 거야. 그래서 인제 또 쫓아 보내고 했는데, 새벽에 또 들어오드라고. 하루저녁에 세 번을

들어와. 그런디, 그때 소대장이 안영희라는 사람인디, 이 총을 가지고는 막 발발발발- 무서워서 떨어. (웃음) 그런디 인제

"아-이고, 참말로 수고했다."고.

인제 부락민들이 그러믄서 아침밥을 해서 준 거여. 밥먹을라고 하는데 이제 자기네들이 그 피난 갔던 청년들이 들어오면서, 아 거리거리에 반란군들이 죽어 자빠졌드래. 그래가지고 군, 또 용덕이, 용덕이 참, 전과보고 낼라믄 한 사람 당, 반란군 하나에 귀 하나씩을 그 짤라야 하는데, 두 개를 다 짤라가지고 막 이렇게 한 보따리를 가지고 왔어요. [조사자: 아- 그거를 보고를 해야 됩니까, 귀로?] 보고해야죠, 뭐. [청중: 참 지금 생각하면 그게 말이 인간적으로 있을 수 없는 일이지.]

이놈이 인제 총이 딸깍딸깍 하면서 안 되니까,

'아, 이거 고장이 났구나!'

그러니 내가 생포를 하려고 들어왔었어요. [청중: 강백규도 사람 죽이면 꼭 귀를 하나씩 끊어왔었어요. 강백규도 그랬잖아. 아니, 꼭 우리 지방에서 하는 얘기 아냐.] 우리 지방에서 강백규, 조경렬이, 아이구- 반란군들. [조사자: 강백규씨랑 같이 또 작전도 하고 그러셨더라고요?] 암문. 아이고- 이 골짝에서 반란군도 많이 잡고, 죽기도 많이 죽었고.

[2] 강백규를 만난 이야기

[조사자: 어떻게 또 돌아가실 고비를 넘기셨습니까?] 여기 강백규라는 사람이 여기 저 안 부락에서 살았는데. 참 이제 고인이 됐지만은, 그 사람은 몸뚱이가 전체가 간덩이야, 막. 그래 이제 저- 웃 부락, 장안이라고 하는 부락에 인제 잠복근무를 가는데, 반란군들이 들어오면은 같이 휩쓸려 다녀요.

"동무- 동무!"

하면서, (좌중 웃음) 그러면서 아이-

"동무- 동무!"

이러고 같이 돌아다니다가, 인제 부락에서 쪼끔 떨어져서 가서 인제 모닥불을 놓고 다 왔나 안 왔나 인원파악을 하니라고 그러고 있는 거여. 그러고 있으면은

"아직 다 안 왔나? 어쩌나?"

하면서 수류탄을 까가지고 불에다 넣고. (웃음) 아주 아주, 아이구- 강백규 그 사람은. [청중: 빨치산들도 강백규 이름은 알아.] 거그서 같이, 겁나서 우리는 못해. 그러는데 (웃음) 아이-

"동무- 동무!"

해가믄서 같이 휩쓸려 다녀. (웃음)

"동무들은 얼마나- 얼마나 성과 올렸냐?"

해가믄서.

아이고- 바로 요 웃 부락에서도, 궁평에서도 여러 놈 죽였지. 아이- 그 얘기 다 할라믄 소설책을 하나 만들어야 될 거여. (웃음) [조사자: 소설책 하나 만들어 드릴게요.] (좌중 웃음) [조사자: 천천히 이야기 좀 많이 해주세요.] [청중: 책으로 해도 한 권이 넘지. 3년 동안 하여간 싸웠으니깐. 그리고 이 사람들이야 군대 가고 나서 56년 7월 달까지 하여튼 마지막이 7월 달이지.]

[조사자: 또 그 강백규씨, 또 이야기 좀 해주십시오. 어떻게 또 그렇게 간이 큽니까?] 아이고- 그 사람 얘기는, 긍게 이것도 나이라고 기억력이 좀 으시러지고 그래가지고.

[조사자: 같이 전투에 나가신 적도 있으시죠?] 암문. [조사자: 어떤 전투에서 어떻게 싸우셨어요?] 그때 이 건너에 여기에, 여기에 파견대가 있었어요. 지

서에서 나와서 인제 파견을 나왔는디, 저 우에서 이 피난민이 망보고. 그래

"반란군이 들어왔냐?"

허믄,

"지금 장안에 들어왔다."

그러거든,

"가자."

해가지고서 그냥, 그래 이제 아까 말대로 아무 거리낌 없이 강백규는 그냥 뭐 쭉 들어가요. 들어가서 나보고,

"너는 어리니까, 어리니까 요리- 요리. 그대로 가!"

그 '대로가'라고 이렇게 처마 밑에 들어가는 데가 있었는디, 그 옛날 소 멕이로 해가지고 건초 같은 걸해서 막 요렇게 놓고 했는데, 거기 가서 있으라고. 그래 이 막 요리조리 왔다갔다- 왔다갔다, 창을 가지고 다니면서 막 찔러. [조사자: 아, 건초더미, 이런데?] 인자 혹시 곡식이래도 숨겨놨는가, 누가 와서 인제 또 숨어있는가 하고 막, 겁나서 창을 막- (웃음) [조사자: 안에 숨어 계시는데 막 이렇게 들어와서?] 암문, 막 들어와. [조사자: 그럼 뭐 겁나서 어떻게 있어요, 거기 안에서?] 아유- 그냥 오싹오싹 하제. (웃음) 걸린 놈은 죽는디, 뭐 그건. 아-무 소리 안 하고 그냥 꽉- [청중: 목숨을 어떻게 부지하냐 하는 거지.] 몇 번 그러다가는 그냥 또 나가고. 철수가, 그때 김철수도 죽었지만, 그 사람이 부엌으로 숨었었다고. 그래 요래 아궁으로 요렇게 들어가서 들어갔더라고. 아 이놈들이 아궁이를 듸다, (웃음) 아궁이 본, 듸다 본 놈을 쏴서 죽였지. [청중: 저놈 안 죽이면 내가 죽으니까 할 수 없지, 뭐.] 수도 없이 이게 참.

[3] 토벌 이후 군대에 가다

군대 가가지고 오히려 뭐 편안하게 있었어요. [조사자: 그럼 다 끝나고 난

다음에 군대가신 거죠?] 어. 그래가지고 서울로 피해서 갔다가 시내 몰이에 걸려가지고 그냥. (웃음) [조사자: 아- 군대 안 갈려고 도망가셨다가?] 어, 뭐. 그랬다가 휴가 오니까 영장이 나와 있더라고. [조사자: 3년 동안 그 토벌을 하셨으면 전투도 굉장히 많이 하셨을 것 같은데.] 암문. [조사자: 3년 동안 어디어디에 계셨었습니까?] 그 지방에서 주로 있었고. 인제 그, 그때 38선에서 8연대 저기- 저 8사단이 그냥 전몰했어요. 그래가지고 그 고지 나가가지고, 내가 갔었는데. 우리가 8사단 10연대, 아니 3연대 10중대고, 그래가지고 그때 그 국방부 정훈감이 제 형님 은사였었어요. 그래가지고 그 사람이 인제 손 써가지고 강원도 있다가 국방부로 왔거든요. 그래서 편하게 있었어.

[4] 공비토벌과정에서 아군 손에 죽은 사람

[조사자: 여기 그 공비들 토벌하실 때는 공비도 많이 죽이셨겠어요?] 암- 많이 죽였지. 막 이놈들 피를 질-질 흘리고. 막 들것에 해가지고 가면은,

"물, 물, 물."

물 달라고. [조사자: 어느 전투에서요?] 여, 여기서. [조사자: 그러면 어떻게 하십니까?] 그냥 개울물, 막 논물 같은 거 주면 그렇-게 좋아해요.

"아-유, 고맙다."

그러면서. [조사자: 그러면 생포를 하는 겁니까?] 암문, 생포허지. 그래가지고 저 소재지 건너서 공동묘지다 있지

"구딩이 파라."

그래 구딩이 팠어. 구딩이 파서 들어가라 해놓고는 그냥 쏴 죽여버리고. [조사자: 거기서요? 아니 생포를 하시지 왜 쏴서 죽이지?] 어쨌든 뭐, 공산주의 하고는 철천지원수니까. (웃음) [청중: 이 골짝에서 많이 죽었어, 우쨌거나.] 그래 구딩이 파라고 해가지고 그리 들어가라고 해놓고는 쏴 죽였어. [청중: 그게 난리지, 난리.] 자기 죽을 자리를 지가 파서 간 거지. [조사자: 그 사람들

도 파면서 알 거 아니에요?] 그렇지. [조사자: 그래도 그냥 팝니까?] 암문.

공비 토벌을, 이 사람하고 지리산에 가서 공비 토벌하면서, 우리 중대장하고 우리 대원이 한 사람 죽었어요. 그놈들이 막 양쪽에서 막 기습을 해가지고 죽었는데. 그때 그 소대선임 양종선이라고 그 사람이 죽고, 중대장이 그 이북사람인데 그 사람이 죽고. [조사자: 어떻게 하다가 죽었어요? 어느 전투에서요?] 수색, 수색으로. 수색 갔다가 오는디 계곡으로 요렇게 해서 오는데 양쪽에서 그냥 공비들이 막 그런데. [청중: 종선이가 그때 지방에서 안 죽었던가? 종선이?] 그런데 중대장이 죽었다고 히서 우리가 그 이튿날 대장이 없으니까 그거 수색을 나갔지. 그랬더니 중대장은 여기서 머리를 뚫고 나간 거 같애. 취합을 했는디 다- 뺏겨가고 없어. 옷이고 뭐고, 뭐 망원경이고 권총이고 뭐고 싹- 다 가져가고, 엉뎅이에다가 얼마나 불을 놨는지 여기가 새까만이 탔드라고. [조사자: 왜 불을 놉니까?] 그 중대장이. 왜 그랬는지는 모르지, 반란, 반란군은 여기 없으니까. 그런디 종선이는, 죽을라믄 할 수 없어. 그때 우리도 이제 같이 나갔었는데, 앞에 부지런히 가는 사람을

"아이, 빨리 가, 빨리 가!"

해싸믄서 재촉을 하니까,

"야, 이 사람아 얼마나 더 빨리 가? 부지런히 따라오기나 햐."

"에-이, 이 사람아 저리비켜. 내가 앞에 가."

이 조그만한 개울 있는디 거기를 훌쩍 건너는디 거기서 빵- 쏜 거야. 그래서 그놈은 내내야 우리 저 아군 손에 죽었어요. [조사자: (놀라며) 아군 손에요?] 이제 우리들은 수색해서, 이제 그리 골짝으로 해서 인제 부락으로 와 이렇게 쓱 나오는데, 이제 그게 수직을 허고 있던 3소대 사람들이 그때 반란군인줄 알고 그냥 쏴버렸어.

[조사자: 그럼 어떻게 합니까, 그걸?] 그냥 뭐, 그래가지고 화장을 하는데 부락사람들을 시켜가지고 막 장작을 막 큰 나무들 가져오라고 해서 막 쌓아가지고, 시체를 인제 그 중간쯤에다가 넣고는 하는데 아-이고 안 타드라고. [조

사자: 아니 왜 이렇게 그냥 묻어드리지. 왜 화장을 합니까?] 가져올라니까, 뼈라도 가져와야지, 뭐. [조사자: 아- 그대로 시체를 가져올 수가 없으니까요?] 그러지. 그래가지고 이 그걸 또 용덕이가 휭- 하니 또 가가지고 그 기름을 갖다가 찌끄렸어요. 사람이 죽으면 그랬어. [조사자: 그럼 그렇게 토벌하다가 전투에서 죽으면 다 그렇게 화장을 합니까?] 그렇지. [청중: 거의 다 화장하지. 아, 전사한 사람들 그래서 다 보내는데, 하나만 태우는 게 아냐. 마구 그냥 한자리다 모아가지고 거기서 그냥 불놔버리지.]

일개 가족이, 7명이 산으로 올라가 공비생활을 하고 그래. [조사자: 아- 그런 것도 있었습니까?] 그런디 여자를 생포를 했다고. 그래가지고 어-떻게 그냥, 아무리 힘으로 해도 우리는 조국과 인민을 위해서 싸울 테니까 빨리 죽이라 이거야. 그래 총을 막 귀에 대고 빵-빵 쏴도 안 불어.

"우리는 조국과 인민을 위해서 싸웠으니까 빨리 죽이라."

협박을 해도 안 들어. [조사자: 그래서 어떻게 됐습니까?] 그래서 저 위에 전선까지 데리고 가. 산속에 다 살았으니까. 그래 느그 가족들을 부르라고 이제 하는 거지. 어떻게 어떻게 이 루트가 어떻게 되고 어떻게 되고, 이 식량 같은 것은, 아- 그놈들 무서워. 딱 산을 이렇게 인자 파고, 거기다가 쌀이니 뭐 보리니 해서 딱 그 흙으로 쌓아. 그리고 그 풀을 가져다 거기다가 심어. 아- 지독한 놈들이여. [조사자: 그러니까 이 마을 같은 데서 뺏어간 것을 그렇게 감춰놓네요.] 어, 그렇지.

그때 이현상이 삼천 명이 여길 들어왔어. 걔네 여그 들어온다고 그래 인제 장안산으로 해선가 여그까지 들어왔는디. 그때가 농사철이라서, 지금말로 한로. [청중: 한로 아닌가? 그때 보리 비서 들 가운데로 메일 막-] 그런디 그날이 일요일이라 그래서 이 여그 파견 나와 있던 사람이 열 명 있었는디, 서이는 소재지로 놀러나갔어. 사람이 일곱인디, 일곱 명이 그놈들을 당해? (웃음) [조사자: 삼천 명을요?] 삼천 명. (웃음) [청중: 여 산등성이로 그냥 골짜구로 막 여그 길로 막-] [조사자 : 그럼 일곱 명이 다 죽었겠네요?] 하나도 안 죽었어

요, 그래도. [청중: 도망갔지.] [조사자: 아– 도망. (웃음)]

강백규가 전투배치를 시키드라고. 이제 인제 학교 뒷산으로 인제 서이씩 가고서는 우리는 계획 작성하러 들어갔지. [조사자: 그 일곱 명 중에 어르신이 있었어요?] 그 중 한 명이 나여. [조사자: 아–] 그때는 신발도 없지. 짚신, 짚신 그것을 인제 하여튼 신고는 저 산비탈엘 올라가는디 짚신이 그냥 벗어져 버리고. 그건 뭐. [조사자: 막– 이렇게 도망가시는 거예요?] 그렇지. 그리 이제 이 맨 도망했자 소대에서 못 내려가게 이렇게 했지. 그런디 거기 가서 보니까 막 산속에 벌써 이 골짝 마다 북한군인디, 이 그때 나는 아시보 장총을 이렇게 총대를 짤라가지고 이렇게 짤막허게 해서 밖에 돌아다녔지. 소리가 굉장히 커요, 그게. 그래 가다보니까, 그때 줄을 요 맸어요, 여기에. 그래 이제 몸만 하얀허지 새카맸어요. 그래 대장부터 막 도망가라 그러는 거야. (웃음)

"아니, 아니 자네들은 어디 가는가?"

이래요. 우리는 저리 가니까 빨리 도망가라고. 그래가지고 아이구– [조사자: 그래도 도망가가지고 살으셨네요.] 아, 헐 말은 아니라도 그래서 살구. 그놈들이 그렇게 가가지고 우리가 따라서 그, 그래서 거기서부터 인제 도망질을 치는디, 신발도 벗겨지고 없지. 여따 이 한 세발 씩 든 놈이,

"뛰어!"

하고 막 뛰는 거야. 그래서 이 잽싸게 뛰어 도망갔지. 그래가지고 [청중: 그때는 산 앞에는, 그쪽은 안 왔지. 점령을 그놈들이 시내만 다녀가니까.]

[5] 졸음과 추위로 고통스러웠던 전장

[조사자: 혹시 뭐 전투를 하시다가 부상을 당하거나 이런 적은 없으십니까?] 그런 것은 없었고. [조사자: 아– 그 또 아주 그 또 돌아가실 뻔한 상황은 없으십니까? 아까 그 손 이렇게 뭐 한 건 말고?] 에이 뭐, 아이고 말할라면 뭐 아이구– [조사자: 그래도 해주세요.] 밤에 이동하니까, [조사자: 밤에요?] 그게 인자 산에

서. [조사자: 예.] 깜깜한 밤에는 아무 것도 안 보여. 그러니까 앞에 사람을 뒤를 밟아가지고 따라가는데, 앞에 사람이 쓰러지면은 그냥 뒤에도 막 쓰러져, 같이. 어떻게 배가고프던지 한 부락에 가니까 소개를 전부 다 하고, 동네가 뭐, 동네가 비었는디, 콩을, 하여간 콩을 이렇게 자루를 해놨드라고. 그래서 콩 그놈을 뚜드려가지고, 솥이랑 내비두고 막 도망갔더만. 그래서 솥에다가 콩을 볶아가지고, 저녁으로 하고 나면 졸리니까, 이제 졸리면 인제 콩을 한 주먹씩 내서 먹고. (웃음) 참말로 별짓을 다했어요.

[조사자: 다니시면서 어떤 게 제일 고생스러우셨어요?] 네? [조사자: 고생스러운 건 어떤 게 제일 고생스러우셨어요?] 그때는 인제 야간행군이고 그런 것은 다 고생이지. [조사자: 네.] 지리산에 거기 저 바람재라고 있더라고. [조사자: 바람재?] 바람재, 그 고개 이름이 바람재래. 그런디 어떻게 바람이 세던지 진짜 바람재더라고. (웃음) 그냥 이따우 나무를 갖다가 불을 놓고 그러는디 다 날려, 바람에. 그래 주먹밥 요런 거 하나 받으면은 깡깡– 얼어가지고 그래요. 그러니까 이가 시려서 주먹밥을 못 먹어요. 그러니까 그 불에다가 인제 녹하가지고 인제 먹고. 좌우간, 아이고– 그때 부락민들도 참 욕봤어. 밥을 해서 짊어지고 오면은 우리는 벌써 떠나버리고 없고. (웃음) 그 사람들 또 그놈을 가지고 거까지 따라와서 그러고.

[조사자: 그때는 그러면 결혼을 하셨을 땐가요, 안하셨을 땐가요?] 안했어요. 그때 이십 세 미만이었거든. [조사자: 이십 세 미만이요? 그러면 어머니 아버지는 살아계셨겠어요?] 아문. 여기 요 시골에서 농사지었었지. [조사자: 그 걱정을 엄청 하셨겠네요?] 암문. 아이고– 부모님 걱정하셨다는 건 뭐 말할 것도 없지. [조사자: 나중에 살아서 삼 년 만에 돌아오셨을 때 어떠셨어요?] 막 끼안고서, 부둥켜 안구 막 울고 그러지. (좌중 웃음) [조사자: 어르신도 우셨어요?] 암문– (웃음) 부모님을 만나니까 그렇게 좋아요.

[6] 8사단에서 도망친 기억

[조사자: 그렇게 그 언제 죽을지도 모르고 그럴 경우에는 뭐 도망치고 싶다는 생각도 하셨을 것 같은데요?] 거기서 8사단으로 편입할 때 도망쳐버렸지. [조사자: 한 번 도망치셨어요?] 도망쳐가지고, 저 임실서 도망쳐가지고 여기까지 오는디, 배가 고파. 배가 고파서 못 도망쳐. (웃음) 그런디 그 벌에 눈이 와가지고 고드름이, 이제 이제, 뭐냐 이게 낭떠러지 거기 있어. 있으믄 그걸 따서 먹어가믄서는. [조사자: 아, 고드름으로?] 그래가지구선. [조사자: 그 임실에서 여기까진 얼마나 걸려요?] 사흘. [조사자: 사흘을 고드름으로?] 암문. 어디 들르면은 반란군이라고 또 신고할까 싶으고. (웃음) [조사자: 잠은 어디서 주무셨어요?] 잠은 그만 넘의 헛간이나 어디나 그냥. [조사자: 아, 몰래 들어가셔서요?] 응. 장수 와가지고 가덕재로 요리 넘어오는디 이 근처에 반란군이 세 놈이 죽어있더라고. 시체를 하도 많이 봐싸니깐 뭐 무서운 것도 없고. [조사자: 그렇게 해가지고 여기 돌아오셨었어요?] 예. 그래가지고 집에 와서 있다가, 서울로 도망간다고 가서 있다가 시내몰이 걸려가지고. (웃음) [조사자: 거기서 군대에 잡혀가셨어요? (웃음)] [조사자: 그러면 군에서 나온 지 얼마 만에 이렇게 잡혀가신 거예요?] 예? [조사자: 얼마 만에 다시 군으로 잡혀 들어가신 거예요?] 어– 집에 와서 2년간인가 있다가. [조사자: 그래서 서울로 갔다가?] 서울서, 우리 부락사람이 서남수라고, 그때 국방부 취사반장으로 있었어요. 그 사람이 인제 서울 와서 좀 있으라고 그러고, 갔더니 출근하라 그러더라고. [조사자: 그럼 어르신은 그때 나중에 군대를 갔을 때는, 이미 이제 반란군은 다 없어진 거죠?] 그렇지.

젤로 많이 어려울 때가, 이현상이 부대 삼천 명이 일로 왔을 때. (웃음) 아이고– 그놈들. [조사자: 짚신 신고 이렇게 도망가실 때요?] 예. 아이고– 아니 그냥 짚신 신었었는디 짚신도 벗어져버리고 맨발로 막– (웃음) [조사자: 진짜 무서우셨겠어요?] 예? [조사자: 시커멓게, 누–렇게 이렇게 오니까 무서우셨겠다고요.] 암문, 무섭죠, 암문. [청중: 아, 총 안 맨 사람도 뭐 그놈들 오면 벌벌

떠는디, 뭐 그냥 애기할 것도 없지. 아무튼 저놈들 안 죽이믄 내가 죽는디 총 맨 사람들이야 뭐, 우리야 뭐 죽이든 않지만 그래도 뭐 그놈들 오면은 벌벌 떨었어.] [조사자: 강백규씨는 전혀 안 무서워하시고요?] 강백규도 결국 반란군 손에 죽었지만은, 그 자기 집이 제일, 끝간데 아주 골짜긴디. 자기 아들 그때 돌이라고 험서는 갔었나, 하여튼 거기 가다가 그냥 반란군한테 죽었지. [청중: 아이, 아군인줄 알고 그냥

"누구냐?"

헌게 따당– 하고 쏴서 죽어버렸다고 하더라고.]

"니가 강백규지?"

하고 막, 칼로 난도가 되게 찔렀대. [청중: 아니, 총 한 방에 딱 떨어졌어.]

(좌중 웃음)

[조사자: 거의 (웃음) 전설이에요, 전설. (웃음)] (좌중 웃음) [조사자: 아유– 강백규 전집을 만들어야 되겠네.] [청중: 아, 이름은 알아. 갸들도 강백규 이름은 알아.] [조사자: 아, 그래요?] [청중: 강백규도, 아, 하도 고함을 질러싼게.

"내가 강백규다."

하고 고함을 질러 싼게 가들도 알아.]

인민들이 모금을 해가지고 강백규 비가 저 아래 있어. [조사자: 네, 갈 때 잠깐 들렀다 가보겠습니다.] 응. [조사자: 반란군들한테 자기 이름을 이렇게 직접 말씀을 하나 봐요, 강백규라고?] [청중:

"강백규 왔다!"

하고 고함을 질러.] (좌중 웃음) [청중: 그 목소리도 아주 당차, 크고.] [조사자: 그분은 그러면 그 그냥 원래는 농사지으신?] [청중: 아니, 아까 얘기했지만은 일본에서 나와가지고 많이 했지. 직장도 없고. 아바니도 참 암 것도 없고 해서 결국 그렇게, 저 큰집 아랫방에 살았으니까. 남의 집 살다가 나중에 희평 가 이제 방 한 칸 내가지고 살았지.] [조사자: 그런데 일본에는 왜 가셨어요?] [청중: 아니, 왜정말기에 먹고 살게 없으니까 가서 살았지.] [조사자: 그럼

원래 여기 동네분이 아니셨네?] [청중: 아니, 원래 우리 희평 살았다가.] [조사자: 아, 희평 사셨다가?] [청중: 자기 아버지 때에 그 사람들이 들어왔어요, 저 진주 사람들인데.] [조사자: 진주요?] [청중: 그래 인제 저그 큰집이 장안골네 이장을, 이제 그때는 구장이여. 그러고 인자 솔찬히 살았어. 이제 해방되고 저그 큰집 아랫방에 와서, 사랑방에 와서 있었어. 그런 다음에 희평 가서 방 하나 갖고 거그 살았대요. 그렇게 먹고 살 길도 없었지, 그때는. 그래도 배짱 하나는 좋아.] [조사자: 음— 배짱이 뭐 좋은 정도가 아닌데?] (좌중 웃음) [청중: 인제 배왔으믄 똑똑한 사람이여.]

[7] 생포가 없는 포로들

[조사자: 또 전투이야기 하나만 해주십시오. 그 아까 그 여자분 말고는 빨치산들 생포한 적은 없으십니까?] 다 사살했지 뭐 이제 생포는. 그놈들이 젤로 무서워하는 것이 염병. [조사자: 아, 염병?] 염병 걸리면은 그냥 몰살이야, 다. [조사자: 아—] [청중: 그때는 약이 없으니까, 뭐.] 전염이 되잖아, 이 염병은. 그러니까 그냥 젤로 무서워해.

"염병 들어왔다."

하면 다 도망가. (웃음) [청중: 맞아. 그 빨치산에 댕긴 사람들은 이북서 다 교육받고, 그 사상이 확고한 놈들이여. 지방 사람들은, 에— 말하자면, 자수하면 다 살줄 알고 다 도망가고 했는디, 그 사람들은 아까 얘기한대로, 총 쏴 맞아 죽음서

"김일성 만세!"

하고 죽지, 그냥 죽들 안햐. 그정도 하니께 그거 뭐 살리봤자, 치료도 할라믄 못 한게 거의 다 죽였어. 총 맞은 놈들 다 죽었어. 전부, 골짝에 살아있는 놈도 죽이고, 결국 그 이튿날 주민들이 파묻었어.]

[조사자: 이쪽 아군도 그쪽에 잡히면 무조건 다 죽고요?] 암문. 그놈들한테 생

포로 잡혔다 하믄 죽는 거여.

"이 개새끼!"

라고 하믄서 그냥. [조사자: 삼 년 동안 그렇게 전투를 하셨으면 엄청나게 무서우셨겠어요?] 겁이 없어져. [조사자: 아- 겁이 없어집니까?] 응. [청중: 아이, 싫으믄은, 지금 같으믄 못 살지.] 무서우면은 못 나가. 이 이 반란군들이 들어왔다 해도 무서우믄 못 들어갔어요. 근데 원체 치러싸니까, 치러싸니까 인제 숙달이 돼가지고 뭐.

[8] DMZ에서 복무 했었던 경험

[청중: 아, 휴전되고 나도 참 군대를 갔지만은, 참 사단 수색중대에 내가 참 배치 돼가지고 11개월을 내가 DMZ에, 11개월을 DMZ 전방에 내가 있다 왔는데, 처음에 들어갈 때 밤에 아무도 모르게 사단 이동이야. 아침 딱- 날 새고 난게

"15사단 여러분!"

해갖고 방송이 나와. 정부는 알았겠지. 그런디 군사분계선이 그때만 해도 철조망 하나여. 50야드마다 군사분계선이라고 한글로 쓰고, 한자로 쓰고. 그때는 그것 뱅이는 없어. 처음은 그랬어. 그런데 휴전 규정에 의하면 한 발짝만 이리로 내려오면 이북 사람들 쏘덜 못 허게 돼있고, 정확히는 그러도록 돼있고. 그 정도로 이제 세밀하게 휴전 규정 협정을 만들었는데, 통상 그 DMZ가 북방한계선, 남방한계선 사이가 2키로 씩이여. 그라믄 군사분계선이 이쪽으로 2키로, 2키로씩 4키로여. 고 군사 공간을 말하자믄 그 비무장지대라고 하는디, 거기서 규정을 위반을 하면은 판문점 가서 회의를 햐. 저그들은 우리를 내내야 총성도 못 내게 돼있어.

그러고 우리는 M1이고 가들은 아시보 총이여. 근데, 에- 땅콩총. 근데 이 놈들은 뭐 기관총까지 다 가지고 있어. 그래 우리도 이제 그거를 알고 이제

준비를 했지만은 15마일, 155마일 전선에 150개 GP가 있어. 밤마다 하룻저녁이래도 안, 저 습격 안 할 때가 없어. 어느 GP로든 습격해도 습격햐. 우리는 한 번도 먼저 습격해 본 일이 없어. 그래서 딱— 총성 나면 방송에서 말해.

"왜 국방군 여러분들 휴전협정 규정을 위반 하냐?"

왜 총성을 내냐 그거야, 저그가 쏴놓고. 그렇게 방송이 나와버려. 그러면 그때만 해도 우리는 발전을 하고, 가들은 전기가 DMZ에도 들어와. 그때만 해도 우리는 전기가 없고 가들은 전기가 많을 때여. 그렇게 우리가 확성기가 하나면 가들은 두 개를 달고, 우리 배나 달아. 그렇지, 우리는 방송해야 들리도 안해, 그놈들 방송할 때. 그 정도로 하는데, 만일 우리가 저, 간첩들이 저하고 간 놈들은 우리가 밝혀서 저 체포가 안 되면 쓴단 말이여. 죽을 때 죽기 전에 소리 내서 날뛰어가지고 우리들 속을 태우는 거지, 뭐. 그러면 인제 그냥 쏴놓고 이제 UN군하고, 우리들하고, 가들하고 이제 사람들이 와서 확인하믄 저그 쪽 사람 아니라는 거야. 그놈은 죽을 때 그렇게 충성하고 죽었는디. 우리는 그렇게 되믄 시체를 찾아와.

"너그들이 죄인 갖다 죽여놓고 하지 우리는 이런 사람 보낸 일이 없다."

쪽— 뻗어버려. 참 이런 것은 만날 해가서 하—나 성사가 안 돼요. 그것이 현재까지도 그럴 거야, 아마도. 긍게 이 그놈은 죽을 때 뭐 서류 다 싹 불놔서 없애버린 거여. 그렇게 충성해도 시체도 안 찾아가. 그것이 이북 고것들 들 수 있는 사례인디, 이런 데 온 놈들 마찬가지여. 저놈들 자수 안 하지. 그래 인제 그때 당시 인제 휴전하고 포로교환 할 때에도 좀 지방 사람들은 거시기 하고, 이북사람들은 인제 남한에 떨어져서 여그 와서 사는 사람들도 많았지만은 공산주의 사상 가진 놈은 절대 안 돼. 그런 게 고정 이. 그때만 해도 그렇지 '내가 죽냐, 니가 죽냐?' 하는 판인데, 그놈을 안 죽이믄 내가 죽으니께 어쩔 수 없이 죽이는 거여.

참 지금으로 봐서는 참, 에— 전부 우리가 인권이다 뭐다 하는디, 그때는 인제 저놈한테 내가 죽냐 사느냐 그러니까 막 돌아버리는 거야.] 내가 안 죽이면 저 놈이 나를 죽이니까, 뭐. [청중: 그래서 나도 딱 그 그렇게 할 때 인제, 그러믄 인제 전임 사단하고 3일 동안 합동 근무를 햐. 딱 그 사람들 하고 인제 나가는데, 딱 내가 그냥 소총 잡고 들어섰는디, 발발- 떨려 진짜.

'아, 곧 죽는구나.'혀.

그러믄 아 군사분계선에서 인제 2키로라고 하지만, 지역에 따라서 군사분계선에서 우리 GP하고 대답하는 데가 있어. 어, 그런 데가 몇 군데가 있어. 그럼 인제 저놈들 보초는 남아있고, 우리는 저 밑에가 개울에 가서 있고, 한 사람만 보초 잘 안 섰다 하믄은, 그놈들은 싹- 보초 죽이고 들어와서, 여덟 사람, 긍게 8명이, 아니 9명이 말하자믄, 보초장은 소위여, 어- 사병이 여덟하고 9명이 단데, 아홉 사람 모가지 딱 끊어가 버려. 한 사람도 못 살아, 보초 한 번 자붔다 하믄은. 그 정돈디 안 떨릴 수가 없어요. 그런디 한 한 달 지내놘게,

'에이 죽으면 한 번 죽지, 두 번 죽냐?'

그까짓 거 그때는 인제 마음 놓고 댕기고, 그냥 이래요. 사람이 이제 극단에 오르믄 아주 저 겁이 없어지고, 뭐 참 그 이 모든 것이, 내가 살고 봐야겠다는 거 밖에 안 돼.]

[9] 굶주림과의 싸움

[조사자: 그 전투하실 때 그 먹을 게 많지 않아서 굉장히 많이 굶고, 굶기도 하고 그런다면서요?] [청중: 아, 굶기는 말할, 말할 수 없지.] 참- 뭐, 아이 그러니까 그때 주먹밥 요런 거 하나를, 실제로 이 나라 그러니까, 지금으로 말하믄 인제 군속이나 마찬가지지, 부락민들이 짊어지고 오는디, 우리 우린 이동을 하고 없는디, 그 사람들이 무슨, 그러믄 한 끼 굶고, 두 끼 뭐, 세 끼, 네 끼……. [청중: 아, 이제 문제는,] 3일까지 굶어봤어. [조사자: 3일까지요?] [청중: 난리가 나면은 죽는 것은 그 주민이여. 훈장은 일 해도, 이 사람한테도

말하자믄 이 사람한테도 해러 들어가고, 저 사람한테도 해러 들어가는디. 낮에는 아군들 밥 짊어지고 저 잔당 만나가지고, 밤에는 금새 뺏겨서 도망가야 되고, 피해는 누가 보냐? 주민들, 맨 마다 주민들이여. 그리고 또 지방 그 출신들이라도 아 총 매고 댕기는 사람들한테 잘못 걸리믄 뭐, 심문이고 소용없어요. 말해도 그냥, 그때는 뭐 그런 정신으로 윤리 보편 없이, 어떻게 하다지가 불편하면 막 해대고, 어 그렁게, 긍게 우리 아군들한테 실제 뜯겨야지, 저놈들한테 뜯겨야지, 죽는 것은 주민들. 6년간은 제가, 나 같아도 아까 얘기했지만은, 6.25나는 날서부터 고 공비 마지막에 죽는 56년 7월 달까지, 그놈들 뒷바라지하고 뭐하고 한다고, 그라고 나서 인제 먹고살아야 한게 벌어야지.] [조사자: 3일을 굶으시면, 그 다음에 뭘 먹어도 제대로……] 무한정이지, 무한정. 뭐 밥 두 그릇, 세 그릇씩 막. [조사자: 그러면 이 속에서 받습니까?] 아유, 그러믄. [청중: 배가 터질라고 해도, 그래도 퍼 먹어, 그때는 그냥.] 소화도 잘 되고, 그때는. (좌중 웃음) [조사자: 탈이 안 나는구나.]

이제 종백이라고 하는, 이제 종막이 형 종백이가, 이렇게 나눠준 밥을 세 그릇씩 먹드라고. 그러더니 그냥 막 그 다음날 가서 그냥, 억– 하고 다 토해 내버리대. (웃음) [조사자: 그러니까요, 그럴 거 같은데.] [청중: 그래도 마음속으로 이것이, 배부르다는 느낌이 안 난당게. 속이 원채 허해가지고. 아 그때는 기름기라는 건 없었을 때여. 아 그래 지금 생각하믄 참 살아난 것이 묘하다 그거여, 굶어서도 죽을 정도였는데.] 죽은 사람은 왜 그렇게 무거워, 죽은 사람이.

[10] 죽다 살아난 동료

종선이란 사람이 총 맞아서, 빨리 인제 부대로, 그때 인제 그 의무대지? 의무대로 인제 데리고 가야 하는디, 한 사람이

"아이고, 아이고– 아이고 무겁다."

하고 내려요. 그래서 내가 업었는디, 사람이 축— 처지니까 그렇게 무거워. 그래가지고 이제 부락에 들어가서 방에서로 치료해가지고 나오는디, 그 방에다가 눕혀놓고 치료를 하는디, 우리 집안에 조카 돼, 죽은 사람이. 그래 인제 아— 안쓰러워서 안 되겠어. 그래서 방에 들어가서,

"종선아, 야 임마, 눈 좀 뜨고 일어나봐."

이래요. 아이고— 그냥 씰룩씰룩 하더라고, 꿈적꿈적 해가지고. [청중: 그러믄 아 숨은 안 떨어졌던 거 같애?] 숨 떨어졌어. 그래가지고 아—따 겁나게 또 떨어. [조사자: 아— 숨이 떨어졌는데 그렇게 이야기하니까 꿈틀꿈틀 해요?] 어. 막 이렇게 꿈틀꿈틀 하면서 어떻게, 일어날라고 하는 것 같이 그래요. 그래가지고 어떻게 놀래가지고는 밖에 막 불을 놓고 처리할라고 하는데,

"아이고 이 종선이 살았다, 살았다!"

그래 내가 했다니까.

"인제 이놈은 너한테 정 띨라고 그랴, 정 띨라고. 아, 이 너무나 아쉽게 가니까 너한테 정 띨라고 그런 거야."

그러더라고. [청중: 아이 그거 자네가 겁이 난게 헛 볼 수도 있고.] 아유 내가 그때 정말, 정말 그거. [조사자: 이제 그런 일들을 수도 없이 겪으셨을 거 아니에요, 6년 동안.] 암문. 그래 이 종선이가 요리해서 요 옆구리로 뚫고 들어갔어, 총알이. 그놈이 빨리만 안 나갔으믄 저는 안 죽는디. (웃음) [조사자: 그렇게 아군한테 돌아가시면 어떻게 뭐 전사자로 되는 겁니까?] 그럼. [청중: 그러면 저놈들이 죽인 걸로 처리하는 거지, 사실대로 얘기할 수 없으믄.] 전사자로 인제 보고해요. [청중: 그 오발로 죽은 사람 많잖여, 훈련허는 중에서도.]

[11] 빨치산 일가

아이고— 독해, 독해. 그 여자가 자기 시아버지, 시어머니, 자기 시동생 데리고 아주, 이제 거기 전 가족이 산에 올라가서 있는디, 어디로 해서 어떻게

가고, 뭐를 먹고 어떻게 지내냐고 그 취조를 하는디 말을 안 해요. 전혀 얘기를 안 하더라고.

"나는 조국과 인민을 위해서 싸우다가 너희들 개놈들한테 잡혔으니까, 빨리 죽이라."

이래. 빨리 죽이라고 해. [조사자: 몇 살 정도 됐는데요, 그분이?] 30 미만이여. [조사자: 30 미만?] 젊어요, 그거. [청중: 아 공산사상 교육을 제대로 받은 거 아니겠어?] [조사자: 그러면 그분은 이쪽, 그 남쪽에서 가족이랑 같이 올라갔겠네요?] 그렇지. [조사자: 남쪽사람이겠네요, 북쪽에서 내려온 사람이 아니고?] 그러니까 결혼해가지고 우리 있는 데까지 왔응게. [청중: 해방되고 지방에 공산사상 가진 사람들 아무리 설득시켜도 안 돼. 그래서 결국 다 총살 시깄잖여, 지방 사람들. 끝끝내 자수 안 한 사람들.] [조사자: 그럼 그분은 어떻게 됐습니까, 여자분은?] 모르지, 이제 어떻게 됐는지. [조사자: 넘기셨어요?] 암믄. 이제 부대로 넘겼지, 이제 뭐, 우리가 취조를 해가지고 안 되니까 그만 넘겨버렸지. [조사자: 아니 다른 분들은 생포를 하면 다 구덩이를 파가지고 그러는데, 왜 그분은 안 죽이고?] 살았으니께. 그건 멀쩡하니까 살 수가 있고. [조사자: 전체가 다 멀쩡하니까요?] 결국 뭐 이제 이 이야기하라고 해서 많이 생각 한 거지. (웃음)

[12] 힘들었던 공비토벌의 기억

[조사자: 그럼 전투 중에 어느 전투가 제일 힘드셨어요?] [조사자: 여기 책에 보니까, 세 개 전투 이야기를 하셨더라고요. 어떤 전투가 제일 힘드셨어요?] 지리산, 거기서 공비토벌 할 때가 제일 힘들었지. [조사자: 왜 그렇게 힘드셨어요? 어떤, 뭐 때문에 그렇게 힘드셨어요? 산이 험해서예요? 아니면?] 그때 공비토벌로 5사단이니 뭐이니 여그도 왔었고, 그 현역들이 많이 왔었어요, 여기에. 어떻게 상부에서 가라니까 그쪽으로 간 거지, 뭐. 그때 그 것이 바람, 바람재

거그가 고 우니께 또, 그래가지고, [청중: 다 들어왔지, 거게.] 어. 학재가 인제 거기니께, 우리 동네 그……. [조사자: 그 지리산 토벌에서는 많이 죽었겠네요?] 우리 아군은 뭐 별로 안, 별로 안 죽었어. 그놈들이 많이 죽었지. 숱히 죽었어. 그리고 아까도 말씀드렸지만은 염병해서리 거기가 많이 죽고. 그 토벌가서 보면은 얘네 시신만 몇 이지 얘넨 없어. [청중: 그놈들 뭐 의료장비가 없응게 죽지, 많이.] [조사자: 아군들은 뭐 염병은 전염이 안 됩니까?] 아군들은 뭐 그런 건 없어. [청중: 막상 병이 걸리면 우리 아군들은 치료를 하지, 부대 가서. 저 휴전되고 저 지리산에 가서 토벌도 하네. 휴전되고 지리산에 가서는, 휴전되고 나서, 휴전 바로 되고 나서 갔다고.] 그럼. 그놈들이 맥아더가 인천 상륙을 해서 막아버리니까, 그놈들이 전부 산으로 올라간 거야, 인제는.

[조사자: 지리산에서는 어느 정도, 얼마 동안 작전하셨어요?] 한 해 겨울을 완전히. [조사자: 한 해 겨울이요? 그 지리산에 있을 때는 한창 겨울이었겠네요? 아까 바람재 있었을 때도?] 암문. 그러니까 주먹밥 요런 거를 하나 받으면은 깡깡 얼어가지고 이 못 먹어. [조사자: 옷 입는 거는, 이런 거는 따뜻하게 뭐가 지급이 됐나요? 옷, 군복 이런 것들이?] 암문. 방한복 뭐. [조사자: 방한복 있어요?] 그럼. 방한복도 추우니까 그냥 불 뭐 여기저기 타고 어찌카고, 뭐 기구하지. (웃음) [청중: 휴전되고 나서만 해도 좀 낫지. 그때만 해도 군 그 물자가 들어가니까. 처음에는 옷도 뭐 참 솔직한 얘기가, 지방 그 치안대 댕긴 사람들 옷도 기구했었지, 뭐. 총 해봤자 M1이고, 그때만 해도 아시보총, 한 발 들어가고 또 쟁이고 하는 거, 그것 가지고 참, 지금 생각하믄 그런 거 가지고 싸운다는 거야. (웃음) 지금 누가 그렇게 해?]

토벌대로 활동하면서 다양한 전투를 치르다

이 상 태

"난중에 그런 데를 가고 허게 되면 별걸 다 보게 되는 거이다"

자 료 명: 20130123이상태(서울)
조 사 일: 2013년 1월 23일
조사시간: 85분
구 연 자: 이상태(남·1930년생)
조 사 자: 박현숙, 조홍윤
조사장소: 서울시 강북구 수유동 (아들의 집)

[조사과정 및 구연상황]

제보자 아들의 소개로 이상태 제보자와의 만남이 이루어졌다. 제보자 아들의 집에서 인사를 나눈 뒤 채록을 시작하였다. 아들과 아내가 청중으로 동참하였다. 이상태 제보자의 아내는 남편의 구연이 마무리 되어갈 무렵 마당에 방공호를 파 놓고 비행기가 뜰 때마다 거기에 들어가 숨었다는 경험을 들려주기도 하였다.

[구연자 정보]

이상태 제보자는 1935년 남원에서 태어났다. 24살부터 경찰 생활을 시작하여 가마골전투, 효문산전투, 백아산전투 등 다양한 빨치산 토벌작전에 참여하였다. 제대를 한 후 전주에서 공업사를 경영하다가 상경하여 지금까지 서울에서 살고 있다. 전투 현장이나 사건에 대해 매우 구체적으로 묘사를 해주었다.

[이야기 개요]

이상태 제보자는 인천에서 일을 하다가 전쟁 발발로 급히 기차 화물칸에 올라타고 귀향길에 올랐다. 기차에서 하차해서는 걸어서 부잣집에 들어가 빌어먹기도 하면서 남원까지 걸어서 갖은 고생을 하며 고향에 도착했다.

24살 때부터 토벌대 활동을 하였다. 인천상륙작전으로 북으로 가지 못한 인민군들이 입산하자 그들을 잡아 큰 성과를 내려는 지휘관 아래에서 열심히 산을 헤집고 다녔다. 그러다 소를 잡아먹고 똥을 수북히 싸놓은 것을 발견한 지휘관이 그들을 모두 모아놓고 연발총을 쏴 다 죽여 버렸다. 담양 가마골은 국군 2개 사단이 참패할 정도로 산세가 험했다. 이곳을 제보자 중대가 들어가서 반란군 아지트를 찾아 불을 내는 성과를 거두었다. 돼지고기, 소고기, 도롬프스 등이 포상으로 내려져 중대가 잔치를 벌였다. 효문산전투에서 동료가 총에 맞아 죽었다. 그런데 죽은 시체가 뻣뻣하여 업고 나올 수가 없어서 어쩔 수 없이 버려두고 나와야 했다. 주변 동료 중 한 명은 점심 먹고 이빨 쑤시려고 바닥에 놓인 것을 잡아끌었는데, 빨치산들의 아지트를 덮어놓은 풀이었다. 이렇게 우연히 빨치산 아지트를 발견하여 무공훈장을 받기도 했다. 전투를 많이 하다 보니, 멀리서 날아오는 총 소리만 들어도 어느 정도 거리에서 쏘는지 알 정도가 되었다. 제보자는 36세에 제대를 한 뒤에 서울로 올라와 지금까지 살고 있다.

[주제어] 토벌대, 참전, 인민군, 반란군, 빨치산, 가마골 전투, 효문산 전투, 총격, 승리, 날라리고지, 전우, 백아산 전투, 봐라 부대, 이현상

[1] 지리산 달궁에서 입산자들 총살한 이야기

[조사자: 어르신은 지금 몇 년도 생이세요? 몇 년도에 태어나셨어요?] 삼오 년생이에요. [조사자: 삼십오 년생이요?] 예. [조사자: 고향은 어디세요?] 남원입니다. [조사자: 성함이 이 자, 상 자.] 예. 상태요. 항상 상 자 클 태 자. [조사자: 저희가 하는 거는 한국전쟁 경험하신 거 채록을 하는 거예요. 어르신이 그 때, 전쟁 났을 때 그 때 전후로 경험하신 일들을 편하게 하시면 되거든요. 그때 전쟁 났을 당시에 경찰이셨다고.] 예. [조사자: 그럼 경찰은, 몇 살 때부터 경찰 일을 하신 거예요?] 우리가 스물 넷 때, 스물 넷 적부터 헌거이요. [조사자: 스물 네 살에 경찰을 하시게 된 계기가 있으세요?] 그러게 이, 전란이 나고 이러니께 육이오가 터니고 허니까 우리가 이 젊은 사람들이 참, 군대를 가지 않으믄 참 이, 전투경찰 같은 데, 거 입대를 허게 되야서 근무를 허고 그랬습니다. 그러고 인제 서남지구가 사령부가 어디가 있었냐믄 남원이었습니다.

그러고 그때 사령관이 신상옥 씨라고 하신 분이고. 그러고 인제 그렇게 그 사령관 하신 말씀이 뭐라고 헝고 허냐믄. 그 남부군 총사령관 이현생이라고 헌 분 있어요. 이현생이. 그 분허고 그 저 뭣이오. 그 저 신상옥 사령관이 해서, 같이 일을 보고 해서허믄 좋겄다고 이런 대화도 전달허고 그랬었던 모냥이에요. 근디 거 대단했지요. 그 구례 산동이라고 헌 데가 있어요. [조사자: 어디요?] 구례 산동. [조사자: 아 구례 산동이요?] 이. 산동이라고 헌 데가 그 노고단 그 저 물렁지재를 올러가가지고 노고단을 올러가기도 허고 뭐 쑥 빠져서 내려가게 되면 달궁동이라고 헌 데를 내려가게 돼요. 그럼 거가 아주

지리산 속이 큰 들이 있습디다, 그래요. 그래 인자 초저녁부터 올라가믄 이리 올라가믄 노고단이고 그 밑을 빠져 내려가게 되면 이자 그 아주 터널이 있어요. 그러고 물이 흐르고. 그러는데 참 이 노고단 같은 데가 천오백 얼마가 되요. 십오 고지가 얼마가 되는데 그것이 한낮에 거그서 잠복을 허게 되믄 광장히 더웁습니다. 바람 한점도 없고 그런디 물렁지재를 넘어서 요 달궁쪽으로 빠져서 어디로 나가냐허믄 남원 살래로 내려갑니다. 그러믄 초지녁부터 걸어가지고 그 살래까지 내려오게 되면 새벽이 돼요.

그러고 아조 청명한 날이고 헌디. 늦은 가을이에요. 그 달궁을 오니까 그 몇 섬지기 되지요. 한 섬지기가 스무 마지기가 한 섬지기라고 합니다. 그 사천 평을 말한 거인디 그 몇 섬지기가 되지요 그 달궁을 내려와서 보믄 큰 들이 있어. 그러고 저 이북으로 거 송신허는 그 송신대가 있어요. 막대기 이룽게 큰 것을 어쯔게 세웠는지 모르겄어요. 봐도 끝이 안보여요. 달밤이고 훤헌데 보면. 세상에 거서 그사람들이 농사를 지어요. 긍게 아조 우리 거그를 달궁을 갔을 적에가 풍년이었든 모냥이죠. 어츠게 베가 잘 되얐는지 모르겄어. 그래서 살래쪽까지 내려오믄 새벽이 됩디다. 그렁게 이 벌목을 허고 했기 때문에 길이 아주 넙게 나가지고 인자 그걸 국립공원 뭘로 되면서부터 인자 남벌을 못허게 해가지고 인자 그걸 벌목을 못허게 되가지고 산림이 울창허게 되고 그랬는 모양이죠. 그래 그 이루 말할 수가 없지요. 한없이 내 섬진강 저 북쪽으로는 지리산이고 요 남쪽으로는 백운산입니다. [조사자: 예.] 백운산. 근디 이 백운산도 큰산이지만 지리산은 삼 개 도 안에가 있는 것이 전라북도 일부허고 전라남도 일부허고 그 나머지는 전부가 다 경상남도에가 있는 거지. 그래 저 지리산 상봉이 어디가 있냐면 거기사 산장면, 산청군 산장면 허고 칠천면쪽으로가 올라가게되면 그 상봉이 있는 겁니다. 지리산 상봉이. [조사자: 네.] 그런데 그 천 팔백 멫 꼿지, 인자 그런데요. 한라산보담 쪼끔 얕아요. 젤 높은 거이 삼팔 이남에는 한라산이예요. 거의 한 얼마정도가 좀 모지라. 한라산이 더 높아요. 지리산 상봉보다. [조사자: 아 그래요?] 그라이 이거 뭐 난리속에 그 전투를 허고 여그저그를 댕기게되믄 그 참 애로도 많고 풍찬노숙을 허는 그 고생이라는 거이 이루 말 헐수강 없는 것이지요.

그 전라남도 이 저 백운산 에, 백운산 회령면 거가 순천군 땡이 있었어요. 이저 거 뭣이요. 인자 인천상륙이 되고 가로막아부링게 전부다 입산을 해부린다 이거요. 어정쩡허게 내려온 사람들이. 아 그래서 어느 산골사람을 한사람을 잡아가지고 큰성과를 낼라고 죽였다고 허드라고. 그래서 그 사람은 앞세우고 갔드니만은 예전 그 동료, 여그 전과를 내주고 헐라고는 마음을 먹었지만 그 같은 동료들을 희생시키기가 싫고 헝게 거그서 큰소리를 내가지고 조발을 시켜부렀어. [조사자: 그 사람이?] 예. 그 순천 군 땡이 있다고 헌 덴데 가서 보닝게 그 모냥을 허니께 우리가 전과를 못 냈어. [조사자: 아.] 못 내고 해서, 긍게 우리 부대장이 누구냐 하믄 육사단 대열참모로 나온 사램이었어요. 문손묵이라고 헌 사램인디. [조사자: 이름이 어떻게 된다고요?] 예? [조사자: 이름이?] 문손묵이요. [조사자: 문손묵?] 예. 문손묵이. 아주 그 유명한 사램입니다. 문손묵이. 조발을 시켜노니께 아주 모다 그 가매솥을 여러개를 걸어놓고 사램이 많고 허니께 모다 소도 잡아서 그냥 이 민가에 내려와가지고 몰고 가가지고 새벽에 보니까 어츠게 소를 많이 잡아 먹었는지 여그 이롷게 수북허니 똥이 쌓이고 그랬대요. [조사자: 그 사람들이 먹고 싼 똥들이?] 예. (웃음)그 모냥이 되얐는디 이제 이 사람을, 문손묵이라고 한 사램이 이제 열이 나고 허니께 저 놈을 다 쏘아라, 이제 연발총이제. 이 뭣이요 기관단총도 있고 뭐 별거 있는디 집중해서 연발총을 쏘아노닝게 세워놓고 쏘닝게 그냥 사램이 이롷게 새름새름새름허니 주저앉어부려. 사방 데가 배꼬, 창창이 나닝게 선 그대로가 가라앉아부렀다 이거요. 그릉게 그 물론 글 보닝게 사람으로서는 눈 뜨고 볼 수는 없지요. 근디 그 사람들이 인자 그 뭘허고 헌 것은 모르지. 아픈고 헌 것은 모르겠지만 인자 오래 풀떡풀떡 뛴 것이 보이고 그래요. 사방 데서. [조사자: 아 총탄에 맞고?] 그니 별 걸 다 본 거이지요. 난중에 그런 데를 가고 허게 되면 별걸 다 보게 되는 거이다.

[2] '날라리 고지' 지명 유래담

그런 일도 있고 이자 그때 지내간 놈은 토막토막 애기를 헙시다. [조사자: 예. 토막토막 기억나시는 대로 해주세요.] 기억나는 대로. 그래서. 우리가 지리산 아이 백운산 밑에 선거맹이라고 있어. 선거맹이라고. [조사자: 선거 뭐요?] 선거면. [조사자: 아 선거면?]예. 거가 선거면. 내가 있을 적에 지리산 이제 토벌을 들어갔다 이깁니다. 그래가지고 그 고지를, 날라리 고지라고 헌 것이 그 우리 작전을 허고 허는데 그 이름이 붙여진 애기요. [조사자: 날라리 고지?] 예. 날라리 꽂지라고 헌 거이 이제 새북전투를 헐라고 허는데 미명을 기해가지고 전투를 헐라고 허는데 그 고지에 그 전투를 헐라믄 거그에 거 몇 사람 올려보내야 돼. 그 사람들이 이자 큰 전과가 나겄다고 날랄라라 허고 까불고 이러는데 밑에서 올라와가지고 칼빈 한 점을 뺏겼어. 칼빈. 칼빈 총 한 점을 뺏겼어요, 그 사람들한티. 긍게 그 사람들이 그 무수히 당했지. 그 저 부대장한테, 문손묵이한테. [조사자: 그거 뺏겨서?] 예. 뺏겼다고 해가지고. 거 전과

뿐이지 뭐 크게 우리가 뭐, 전과뿐이제 그거 처음 일이요. 총 한 점 뺏겨부리는 일이. 그 사람도, 죽는 사람도 없고. 이래서 그 지명이, 그 고지를 갖다 우리가 날라리 꽂지라 헌 것이, 그 우리 부대만 아는 거이지요. [조사자: 날라리 고지?] 예. 날랄랄 허고 그 뛰고 허는 것이었다 이거이요. 그런 사실이 있고.

[3] 담양 가마골에서 전공을 세워 잔치를 열다

또 저 2개 사단이 녹았다고 헌 디가 담양군 금성면이라고 헌 디가 가마골이라고 헌 데가 있습니다. 그 2개 사단이 들어가가지고 국군 2개 사단이 녹아부렸어. 그 지역이 묘합니다. 거가 북쪽허고 남쪽에서 들어가는데 내리가는데 아무 데서 올라가기는 헌데 내리가는 건 그 두 군, 길이 두 군데 뿐이다 이기요. 긍게 전부 다 몰아 여놓고 그냥 가그나 서그나 다 올라오믄 그양 쏴. 그서 2개 사단이 녹은 데요. 거 또 어느 우리가 잠복을 혀서 잽힌 사람 이 사람을 아까 그 저 회령면 그 저 뭣이요. 순청 군 땅이 있다는 데 마냥이로 사람을 데리고 갔다 이겁니다. [조사자: 잡아서요?] 예. 거그를 들어가가지고 많은 숫자도 아니예요. 일개 중대가 들어갔다 이기요. 그래가지고 전과를 낸 것이 무수한 전과를 냈지요. 요 소재, 그 저 소재 경기 같은 것도 노획을 허고 무기가 한 십 몇 점을 노획을 했어요. 2개 사단이 국군이 가서 녹아부린 데를 우리가 들어갔다 이기요. 그렁게 가서 보닝게 뭐 비가 오고 눈이 오고 뭣이가 자라고 어쩌고 허는 거 뭣도 있고 그놈의 데가 달동이도 갖다 여놓고 여그서 털어간 베도 뭐이고 뭐 이런 거 도정도 허고 그런 곳이다, 그기요. 그래서 가서 보닝게 아 거 뭐이요 아지트가 수없이 많이 있습디다. 그 갈대 같은 걸로 해서 이룽게 해서 헌 아지트가 겁나게 많으요. 불을 내놓고 보닝게 훤히 다 보이지요. 많이 무수히 사람도 죽었을 거이요. 우리가 소재, 그 경기 같은 것도 노획허고 이 저 뭣을 갖다가 한 십 몇 점을 우리가 노획을 했어. 그런 바가 있고. 인자 그건 그렇게 해서 금성면 소재지를 나오닝게 남원 저 신상묵 우리 사령관님도 나오고 미 고문들도 나오고 해가지고 그 저 금성면에서 되야지를 큰 걸 몇 마리를 잡었어. 큰 잔치가 벌어졌지요. 그거 참 별 그 재미난 일이 많고. 그양 소고기 간쓰메 뭐이네 미 고문에서 나온 거이 수없이 많이 가져와서 참 한 보따리쓱 소고기 간쓰메 같은 것도 나와가지고, 뭐 여러가지 도롬프스 같은 거. [조사자: 도롬프스가 뭐예요?] 도롬프스라고 헌 거이, 그 사탱이 색깔에 따라서 맛이 달라. 근디 디 큰 통에가 들어있는디 도롬프스라고 있지요, 그걸. 맛이 흰 것은 흰 것대로 맛이 나고 파랑 건 파랑 것대로. 긍게 한통에가 여러가지 색깔이 들었는데 색깔에 따라서 전부다 맛이 달라. 그래서 대접을 받고 그랬습니다. 그 군악대가 나와서 그냥 대단했지요.

[조사자: 그러면 그 가마골에서 토벌할 때 하루 만에 쭉 끝난 거예요 아니면 며칠 산에 계셨어요?] 그렁게 거그를요 가가지고 아 그롷게 해서 기습허고 노획허고 나와부렀제, 뭐. 거그서 영구히 있을 수는 없지요. 아 그러고 그 사람들은 익숙헌 곳이지만 거그서 빠져나오지 않으믄 죽어. 우 뭣이라고 헌 사람, 내가 이름을 기억을 못허겄습니다. 그 사람이 이 저 수류탄 파편, 여그 막 스친 것 뿐이 없어. 하나 희생당한 사람도 없고 부상도 없는디 우, 우 그 사램이 뭐인디 이름이..[조사자: 그 사람만 여기 스치고?] 예. 이 파, 파편 스쳐가는 그것뿐이 없다 이기요. [조사자: 아, 대단하네요, 중대가.]

[4] 전라북도 효문산 전선에서 죽은 동료를 버려두고 내려온 이야기

그러고 내가 명이 긴 사램이요, 긴 사램이요. 그러고 요 전라북도 효문산이, 거 이거 끝나고 효문산에가 전라북도 도 땡이 있었습니다. [조사자: 효문산이요?] 예. 효문산. 아주 유명헌 산이지요. 거가 전라북도 도 땅이 있었다 이기요. 그 칠보발전소에서 그 효문산을 거쳐서 헌데 전선을 늘여가지고 막 그양 불꽂을 이루고 살았어, 이 사람들이. 그 쌍치면이라고 헌 데요. 거 궁산골이라고 헌 데 가서 또 여러 사람 생포도 허고 우리 아군 한 사람도 거그서 희생, 저 전라남도 해남 사램이고 헌디 죽었어. [조사자: 거기서요?] 예. 거그서 죽었어. 아 죽었는디, 오밤중이고 헌디 늦가을. 그냥 뭣이요 아지트에 불을 때놓고 보닝게 감나무에 이파리가 하나도 없는디 감만 달려서 그냥 빨갛습디다. 그래서 아군이 하나 죽었는데 첫 번에는 이거, 이 사램이 오래되면 굳어. 굳어서 이롷게 붙지를 않어. 첫 번에는 붙지만 나중에 이 사램을 교대로 업고 나올라고 해도 뻣뻣이 스닝게 그걸 버리게 되대요. [조사자: 그러니까 처음에는 이제 사망했어도 업고 나오신 거예요?] 예. 그래 아 그때 총 맞아서 인제 죽었어. 죽은 사램을 그 버려서 되겄소. [조사자: 그렇죠.] 되도록이믄 업고서 교대로 해서 나올라고 했는디 너머 밤도 어둡고 허닝게 헐 수 없이 나중에는 버리게 되대요. 그나저나 몸에만 붙으믄 그걸 업고 나와서 거시기 허지요. 그런디 나중에는 업고 나올 수가 없드라고. 그래서 나왔고.

[5] 총알을 네 번 맞고도 피 한 방울 안 흘리고 살다

근디 내 총이 그 이튿날 그때는 그 지서 같은 것이 이 곶지에가 곶지가를 만들어가지고 멫 중으로 해서, 해서 있제 이 평지에 가서 이 지서 같은 거 있을 수가 없어요. 늘 공격을 했기 따문에. 그래서 거그서 인자 잠을 자고 그날 비가 오고 그랬어. 그래서 이 총기라는 건 기름을 묻혀가지고 닦아놓고 이 저 사방 데를 잘 닦아야지 그거이 눌어붙고 해서 총을 쏴가지고 나가지를 않는 거이요. 그래서 철저히 그걸 정비를 해야 되야. 아 그걸 탁 요롷게 그걸 청소를 헐라고 허닝게, 내려놀라고 허닝게 총대가 부러져. 개머리판 안에 좁은 목 이렇게 쥐믄 쥐어져요. 거가 탁 부러지드라고. 보닝게 거그에 총을 맞았어. 내 가지고 있던 총이. [조사자: 아.] 맞았는디 그거 참 이상허지요. 이롷게 쏠 적에 허믄 이거이 다 뚫려요. 이렇게 허고 총질을 허니께. 또 이게 암시렁도 안했어.

내가 총을 네 방을 맞고도 피 한 방울 하나 안 흘린 사램이요. 고것도 있고. 이 여 바짓가랑이에 여자들 몸빼마냥이로 이 고무줄을 여가지고 이롷게 펑펑허니 입그든. 그러믄 바지도 뚫리고 뮛도 뚫리고 했지만 총은 내 거는 네 번을 맞는 거이요, 즉 말하자믄. 그래도 내 피 한 방울을 안 흘리고 산 사램이요. [조사자: 그러니까 어떻게 하다가 피 한 방울도 안 흘리고 사셨어요? 그 사연 좀 이야기 해주세요.] 아 그런디, 그 묘하지요. 그리고 우리가 고공증 같은 거 있어서 내가 무섬을 좀 타지. [조사자: 고소공포증이 있으세요?] 예. 고공증이. 고론 거에는 무섭지만 내가 무샘이 없어. 그렁게 너무 사램이 우왕좌왕허고 겁 많은 사램들이 총을 맞게 되요. [조사자: 아.] 그러믄 이 저기서 총을 날라오믄 열심히 한 명이라도 날려보내야 되는 거이요. [조사자: 우물쭈물하다 보면 총알을 맞는구나?] 예. 우왕좌왕허믄. 긍게 그 총알을 날라 온 놈을 피헌 것이 아니라 (웃음) 찾아 댕기는 거이요. 그 사람들이 그 부상을 입어가지고 병신도 되고 죽기도 허고 그런 것 같이요, 내가 지금 생각해보믄. 그런 사실이 있고. 이제 그건 효문산 얘기고. 전라북도 도청 땅이 있다고 헌데. 여 칠보발전소에서 사방으로 보내는 거 전선이 늘여져있기 따문에 별 기술자가 다 있지요. 꽃밭을 이뤄놓고 살아요. 거그서. 그걸로 저 뭐이요. 뭐 별 짓 다 허지. [조사자: 그러니까 별 짓이 뭔지 저희가 모르니까 얘기를 해주세요.] 인자 그건 효문산 얘기가 끝났고.

[6] 백아산에서 솔가지로 덮어놓은 시체 구덩이를 본 사연

저 전라남도로 가게되믄 그 백아산이라고 있습니다. [조사자: 백아산?] 백아산. [조사자: 거기가 유명한가요?] 예. 유명한 산이고 거가 전라남도 도 땡이 있는 곳입니다. 그래서 거그를 들어가가지고 그 묘하게 거그서는 전투도 안 했어. 안허고 거가 승, (기억이 잘 나지 않는 듯) 거가 승주군 거가, 전라남도 그 석곡이라고 헌 데가 있어. [조사자: 석곡?] 예. 그래서 거그서 들어가가지고 그 백아산이라고 헌 것이 있는데. 거가 그 전라남도 도 땡이 있었고 그래.

그래서 이 수북허니 솔가지를 덮어 논 것이 있어. 둥그름허니 큽디다. 거그다 구댕이를 파고 떠들러 보닝게 사램이 그냥 어츠게 많이 거, 것다가 집어 옇고 솔가지로 덮어놨는지. [조사자: 누가요? 누가 거기다 집어 너요 사람을?] 건 내 모르지요. [조사자: 사람들이, 죽은 사람들이?] 어. 죽은 사람들을 그렇게 거 깊이 파고 것다가 이룧게 쌓아 놓고 솔가지를 덮어놨드라고. [조사자: 그럼 죽은 사람들은 누구예요? 그냥 민간인이예요?] 모르겄어요. 누가 죽었는지 모르지. 민간인인지 그거이 모다 그, 모른 사람들 데려다가 많이 민간들도 죽여가지고. [조사자: 솔가지로 덮어놨어요?] 예. 덮어 놨드라고. 근디 그 민간인인지 뭔지를 그 모르겄드라고. 그라고 그것이 밤에 보기가 좋을 거이요, 그 죽은 사람을. 그룧게 많이 쟁여놓고 솔가지로 덮어 놨는디. 긍게 유심히 보지도 않고 그렇다는 것만 믿기고 말았지요.

[7] 우연히 인민군 아지트를 발견해 인민군 생포하고 훈장 받은 사람

그것도 있고 바리부대라고 나중에 이 잔당. 요거 소탕을 할 적에 요 난관이라고 헌 디가 있는디 요, 전주 밑이요. 전주 밑이라. 근디 외팔이부대라고 그 유명헌 사램이 있었어요. 총을 맞았는데 이 사램이 외팔이여. 외팔이. 그 부대가 아주 유명했어. 오영관이라고 헌 사램이여 그 사램이. [조사자: 오영광?] 오영관. 영관이. 외팔이 부대장. 그래 잔당 소탕허고. 이제 나중에 서남지구가 해체가 되고 지리산, 첫 번에는 지리산 지구였지만 나중에는 서남지구 사령부로 배꼈어. 그거이 끝난 뒤에 인제 우리가 최종 일을 마치고, 또 그것도 있고. 또 저 묘한 것도 또 많았지요. 인자 그걸 생각이 또, 허고 난 뒤에 또 다시 났는디. 승주군 어디 이렇게 저수지 옆에가 아지트를 만들어 논 거 있어요. 그러믄 돌 하나를 떠들믄 거그서 한 대여섯 명이. [조사자: 숨어 있어?] 예. 그 아지트를 만들어놓고 살았어. 밥도 해 먹으믄 쌀 씻근 물도 나가게 만들고 이래가지고. 그걸 어츠게 해서 발견을 했냐면요. 그걸 어츠게 해서 발견을 했냐 허믄 점심을 먹고 이빨을 쑤실라고 허는데 뭣을 이룽게 끌른디 이게 삣혀 올라오드라 이거요. 그런디 밑에가 짤렸어. 그걸 옆으로 꽂아놨어 이놈들이. 아지트 옆에다가. [조사자: 표시해 놀라고?] 예. 그래가지고 이걸 발견해가지고 거그서 화랑무공 저 장수, 거 뭐이요 보남면 사는 서상핵이라고 허는 사램이랑 그 몇 사램이 그래가지고 그 아지트 발견해가지고 생포허고 어쩌고 해가지고 화랑무공훈장도 타고 헌 사램이 있어요. [조사자: 아. 거기 어르신은 같이 안 계셨어요?] 아 같이 갔지만. 인제 같이 거기를 갔지만 그 사람들 공훈자가 따로 있어. [조사자: 그 사람들이 이 쑤시던 사람들이예요?] 예. 그래서 그 발견해가지고 그 생포도 허고 뭐 어쩌고 허는 바람에 화랑무공훈장도 타고 그랬지. [조사자: 그 아지트 크기가 얼마만 해요 대여섯 명이 들어가서 있을 정도면?] 솔찬히 크제. 그렇게 그 넙게 살았겠소. 보도시 뱁이나 먹고 그냥 여거고 저거고 가서 쌀 같은 것도 털고 어쩌고 해가지고 밥도 해먹고 그렇게 살았지. [조사자: 쌀 씻은 물을 따로 빼내는 구멍을 만들어놓고 이랬다구요?] 그렇지요. 어딘가 해서 나가게꼬롬 해놨지. 벨벨 일이 다 많지요. 다 가서 잠복도 해기도 허고. 그러믄 우리가 잠복같은 걸 허게 되면 촉구병, 촉구병을 통과를 시키고 큰놈을 쌔릴라고, 뒤에 주력부대를 쌔리믄 많이 잡지 않아요. 그러믄 그거이 몇 사램이, 축구병이 아니라 몇 사램이 가는 거 그때 잡았어야 하는데 나중에 주력을 잡을라고, [조사자: 그냥 보내버려?] 으. 주력을 잡을라고 허믄 그 사람들 뿐이드라 허탱이지 그거이. (웃음) 그런 일도 있고 그려. 긍게 이 벨벨스런 일이 다 많지요.

[8] 전쟁 전에 인천에 가 있다가 남원으로 피난 내려온 과정

[조사자: 또 기억나는 거 해주세요.] 예? [조사자: 또 기억나는 거.] 인제 그러고 난 뒤에는 인자 특이한 거나 얘기허고 싶지 뭐 거 지지헌 건 뭐 수없이 많지요. 그런 건 얘깃거리가 안뒹게 이제 그만 헐랍니다. 그러고 인제 일선

서로 이자 배명을 어디로 받았냐 허믄 충청남도로 배명을 받았어. 인자 일선서로 나왔지 인제 그 토벌이 다 끝나고 허닝게. [조사자: 그때가 몇 년도예요?] 그 때가 그 때가 가만 계시오 내가 이거 호적나이로는 삼공 년 생이지만 이팔년 생 정도 되요. 스물, 여든 다섯이나 되요. [조사자: 늦게 신고를 하셨구나. 그죠?] 네 그러닝게. 그래서 내가 일선서로 나와서 근무도 허고. [조사자: 그럼 그때 나와서 근무하실 때가 몇 살이셨어요? 그 토벌대가 끝나고?] 끝나고 그때가 한 스물일곱이나 됐을 거이요. 응 스물일곱이나 되얐어. 네 그거이지요. 그거요. 이렇게 산 증인의 얘기를 들으믄, 이거 입담도 없고 해서 내가. 말을 못 허는 사램인데. 그러고 인제 현재 귀도 좀 멀고 그래요.

[조사자: 남원 태생이니까 계속 지리산 중심으로 해서 남쪽, 그 전라도 지역 중심으로 토벌 다니셨잖아요. 거기서 아는 지인이나 그런 분들도 만나지 않으셨어요? 그 빨치산 활동하던 분들 중에?] 그러닝게요 요 지금 홍쌍리 다압면이요, 거가. [조사자: 어디?] 홍쌍리라고 그 저 뭣이요, 그 매실. [조사자: 많이 나오는데?] 으. 유명헌 군이 홍쌍리예요. 거가 그 전라남도 오, (기침) 전라남도 거가 다압면이요, 다압면. 그때만 해도 우리 전투허고 헐 때에 그 홍쌍리, 지금 뭘 해서 매실도 심고 해서 막 그냥 들을 만들어부리고 했지만 그때만 해도 그 홍쌍리 그 우게 올라가서 아조 다랑다랑한 논도 짓고 농사도 짓고 헌 주민들이 살고 그랬어. 그런 데 가서도 오래 있고 그랬어요.

[조사자: 그럼 결혼을 몇 살에 하셨어요?] 늦게 했어요. [조사자: 그러면 다, 소탕 다 끝나고 나서, 그때가 스물일곱이었는데. 그죠? 그 이후에 하셨어요?] 예. 그 이후에. 하도 이 전란 속에 뭐라고 하닝게 그 좀 더딘 거예요. 그때만 해도 우리 나이 적만 해도 그거이 그렇게 늦는 요새같은 노총각들이 없었어. [조사자: 그죠?] 그렇지만 우리가 전란 속에 살았기 때문에 좀 늦었어. [조사자: 그럼 원래 형제분이 몇남 몇녀셔요?] 형제분이 나가 살아있는 사람이예요. [조사자: 음. 그러니까 원래는 몇남 몇녀셨어요?] 위에 누님허고 나하고 삼남, 가만 있거라, 삼남 일녀가 되닝게 사남맨디 동생들은 죽고 누님허고 나하고

만 살고, 살아있는 거예요. [조사자: 삼남 일녀 중에 셋째셨어요?] 예? [조사자: 몇 째셨어요 몇 째?] 내가 첫째예요. [조사자: 아 장남이셨어요?] 예. [조사자: 어. 근데 어떻게 형제분들을 잃게 된 사연이?] 에, 동기죠. 거 술도 먹고 그냥 우리는 술은 안 먹습니다. 담배는 피웠지만 이제 안 피고.

[조사자: 그러면 전쟁이 났을 때가, 육이오 한국전쟁이 났을 때랑 지금 이 토벌대 가신 거는 스물 네 살 때잖아요?] 예, 예. [조사자: 그믄 전쟁이 처음 났던 건 언제 아셨어요? 전쟁이 났다는 건 언제 아셨어요?] 스물두 살 적에 그 저 육이오가 났지요. [조사자: 소식을 어떻게 들으셨어요?] 예? [조사자: 소식을 어떻게 들으셨어요?] 어디서 들었냐 허믄 내가 인천에 있었어요. 인천에 있는데 묘하게 나 있든, 규, 에, 우리 고향 사램이요, 그 사람도 양씬디 성이. 그래서 인자 여 강화도 강화도에 가서 저 다채 길채 같은 거 이걸 스물 두 개를 끊어 가지고 갔다 이거이요. 근데 거그 들어가서 나와서 얼마 안되야서 육이오가 나부렀어. 그러믄 그 내가 어찌 되얐을란지 몰라. 거그서 안 나왔시믄. [조사자: 거길 왜 가셨어요, 인천에? 강화도를 왜 가셨어요?] 거기 아버지가 계시고 인천에 계셨기 다문에 거 내 아버지 친구 분이 내 집에 가서 내가 있었어요.

[조사자: 거기는 그럼 몇 살 때부터 가 계셨어요 인천에는?] 인천에 모르겄어요, 열아홉이나 한 스무 살 먹어서 갔을 거이요. [조사자: 아버지가 그러면 거기 인천에서 일을 하고 계셨어요?] 네. [조사자: 그럼 가족들, 어머니랑은 남원에 계시고?] 예. 남원에 계시고. [조사자: 아. 그럼 고때는 형제분들이 다 살아계실 때죠?] 예. 있었지요. [조사자: 그러면은 아버님은 인천에 계시고?] 예. [조사자: 장남, 어르신은 뒤늦게 아홉에 아버지 따라 인천에 가시고?] 예. [조사자: 나머지는 인제 남원에서 가족들이 살고 계셨고 그런 거예요?] 예예. [조사자: 그럼 거기서 전쟁 소식을 듣고 남원으로 가셨어요?] 예. 아버지보고 가시자고 하닝게 죽어도 여그서 죽제 나는 안 간단다고 이러시드라고. 그래 나 혼자만 그냥 이십팔 일 날인가 육일 날, 육이오가 이십오일 날 터졌시믄 이십팔일 날인가 해서 내가 여 저 몰라요. 해가 한 서너 반 있을 적에, 그 뭐 그때 차도 없고 그러닝

게 여기 여 주안 쪽으로 해서 얼마 안갓게 날이 어두워져버리드라고요. 아 그런데 뭐 이거 우습도 않지. 더그마 우게로 올라갔어. 밑에 되야지도 기르고 소도 기르고 그른 더그마 우게 올라가서 밤을 새왔지요. 그르고 아직에 일찍 출발해서 나왔다 이거이요. 그래야 못춤은 한참 못춤은 여그저그 집어 던져 놓고 다 피란가불고 그래. 그랬어. [조사자: 이미 이십 팔일인데 다들 피난들을 가셨어요?] 그러지요. 그 와글와글 막 끌코. 서울 입성했지요. 그 자들이. 그러닝게 내가 이자 아버지보고 가시자고 하닝게 죽어도 여그서 돌아가신단다고 허면서 인자 그래서 부득이 인자 나만 간단다고 허고 내려왔드라고요.

[조사자: 남원까지 오시는 과정을 좀 이야기 해주세요.] 아 그러닝게 그 과정이 뭐이냐 허믄 무조건 그냥 이 철도변을 나오닝게, 그때 이른 차가, 기차가 주로 이 수송을 허는데, 수송을 허느데 뭐 그때만 해도 뭐 그 우습도 안했지요. 요새 그 참 무궁화가 제일 하질 뭐신데 그 전에 전쟁 전에 참 특급열차가 지금 하질 그 저 무궁화만 못 했지. (웃음) 그르고 곳간차로 거시기 혀. 수송을 해요, 곳간차를. 근데 어디서부침 차가 출발을 허느냐 하면 성환에서부터 있어. [조사자: 성환이요?] 성환. 여여 평택 밑에 성환이라고 허는 디가 있어. [조사자: 평택 밑에?] 예. 성환. 그거 거그는 그런데 요새 뭐 차가 스지도 않고 뭐 역 이 소용이 없지. 그때만 해도 완행 같은 거 역마다 스고 그러지 않았소. [조사자: 네네.]

그래서 거그서부침 차가 있는디 참 요고이 질문을 허닝게 이얘기거리가 되요. 요골 내가 상세한 걸 얘기해주믄 재미가 있소. 아 그래서 그날 수없이 곳간차, 화물차에다가 사람을 실어 날라. 나른데 기관차 바로 뒷 칸이 콱 사람이 들이 차부렀는데 뒤에가 요, 요만큼 옆에가 공간이 있드라고. 그런디 가마니때기로 덮어놨어요. 그런데 여롷게 고개를 여니께 냄새가 어트게 지독허고 사램이 죽어서 썩었어. 그런 냄새가 나니 좀 그거 이거 맫기가 싫어. 죽으믄 죽었지 거그는 더 못 올라가겄드라고. 그랬드니만은 거기에도 그냥 꽉 차. 차 있어. 그래서 나중에는 곳간찬디 이 지붕으로 올라갔어요. 그때만 해도 거그 뭐요, 석탄 때는 이거이 뭐요. 이 기관차요. 그래노이 석탄 같은 걸 들어가믄 그 냄새가 나고 사램이 우습도 않지. 새카머지.

성환까지 올, 오기 전 얘기를 또 빠쳤구나. 아 그래서 걸어내려오다가 배는 고프고 돈은 몇 만원 짊어졌어, 그때 돈으로. [조사자: 몇 만원이면 많죠?] 예. 많은 돈이지요. 그 돈을 짊어졌으나 뭐다 피난 가부리고 장사꾼이 있냐 이기요. [조사자: 어.] 그래서 인자 쭉 저 밑으로 내려가야되는디 원체 배가 고프고. 돈은 가졌지만 사 먹을 수도 없고. 그래서 큰 동네를 들어갔어. 들어갔는디 참 이게 배가 고프고 허닝게 가급적이믄 동네로 들어갔으나 부잣집으로 가야되겄드라 이기요. [조사자: 네.] 부잣집을 어처게 아냐므는 큰 걸로 보고, 규모가 큰 걸로 보고 그 집이 부잣집이다 이기요. 그 집이 가서 보닝가 뭐저 보리 같은 거 해서 찧지 않은 것도 있고 뭣도 있고 허는디. 어디를 떠들러 보닝게 그 나허고 청년 둘허고 해서 서이 동행이 되얐어. 그래 집에 들어가가꼬 보닝게 어디를 떠등게 콩이 있어. 그놈을 몽땅 그냥 그때 보리타작해가지고 그 뭐 보릿대 같은 걸 이 저 쟁여놨드라고요. 그걸 때가지고 볶았어. 볶아가지고 이제 서이 똑같이, 그냥 몰라요 그 많이 짊어지고 간디 이거 물이 키는디 콩을 먹고 나닝게. 어디 물 먹을 데가 있소. 그러닝게 그 흙탕물, 비가 와가지고 흙탕물 그것도 먹으믄 좋아. 벌떡벌떡 먹어. 또 군인들도 이롷게 내려오는디 그냥 이 뭐시 바지 이 무릎이 까지고 그걸 꺼꿀로 총을 메고 이러고 와. 그런디 이제 어디요. 머심, 이제 그 저 뭐시 허는데 거 배탈도 안 나. 암시렁도 안해요.

그러고도 밥 생각이 또 나드라 이기요. 그놈으로 먹어서 그냥 그대로 허기는 멘하는디 밥 생각이 나. [조사자: 네]. 그래 멀리 있는 원두막 쪽으로 가닝게 나도 가자고 허는디 아들허고 메느리허고 머다 식구들이 가면서 나 혼자 있단다고 그래요. [조사자: 음.] 그러는데 에므원 그 탄곽. 그것이 이렇게 크요. 네모가 지고 헌 데다가 세 갠가 해서 세 갠가 해서 담아놓고. 며느리 아들이 떠났다 이거요. [조사자: 밥을요?] 예. 밥을 고롷게 해놓고. 그래서 그걸 먹으라고 주대요. (화자 웃음) 그래서 거 고추 그거, 고초장에다 찍어서 그걸 먹었다 이기요. 그걸 아마 엠원 탄 곽이 굉장히 커. 크는데 그걸 먹고도 하나 먹고도 조금 더 먹었을 거요. [조사자: 탄 곽이면 그릇이예요?] 아 탄, 탄 통. [조사자: 아 탄 통에다가?] 예. 탄 통. 탄 통 그거이 커. [조사자: 아] 네모가 반듯허니 허는디 여러 수 백 발 들어간 탄이요. [조사자: 아. 그걸 드시고도 배가 고파요?] 예. 것다가 담아서 놓고 갔드라고. 그러면서 그거라고 좀 먹으라고 주드라고요. [조사자: 꿀맛 같았겠어요, 밥맛이?] 아 밥 맛이란 그거이 뭐 참 아마 한 사흘 만에 먹는 것이요. 이자 콩으로 임시 요기는 면허고. 근디 그걸 먹으믄 물이 키어. 키어서 그거 그냥 흙탕물이고 뭐이고 먹어도 맛있고 배탈도 없어. (조사자 웃음)

여이 여 미국 놈들은 이 저 차 뒤에다가 직사폰가 뭐인가 해서 한 번씩 달리다가 몇 방씩 쏘고 저 쏘고 난 쪽으로 내리가고 그리요. 그렇게 그 참이밭 같은 거 그것이 국군이고 피난 가는 사람이고 반기들치고 저리들 치고 해서 그것도 그런디 세상에 못 먹을 건 이 저 참이 그 저 익지 않을 거. 그걸 보고 보래기라고 그리요. [조사자: 보래기?] 으. 보래기라고 헌데 그건 못 먹소. 암만 배가 고프지 않아야 뭘 해도 소태 맛보다도 더 써, 그놈으 것이. (화자 웃음) [조사자: 아 그렇구나.]

그런디 요 대전을 오닝게 대전을 오닝게 장사꾼이 거그서부텀은 많이 있어. 여느 때 같으믄 돈 백원 이백원어치만 먹으믄 그냥 실컷 먹는데 거그서는 돈 천원어치나 먹어야 이놈으 거이 양을 채운다 이기요. (화자 웃음) 하이간 난리, 난리가 나믄 장사가, 이 먹을 거 장사가 참 많으요.

그러고 이놈으 차가 요 요 경부선 쪽으로는 경장히 사램이 차가 많애도 전라선 이 저 호남선 쪽으로는 차가 드물어. 드물어. 여그 다섯 번 내려가믄 요쪽으론 한번뿐이 안 내려가. 그래서 이게 이, 이리서 호남본선이, 목포 쪽으로 간 거이 호남본선이고 이리, 익산에서 요요 전라선 여수로 가는 거이 전라선이다 이기요. 거그는 아예 차도 없고.

그래서 인자 전주 가믄 인제 외삼춘이 계시고 거그 가믄 그래요. 잘 사는 외삼춘이요. [조사자: 그러면 대전에서 그 다음은 어떻게 가셨어요?] 익산서 내려서 저 뭣이요 전주까지 가는데는 어칳게 이자 뭐, 저 여기 아들 방송만 나오고 허제 안 나오고 허닝게 궁금허닝게 좀더 얘기를 허고 가라 이기요. 그람 먹을 거이 막 여기저기서 내와. 막 감자도 쪄다, 쪄다 준 사람도 있고 뭐 먹을 걸 갖다 준 사램이 있는데.

내가 이 메칠 전에 외삼춘이 기차 이 마룻닥 요골 세 화차를 가지고 올라오셨어. 그 인천에 와서 우리도 만나고 울 아부지도 만나고 이라고, 이 처남남매간이지. 이제 우리 외숙허고 우리 아부지허고는 처남남매간이지. 그 만나고 갔는디 아 거 가서 보닝게 외삼춘네 집이를 들어가닝게 내가 메칠 전에 와서 아부지도 만나고 나도 만나고 이랬소 허닝게 더 걱정을 허고 (화자 웃음) 이러시드라고. 외숙모나 모다 아들들 모다 해서. [조사자: 외삼춘도 아직 오시기, 오시지 않은 상태네요 그러면?] 긍게 그 사업을 하신 양반이예요. 그래서 그 세 곳간을 마룻다를 그 화차로 부쳐놓고. 그래 우리한테로 오셨드라구요. 그래서 만나뵙고 그랬어. 그 소리를 했드니만은 무척 더 심정이 사납고 그러신가벼. 나도 걱정이 되고. 아이고 말 마쇼.

그래서 인제 집이까지가 전주에서 구십 리요. 구십 리를 (화자 웃음) 그걸 또 걸어갔어. 인자 이리서부터는 겨우 걸는 거예요. 근데 어디고 사람이 만나믄 참 반가와하고 뭐 먹을 것도 주고 뭐 어쩌고 그래. 돈도 필요 없어요. 그 뭐 먹고 허는 것이. 이거이 내 얘기요. [조사자: 그래도 전쟁 통에 먹는 인심들이 있었네요?] 아 인심이래이 그때 그 저 뭐이요. 육이오는 나가지고 여기 아들 당, 서울 점령을 당한게 여기 아들 방송이제 이쪽 한국방송이 나오요. [조사자: 그쵸.] 그렁게 뭘 모르닝게 아무데서 지금 피난 온 사램이래는 걸 알고 벌써 꼬랑지를 보믄 아는 거 아니요. 그러니 그 대접을 받지. [조사자: 이야기를 듣고 싶어서?] 예. 듣고 싶어서. [조사자: 아.] 아이고 말 마쇼.

[조사자: 그럼 그때는 인민군들이 들어와서 방송들은 어떤 내용들을 방송해

요?] 방송이 순전 뭐 어찌어찌 허고 해서 아무 데 점령을 허고 어쩌고 해서 조국방송 뿐이제. [조사자: 자기네가 어디 점령했다 이런 방송들만 내보내요?] 예. 그러닝게 저 낙동강 어디까지 대구까지 내려가지 않앴소. [조사자: 음.] 아 요 저 부산 쪽 쪼끔 남았잖요. 그거 참 점령당해노믄, 아 그나저나 저 인천상륙이 되얐응게 괜찮앴을 거이요. [조사자: 그래서 걸어서 남원까지 가셨어요?] 예? [조사자: 걸어서 남원까지 가셨어요?] 예. 갔지요. 으 차고 뭐 교통편이 있나요 그때.

[9] 인천에서 헤어진 아버지와 남원에서 다시 만나게 된 사연

[조사자: 그러면 그 이후에 아버님하고 헤어지신 다음에 그 다음에는 못 보셨어요?] 누구를? [조사자: 아버지.] 그게 아니요. 우리 할아버지가 유명한 양반이여. 유산선생이라고 헌 분이 남한 행교 장을 아주 스물 댓 살 잡수셔서 행교 장을 허신 양반이다. [조사자: 성함이 어떻게 되신다구요?] 도 자 봉 자예요. 호는 유산. [조사자: 유산.] 유산. 가족 유 자, 뫼 산 자 유산선생이라. 아이고 유명한 양반이지요.

그래서 나중에 아버지가 남한으로 와 계신다고 이 소리를 들었다 이기요. [조사자: 네.] 들었는데 애기를 듣고 보니 양경수 영감님, 요 영감님 댁에를 가믄 울 아버지를 알 수가 있단다고 그러지요. 그래서 그 집을 내가 찾아간 거이라. 찾아갔드이 아조 글로 유명한 양반이오, 그 저 양경수 씨도. 그 이승만 요, 이승만 박사가 이 남원 같은 데를 오믄 유숙을, 여 양경수 영감님 댁에서 유숙을 허고 그런 집이요. 그 인제 그 집을 찾아갔다 이기요.

아 그래서 지리산 전투 사령부 사령관이 사당채에는 있어. 있고 그 안채는 사랑채를 지내서 안채를 들으가. 들으가게 되면 양쪽에 사랑채에 입초가 서 있어 군인이. 그 인제 사랑채에 사령관이 있고. 그러는데 내 거그를 들어강게 웬 사람, 웬 분이 거그를 가느냐고 했드니만은 요, 요 이 주인 양경수 영감님을 찾아뵈옵고 좀 사뢸 말씀이 있어서 그, 그 집을 들어갈라고 헌다고 허닝게 아조 내 스물 두살 적인가 몇 살 먹어서 아조, 몰라요 그 영감이 장수를 한게벼. 근디 우리 할아버지가 쉬, 쉬은 한 살에 돌아가셨어. 그렇게 그리 유명허고 한 양반이지만.

그래서 안채를 들어가서 영감님이 그때, 시기는 모르겄네. 봄인가 가을인가는 모르겄는디 담, 긴 담뱃대를 이러고 물고 그 마루가 집이 큰 집이고 허는데 한 오, 오 칸 마루나 되야. 거그를 왔다갔다, 담배를 긴 담뱃대를 물고 왔다갔다 허시면서 누구꼬 혀. [조사자: 응?] 누구꼬 혀. [조사자: 응, 누구?] 누구꼬 혀 나를. 그 집을 들어가닝게. 그래 이 보정면 안울은 데 산 유산선생 손주하고 허닝게 그 마루에서 뎁석 이룽게 신발 여, 마루에서 내려서 요 신발 이룽게 내린 이 돌이 네모진 것이 있어. 뎁석 내려오시드니만은 머리를 어루만지면서 깜짝 놀래야. (화자 웃음)

야 우리 한아버지가, 나는 우리 한아버지를 생면을 못 했어. 살아계실 적에 우리 한아버지다 허고 몰랐어. 긍게 이 양반 돌아가신 뒤에 내가 태어난 사램이라. 아 우리 한아버지가 이룽게 대단허셨구나. 그러고 저 뭣이요 이 공자님, 공자님 이 제사를 지내믄 소를 잡으믄 그냥 큰 암반 같은 데다 척척 걸쳐서 생으로 제사를 지낸대야. 고것이 전부 다 우리 한머니 택호가, 유산선생 우리 한머니 택호가 사동댁이여. 그 제물이 전부다 요요 (화자 웃음) 사동댁으로 들어간다 허는 소문이 나고 그 정도여. 그 그, 익훠서 먹는답디다. 인자 그룽게 제사를 지낼 적에, 공자님 제사를 지낼 적에 생으로 제사를 지내지만 아 사람이 먹을라믄 날로 먹소. 긍게 인제 익훠서 이자 먹는대. [조사자: 근데 지금은 익혀서 올리잖아요] 예? [조사자: 지금은 익혀서 올리잖아요. 지금도 공자 제사는 생고기 올려요?] 아마 그렇게 올릴 거이요. 모르겄어. 어츠게 제사를, 행교 제사를 어츠게 지낸가 몰라도. 대단허지요. 대단헌 거여.

[조사자: 그서 아버님 소식은 어떻게 됐어요?] 네? [조사자: 아버지. 인천에 계시던 아버지 소식은 어떻게 됐어요?] 아 그, 그 하인들을 내보내드니마는 아무

댁 계신다고 했는데 광한루 옆에 조그마 한, 거 집을 하나 세를 얻어가지고 계시대요. [조사자: 아버지가요?] 으. [조사자: 그럼 아버지도 인천에서 오셨네요?] 예. 오셨어. [조사자: 어.] 그란디 오셨단 소리만 들었지 남원, 남원을 와 계신단 소리만 들었지. 아 남원도 넓은 데요. [조사자: 그런데 왜 아버지가 집으로 안 오시고?] (화자 웃음) [조사자: 사연이 있으신가?] 아 작은 어머니가 있고, 허고 해서 그렇게 그 동생 아들이 또 저, 저분 나이 정도 되고 비슷혀. [조사자: 아.] 그래서 명운이 가문다고 그런 거이라. (화자와 조사자 웃음) 으, 명운이 가문다고 그런 거이라. 똑같애 나이도 거 비슷헌가 그런데. (조사자에게 물으며) 나이가 지금 몇이요? [조사자: 저 서른 셋이요.] 서른 셋? [조사자: 예.] 지금 이 자식이 서른 둘인가. (화자 웃음) [조사자: 비슷하네요.] 어? [조사자: 비슷해.] 으. 비슷혀. 얼굴도 넙대대허니 잘 생겼어. (조사사 웃음) 잘 생겼어. 비슷혀. 아이 솔찬히 나이도 자시고 헌 분이 온 지 알았드니 그것이 아니구먼. (조사자 웃음) 젊은이들이여.

[조사자: 그러면 전쟁 통에 가족들이 피해를 당하고 이런 적은 없었어요?] 예 피해당한 거이 없어요. [조사자: 아. 가족들은?] 예.

[10] 자원해서 전투경찰에 들어간 사연

[조사자: 그러면 인천에서 남원으로 오셔서 토벌대 들어가기 전에는 뭐 하셨어요?] 내 이제 경찰 그만두고 난 뒤에. [조사자: 경찰 들어가기 전에. 그러니까 전쟁 나고.] 전쟁 나고 대성공업소 사쟁이라고 소리를 듣고 헌 사램이요 내가. 전주에서 이 저 뭘 해서, 거그서 성공했으믄 여그 안 올라왔을 거이요. [조사자: 아. 성공 안하셔서 만나서 다행이네요.] 저저, 저그 저 뭣이요. 주교, 주교관 역전 앞에, 구 역전 앞에 인자 저리 옮겨 갔지만 인호동으로 옮겨 갔지만 거기 있을 적에 그 저 주교관 그 고시 같은 것도 허고 뭐 여러가지 대, 헌 거이 많애요, 내가. 가서 그 그런 철공업을 허고 있는디 기술자를 데리고 가서 했는

디 아 이놈을 그 따내가부려. 그래가지고 내가, 그리 안 했으믄 그 성공했을 것이요, 그걸로. [조사자: 기술자들을 데려가버려요 딴 데서?] 예. 그 서울서 내가 데리고 왔었는데. 아이고 사램이 일평생을 살라믄 참 별별시런 꼴을 다 보지.

[조사자: 경찰은 어떻게 들어가셨어요?] 응? [조사자: 경찰에는 어떻게 들어가셨어요?] [조사자: 전투경찰 지원하게 된 동기요] 사램이, 젊은 사램들이 군대 안 가믄 그런 데 해야 부지를 허고 사램이 살아요, 그때는. [조사자: 자원해서 가신 거예요?] 자원해서 갔지. 그래야 생명을 유지헐 수가 있어. 죽기로 허고 생명을 유지할라믄 그래야 돼. 그래서, [조사자: 아니면 군대로 가야되는 거예요? 그걸 안 가면?] 댕연하지. 거그를 가지 않으믄 군대 가야지. [조사자: 음] (사과를 먹으며) 그 연연상으로 거그서 고상을 했을망정 군대 가야 혀. 그래 한살 좀 비껴 슨 바람에 안 가고 그러고 끝났지. 그 군대는 안 갔어요. 동기가 그거이요.

[조사자: 그러면 첫 토벌대는 어디서 하셨어요?] 남원, 남원 여 지리산. [조사자: 지리산. 그럼 총을 거기서 처음 쏴보셨어요?] 예? [조사자: 총을 그 때 처음 쏴보셨어요?] 그렇지요. [조사자: 그때 기분이 어떠셨어요? 무섭거나 그래요?] 아이 그까짓 거, 아 총 쏘는 거야 아무나 다 그 무서워하지 않고 쏘요. [조사자: 그러니까요.]

아 요새 사람들 그 군대생활이요 한 십여 년 근무를 해야 돼. 죽기 아니면 살기여. 아이 요새 이거 아무 것도 아니지. 저런 청년은 지금 한 이 년 정도 근무했을 거이구만. [조사자: 예 이 년 했어요.] 그러고 배가 고파서 못 살아 그때는. 그 아주 취사, 취사 뭘로 떨어지믄 아주 최고래야.

[할머니: 이 년 해도 배 안 고팠잖애요.] 응? [할머니: 우쪽에 있는 사람들은 배가 고파서 군인들이 휴가를 일요일날 인자 뭐 특진 끊고 나오잖아. 그럼 그 뭐야 그 강완도에 추녀 끝에다가 전부 그 시래기를 매단대. 그럼 시래기에 거기에 무 그거 엮어단 데 무 요만씩 헌 거] 오빠 동생이 그랬대야. 그 소리 또 허네. [할머니: 그거를 짤러서 먹어두 그룷게 기가 맥히게 맛있대 그룷게

배가 고프면서 군대 생활을 했지.]

사신 데는 어디요. 집이. [조사자: 이 동네예요.] 으? [조사자: 이 동네예요.] 이 동네. (화자 웃음) [조사자: 요 총각은 남한산성.] 으. 남한산성.

[할머니: 우리 조카가 저렇게 비슷해요.] 으. 비슷혀. 아주 내가 명운이 같으네 그려. (화자와 조사자 웃음) 크기도 같으네. [할머니: 그러니까 할아버지가 그러잖아. 아이고 니가 웬일이냐.] 니가 웬일이냐고. 대번 명운이여.

[11] 주력부대였던 '봐라부대'

[조사자: 이현상 잡을 때도 계셨죠?] 예? [조사자: 이현상. 이현상 지리산에서 잡을 때도 계셨지요?] 아먼요, 있었지요. [조사자: 그때 목격한 것도 좀.] 이현상이. [조사자: 얘기를 좀 해주세요.] 이현상이가 저 그 저, 경 경, 하동군 악양면 뒷산 안에서 거시기 했어. 희생되얐어요. [조사자: 그때 그 토벌 과정을 좀 이야기 해주세요.] [할머니: 조금 크게 말씀하셔야 돼요. 약간 가는 귀가 잡숴서.] 악양면이라고 헌 데가 고쪽에 쪼끔 들어가믄 저 화개장터 장도 있고 허지만 그 면이 지리산이지만 그 아조 악양면이 굉장히 커요. 크고 들이 넓어. 넓어. 진짜 넓어. [조사자: 거기서 토벌하던 과정을 좀 이야기를 해 주세요, 자세하게.] 하이고 말 말아요. 수없이 작전을 뭐 수없이 했지요 아주 특이헌 것만 지금 얘기허는 거예요. 하이고 많았지요. [조사자: 그래도 고 이현상 얘기.] 아까 얘기허는디 그 저 주력부대 많이 잡을라고 허믄 그거이 축, 으 축구병이 아니라 그 저 주력은 없어. 그래서 그거 보상이 냉겨부린 바도 있고 그러지. 나중에 생포를 허든가 쏘아서 죽이든가 해서 많이 잡을라고 해서 축구병을 때우거든. 한 둬, 둬서너 사람 축구병을 통과를 시켜놓고 주력부대가 와요. [조사자: 아. 어르신네 부대는 어떤 부대예요? 주력부대였어요?] 그렇지요. 아조 특이한 부대요. [조사자: 그 부대 이름이 따로 있어요? 어르신이 근무하던 부대, 부르던 이름이 따로 있어요?] 예. [조사자: 그 이름이 뭐예요?] 아조 봐라, 이러는 뜻에서

봐라부대라고 아조 유명한 부대요. [조사자: 아, 봐라 부대?] 예. 유명한 부대요.

[12] 담양 가마골에서 시체들을 많이 보다

[조사자: 가마골에서 두 개 사단이 다 이롷게, 다 질 정도면 지형을 잘 모르고 들어갔어요?] 예? [조사자: 가마골 지형이 광장히 특이하다고 그러셨잖아요?] 그렇지. [조사자: 근데 그 두개 사단이 잡힐 정도면.] 얘기를 들어봐요 이. 그런데 나중에 전부다 소탱이 된 뒤에 거 가서 들어가서 뭣도 모르, 밥도 해먹고 거그서 고사리도 끊어서 거 뭘 해서 밥도 해 먹고 그랬어. 과연 참 들어가서 보닝게 두 군데 뿐이 없어. [조사자: 가서 들어가서 보니까 그래요?] 으. 올라가기는 아무 데서고 올라가지만 안에 들어가서 이른 절벽이여. 이른 데가 되야서 거 꼼짝없이 당하고 마는 디여. 그래서 나중에 길로, 나올 데로 나와서 보닝게 어츠게 사램이 많이 죽었든가 물이 흐른데 이롷게 해가지고 형태 같은 건 그대로 있지만 전부 탈골이 되가지고 뼈다귀만 있다 이기요. [조사자: 어.] 으, 뼈다귀만. 긍게 무수히 사램이 죽었지. 그 참 눈 뜨고는 못 봐.

[13] 빨치산 활동하던 사람을 생포해서 부대원으로 삼다

[조사자: 그럼 어르신 직접 그 빨치산 하던 사람이랑 직접 부딪힌 적, 만난 적도 있으세요? 그 토벌대 들어가셔가지고? 그 활동하던 사람들이랑 직접적으로?] 아 그래서 생포도 헌 사램이 있고 그렇지. 아이고 있지. 그래 그 부대원으로 썼지. [조사자: 부대원으로 다시 써요? 그 사람을 잡아서?] 유리허거든요 그 사람이. [조사자: 아 지형을 잘 알고?] 그렇지 지형도 잘 알고. 그 우대하고 해서 써야지. 써야 혀.

[14] 총소리를 들으면 어느 정도 거리에서 쏘는지 알 정도로 총을 많이 쏴봤다

[할머니: 그러믄 자기도 사람 죽였겄네요?] 으? [할머니: 자기도 사람 죽였어?] 아이고 수없이 그냥, 몇 구루마 이 총탄을 몇 구루마 소비헌 사램이여. 그 나는 살았지만. [할머니: 그 살라니까 죽여야지 뭐 어쩌겄어.] [조사자: 그렇죠.] 긍게 이게 총기를 갖다 이게 잘 해놔야 되고, 아까 얘기허지 않아요. 저저 효문산 가서 궁산골 쌍치면에 가서 총을 탁 내려노닝게 끊어지드라고. 허는데 저거이 기름도 칠허고 해서 총기를 잘 관리를 해야 돼요. 클 나요. 죽어요, 내가 죽어.

[조사자: 그런 죽을 고비를 넘기신 경험들을 좀 더 이야기 해주세요. 아까 그 총알 지나간 거하고, 또 그 외에도 여러 번 고비가 있었을 거 아니예요?] 총알 소리가요, 여러 가지로 들려요. 벌써 우리는 알아. 저 거리가 얼마간 쯤 되서 날라온다 어쩐다 이걸 알아요. [조사자: 아.] 그렁게 유효 사거리라고 헌 것이 젤 유효한, 너머 가찹다고 해서 그 세게 거시기 헌 거이 아니여. 사거리 저거 총알이 한 팔백 미터 나간다믄 한 육백 메다 여그 거리가 젤 강허게 맞는 거이요. 강허게 맞아. 긍게 총알 소리를 들어보믄 이거이 얼마 거리에서 날라온다 헌 걸 짐작해요. 힘없이 소리 난 건, 그건 참 유효사거리가 다 끝난 데서 떨어진 소리요. [조사자: 그 총 소리를 듣고 움직이세요?] 예? [조사자: 그 총소리를 듣고 움직이세요?] 예. 그것도 있고 내가 수없이 그냥 딱 해서 에므원 쏘믄 팔 발, 팔 발이 들어가. 그러믄 그거이 톡 튀어나와요. 아 그 빼가지고 다시 집어옇고 또 쏘고 해야지요. 계속.

[15] 박헌영과 조봉암은 그 당시에는 앞서려고 했던 사람들이라 죽임 당했다

[조사자: 어르신, 거기 이현상 잡을 때. 이현상. 그때 잡을 때 같이 있으셨다고?] 거그는 없었어. [조사자: 아 없으셨어요?] 이 얘기는 아무 데 그 저, 거그가 거 악양. [조사자: 악양.] 악양면 뒷산, 거그서 사살되았다는 거 그것만 알

지요. [조사자: 그 과정을 혹시 들으신 이야기가 있으세요?] 들은 얘기가 그거이지요. 그거이 뭐이냐 허믄 거그서 사살됐다 하는 거이지. [조사자: 그런데 그 지역에 가면 이현상에 관한 이야기가 굉장히 많더라구요. 어르신 혹시 들은 이야기들은?] 이북에, 이북에 이 그 박언형이라고 헌 사람 같은 사람이 이북에 가서 그릏게 여그서 활약을 허고 헌 사램이 유명헌 사램이지만 앞슬라고 헌 사람은 대한민국이나 저놈들이나 다 똑같애요. 앞슬라고 헌 사람 죽여요. 조보, 조봉앰이라고 헌 분이 참 그 유명헌 사램이요. 인천에서 그 수없이 그 당선된 사램이요 조봉암. 그거이 그 앞슬라고 허닝게 그, 그 죽인 거이라. [조사자: 그러면 그쪽 빨치산 활동하던 사람들이 민가에 내려와서?] 그 자손들이 그 소송해가지고 한 몇 십 억 받게 되대 그려. 여 조봉앰이. 저그 저저, 저 거시기가 묻혀있나보대. 저저, 어디여 망우리.

[16] 제대하고 전주에서 공업사를 하다가 서울로 올라온 사연

[조사자: 그럼 어르신은 거기 제대를 몇 살에 하셨어요?] 응? [조사자: 부대에서 제대를 몇 살에 하셨어요? 충청도로 가셔가지고.] 긍게 요 저 경찰에 투신허고 여 일선서에 나와 몇 년 허고 헌 거이 한 십여 년 되얐어. [조사자: 그리고는 나오셔서 다시 남원으로 가셨어요?] 남원 가서 그 인자 대성공업사라고 전주에서 해서 허고 그때 성공이 되얐시믄 여그 안 올라오고 전주에서 철공업으로. [조사자: 그럼 서울에는 몇 살에 올라오셨어요?] 서른 여섯 살. [조사자: 서른여섯에. 여기 와서는 어떤 일 하셨어요?] 아 이것저것 장사도 하고 뭣도 허고 헌 것이 경찰에 계속해서 쭉 있는 것보담 낫지 않앴는가 싶어. 아 건물도 왕십리에 큰 거 지어가지고 임대료가 한 몇 백만 원씩 나오고 허는 집을 짓고 살다가 개발이 돼가지고 지금 이 모냥이 되잖애요. 식구가 큰아들만 안 살았지 전부가 다 같이 살았어. [조사자: 그랬구나.]

[17] 제보자 부인: 마당에 방공호를 파 놓고 비행기가 뜰 때마다 거기 들어가 있었던 사연

[조사자: 어머님은 전쟁 때가 몇 살이셨어요?] 예? [조사자: 전쟁 때 몇 살이셨어요?] 전쟁 때? [조사자: 네. 한국전쟁 났을 때.] 몰라 나 몇 살인. [조사자: 몇 년도 생이신데요?] [할아버지: 으, 한 열 댓살 먹었어.] [조사자: 아 그 때가. 그래도 그때.] 열 다섯 살 아래여. 열 세 살인가 먹었어. [조사자: 그때 그럼 전쟁 났을 때 어디 계셨어요?] 우린 충청도. [조사자: 충청도 계셨어요? 그때 혹시 전쟁 얘기 기억나시는 거 있으면 좀 들려주세요.] 우리 집에는 뭐 무슨 빨갱이 있거나 그런 거는 없기 때문에 그때 인저 팔월 달에 팔월 달에 콩밭에 콩 뽑으러 가니까는 막 그 아군이 밀려온다고 그 깊은 산 속이 있어 충청도에서 괴산이라고. 글루 막 그냥 막 그냥 군인들이 가드라고. 그서 군인들이 왜 저렇게 가나 했는데 야중에 보니까는 그 사람들이 우리에 아군들한테 밀려서 그리로 갔다고 그러드라고. 그게 내가 한 열 세 살 먹었었어요. 그러고 인저 미군들이 지나가면서 이룷게 사탕 같은 거 우리한테 던져줘서 우리가 받아먹고. 그러고 우리 큰아버지허고 작은 아버지허고 이룷게 해가꼬 마당에 방공실 파가꼬 거기 들어갔다가 인저 막 뭐야 비행기가 뜨면은 거기 들어갔다 안 뜨면 나왔다 그것만 기억해요 난. 그것만 알아요. 그러고 우리 지역에는 워낙 시골이었기 때문에 무슨 뭐 전장 나서 피난가고 그것은 없었어요. [조사자: 어디셨어요? 괴산 어디셨어요?] 우리, 우리는 충청도 괴산. [조사자: 그니까 그 마을이 괴산 어디예요?] 응? [조사자: 마을 이름이 뭐였어요?] 거기가 저그 뭐야 충청남도 고동면 홍리. [조사자: 홍리?] 예. 그리고 홍리 거그서 사는디 그거, 그거뱅이

기억이 안나요, 나는. [조사자: 그럼 마을에 인민군이나 군인이나 머문 적은 없었어요?] 그런 거 없었어요. 어렸기 때문에 그냥 저녁 때, 저녁에 막 비행기가 뜨믄 막, 막 엄니가 글루 들어가라고 허고. 마당이다 크게 파가꼬 방공실을 들어가라고 허믄 거그 들어가. 들어가므는 촛불을 켜 놔두고, 물이 떨어져가지고 불이 자꾸 꺼져. [조사자: 자꾸 꺼져요?] 그믄 축축허고 싫어. 그러믄 나오믄 어머니가 또 들어가라고. 아주 그건. (화자 웃음) 그래서 비행기만 뜨믄 막 그리 들어가라고 소리 질르고 들어가믄 촛불이 자꾸 꺼지고 물이 자꾸 떨어지고 축축허니까. 거기 밥 해먹는 데 우리 큰아부지가 해놓고. [조사자: 아 그 방공소 안에다가 밥 해먹고 이런 걸 다 해 놨어요?]

으 방공실. 우리 마당에 시골에 마당 크잖아요. [조사자: 네.] 거기를 다 판거요 다. 우리 작은 아부지 큰아부지, 우리집 이렇게 샘형제 다 들어가게끔. 그래가꼬 거기 들어가서는 밥도 해먹고 이렇게 허는디. 나는 인저 우리 동상이랑 싫어서 자꾸 나오거든. 나오믄 들어가라고 허고 혼나고 끌어다 놓고 그러는데 그런 거 뱁이는 생각이 안나. 피난가고 그런 거는 없었어요. [조사자: 없었지요?] 비행기만 뜨믄 들어가래 글루. 그루고 밤에는 집에 안 있어요. [조사자: 그믄 어디 있어요?] 거기 들어가 있시야 돼. [조사자: 방공소] 예. 밤에는, 밤에는 집이 싹 비워 놔. [조사자: 그믄 잠을 거기서 자요?] 거기서 그냥 앉어서 어뜷게 있다가 인저 날이 새면. [조사자: 나와요?] 날이 새면 나와가꼬 인저 집이 와서 밥 해서 밥 먹으라고 인저 해서 먹고. 그런 적 뱁이 없었어. [조사자: 아, 전쟁 하면 그 방공소에 들어갔던 기억만 나셔요?] 예. 그런 거 뱁이 없었어. 피난가구 뭐하고 어디 가구 그런 거는 없었으니까 거그는. 우리 지역에 가만히 보니까 빨갱이 그런 건 없었나봐요. [조사자: 마을에 그런 게 아예 없었나보다. 그렇죠?] 예. 그러기 때문에 그런 거는 하나도 몰라 난. 그 방공실 들어가라고 하는 거 뱁이 몰라. (화자 웃음)

[조사자: 형제분은 몇 분이셨어요?] 나요? [조사자: 예.] 우리 오남매여. [조사자: 오남매 중에 몇 째세요?] 오남매에서 내지 지끔 우리 동생 두째, 첫째 두

째. 내가 두째. 그라고 다 동생들이여 남동생 여동생. [조사자: 그럼 어쨌거나 나이들 다 어려서?] 그럼. 내가 젤 어리지. 동생들은 아무 것도 몰라. 아무 것도 몰라. 나는 그래도 한 열세 살이나 먹었으니까 이제 그건 알아요. 애덜, 내 동생들 델꼬 나가믄 막 야단해가꼬 다 끌고 들어가라고 해가꼬. 나오면 또 들어가라고 허고 그냥. 저녁에는 거기 가 살고 밤에는 못 나오게 하고. [조사자: 그럼 미군들은 지나가면서 그냥 사탕 같은 걸 준 거예요, 아니면 마을에 미군들이 좀 있었어요?] 행길 있잖아요, 왜. [조사자: 예.] 지끔은 차가 댕기지만 그전에 마차가 냉겼잖아. 소가. 지금은 모르지만 소가 마차, [조사자: 소달구지?] 응. 그걸 끌고 대녔거든. 그런 행길이 있어. 그러믄 인자 콩 볶아갖고 오다 거그 앉아 쉰다고 내려놓고 쉬므는 거그서 그롷게 던져주고 가드라고. 차 타고 대님서. [조사자: 차 타고 다니면서요?] 긍게 그게 그롷게 맛있더라고. (조사자와 화자 웃음) [조사자: 사탕도 드시고 초코렛도 드시고 그랬겠어요?] 그게 그롷게 맛있드라구요 아이고. [조사자: 외국사람을 그때 처음 봤을 거 아니에요?] 처음 봤지요. 처음 봤는데 보지는 못허고. [조사자: 그냥 던져주는 것만 받았어요?] 뭐라고 뭐라고 허믄서 이롷게 이롷게 뿌리구 가. 뿌리구 가. 그러고 그냥 그 군인들이 그롷게 막 저거허드니 그 다음에 뭐 인저 뭐 평화가 됐다고 허나 어쩌고. 그것만 알어 나. 몰라.

[조사자: 어머니 성함이 어떻게 되세요?] 한연동. [조사자: 한 자, 연 자, 동 자?] 예. [조사자: 연세가 어떻게 되세요?] 넷이요. [조사자: 칠십 사 세?] 예. 말을 들어보믄 전쟁 때 고생도 엄청 헌 사람도 많드라고. [조사자: 근데 오빠가 왜 아까 이야기하실 때는. 그 오빠가 군대 갔을 때 이야기.] 오빠 군대 안 갔어요. 우리 오빠가 열아홉 살 먹어서 그러니까 그게 일본, 아니지. 북한 저기가 남아있을 땐가. 노래도 우리나라 꺼 안 불르고 남에 나라 꺼 막 불렀잖아. 애들을 모아놓고 훈련 가리키고 허다가 우리 오빠가 지끔 말하자면 인제 맹장이야. 맹장 걸려서 금방 이십사 시간 안에 터져서 우리 오빠 열아홉 살에 죽었어요. [조사자: 아, 맹장으로.] 그르고 그 나머지 우리 동생들 서울 올라와

가지고 다 군대 갔다 오고. [조사자: 그럼 그 때 오빠가, 전쟁 당시에 오빠가 열아홉 살 됐어요? 오빠는 그때 몇 살이었어요?] 열아홉 살. [조사자: 그때 열아홉이었어요?] 열아홉 살. [조사자: 열아홉인데 그땐 군대 갈 나이는 아니예요?] 군대 안 갔어요. 군대 안 가고는 동네 청년 애들 모여놓고 훈련 가리킨다고 산에, 산에 가서 이렇게 이렇게 말하자믄 공터를 파서 이렇게 납작하게 해놓고 그걸. [조사자: 거기서 훈련 가리켰어요?] 응. 훈련 가리키라고 인저 어른들이 지시했겄지요. 그릏게 허다가는 우리오빠 죽은 거 그것만 기억나. [조사자: 그게 마을 청년회에서 청년들 모아놓고 하는 거예요?] 응. 그런 거 같에요. [조사자: 그럼 노래도 가르치고 거기서?] 예. 그거 있잖아 노래. 나 잃어버리도 안허네. 남아이슬 대장군 남이장군에 이거이거, 북한 노래. [조사자: 아. 인민군들 들어와서 소년단으로?] 응. 그때 그거 인저 가리키라고 했나봐. [조사자: 인민군들 노래 가르치고. 예 많이 그랬다 하드라구요?] 으, 그런 거 하고. [조사자: 어머니는 어려서 안 가셨나봐요? 열세 살인데도?] 예? [조사자: 거기 어머니는 같이 가셔서 노래 배우지 않으셨어요?] 아니 안 갔어요.

[이상태 화자: 우리가 저기 쟈들 노래를 쩌렁쩌렁 막 산 속에서 큰소리로 부르고 했기 따문에 더러 아는 거 있어요.] [조사자: 그러세요? 한 번 해주세요. 그 사람들이 거기 안에 들어가서 하면서 불러요?] [이상태 화자: 예예. 아이고 그러지요.] [조사자: 그럼 잠복하고 계시면서 그 소리를 들어요?] [이상태 화자: 그런데 몰라요. 그 이 좀 했지만 잊어부렀어, 오래 돼서.] [조사자: 멜로디만이라도 기억나시면.] (화자 웃음) [이상태 화자: 그 놈들 저 뭣이요 노래가 아주 건설적이고 아주 우렁차고 허지. 우리들은 민주청년 삼천만 인민의 아들딸 허고 우렁차게 허믄 그 자식들이요. 건설적이요.] [조사자: 아. 언제나 전투 나가시면 죽을 수도 있겠다 하고 나가시겠어요?] [이상태 화자: 그렇지요.]

빨치산 토벌대에서 활약하며 여러 번 죽을 고비를 넘다

김 석 주

"전쟁 통에 늘 죽이고 살리고 허는디. 날마다 사람 죽이는 것이 일이제."

자 료 명: 20120219김석주(함평)
조 사 일: 2012년 2월 19일
조사시간: 1시간 56분 37초
구 연 자: 김석주(남 · 1930년생)
조 사 자: 심우장, 박현숙, 박혜진, 조홍윤, 황승업
조사장소: 전라남도 함평군 해보면 광암리 (마을회관)

[조사과정 및 구연상황]

조사자들이 마을회관에 방문을 했을 때, 경로당에 모인 할아버지들끼리 담소를 나누고 있었다. 조사자들이 조사 취지를 설명하고 구연을 유도하였다. 김석주 제보자가 적극적으로 인터뷰에 응해 주었다. 제보자는 적당한 구연 속도에 차분한 말투로 구연하여 청중들이 빠져들어 경청하였다. 김석주 제보자 위주로 구연이 이루어지자 조사자가 옆에 앉은 청중에게 구연을 유도하였

다. 그러자 나이가 많아서 기억이 잘 안 난다고 거절하였다. 청중으로 있던 윤춘열 제보자가 빨치산 소탕작전이었던 보름작전에 참가하여 목격한 이야기를 짧게 들려주기도 하였다.

[구연자 정보]

김석주 제보자는 한국전쟁이 일어났을 때 20세였다. 전쟁 당시에는 경찰계에서 근무하였다. 총을 들고 직접 빨치산 토벌작전에 참여하기도 하였고, 정보수집원으로 활동하기도 하였다. 휴전이 되고 난 후에 군입대를 하였다가 직속상관이 지역감정으로 횡포를 부려 탈영하였다.

[이야기 개요]

김석주 제보자는 1950년 가을 순천 송광사 반란군 수색작전에 참여하였다. 이때 여성 반란군을 체포하였는데, 가족을 위해 입산한 여성의 사정이 딱해 살려주었다. 경찰계에서 정보수집원으로 활동하다가 화순 이서에서 반란군에게 잡혀 웅덩이에 묻힐 뻔했으나 속임수로 탈출했다. 또 김석주 제보자는 영암 월출산 수색에 불참했다가 부대가 강진으로 이동하는 바람에 낙오되었다. 동료 한 명과 함께 부대에 합류하기 위해 도보로 이동하다가 반란군 4명과 대면하여 총격전을 벌였다. 실수로 박격포를 쏘았다가 은신해 있던 반란군을 찾아내기도 했다. 김석주 제보자는 휴전 뒤 군에 입대하였으나 경남 하동에서 온 고참이 전라도 사람이라며 괴롭히는 통에 못 견디고 부대를 탈영 했다.

[주제어] 토벌대, 탈출, 지역감정, 여성 빨치산, 총격전, 구명, 정보수집원, 박격포, 한국전쟁진실화해위원회, 진상조사, 탈영

[1] 휴전 후 군대 가서 경상도 상관과 갈등이 있었던 이야기

[조사자: 어르신은 전쟁 때 참가하셨어요? 한국전쟁 때?] 참전용사. [조사자: 그때 이야기 좀 해주세요.] [청중들: 난리 때 겪은 이야기 좀 하시라고.] 전쟁 통에 늘 죽이고 살리고 허는디, 날마다 사람 죽이는 것이 일이제. [조사자: 연세가 어떻게 되세요?] 팔십삼. [조사자: 몇 년도에 태어나셨어요?] [청중: 32년 생이나 되겄구만?] [조사자: 성함이?] 김석주. [조사자: 전쟁 났을 때 몇 살이셨어요?] 그때 이십 세. [조사자: 결혼은 안 하셨겠네요?] 음. [조사자: 전쟁 나자마자 군대로?] [청중: 불갑사, 용천사 작전도 다 겪었어, 우리가.] 진주헐 때 군대에는 안가고, 후방 있을 때 전쟁 났지. [조사자: 영장이 나와서 군대 가신 거예요?] 나중에 거그 나왔다가, 휴전된 뒤에 영장 나와서 군대에 갔다가, 그것은 얘기허자면 복잡해. [조사자: 그 복잡한 걸 얘기해 주세요.]

육이오 때는 여기서 전쟁허고, 경찰계에 있다가 어느 정도 지방 폭도들 다 잡은 뒤에 집에 와서 쪼끔 있은게 영장이 나왔어. [조사자: 그럼 경찰이셨어요?] 음. 근디 거기 강게, 중대장 놈이 일등병 시절부터 올라간 놈인디 경찰계에 있다는 소리를 어디서 들었든가, 싸가지 없는 놈으 시키, 아주 인간 같지 않은 짓을 해. 그래서 하사 딸 때까지 그러코 저러코 견디다가, 하사시절에 인자 내가 무반동총 사수했거든, 근게 카빈 엠으투(M2)가 나왔어. 그놈 갖고 있는 시절에 술 한 잔 먹고 들어온게 대구빡을 권총으로 탁탁 때려. 시대를 때려부려, 꺼꿀로 잡고. 경상도 놈하고 같이 왔는디, 경상도 놈은 그양 들여보내고 나만 전라도 놈이라고, 경상도 하동 새끼거든.

'예끼, 요놈의 새끼 아주 너 내가 죽여부려야겠다. 안 되겄다.'고.

그 술집에, 인자 내 내무반으로 들어갔는데 총을, 완전무장 탁 차리고 나와부렀지. 그럼 내 총, 저 총알이 사백 발이여, 지급 총알이. 그놈 딱 둘르고 장치, 탄환장치 해가지고 사격험시로 쫓아오길래 도망가부렀어. 너 죽이고 내가 죽을란다고, 그 산으로 쫓다 저녁이라 떨쳐부렀어 인자.

그 인자 사흘간을 소대원들 중대원들이 타협을 붙일라고 애를 썼지. 나는 술 잔뜩, 늘 깨기만 하믄 가서 먹고- 먹고. 하루는 인제 총 그놈 들고 그 새끼 오믄 쏴죽이고 나도 죽는다고, 도망 갈라고도 안 했는디, 사흘 만에 정신이 바특 났는디, 우리 소대장이 무안사람이여. 근디 그놈이 김 소위라고, 자꼬 합의를 할라고 붙여주거든.

"자네 속없는 소리 마소. 그 자식이 나 잡으믄 인자 나 반뻑다구 추려야 돼. 합의는 안 헐라네. 내가 죽여불고 나도 죽을라네. 뭐 아주 죽지 뭐헐라고 골병들어 살아."

인자 우기고 있는디, 사흘만에는 가만히 생각해보니까 안 되겄어. 헌병들이 왔다갔다 하는디 이제 나 혼자라도 잽힐 것도 같어. 에이- 빌어먹을, 도망했어 인자. 그래갖고 총은 사단 수송부에다, 친구가 있었거든, 수송부에다 맽겨놓고, 그 전에 또 그러자 내가 인자 보조헌병으로 있었어. 한 일 년 육개월. 그래논게 헌병대에 가서, 나 아직까지는 도망간 지 뭣인지 모르제. 헌병대에 가서 출장증 도라고 해갖고 서울 출장 써갖고 서울 온게 암씨렁도 않대. 또 서울서 광주 출장 써갖고 집에 왔어. [조사자: 그때가 전쟁 끝난 다음에 군대를 가신 거죠?] 음. 휴전 된 뒤로, 휴전 되는, 오십삼 년도에 휴전 됐지. 오십삼 년도 사 월 달에 내가 갔어. 사 월 십팔 일 날.

[2] 순천 송광사 반란군 소탕 작전 때 가족들 살리려고 입산한 여자아이를 살리다

[조사자: 한국 전쟁 때는 여기서 경찰로 계셨던 거죠?] 응. [조사자: 마을에서 형사 생활 하시면서 잡으러 다녔던 얘기 좀 해주세요] 보통 육이오 때나 가서 군인들이나 비슷해. 반란군들이 많이 떠내려 오믄 소탕작전 나가고. [조사자: 그 소탕작전 나가셔서 잡았던 이야기나 고런 것들 좀 해주세요.] 잡았던 얘기를, 날마다 한 놈을 어쯔고 해? [조사자: 어르신은 날마다지만 저희들은 한 번도 경험해본 적이 없어서요.]

저 순천 송광사 가서, 그 경험이 오십 년도 가을이여. 양력 팔 월 달쯤 됐을 거야, 아마. 송광사 평촌이란 마을 있어, 송광사 밑에 가서 마을이. 근디 속에가 사람이 하나도 없거든. 근디 우리가 일 개 중대가 거 가서 들으가 있었어. 그날 인자 들어갔어. 들어간게 주인들도 한나씩 온 사람은 오고, 집주인들, 안 온 사람 안 오고 그런디.

우리 자는 집은 집이 겁나게 큰디, 소 키고 쥐도 들어오고 그랬단 말이여. 근디 우리는 여물 방에서 자. 근디 인자 가을 닥친게 소 여물을 쒀주야 한디, 거기서 제일 아슬한 꼴 보기는, 첨에 간게, 요 근방은 아주 반란군 지댄게 자믄 안된다 그랬어. 사흘간을 계속 근무했어. 전부다 빵빵 둘러서서, 마을을 홱 둘러싸고. 아– 근디 사흘 있어 봐야 개미새끼도 안 와. 근게 그 이튿날은 불침번 한나만 냄겨놓고 자부렀단 말여. 그래 불침번도 잡아넣어 인자. (청중 웃음)

외양간 방에서 불은 따땃하게 때놔서, 다 탄, 수루탄 비고 자거든. 비고 인자 총은 놔 뒀는디, 그놈들이 거그 들어와서 소는 갖고 나가도 외양방 문은 안 열어다봤어. 문 열어봤으믄 우리 다 죽었제. 소를 끌코 나가. 나갔는디 우리는 괜찮했단 말이여. 그른게 주인이 들와서는 그양 몽둥이로 한 대씩 막 때려. 아~ 본게 마지막 대문간을 나가고 있어, 소 몰고. 근디 그것이 인자 승주 순천시청, 요새 같으믄 순천시청 사람들이여.

근디 그날 저녁에 추격을 허고는 쫓겨부렀어. 새북인디. 새북에 한 네시 경이나 밥해서 먹고, 인자 순천 송광사로 수색작전 들어갔어. 송광사 뒷산으로. 낙안 벌교라고 알랑가 몰라? 저그 저 벌교 민속촌 있지? 그짝에서 또 일개 부대들이 올라와. 그르고 또 승중 요짝에서도 올라오고. 송광사 뒷산 상봉에서 만나기로 다 했단 말야. 그서 우리는 요짝 뒤에서 올라갔어. 송광사 절을 기어올라가나마나 인자 엄하게 생긴, 숭하게 생긴 디는 안가는 거여. 다 사람 목숨은 중헌게. 그런게 그런 디가 한나씩 배겼등가벼.

그른디 우리는 봉댕이까지 올라가부렀제. 책임맡은 건 했제. 그 뽕댕이를 막 올라간게 낙안 벌교서 올라온 사람들이 막 올라왔다가는, 우리 만나고는 내려갈 때는, 올라올 때 요리 왔시믄 그리 갔으믄 쓸 거인디, 요짝으로 가다 고랑으로 내려가대. 아 근디 총 쏘는 소리가 나. [조사자: 총 소리가?] 쌈 허니라고 그러제. 기습 당허제, 반란군들한테. 반란군들 중간 모퉁이 가 앉아있은게.

그르다가 그놈들이 오믄 우리는 인자 능선에 오 미터 거리로 잠복을 했제. 잠복을 했은게 사람은 안 뵈. 그 속으로 인자 그가 풀이 고로코 커, 그 송광사 뒷산에. 나무로 풀잎이 요로고 내둘내둘헌 것만 보고 누워있는디, 아니랄까 우리 앞에 와부렀어 인자. 그서 능선을 넘는 놈을 막 사격을 했는디. 사격해봐야 풀밭이라 맞고 도망가고, 피 질질 흘리고 도망헌 표적도 있었는디, 인자 수색작전으로 들어갔어, 우리가.

수색허로 들어간게, 아~ 무사와서 모두들 혼자는 안 갈라고 글드니, 내 앞에는 무안으로 가부리고 나 혼자 남아부렀네. 그서 가만히 있은게 끙끙 앓는 소리가 앞에서 나. 그서 예끼– 죽으믄 죽고 살믄 살고, 뻑뻑– 기어간게 큰애기가 허벅다리가 맞아부렀어. 큰애기여. 근디 저 따발총을 갖고 앙겄어. 따발총 갖고 있자니 아픈게 따발총 앞에 내뿌러 부렀어. 손들라 할 것도 없드만. 근게 잡었어. 아– 그래갖고 잡어논게 귀찮으네. 그서 따발총 그놈 들어메고 둘러업고 인자 중간만치 내려온게 부대들이 만나서 인자 교대로 업고 내려왔어.

왜 업고 내려왔냐믄, 거그서 막 잡음시로 물어봤지.

"너는 어찌서 가시내가 돼갖고 이런 디 입산했냐?"

그랑께 즈그 식구 살릴라고 했다고 그러네. 그서

"식구가 어찌게 생겼냐?"

그렁런 광주 육이오 때 중대장이여, 알고 본게 즈그 오빠가. 그른게 거그서 인자 줏어 싣고 왔제. 광주 갖다논게 그양 중대장이 가즈가 부렀어, 즈그 오빠가. 그래갖고 살았을 거야, 아마. 허벅다리 쪼까 맞은 것은 괜찮혀. 우리가 응급치료는 해갖고 내려왔은게. 그래갖고 그 뒤로는 그롷게 아슬한 꼴도 보고 죽을 고비도 많이 냄겼제.

[3] 화순 이서에서 반란군에게 습격당한 이야기

[조사자: 그렇게 죽을 뻔한 이야기도 해주세요] 이서로 또 응원 갔어. [조사자: 화순 이서로?] 응. 이서가 아주 산골짝이드만. 우리는 여긴게, 여그는 서울이여 여가, 거그께다 대믄. (청중 웃음)

이서에 가서 해어름이 돼갖고 저녁밥을 먹을라고. 지서에는 수가 많은게 들어가도 못허고. 앞에 거 밭대기, 산밭대기 쪼깐헌 거 거그서 밥을 해와서 먹는디 반 한 세 숟가락이나 떴등가 습격이 들어왔네, 인자.

아 그래갖고 막 총만 들고 포도시 들어간 거이, 정문으로 올라갔단 말야, 나는. 인제 우리 해 놓듯기 정문을 좋게 해 논 것이 아니라, 정문을 요롷게 해갖고, 정문을 들어가갖고 내가 요리 들어갔다, 요로코 올라갔다, 삼층까지 올라가거든.

삼층에 가서 앙겄은게 밑에 와부렀어. 젤 바닥에는 왔어, 인자. 들왔는디 지서를 다 들어와야, 들올라고 고놈들 그랬등가 어쨌등가 못 들와. 젤 바닥에 정문에 가봐야 앉어서 총만 쏘코. 근디 우에로 수류탄을 띵기는 것이 이단에다, 이층에다 띵긴단 것이, 그 우리는 삼층에가 있은게 괜찮애. 포 막 이런 놈으로 깔고, 거그다 또 가마니때기를 깔고 그래놔서 암시롱 안 해. 수류탄 그른 거 총 쏴도 안 된다고. 아– 근디 얼마나 있은게 그놈들이 후퇴허드만. 허다 못헌게.

우리가 수가 너무 많았제, 그때. 일 개 지서에 가서 평균 한 칠팔십 명 되얏거든. 그 이서가 그때 팔십 명인가 구십 명인가? 아주 산악지대라. 대한청년단 데려다 발령내갖고 의경으로, 그서 거그서 죽을 고비 한번 당허고, 거그서 한 인자 일주일인가 열흘인가 있다가 옴시로, 무등산에서 습격당해갖고, 차타고 온디 차가 습격당해서 차가 아래로 궁글어부렀어. 거 건너로 도망간디 거그서 한번 죽을 뻔허고.

[조사자: 그거 좀 자세히 얘기해주세요.] 한 이주일인가 있다가 온디, 무등산 중간마치 내려와서 커브가 이로고 생겨갖고, 꼬불꼬불한 커브가 가까운 디가 하나 있었어. 요새 같으믄, 요새 지금 질 내느라고 저 구멍 뚠 디 있어. 산 구멍 뚠 디, 그 다음 카브에 가 거그서 그랬어, 저수지 바닥 우에. [조사자: 잠복해있었어요?] 거가 잠복해갖고 있다가 우리 온게 차 앞바퀴다 쏴분디, 지금 그때 길은 거 차 비끼기 힘들어. 두 대가 지금 옛날 길에가 있드라고, 그래 아래로 궁글어, 저 아래로 궁굴었어. 사람은 안 다쳤어. 다 살았어, 하나도 죽도 않고.

[4] 경찰 정보수집원으로 있다가 반란군한테 잡혀서 죽을 뻔한 사연

[조사자: 대한청년단 단원이셨어요?] 단원으로 있다 다 발령 내부리고, 육이오 전부터 대한청년단에 쪼까 있었어. [조사자: 대한청년단에 어떻게 들어가시게 된 거예요?] 우리 외숙이 있었어, 지서에가. 그 양반 심으로 해서 늘 놀러 댕김시로 할 것이 없신게 대한청년단 들어가야지. 훈련도 받고, 그때도 거기 안 나댕기믄 의심받고 그랬어. 그런 때여 때가. 반란군 심바람 한다고 의심받고, 근게 여기 산골짜기들은 그전에 들어가기 전에는, 마을에 살 때 밤에 오믄 헐 수 없이 심바람 안 해줄 수가 없어. 총 들고 온디 밥 안 해줄 수 없고, 총 들고 와서 밥 해노라고 하믄. 낮에는 저 유격대들이 저 건네 능선에서 여기 우리 밥 해준 놈 다 딜여다 보고 앙겄다가, 다 밥 얻어먹고 간 뒤에사 동네사람만 불러다 디지게 뚜들고, 새끼들이 싸가지 없는 새끼들이였어.

[조사자: 어르신도 그렇게 당하신 적 있으세요?] 그 전에는 육이오 전에여, 그때는. 그때는 나 여기 동네 그양 있을 때고. [조사자: 육이오 전에, 단원 활동하시기 전에 마을에서 그냥 계실 때 이야기도 좀 해주세요.] 그때는 전에여. 사십팔 년도, 구 년도? 그럴 때는 반란군들 여가 많았어요, 불갑산이. [조사자: 산 이름이?] 불갑산. 불갑산에 그러고 경찰 수사대, 함평서에 있으믄서 사찰대 정보원 헐라고 내가 사찰대 정보 수집허러 들어갔다가 반란군한테 잽혀부렀어. 육이오 후로도, 긍기 저녁내 맞었제. 하이튼 팔뚝만한 작대기가 서너개 뿌러지도록 맞았는디, 나중에 더 뿌러진지 안 뿌러진지 모를 정도로 맞았어. 아주 죽이기로 작정을 헌 것이제.

그른디 새북녘에 몇 시나 됐등고? 인자 봄이여. 보리모가지가 늘늘허는 때인디, 달이 인자 떠오르드만. 딸이 떠오른게, 천지봉이라고 여그서 저 나산가믄 천지봉이라고 산이 있어. [조사자: 천지봉?] 천지봉. 그 산이 비탈지게 꼭 이러고 생겼어. 베랑빡 같어. 올라 갈라도 앞에 풀잎싹이라도 잡고 올라가야제 그냥 못 올라가, 어찌게 깍지른지. 그런 산 중간만치를 나를 끌코 올

라가드만, 세 놈들이. 나는 인자 하도 맞어논게 기진맥진해갖고 끄집은게 끄집는대로 따라가지.

가서 누웠은게 뭣을 딸그락딸그락- 해싸. 그서 본게 인제 내 구댕이 파는 모냥이여, 자갈밭에다. 그서 내가

'자갈 구댕이 파는구나!'

허고,

'이 새끼들 물이나 잘 빠지는 디다 판다냐?'

허고 누웠는디 어둠이 잔뜩 내려와. 그서

"야야-, 이놈들아! 나 소변마려 죽겄다!"

한게

"앞에 보다믄 끌러주마."

그서

"야- 이 새끼들아! 죽는 놈이 맘대로 오줌이나 싸고 죽자!"

근게

"금, 그래라."

허고, 손을 인자 요로코 쩜매 놨는디, 새내끼로 쩜맸는디, 붓어갖고 새내끼가 손으로 들어가서 인자 칼로 찢어서 뺐어. 그래갖고 끌러줘서 한참 주물주물한게 손이 그때사 피가 통했어. 인자 소변을 보고난게 구댕이 다 팠다고 인자 파놓고는 델러 왔어. 그서 갔제. 간게 이만하게 파갖고는 나 한자 들어서분게 다 차지해부렀어. 근디 뒤엣놈이 칼 들고 있제, 요짝엣놈이 카빈 들고 있제, 요짝엣놈 몽댕이 들고 있제, 카빈 든 놈이 나한테다 요로코 뒷짐을 져. 실탄 한 발 있었등가벼. 장전 딱 해놓고는

"요 봐라. 실탄 장전됐다이. 도망가지마라."

그러드만.

"야- 이 새끼들아! 내가 도망가겄냐, 이롷고 맞어갖고?"

그러자 내 옷이 깨끗해. 그때 미제 작업복을 와이샤쓰 식으로 딱- 윗도리 맞차서 입고, 맹글어 제작해갖고 쓰봉이랑 깨끗허니 좋게 입었제. 경찰계 있은게, 인자. 옷이 욕심났어, 이놈들이.

그래갖고는 모가지를 요로코 칼 든 놈이 더듬드이,

"야, 너 죽기 전에 옷을 우리한테 줄 수 없냐?"

그러드만. 아이 죽는 놈이 깨벗고 죽으믄 어떨란댜.

"빗겨 가그라."

그랬그든, 나는.

"빗겨 가그라"

그란게,

"기왕이믄 니가 벗어준 놈 입을란다."

그래. (청중 웃음)

"그름 그래라."

그서 요로코 끌러갖고 요로코 헌게, 요짝엣 놈은 총 들고 저리 기어가고, 요놈 요리 기어가고, 뒤에 칼 든 놈은 뒤에로 기어가는 통에, 뒤에다 언덕에다 대고 그양 내가 굴러부린게 한 삼십 발 위치가 떨어져부러. 한 삼십 메다 돼. 거그서 내가 궁글어갖고는 인자 튀었어. 그때는 죽기 아니믄 살기로 튄게 튀겄드만, 아무리 맞었어도.

그서 저 건너 산 중트막에 올라가서 있었어. 저 건너 산 중트막에가 있은게, 부대가 인자 나중에 와서 쏟아졌는디, 그 새끼 그 몸뚱아리로 이 똘을 못 건넜은게, 이 똘 안에만 샅샅이, 하이튼 나무 풀섶 밑에라도 다 비라고 그런단 말이여. 아이 그 소리를 들어분게 한 발도 못 가겄네. 이미 똘을 건너서 저 산 중트막에가 있는디, 요, 요 발로는 못 갔은게 요리는 비지 말고 요리만 비라고. 근디 거가 사십여 명이 있었어, 그 새끼들이. 그서 그놈한테 그렇고 투드려 맞고 거그서 살아나온 일이 아슬아슬해.

그 너메 산 너메로 포도시 산 하나를 인자 궁글어서 넘어왔어. 그 날샌게 오도가도 못해, 인자. 그것들 거그서 있는디, 인자 바로. 대밭 속에로 숨었어, 인자. 대밭에가 인자 대포리가 많이 있드만. 그서 딱 내 몸뚱이를 덮고 눈만 말똥말똥 내놓고 있는디, 풀꾼들이, 나뭇꾼들이 나무하러 왔어. 그서 그러고 이놈으 새끼들 안옹갑다 그러고 누웠은게, 논에다가 옛날에는 풀 비어다가 농사를 짓거든. 근게 그놈을 하나로 베다가 딱 놓드만, 바로 내 곁에다. 젤 나중에 온 놈이, 근력이 젤 시게 생긴 놈이 거그다 놓고 그래. 그서 '너 같으믄 쓰겄어.'

그러고는 인자 가마이 보고 있은게 또 하나가 해갖고 와. 그서 내가 폭폭— 기어서 나왔제. 나와갖고 오늘 일당이 얼마든지 줄텐게 빨리 지서에 가자고. 그래갖고는 거그서 인자 지서에까지 오는데 한 십 리가 더 돼. 한 이십 리 가까이 돼. 십오 리는 넘제. 근데 한 십리 남짓 와갖고는, 그래놓고는 쉬도 않고 거까지 왔어.

"아유— 나 더 못 가겄다, 더 못 가겄어. 인자 여그는 반란군 안 올틴게 빨리 지서에 가서 연락을 해라. 나 이만저만해서 어뜬 사람이 산에서 반란군한테 맞아갖고 죽게 생겼은게, 니가 여따 져다 놨다고 빨리 가서 지서에다 말해라."

그서 말해갖고 소장도 오고, 사찰주임도 오고 다 왔드만. 그래갖고 인자 올라 왔는디, 거그서 인자 서장이 데려다가 그 이튿날 조회허고 내가 살았어.

[5] 얼결에 쏜 박격포 덕에 살아남은 사연

[조사자: 반란군 잡으러는 순천, 화순 이런 데로만 쭉 다니신 거예요?] 아니지. 영암 월출산도 대니고, 다 대녔지. [조사자: 영암 그쪽도 반란군 진압하면서 일이 많았던 데죠?] 월출산을 가므는 방짝굴이 많애. 이만해.

월출산을 첨에 간게, 한 오십 명을 분명히 보고 쫓아갔는디, 아— 가니 하나도 없어. 아이 찾을 수가 있나, 해는 넘어가고? 근디 나온게, 내롸버렸는디 그 다음에 가서 수색헌디 봉께, 방짝 하나 들믄, 거그 방짝이 좋아. 요새 방짝마니 안 생겼어. 방짝갖고 요놈의 시키들이 요리 굴려놓고 저리 굴려놓고, 여기서 저리까지 굴려놓고 별 짓거리 다해놨어.

사흘간에는 아프다고 안 가부렸더니 수색작전 들어가부렀어. 그래갖고 사흘 만에 안 갔는디 나 안 간게 또 부대는 성전으로 엥겨버렸어. 성전이라고, 강진으로. 아— 근디 내무반 지킨 놈이 나허고 딴 놈허고 둘인디, 둘이 걸어오라고 연락만 하고는 가버렸어, 부대는.

아— 그래 둘이 거까지 갈려믄 사람 죽을 일이여. 근디 여그서나 말하자믄 한 십이 키로가 더 돼야. 사사 십육 될 거야. 그렇게 된디, 거그서는 물어보믄 십리여. 한 시간 갔다 물어봐도 십리, 또 삼십 분 가서 물어봐도 십리. [조사자: 사십 리 되는데요?] 영암서 강진이란 디가 십리 남었다고 그래. 십리라 개서 옳다 하고 갔거든. 한참 가도 물어보믄,

"이제 한 십리 남었어라우."

또 을마나 가도 십리. 그런 소리 들을 때마다 못 가겄네.

그러다가 잔등을 딱 만났는디, 잔등을 넘어가야 한디, 잔등 아래서 고것들니 놈들이 빈집으로 요로고 들어가드란 말이여.

'요것들이 무장부대믄 어떨꼬?'

하고는, 그나저나 살짝살짝 기어서 가. 질가, 질만 딱 따라서, 질을 모른게 찻길 따라가야 한게 어쩔 수 없지.

찻길 따라서 간게 두놈으 새끼들이 나와서 구경을 하고 섰단게.

"야— 저것들이 선발치기, 선수치기 전에 우리가 사격해부리자. 그르고 못 가믄 말지 어쩌까. 뒤로 돌아서 도로 영암으로 가자."

그러고 둘이 약속하고는 인자 사격을 거기다 대고 사정없이 쏜게, 쳐다도 안 보고 총구만 거쪽으로 두르고 막 쏘는 거여. 근디 그짝에서 응사가 없어.

무장이 있다고 허믄 응사를 헐 것인디 응사가 없으믄,

"저것들 비무장이다. 넘자."

그래갖고 넘어서 성전까지 찾아갔지. 겁나게 먼 디가 성전이여.

그래갖고 그 이튿날에 장흥 국사봉이라고 있어. 장흥 거가 국사봉이, 영암 국사봉, 장흥 국사봉, 나주 국사봉이 있단 말이여. 그 산골짝, 그 국사봉이 연결된 디라. 여그 불갑산보다 훨씬 산중이여. 장흥 유치골짝.

근디 인자 거그는 요쪽에서 우리 가고, 저쪽에서 가고, 삼 방면으로 인자 포위작전허기로 하고 우리가 신호를 받고 가거든. 아이- 중간만치 갔는디 쬐깐한 부대를, 소수부대를 엥켰어. 그래 쏘다가는 전쟁, 거그서 저쪽 허다가 그양 박격포 사수가 이자 맞아부렀네. 그래 박격포 사수가 없어. 근게 다시 박격포를 내가 그래서 추켜들었단 말이여. 인자 갖고 가라고 해서. 근디 나보고 박격포 쏘라고 하는데 박격포 생전 만차도 안 봤어, 나는. 생천 만차도 안본 놈보다가 박격포 쏘라고 하니 사람 돌을 일 아녀?

그러다 인자 요리 요롷고 요 봉에서 지금 나보다 쏴보라고 한디. 한 번 연습해보라고 그런 식이여. 요리 해서 짤목아지 요록 해갖고 저리 국사봉을 가야된단 말여. 금 그리 가믄 뒤에서 붙을라고, 그 밑이가 시커머니 들어붙었어, 즈그 속으로는. 근디 우리는 꽁댕이가 있은게, 밑에서 인자 이놈 시키들 요롷고 내려서 저리 가기만 기다리고 있어. 그럴 때 인자 요놈들이 뵈불라고.

아- 근디 우리는 쉬어갖고 뭣 모르제. 지금 그 짓거리가 아니었으므는 우리가 틀림없이 많이 죽었어. 근디 박격포 한 번 시험 삼아 쏴보라고 해서 저 건네 산에다 대고 쏴보라고 그래. 그서 저 건네 산을 목표로 쏜다고 쏜 것이, 니미 빠짝 내 앞에 가서 한 오십 미터 밑이가 떨어져부러. 거기서 떨어진게 개미 새끼마니 도망가, 요놈 시키들이. 우리가 알고 쏜 줄 알고. (청중 웃음) 아이 그래갖고 거기서 조대를 용케 모면했제. 그날 그놈을 안 쐈드라믄 그 지내가다가 전쟁, 그때 뒤에서 때려부리는데 많이 죽제. 근디 그놈 쏜 게 알고 쏜지 알고 절로 도망허는디 숱해, 개미새끼마니 그냥. 불발 쏜 것이 잘

되얐어. 근게 중대장이

"야, 너 알고 쐈냐, 모르고 쐈냐?"

(청중 웃음) 그 중대장이믄 경위여. 소대장이믄 경사다. 이 그래 거그서 그거 쏘고 전쟁허다가 세 부대가 만나기로 한 장소로 가도 못 허고 말았어. 장흥 국사봉이 목적지였는디 거까지 가도 못 허고, 그짝이 산중이 더 많어, 산꼬랑이가.

[6] 지위 앞세우다 죽은 지서장

[조사자: 직접 만난 적은 없으세요?] 전쟁 험서 직접 만날 수는 없제. 습격을 당할 때는 저놈들이 도망가니라고 볼일 못보고, 또 안 당했을 때는 우리가 수색을 허니까 저것들이 도망가고 하니까 직접 만날 수는 없제.

장성 사창이라고, 요 사창 사거리라고 장성 갈 제, 자네들 고속버스타고 왔어? [조사자: 열차 타고 왔습니다.] 열차 타고 가믄 장성 갈 제 있제? 전라도, 전라남도 북도 경계. 거 남도 사창서 있을 때도, 그 저 고승산, 사거리가 고승산이 있는디, 뒤에 봉댕이가, 주산이 고승산, 주천자 뫼 있는디 [조사자: 거기 주천자 묘가 있어요?] 응. 주천자 묘는 그때에도 그렇게 반란군이 버글버글 허고, 올라가 댕겨도 벌초허는 사람 알들 못해, 누가 헌지를. 근디 그 벌초, 주천사 묘소 풀만 뜯으믄 재수가 있다고, 풀이 요만치도 안 질어. 그 난리 속에도 요만치만 질믄 비어부러. 누가 빈지 모르게 와서 벼. 올라가 보믄 벌초해갖고 있어. [조사자: 어르신은 안 벴어요?] 우리가 그른 거 빌 시간이 있간.

근디 한 번에는 고승산 주천자 묘소 구경허고 능선타고 이러고 인자 수색허러 가는디, 우리 중대장이 즈그 내보가 있어가지고, 아내가 조금 아퍼가지고는 즈그 집이를 갔었단 말이여. 보성 사람인디. 아 근게 사천 지서장이 경위고 우리는 인자 중대장이 없으니까 경사가 인솔해갖고 가. 그 고승산 꽁댕이서 내려오라는디, 우리보고 옹색헌 디로 내려가라고 허네. 우리는 인자 경사가 경위한테 꼼짝 못 헌게. 그르고는 경위는 내려가기 좋은 디로 고랑으로 고로고 내려갈라고 내려갔어. 니미 우리는 옹색헌 능선으로 저리해서 돌아가라고 해.

한 반쯤도 못 왔는디 저 아래 내려가다 콩 튀는 소리가 나대. 콩 튀는 소리가 나제, 총 쏘는 소리가. 그서 우리가 또 응수함시로 쏘제. 눈에 비도 않는디. 쏨시로 간게 다 죽을 놈은 죽어부리고 몇 안 살아갖고 도망가는디, 지서장은 죽어갖고 지서장 권총까지 싹 뺏겨부리고, 총을 그날 한 일곱 정인가 뺏겨부렀어. 저 사거리 지서장이, 직원이, 우리는 속으로 우리가 고리로 내려올 참인디 지가 고리 가고 우리는 옹색헌 디로 보내서, 옹색헌 디로 간 놈은 살고 내려가기 한가헌 디로 내려간 놈은 죽고. 그래갖고 사거리 지서 직원들이 한 백 명은 되야. 근디 그날 부상자가 한 십여 명 되고, 죽기는, 총까지 뺏겨분 사람이 한 일곱인가 되얐어.

[7] 장성 고승상 주천자 묘 이야기

[조사자: 주천자 묘는 왜 주천자 묘가 된 거예요?] 주천사 묘소? 옛날 어른들 말 들으믄 주천자가 중국 사신이여. 요새 같으믄 대사. 근디 주천자가 한국을 생각해서 무슨 일이고 해. 중국을 위해서 해야 한단 말이여. 중국서 뭐이 어쯔고어쯔고 해라 하므는, 미리서 한국 사람들한테 갈차줘갖고, 요로코 허믄 손해 안 난다 요로코 허믄 이익 본다 그런 것을 갈차주고 한국 편을 많이 든디. 저 중국서 왕이 그 주천자를 한국서 내쫓아부렀어.

"너는 한국 가 살으라."고,

그래서 한국으로 쫓겨나갖고, 쫓겨나갖고 있은게 한국 왕이 그냥 보믄 안 된게, 이 저 요새 같으믄 증명을 해줬지, 인자

"아무 데를 가도 극비리 대우해라." 하고.

근게 아무 데 가고, 얻어먹는 것도 걱정 없고 대우는 좋아. 근게 그 양반이 각 고을마다 대니고, 자기 가고자픈 데를 대니고, 여그 와서 그럭 편허게 살았어. 그러다 돌아가신디 묫자리를 자기가 잡아놓고 죽었어.

[조사자: 그래서 거기서 자란 풀을 그렇게 많이 가져가나보죠?] 벌초, 벌초. [조사자: 벌초해주느라고?] 그릏게 그 난리 속에도 누가 하는 줄 몰라. 풀이 요만치도 안 질어. [조사자: 거기 벌초를 해주면 좋을 일이 있대요?] 좋은 일 있대. 아들 못 난 사람은 아들 낳고 [조사자: 아 그러니까 자랄 일이 없구나?] 임자가 없어. 거가.

여그 기남씨도, 금산리 기남씨도 그양 내려와버렸다고 해. 그날 간게 아칙에 뜰어부렀다고 해. 시 번, 시 번을 갔는데 시 번 다 허탕해부렀다개. 그러고 안 간다개. 시 번 갔는데 시 번 다 허탕하고는 안 간다 개. [청중: 잘 해야 돼. 지키고 잘 해야 돼.] [조사자: 지금도 있습니까?] 응. 지금도 있어. 장성 [조사자: 고승산 거기가 어디라구요?] 고승산이 저 장성 북이면, 여기서는 사거리 역전, 사거리 역전이여. 거그 기차 있는 디, 사거리 역전이고 거그가 면으로는 북이면이여.

[8] 전쟁 당시 국군에 의해 희생당한 마을

그때 당시 군인들이 무조건 지내간 뒤로도 여기 사람, 산중 골짝 있는 사람들은 다 쏴 죽어부렸거든. 무작정 저 그런디, 예를 들어서 애기 업고 있는 여자도 애기 업은 채 쏴죽이고, 애기 안 죽이고 저그들만 죽인 놈도 있고, 그니까 애기가 등어리서 울다가 지쳐서 죽은 놈도 있고, 산고랑이서 애기 업은 여자를 죽여부리고 애기는 어디로 갈 것이여. 애기는 등어리에 있다 결국은 말라 죽지. 그런 일도 있고 진실화위원회서 다 애기를 했지. 그래가지고 그것이 다 성공을 했지. 그래서 지금 순천대학교 가서 158군가, 9군가? 순천대학교에 지금 보관돼갖고 있지. 잡아서 그냥 엮어놓고, 모타놓고 구댕이다 쏴 부리지.

[조사자: 이 마을에도 그런 게 있었어요?] 이 마을에서 그러고 많이 죽였지. 여 뒷산 저 아래로 내려가믄 능선 타믄 저가 죽인 디가 있어. [조사자: 반란군 가족이라고?] 무조건 반란군이라고 그냥 다 갖다 죽여부렀어, 애기고 뭣이고. 요 너메 고랑에가 애기가 메칠 울다가 혼자 죽은 놈 있어. [조사자: 마을 주민들이 그 애기를] 뭣이, 내 몸 챙기기도 귀찮은디 그거 데려다가 누가 키워. 그때 당시는 내 입에 들어갈 쌀도 없는디.

[조사자: 거기서 살아남은 분은 안계세요?] 그런 사람들 많애. [조사자: 말씀 좀 해주세요. 그때 잡혀갔다 살아오신 분들] 잽혀 갔다는 못 살아 나와. 다 죽어부렀어. 거따 다 묻어놓고 죽여부린디.

[조사자: 그날 있었던 이야기를 들으신 건 없으십니까?] 전쟁해서 진주해서 몰려오는데 마을 사람들이 도망간 사람도 있고 집에 있는 사람도 있고 여러 가질 거 아녀? 거 다 잡아갖고, 옛날에 인민군들이 여가 많았어. 마을에가 후퇴헐 때 즈그들이 후퇴험시로 요 산중으로 많이 들어갔거든. 그래갖고 호를 요로고 산 능선마다 파놨단 말이여, 전쟁허기 좋을라고. 근디 그 호에다 모다 다 묻어놓고 다 죽여부렀어. [조사자: 누가요? 인민군이?] 군인들이 잡아다가. [조사자: 국군들이?] 응. 군인들이. 50년도 2월, 2월 10일인가? [조사자: 인민군 아닌 사람도 있잖아요?] 아니지. 인민군들은 즈그들은 잽히도 안 해. 우리도 인민군 말만 들었지 구경도 못했어. [조사자: 무조건 반란군이라고 끌고 가서 죽이는 거죠?] 반란군이라고 무조건 죽여불고, 그런 정도는, 그 사람들은 다 그 사람들도 다 무전기 갖고 있어. 근게 전쟁 여그 군인들이 치러온다? 벌써 오늘저녁에 다 빠져부러. 내일 치러 온다믄, 그믄 모르는 사람들만 여가 있다 모두 웅실웅실 당하는 거지.

[조사자: 몇 분 정도 돌아가셨어요, 마을에서?] 여그서 멫 분이라고 헌다. 하이튼 여그허고 여그 있다가 죽은 숫자가 1005명이, 군인들이 보고허기는 상부에가 보고허기는 1005명으로 돼 있어. 1005명으로 돼 있는디, 우리가 조

사한 바에 의하면은 신고자가 196명이고 그 외에 안 헌 사람들도 우리가 알기로는 일, 이백 명은 된단 말이여. 그런디 딴 사람들이 안 헝께, 접수를 안 헌게, 잊어부릴라고 그런가 어쩐가 안 헌게, 신고자가 196명인가 돼. 그런디 거그서 지금 우리가 191명이 확정됐제. 열한 살, 열시 살 모다 그런디, 여자들 그런 사람들 반란군이 다. 11사단이서 확정을 허고 그랬다는디, 확답을 했어, 또.

문경 같은 디도 저녁에 자는, 자는 동네사람들을 동원해갖고 쏴부렀잖아, 군인들이. 그래놓고 반란군 잡았다고 **[조사자: 반란군 잡았다고 인원을 보고하면 포상 같은 게 있나요?]** 그러제. 그래서 인자 상관, 직속상관한테 보고했어. 근게 여그 경상남도 거창이라고 알랑가? 거창 사건 같은 것도, 느닷없이 자다가 새북에 그 동네 가서 홱 둘러 포위해놓고 싹 나오라고 해갖고 다 죽여부렀잖아. 그래놓고 그 이튿날 작전보고 띠기는 반란군 멫 백 명 잡았다고 그러고.

[조사자: 반란군들 밥 해주다가 잡혀가기도 하고 죽임도 당하고 하던데요?] 그런 양반들이, 여그서 밥해준 양반들이 요 뒷집 살았는디, 지금 같으믄 이장인디 그때 구장이여. 그른디 밥술이나 자시고 상께 밥 얻어 묵을라믄 그 집으로 들와. 거기서 해준디, 그 식구가 다 살아계신 분이 아녀. **[조사자: 밥 해줬다고?]** 아니, 돌아가셨다고. 맞기도 그 집 메누리 무지허게 맞었어. 그 양반 나이가 저 양반하고 동갑인디 [조사자: 어르신 그때는 경찰 아니셨어요?] 그때는 아니었어. 사변 전이여. **[조사자: 밥 해줬다고 고초당하고 또 어떤 걸로 고초당해요?]** 밥 해줬다고 그러고, 또 보고도 연락 안했다고 그러고, 맨 맞는 것이여. **[조사자: 그 사람들이 반란군인 걸 어떻게 알아요?]** 태도 보믄 알지. **[조사자: 어때요 태도가?]** 태도가, 산 손님들은 대략 보믄 틀려. 이발을 못 했어도 못 했고 옷도 틀려. 옷이 이슬을 맞았다든가 다 뭣이 티가 나. **[조사자: 나무꾼들이 반란군들 심부름도 좀 하고 그랬다던데?]** 반란군들 심부름 많이 허제. 많이 허는 것이 팽 받아주는 것이제. **[조사자: 밥 날라주고?]** 아모. 밥이 한집이

서 다, 많은게 못 허믄 한집이서 해갖고 갖다 주고, 먹을 거 도와주는 거 백이 없어. [조사자: 다른 해꼬지 같은 건 안 했어요?] 즈그 심부름 안 해주믄 더 지랄하는디 [조사자: 어떻게 해요?] 잡아 죽일라고 하지.

[윤춘열: 육이오 지나서 뭐이냐 후퇴해부리고 여그 잔이병이 남었었거든, 육이오 되든 해에. 잔이병이 남어갖고 여그 불갑산으로 많이 모여들었어. 말하자믄 그때 빨치산들이라고이, 그래갖고 또 여그 인자 여그 사람들, 청년들 포섭해가지고 몇 군데다 모탔어. 각 군별로, 함평, 영광 뭐 나주 다 모였었어, 여가. 그래갖고 전라남도 도청까지 되부렀어, 여가.]

(이장님 통화 때문에 이야기가 잠시 중단됨)

[조사자: 어르신 이야기 해주세요.] [윤춘열: 그때 그래갖고, 여가 난리가 지대로 났지. 그때 사람이 많이 죽었어. 보름작전이라고 나중에, 여그서 몇 개월 근무했지. 그양 사방에서 싹 몰려들어갖고 모스크바 돼부렀지. 한마디로 말해서 정월 보름작전이라고, 그때 작전이 참 컸제. 여가, 여가 진짜 난리 나부린 거여.] [조사자: 보름이 정월 보름 말씀하시는 거예요?] [윤춘열: 그제.

음력으로 정월 보름.] [김석주: 양력으로는 오십 년도 이 월 십 일 됐을 거여.]

[9] 윤춘열: 보름작전 이야기

그때 여가, 지금 현재 면 있고, 군 있고, 다 있을 적에, 여가 다 있었어. 면 소재지까지 다 됐어. 그때는 사방에서 많이 모여 들었어, 사람들이. 젊은 사람들이 입산, 여 산으로 입산을 해부렀어. 그 바람에 여그 와서 사람들이 많이 모이게 됐어. 정월 보름작전 나가지고 그 뒤로는 다 이롷게 풍지박산 돼부렀제. 사람이 그때 많이 죽었습니다. 그때 인민군, 뭐야? 소위 빨치산이라고 해갖고 많이 죽었어, 그때. 산에서 근무헌 사람도 많이 죽고, 민간인도 많이 죽고.

[조사자: 그때 어르신은 뭐 하셨어요?] 육이오 되던 해에는 소년단에 들어갔어, 소년단. [조사자: 소년단이 뭐예요?] 소년단이라고 있었어, 육이오 때. 인민군들 내려와가지고, 그때 육이오 때 났으니까 여그서 팔 월 달까진가 살았었지. 여그, 여그서 정치를 했었어. 정치를 해가지고 도로 후퇴해부렀지. 팔구 월에 인자 후퇴해부렀어. 싹 후퇴해부리고 잔이병이 남어가지고 그때 그랬어. 인민군 잔이병이 남었었어. 올라갔다 도로 내려와부린 사람도 있고, 인자 여그서 남은 사람도 있고, 그래가지고 지리산 같은 데 인자, 큰 산에 모두 집중이 돼부렀어. [조사자: 소년단이 인민군 소속이잖아요?] 그때는 그랬제. 인민군 정치가 하는 판이라, 그때는이. [조사자: 그때가 몇 살이세요?] 나 그때 열니 살 먹었제. [조사자: 그러면 인민군 가고 난 다음에 고생 안 하셨어요, 그것 때문에?] 그떡에는 뭐 다, 그 뒤로 뭣이 해부렀제. 풍지박산 돼부렀제. 그래가지고 인자 우리 피난 대니고, 여그서 작전이 나부린게, 불갑산 작전이 크게 나부린게, 사방으로 풍지박산 돼부렀어.

[조사자: 보름작전 이야기 좀 해주십시오.] 보름작전이라고 여그서 보름작전 때 저 산 고지에 도치카를 타고 이자, 거그 인민군이 다 무장부대로 싸왔어.

근게 내가 말하자믄 군인들이 사방에서 싸고 들어왔제. 군인들이 말하자믄 경찰 군인 합동작전이 여가 들어왔어, 전부. 그래가지고 여릴 쳤어. 그래갖고 정부서 죽고 살고 해가지고 풍지박산 돼부렀제. 간단히 말하믄 그렇게 됐고, [김석주 화자: 양력으로는, 음력이나 양력이나 오십일 년이여. 오십일 년 정월이지.] 그 뒤로 그 이듬해 이월까지 잔이병이 남어서 저 토벌작전 있었고, 그때 작전이 그거여.

[10] 김석주: 순천대학에서 보름작전 때 죽은 시신들을 파내 보관한 이야기

(김석주 화자에게) [조사자: 어르신은 그때 작전에 참여 안 하셨어요?] 군인들이 전쟁 헐 때는 우리는 뒤에 있고 [조사자: 그래도 후방에서라도 뭘 하셨으니까 들은 얘기도 있으실 거고] 싹 잡어다 죽이고, 일반민들 군인들이 싹 쓸어가 부니까 없어. 구덩이다 몽땅 죽여부렀단게. 거그서 제일 많이 묻은 디는 간게 뻑다구 암 것도 없어. 다 가루 돼불고. 여가 뼈가 있는 디는 땅이 좋은 데여. 근게 백오십, 백구십여섯 구가 보관 돼 있단게, 저 순천대학교가. 순천대학생들이 여그 와서 팠거든. [조사자: 이거는 보름작전이랑은 상관이 없는 거잖아요?] 왜 상관이 없어? 그때 죽은 사람들이여. [윤춘열: 정말 보름작전이 최고 컸어, 좌우간.] 그때 그러코 많이 죽여부렀어. 근게 지금 순천대학교 가 있는 것은 이빨도 쬐깐한 사랑니까지 다 있는 놈 있어. 땅이 거가 좋은 땅인가벼. 애기 이빨, 애기들 사랑니도 다 있드라니까. 다 붓으로 씻어감시로 대학생들이 판디, 메칠 파. 이십일인가 했어, 여그서. 이십일인가 이십이일인가 했는디, 저 알콜 칠해갖고 순천대학교 보관해있어. [조사자: 유골이 나온 데가 이 근처라구요?] 여그. 여그서 한 십리나 된가? [조사자: 파논 자리가 표시가 돼있어요?] 사진 찍었다고. [윤춘열: 한이재 봉아리는 젤 많이 죽었는데 어째 거그는 안팠어?] 한이재 봉아리는 그때 우리가 판 게 대학생들, 순천대학생들 데리고 와서 판게 재땅이여. 땅이 순, 한 질을 파도 재땅. 그래갖고 거가 많이

있다고 했는디 간게 여그 뼉다구 한나, 요만한 놈 나오고는 암 것도 없어. 아무것도 없어. 요만허니 한 뼘이나 되게 애기 뼉다구 한나 나왔단게. [윤춘열: 거그 많이 죽었는디] 그래서 이제 파다 말아부렀제. 이빨은 있대. 이빨은 안 썩나벼.

거그를, 거가 말하자믄 거가 총사령관 자린가봅디다. 순전 재땅이라, 여그는 황토땅이고, 황토땅인디 좋아. 끈끈한 황토땅이 아니여. 여기는 재땅이고 그런게, 여그는 애기들 사랑니가 다 있단게. [윤춘열: 용천사 앞엔 다 녹아부렀구만?] 거그는 뼉다구 요만한 거 하나. [윤춘열: 그른게 재땅이라 다 녹아부렀어.] 죄 읎어. 땅이 뭐, 여그는 애기들 뼉다구도 그대로 있는디, 여가 참 명당인가벼. [윤춘열: 민간인들 안 죽은 사람은 다 그 꼬지가로 들어갔다는디, 그른게 거그는 무지하게 죽어부렀어.]

저 엄다사랑 거그서 총 맞고, 그 부대 속에서 즈그 동네 사람하고 같이 앙겄다가 맞었는디, 즈그 동네사람이 즈 모가지가 걸친게 그 속으로 들어가부렀어. 즈 동네사람이, 구댕이 속인디 무서워갖고, 즈그 동네사람이 모가지가 걸친게 그로 들어가갖고 즈그 동네 사람 죽어부리고, 인자 군인들 간 뒤에 구댕이서 나와 살았다고 해. 근디 그래도 대님시로 또 시방질 해갖고 그 사람들 니 방을 맞았어, 맞기는. 여그도 맞고 여그도 맞고, 니 방을 맞았어. 그래갖고 거그서 살아나왔어.

[11] 윤춘열: 소년단에 들어가 인민군들에게 교육 받은 이야기

나는 군대서 맞진 않았제. 그때는 피난을 대녔어도 [조사자: 피난을 어디로 가셨어요?] 산으로 갔지, 산으로. [조사자: 아, 산으로? 갔다가 내려왔다가 하셨어요?] 낮에는 산에 가서 숨고 저녁에는 해 넘어가믄 내려오고. [조사자: 남자분들은 다 내려가니까?] 그때는 쪼까 열댓 살 이상 먹었은게 다 때려 죽여뿐대. [조사자: 어르신 소년병 시절이면 인민군들이 주둔했겠네요?] 그러제. 그때는 주둔했제, 다.

[조사자: 그때 상황을 좀 얘기해주세요] 그때 인민군들이 막 내려와가지고, 여성동지들하고 내려 와가지고, 그때 한 열두 살, 열세 살, 그떡에. 그떡에 그 초등학교 졸업할 정도 그 정도 되믄 다 모여가지고 다 교육을 했어. [조사자: 어떤 교육을 했어요?] 요로코 요로코 허라고, 노래도 갈치고 그래갖고 소년단 노래 지금도 안 잊어부렀어, 나. [조사자: 한번 해주세요.] 여성동무들이라고 그랬제. 여자들이, 여자들이 다 그 군복입고 칼 들고 그러고 대니드라고. [조사자: 진짜 예뻐요?] 고동무라고, 그 사람도 나 지금 기억나는구만. 그 사람 참 독허드만. 아주 독해. [조사자: 왜요?] 뭣이 나 군인들, 말하자믄 군인들 말하는 거제. 그 사람들 엥키므는 그 사람들 그양 자살해부린다고. 그 사람들 손에 안 죽고 자살해부린다고. 지독헌 사람들이여.

[조사자: 배운 노래 좀] 인민군 애국가도 좀 알고, 소년단 노래도 알고, 그런디 그양 잊어부렀어. 잊어부렀어. [조사자: 기억나는 데 까지만] 애국가는,

(노래로) 빛나는 새조선에 밝은 앞길 열렸다

그러고 '아침은 빛나라'구나. [조사자: 아침은 빛나라?] 아침은 빛나라 이 강산, 그러구나. 그 애국가, 인민군 애국가 다 있는디 지금 기억이 안나, 알았는디. 그때 그런 교육을 받았어, 우리가. 그래갖고 저 정택이가 소년단장하고 내가 부단장하고 그랬거든. [조사자: 소년 단장은?] 나보다 세 살 더 먹은 사람이 했어. [조사자: 지금 계세요?] 저 광주 살고. 나는 그때 좀 어린게 부단장을 했고. [청중: 신고해야 쓰겄네, 잡어가라고, 부단장했다고.] [청중: 북한 애국가허고 그러니 그때 다 배웠단게, 우리가.]

[조사자: 얼마나 됐어요 인원은, 마을 소년단?] 그때는 솔찬했제. 그때는 말하자믄 국졸, 국민학교 대닌 사람 많았었거든. 그 사람들 다 소년단으로 들어갔제. 우리도 국민학교 대니다 그 난리를 만났은게. [조사자: 얼마나 있다 갔어요?] 아, 그래가지고 인자 후퇴해부렀잖아. 미군들이 막 폭격을 허고 밑에서 밀고 올라오고 그런게 후퇴해부리고, 나중에 잔이병이 남어가지고 여그서 인

자 청년들 포섭허고 어쯔고 헌 것이 여그 와서 집중이 돼부렀어.

그런게 그때도 보름작전에도 그랬어. 여그서 삼 일 간을 싸웠단게. 삼 일 간을 싸웠어. 진짜 빨치산들, 참 용감한 빨치산들이라고 허믄, 참 용감했어, 이북에서 내려온 사람들은. [조사자: 어떻게 용감했어요?] 아주 저 낙엽 떨어진 디 그 바탕에 가는 디 본게 낙엽소리가 한나도 안 나게 가드라고, 어트케 갔는고. 비호, 비호여. 훈련 받고 온 놈들이여. 그눔들은 다 살았어. 전쟁 통에도. 다 질러갖고 저녁에 후퇴해부렀잖아. 실탄 떨어진게 후퇴해부렀어.

그른게 여그서 잔이병, 거 무기, 총도 없고 말하자믄 그른 사람들, 비무장만 여그 떨어졌제. 그래갖고 그래가지고 칼이나 들고 몽둥이나 들고 대니고 그랬제. 그른게 진짜 인민군들은 다 빠져나가부렀어. 다 빠져나가부리고, 또 용감한 사람들은, 무장헌 사람들, 총 들고 대닌 사람들 저녁에 다 빠져 나가부리고 비무장들만 여기 남었제. 그 사람들 많이 죽었어. 그 나도 전쟁 후에 굿보고 그랬제. 어마어마했어, 난리가.

[12] 김석주: 인민군이 타고 다니던 말

인민군이 그롷게 많이 입산했다고 해도 읎어. 나주 국사봉서 말만 한 마리 봤네. [조사자: 말이 있어요?] 음. 말 타고 대녀. [조사자: 산에를 말을 타고 다녀요?] 인민군들 타고 댕겼어. 근디 우리가 들어간 담에 대작전에서는 미리서 다 빠지드라니까. 그때는 무전기 다 있은게 절대 못 만나. 근디 나주 국사봉에 가서 말 두 마리가 뛰어댕기드라고. [조사자: 안장 채워진 채로요?] 하만. 다 사람 타고 다니게꼬롬, 여그 사람들은 안 타고 대닌게.

[조사자: 그럼 이 마을에는 얼마나 있었던 거예요, 기간이?] 기간이라는 것이 여가 오십구 년도, 오십 년도 육이오 아니요? 육이오 후로 수복이라는 것이 시 월 십육 일부터, 학다리서, 목포서 수복허기 시작헌게 거그서 여그 온 것이여, 인자. 그래갖고 오십일 년 이 월 십 일인가? 그 무렵에 보름작전이 싹

몰살해부렀어. 그때 당시는 내가 전라남도 도청서 있고.

근디 전라도에서 인민군들이 다 못 들어간 디가, 진도까지는 들어갔어. 완도만 못 들어갔제. [윤춘열: 여그서 풍지박산 돼갖고 나중에는 전부 저 지리산으로 가부렀어.] 완도는 왜 못 들어가냐믄, 남평서 완도가 바로 멫 발 안 되잖아. 그 건너갈래믄 얼마든지 건너갈 수가 있어, 완도는. 진도는 그래도 거리나 먼디, 대교 높이 지어노믄 뭐해? 그래도 진도는 이 새끼들이 들어갔는디, 그렁게 진도 잔이병들이 죽었제. 진도 들어간 놈은 다 죽었어. 완도는, 완도는 거그서 거그라도 전라남도 경찰이 완도로 쫙 들어갔어.

한국전쟁 전쟁일지

김 영 태

“남의 집 있는 고구마, 솥에 가서 밥도 훔쳐 먹고, 길가 옆댕이, 전부 뭐 주인 뭐 피난민 헐 것 없어 그냥 쓰러져 자믄 되고,”

자 료 명: 20130510김영태(당진)
조 사 일: 2013년 5월 10일
조사시간: 95분
구 연 자: 김영태(남·1933년생)
조 사 자: 박경열, 유효철, 김명수, 김명자
조사장소: 충청남도 당진시 수청동 당진종합복지회관 유족회 사무실

[조사과정 및 구연상황]

김영태 화자의 조사는 당진종합복지회관 유족회 사무실에서 시작되었다. 이 사무실은 화자의 직장이었는데 업무 중간에 다른 장소로 이동하기 어려워 화자의 사무실에서 진행하기로 하였다. 사무실에는 회의를 할 수 있는 탁자와 의자와 구비되어 있어서 조사하기엔 더 없이 좋은 환경이었다. 화자는 날짜별로 기억을 할 만큼 한국전쟁에 대한 기억이 선명했다. 조사가 진행되는 동안 화자의 이야기는 마르지 않는 샘물처럼 그칠 줄 몰랐다.

[구연자 정보]

가족은 5남 3녀로 8남매인데 화자는 장남이다. 33년생으로 서울 용산고등학교 2학년이었다. 아버지가 상선의 주인이어서 여러 가지 생활필수품들을 실어 날랐다. 그 덕에 설탕을 맛본다. 19세에 집안에서 결혼을 시킨다. 군입대하여 훈련을 받고 1년 만에 집에 휴가를 왔더니 아들이 생긴다. 군에서 전투를 하다 6월에 부상을 당하고 병원으로 후송된다. 지신의 전쟁 체험담을 자료로 만들어 소장하고 있다. 자식은 2남 3녀로 5남매를 두었다.

[이야기 개요]

전쟁 당시 고등학교 2학년이었다. 학교에 가니 학생들도 없고 수업도 없고 해서 이상하다 생각한다. 삼팔선에 전쟁이 났으니 집으로 돌아가라는 공지를 한다. 27일에 피난민이 서울에 몰리기 시작했고 28일에는 한강 다리가 폭파된다. 29일에는 인민군이 인민공화국 만세를 부르면서 서울에 들어왔고 전쟁이 난 지 3일 만에 서울을 점령한다. 겨울 동란에는 대전에서 부산가지 걸어서 피난을 간다. 영동 옥천쯤에서 평택까지 온 중공군이 밀려 후퇴한다는 소식을 듣고 발길을 다시 서울로 돌린다.

학도병으로 자원입대하였고 장교 시험을 치러 52년 8월에 합격한다. 53년 2월에 육군소위 계급장을 단다. 전선으로 올라가기 전 일주일 휴가를 받는 것이 관례여서 당진으로 휴가를 간다. 휴가를 가자 입대 전에 급하게 결혼한 아내가 어머니와 함께 동시에 아이를 낳아 기르고 있었다. 상황이 긴박하여 전선에 투입된다. 4월 전투에 수류탄 파편을 맞았는데 그 후유증으로 아직까지 귀 한쪽이 들리지 않는다. 수류탄 파편을 맞은 후에 후송열차로 울산병원으로 이송되었고 울산병원에서 3개월 정도 있으니 휴전된다.

[주제어] 전쟁일지, 참전용사, 서울, 피난, 학도병, 육군 장교, 수류탄 파편, 부상, 병원, 휴전, 유공자

[1] 1950년 6월 26일에 학교를 가다

[조사자: 어르신 성함이 김 영자 태자 맞으시죠? 몇 년 생이세요?] 1933년 1월 10일 생인데, 실제 본 나이는 31년 생인데 호적이 아래 돼서 본 나이는 82세. [조사자: 여기 주소가 어떻게 되나요?] 당진시 수청동 1005번지. [조사자: 원래 고향이 어디?] 당진읍 우두리 1005번지. [조사자: 원래 가족은 어떻게 되셨었어요?] 가족은 아버지, 어머니, 5형제, 8남매. [조사자: 어른신은 몇째셨어요?] 장자. [조사자: 5남 3녀 중에 장남이셨어요?] 응. [조사자: 자제분은 어떻게 두셨어요?] 나도 5남매. 2남 3녀.

[조사자: 어르신, 전쟁이 50도년에 났잖아요. 그때 나이가 어떻게 되셨어요?] 그때 본 나이는 열아홉 살이었는데, 서울 용산 고등학교 3학년 때(2학년이 맞는 듯) 6.25전쟁이 났거든, 고향은 여기고. [조사자: 아, 서울에 계셨었어요?] 서울에 핵교 갔지. [조사자: 유학 가셨어요?] 말하자믄 지금 유학보덤 더 어려운거 갔지. 그때는, 지금 유학이 쉽지먼, 그때는 여기서 서울가서 핵교 댕긴다는 것은 참 어려운, 몇 사람 당진에서도 안 되는 때니까.

[조사자: 몇 살 때 올라가신 거예요?] 46년도. 해방되고 그 이듬해, 초등핵교 졸업하고 서울 용산 중핵교 가서, 거기서 핵교 다니다가 1950년도 6.25전쟁 날 때 2학년 시절에, 고등핵교 2학년 시절에 6.25전쟁을 겪고 인민군이 들어온 것을 보고, 고향으로 피난 와서 고향에서 있다가, 그담에 수복했을 때 다시 서울 올라왔다 1.4후퇴 때, 중공군이, 1.4후퇴 때 학도병으로 입대, 어차피 군대 갈 거, 군대 가서, 그게 학도병으로 입대한 게 52년도, 아 저 52년도, 3월 달인가?

[조사자: 어르신, 그 서울은 어떻게 가시게 된 거에요?] 핵교 가기 위해서. [조사자: 부모님이 보내 주신 거예요?] 그렇지. 여기는 그때 중핵교가 없었어. 당진 시는 중핵교가 없고 허기 때문에 초등핵교 졸업허고 46년도 해방되던 이듬해, 그렁께 나 나이 열 네살 때 서울로 올라가서 친척집에서 있으면서 핵교 대녔어. [조사자: 거기서 중학교 다니고 고등학교 2학년때 전쟁이 일어난 건가요?] 2학년때. 6.25 전쟁 일어났지.

[조사자: 그때 분위기 좀 얘기해 주세요.] 6.25전쟁 날 때? 6.25 전쟁 날 때가, 그날이 공일날이었어. 내가 용산구 원효로에서 살었는데, 공일날 오후, 여름인께, 한 4시쯤 됐는데, 내가 바로 그 길가에 살었거든. 6.25전쟁이 났는지 안 났는지도 모르는디, 추럭이다 엠쁘 달고 전방에서 휴가 나온 군인들은, 그때 휴가, 공일날이니께 외출이거든, 외출 나온 군이들은 빨리 전방부대로 복귀하라, 마이끄로 떠들고 대니드라고. 그게 무슨 소린가 하고 사람들이 수군수군허고.

근디 이사해서 고 옆댕이 파출소가 있는디 내 그때 첨 경험여, 그때는 라디오도 웬만 헌집 없었을 때니께 몰르고, 텔레비 같은건 생각도 못허고. 그 이튿날 핵교 갔는데, 학생들도 별로 안 나오고. 또 수군수군, 수업도 않고. 26날이지? 월요일날 아침에. 조금 있더니 지금 전선에서 전쟁 일어났응께 3.8선 일대에서, 학생들은 전부 집으로 가서 대기허라고, 그렇게 보내들라고, 보냈는디, 그때는 라디오도 있는 집이 몇집 안됐어.

고담에 27일 날 되니께 포소리가 북쪽, 미아리 이쪽에서 쿵쿵 포소리가 울리고, 그러고 난 다음에 피난민이 서울에 몰리기 시작혀. 구루마다가 피난보따리 갖다가 싣고, 소같은데 이렇게 하고, 등짝에다 지고, 남녀노소 내려오기 시작허드라고 피난민이. 그날 27일 날인가 아침에 또 핵교 갔어. 궁금해서, 핵교 가야 소식을 알으니께. 핵교 갔는데, 그때 핵교도 뭐 선생들 몇 있고, 학생도 눈치 보러 온 사람이나 있고, 수업도 않고.

그런데 오후쯤 됐는디, 영등포 노량진 쪽에서, 거기가 뭐가 있느냐면 지금 여의도 그게 공군 비행장이었어. 공군 비행장이었는디, 거기서 그 쌕~ 허고는 이북 애들, 그때는 어느 나라 비행긴지도 몰렀지. 집중 사격 했잖어 거기다가, 여의도 공군, 우리나라는 그때 정찰기밖에 없었어 여의도에. 여의도가 그 당시에는, 하나의 허한 섬, 모래밭 섬, 비행장만 하나 있었거든, 지금은 저렇게 됐지만.

[2] 1950년 6월 29일 인민군이 들어오다

26일 날은 그렇게 보내고, 27일 날 어수선허게 허구서는 피난 가는 사람도 있고. 그때 의정부서 난리 났다고 말여. 그렁께 우리는 뭐 이거 워터게야 되냐고. 영등포에 노량진에 아는 집이 있어서 거기 인제 당진서 온 친구들이 거기 몇 있고. 용산인게 걸어서 한강 다리 가는디, 27일 날 거기서 군인들이 무슨 작업을 하드라고. 지금 그게 한강 폭파야. 한강 인도교, 그때 다리 그거 하나밖에 없었으니께. 수도관이 인도교 다리 밑, 거기 근처서 뭐 공사를 허고 그러는디 몰랐지 뭔지.

그럭허고 있는디 내가 용산 원효로 경찰서 바로 옆댕이니까 바로 집이. 28일 날 새벽 2시쯤 됐는디, 그냥 탕-! 하는 소리가 나드니 하늘이 빨가. 노량진 쪽에. 그때 내가 살던 집은 일본사람들이 살다 간 적산가옥인디, 2층에서 살았는디 문짝이 떨어졌어, 그 폭풍에. 시계 보니께 그때 2시여. [조사자: 새벽 2시요?] 예. 29일 아침 일어나니까 탱크가 서울에 들어와 갖고 용산쪽으로 원효로 해서 막 군인들 잔뜩 싣고, 거기 양쪽 길가에는 인민공화국 만세 불르고. 서울에 뭐 전쟁이나 뭐나 이런 거 한번 않고 서울 점령당했다고 그때.

[조사자: 단 3일 만에?] 단 3일만에. 29일날 아침 그렇게 됐는디 그러자마자 이제 우리도 불안, 자꾸 나가보는디, 인민군이 그 한강에 전부 진을 치드라고. 그때 비가 많이 와가지고 한강물이 뻘겋게 흘러갔어. 피난 갈 사람, 다리가 끊어졌응께 피난 갈 수가 있어야지. 그때 피난 못가고 군인들 미처 후퇴허

지 못한 사람은 민간 옷으로 갈아입고 그냥 풍지박산 되고. 또 우리 고향에 피난 못간 사람은 특히 워치게 해야 될지 몰르고.

근디 뭐 듣는건, 신문도 읎지, 뉴스도 나오는거 읎지, 나가서 사람한테 듣는 그 애긴데, 나도 집으로 오야 되겄다, 해가지고 어떡허면 도망헐 수 있나 이런 것을 연구허는데, 뭐 건너갈 수가 있어야지, 다리가 끊어졌응께. 그리고 거기 쪼끔만, 마포 나루터 가믄 그전에 배들이 있었어. 피난민들 전부 배를 타는디 배도 타지도 못허지, 뭐 너무 과해가지고 가지도 못허고 하는데, 마침 워떻게 해 가지고선 마침 배 하나 얻어서 여럿이 타고, 밤에, 한강 건너가지고 이제, 걸어서 고향에 오니까, 이 당진에 내가 피난민으로 서울서, 그때는 열아홉 살 때, 젊고 허니까, 서울서 걸어서 여기까지 하루 반 만에 왔다고 집에까지.

이 당진 지역은 6.25 전쟁 났을 때, 대전까지 가드락 여기는 인민군이 오질 안했어. 당진은. 왜냐하면 주력 부대가 수원으로 해서 천안으로 연길로 대전으로 빠진께 여기는 오지거든. 지금은 서해안이 돼가지고 그 전에는 당진 올라믄 천안으로 이렇게 돌아 들어왔으니까. 여기는 인민군들이 진입을 안했었다고.

나중에 어느 때 진입했냐믄, 인민군들이 갑자기 당진에 막, 9월 달에 여기 주둔 허드라고. 해안가에 전부 주둔해가지고 당진 시민들 시켜서 땅굴, 교통헐라고, 전쟁헐라믄 땅굴 있거든, 파드라고. 그 내용을 어떻게 알었냐믄 나중에사 알았는데, 당진이 인민군이 주든 헌 것이. 인천 상륙작전을 헐라고 허는 맥아더 장군이 인천상륙작전이라고 허지 않고 기만을 했다, 흘렸다 이거야. 아산만으로 상륙작전헌다. 여기가 아산만이거든.

그랑께 인민군이 아산만으로 상륙 작전이, 여건이 좋다고 판단, 인민군이 그 정보를 듣고 인천에 방비를 허지 않고 안산만에 방비를 허다 허 찔렸다 이거지. 그래서 인천 상륙작전을 성공시켰다. 그때서 인민군이 들어왔다가 철수해서 나가고. 그것이 내가 민간으로선 다 겪은 경험이고 실전. [조사자: 그때 오셔서는 계속 여기 계셨었어요?] 여기서 그냥 피난 생활 했지.

[3] 1951년 1월 4일 친구들과 대전으로 피난을 가다

[조사자: 그리고 나서 전쟁이 끝난 다음에 다시 어떻게 됐어요?] 당진 끝나서, 수복, 9월 25일 날 수복 됐다고 해서. 서울 올라갔다가. 또 1.4후퇴가 터지드라고. 그랑께 또 서울서 또 피난 오는데. 피난 여기 와야 또 그럴 것 같고. 그려서 에이 그냥 거기서 후퇴헌다고 후퇴허고 저, 1.4후퇴때 후퇴해서 고향에 들리지 않고 중공군이 나올 때, 어디로 가냐면 대전으로 해서 부산으로 걸어서 피난가는 겨.

그때는 6.25때 겪었기 때문에 전부 남녀노소 없이 걸어서, 우리도 대열에 끼여서 가다가, 그 영동쯤 갔는데 중공군이 수원 밑에 평택까지 왔는데 거기서부텀 중공군이 밀려서 후퇴허게 된다, 그러고난께 피난 안가도 된다는, 뭐 딴거 없어, 서로 얘기 허는 소리 듣고 아는 거지. 그러고 전부 다시 올러가드라고. 올러갔을 때 올러가나 말으나 마찬가지니께 군에 입대허겄다고. 그래서 학도병 자원입대 했지.

[조사자: 고때, 영동까지 가실 때는 혼자 가셨어요?] 우리 일행들 친구덜, 서울 있던 핵교 친구들하고 같이. 몇 사람 같이. 그때가 제일 고생 많이 했다고. 추운 겨울이었거든. 51년도 1월 달, 2월 달 참 추웠어. 뭐 잘 데가 있어야지 피난 가는디. [조사자: 어떻게 하셨어요?] 그저 남의 집 처녀 밑에서도 자고. 어떻게 담요들은 하나씩 가지고 갔어. 배고프니께 먹을거 없으니께.

참 이런 얘기 허믄 안 되지만은. 남의 집 있는 고구마, 방에 있는 고구마도, 솥에 가서 밥도 훔쳐먹고, 그래가면서. 그때는 너나 할 것 없이 뭐, 그리고 인심은 좋았는디 밤마다 길가 옆댕이, 전부 뭐 주인 뭐 피난민 헐것없어 그냥 쓰러져 자믄 되고, 1.4후퇴 때 피난, 북한에서부터 내려온 피난민은 더 고생했지. 우리 서울서 부텀 옥천 영동까지 가면서도 그 고생을 했는디, 어떡혀 먹고 자고, 얻어 먹기도 하고 그저 사먹기도 하고, 사먹긴 돈이나 있나 또 파는 식당은 있나.

[조사자: 부모님도 계시고 장남이시잖아요. 1.4후퇴 때 서울에서 친구들하고 내려왔다 하지만, 당진에 있는 식구들도 걱정이 됐을 거 아네요?] 그때 당진 있는 식구, 걱정이구 뭐고 생각도 없었었고, 나이도 어리고. 그때는 이것저것 생각할 여지도 없고. 친구들끼리 그냥, 거기서 핵교 대니는 친구들끼리 가자. 우리가 갈 곳은 중공군이 개입해서 들어오기 이전에 부산 가야된다. 목표를 부산에다 두고 가다가 이제, 전쟁이 유엔군이 반격해서 수원 밑에 평택까지 내려왔다가 올러갈 때 그냥 멈춰져 있다가 어쨌던 군대 갈거 가다가 학도병에 지원했어.

[4] 1951년 1월 4일 대전으로 피난을 가다

[조사자: 당진에 처음 오셨을 때 9월 달부터 인민군들이 아산만에 있었을 때, 그때 여기 상황은 어땠나요?] 인민군들은 그때 여기 우리 집이 좀 잘 살기 때문에 집도 크고, 지금 그 집에 살지만, 좋아요, 집도 크고. 근디 인민군들이 와서 해변가 호 파고 헐 때, 나도 바로 우리 집 500미터 해변지리를, 바닷물이 거까지 들오거든. 우리 집 그때 호 파는데. 우리 동네 딴디는 몰러.

우리 동네 일개 분대 아홉 명. 인민군이 왔는데, 우리집에다 주둔했어. 우리집 그니께, 우리집이다 주둔해놓고, 그래놓고 있는디. 거기서 우리 또래에, 인민군이 적어요. 다 키가 적어, 그때도. 우리키만도 그때도 못했는데. 거기 내가 지금도 생각나. 그때 중동 댕기는 한 인민군 애 하나가 의용군으로 붙잽혀서 인민군에 편입해가지구 왔더라 이거여. 근디 경동 중핵교 다니다 왔다구려. 나이 열일곱, 우리보다 한 살 두 살 아래 되는데.

그뒤로 서울서 학생 뭐 헐거 없이 전부 젊은애들 붙잡어가지고 인민군에 입대시켰다 이거여, 인민군 해서 왔다고 귓속말로 해주드라고 난 용산 댕겼다고 허니께. 난 그 사람들 일허는디, 왜 집에 있으니께, 워처게 살라믄, 밥 해주지. 우리 식구들은 저쪽 사랑방으로 가고, 방 전부 대청, 그때 9월 달인께, 대청 넓은 방은 다 그 사람들 주고, 물 떠다 세숫물 떠다 주고 뭐, 밥 해 주고.

그러드니 호도 파기도 전에, 9월 28일 날 인천상륙작전이, 해안가니까, 포소리가 쾅 쾅 나드라고 그전부터. 그게 인천상륙작전이었는 모냥여. 근데 그 포소리가 나고 9월, 그러니께 벼가 누렇게 해가지고 지방 유지덜, 이분 덜은 산속으로, 들판, 벼가 누렇게 익어가니까, 전부 숨어서, 이렇게 허고.

여기는 비교적 지방 빨갱이덜, 지방 우익, 좌익, 얘덜이 과거에 이장 보던 사람, 뭐 군인 가족, 이런 경찰, 붙잡어다가 내무소에다가 잔뜩 수백 명, 경찰서 유치장에 들어갈 수 없으니께. 농협 창고라고 쌀 쌓아 놓는 보관창고,

거기다 갖다 넣어 놓고. 지방에 우익 분자들 개들, 우리가, 인민군들이 허는게 아니라, 지방 빨갱이들, 지방 좌익들이. 그렇게 허드라고.

그런데 갑자기 하루는, 바로 그 지금 거게가 지금 시내가 됐어. 거기 공동묘지 자린디, 총소리가 콩 볶듯이 들리드라고 새복에. 일시에 그날 밤에 인민군 애들이 다 철수했어. 철수할 때 다 죽였어. 수백 명 죽였지.

[조사자: 그 창고 안에 있는 사람을?] 창고 안에 있는 사람을. 이렇게 철사줄로 뒤로 엮어서. 거기서 죽였는디, 인민군 철수 안된 그, 후퇴허고 난뒤 그 가족들이 시체 붙잡고 울고 허는디 참, 우리도 가서 목격 했으니까. [조사자: 인민군들이 후퇴를 하면서 그런 건가요?] 죽이고 갔지. 좌익들이 인천 상륙작전 헐 때가 포사격 헐때고. 그뒤 여기, 여기는 상륙작전 안하고, 인천으로다가 상륙작전허고 나니까 여기 있던 군대들이 전부 후퇴허드라고.

후퇴 밤에 했는데, 하룻저녁 다 빠져나가는데 죽이고 나갔다고. 우익사람들을 좌익 애들이. 인민군들이. [조사자: 지방 빨갱들도 같이 후퇴했나요?] 다 같이. 그 사람들 가족이 지금 살으니께. 여기들 살지. 죽은 사람 가족도 살고. 지금 세월이 오래돼가지고, 우리나라가 지금 아직도 그 후손들이 아직도, 이게 여기 뿐만 아니고 전체 다 그러니께, 아직도 이게 지금 아물지 않앴어 상처가. 말만 못허고 있지.

우리동네도 그때 두 사람이 하나 내무소, 하나는 의용군, 나 같은 사람. 지금 그 사람들이 죽었는지 살았는지 모르지. 이북에 있는지 어딨는지 몰르지. [조사자: 지역 빨갱이들은 그때 같이 몰려갔고 나머지 가족들은 어떻게?] 가족들은 여기 사는데, 올러가지 못한 사람은, 국군이 들어오고 난 다음에, 아군이 거기 뭐 협조한 사람 많이 죽였어. 그렇께 서로 보복이지. [조사자: 그 당시에 그 가족들은.] 지금도 살어유. 우리 동네도 몇 호 산다고. 숫자가 많어요. 사실 말로 못해서 그렇지. 그래도 세월이 오래돼서 그렇지.

[조사자: 어르신 계셨든 우두리도 상황이 비슷했나요?] 거까지 바닷물이 들어왔는데, 지끔은 삽교천, 성문 방조대가 막혀서 안돌어오지먼, 그때는 물이, 큰 배가 거까지 들어왔거든. [조사자: 부모님이 어떤 일을 하셨나요?] 우리 아버지는 원래 농사 많이 지셨고. 아버지가 진게 아니라 그 일꾼 두고 많이 지셨고 그러니까 서울 가서 핵교 대녔고 그랬지. 그 당시 서울가서 핵교 댕긴건 당진서 몇 없을 때니까. 그리고 상선, 배, 인천허고 당진허고 교역허는 거.

왜냐믄 여기 바닷가니께, 농산물, 쌀이나, 농삿물 같은거, 화목, 장작같은 거 인천으로 가구, 인천서는 여기 필요한, 광목, 옷, 고무신, 설탕 같은 거 이 당진으로. 여기는 워낙 교통이 기찻길도 안 되고 찻길도 안 되고. 그때 추럭이란 건 해방되고 몇 대 있었었지 왜정시대 때. 추럭이라는 게 있지도 않을 때니까. 당진서 비교적 부유허게 살았었기 때문에 6.25 전쟁 나고는 아버지는 딴 디로 피난 가셨어. 집에 있지도 않고.

[조사자: 가족 전체가 피난을 간 거예요?] 아녀 아녀. 아버지 혼자 가셨지. 멀리 간 것도 아니고, 고 근방 친척집에. [조사자: 아버님은 상선의 선장이셨어요?] 주인. 우리 집은 부자였으니께. 할아버지 때부터. [조사자: 교육을, 장남이

시니까 가장 많은 혜택을 받았을 거 같은데.] 그래서 그 핵교를, 우리 용산 고등학교 대닐 때 51년 서울대핵교 제일 많이 합격헌 핵교라고, 용산고등학교가. 그때만 해도 큰 포부와 희망을 가지고 했는디 결과적으로 군대 가가지고.

[조사자: 학교를 못 마치시게 된거잖아요?] 고등핵교 2학년, 핵교 졸업장은 있어 왜냐믄, 그때 6.25 전쟁 당시, 군대 간 사람은 군대 입대 그걸로 해가지고 핵교에서 졸업장을 줬으니께. 우리 용산 동창들 가운데 6.25 나가지고 전사해서, 지금 핵교 가보므는, 뒤에 전사자 명단 보면 수십 명 있다고 우리 같이, 그때는 다 학도병 가서 다 죽을 때니까. [조사자: 형제 자매들도 골고루 교육을 다 혜택을 받았나요?] 바로 밑에 동생도 초등핵교 선생 했고, 그 밑이 동생도 선생 했고. 우리 아버지가 배워주는데서, 장사만 하고, 다 교육 계통으로 보냈어.

[조사자: 여자 형제들도 교육을 다 받으셨나요?] 여동생들은 아버지가 안 시켰지. 니덜은 가사나 잘하다 시집 가믄 된다고. [조사자: 아까 인천이랑 당진이랑 교류를 할 때, 인천에서 설탕 같은 것도.] 설탕, 광목, 고무신. 생필품, 그것을 우리 배로 실어다가 차가 없으니께 구루마로 몇 개 면 갖다가 파는, 물건을 실어나르는 배 선주. [조사자: 전쟁이 나기 전부터 설탕을 먹기 시작했다는 얘긴가요?] 아 있었지 그럼. 왜정 시대도 설탕은 있었지.

그 담에 소주, 빼주, 술 나무통에다 만든 거 그런 거 실어오지. 내가 알기론 우리 배가 바로 앞에서 닿거든. 실어 오믄 큰 배니까. 벼를 천 가마씩 싣고 인천 가고, 인천에서 올때는, 긍께 왕복 장사여. 여기서 갈 때는 주로 많이 가는 게 쌀, 그때 나무 땔 때 아녀, 장작, 화목, 이런 거. 주로 먹는 식량허고 나무 이런 거 싣고 가고, 올때는 각종 생활하는건 다 있었으니께 꺼먹 고무신여. 설탕은 밀가루처럼, 푸대처럼 되면은, 대꼬치로 해가지고 애들이 와서 훔쳐 빼먹고.

[5] 결혼하고 1952년에 입대하다

[조사자: 그럼 어르신 군대 간 얘기를 이제부터 본격적으로 해 주세요.] 예. [조사자: 자원입대를 하셨잖아요. 군대는 어디로 처음에 가셨나요?] 대전서, 갈라믄 기왕 배운 학력도 있고, 그때는 문맹, 한글도 모르는 사람들이 우리또래가 많앴거든. 왜냐믄 우리가 우리 또래가 왜정시대, 핵교 대닐때 전부 일본말 배웠지 한글은 안 배웠어. 그러다 해방 되고 그걸 배우기도 전에 6.25가 났으니께 우리 또래는 거의 한글을 몰랐어. 나도 초등핵교 6학년 때 한글 그때서 배웠는디 뭐, 초등핵교 6학년때 해방이 됐으니께. 이게 우리 세대여.

근디 그때 6.25전쟁 나고 한참 장교들이 부족헐 때, 갑종간부?라고, 간부급 장교 뽑는 거. 그게 시험이 있어요. 그 시험을 쳤어. 참 1등으로 합격됐지. 그 시험은 한 달에 한 번씩, 갑종간부 후보생. 거기서 82년도 3월 달에 합격을 해가지고. [조사자: 이상하다. 52년도.] 아 52년도. 합격을 해가지고. 논산훈련소가 처음 생길 때여. 거기로 입교해서 거기서 신병교육 받고.

그러고 인제 신병 교육 3개월 받고, 광주 보병 핵교 가서, 장교가 되는 후보생 교육 갑종간 후보생 교육, 6개월 받고, 그렇게 허고 93년. [조사자: 53년?] 아, 53년 2월 14일 날. 육군소위 계급장 붙였지. 우리가 광주에서 육군소위 계급장 붙이고 전선으로 올라가기 전에 참 이게 하루살이 소윈디. 옛날에는 육군 소위가 제일먼저 소대장이, 제일 먼저 전사하는건디. 일선에 올라가게 된다니께 그때부터 맘이 불안해져.

광주 보병핵교 옆댕이에 77육군 병원이라고 있는데. 거기에서 들려오는 소리가, 우리보다 14일 먼저 간 장교들이 벌써 부상당해서 거기 내려왔다, 그 사람들 말에 의하면, 지금 전선에 중동부 전선에 전부 치열한 전투가 전개되고 있다 허는 소리를 인제 들려오든, 올라가기 전에는 우리끼리 정보가 궁금헌께. 그래서 불안하지 마음이.

불안한데, 참 것도 우리 먼저 과거에는 육군소위 진급, 졸업허고 진급받고

일선에 올라갈 때 일주일간 휴가를 줬어 가면서. 집에 다녀가라고. 근디 상황이 급허면은 벌써 알어. 막 전선으로 그냥 막 거기서, 비행기로 어디까지 싣고 가냐면, 춘천까지 실어가요. 광주 고 옆에가 비행장이거든. 거기 벌써 사항이 크게 지금 전투가 붙었다 이거지. 우리도 그런걸 알고 있거든 관심이 그거밖에 없으니께.

우리가 졸업헐 때 추운겨울 아녀, 2월 달이믄. 군인들도 추울 때는 서로 전쟁을 못혀. 눈 쌓이고 춥고 허니께. 눈 쌓이고 추믄 전선이도 못 믹이니께 쌈이 안되지. 근데 마침 그런 기회를 타서 그런지 집에 일주일 휴가 보내주드라고.

그래서 인제 만 거의 1년 만에 집에 갔는데, 내가 그때 갈 때, 우리 아버지가 외아들 독신여. 그렇께 나를, 나이 열 아홉 살 먹었는디, 선도 안 봤어. 부자집, 양가집 규수라고. 할머니허고 그쪽 식구들허고 해서 맞선한번 보고, 군대 가기 전에 결혼시켜놨어.

[조사자: 휴가 기간에 결혼하신 거예요?] 아녀. 잠깐 당진 있을 때. 입대하기 전에. [조사자: 급하게 결혼하시고 입대 하신 거예요?] 결혼허고 올라갔지. 결혼허고 한 달인가 두 달인가 있다 올라갔는디. 갔다 온께 아들 하나 났어. (웃음)

열 아홉 살 먹어서 결혼해서 계가 살아 있으믄 지금 예순 한 살여. 우리 어머니도 막내 동생 낳고, 우리 안식구도 아들 낳고. 그런디 우리 아들이 내 막내 동생 보덤 같이 한 해에 낳는디 생일이 위여. 안식구가 어린애 젖을 맥이고, 그때 두 애를 이렇게 맥이고 있드라고. 우리 어머니가 노산했거든. 지금처럼 뭐 그런 가족개념 없으니께, 낳는 대로 낳는 거지.

마흔 어머니가 일곱 잡쉈는디 어른애를 낳었는디 늙었응께 젖이 안 나. 우리 안식구가, 누구냐고 헌께, 하나는 우리 아들이고, 하나는 내 동생이라고 (웃음) 우스운 애기지. 참말로. [조사자: 얼마나 놀래셨어요?] 놀래긴, 벙벙허지 뭐, 나야 아나?

그렇게 해서 휴가 일주일 다녀서, 어디로 내가 발령을 받었냐면, 여러분들 얘기 들어봤을껴, 5사단이라고 허면 열 세 부댄디. 그 사단은 6.25 당시 가장 많이 전쟁에서 희생된 5사단으로 발령났는디, 5사단이 어디 있었냐믄 춘천 우이 화천이라고 있죠. 화천에 백암산이라고 있어. 지금 전선에서 가장 중요한 곳인디, 화천 우에 흐르는 강이 평화의 댐, 북한강여.

평화의 댐 가보셨나요? 평화의 댐 강이 워디로 흐르냐믄 금강산에서, 이북 금강산에서 내려와서 화천 평화의 댐으로 해서 이렇게 춘천으로 오는, 그게 북한강인데, 시발점이 금강산, 강원도 원산 이쪽 거기 강이 굉장히 폭이 넓고, 화천 바로 댐 있는디가, 지금 평화의 댐 있는데가 고 앞이가 가장 전쟁이 심했던 데여.

춘천 거쳐서 거기 있는 부대로 배치 됐어. 거기가 이제 기마, 기마지구. 기마는 원래는 이북 땅이었는데 기마, 평강, 철원, 다 3.8 이북 땅이여. 철의 삼각지라고. 철원, 평강, 기마. 지금 철원도 반은 이북이고 반은 우리고. 평강은 완전히 걔덜한테 휴전 당시 내주고 나오고. 기마는 쪼금, 대한민국 땅은 쪼금만 있고 전부 이북한테 뺏겼어.

그때 갈 때는 어떻게 갔냐믄, 거기 들어갈 때 북한강 건너 배수진을 치고 있었응께 우리가. 갈 데가 전방인께 갈 수 없고, 강이 흐르니께 가지 못 허고. 지금 평화의 댐 있는 데까지 들어갔어. 거기서 강뚝을 타고, 백리길 가믄. 기마지군데, 5사단 있는디 배치됐지. 가장 휴전당시 전투가 치열했던.

[조사자: 첫 전투 어땠어요?] 구체적인 것은 내가 써 놓은 게 있어요. 책을. 간단하게 얘기 하자믄 거기 올라가가지고 처음 가니께 연대 오피라고. 구내

고지가 914고지라고 높은 봉우리가 있어요. 그 봉우리를 중심으로 강을 뒤로 배수진, 죽 전선이 전개됐는디, 바로 강이 미군 포 대대가 있고, 그 위에는 우리 연대 오피가 있고, 그 앞에 강에는 고무다리를 놨어. 왜냐믄 보급을, 후방에서 실어 올라므는, 강을 건너야 될 거 아냐. 고무다리 놓고. 이렇게 돼 있고 허는디.

우리가 삼사단 18연대 허고 교대를 시키드라고. 삼사단 18연대는 전방에서 오랫동안 전투해서 전투 능력이 상실 되니께 나오고, 우리는 거기 들어가고. 내가 배치된 것은 5사단 27연대 3대대 11중대, 삼소대장 육군소위 삼소대장여. 배치가 험악한 산에. 우리 그 전선 앞에는 중공군. 중공군인디 우리허고 거리가, 우리가 전소대니께 제일 앞에 나가 있어 내가. 걔덜 허믄 첨이 가서는 겨울이니께 춥고 눈이 많이 쌓여가지고 눈이. 전투를 못혀. 서로 지키고 서로 기습만 혀. 적진 가서 살피고. 참 그 추위에.

전투기 지나가면 서고 있고, 하루 밤새 꼼빡 않고, 새 소리만 벌걱 허는 소리만 해도 적이 침투해서 허나 그거 경계해야 되고, 또 우리도 거기 인제 수색 나가고. 이런 생활을 한 일 개월 쯤 허고 난 다음, 눈이 녹고 3월 촌가, 이렇게 되기 시작 헌께 걔덜이 슬슬 전투를 걸어오드라고. 군대군대 습격해서 아군을 사살하고.

또 우리도 반면에, 미리 나가서 적을 미리 발견해야 살고 이기는 거니께. 걔덜 오는 길목 있다가, 말 허면은 적진에 발견될지 모르니께, STL이라고 줄로 끌고 다니는 무전기 있어. STL. 그럼 전초, 물이 흐르니께, 계곡인께 적이 오는 이상한 사항이 있다 기미가 있다믄, 전화기를 물에다 대면, 저짝이서 알어들어. 우리 부대에서. 이것은 무슨 징후가 있다. 그럼 거기에 대해 경계허고. 말도 없구서 가까운 거리에, 또 어디가 적이 있는디, 몰르는디서 수색 경찰허고 기습허고 공격허는디니까.

그렇게 허다가, 조금 전투하더니, 완전히 4월달이 되니까, 본격적으로 대대적으로 공격해 와 중공군애들이. 그때 말허자믄 휴전을 앞두고 중공군의 대공격! 휴전되기 전에 중공군 인민군이 기마지구를 자기 땅을 차지햐. 백마 고지허고 전부 연결되는 지대인께. 평강, 왜냐허믄 북한은 철원평야가 제일 곡창지대여. 지금 식량이 읎는 원인도 거기 있다고. 이 곡창지대를 차지해야, 뺏겼든 곡창지대를 차지해야 됐기 때문에 전부 전투력을 거기 집중시키고.

서부 전선은 판문점 회담을 허기 때문에, 인민군허고 우리 유엔군하고 허기 때문에, 거기는 공격해서 올 수가 없어. 그때 휴전 협정이 끝나기 전까지 거기를 뺏고 뺏길 수가 없응께. 동부 전선은 산악 지대니께 또 깊숙이 올라왔으니께, 가치가 있고, 가장 중요한 평야 지대를 뺏을라고, 철원을 뺏을라고, 기마지대 뺏을라고 그게 철의 삼각지댄디, 거기 우측부대가 우리 기마지구 있는디, 5사단인디. 얘덜이 평야 지대서는 힘을 못 써요. 아군이 우세여. 포가, 화력이 우세니께.

근디 중공군은, 인민군 중공군은 인해전술로 허기 때문에 지형, 산 같은 이런 데서는, 중공군 애들이 모택동이 군대거든. 장개석이가 절단날 때 그 군대 때문에 절단났어. 중공군 애들은 숫자가 많으니께 은폐된, 산을 타고 올라오기 때문에 엄청나게 사람 숫자도 많지, 과거에 싸운 경력도 있는 중공군 출신이지 허니께 걔들이 가장 주력부대로서 5사단허고 붙었다 이거여. 철원 평야를 뺏겨서 거기를 뺏어야 철원 평야를 뺏거든.

그래서 인제 그 4월 달에 시작을, 본격적으로 걸어 오드라고. 근데 나는 제일선 소대로다가, 어데 나가 있었냐믄, 가장 적과 가까운 거리. 이 저 아군이 이 중공군애덜 진지있는 능선인디, 내가 이쪽 걔덜 중공군허고 거리는 불과 50미터. 그럼 거기 노출허믄 죽는다 이거여. 그게 저격능선여, 내가 있던 데가. 여기 저기 저격능선이라고 전사(戰史)에 나올겨.

왜 저격능선이냐. 노출되면 50미터 거리니께 그러고 양쪽이 전부 중공군한테 둘러 싸여있어. 이렇게 챗바퀴 둘러 싸여 있으니께 거기 안이 들어가 있거든. 그렁께 땅속, 땅 파고, 봉우리 해놓고. 굴은 교통호 파고 위장허고 거기서 한참 거기서 보름동안, 2주일 동안, 비 오믄 비 맞는대로, 세수 헐

데도 없어. 비 오믄 빗물 받아놨다가, 밥은 주먹만헌, 이 저 밥 뭉쳐서 짠 소금물에다 묻혀서 꼬추장에다 멸치 이렇게 해가지고 그거, 간스매, 미군애덜이 준 간스매. 그거 먹고. 땅속이서. 말할 수 없지 그 고생은.

노무자들이 많이 죽었어. 그때 노무자들 군대 넘어서 못가고 노무자를 불러다 총탄, 밥, 이것을 해서 후방에서 가지고 전선으로 들어와야 되거든. 긍께 들어오다 노출되고 포탄에, 언제 어디 포탄, 밥 가지고 오던 사람이 안오믄 전선에 있는 우리는 밥을 못 먹고 몇 끼씩 굶기도 허고, 말할 수 없지 뭐. 또 노무자들이 시체, 갈 때는 시체, 부상병 끌구 내려가거든. 에유. 이런 비참 헌 속에서, 구체적인 전투 있는 것은 저기 6.25 전쟁 기록사라고 저기 (김영태 어른신이 쓴 책을 가리키며) 기록되어 있는데.

[조사자: 그래도 어르신 이야기로 해 주세요. 직접 그게 생생해요.] 그렇게 해서, 참, 전쟁을 했는데, 그 대대적인 전쟁이 붙으믄 한 번 전쟁, 42명 일개 소댄데. 한 번은 중공군이, 우리 진지를 뺏겨서 그걸 역습허느라고 해가지고. 전쟁 허면은 오랫동안 24시간 하는게 아녀. 그냥 붙었다 허면은 첨에는 포사격허고, 끝나고 나면, 포사격 허고 나면, 전열이 흐트러지니께, 서로 가까운 거리서 총 가지고, 아주 가깝게 되면은 총에다 대검이라고 허거든, 도스께끼, 서로 찔러 죽이고 찔리고.

그 다음엔 수류탄, 가까운 거리서, 그거 끝나믄 한 편 쪽이 전멸허면은, 부상당허고, 전멸허며는 후퇴허거든. 후퇴허면은, 고거 시간 불과 전쟁하는 시간은, 일선에서 맞붙어 싸우는 시간은, 장기전으로 전략, 아군과 중공군의 멀리서 계획허고 허는 것은 이렇게 시간이 있지마는, 직접 전쟁해서 붙어가지고 싸우는 것은 최종적으로 죽어야 끝나는 거고 부상 당해야 끝나는 거고.

그런 전쟁을 4월 달부터 시작해가지고 내가 부상당한 게 6월 14일인디, 한 4개월 했는디 그 4개월 동안 전쟁은, 육군 소위로서, 가장 험악한 전투 지대에서 살아남았다는 것은 기적입니다. 내가 실종당해서 싸우다 중공군한테 붙잡혀 가지고. 12시간을 억류돼서 끌려가다가, 내가 이제 가면은, 개덜이 중공군 애덜이 우리가 수십명이 붙잽혔었는디 마지막 전투 끝에. 여기도 부상당해서, 마침 다리가 부러지지 않고, 나는 이쪽은(왼쪽 귀를 가리키며) 지금 안 들려요. 여기. 부상 당해가지고 중공군 애들헌티, 싸우다가 정신을 잃었는디 수류탄 파편이로 맞어 가지고 부상당했어.

포로로 붙잡혔는데 험악한 산길인데, 걔덜은 우리보고 미 제국주의라고 그려 그때. 미 제국주의 비행기가 폭격허믄 다 죽으니까 우리 중국에 가면은 아주 쌀밥도 많이 먹고, 이쁜 색시도 있으니께 장가도 들고 여기서 그 쪽으로 가자고. 한국말도 다 얘기해요. 걔덜이 한국 사람들이여.

그 내용이 뭐냐, 만주에 있는 지금 조선족, 한국 사람들이 3분지 2를 사는 데가 있어. 지금 만주 가믄, 동포들이 중국 시민이믄, 왜정 시대때 전부 만주로 간 사람들이거든. 걔덜이 중공군 됐다 이거여. 역사적으로 가만히 조명허면은, 중공군허고 싸움이 아니라 동족끼리 쌈했다 이거여. 그걸 아셔야 됩니다. 그 당시 중공군은 물론 다는 아니지만, 거의 반은 만주에 사는 우리 조선족이 온 거야. 그러니까 조선말, 한국말을 잘 할 수 밖이.

그것도 우리가 나중에 내가 92년도에 중국 백두산 일대를 처음, 백두산 중국 관광헐 수 있었을 때, 단체 기관장 헐 때 거기를 가서 조선족 허고 애환 있는 얘기 서로 얘기허다가. 그때 참석했다는 소리를 들었어. 한국말 잘 했다고. 걔들은 우리처럼 장비가 좋지 않고 방맹이 수류탄이라고. 병사들 이것만 죽 찼어. 그리고 총은 총도 없어서 하나 둘. 인해전술여. 죽어도 막 덤벼서 허는, 우리는 숫자가 적으니께.

그러니께 결과적으로 맞붙으믄 걔들한테 져. 그래서 거기서 부상당하고 포로로 붙잡혀서 가다가 12시간 만에 탈출했지. 내가 거기 가믄 죽겄다, 밝기 전에 탈출해야 되겄다, 그래가지고 이렇게 죽, 거기서는 산 능선이 한 줄 죽 서서 가는디, 그때 20여명 이상 붙잡혔는디, 길거든, 내가 가운데 섰다가 험악한 골짜기 있걸래 그걸 막 뛰어넘었지. 아주 낭떠러지.

근디 총만 몇 번 쏘고 수류탄 던지고 난 다음에 가드라고. 그래서 그 골짜기 살살 기어서 우리 진지 있는디 가보니께 전부 중공군 애들이 해서, 그걸 피해가지고 우리 포부대 있던데, 강가에 보니께, 그 다리를 끊어놓고, 고무다리를. 전부 미군 애들, 다 철수했어요. 그리고 거기 전방에서 나온 패잔병이지 말하자믄, 후퇴해서 나오던 병사, 병사들만 강가에서 고무다리 끊어 놨으니께 갈 데가 없어.

비가 와가지고 북한강물이 많이 흘렀는디, 거기서 우왕좌왕 우왕좌왕허고, 수백명 될겨. 하룻저녁 전투에서 전사하고 그 다음에 살어서 부상당한 사람, 나처럼. 나도 갯덜이 여기 부상 당한 거 지혈시켜 주드라고, 중공군애들이. 지금 여기도 흉터가 이렇게 있어. 여기 이렇게 허고서, 강가에서 우왕좌왕하고 있는데 거기까지 중공군이 벌써 와가지고 총 막 쏴대요.

전투에 한번 전시를 패잔병은, 그냥 전부 그냥 죽을지 모르고 강으로 들어갔어. 누가 하나가 들어간께 전부 강으로 뛰어 들어 가드라고. 강으로 안 뛰어 간 사람은 살고, 강으로 뛰어 들어간 사람, 엄청나게 많이 죽었다고. 나도 강으로 뛰어 들어갔어. 무의식중에.

그때는 뭐 총소리가 나고

"중공군이 온다"

허니께 전부 전쟁에서 철수헌 병사들이 뛰어 들어갔는디, 처음에는 옷 입고 뛰어 들어갔는디, 자꾸 가라앉으니께. 처음에는 상의 벗고, 하의 벗고, 난닝구 벗고, 신발은 미리 다 벗어 놓고. [조사자: 물속에서?] 물속에서. 가라앉으니께. 수영은 잘 못허고. 그래서 물 속서 내가, '인제 전투허다도 안 죽는디, 물 속이서 죽는구나.' 이렇게 해가면서 허구.

그래서 참 워떻게 갠신히, 빨개 벗고 건넜어요. 건너가지고 이쪽 강 건너 우리 아군편으로 왔거든. 빨개 벗었는데 어떤 사람은 난닝구 옷 입고 그대로 총까지 매고 건넌 사람이 있고 (웃음), 어떤 사람은 나처럼 빨개 벗은 사람도 있고. 빨개 벗고 건넜는디, 건너 가지고 보니께 사람 살려달라고 강 아래서 막 허부적 허부적 가라앉는 사람 뭐. 그때 북한강에서 수장 당헌게, 엄청나게 죽었다고. 아마 그런 것도 그때 전사(戰史)에 나왔을 겨.

나와 가지고 빨개 벗고 있는디, 난닝구하고 빤스입은 사람 하나가

“아유 소대장님 살아 나오셨구먼요”

허더니 저는 난닝구 하나만 입고 제 빤스를 날 벗어 주드라고. 근디 난 그 사람이 누군지 몰랐는디, 왜냐믄 그때 막 사람이 죽어나가고 후방에서 보충허고 허니께 후방에 있던 군인들이 밤에 와가지고 와서 신고만 한번하고 진지에 배치 됐으니께 잘 몰르지. 와서 저녁에 올라왔다 그 아침 시체 돼서 죽어서 나가는 사람이 있으니께. 전부 호로 배치되고 밤에 한 두 번 만났을란지 모르지.

그 사람은 소대장이니까 알지만 난 모르지. 그때 아주 막판에 전투헐 무렵에는 후방 있는 군인들이 전부 전방으로 올라왔어. 자원입대 해서. 그 사람들 고참이고 나이도 많고 헌디, 참 그 사람이 누군지 알었으면은. 빤스하나 입구서 맨발로. 그 험악한 산을 올라가서 까시밭, 여기가 전부 긁히고 뭣허고, 자갈밭에 맨발이니께, 그냥 이렇게 피투성이가 돼서 올라간께 지금 백암산이여. 화천 북방 백암산. 현재도 가장 중요한 오피지. 진지지. 거기 가니까, 그때 전투 끝나고, 전쟁 허고 거 까지 오는 기간이 24시간.

근디 제일 최전방에서 나왔기 때문에, 내가 최전방에 배치 됐었응께. 난 아무것도 안 입었응께, 거기서 오믄 육군 중령이 해갖고, 철수허는 사람들, 후퇴허는 사람이, 전부 신원파악, 27연대 3소대 11중대 3소대장이라고, 김영태라고. 빤스 하나 입었응께 뭐가 뭔지 알간? 계급이 있어 뭐가 있어. 당장, 고생했다고 아이 어떻게 이렇게 살아서 돌아오셨다고. 거기가 제일 험악하고 제일 전투가 치열했던 곳이니께. 아이고 이렇게 살아서 돌아왔다고, 허더니 우선 치료하라고. 이 상처가 물속이가 한참 있응께 부풀어가지고 피가 이렇게 허고, 여름인께, 병원이 후속시키라고.

그래가지고 앰브란스 타고 화천리 외과 이동병원 거쳐서, 춘천 야전병원 거쳐서, 그 서울 삼육병원에, 청와대에서 안국동 가는 거기 있었어. 지금 경

복궁 뒤에. 거기서 오니까 사람을 거기서 봤어. 서울 와서, 민간인을. 치마 저고리 입고 허고 이렇게 허는. 저 춘천 야전병원으로 그때 화천 제2이동병원은 시체들이, 시체가 아니라 부상자들이, 강가에 미처 치료를 못해서, 한 일렬로 수백명 드러누워 있었어. 강가에서. 미처 치료를 못해서 그렇게 죽은 사람도 수없이 많다 이거여. 미처 치료를 못해서, 팔 다리 부러지고 대가리가 터져가지고.

그래서 춘천, 서울 제3육군 병원에서, 53년 6월 25일, 그날 저녁에 기차 호송 열차로 울산 23육군 병원. 그때 울산은 쪼끄만 포구였어. 우리 울산 갔었을 때 보니께 당진이나 마찬가지로, 근디 지금은 현대제철, 농업 고등학교가 임시병원이여. 기차로 싣고 가서. 거기서 3개월 있으니께 휴전 되드라고. 그래서 살어서 다시 일선으로 복귀해서, 또 공교롭게 내가 싸우던 그 지역 화천 그 지금 현 오피, 백석산, 거기서 그 강 건너 저기가 내가 싸우던, 뵈거든. 거기 또 중대장 허다가 전역했지.

그것이 전투 경험담인디, 내 구체적으로 여기 써놓은 것이 당선 돼 가지고 아까 뵌 책이, 책이 나왔어요. 내가 줄테니께 혹시 참고가 되면은 한번 가지구 가. [조사자: 52년도 입대해서 제대는 몇 년도에 하셨나요?] 제대는 61년도. 6월 27일날. 5. 16 혁명 나고 조끔 있다가 제대했어. [조사자: 군에 그렇게 오래 있으셨어요?] 육군 대위로다가 전역했으니까. 소령 진급 할라구하다가. 그 전투 지역 나중 또 가서 중대장 했으니까 논산 훈련소서도 근무하고 했지.

[조사자: 부상을 당하고 포로로 끌려갔다가 병원으로 후송되고 치료가 되신 다음에 또 다시 투입이 되셨잖아요.] 치료가 되면은 그때도, 전투시에도, 쪼끄만 미묘한 부상 같으면 다시 그 부대로 복귀허지. 그리고 부상이 심하거나 이런 사람은 제대 시키고, 상이제대. 장교들은 딴 부대로 가. 병사들은 그 부대로 가.

[조사자: 53년 6월 25일, 울산 병원에서 3개월 있다가, 그럼 다시 복귀할 때는.] 휴전 되고 난 다음에. [조사자: 53년엔 마지막 휴전하기 위한 전투가 치열했잖아요. 그리고 나서 다시 복귀할 때는 휴전이 되었잖아요?] 복귀가 아니라, 휴전되

고 난 다음에 논산 훈련소 교관으로 갔어. [조사자: 다시 그쪽으로 안 가시고 논산 훈련소 교관으로 가신 거예요?] 여기 다 나와 책에.

[6] 휴전에 대한 서로 다른 생각

[조사자: 어르신들 얘기를 들으니까, 특히 최전방에서 열심히 전투를 하고 있는데, 서울에나 이쪽에서는 반대했다는 소리가 있던데요?] 휴전반대 했지. [조사자: 예전에 금산에서 들으니까 어떤 어르신이 그 운동이 너무 화가 나셨다고 그러셨거든요.] 그래서 그때 원망 많이 했지. 전방에서 그 다 그때 휴전반대 했어.

[조사자: 어느 어른신은 휴전 반대하는 사람들을 총으로 싸죽이고 싶을 만큼 너무 미웠다고 하시더라구요.] 많이 원망했지. 그 당시 전선에 올라가믄 내가 언제 죽을지 모르는디, 그때는 우리 애국자 이승만 영웅이시지먼, 그 양반도 원망했어.

근데 국가적인 장래로 봐서는, 휴전을 반대허는 게 맞는 얘기여. 그랬으면 지금 통일이 됐을지도 모르지. 그때는 우리가 전력이 강화돼가지고 중공군애들 몰려서 철수 막, 우리 그때 수복해서 올러갈 때 그때 지금 판문점이 개성고 옆댕이 아녀? 그거 없었으믄 개성으로 해주로 올러갔으믄, 전쟁이라는거는 전세 전세에 따르거든.

그때 휴전회담이 미군애들이 유엔군이 허니께 이승만이 반대 했는디, 우리로서는 죽는 거 모면허기 위해서 휴전반대 허는 이대통령을 원망 했지먼, 그때 이대통령이 피가 뭐허드래도 했으믄 좋은디, 미군애들 힘에, 유엔군 애들 힘에 밀려서 허다 말었어. 난 이 대통령 애국자라고 봤어. 그리고 맥아더 장군이 폭격하자고 할 때, 만주, 핵투하 하자고 할 때, 1.4후퇴 당시, 그때 투하했으므는 발써 전쟁 끝났지.

[조사자: 아까 중공군을 얘기하실 때는 한국군은 전투 경험이 별로 없었잖아요, 중공군에 비하면. 중공군이나 인민군이 가지고 있는 무기하고 국군이 가지고 있

는 무기가 어떤 차이가 나는지 궁금해요.] 무기? 중공군은 아까도 얘기 했지먼은 일본이 패망하고 난 다음에 45년도, 일본 군허고 싸우던 그 주력 부대로서 모택동의 군이라고, 장개석 정부를 무너뜨리고, 막강한 산악 전투에, 중국의 산악전투에 강한 그 주력부대가 중공군이여.

무기는, 비행기 이런 것은, 우리가 전선에서 북한에서 비행기 뜨는 건 한번 못 봤어요. 뜰 수가 없어. 아군 전역에 조명탄 뿌리는 것도 전부 유엔군, 미군 비행기구. 가지고 있는 소총은 중공군 애들은 거의 소총을, 우리가 본 견지에서는 간부, 분대장급 이런 사람만, 기관단 따발 총이라고 있어. 따닥 하고 나오는, 그거하고 포탄, 방맹이 수류탄 이런거만 잔뜩 차고, 인해전술 해야 되니께. 그거 갖고 던지는 겨. 이렇게 던지믄 팡! 하고 터지는.

우리는 M1소총이라고 8발짜리 장전허는 거 있어. 병사들은 그거 매고, 소대장은 칼빈, 쪼그만, 옛날 재래식 무긴디, 예비군 훈련허는디 그것들. 세일 수류탄이라고, 지금도 그거 가지고 있고. 그담에 보병들 가지고 있는 화기는 우리가 없애야지. 75미리 또 박격포 60미리, 요 산에서 요 등 너머로 떨어뜨리는 각 각, 그런 것은 아군이.

근디 휴전될 무렵에는 중공군 애들 포가 엄청나게 떨어지드라고. 하여튼 슝— 해서 쾅! 하믄 밤에는 포탄 떨어져서 파편이 날아가는 게, 여기서 화약놀이헐 때 불댕이가 팍 없어졌다 떨어지고. 슝— 허고 허면 머리 위로 지나가고 쾅! 하믄 그 앞에가 떨어지는 포탄.

[조사자: 보통 군에 입대를 하면 옛날 같으면 7년 정도 있다가 나오시잖아요. 어르신은 더 진급할려고 오래 계신 거예요?] 만 9년 몇 개월. 나는 그 기왕에 군에 들어간 거 그때는 생각을 그냥. 우리 동기생들은 휴전되믄서 거기서도 그때 뽑을 때 막 그냥 분별허잖고 많은 사람을 뽑었기 때문에 거기서도 자격, 그 참 말허자믄, 자격기준이 안 되는 사람도 대꾸허는 사람은 평가해 가지고 일찍 제대를 시키고, 거기서도 우수한 사람은 그냥 본인이 희망허지 않으믄 그냥 제대를 안 시켰거든.

[조사자: 중간에 재심사를 한다는 거예요?] 평가. 근무 평가. 그래서 5.16혁명 뒤에 대위에서 소령 진급이 안 되걸래, 그냥. 스물여덟 살인가? 본 나이 서른 살 제대했지. [조사자: 휴전되고 나서는 휴가를 좀 가셨겠네요?] 그럼. 휴전되고 나서 병원에서 퇴원하자마자 논산 육군 훈련소 가서 신병들 가르치는 조교들 교육을 시켰지. 구대장으로서.

[조사자: 전쟁이 끝나고 나서 월급 받으셨어요?] 받었지, 그럼. 일반 공무원들보다 많았어. 우리 장교 봉급이. 왜냐믄, 걸 내가 워떻게 아느냐면, 고 냥반이 살아계셨으면 일흔 네 살인디. 나 육군 중위때 이웃이서 살땐데. 물어보드라고 그 냥반이.

"자네 월급 얼마 받나?"

그때 기억은 안 나는디, 몇 천원 될 겨. 기억은 안 나지만 그 양반이 듣고 나한테 말하기를

"야, 나보다 흠씬 많네."

그렇게 말했던 기억이 나. 그 땐 지방 면장보다 많앴으니께. 육군 중위. [조사자: 월급 받기 시작한 게 전쟁이 끝나고 나면서 부터에요?] 아녀. 그 이전에도 줬어. 그 이전에 주는데, 전투시 돈이, 돈이 뭐 그거, 어디 나와서 어디가 있는지. 그 간에 받은 적이 없으니께. 전방에서 돈이 필요 없고. 휴전되기 시작허면서부터 장교급, 중사 같은 사람 직업군인은 살림을 전방에서 헐 수 있었거든. 후방에도 그렇게. 그 생활, 자기 가족은 살었어. 지금도 군인들 월급이 일반 공무원보덤 위일겨, 급수가. 내가 알기론 그려유.

압록강까지 진격했다가 중공군의 포로가 되다

이 제 화

"3개 사단이 먼저 올라 갈라고 고마 막 차로 올라갔어요, 차로. 인민군들이 앞에 산에 있는데도 그냥 올라갔어요"

자 료 명: 20120609이제화(상주)
조 사 일: 2012년 6월 9일
조사시간: 50분
구 연 자: 이제화(남 · 1930년생)
조 사 자: 정진아, 김경섭, 김효실, 이부희
조사장소: 경상북도 상주시 공성면 노인회관

[조사과정 및 구연상황]

상주시 공성면은 6.25 당시 인민군의 주요 주둔지 중 하나로 낙동강 전투 후방의 주요 거점지였다. 공성면에 근무하시는 공무원 분의 도움으로 공성면 노인회관과 연락이 닿았다. 노인회장을 오랫동안 맡고 있었던 어르신이 전쟁 경험담을 구연해 줄 제보자들을 몸소 섭외해서 조사팀에 안내해 주었다. 노인회 회의실에서 도착 당일 오후와 다음 날 오전에 걸쳐 구연에 나선 여러 제보자들을 만나 이야기를 들었다.

[구연자 정보]

6.25 참전 용사이다. 그는 피난을 못 가고 있다가 8사단에 입대해 포항전투, 팔공산 전투, 다부동 전투 등 낙동강 전선에 참여했다. 국군의 북진 시 평양을 지나 덕천, 희천 지역까지 진격했었다. 중공군의 반격으로 인민군에 포로로 잡혀 평양에서 홍천까지 걸어 내려왔다가 탈출해 다시 국군에 복귀했다고 한다.

[이야기 개요]

6.25 전쟁이 난 뒤 바로 입대하게 되었다. 그때는 군인 군번도 없어서 경비대 군번을 받았고, 걸어서 압록강 부근까지 갔다. 국군 사단들끼리 경쟁하듯 평양에 진격해 들어갔지만 중공군의 인해전술에 밀려 후퇴하게 되었다. 후퇴하던 중 포로로 잡혔고, 인민군 의무대에서 일을 하였다. 인민군 부대와 함께 내려오던 중 홍천에서 도망 나올 수 있었고 돌아와서 조사를 받았다.

[주제어] 참전용사, 경비대, 팔공산 전투, 다부동 전투, 국군의 북진, 평양, 압록강, 후퇴, 중공군 포로, 탈출

[1] 영장도 없이 경비대 신분으로 입대

6. 25때야 저 6월 25일날 6.25나고, 7월 20일 입대했응께 한 달 만에, '한 달도 안 되서 입대했는가?'

[조사자: 그럼 어르신도 딱 일주일 훈련받고 전방에 배치 받으셨어요?] 일주일 훈련도 일찍도 받았지. 총, 총 받아가지고 엠완(M1)총, 장기난거 또 팔만 쏘만 앞발이 펄럭 하는 거.

[조사자: 어르신 성함이 어떻게 되세요?] 이제화. 안에 제자 쓰는 거. [조사자: 연세는 어떻게 되세요? 연세.] [청중: 30년생.] [조사자: 30년생. 어유, 30년생 많으시네.]

[조사자: 그럼 어떻게 전쟁 나고 바로 다른 분들은 피난도 가시고, 여러 곡절을 거치다가.] 그때 피난, 우리는 피난 안가고 내가 군에 입대했어요. [조사자: 아, 바로 입대하셨어요? 예, 그래서 배치는 어디로 받으셨어요, 처음에는?] 8사단. [조사자: 아, 8사단으로.]

우리 갔을 적에는, 6. 25때 그때 군번이 안 나오고 사단 군번이기 때문에 군번도 사단 군번을 그대로 갖고 있어요. 그때 경비대 군번이지. [조사자: 아, 그때는 군인 군번이 아니라, 경비대 군번을 받으셨어요?] 경비대 군번 그대로 받았어요. 경비대 군번이 아니면 군번이 없었거든. [조사자: 아, 군번이 없었으니까.] 우리 입대하고 그 해 가을이 지나서 저 6.25때 입대한 사람들 군번이 나왔어요. 그리고 우리는 6.25때 그때 군번을.

[청중: 그때는 영장이 없었고.] 영장이 없었어요. [청중: 방위대라는 조직이

있었어요, 지방에. 방위대라는 조직이 있어가지고 밤중에 와서 방위대원이,

"오늘 무슨 행사가 있응께 가자."

해가지고 데리고 오는기라. 데리고 와가지고 옥산역으로 집합 장소가 있어요. 그 장소에 모이가 차가와여. 차가 와가지고 이렇게 싣고 가는기라. 그런 제도여 고때 당시가.] 그때 제도가 그랬었어요. 그런데. [청중: 나도 밤에 자다가 또 저 저 이상네가 와가지고 소집, 비상 소집이라하며 가자 하데.] 그때 간사람이 전부 그러여. [청중: 밤중에 추적추적 그 왔었단 말이라. 간께 서로 아무 말도 안하고 뭐 거기서 밤을 새었는데. 날이 이고 새니께 옥산역으로 가자 하면서 가자 하더라고. 그래 와본께 서로 이사람 저 사람이 모였는데. 그때만 해도 하얀 쌀밥 그 참 귀했잖아요. 하—얀을 해가지고 이놈 밥 바가지에다가 한 바가지씩 주는기라 밥을, 쌀밥을. 그래 그 놈을 먹었다. 먹고 났는데 그때에 부대장이 김 뭐라. 영도, 김영도. 그분이 부대장을 했는데 사무실에 들어오더마는 책상을 발로 차면서 말이지. 올 시간이 됐는데 안 왔는고 뭐 어떠고 하면서 막 신경질 부리더라고. 그때 딱 들어오는기, 아 뭐 오는

구나 싶어요. 그래서 그때 내 친구 하나 있었는데,

"나 없거든 간 줄 알아라."

그면 그 어땠겠어. 그 있는 사람들은 그 뭐 차 태워서 갔는기라.]

'그때는 돌아서 가 버리면 그만였었는데.'

그때 상주서 할 쯤 모이면서 자고 낼 아침에 오라고 이케서 집에 가서 자고 그걸 갔거든. (청중 웃음) 그걸 간께 서로 온 사람들만 뭐다라요 아이 그땐 차나 있나 걸어서 압록까지 가는데 이틀 밤을 자가면서 갔거든. 압록을 가는데 가면서 절반은 빠졌어요. [조사자: 아, 이탈해서요?] 아 이탈하고. 이탈하면 그만이라. 그래 우리가 그때 마음에는 그래요. 이탈하나 지금 어디로 가겠나. 고향이, 고향이 지금 오늘 아니면 내일 인민군이 들어오는데. [조사자: 그렇죠. 그랬겠네요, 하긴.]

마 이왕 피난갈티면 뭐 군에 가는게 안 나았나. 그런, 전부 간 사람이 그래 갔어요. 여 이틀 밤 자가면서 간기 그리 갔어요. [조사자: 그러면 입대하고 바로 저기 뭐야 인민군이 쏟아져 내려와서 밀렸다가 다시 올라가셨겠네요, 다시.]

[2] 낙동강 전투를 치른 후 북진

포항전투. 팔공산 전투하고 포항전투로 갔었거든요. [조사자: 아, 거기 참전하셨어요? 포항하고, 팔공산 전투.] 팔공산을 우리가 참가했어요. 그리고 딴동(다부동) 전투를 우리가 참가했는데. 우리가 저 1사단이 다 망해가지고 그때 그렇게 다 죽고 그렁께 10연대를 파견하고 그랬어요. 그때 사단장이, 1사단 사단장이 백승엽인데. 백선엽이 아들이었다 말이여. 8사단이 10연대 끌고 간기라요. 그래가지고 우리가 거서 따부동 전투에서 전투하고 간기라. 그래 우리 10연대를 그 저 1사단이,

"너 가지마라 말이지."

그랬을라 하는 거를 8사단을 사단장이 그 아니라요.

'가나요? 고놈들 다 거 있는데.'

그래 우리가 8사단 드가가지고 팔공산 내려갔어요. [조사자: 그때는 질주를 하셨겠네요, 이러다 나라가 망할지도 모르니까.] 아, 그때는 그랬었어요. [조사자: 그렇죠?] 우리가 거기 있을 적에 밤에는 인민군이 그 만배를 올랐고 팔공산을, 낮에는 아군이 올라가고 서너 번 그랬는데. 그 만백 저 인민군 올라갔을 적에 그 박격포 쏜 게 저 저 대구 시내까지 갔었어요. 대구 시내에 포탄 떨어진 거 모를낀데, 젊은 사람들은 모를꺼에요. [조사자: 모르죠.] [조사자: 대구 시내에 그래가지고 제대로 된 건물 하나가.] 팔공산 만배서 쏜기 대구 시내 떨어졌었어요.

[조사자: 그러면 나중에 9.18 수복하고 북한까지 올라가셨겠네요? 아까 그렇게 말씀하시던데. 어디까지 올라가보셨어요?] 펑양(평양)북도 시천까지 갔었어요. 덕천, 희천, 맹산하는데 몰라요? [조사자: 덕천, 희천, 맹산.] 우리가 산하나 넘으면 압록강이었었어요. 거기서부텀 후퇴 시작했지.

[조사자: 올라가면서는 작전없이, 쭉 그냥 밀고 올라가신거에요?] 올라갈 적에는 쎄게 올라갈라고. 그 쎄게 올라가, 그게 전투를 해며 올라갔으만 우리가 그렇게 후퇴를 쎄게 안했을거에요. 우리가 먼저 들어가는 사단이 저 평양 가서 점령해가지고 그 사람들은 전진 안 해도 된다, 그 사단은. 그래가지고 그때 6사단, 7사단, 8사단. 3개 사단이, [조사자: 먼저 가려고.] 그 중부전선으로 들었었거든요. 3개 사단이 먼저 올라갈라고 고마 막 차로 올라갔어요, 차로. 인민군들이 앞에 산에 있는데도 그냥 올라갔어요. [조사자: 평양에 먼저 가려고?]

그 보면 요령이, 군대는 요령이라. [청중: 그 당시는 그 참 얘기했지만 지휘관들이 작전 잘해야 했단 말이야, 작전을 잘해야 되는데.] 쎄게만 평양 들어가만 된다. [조사자: 몇사단, 몇사단이 경쟁했다고요, 평양가려고?] 그 6사단, 7사단, 8사단이. [조사자: 6사단, 7사단, 8사단이.] 그때 고참사단이었어요. [조사자: 그럼 뭐 인민군들 뒤에 있는데도.] 막 산에 가도 올라간께 차로 갔는데 뭐. [청중: 아, 걸어올라가도 그때 중공군이 안밀렸으마 괜찮아요. 그런데 중공군이 내밀어가지고 뭐 그렇지.]

1.4후퇴, 1.4후퇴가 안해요 지금? 1월 4일날부텀 중공군이 내밀어서 우리가 후퇴한거 그기 1.4 후퇴닙니다. [조사자: 또 파죽지세로 올라갈 땐 신나게 올라셨다가 내려올때는] 올라가가지고 중공군이 내미니께 고마 우리가 순전히, 그기 인해전술이래요 중공군이. 인해전술인데. 아군 놔두고 고마 1개 사단은 막 들어갔고, 1개 사단은 후퇴하고. 이래가지고 고마 그 저 저 중공군이 점령을 다– 했지요. [조사자: 중공군하고 직접 전투하면서 내려오셨어요?] 아, 전투하고. 근데 중공군들이 저 저 우리가 약해가, 긍께 고마 전부다 사림(사람)이 저 저 군대도 고마 아군은 그때는 절단 났는기라요. 죽기도 많이 죽었고.

[조사자: 그 평양 가셨을 때, 평양 다 소개한 상태였어요? 주민들은 남아있었어요?] 주민들은 남아있었어요. [조사자: 많이 남아있었어요?] 아이, 주민들은. 우리 거 드가가지고 우리 거서 한 내복 같은 이런 거는 다 벗어가지고 버리고 이 그때만 해도 그랬거든요. 반납이 없었거든요. 그러게 그 저 저 이북에 그 사람들 불쌍하데. 그거 막 서로 주워 입을라고 그랬었어요.

[3] 중공군의 포로가 되었다가 탈출한 사연

[조사자: 아까 전에 말씀하시는 거 들어보니까 포로도 되셨다고. 막 그런 얘기 하시던데.] 아 포로. 거기서 포로가 됐습니다. [조사자: 중공군한테요?] 중공군 내밀어서 피할 때 다 포위돼가지고 내려왔었습니다. 포위돼서 인자 3개월간 홍천까지 걸었었거든요, 인민군들 따라서. [조사자: 아, 포로로 잡히셔서 인민군 따라서.] 인민군 따라서 내려왔어요. 그것도 아군은 저 인민군을 잡으면 무조건하고 그때 거제도로 보냈잖아요. 고병들, 상사들, 장교들 보내고, 일등병, 이등병들은 들고 댕기다가 그 보충시켰어요. [조사자: 아, 인민군으로.] 예. 아 보충시키기 때문에 상관만 티서 왔지(도망쳐 왔지). 안 그러면 저 거

제도 그런데 갖다 넣어놓으마 어쨌든 못 오는 거지. [조사자: 아, 그 처음 듣는 얘기네요. 국군 사병들은 데리고 다니다가 그냥 자기들 인민군으로 썼구나.] 6사단, 6사단 의무대에 파견 되가지고 그 의무대에, 의무대에 있다가 저 홍천서 티가있는거. [조사자: 홍천서 도망 나오셨어요?] 어. 거서 텨서. 그렇게 그 티서 올 적이는, 내가 티서 올 적에는 목숨을 끊어놔야돼요. 까짓거. [조사자: 예예. 무슨 일이 있어도 고향오셔야 되니까.]

나가(나이가) 많애도 거서 전투에 참가한 사람들이야 알지 안 그런 사람은 몰라요. 그 뭐 뭐 사단이상 가 있는 사람들은 몰라요. 그 내가 주판에 2년간 있다가 인제 계급도 한계급, 두계급 올라가고 한께. 그 인제 대대장 연락병으로 내가 살기는 그 연락병 하는 바람에 살았어요. [조사자: 안 그랬으면 쉽지 않았겠네요. 그죠? 연락병.] 그 내가 저 그때는 스물 한 살 먹고 이랬을 적에는 나가 좌천 먹었어요. 뭐도 열여덟 살 이래 봤거든. 근데 내가 그랬거든.

"열여덟살이 뭐야. 스물한살 먹은 사람보고 열여덟살 먹었다고."

[조사자: 동안이시구나. (웃음)] 그 맞아요, 얼굴이 동안인께 연락병하고. [조사자: 소년병, 연락병 이렇게 하셨구나.] [조사자: 동안이셨을 거 같아요.] 그 바람에, 그 바람에 내가 그 대령하고 겉이(같이) 뭐 대령 뒤따라댕겼어도 잘해준 거 없어. 전투는 내가 오래하긴 했어도 대대장 연락병을 좀 했습니다.

[조사자: 그러면 그렇게해서 홍천까지 내려오셔서 이렇게 도망나오셨을 때 이쪽으로 오는 것도 또 위험, 목숨 걸고 하셨다고 얘기하셨는데.] 그거는 말입니다. 저 저 요령 없는 사람은 못해요. 무조건 티면 다 넘어올 줄 알아요, 안 그래요. 아군이 전진할 적에 그거 대충 알아요. [조사자: 아, 그때 경험이 있으시니까 아시는구나.] 음. 아군이 전진할 적에만 내가 그양 티서 노마 이리 넘어 올라하면 못와요. 왜 암만 티가지고 어데 골짜기 가서 인민군한테 하루 저녁 안 붙들리고 내가 스무 관만 있으마 아군이 전진하겠으로 절로. [조사자: 절로 이쪽으로.] 앉아서는 막.

[조사자: 예 예. 그러시구나. 인민군 경험, 인민군을 이렇게 따라다니시면서는

특별한 경험 같은거 없으셨어요?] 그땐 의무대에 있었기 때문에 뭐 특별히 내가 싸우질 못했고. 인민군 저 사단 의무대 있었어요. [조사자: 예. 거기도 부상병이 많았겠어요.] 그 사람들은 사람 아니에요? 총 맞으면 안 죽나요. [조사자: 아니, 국군이 훨씬 더 화기가 좋으니까. 인민군보다는 부상당한 사람 더 많았겠다.]

인민군 생활 3개월 했습니다. 거 3개월하고 그러고 본게 거제도로 보낼라 하데 인민군하고. 그 내가 아군인데 왜 판단을, 힘들게 있다가 그 남으로 넘어왔는데, 그리 보낼라하나. [조사자: 여기서 그럼 와서 조사 받으셨어요?] 받아야지. [조사자: 그러면 그 조사를 쎄게 받으셨을 거 같은데요.] 아 뭐 다 그런 건 없고. 말소리가 이남 말소린데 대충 알아요 그 사람도. [조사자: 아니 그 군번을 갖고 있지 않으셨어요, 혹시? 안 갖고 있어도— 번호는 못 외우셨나?] 왜 못 외워요. [조사자: 그것만 말해도 뭐 금방 신원이 밝혀졌을 거 같은데.] 그거 알아도, 군번 그런 거 가지고 되도 안해요. [조사자: 되지도 않고?] 저 그래고 나서 이북에 갔다 와서 난중에 의식 보내가지고 군번 나와서 줄로 가지고 모가지 걸고 했지. 그때는 없었어요. 그냥 말로만

"너 군번이 뭐다?"

그래가지고. [조사자: 조사는 며칠 받으셨어요.] 그때는 조사가 심하진 않았어요. 교육받을 적에 그 저 높은 사람이, 상사들이 가가 데리고 가가지고, 교육받을 적에 무슨 교육을 어떻게 받았나 그런 거 묻고. [조사자: 이 사람이 진짜 국군인가 이런거 확인하는.] 확인이 됐겠어? [조사자: 그러고는 제대하고 고향 오신거에요?] 그렇지 제대해가지고. 그래 내가 제대를 딴 사람보다 일찍 했어요. [조사자: 그러면 더 군대생활 안하시고 조사받고는 바로 나오신 거는.] 아아 안 그래요. [조사자: 거기서 더?] 어. 휴전되고도 1년 군대생활하고. [조사자: 아, 휴전되고.]

6.25전쟁 때문에 처음으로 제주도를 떠나다

홍 성 하

"전쟁시절에 아유 돈가스를 먹을 줄 알아야지."

자료명: 20140120홍성하(제주도)
조사일: 2014년 01월 20일
조사시간: 83분
구연자: 홍성하(남 · 1932년생)
조사자: 오정미, 은현정, 한상효
조사장소: 제주도 구좌읍 행원리 9길

[조사과정 및 구연상황]

서울에서 미리 섭외하여 제주도의 전통 가옥에서 화자를 만났다. 자녀들은 모두 출가하였고, 현재는 부부가 함께 살고 있다. 제주도분이심에도 불구하고 연구자들을 배려하여 제주도 방언을 거의 사용하지 않으셨다. 덕분에 쉽게 이야기를 이해할 수 있었다.

[구연자 정보]

제주도가 고향이신 화자는 한평생을 제주도에서 살았다. 다만, 6.25 전쟁 때 참전해서 제주도의 전쟁 상황에 대해서 기억하지 못한다. 화자는 4.3사건과 6.25 참전으로 인해 처음 육지로 갔을 때의 신기함을 주로 이야기 하셨다.

[이야기 개요]

제주도가 고향인 화자는 전쟁 때문에 처음으로 배를 타고 제주도 밖의 육지로 나오게 되었다. 처음 보는 기차와 육지음식들이 너무도 신기했다. 음식 중에 처음으로 돈가스를 먹게 되었는데, 그 맛을 지금도 잊을 수가 없다. 그러나 제주도가 고향인 탓에, 휴가를 받아 고향으로 가려면 배를 타다 도중에 돌아오는 것이 일쑤였다. 휴가를 받아도 다른 사람들처럼 집으로 와서 어머니를 만날 수 없었다. 4.3사건 때는 마을 청년들이 돌아가며 동사무소를 지켰다. 한번은 함께 보초를 서고 있던 동료가 음식을 해먹다가 그만 불을 냈다. 그냥 하나의 실수였는데, 그 사건으로 그 동료는 처형당했다. 지금도 그 동료를 생각하면 너무 분하고 억울하다.

[주제어] 참전용사, 해병대, 입대, 육지, 기차, 돈가스, 4.3사건, 동료, 죽음, 억울

[1] 해병대가 되어 제주도를 떠나다

[조사자1: 저희가 어르신께 듣고 싶은 이야기는요 어르신, 옛날 어렸을 때 어르신이 경험하셨던, 어, 뭐 전쟁이야기, 혹은 피난 가셨던 이야기, 하여간 전쟁하고 관련된 어르신 경험, 기억, 이런 것들을 편안하게 이야기 해주시면 되세요. 뭐 예를 들면 할머님들은 피난 다니셨던 이야기, 뭐 가족하고 헤어졌던 이야기]

우리는 뭐 육지 근방에서 6.25 동란으로 피신하고 뭐 그러지 여기는 여기 있는 사람은 특별난 게 없지 뭐 피난간 게.

[조사자1: 우선 어르신은 그러면 전쟁 때, 어디 여기 제주도가 고향이신 거세

요? 어르신?]

아, 그럼 그지, 그러지 고향이지.

[조사자1: 그럼 그때 나이가 대충 몇 살정도 되셨던 거죠 어르신?]

18세.

[조사자1: 18세. 아. 그러면 그때 기억나시죠? 어르신]

그렇지, 그땐 기억나죠. 그땐 뭐, 우리 군대 갈 때는 학교, 중학 시절 중학교, 중학교에요. 중학교. 중학교에서 학습하는 도중에, 보니까 지금 6.25 직전 6.25 직전에 때문에, 보니까 이제 해병대 2기, 시간으로 보면 2기생, 해병대 2기, 2기생이 우리 그 학교 있는 부근에 주둔해서 훈련받고 있었어요. 훈련을, 훈련을 하고 있었어요, 훈련을, 2기생이. 그런디 갑작스럽게 이제 신체검사를 한다. 이렇게, 이렇게 이야기가 이렇게 나와서 이제 6.25 동란에 그러니까 6.25 동란에 6.25 동란 직후에 신체검사를 했는데 그런데 우리가 지금 6.25 이제 동란 바로 직전 직후에 그냥 바로 군대에 그냥 입대했죠. 군대에, 바로 우리가 이제 학교에서 신체검사 받고 한 십일, 한 보름동안 보름동안에 있다가 갑작스레 신문에 보도가 됐어 소집 한다고, 신문에 보도가 됐어, 소집한다고. 그래가지고 이제 소집을 당했죠. 소집당해서 그래서 어디 가냐니까 결국은 군인으로 이제 출정. 그 군인은 출정이야 소집이야. 출정. 출정해서. 지금 옛날엔 동쪽 회사로 그 저 고구마 육백대, 육백대를 이제 그 이 저 주정공장, 옛날에 주정공장 있죠. 그 부대에 가면는, 산지 부대에 가며는 주정공장이 있어요. 그 움머럭에 관사가 주정공장 관사가 있어요. 거기에 주둔했지 처음에. 처음에 거기. 거기에 주둔해서 4기생이 전부 학도병이에요, 학도병. 전부, 학교에서 공부하다가 전부 이제. 근데 가서 이제 한 일주일 간 일주일 간 이제 제식 총매는 법, 총 쏘는 법 일주일간 그냥 교육받던 후에 그대로 그냥, 그때 그때쯤에는 3기생이 우리보다 한 달 전에 이제 소집되어서 모지포 훈련소에서 이제 훈련받고, 받다가, 이제 갑작스레 이제 뭐 지금 대동강 대동강 저 아니고 이 낙동강 전 막 그냥 터지고 곧 부산에 침범할 그런 시기, 시기 때. 이제 3기, 4기생이 일절 뭐, 이 저 진해로, 경상북도 진해, 진해군기지로 거기로 글로 집결됐지. 우리 일주일간 훈련받고. 그래서 집결돼서 거기서 이제는 뭐 가니까 뭐 포탄소리가 이만점 들리는데 쾅쾅 포탄소리가 뭐 하여튼 전장중이니까 전장 중 포탄 소리가 이만저만 들리잖어 쫌 겁나는데 그때 진해에서 1박을 했다가 결국 거기서 이젠 또 이제 부대를 부대 이제 완전 편성, 편성이 조편성, 조편성은 아니고 부대편성해서 그때 부산으로 왔죠. 부산. 부산으로 와서 L.S.T, L.S.T를 탄 거지. L.S.T를 타서. 이제 타서 어딜 갔냐면 인천상륙으로 올라간 거지. 인천 상륙으로. 그래서 인천상륙으로 올라가서 인천에서 상륙, 상륙하고 그다음에는 저 위로 저 올라가 올라가서 북쪽으로 전진했죠. 전부를 이제 전진하다가, 가장 어려운 것은 시가진에 들어갔을 때 시가진 시가진할 적에 가장 어려워. 왜냐니까. 인민군 아이들이 따발총이라고 이제 요만한 총인데, 거기에 70, 70발이 들었어, 70, 70다마, 70다마가 들어있어요. 총알이. 그래서 이놈들이 창고에서 곱았다가 그냥 그대로 쏘게 되면, 70발은 그제 뭐 얻어걸렸다면 바로 죽는 거라. 가장 어려운 게 시가전이야 시가전, 시가전 네 시가전. 시가를 통과하면서 가는 게. 시가전에서 끝나고 이제는 결국은 이제는 어남도 저 올라가 올라가다가 어. 중간에 어떤 얘기 들리냐니까 전쟁하러 올라가다가

"아. 김일성이 항복했다."

이런 소리가 들려요.

"김일성 항복했다." 이런 소리가 들리는데,

아 그래 그럼 '우리가 살게 됐구나. 집에 가게 됐구나.'

이런 것이 전부 또 인천으로 집결이라구. 인천으로 집결. 그 집결해서 이젠

거기서 와서 군의 작전이니까 우리 쫄병은 아무것도 모른 거지 그땐 뭐 어쩔 수없이 우린. 집결했다가 항에 인천항에 뭐 L.S.T.가 뭐 쫙 대있다고, 그래서 전부 배를 타는 거야. 배를 타고 어디를 가나 그때 이북 원산으로, 원산 상륙으로, 그때 원산 상륙으로. 그것이 지금 말하자면 맥아더 장군이 이제 그 작전인데, 이북선 잡힌, 군산 상륙으로 원산에서 이제 해서 평양까지 올라갔잖아요. 그렇게 상륙해. 평양 상육으로 올라갈 때 또 그때 이승만 대통령이 평양에 올라가서 참 뭐 이제 나라를 찾았다고 아주 뭐 대통곡하다시피 막 그리 이승만 대통령이 연설을 뭐하고, 올라가서 최전방까지 올라간 사람은 함흥 함흥까지도 얼추 다 올라갔어요. 함흥 올라가니 삼팔선이 가까워 아 저, 압록강이 얼추 뭐 가까워 가는 그 도중에 그때 만해도 김일성이가 모택동이가 사정한 모양이라 곧 우리가 이제 이제 이제 곧 뭐이깐 이 점령하게 됐으니까 살려달라고 하니까 그때 중공군이 들어오는 거야, 중공군이. 중공군이 수만 명이 들어오는데 아무리 가격을 해도 도저히 뭐 감당할 수가 없어요. 그러니까 그대로 후퇴. 저 그대로 미군 미군에서 후퇴작전을 시킨 거예요. 그래서 후퇴 후퇴 오게 되니까. 그러니까 후퇴 오는데, 근데 뭐 후퇴 오는데 어디까지 오나면은 원산까지 와요. 원산항에서 배에서 배를 타고, 비행기로 후퇴한 사람도 있고 배를 타고 후퇴한 사람도 있고. 이렇게 해서 근디, 그때 사용하던 물자같은 건 전부 원산 비행장에 전부 실어서 그 미군 사람들이 전부 폭파시켜버렸어. 폭파시켜버렸어. 그러고 그 개중에 또 피란민들 앞에 못 탄 피란민들은 뭐 울고불고 사람이 온캉 밀려노니까 뭐 눈으로 볼 수 없었죠. 그렇게 해서 이제 그런 어려운 그런 그 고초를 겪었죠. 그래서 저 피란민이 오지 못한 사람이 여러 사람이 있어.

그래 와서 이제는 거기서 이젠 내려와서는 그 후에 이제 이 해병대가 중부전선에 이젠 또 참가하게 됐어요. 그때 되면 나는 이제 후방에 후방에서 저 저 처음에 대대본부에 있다가 사무 좀 보고 있다가 후방에 빠져서 이렇겐 안 되겠다 해서 저는 저 하사관 그땐 하사가 이 저 전시니까 이제 하사, 우리 후배들 있는지도 모르고 우리 4기생이 바로 군대 가버리니까. 후임. 주변도 모르고, 후방에 와보니까 5기생이라고 우리 바로 후배가 있단 말이야. 그래서 이제는 이렇게 안 되겠다 이제 또 머리를 써서 상관을 좀 접촉해서 또 이젠 이렇게는 안 되겠다 그래서 아는 장교님하고 부탁해서 후방에 떨어져서 아 이제는 교육을 좀 받아야겠다. 그렇게 보병이라고 하면은 삼상소총만 가지고 훈련만 할거니까 특수계통으로 돌아보겠다고. 그렇게 해서 후방에 남게 됐습니다. 후방에.

남게 돼서 이제 뭐 가까운 장교한테 부탁을 해서 이제 좀 병참학교에 갔어. 병참학교. 병참이라면 보급계통이죠. 보급계통. 그래 병참학교 가서 교육을 그때 뭐 수료를 몇 개월을 받았는지 모르겠어. 하도 오래 해놓으니까. 부산 동래 신병 육군 병참학교에서. 학교 수료하고 그다음에 이젠 또 마치고 나와서 교육 저 사령부, 사령부 위에 보급감실, 보급감실에 근무했죠. 보급감실. 보급감실. 보급감실이 어떤 대대냐니까 해병대 총괄적인 보급을 취급하는 뎁니다. 보급감실 보급을 취급하는 데, 근데 거기에 가면은 외자기록 있어 외자기록. 그럼 그 외자기록이 있으면 고문관이 있습니다. 고문관도 대령, 미군, 미군 대위 또 하사관 그넘들 300명 정도 있는데 거기에 저가 파일, 파일 기록부, 기록부에 근무했는데 타이프스트가 있고 한 서이 좀 있고. 그리고 전문타자. 타자죠. 근데 전부 영문으로 타자를 했어. 영문으로. 그러니까 우리가 해병대가 Six Month back order FILE이라고 이제 육 개 월 소요량. 육개월 소요량을 이제 정월부터 유월까지, 유월부터 십이월까지 이렇게 육 개월 육 개월 나눕니다. 나눠서 육 개월이 정월부터 유월까지 육 개월 소모량을 이제는 우리 해병대가 필요한 물조를 미군들에 미군들이 청구하는 거예요. 뭐 그런 일이었죠. 부서. 부서. 그래서 그것이 이제 청구하게 되면 거기서 이제 물건이 들어오고 그런 것이 또 취급하다가 뭐이던지 부서에서 오래있어 진절머리가 나서 그대로 지원해서 경기도 금천, 금천이라는 데에 근무대대라고 있어요. 근무대대가 보급대대인데 거기서 근무를 하다가 이제 뭐 우리 4

기생들이 제대 시기가 돼서 6년 7개월, 5년 7개월. 5년 7개월 동안 군대 근무를 [조사자: 5년 7개월이요?] 네. 5년 7개월. 군대 근무를……

[2] 제주도에서 4.3을 겪다

[조사자: 어르신 그러면 그 6.25때는 제주도에 계시지 않고 계속 타지로 계속 동원이 되서 다녔던 거세요?] 네. 네. 6.25 6.25 전쟁, 전쟁 나니까 그대로 군대에다 보내니까 전부 육지에서만. 군대 생활했죠. 군대생활.

[조사자: 그럼 그때 제주도에 남아있던 가족은 누구누구셨어요?]

그때 가족은 뭐 아버지, 어머니, 뭐 동생들. 동생들 있었고. [조사자: 장남이셨던 거죠?] 네, 장남이었죠. 장남.

[조사자: 그럼 그때 제주도 남아계셨던 부모님이나 동생들은 어떻게 괜찮으셨어요?] 에, 군대 쉴 적에 어머니는 돌아가셔 불고, 아버지는 제대하고 와서 아버지는 돌아가셨고, [조사자: 어머니는 전쟁 중에 그럼]

아, 전쟁, 아 휴전, 휴전되고 휴전된 후. 전쟁 중에는 그런 소식도 받지 못하죠. 전쟁 중에는 [조사자: 그죠] 받지 못하죠. 휴전, 휴전된 후에 근무, 근무, 근무 나중에 부산에서 근무할 적에 돌아가셨단 전보를 받았죠. [조사자: 아, 음, 그러면 전쟁 중에 가족이 무슨 피해를 받거나 어떤 사연이 있으시진 않으세요? 억울한 사연이라던가]

아, 그런 건 없어요.

[조사자: 그런 거 없으셨어요. 그럼 제주도에 계신 분들은 전쟁 때 왜 육지는 피난이라도 가시잖아요. 제주도 분들은 그럼 어떻게?]

피난은 필요가 없죠. 피난은, 갈 필요가 없죠. 여기는 어떻게 뭐 갈 필요가 있어야지. 문 막은 섬이 갈 데가 없잖아요. 이게. 가면 일본으로 밖에는, 일본으로 도망가는 거 밖에는 갈 데가 없잖아요. 갈 데 없어요. 그러고 여기에 가장 어려운 것은 4.3사건 당시에

[조사자: 그렇죠, 4.3 사건.]

에, 4.3사건 당시에 행원리 젊은이들이 지금 말하자면 90대 정도, 90세 정도. 90세 정도 젊은 사람이 없어요. 왜 없냐니까 4.3 관계로 인해서 그때 지금 그 젊은 그때 청년이죠. 그때 청년들이 일본으로 다 도피해버리고, 더러는 이제 그 다 모략에 넘어서 그러는지 산에 올라갔다 그냥 또 행방불명, 행방불명 사고로 죽어버린 사람도 그렇게.

[조사자: 그러면 그 4.3 사건하고 저희가 사실 재작년에도 4.3 사건 이야기를 어르신들께 많이 들었거든요. 어떻게 보면 제주도 어르신들한테 깊은 상처잖아요. 억울한.] 그렇죠. 그렇죠 [조사자: 혹시 그거와 관련된 이야기는 없으세요. 어르신]

그게에, 나도 그때 학교 댕길때니까 군에 가기 전 학교 다닐 때니까. 학교를 여기서 우리 통학했어요. 처음에는 통학하다가. 통학할 도중인디. 딱 책보를 가지고 딱 이래고 올레를 나오니까 총소리가 저쪽에서 쿵 소리가 들려. 그때는 경찰이 이제 침범해 온 건데, 그 전에 행원 젊은 청년들이 어디서 어느 사람이 지령을 받은지 모르지만 4.3사건 새벽치기 왓셔부대가 생겨서 그냥

"왓셔 왓셔."

하며 돌아댕겨 [조사자: 왓쇼 왓쇼?] 왓셔 왓셔. 그 젊은 친구들이. 젊은 청년들이. 그래서 4.3. 4월 3일 날 아침 한 바쿠 돌아 왓셔왓셔. 왓셔부대지. 그럼 왓셔부대. [조사자: 아– 그래서 왓셔부대]

그래서 그 소리를 한 번 들은 사람도 있고 안 들은 많지 않다고. 그래 그 후로부터는 그 기미가 경찰에 알려지고 하니까 이제는 경찰에서는 어 이제는 이것을 이제 어떻게 좀 막아야겠다는 생각으로 생각으로서 이제나마도 경찰들 아침이 들어올 때는 저 국민 학교 정도로 들어와서 총을 쏴요, 총을 쏴. 왜 경찰도 겁나거든. [조사자: 그렇죠]

이루하다 직접 또 쏘아불까봐. 그렇게 쭉 해오다가 나중에 여기서도 행원

리 청년 중에도 산에 몇 사람 올라간 사람이 있었어요. 산에. 그 말하자면 그때는 '이덕구'라고 총사령관이 이덕구고. 한라산 총사령관이 이름, 이덕구인가. 이독구인가 잘 모르겠고. 덕구고. 또 하난 또 그의 무슨 하여튼 잘 모르겠네. 이름을 하난 잊어버렸는디. 둘이가 거기서 좀 지휘했다고 그러는데 이젠 뭐 한 사람이 또 선전부장이라는 또 한사람이 와서 차암 기가 막혀. 선전을 하거든 게. 선전을 하게 되면 거기 다 넘어나요 넘어나. 거기서 행원 젊은이들이 또 많이 그냥 산에 올라가게 됐지. 올라가게 되노니까 집안에서는 어떻게 되느냐. 낮에는, 낮에는 경찰이 무서워서 산에 올라가고, 밤에는 폭도가 무서워서 집에 들어오고. 그런 생활 쭉 한, 한 달 가까이 살았죠. 그렇게 해서 그리 살아가다가 이제 여기 초등학교, 지금 국민 학교, 초등학교에 군대가 주둔했어요. 군대가 주둔해서 군대들이. 감시, 감식 되가니까는. 이제 산에 산에서도 좀 습격하는 것이 어려워지고 뭐 그러고 하니까 쭉 그렇게 해오고. 또 우리는 학생이라도 전부 보초 섰어요. 돌아가며 보초도 보초서고. 그렇게 4.3사건을 이제 기루는디. 젊은 사람들이 뭐 그때 뭐 행방불명 된 사람도 있고, 이제 산에서 또 어떻게 살아서 집에 돌아온 사람도 있고, 그런 사람들이 있어서 그때 지금보건데 지금 뭐 89세, 90세 된 젊은 사람들이 없어요. 도망가거나 일본으로. 도망 도망 저기 일본으로 도망간 사람 도망가고, 산에 올라갔다가 이제 행방불명돼서 이젠 뭐 바다에서 죽었는지 여기서 죽었는지 모르는 사람도 있고. 지금 현재 행원에서 지금 구십 세 정도 된 사람 행원 거주한 사람은 한 사람이 그 사람도 시가지 살겠담 한 사람 살아있지. 그라믄 몇 사람 없어 몇 사람 없어.

[조사자: 여기 행원리가 4.3사건이 조금. 그래도 조금 심했던 제주도 지역 중에 하난 거예요. 어르신? 그러면]

지역 중에 하나로도 볼 수 있죠. 왜 볼 수 있냐니까. 그때 군대들이 와서 반장, 조합장 그때에는 이 각 동네 5개 반으로 구성하고, 그 동네 일개조합의 조합장 1인을 두고 5개 반을 구성합니다. 그러니까 군대 데려와서 어떤 일이 있었냐면 마지막 4.3 사건이 매듭을 지어갈 당시에 군대 데려와서 반장, 조합장을 전부 집합해로해서 리사무소면 공의당이에요. 리사무소 집합 집합시켜놔. 거기서 그대로 총살을 총, 총을, 총살시켜버렸어. 그러니 참 억울한 사람들은 그 사람들이에요. 그게 마지막인디, 총살시켜버려, 죽여 죽여 버렸지. 그러니 이제 전부 억울한 사람들만 이러고 죽었고.

[조사자: 그래도 어르신은 그때 18살, 아직은 그래도 어린 축에 속해서 그렇게 억울하게 연루되진 않았고] 연루되진 않았죠. [조사자: 아직은 조금 애기니까] 그때는 학교 댕길 때니까 학교 댕길 때니까 연루되지 않았죠. [조사자: 주로 한 이십대.]

학교만 안다녔으면 아마도 나도 좀 경찰서에 가서 취조를 받았을 거예요. 학교댕기는 바람에 안 받았죠. 그리고 우리는 김녕 갔잖아요. 여기서 김녕알죠. 김녕중학교 다녔어요. 중학교. 그러니까. [조사자: 그 김녕 그 지역도 많이 돌아가셨다며요.] 어– 그렇죠 김녕 지역하고 동북하고, 동북허고 북촌하고 최고로 돌아갔지. 북촌이 최고로 돌아갔지. [조사자: 근데 왜] 북촌이 왜 최고로 돌아갔냐니까. 저기 들은 얘긴디. 어떻게 해서 군인 한사람인가 두 사람이 죽었어요. 그리 건너가다가. [아~ 북촌지역에서?] 그래서 그냥 그때가 전부 몰살시키다시피 해버렸지. 몇십 명 그냥 몰살시피 다 그런 그런, [조사자: 아예 마을 전체가 거의 빨갱이처럼 되버렸구나.] 네에에– 빨갱이천지로 만들어 분거야. 이렇게 해서 뭐 몰살 그 북촌민들이 많이 그때 많이 희생됐죠. 많이.

[조사자: 그러면 같이 그래도 학교 다녔던 학생인 친구들은 그래도 괜찮았네요? 그래도 학교 사람] 괜찮았지. 학교대녀서 괜찮았고. 댕기던 친구들이 몇 사람은 가서 취조는 받았지. 경찰에 가. 취조 받았죠. 뭐 그래도 우린 받겠다라고, 우린 한 게 없다. 이렇게 얘기들 하지. 김녕 그때 김녕지서라고 있었는데 지서에 가서 지서에 가서 어떻게

"너희들은 가담 안했냐."

뭐 이런 얘기 들었지만 우리들은 한 게 없다고. [조사자: 그래도 막 무서웠겠어요. 어르신. 취조 받고 막 이러면] 무서워 그 뭐 무서워 때를 모를 때려놓으니까 무서운 줄도 모르고 한 일 아무것도 없다고 뭐 그리 얘기했죠.

[조사자: 잘 몰라서 그런데, 제주도까지 인민군이 들어왔던 거네요? 그쵸.] 인민군이 들어온 것이 아니고, 9연대. 9연대가, 9연대가 일부 일, 일부가 산으로 넘어가 넘어가버렸어. 9연대가 9연대가. 9연대가 [조사자: 아– 여기 있던–]

여기 있던 9연대가, 여기 주둔해있던 9연대가 옛날에는 경비, 경비시대거든. 경비대시대이거든 옛날에, 군인이 아니고, 경비실, 9연대 경비시대가 경비원들이 일부 산으로 넘어간. 넘어갈 때는 전부 탄환하고 총을 다 가지고 넘어간 거야. 산, 산에. 그렇게 해서 그 이 폭도가 돼 [조사자: 폭도가 돼버려서]

생긴 게, 그러니 산의 사람들이 예를 들어본 게 서하에, 서하에 습격이 저녁에 간다 할 경우에는 예를 들면 일개 소대가 간다 해도 총 한 자루 아님 두 자루에요. 쩡– 쏘게 총을 한번 총을 한번 쏘게 되면 그냥 그 경찰 저 지서

에서는 여러 번 쏠 거 아니여 쏘는데 총 쏘는 동안에는 이제 십 명 이십 명이 이 산에서 내려올 경우에는 뒤로 가서, 뒤루 가서 제 가름 돌면서 집에 물건을 훔친다며 쌀, 식량 식량, 식량 훔쳐서 올라, 올라온다고 그렇게 얘기를 들었어요. 그렇게 폭도들이 습격하면 그런 거 한다고. 이제 행원에도 이제 한사람. 한사람 살았네. 북쪽 생활하다가, 사람이 한사람 살아있는데, 그 사람 얘기 들으면 기가 막혀. 뭘 빽 뭘 잡아서 빽다구를 울려서 그냥 그 뭐 신체 건강하고, 잘 날뛰어 다닐 수도 있다고 뭐 여러 가지 산에서도 고생한 모양이야.

[조사자: 혹시 그 어르신도 요기 이 근처에 사세요? 어르신? 행원리?] 어, 근처에 근처에 살아요. [조사자: 그냥 걸어서도 갈 수 있는?] 그렇죠. 지금 마을 회관에 있는가 모르겠네. [조사자: 아, 그래요-? 아, 그 어르신 이야기 들으면 저희 너무] 4.3사건 얘기 좀 얘기 해달라고 하면 그 생활, 산에서 생활한 얘기 좀 해달라고 해줄 거니까는, 우리 우리 저 형 뻘이신 게, 홍성문이라고, [조사자: 왜냐면 요즘 세상이 다 오픈되서, 그런 얘기 하셔도 전혀-] 관계 없죠 뭐 [조사자: 상관 없으시거든요. 다 억울하단 걸 다 알기 때문에 아 폭도로 이따가 어르신 얘기 끝나고면 혹시 연락 좀 취해주실 수 있으세요, 어르신 그 어르신이랑 저희랑.] 글쎄, 한 번 연락 연락하지 [조사자: 우선 어르신 이야기 더 듣고, 그런 다음에, 더 연세가 많으시겠어요. 그 분은] 팔십 여섯, 다섯인가, 팔십다섯인가.

[조사자: 어르신 그럼, 그때 막 마을에서 폭도들 때문에 낮에는 경찰, 밤에는 폭도가 무서워서 집으로 다시 오고.] 그렇죠. 그리고 왜 무서웠냐니까, 이 경찰서 경찰들이 결국 나중엔 막 달가니까, 댕기다 집에 불 붙혀 버려. 집에 방화, 방화 방화지 방화, 그리고 또 이제 제일 처음에 이제 그 처음에 맹치기 쉬움목이라는 곳이 있습니다. 사람이 저 맹치기 처럼 맹치기 쉬움목이라고 있는데 거기서 경찰, 경찰한테 사람이 서이인가 죽여 버렸어요. 왜 죽였냐니까 왜 그 사람들 어떻게 죽었냐니까. 아침이 세벽치기 여기 저 혹시 모르니까 산대라고 나루 동넨데, 강밭이 나는 나루. 강밭이 나는 나루. 그거 이 밭이

이제 가을이 되니까 소득을 하게 되서 벼 들기 위해서 가다가 그냥 경찰관아들이 만나서 그냥 총으로 쏘아버리니 죽여 죽여 버리고, 그거 죽는 바람에 여기 부락민들은 겁나서 이젠 밤에는 이제는 집에 들어오고 낮에는 산에 올라가고 그러고 살았죠.

[조사자: 어. 근데 경찰들이 왜 민가에 그렇게 불을 질렀나요. 어르신.] 낮에 오면 살림에 아무도 없으니까니, 다 도망가 버려 살림에 아무도 없으니까. [조사자: 아 그래서 빈집이어서?] 빈집이, 빈집이니까 불지르구. 그러니 우리 겁나서 여기 있으랬어요. 낮에는 경찰이 한 명 죽을 줄 알아서 산으로 다 고발해 고발해 가버리니. 그리구 빈집에 댕기면 재수 없는 집에 그냥 불질러버리고 댕기고 그랬지.

[조사자: 어르신 아버님은 그때 어떻게 하셨어요, 아버님은.] 아버님은 그대로 용케 아무 반장이나 조합장이나 했으민 돌아가셨을 건데 그땐 뭐 직책도 없었고, 나하고 같이 초창기엔 나하고 같이 고불 고부리 고부리 댕겼어. 고부리 [조사자: 고구리?] 고부리 고불, 숨었다고 숨었다고. 숨었 뒤늦게 숨었. [조사자: 고부리가 숨으러 다닌 거예요. 어르신] 고부리 댕겼다고, 숨어 숨어 댕겼다고 [조사자: 아버님하고 어디를, 어디에서 숨으셨어요?] 어 저 웃돌이가 잘 모르니까 고시머리 험니에 있던지 또 장애장지형, 이 밑에도 가 숨어고 또 위에 분화구 진영에 가서 숨었고. [조사자: 어디 무슨 이렇게 동굴 같은데?] 어, 동굴 같은데, 동굴 같은데서 [조사자: 그럼 먹을 건 어떻게 하세요? 숨어있으면?] 가져가야죠. [조사자:먹을 거 가져가서?」어, 가져가야지, 밤에 들어와. 먹을 거 다 천래떠가치면 떠나는거지. 밤에는 폭도가 무서워 들어오고 낮에는 경찰이 무서워 나가고 허허허 그렇게 되지. [조사자: 그렇게 온가족이] 온가족이. 온가족이 다 그랬죠.

[3] 6.25 전쟁으로 태어나 처음으로 제주도를 떠나서 육지로 가다

[조사자: 처음에 전쟁이 났다는 걸 제주도에서 알게 되신 건 뉴스나 신문을 통해서 아신 거예요? 어르신. 제주도분들은?]

제주도분들은 그렇죠. 뉴스를 들어서 알았지. 뉴스. 뉴스 신문하고 뉴스 그걸로 알았죠. 우리는 그때에 그 군대가 주둔해서 김녕에 군대가 일개 소대가 주둔해서 훈련하다가 6.25 딱 6.25 폭발됐다는 바람에 군대가 아니 저 학생들 알았죠. 그래서 글쎄 군에 간보니까 김녕에서 훈련받던 그 양반들이 우리 분대장이라구. 결국 분대장. 분대장으로 있어서 그 사람들에게 교육도 교육도 받았죠.

[조사자: 그럼 어르신 나이또래에 같은 중학교 여학생들은] 그때는 뭐 거기는 우리 또래는 확실히 모르겠어요. 그때는 여자를 그렇게 [조사자: 학교를 안보냈나?] 예에. 학교를 보내지 않았고, 뭐이고 군에 입대도 안 시켰고 그때는. 학생들은 있긴 있었지마는, 몇군데 있었겠지만, 그때는 뭐 우선 바쁘고 전시니까 전시니까, 우선 인원을 보충하기 위해서 3,4기생이 3,4기생이 이제 그란디 우리가 지금 해병대가 귀신 잡는 해병대라 뭐라그런다는건 실질적으로 제주도 사람이 3,4기생인디 3,4기생이 나가서 전투를 인천 뭐 상륙을 했는디, 이건 죽어도 오라이거든 실질적으로 농촌에 살다가 다 농촌군들이에요. 지금이지로, 학생들이고.. 죽어도 오라이로 그냥 뭐 맨냥 받은다면 맨냥 그대로 공격하면 공격 그대로 그냥 해가니 저놈들 아일어납수, 아이 겁날 수 없단말여 저놈들이. 아무래도 그래서 지금 귀신 잡는 해병대가 3,4기생으로 나온 거죠.

제일 이제 뭐 한 거는 이 딱 진해, 진해에 도착했어요. 진해. 야간에 도착해 아침에 보니까 진해역에서 말이니 저 기차가 칙칙하고 칙칙하고 나간단 말이여. 근데 제주도에선 기차를 볼 수가 없죠. 기차라는 건 모르죠. 책에나 봤지. 그러니 세상에 다 가서

"기차봐라, 기차봐라."

하니까 이제 거기 있는 사람들이 아이 뭐 똥돼지, 똥돼지들 기차 구경 잘하라고, 제주도에선 원래 이 저 측간에 돼지를 기르지 않았어. 그래서 똥 멕여서 길렀잖어. 우리보고 똥돼지라고. 똥돼지. 하하하하. 아 우스워서 [조사자: 아. 제주도에서 왔으니까?] 제주도에서 왔으니까, 기차를 못 봤죠, 우리 뭐 뭐 책에 그림이나 봤지 직접에 봤나 뭐. [조사자: 신기하셨어요. 할아버지?] 신기했지 뭐. 아유, 그 이 분대장들이 야 이 똥돼지들 기차나 봐라. 그렇게 놀림을, 놀림을 되게 받았지.

[조사자: 그래도 어떻게 어르신 다 이렇게 전투 격전지에 있으셨을텐데 어떻게 그래도 안 다치시고.] 용케 어떻게 좀 그렇게 되데요. 하튼 이 좀 머리가 아프면 좀 돌아가겠다곤 해, 하튼 중대본부 대대본부 같은 디서 근무하고, 그래서. 하튼 요령입니다 요령. 군대도 요령이 있어야 편하게 하려면 요령이 있어야 해. [조사자: 그 요령 좀 얘기해 주세요. 어르신, 하하하. 어떻게 어떤 요령으로] 아이 상관을 잘 만나야 돼요. 우선은 상관을. 상관을 잘 만나야 돼요. [조사자: 그래도 어르신 만난 상관은 좋으셨나 봐요.] 네에, 그 양반 덕분에 일찍이 병참학교도 가고 이 가장 좋은 건 이 보급계통, 군대에선 보급계통이 길 나서요. 근무하기가. 보급계통이 그래서 병참학교 나와서 병참학교에 돌고 상관 덕분에.

[조사자: 보급계통에 있으셔도, 직접 전투에서 총 쏘고 다 참여는 하시잖아요] 그렇죠. 그렇게 잘 하는데, 그 직접 보급을 수송하는 수송하죠. 수송 해. 예를 들어 일선, 일선, 일선지구에 물자가 필요하다는 그 보급품을 츄럭(트럭) 같은 걸로 수송, 수송하죠. 수송. 완전 무장해서 수송하죠. 수송. 일선지구에 수송. [조사자: 전투 중인데도 수송하신 적 있으세요?] 아이 저는 없어요. 후방에 있어보니까는. 그 뭐요. 지금 이 마지막 단계나 그런 거지 초창기에는 네이션이라고 나왔어요. 네이션이라고. [조사자: 네이션?] 어. 네이션이라고 미국에서 나왔어요. 미국에서. 미국에서 요만한 박스 하나가 1일분인데, 1일분

인데 그게 나왔어요. 처음엔. 저기 뭐 작전팀. 아 이게 영어를 확실히 몰라노니까요 커피 같은 거 뭐 담배 뭐 이, 저 있으니까 소금, 또 빠다 뭐 여러 가지 있어요. 네이션 1일, 저 1일분인데, 그 영어를 해석을 못하니까 커피먹으, 먹으면 그냥 써, 바꿔먹고 막 뭐 난리가 났죠. 네이션. 처음에 네이션 나왔죠. 네이션. 멀로 먹는 먹는 먹는건 다 네이션 처리가 됐어요. 나중에 의복 같은 거 뭐 포복, 탄약 뭐 이런 거 멀리서 다 수송 수송.

[조사자: 그러면 보급병이어서 그런 거가 굶주리진 않으셨겠네요, 먹고 입고 그런 거는] 네에, 그렇죠. [조사자: 아까 전에 어르신 그 귀신 잡는 해병대라고 얘기하셨잖아요. 그게 왜 귀신 잡는 해병대 그때 뭐 3,4기생이었나?] 예, 3,4기생. [조사자: 왜 귀신 잡는 해병대라는 별명이 붙여진 거예요?] 돌격. 돌격정신. 하여튼, 하여튼 목표는 목표를 달성한다는 거죠. 목표. 내가 이 고지를 점령하겠다. 이러면 그 목표를 꼭 달성 달성시켰단 그거죠. 그러고 또 처음에 일선에 가서 이제 전투할 적에도 하여튼 자기, 자기 목표를 뭐 죽음 한 가지라도 목표 달성했다는 그런 뜻으로. 그 3,4기생 앞에는 아무것도 나타나봐야 효력이 없다는 거죠. 효력이 없는. 그렇게 강하게 싸웠다는. 밑에서 귀신 잡는 해병이라는 얘기가 나온 거죠. 강하게 싸웠다는……

[조사자: 그러면 언제 인제 제주도 가족하고 연락하신 거예요? 그러면, 전쟁 끝나고?] 그렇죠. 전쟁 끝나고, 휴전, 휴전 휴전, 휴전되고 휴전돼도, 휴전됐죠. 휴전되고. 전쟁 끝나고 휴전되고. 서로 연락되고 전쟁 당시에는 연락도 못하고. 우편이 없으니까. [조사자: 우편이 안 되니까] 안돼 안되니까. [조사자: 그때 휴가라도 받으셔서 오셨어요. 제주도로 다시] 그렇죠. 휴가 받아 왔죠. [조사자: 그래두 가족 중에 누가 다치지도 않고 전쟁 때문에 돌아가시거나 이런] 아니 제주도는 전쟁 관계로 돌아가신 사람은 없어요. [조사자: 그런 사람은 없고.]

우리 해병대로 간 분은 한 사람 죽은 사람 없어요, 행원에서도 한 팔십 칠팔 명이 갔는데 해병대에서는 한사 람 죽은 사람 없어요. 전부 전쟁 후 돌아왔, 죽은 사람 없어요. 육군에, 육군에 간 사람은 몇 사람 죽었는디 육군 사람은. 해병대는 한 사람 죽은 사람 없어요. 그래서 이기완 병으로 돌아가셨지마는 죽은 사람 아무 사람 없어.

[조사자: 그럼 제주도로 가신 분들은 여기가 바다 쪽이라 거의 다 대부분 해병대로 가시나봐요. 육군보단.] 아니 그렇지 않죠. [조사자: 그렇지도 않아요.] 그렇지 않아요. [조사자: 왜냐면 바다 쪽에 사시니까 물과 친하니까] 그렇지도 않아요. 때가 어릴 때 되니까 간 거죠. 뭐 6.25 직전이니까. 우리 오십 년 오십 년 오십년도 6.25 6.25 났거든 그니까 우리가 8월 30일 날 입대 입대 했죠. 그래니까 입대하고 이제 이 저, 3기생은 8월 1일 날 인가 입대시켰대. 한전 부족보다 한 달 먼저 했으니까 6.25폭파, 6.25 터지니까 이제는 그때 마치 해군에서 해병대를 조직할 당시인 모양입니다. 해병대에서 해군 그 조직. '신형준'이라는 그 해병대 사령관이 초대 사령관인디 그 양반이 해군에서 떠난 해군들을 조직할 당시에 해군 18기 17기생을 데려나와 해병대를 조직할 당시에 6.25 터져부리니까 우리가 전부 해병대로 이젠 편입되는 거죠 그래서 참가한 거죠. 조직할 당시.

[조사자: 그러면 그 입대는 8월1일에 입대하고 8월 30일에 입대하고 그건 학년, 학교 학년에 따라 기수가 나눠진 거예요?] 아 해병대 아니 저저 군대 기수, 군. 군대 기수, 3기생. [조사자2: 군대 기수] [근데 군대기수가 누구는 8월1일에 입대하고 누구는 8월 30일에 입대하고] 8월1일에 입대한 사람은 3기생이고, 우리가 8월 31일에 입대한 사람은 4기생. [조사자: 입대를 안 원하면 안하거나 이럴 수도 있었어요? 그건 안 되는거죠. 전쟁중에] 그럼 안 되죠 전쟁 중에. [조사자: 무조건] 무조건이야 무조건 전쟁 중엔. 무조건 무조건. 그건 뭐 병력이 있는데 임무를 수행하냐에 따른 기피자로 당장 고리다시할 낀데 병력이 있는데.

[조사자: 그래서 딱 무조건 돼서 한 게 아까 일주일이라고 하셨죠. 일주일 훈련받고 바로 자대배치를 받는 거예요?] 바로 군대 출전이죠 출전. 바로 출전이지. 우린 시간 없어요. 진해에 가니까 바로 마산 근방 뭐 저 낙동강 근방에서 곧 부산으로 침범할 고 시긴디 어떤 말이여. 그러다보니까. 시기가 시기가

뭐 그런디. 우리가 훈련 훈련 받은 기간이 없어 훈련을 시킬 기간이 없어. 뭐 부산 만 침범하게 된 옛날 서한 거라는 우리나라는. 낙동강 전선에 그렇게 힘이 들게 싸웠다는데 부산을 지키기 위해 싸운 게 아니고. 그래 그 시기니까 뭐 훈련할 시간도 없어요. [조사자2 전쟁 중에 탈영병이나 이런 사람들은 없어요?] 전시엔 없어요. 전시엔. [조사자: 전시엔 없었어.] 응. 전시엔. 휴전되면 있지 전시엔 탈영, 탈영할 수가 없어요. 또 탈영병이 있다할지라도 조사를 못하죠. 조사를 못해요. 조사할 수가 없어. [조사자: 그럼 그 일주일동안 훈련을 정말 아주 엑기스만 일주일 안에 훈련을 배우는 거잖아요. 뭘 가르쳐줘요? 총 쏘는 거?] 총, 총메고, 총쏘고, 이제 집합하는 요령, 뭐 그 그거죠 간단, 간단한 거지 실탄장치 딱 쏘는. 그거죠 간단하게. [조사자: 그때 처음으로 총을 만져보신 거예요.] 그렇죠. 처음이죠. [조사자: 그전까진 한번도] 그전에 목총, 목총 같은 거 뭐 4.3사건 당시에는 목총 같은 뭐 이상한 거 만져봤지만 실제 총은 처음이에요.

[조사자: 그럼 대충 그때 그렇게 군인으로 끌려가는 나이가 몇 살부터 시작이 된 거예요? 어르신은 18세셨고?] 아이 뭐 그건 그때는 뭐 야간저간에 하여튼 18세부터 뭐 한 20세, 징용으로 그땐 뭐 징용으로 하다시피 했으니까 젊은 사람들은 얼추 다 군인으로 갔어요. 뭐 징병. 바로 징병 시키니까 연령제한 없이 젊은 사람들은 얼추 다 전부 군인들로 징용됐지. [조사자: 어르신은 그럼 남자형제는 없으셨어요? 어르신] 동생도 있었죠. 그때 동생은 어리 어리니까. [조사자: 아, 남동생은– 남동생은 그냥 제주도에 있고 부모님들과] 에. 어려, 어렸으니까 그땐 뭐 부모와 같이 있었죠.

[조사자: 그럼 대략 어르신이 18세셨으니까 17세, 18세 그때부터 인제 군인으로 징용을 당해서 가는 건가 봐요. 어르신. 제일 어린나이. 시작되는] 어린 나이는 나 하여튼 18세가 우리가 학교 댕길때노니까 17세 18세. 18세가 최하죠 최하. 만 19세니까 만18세니까 만 19세니까 최하죠. 그래 20세 그때부터 25세 미만, 뭐 최고 30세까지는 무조건 군인으로 징용을 당했죠. 우리가 간 난 조

름에 육군으로 모집해서 육군으로 많이 갔죠. 육군으로. 모집. 그땐 모집. 우린 군인이 모지르니까 지금 6.25는 폭발되고 터지고 군인이 없으니까 우린 출전한 후에 육군으로 많이 소집해서 많이 갔죠.

[4] 4.3사건으로 억울하게 죽은 청년들

[조사자: 어르신 그러면 전쟁 중에 뭐 군 생활 중이거나 가장 기억에 남는 사건 같은 건 없으세요. 아 이건 너무 안타까운 죽음이라던가 아니면 되게 고마운 사람이었다라던가.]

뭔 사람이난 하나 가장 내가 그 어려운 뭐하게 생각하는 건, 4.3사건 때 이제 그 여기서도 그 폭도들이 침범할 줄 몰라서 보초 섰어요. 청년들이. 그때 나는 이제 이 행원리 지금 이장네 집 올레 정문보초서고. 정문보초서고. 청년들은 돌아가며 보초섰어요. 겨울인디. 그렇게 해서 이제 그 조그마한 막이. 초가집 막이 하나 있었는데 막 속에 서서 보초 서다가 그래서 어떻게 감자를 구워 먹은거야. 고구마 고구마를 구워먹는데 불이 불이 났어요. [조사자: 이장 어르신 집에?] 아니, 아니 보초 보초서는 집에서 [조사자: 아. 보초서는 집에서-]

고구마를 구워먹다가 불이 나버렸단 말이야. 불나니까 이제는 우리는 정문보초 섰다가 그때 마치 이 초등학교. 현재 초등학교죠. 초등학교에 12중대가 주둔해있었데요. 아 그때 이제는 갓 연락했죠. 아 이렇게 해서 불이 났다하니까 당장 그놈 불낸 놈들을 이쪽 중대로 보내라 해. 그래서 이제 와서 이제 연락했죠. 불난 놈 설마 그 저 군대에서 빨리 오라고. 그러니까 이제 그 양반이 둘인디 그 양반이 갔어요. 가니까. 그 추운 겨울에 전부 옷 벗기고 연병장을 한 열바쿠 열바쿠 돌리라고. 10바퀴. 옷 쫙 벗기고 열 바퀴. 그렇게 해서 이제 돌아왔. 어떻게 왔냐하니까. 왔습니까하니까 이렇게 이렇게해서 왔다고. 나중엔 그 사람들이 인제는 살휜가 오라고 저 군인이 불른 군에 있는.

그래 너희들은 봉화 올렸으니까. 불난 걸 봉화올렸단 말이지. [조사자: 아-] 봉화 올렸으니까 너희들은 사형감이다. 그래서 그 저녁에 그 저녁에 전부 총살시켰어. 그렇게 됐어요.

[조사자: 어머 어떡해]

그때 4.3사건 때는 웬만해서는 전부 어디에서는 서류 같은 걸 구비해서 가져왔는지 모르지만은 하여튼 알긴 귀신같이 알았네요. 뭐든지. 그래서 웬만해 개입이 되어있다 양반 같은 건 호출해서 그냥 호출하게 되면 하루쯤 취조했다가 그때날 밤에는. 꼭 밤에 죽여요. 밤에 밤에 총살시켜버려요. 그래도 사람 총질로 죽은 사람만 백여 명 이상 되요. 총 맞아 죽은 사람 4.3사건 때는 불쌍하게 돌아가셨던 분들.

[조사자: 그럼 그 사형을 주도하는 사람들은 경찰인거예요. 군인인거예요] 군인이죠. 군인. 그때 군인이죠. 12중대는 군인이죠. [조사자: 아휴. 고구마 한번 잘 못 먹었다가 아휴.] 잘못. 잘못 먹었다가. [조사자: 그분들이 아직도 기억나시겠어요] 나죠. 그땐. [조사자: 아이고. 그럼 어르신은 이장님 댁 앞에서 보초를 서신 거예요?] 정문 보초 정문 보초. 그 사무실이지 사무실. 이장네 집이 사무실이었어. 4.3사건 당시에. 사무실. 사무실에 정문 보초섰지. 학생들이 다 그때 정군 보초 섰지. [조사자: 보초를 혼자서세요?] 아. 교대 교대. 교대 교대. [조사자: 그니까. 한사람씩?] 한사람씩. 교대교대.

[조사자: 그건 누가 그렇게 시키는 거예요? 보초서라고.] 학생, 학생 학생이, 학생이 조직해요 조직해 학생이. [조사자: 군대로 징용되기 전에?] 네. 학년 단위로 조직해요. 우리 4.3사건 직후에 갔으니까. 이게 4.3사건 전에 났잖아요. 4.3사건 후에 군에 나가니까. [조사자: 그러면 보초 설 때 뭐 어떤 실제로 폭도를 보시거나 그러신 적은 없으세요?] 아뇨. 볼 수가 없어요. 폭도를 볼 수가 있어야지. 볼 수가 없어. 그 놈들이 야간만 뭐 댕기는 놈들이야. 야간만 활동하는 사람들 있다그래 볼 수가 없지.

[조사자: 보초를 야간엔 안서시나 봐요 낮에만] 아니 야간에도 서죠. 서죠, 야

간에도. 서는데 이 폭도들이 뭐 뭐 밤에 이저 뭐 가리고 돌아댕기지 않아요. 그 사람들이. 그놈들이. 어느 지점을 정해서 그냥 몇 사람이 습격하는 거죠. 습격 밤에 습격을 하는 거죠. 폭도들이 습격해서 식량 같은 거 들어서 털어서 자기네들이 먹으려고 하니까는

[조사자: 근데 그 폭도들은 왜 그렇게 하시는 걸까 왜 그렇게 하시는 거세요.] 먹을 것이 없으니까는 먹을 것이 없으니까 [조사자: 아니 왜 폭도로 변질이 되셨을까요] 그게 그 다 속아 넘어간 거죠. 여기서도 동곡 친데 입이 좀 토라진 사람이에요. 입이 좀 토라진. 우리가 토랭이, 토랭이 그러는 사람인디. 여기 중간 무릅새라는 지경에 오게 되면 그 가을인디 땃땃한 날에 그 무리가 닭들이 모이면 하— 청산유수야. 그러는 것이 아이 넘어갈 사람이 없어. 아이 넘어갈 사람이 없어. 그래서 선전. 선전 한 거야. 기가 막혀. 얘기하는 게. 그게 그렇게 당해 젊은 친구들이 다 넘어가. 그래서 그렇게 산에 올라간 사람 고생 고생 천장 많이 했죠. 우리도 가면은 이제 자주 만나진 못하지만 어떻게 딱 만나게 되면 그 얘기하는 거 보면 뭐 기가 막히게 했어. 나중에는 물어봤죠. 이 사람이 어떻게 됐나? 물어보니까 어느 곳자 관련 된 곳에서 낮에 옷 벗어 이 잡다가 총에 맞아 죽었다고. [조사자: 이 잡다가?] 토벌대한테 죽었다고 그런 말이 나와.

[조사자: 어르신은 제주도에서 그러면 어떻게 평생 농사를 지으신 거예요? 어르신] 농사. 농사지었죠. 뭐 해먹을게 있어야죠. 농사 농사. 군대 제대 나올 적에 부산에서 한 오개월 있어. 직장이나 알아볼까 했더니 도저히 희망이 없어. 그대로 들어와 농사짓는 방법밖에 없다 해서 농사지었죠.

[5] 4.3 사건 때의 결혼 이야기

[조사자: 군대 갔다 오시고 결혼하신거세요?] 결혼이 참, 결혼 얘기는 안하려 꺼니 문젠데 이거 얘기할 건 아니지만 우리 결혼은 우리 때의 결혼이 결혼이

아닙니다. 강제결혼이야. 왜냐니까 12중대가 여기 주둔했는데 그 양반들이 밤에나 와서 여자들을 데려오라고 막 지랄지랄해대서. 그러니까 이제는 여자들 데려오라니까 여자 소개자가 한 사람 생겼어요. 그렇게 되서 이제는 생겨서 이제는 여자를, 여자를 이제는 몇 군데 소개, 소개, 소개해 준거여. 소개해주니까 그 후부터는 난리가 나지 않았어. 그래서 호마다 처녀 있는 집들에는 군인이 와 달라 그카고보데 겁이 나서 데릴사위. 데릴사위지. 내딸 내딸 데려가는 멧돼지 잡혀서 돼지 한 마리 잡으면 서로 뙈약볕에서 두리깨지만 잔치했어. 그렇게 해서 우리 시기는 결혼이 그렇게 결혼 했어. 4.3사건 당시에, 그렇게 결혼했다구. 군인이 무서워서. 처녀 딸 가진 집에서는 군인이 무서워서 군인이 해칠까봐. 무서워서 이제는 데릴사위로 우리 딸을 막 데려가라, 그래서 돼지 한 마리 잡게 되면은 여러 사람이 갈라서 한 봉다리씩 해서 잔치, 서로 잔치 많이 하고. 그게 그 매듭져서 매듭져서

[조사자: 그러면 어르신도 그렇게 결혼하신 거예요?] 어. 그렇죠. [조사자: 그러면 전쟁 중에 결혼하신 거네요] 아니지. 전쟁, 전쟁. 저희 4.3사건 당시니까 전쟁 전이지. 4.3사건이. 4.3사건 둘이 결혼한 거라, 4.3사건 당시에 [조사자: 아– 4.3사건 고때 전쟁 전에?] [조사자3: 그럼 열 몇 살 때] 열대여섯 때지 뭐여 [조사자3: 아–열대 여섯 살 때–] 저 열일곱, 여덟 몇 살 때, 열 열일곱, 여덟 몇 살 때 아니야.[조사자: 할머니랑 오랫동안 해로하시네요] 그때 그런 거지. 그때는 전쟁 중 장가가고 싶어 장가간 거요. 뭐 학교댕길 때지. 학교댕길 때지. [조사자: 아 그럼 16살? 열여섯 살?] 열여섯 살. 열일곱 살 때지. [조사자: 고때–] 학교 댕길 때지. [조사자: 그러면 신혼인데 헤어지신 거네요?] 그렇지. 이게 [조사자: 아 그러신 거구나.] 신혼이 뭐 관계가 있어? 말만 뿐이 말만 저기 결혼했다 뿐이지 그때. 게 군대 갔다 와서야 진짜 아이가 사랑이 생겼던 게지.

[조사자: 그래도, 그래도, 한 집 사셨을 거 아니세요?] 군대 갔다 와야지. 군대 갔다 [조사자: 아. 결혼식만 올릴 뿐?] 결혼식만 올릴 뿐 다 집 마실 살았잖아.

밤에 와자고 낮엔 저 자기 집에 가고. 군인 무서워서. [조사자: 아— 밤에만 와서 자고.] 자고, 시부모랑, 시부모랑 거기 자고 낮에는 자기 집에 일가고. [조사자: 아— 그럼 할머니하고는 전쟁 끝나고 나서 제대로 살림 차리신 거네요.] 그렇지. 전쟁 끝나고 잘 살림 차린 거지. [조사자: 아이도 그러니까 그 후에?] 응. 그후에. [조사자: 할머니는 근처 마을 같은 마을] 같은 마을 같은 마을 같은 저쪽, 그렇게 했어. [조사자: 그래도 결혼한 색시들한테는 나쁜 짓은 안했나 봐요] 그렇죠. 밤에 와 자니 이런 데릴사위한테 남편 집에 가니까 못하죠 뭐. 남편이라 못하죠. [조사자: 할머님은 할아버지보다 연세가 어떻게 되세요?] 한 살 밑에. [조사자: 한 살, 그러면 전쟁 때문에 저기 군인으로 가셨을 때 할머님은 시부모님들이랑 함께 하고.] 아니, 왔다갔다 왔다갔다. [조사자: 왔다갔다] 왔다갔다. 아따 눈 되게 온다. [조사자: 오늘 날씨가 희한해요, 그러면 군 생활 중에 할머니 생각 안 나셨어요?] 쫄병인데 나긴 뭘 나. [조사자: 그래도 이사람 잘 있나.] 쫄병인디. [조사자: 그래도 휴가 나와서 보시고 반가우셨겠어요, 한참 못 보고 있다가] 그렇죠.

[조사자: 부끄러우신가보다. 할아버님. 그럼 그때 당시는 결혼식은 어떻게, 그냥 돼지만 잡으면, 돼지만 잡고 양가집만 모여서] 양가집만. 양가집만 모여서. 예를 들어 그래 이제 양가집만 모이는 게 아니고 이제 신랑이 신부네 집에 갈 거 아니요 그땐 그런 예복도 아무것도 없고. 뭐 이제 그 구루마기 두루막 교정 같은 것만 입고, 일어나서 이제 거기서 서로 밥 돼서 그니까 뭘 가져 가냐면 돼지다리 하나 가져가요. 신랑 측에선. [조사자: 신랑 측에선 돼지다리하나] 하나 가져가. 신부 집에서 밥해먹고 밥해먹어서 뭐 오면 잔치해고 그러지. 그렇게. [조사자: 아— 돼지다리 하나는 꼭 가져고 가야 되는 거예요?] 뭐. 먹을 것이 뭐 안주라도 뭐하고. 술안주도 하지, 맨 뭐헐 게 있어야지. 뭐 안 가져가면 안돼죠.

[조사자: 옛날에 제주도는 똥돼지 유명하니까] 어, 똥돼지 유명하고 그러니까. 그리고 여기 여 산사람이 몇 사람 안돼. [조사자: 산사람?] 같이 그때 결혼

한 사람들이 [조사자: 지금까지-그러니까 진짜 오래 해로하셨어요] 몇 명이 안 돼. 중간에 헤어진 사람도 많이 있고, 헤어진 사람도 있고, 그러고 중간에 살았던 사람도 한 있고 그런데 사람들이 저기 헤진 사람이 좀 있는 거라 봐야죠. [조사자: 그렇죠. 그렇게 일찍 결혼을 했는데-그러면 그러고는 초례를 치루긴 해요? 어르신? 그렇게 어린 애기들인데?]

아이 그때 그런 얘기만 하고 그냥 거기서 사둔 맺었다는 것뿐이지. 그거죠 그래서 그러지 헤어져 나가, 이제 너는, 나긴, 이제는 밤에는 시집이라고 잤단 뿐이지. [조사자: 시부모님들이랑 같이] 그렇지. 둘이는 못자죠. 둘이는. 여자는 안 잔다고 여자가. [조사자: 왜 신랑인데] 왜 빨리 서게 되매, 별 수가 없어서 자라면 겁나서 안자지. 시부모 옆에서 잤다가 아침에 가고. 그렇게 그냥. [조사자: 어르신은 딴방에서 자고?] 딴방에서 자지. [조사자: 그니까 어떻게 보면 합의결혼이네요 합의결혼] 합의 합의결혼이지 [조사자: 계약결혼] 계약, 계약결혼이지

[조사자: 할머니 보시고 처음에 그래도 나름 좋으셨어요? 왔다 갔다하며 보셨을 거 아니에요. 그래도 한마을인데] 보셔 보셔, 그에 그래 매일 보죠. 한마을인데. [조사자: 전혀 할아버님의 의사는 상관 없으신 거였어요? 신랑 신부의 의사는? 어르신들이 그냥?] 그럼. 그럼 뭐 아주 부모들이 서로 알아봐주니까. 의사는. 의사를 표현할 수도 없고. [조사자: 그러면 어르신 동네에서 데릴사위를 못 얻어서 나쁜 일을 당한 색시들도 꽤 있었겠어요.] 아이. 그때. 그냥 저, 뭐. 아이 있긴 있죠. 몇 사람 있죠. 몇 사람인데 얘기할 순 없는데 그런 일이 있다니까 이렇게 서두르는 거죠. 뭔 일 있었다고. [조사자: 그 이야기 좀 해주세요] 아이 그거는 싫어. [조사자: 왜왜 대신 그분이 누구인지는 안 얘기하시고] 에이. 싫어. 이게 그런 일이 있다 뿐서두, 서두. [조사자: 제주도뿐만 아니라 그런 일이 너무 많더라구요. 정말. 예전에 어느 지역에서는 할머니가 그러세요. 깜댕이가 따라오면서 샤시샤시 이러는데 낫자루 들어서 살아남으셨다고 얘기하시더라구요. 샤시샤시 이러고. 어떤 집에서는 딸 가진 집들은 딸들을 다 머리를

잘라서 남자처럼 변장시키고 다니고 어떤 집은 딸한테 똥칠을 하셨대요. 똥칠. 못오게 냄새나게 하려고. 그래서 똥독 올랐던 얘기도 해주시고, 진짜 오래 해로하셨네요. 그때 결혼하시고. 그럼 다시 전쟁 끝나고 오셔서 합방하고 사시게 된 건 몇 살 때신 거예요? 그러면 한 스물, 두 살? 세 살?] 둘서이. [조사자: 그쵸. 그럼 첫애는 언제 가지셨어요?] 첫애가… 잘 모르겠네. 그것도 오래.. [조사자2 오래돼서] [조사자: 자녀분은 어떻게 두셨어요? 어르신 몇남 몇녀?] 많아요 많아. [조사자2 사진보니까 많으셔] [조사자: 다복하시구나. 운명이시네요. 운명의 짝꿍이시네요. 그렇게 되기 힘든데, 전란까지 겪으시고]

[조사자2 화장실가보니까 해녀복 있던데] 아. 할머니가 해녀. [조사자2 할머니해녀신 거죠] [조사자: 지금도, 지금도 물질하시는 거예요? 대단하시다. 할머님이 아까 근데 전화통화 해보니까 할아버님보다 제주도 사투리가 더 강하시던데] 강하죠. 강하지, 강하지. 왜냐니까 해녀거든. 해녀니까 육지근방에 댕겨도 전부 제주도 해녀끼리 육지근방에 살고 육지근방에 다닌단 말에요. 그러니까 이제 제주도 사투리를 벗어날 수가 없어요. 우리도 지금 뭐 책도 배웠지만 군대 가서 몇 년 동안 생활하니까 제주도 말에 요자만 붙으게 되면 웬만하면 되니까. 그렇게 되니까 얘기한단 말이에요.

[6] 기차를 타본 제주도 청년

[조사자: 그니까 할아버님도 여기 고향이시고, 그러신데 할아버님 얘기는 저희가 다 알아듣겠거든요.] [조사자3 역시 많이 외부를 많이] [조사자: 기차도 보시고] [조사자3 외부를 많이 하셔서] 기차도 보고. 출세했습니다. 군대생활이. 군인, 이 저 전시 때는요 기차도 무임승선 버스도 무임승차 뭐든지 무임, 연락선도 무임승차 뭐뭐 하여간 휴가를, 저 뭐 어디 연락이나 오면 연락들 온 사람들 아주 팔자 고쳐 구경하느라. 무임, 무임만이야 전부. 전시에는 뭐 돈 내는 법이 없어요. [조사자: 그렇지 그렇지 군인이니까] 군인이니까. [조사자: 그래서 무임으로 기차 타보셨어요] 그렇죠. 어디 이동할 때 기차 타게 되면. 후방인

쪽까지 어디 임시 나왔다가 어디 기차 타게되면 그대로 그냥 무임이죠.

[조사자: 아 정말 그때는 휴가 나와도 어르신 비행기가 없으니까 배를 타고 오셨겠네요.] 그렇죠. 제주도 배타고 왔죠. 배타고 [조사자: 부산에서] 부산에서 [조사자: 그럼 배를 타고 제주도까지 얼마나 걸려요 어르신] 제가 아침, 저녁 한 5시경에 5시경에 저 4시경 5시경에 배타게 되면 여기 오면 아침 9시에 경이 돼요. [조사자: 24시간이 걸리는 거예요?] 근데 옛날에는 배가 좀 느렸어요. 지금. 지금보다 [조사자: 그러니까요] 옛날엔 배가 느렸어요.

[조사자: 한번 돌아오면 돌아오는 거 휴가한번 들어오는 것도 엄청난 일이 었겠어요. 어르신] 그렇죠. 서울에서 올 때는 기차타서 부산 내려와서 부산서 이제 오던지, 이제 오던지. 그렇지 않으면 목포 와서 목포에서 일로 오던지. 양쪽에서부터. [조사자2: 목포하고 부산] 목포하고 부산. 그렇게 해서 만약에 목포까지 왔다. 이렇게 오늘 같은 날 파도가 친다 뭐한다. 배 출항 안하게 되니까 맨날맻일 그 기둘려 야죠. 그 기둘려야지. [조사자2 휴가 다 끝나겠는데?] 휴가 끝났지. [조사자: 그러니까]

그냥 바로 우리가 한 번에 그런 그런 얘기 들었어요. 목포에서 연락선이 없다고네. 화물선으로 휴가 오다가 제주도 오다가 그냥 파도만나서 전라근방 완도근방에 어디 완도가 아니고 저기 보길도 근방, 마라도 근방인가 어딘가 그 정착했어. 화물선이 거기 내려서있다가 그냥 한 사흘 동안 쌔부니까 도저히 배가오질 못하니까 되돌아 되돌아갔다고 되돌아 가부렸어. 휴가기일이 그냥 뭐 속절없이 가버렸어. 그런 예도 있었어요. 친구가 그런 얘길 하대. 자기 기행 했다고. 그렇게 했어요. 옛날엔 뭐 교통이 나쁘고 그러니까 휴가한번 왔다면 이도 왔다면 가는 걱정이, 걱정이 들어. 걱정이. 휴가를.

[조사자: 어쩌면 제대로 복귀도 못 할수도 있겠어요] 그렇죠. 그러니 그러니까 이제 오게 되면은 이제 우선 휴가를 오게 되면 우선 갈 그런 생각을 미리 미리 서둘러야해. 미리 서둘러야해. [조사자: 그럼 정작 고향집에서 있는 시간은 며칠 안 되시겠어요.] 그래 되죠 뭐 [조사자: 왔다갔다 그냥] 왔다 갔다 왔다 갔

다. 일주일 받았다가 있다 며칠 안 되죠. [조사자: 제주도가 고향이면 그게 좀 안 좋으셨겠어요.] 그게 안좋지 그게 하나. 그때 그게 하나 비행기도 어려울 때고 경비행기는 생각도 못할 때고 결항할 수 있다는 게 그게 어려웠지.

[조사자: 그때는 그냥 화물선만 타고 왔다갔다] 화물선도 타고 왔다갔다. 그 때는 이 저 그때에는 지금 그 시기에는요. 여기에 화물선이 행원에서도 화물선이 너댓척 있었어요. 있었는데 해녀들 육지 거리에 나갈 적에는 전부 화물선으로 분랑미 같은 거 다 화물선에 실우고 잡시도 전부 화물선에 태우고 게기서 이틀. 이틀간 뱃속에서 이틀간 살면서 부산까지 도착하더니 부산에서 도착하게 되니 자기 갈 길로 다 섬 중간에 다가고 이렇게, 이렇게. 분랑미가 뭐냐면 좁쌀 보리쌀 이것들 실어서 자기 먹을 것 실어서. 부산까지 가려면 한 이틀이상 가야해 항해를 하룻밤 하루를 자야 부산까지 갈 수 있지.

[조사자: 그때는 군인을 한다고 월급이 나오지도 않잖아요. 어르신] 언제요 우리 군생활할 때요? 나왔어요. 군인 [조사자: 나오긴 나왔어요?] 나와요. 몇 천원 몇 천원 글쎄. 몇원 몇원이지. 이제는. 몇 천원 몇천원 하도 오래 해놓니까 기억이 안 나네. [조사자: 그돈 다 모아다가 고향집에 주시고] 고향, 고향 무슨 새는 고향 담뱃값도 안 되는데. 그 보급계통에 있게 되면요 일선에서 보급계통에 있게 되며는 물건을 이제 시중에서 이제 시중에서 구입할 물건이 있어요. 시중에서 구입할 물건 예를 들어 모조지 아이스트밴지인지 이런 그 저 용지 3호, 3호 용지 쓰는 용지를 사용할 건지 일반 일반에서 수입 수입 사사비로 옵니다. 일반 그 전쟁 지나서 그때는 검수관이 있으게 돼. 검수하는 사람이 있어요. 검수관이. 검수하는 사람이 있어요. 검수관하고 같이 이제 물건 가지러 이 시장에 내려오게 되면 그 물건 파는 사람. 양반이 점심을 깍듯이 대접해주죠. 그땐 아주 기분 좋게 잘 얻어먹고 [조사자: 아~ 최고의 보식인데요.] 보식인데 아이 처음에 딱 가니까 아이 딱 차려준 게 돈가스를 차려놓는단 말이여.

[조사자: 전쟁시절] 전쟁시절에 아유 돈가스를 먹을 줄 알아야지. 어떻게 먹

는 줄 알 수가 있어야죠. 뭐 고만. 아이 뭐 나도 군인이고. 그 일반 상인은 일반 사람이다보니 아 군인 아저씨 드셔, 드셔. 먹을 줄 알아야 되지. 아 곁에 상관하는 거 보니까 아 이렇게, 이렇게 칼 잡고 그때야 봐서 아 이렇게 먹는 거로구나. 그래서 돈가스 먹는 법을 그때께 알았어. [조사자: 어떠셨어요. 되게 맛있었죠.] 맛있고 막 뭐 아이고 참

[조사자: 이거 처음 듣는 얘기에요. 저희가 전국을 돌아다니는데 어르신 전쟁 중에 돈가스를 칼질하고 먹었단 얘기는 처음 들어요.] 전쟁 후죠. 전쟁 후. 전쟁 중엔 있잖어. [조사자: 전쟁 직후] 전쟁 후에 전쟁 후에 [조사자: 어쨌던] 전쟁 땐 먹을 수 있어야죠. 일반 사회 상대도 못 합니다 일반 사람 상대도. 전쟁 시에 언제 상대해. 전쟁 후에. [조사자: 전쟁 후에 휴전하고] 휴전하고 후방 있을 때 [조사자: 근데 원래 그때도 다른 분들은 그때가 더 힘들었다고 그러더라구요. 먹을 게 없어서] 그렇죠. 힘들 때니까. [조사자: 진짜 훌륭한 보직이다 그리고 그렇게 보급에 있으면 어르신 그래도 물건이 그래도 이렇게 넘쳐나니까 옷 같은 것도 새 옷 입고 하셨겠어요. 그래도] 아이 그렇지. 자리는 섭섭지않죠. 하고 그런데 그렇게 뭐 옷을 뭐 교환하드니 뭐드니 할 순 없고. 할 순 없고. 이제 피복같은 거는 좀 여유가 있을 땐 있는데 좀 어려워요. 식량 같은 거는 남아돌 때도 있고 이렇게 쌀 같은 건 남아돌 때 있고. 피복 같은 건 딱 그이 정량이 있다 보네. 혹시나 착오가 날까봐 좀 어렵긴 어려워요. 예를 들면 일반 소모품. 소모품이라고 하는 건 이 여러 가지 사무용품에 필요한 그런 거는 있지 남는 많이 남는 축에들지. 소모품…이야기 했던 것들

[조사자: 그래서 아까 5년 넘게 군 생활을 하신 거네요. 그렇죠. 어르신.] 에 하여튼 4기생이 좀 됐어요. 8월30일 날 입대해서. 한 6년 7개월인가 5년 7개월인가 6년 가까이 5년 가까이 6년 가까이 근무했죠. 어떻게 좀 그렇게 됐어. [조사자: 완전히 청춘을 군대에 다 바치신 거네요] 군대에 다 보낸 거죠. 군대에 다 보낸 거죠. [조사자: 근데 그래도 어르신 약간 저희가 느껴지는 느낌은 어르신은 전쟁이 힘든 거긴 하지만 군인시절의 경험이 새로운 육지 생활이기도

하고 나름대로 어느 정도의 좋은 기억도 있으신 것 같아요. 돈가스도 먹고.] 그렇죠. [조사자: 기차도 보고]

그런데 지금 우리는 좀 군대에서 한량 생할, 한량생활, 한량생활이라고 지금 일반 소총부대에 있는 사람들은 죽어내 죽어내 매일. 이건요 전시 아니고 휴전이라 매일 휴전이야. 우린 특가계통에 있으니까 한량 생활했지. 포병 소총분들은요 고생이 이만저만 아닙니다. [조사자: 그게 어르신 복이죠 뭐] 복이죠 복. [조사자: 일부러 뭐 그렇게 하려고 하고 싶어도 못하는 건데] 네, 못하는 거죠. 그때 상관을 잘 만나서. 이젠 [조사자: 어르신 점심 드셔야 되는데 저희 때문에 이러고 계시죠, 점심 시장하신 거 아니세요 어르신. 괜찮으세요.] 괜찮아요.

[조사자: 그때 이후로는 제주도에서 나가서 사신 적 없으신 거세요 어르신.] 그렇죠. 농사, 농사 지을 뿐이죠. [조사자: 자녀분들도 제주도에 계세요 그럼 어르신] 아들은, 아들하나 큰아들은 양대치기고. 아들하나에 뗼 서이는 아들 하나에 뗼 둘은 아들하나는 서울에 있고, 뗼 하나는 충청도 하나는 부산 [조사자: 전국을] 서이, 서이는 우리 일곱 남매에요. 일곱 남매. 서이는 제주시. [조사자: 자녀분 댁에만 놀러가도 전국을 웬만한 덴 다 도시네요, 충청도 서울] 그렇죠. [조사자: 자녀분들은 서울이나 충청도 나가신 분들은 좋으시겠어요. 방학에] 이게 뭐 정월 정월맹기 정월맹지로 오겠다는 사람도 있고 팔월 쪽에 오겠단 사람도 있으난네 모르겠마난네 [조사자: 어르신 또 해주고 싶은 이야기 있으시면 또 해주세요. 어르신 말씀도 너무 잘하세요 어르신] 아이, 잘하진 않지. 특별히 해줄 것은 없고 그나저나 먼거리 오셔서 고생 많으십니다.